2023 年度上海广播电视奖（新闻）获奖作品选

上海市广播电视协会 编

文汇出版社

本书编委会

主　　编：林罗华

执行主编：赵复铭

编　　委：林罗华　　许志伟

　　　　　赵复铭　　王克耀

紧扣时代脉搏　记录社会跃动
讲好奋进故事

（代序）

2023 年是全面贯彻落实党的二十大精神的开局之年，也是新冠疫情后，社会经济全面复苏的一年，更是中华民族伟大复兴征程中全面推进中国式现代化进入第二个一百年的转承之年。这一年，我们广电系统的采编播新闻工作者，以习近平文化思想为根本遵循，筑魂强基，深耕一线，踔厉奋进，全方位记述社会的发展脉动，报道记录了一个个载入史册的新成就，真实反映民生关切期盼，真情讲述人民城市的美好故事，热情讴歌新时代中国"风景这边独好"，生动诠释习近平新时代中国特色社会主义思想的真谛，充分展现了媒体人的使命担当。

2023 年，我们广电媒体人站在中国式现代化全面推进的新时代方位和经济社会发展的经纬交叉点上，紧扣党的工作重心，真切呈现上海的时代之变，叙说发展之新，书写人民安居乐业之福，在全媒体的宽阔平台上呈现了多彩的时代画卷。在 2023 年度上海广播电视奖评选中，来自上海广播电视台、上海教育电视台和 16 家区融媒体中心的 202 件新闻作品中，有 97 篇作品脱颖而出，是众多优秀作品中的精品力作，这些作品思想站位高、时代特点强、叙述视角新、故事内容好、传播效果佳，是当今中国和上海人民生活最鲜活的时代印记。

2023 年，协会各会员单位在新闻宣传上，紧扣发展主题，追踪前行轨迹，创制了一批大投入、大制作、大视野的优秀作品，在奋进新征程的宏大主题引领下，从多个层面展现奋进中国、文明中国、人民中国的独特风采。大型融媒体重大主题报道《思想耀征程》通过及时性和新闻性相融合的手法，全方位、多侧面、立体化地展现上海乃至全国在中国式现代化建设进程中的创造和实践，生动诠释了习近平新时代中国特色社会主义思想的真理光辉，既有理论高度又有实践范例，融创新性和引领性于一炉。电视新闻专题《试验的价值》、广播新闻《越来越短的"负面清单"，越来越宽的开放大门》，以及《记者实探上海自贸区：看创新中如何闯出一条新路》《一根保险丝的长三角之旅》等都是在上海自贸（试验）区建设10周年之际精心策划采制的精品力作，从中反映了上海敢想敢试，先立后破，制度创新，敞开大门，促进上海国际贸易中心建设取得的骄人成绩。而电视新闻《"莫德纳速度"背后的上海营商环境》报道了上海继"特斯拉速度"后又创造出了一个对外开放合作的新纪录，显示了上海进一步扩大开放的铿锵脚步。大型纪录片《何以中国》是倾上海广播电视台全台之力打造的大制作，时间跨越上下五千年，古今贯通，纵横捭阖，充分展现了中华文明的起源、发展和辉煌，是文化自信的生动写照。广播新闻专题《城市动迁中的一棵紫藤树》讲述的是城市旧改中普通老百姓和政府部门千方百计爱绿护绿的动人故事，作品以小见大、充满温情。广播新闻《蕃瓜弄的"第二个春天"》更是见证城市发展中那些特定的社会印记，充满了人民对美好生活的向往，人民城市为人民的情怀窥一斑见全豹。新媒体现场短视频新闻《每天凌晨四点　这个"零工早市"就会热闹开场》反映了外来务工者在城市发展中的不懈努力，接地气、有温情、贴民心。这些作品不仅有城市奋进的高度，也有关爱民生的温度，都是对"人民城市"理念的最生动诠释。

2023年，困难和希望并存、机遇与挑战共生。新冠疫情后社会生活发生了许多变化，人民期盼和社会矛盾交织。这一年中，舆论监督作品大量产生，体现了媒体人的社会责任感和使命感。这些作品真切关注社会发展进程中的各种难点、堵点，老百姓的利益点、疑惑点。《"困"在虹桥》《新能源车功能离线，消费者权益谁来保护？》《上海公租房现状调查》《上海书展门票全部线上购买，难住了谁？》这些报道切中现实问题，实事求是，分析问题缘由，反映民生诉求，提出解决之策，既监督政务部门为民办事的作风效率，又协助政务部门纾解民意，解疑释惑，办好实事，体现了主流媒体的社会担当。

2023年度广电奖的参评作品之多，创历史新高，其中，融媒体作品尤其突出。党中央推动媒体融合发展近10年来，构建充分的全媒体传播矩阵，已经成为当今新闻传播的基本形态，也打造出了一大批年轻化、掌握新技术、善学习、有追求的新生力量。2023年，无论是上海广播电视台、上海教育电视台还是区融媒体中心,都按照宣传的总体要求,相互协同,开展了大量的融合传播新闻行动,各区融媒体中心发展进步十分显著。在 2023 年的区级媒体参评作品中,人们可以清晰地感受到,区融媒体中心的作品视野宽广、站位高、品质再上新台阶。如闵行区融媒体中心发掘的报道《为打工者建设城市建设者之家》,反映了上海发展中独具温暖的一面,报道播出后,引起市有关部门的关注。崇明融媒体中心采制的新闻《10 万吨级(ccus)项目正式运行　每年节碳 10 万吨相当于种树 556 万棵》这是一个科学落实国家"双碳"战略典型实例,具有全国启发借鉴意义。《"双11"脱单的背后》,是嘉定融媒体中心精心策划记述上海和苏州双向 11 号轨道交通连接并开始运营的一组连续报道,生动展现了长三角一体化战略的新进展。还有《黄浦区老字号转型(系列报道)》《金山企业助力氆氇编织工艺走向国际市场　援藏帮扶带动百姓增收》《再见,一伞巷,你好,新生活》等都是有观察、有思考、有特色的好作品。由此可见,媒体融合发展,已成为提升和壮大主流媒体传播力、影响力的"新质生产力"和新主力军。

2024 年是新中国成立 75 周年,站在新的历史交汇点,我们媒体人依然重任在肩。我们要以习近平文化思想为引领,不忘初心、不辱使命,站在时代前行的高度,持续践行"脚力、眼力、脑力、笔力"的"四力"要求,躬耕基层、深入一线,贴近人民城市人民建的火热实践中,在中国式现代化发展的大潮中,善于发掘新鲜事物,树立新的典型,坚定传递新的理念,全方位、多角度、立体式地做好全媒体传播,不断提升新闻报道的思想性、专业性和精准性,学会用新手段、新场景、新技术讲好中国故事,传播上海精彩,为努力营造社会主义现代化国际大都市良好的舆论氛围,书写好广播电视媒体人的新时代答卷。

上海市广播电视协会会长　林罗华

2024 年 8 月

目　录

电 视 新 闻

融 媒 体

一等奖

专 门 类

广播新闻

一　等　奖

2023 年度上海广播电视奖
参评作品推荐表

作品标题	越来越短的负面清单和 越来越大的开放之门	参评项目	广播新闻
		体　裁	消　息
		语　种	中　文
作　者 （主创人员）	胡旻珏	编　辑	孟诚洁、范嘉春
刊播单位	上海广播电视台 东方广播中心	刊播日期	2023 年 9 月 29 日 6 时 00 分
刊播版面 （名称和版次）	FM93.4 上海新闻广播 《清晨新闻》	作品字数 （时长）	6 分 09 秒
采编过程 （作品简介）	2023 年是上海自贸试验区建设 10 周年。十年来，这项以上海为起点的国家战略，在国家层面复制推广的 302 项制度创新成果中，源自上海首创或同步先行先试的占到近一半。如何以一个切口展现自贸区的非凡成就，记者以自贸区首创、划时代意义的"负面清单"为切入口，深入采访多家企业，聚焦不断缩减的"负面清单"和越来越大的"开放之门"，体现政府职能转变、改革先行先试、制度创新突破的自贸区建设之本。		
社会效果	建设自贸试验区是党中央在新时代推进改革开放的重要战略举措。如何将高大上的改革和政策，化成听得懂、好理解的故事和变化，记者以不断缩减的"负面清单"入手，聚焦十年来通过扩大开放引入的新企业，对比越来越短的负面清单、越开越大的中国开放大门，展现上海自贸区不断为国家试制度、闯新路。		

越来越短的负面清单和越来越大的开放之门

今天，中国上海自由贸易试验区迎来建设10周年。建设自贸试验区是党中央在新时代推进改革开放的重要战略举措，从最初的28.78平方公里到2015年纳入陆家嘴、金桥、张江等片区，再到2019年增设上海自贸区临港新片区，这片试验田依托上海长期以来的开放优势，确立了与国际经贸规则相衔接的开放型经济新体制，从而成为全面深化改革的试验田、制度型开放的先行者。

2013年9月29日，中国第一个自由贸易试验区在上海诞生的当天夜里，中国第一份"外商投资特别管理措施"，也就是大家俗称的"外商投资准入负面清单"向世界公布。十年间，伴随这份"负面清单"越来越短、中国开放的大门越开越大。请听报道：

外高桥基隆路9号，现在是上海自贸区管委会保税区管理局。十年前，一场聚焦制度创新的"国家试验"正是从这里起航。大厅二楼，浦东市场监管局保税区分局注册科副科长陈逸霏的办公桌上，始终放着一版最新的"外商投资负面清单"。

【实行了负面清单外的内外资一致的市场准入规则，从最早的190项的负面清单，现在已经缩减到最新一版27项，开放度更大了。】

如今在注册窗口，人们对这份已经缩减7版的"负面清单"都已经很熟悉了。可放在10年前，负面清单长什么样？怎么用？大家都没概念，上海承担起了这个开创性的重任。

长期研究自贸区建设的全国政协常委周汉民，参与了负面清单的起草过程。当时，每一条管理措施的去留，都会被反复商榷、甚至引发激烈争论，因为背后不仅涉及系统性的体制改革，更可能给产业链带来冲击。周汉民清楚记得，2013版"负面清单"共190项，仅表格部分就有10页。

【在国民经济分类1 069项中挑选出190项,"负面清单"就是两个词,要么是禁止,要么是限制,由此我们以禁止和限制国民经济小分类17.6％的努力,向世界表明这块地方的改革唯有前行,没有退步。】

【(游戏原声):万众瞩目的国产大作《仙剑奇侠传7》……】

与上海自贸区同年同月同日生的上海百家合信息技术发展有限公司,就得益于这第一张外商投资准入负面清单。首席运营官朱颖常说,他们是"001号"外资备案企业,第一个"吃螃蟹"。

【负面清单提到了"允许外资游戏企业在国内进行游戏游艺设备的销售和生产",我们也是作为当时第一个以文化制度创新为代表的企业在自贸区注册成立。】

从审批改备案,一词之变见证了中国与国际通行规则接轨所迈出的关键一步。接下来,开放的步子越迈越大。2016年10月,外商投资负面清单管理模式在全国复制推广,紧接着"准入前国民待遇加负面清单管理制度"写进《外商投资法》,这张"001号"备案证完成了其历史使命。

时间再到2023年,本月17号,特斯拉宣布全球第500万辆整车在上海超级工厂下线;再往前半个月,是特斯拉上海超级工厂的第200万辆整车下线。不断刷新的"特斯拉速度",让特斯拉全球副总裁陶琳感叹,这是用冲刺来跑长跑。

【一鼓作气很多时候是可以做到的,但更重要的是每一天都能保持这种冲刺的速度,就是说你要用冲刺的方式来长跑,这个才是对企业、包括对一个地区最大的一个挑战,或者说一种检验。】

特斯拉落户上海同样得益于"负面清单"。第一版"负面清单"曾专门列出汽车整车企业中方股份不得低于50％。2018版取消了外资股比限制,特斯拉由此得以独资建厂。陶琳说,越开越大的开放大门,让特斯拉更加坚定地继续投资中国市场。

【中国有非常广阔的人才,有非常广阔的用户的基础。大家对于创新,对于新的产品、新的技术都有极大的热情,接下来我们还是会一如既往地加大在中国的投入,而且我们期待做出更多的成绩。】

负面清单每减一条都不容易,但每减一条,都能得到外资迅速而积极的反馈。截至去年年底,上海自贸试验区新设外资项目超过1.4万个,累计实到外资586亿美元,相当于每分钟就有超过一万美元"到账"。

如今,历经7次缩减,最新版"负面清单"的表格部分只有薄薄的两页,实现了制造业条目清零,服务业持续扩大开放,向金融服务、跨境服务贸易、市场准入等领域继续拓展。今年年初,千亿级私募基金汉领资本宣布上海办公室开始运营,汉领上海投资管理有限公司总经理夏明晨的拓展计划雄心勃勃。

【现在已经利用 QFLP 这样一个制度，我们可以把我们海外的美元换成人民币，直接投到人民币市场。接下来我们再做一个基金管理人的登记，就可以在境内向境内的投资人募资，设立人民币基金，将来还要通过 QDLP 这样一个结构，在国内融资，然后投到海外市场。】

从 190 项到 27 项，越来越短的"负面清单"，推动开放大门越开越大。未来，上海自贸区还将进一步为国家试制度、闯新路。这份负面清单，还有没有可能进一步压缩呢？周汉民的回答，毫不迟疑！

【当然可以！比如说生物医疗领域，他们希望有更大的开放，缩短审批的时间，简化审批的流程，开放一些新的领域；又比如说，中国是世界最重要的农业大国，那么种业领域的开放也需要在负面清单中有新的作为。】

宏大主题的细节表达

——评广播消息《越来越短的负面
清单和越来越大的开放之门》

市委宣传部阅评组成员　秦恒骥

2023 年度广播人奖作品《越来越短的负面清单和越来越大的开放之门》这一 6 分多钟的音频新闻，表现的是主题宣传内容。这类题材的报道，是主流媒体的常态化任务。上海自贸试验区经历十年的"试"和"闯"，各项符合国际惯例的探索，对扩大对外开放效果如何？制度性开放的可复制性经验何在？兹因主题宏大，特别是时间跨度大，写作上常见于新闻综合的手法，容易浮光掠影，流于空泛。而本稿的优点在于，通过具象典型事实的描述，对大事件中的若干细节进行表达，把新闻元素收缩到若干"点"上，因元素的鲜活而凸显了新闻的"动感"，使受众从"感性"中有所悟、有所得，达到和提升了应有的宣传效果。报道选择自贸区十年中，外商投资负面清单的变化这一题材，本身便是扩大对外开放的一个有关键意义的"细节"，是对宏大主题"聚焦"，细节的选择又具有强烈的制度性特征。从这一角度切入，抓住了扩大开放的"褪节"性关键点。这个报道点被记者从纷繁的现象中抓住后，并紧紧扣住它，就有了广阔的展示开放形态的表现空间。在这个过程中，记者的采访是深入的，对大量改革中有开放意义的"细节"的撷取做了经过细细考量的选择。报道抓住了三个细节：外资进入自贸区的"负面清单"由起初拟定的190项降低到19项,"页数从10页减少到只有两页"。又用清单减少的实例出发,表现良性效果,言简意赅地描述了一家游戏企业和著名的大企业特斯拉,因负面清单上移除了相关对扩大开放的不必要的制约性规定后,取得的扩大投资的实际成效,达到了新闻的"立体性"效果。新闻的"点睛"之处还在于,采访专家,对这些事实做了有"点评"作用的"意义"归纳,明晰和深化了开放的宣传主题。

用"新闻"来表重大主题,"宣传"与"新闻"之间的关系需要把握好,强化宣传的"新闻属性",才能避免宣传的空洞,体现"新闻的力量";而"细节表达"无疑是有力量的新闻手段。对记者而言,这是一个辛勤的工作过程。细听此稿,受众可感觉到记者采访的细致,感觉到记者在拥有了大量事实的基础上,对新闻素材进行比较、分析、鉴别的遴选过程,这一切,都是对新闻的品质追求。首先是对大量事实的获取,这是"脚力";事实相对于服从主题需要的选择,需要准确,这种对事实、细节的遴选则是"脑力";把新闻事实表现得具体化,有情有景,可感可悟,又是"笔力"。这条6分钟的音频新闻,对有典型意义的新闻事实获取和运用,反映的正是记者遵循新闻规律,把握稿件的新闻属性,"四力"并用的过程。在"新闻宣传"的效果考量中,"新闻性"是重要的要素。所谓"细节表达",诚然具有"新闻"的要素特征,但还远远不够。相对于主题宣传的"主题"而言,还必须具备足以表达主题的思想内涵的"典型性"。本文所选择的素材,无不紧贴了自贸区改革中的关键点,既是具体的、表象的,又是深刻的、本质的。这些有典型意义的细节的表述,从宣传效果看,都使受众产生了比较强烈的可感度;从"典型性"中透视出规律性,从而对整个自贸区改革效果得以"窥一斑而见全貌"。这两点的准确把握,便是该作品给同行的借鉴意义。

以小切口、轻量化展现大主题

——《越来越短的负面清单和越来越大的开放之门》创作体会

东方广播中心首席记者　胡旻珏

2023年,中国(上海)自由贸易试验区建设满10周年。作为党中央在新时代推进改革开放的一项重要战略举措,十年来,这项以上海为起点的国家战略,已在全国范围内复制推广302项制度创新成果,其中源自上海首创或同步先行先试的占到近一半。要展现自贸区建设,如此宏大叙事的主题报道策划,过去往往强调"厚重、全面",在全媒体、融媒体转型背景下,如何顺应现在的传播格局和受众的接受方式,我们对主题报道的传播手段和话语方式进行了创新——找到小切口、表达轻量化。以此篇报道为例,"举重若轻"又让受众"喜闻乐见"。

上海自贸区建设涵盖方方面面,很多涉及国家大政方针、改革举措,这些内容都非常专业,经常文件里的一句表述,背后涉及多部门的系统改革集成。同样,围绕自贸区故事,可记录的改革事项也很多。这一篇广播消息《越来越短的负面清单和越来越大的开放之门》,以自贸区建设最具代表性的一项首创性改革入手,即自贸区首创、有着划时代意义的一张"负面清单"为切入口,深入采访不同领域的多家企业,生动讲述不断缩减的"负面清单"带来了越来越大的"开放之门"。

报道中融入了丰富的企业案例,既有第一个"吃螃蟹"的,也有"制造业领域"最具代表性的车企特斯拉,以及现在仍不断谋求开放的金融企业;十年来,通过扩大开放引入的这些新企业,从制造到金融、从贸易到服务,对比越来越短的负面清单和越开越大的中国开放大门,展现了上海自贸区不断为国家试制度、闯新路的改革初心。这个"举重若轻"又"喜闻乐见"的小切口,更生动展现了上海自贸区为全国新一轮改革开放带来的意义所在,以轻量化表达创新重大主题报道。

虽然,表达方式追求轻量化,但是每一篇报道背后却要下大功夫,记者要了解的信息、掌握的背景、深入的采访从来不是轻量化,甚至要更重量化。尤其是主题报道,只有记者先吃透了,才能从海量信息中找到能四两拨千斤的切入点;做好"翻译官",多讲受众听得懂的语言,从文本、介质和渠道上实现轻量化表达。所以形式轻量化,绝不是内容轻量化,始终要以"内容为王",要"脚底板下出新闻",要"接地气和懂经",这样才能有底气、有功力将一个个高大上的改革和政策,化成一个个接地气的故事和变化。

在我们每天的新闻报道中,主题报道始终占据着最重要的位置和篇幅,这是作为党的喉舌不可丢失的舆论阵地。仅 2024 年以来,《浦东新区综合改革试点实施方案》《上海东方枢纽国际商务合作区建设总体方案》一个个事关制度型开放的"重磅消息"发布,再加上已有的浦东引领区意见、上海自贸区 80 条、"丝路电商"合作先行区等,都需要主流媒体加强报道,展现我们国家"开放大门不会关上,只会越开越大"。

在融媒转型中,如何更好地体现广播人的特点?用最通俗易懂的话,让听众在听报道的同时,就能有画面感、就能够理解,它或许称不上"高大上",但一定"小而美",有一种在和受众对话的交互感。

重创新、抓热点、强时效,这是新闻报道始终不变的追求。以融媒体、轻量化的表述,让主题报道也能变得形式新颖、情感真挚、交互性强,从我们广播媒体人一系列的探索来看,既取得了不错的传播效果,也提升了新媒体矩阵的传播力、影响力、公信力。今年是新中国成立 75 周年,在重大主题报道上,继续找准故事小切口、实现轻量化表达,值得继续探索。

2023 年度上海广播电视奖
参评作品推荐表

作品标题	新能源车功能离线，消费者权益谁来保护？		参评项目	广播新闻
			体　裁	消　息
			语　种	中　文
作　者 （主创人员）	吴雅娴、刘蕈之	编　辑	范嘉春、王唯超、范立人	
刊播单位	上海广播电视台 东方广播中心	刊播日期	6月7日7点37分	
刊播版面 （名称和版次）	FM93.4 上海新闻广播 《990 早新闻》	作品字数 （时长）	7分14秒	
采编过程 （作品简介）	多位爱驰车主向上海电台反映爱驰官方 App 多个版块内容被清空或显示网络未连接，导致多媒体功能离线，车辆保养和售后维修也无法保障。车辆还在质保期内，车企却失联了。记者从该新闻线索出发，采访多位车主发现除了多媒体功能关闭，还有车辆行驶安全及售后维修等一连串问题。记者拨打爱驰官方客服热线但一直无人接听。记者走访了一些新能源车经销商发现，宣称"终身质保"几乎是小众品牌新能源汽车的标配，还不仅仅是爱驰一家。记者调查发现，为了生存，造车新势力"不计成本打服务牌"，宣称服务贯穿售前、售中、售后全周期，而事实是新能源车售后服务供给明显不足，对车主的保障和承诺难以落地。该报道深刻反映了造车新势力面临的困境和挑战。			
社会效果	造车新势力已经进入残酷的淘汰赛。据媒体报道，爱驰汽车已陷入经营困境。爱驰上海总部因欠缴租金，被所在园区物业停电警告。爱驰用户 App 无法正常登录使用，已经威胁到车主的行车安全。曾经的"造车新势力"如今变成了"跑路急先锋"，消费者权益谁来维护？新能源车企破产走路，遭殃的是车主的钱包，买了车却失去了服务与售后，甚至连 OTA 升级功能可能都实现不了，真的配不上"新势力"这三个字。如何保护好"不幸"选中了被淘汰品牌的车主利益？记者就此给出建议，监管部门不妨参考一下对金融机构的管理办法，在这些车企的营业额中提取一定比例的维修基金列入专门账户，这样就能在汽车厂家破产离场后继续有资金对消费者提供后续服务。			

新能源车功能离线，消费者权益谁来保护？

上海交通广播《汽车世界》节目上周接到多位爱驰车主来电反映爱驰官方App多个版块内容被清空或显示网络未连接，导致多媒体功能离线，车辆保养和售后维修也无法保障。车辆还在质保期内，车企却失联了，曾经的"造车新势力"如今变成了"跑路急先锋"，消费者的权益谁来维护？请听报道：

爱驰车主王先生最近很是焦虑，因为他于2020年12月购买的新车上个月接连出现了很多意想不到的问题。

【5月6号开始，先是充电桩离线，就是不能远程控制和时间预约。然后第2天开始，APP里面的各项功能就暂停使用了，远程就是远程的车辆控制关车窗呀、授权启动呀、开车门要开车和锁车呀、天窗呀这些控制功能都没有了，包括涉及互联网功能都停掉了。】

除了多媒体功能接二连三关上大门，车主们更担心的是车辆的行驶安全，还有售后维修还靠不靠谱。

【车主：不敢碰。万一伤到里面的"三电"产生维修的费用。新能源这个车子的费用都是天价的维修费，保险有可能费用也比较高。】

很多车主手上还有一份爱驰汽车整车终身质保服务协议，当初花了近7 000元专门买的，为的就是多一份保障。细看这份协议，上海市消保委公益律师马涛认为：

【这个协议本身还是有一定问题的，对经销商不提供这个质保服务有什么违约的责任问题，它是没有提到的。仅仅说我要对你进行质保，但是如果不履行呢？协议本身对我们消费者来讲是一个重大的不保护的情况。一旦出厂家出现了问题，这份质保协议就没有用。】

记者拨打爱驰官方客服热线但一直无人接听。记者同时走访了一些新能源车经销商发现，类似这样宣称的"终身质保"几乎是小众品牌新能源汽车的标配，还不仅仅是爱驰一家。

【我们现在正推行一个活动叫首任车主"三电"终身质保，您的这个电池、电机、控制器总承是属于终身质保的、是不需要担心的，就是为您带来一个后期电池无忧。】

【全国联保的。就是您去任意一个城市，做保养、维修都是可以的。您不用担心，终身免费。】

相比大品牌，小众新能源车在营销上投入了更多的精力，鼓动买车者尽快下单。

【一上市就只做电车，它一心研发新能源，一心想做好汽车，必须要把这个品牌做好、做大的，大可放心。因为其实我们保有客户还非常多。还有一句广告语是入门机顶配，我们每个月都会给客户赠送网络。】

【我们这个销量都是不错的呀，因为我们这个品牌的话是新势力品牌嘛，在设计各方面是比较新潮的，而且蛮多年轻人都挺喜欢一种比较好的体验。】

营销说得天花乱坠，落地却疑窦重重。近年来，新能源汽车的投诉量大幅增长。消费者的投诉主要聚焦在行驶中突然熄火、漏油、发动机异响、刹车失灵、电池模块损坏等汽车质量方面。而如今，随着市场竞争的白热化，多达几十个品牌的新能源车市场正在经历一轮优胜劣汰的大调整。过去两三年里，已经有多家造车新势力公司在市场上消失，包括曾经名噪一时的拜腾汽车、赛麟汽车等。今年以来，威马汽车、天际汽车等企业先后停摆。有财经媒体报道，爱驰汽车也遇到财务困难。由于欠费，爱驰汽车内网服务器已停用，所以爱驰 APP 也无法刷新信息。车企关门跑路，车主的权益该如何保障？马涛律师认为：

【商务部《汽车销售管理办法》第 21 条就规定，汽车厂家停产以后要保持 10 年的一个售后服务。市场监管总局《家用汽车产品修理更换规定》提到了要保障汽车消费者的合法权益。可以去找商务部门、市场监管部门进行投诉。建议相关主管部门，对这些车企，扣除 10 年内已经对外销售汽车的相应维修部分的金额，预防一旦停产以后购车人的权益受到损害。】

以互联网思维颠覆市场的造车新势力有许多新的打法，但基本的运营服务和对消费者的承诺不应是被颠覆的对象。

记者手记：要支持造车新势力，更要保护汽车消费者

造车新势力已经进入残酷的淘汰赛，据媒体报道，爱驰汽车已陷入经营困境。爱驰上海总部因欠缴租金，被所在园区物业停电警告，爱驰用户 APP 无法正常登录使用，已经威胁到车主的行车安全。

大浪淘沙是市场经济的常态。可是，花了不少资金买来这些新能源车的车主们的合法权益如何保护？法律界人士分析认为，如果企业资不抵债，无法维系运营可能进入破产重整阶段，若企业重整失败进入破产清算，此时企业显然无法履行终身质保等义务，应当退还消费者已经支付的终身质保费用，至于消费者在企业破产后其车辆的维修则可能需要消费者自行寻找具有维修能力的机构进行维修。这就是说，新能源车企破产走路，遭殃的是车主的钱包，买了车却失去了服务与售后。大多数造车新势力发布新车的时候都号称终身质保，结果车还没开两年品牌倒闭了，先不说维修保养和质保，许多造车新势力宣传的 OTA 升级功能可能都实现不了，真的配不上"新势力"这三个字。

近年来，造车新势力遇到的问题还真不少。在消费者的质疑和同行们的冷嘲热讽中，造车新势力们把一次又一次的质量危机熬了过去。一方面，为了生存，造车新势力"不计成本打服务牌"，宣称服务贯穿售前、售中、售后全周期；另一方面，新能源车售后服务供给明显不足，售后服务体系的建立，目前没有固定的模式。车企自建、合作或者独立第三方等路径都在探索过程中。

眼下在新能源车市场拼杀的品牌多达几十家，大部分汽车业分析师都认为，最后能一路拼杀活下来的不会超过 10 家。接下来问题来了，如何保护好"不幸"选中了被淘汰品牌的车主利益？这方面有个建议，监管部门不妨参考一下对金融机构的管理办法，在这些车企的营业额中提取一定比例的维修基金列入专门账户，这样就能在汽车厂家破产离场后继续有资金为消费者提供后续服务。

新能源车企是经济新亮点。对这些车企，既要给机会，又要做规矩，造车新势力要保护，消费者权益更要未雨绸缪考虑起来；反过来说，让消费者放心，也就是对造车新势力最好的支持。

小报道也可以做出大文章

——简评广播消息《新能源车功能离线，消费者权益谁来保护?》

东方广播中心阿基米德总编辑　丁芳

点评这篇报道之前，先来了解一下我国新能源汽车的发展背景：我国新能源汽车，从 2013 年的年产 1.8 万辆，到 2023 年的年产 958.7 万辆，占中国汽车总产量的 32%，2023 年，我国新能源汽车的出口已达 120.3 万辆（中国汽车工业协会数据）。十年间，中国在新能源汽车领域突飞猛进，赢得全球瞩目。新能源车在资本掀起的风口中、在一片掌声中迅速崛起。没人希望欢呼之后留下一地鸡毛，正如本文记者所说的：只有"做规矩"才能支持行业的健康发展。

这篇报道主题鲜明，立意高远。当人们为中国新能源车的发展发出一片欢呼、叫好声和点赞时，本篇报道从一个投诉线索入手，探究新能源汽车出现的共性问题，发现众多面世的新能源车普遍存在虚假宣传、承诺难以兑现的现状，以及社会监管缺位的问题。记者从个案出发，到站在一个更宏大的背景下，看一个行业普遍存在的问题，以小见大、以点到面，报道不仅指出痛点："曾经的造车新势力如今变成了跑路急先锋，大多数造车新势力发布新车的时候，都号称终身质保，结果品牌倒闭了，维修、保养和质保，甚至连 OTA 升级功能都实现不了，消费者权益谁来维护?"同时点题：让消费者放心，也是对造车新势力最好的支持。

新能源车目前是全社会的热点，赶上风口的造车新势力更是如雨后春笋般兴起，但却存在"规范没有跟上"的问题，不能因为发展而忽略监管，记者站在时代背景下提出了一个客观存在的问题。实际上在改革开放这么多年后，我们已经可以从摸着石头过河到积极主动地实行制度设计。政策和监管设计一定要跟上时代的步伐。

一篇常规的投诉报道，记者做出了大文章。入手之小、立意之高，对年轻记者来说甚为难得，这不仅体现了年轻记者的新闻敏感性和宏观意识，也体现了主流媒体的清醒、专业与思考力，同时彰显了责任与担当。

这篇报道谋篇布局上，层层递进，举重若轻。看似一篇简单的消息，但实际上也可以称为一个调查报道。把相对专业的内容，写得深入浅出，接地气。调查研究，是记者的基本功，也是一篇好报道的底色。通篇报道是记者深入调研后的产物，从一个车企的 App 不能使用，到确认车企无法兑现承诺的售后问题，再进一步调查了行业的现状，发现问题是普遍存在的，发现了一个行业的大 bug。记者的采访报道由个案到行业，不是一个孤证，指出了问题的普遍性和严重性，难能可贵的是不仅提出了问题，而且采访相关专家给出了解决的问题的建议："监管部门不妨参考对金融机构的管理办法，在车企的营业额中提取一定比例的维修基金列入专门账户，以保障后续有资金为消费者提供服务。"

这是一篇具有现实意义的报道。从发现这条线索的新闻价值到实施采访报道，敏锐地抓到了行业痛点，体现出专业媒体记者的能力和作为。媒体的职责要对现实社会具有促进作用，不是只唱赞歌。好的报道可以对促进行业和社会进步起到哪怕点滴的推动作用。这篇报道无疑是一篇促进行业健康发展和社会进步的佳作。

爱驰车主维权困境：造车新势力
繁华背后的隐患与消费者之痛
——《新能源车功能离线，消费者
权益谁来保护？》创作体会

东方广播中心记者　吴雅娴

在这个汽车产业革新的大时代里，我们见证了一批批的"造车新势力"如雨后春笋般涌现，它们以创新的思维、前卫的设计和大胆的营销策略，打破了传统汽车市场的固有格局。然而，在一派繁华的背后，一些新势力车企的"短命"现象，也给我们敲响了警钟。《新能源车功能离线，消费者权益谁来保护》这则报道真实地反映了爱驰车主们遭遇的维权困境并启发社会思考：在追求速度与规模的同时，车企是否忽略了最基本的运营服务和对消费者的承诺？

倾听消费者诉求，深入走访调研

记者从一条简单的新闻线索出发，以点带面，深入报道了爱驰车主们的维权困境：App 功能掉线、车企失联，给车主们带来了极大困扰：不仅车辆保养和售后维修无法保障,还要担心车辆的安全问题。更令人痛心的是,一些车主还专门购买了车企提供的整车终身质保服务,如今却成了一纸空文,连购车时宣传的OTA 升级功能都实现不了,真的配不上"新势力"这三个字。车企在追求销售业绩的同时,是否忘记了最基本的消费者责任?

记者走访发现,不仅爱驰一家,部分造车新势力企业都把终身质保作为宣传的卖点,宣称服务贯穿售前、售中、售后全周期。车主在购车时,或许被车企的宣传所吸引,认为选择了一个充满活力和前景的品牌。然而,随着时间的推移,一些新势力车企的问题开始暴露无遗:资金链断裂、技术不过关、售后服务无法保障等。这些问题,对消费者来说,无疑是沉重的打击。

抓住矛盾的主要方面,一分为二地分析问题

这则报道观点鲜明:造车新势力要支持,消费者权益更要未雨绸缪考虑起来。在爱驰车主的案例中,我们可以看到,造车新势力在追求速度与规模的过程中,往往忽视了对消费者承诺的坚守。然而,不能因为一些新势力车企的问题,就否定整个造车新势力行业的发展前景;相反,我们应该从中吸取教训,规范新能源汽车行业发展。

我们应该用更加理性和客观的眼光看待造车新势力行业的发展,在繁荣的背后看到隐忧,在消费者的投诉中看到改进调整的空间。我们期待看到更多车企能够坚守对消费者的承诺,不断提升自身的技术和服务水平,为消费者提供更加优质的产品和服务。同时,也希望政府部门能够加强监管,抑或是参照对金融机构的管理办法,在这些车企的营业额中提取一部分比例的维修基金列入专门账户,这样就能在汽车厂家破产离场后,仍有资金为消费者提供后续服务。记者在报道最后写道:"新能源汽车是经济新亮点,对这些车企既要给机会,又要做规矩;反过来说,让消费者放心,也就是对造车新势力最好的支持。"这是对报道主题的升华。

舆论监督报道要客观理性,坚持适时适度原则

一边是造车新势力的狂奔,另一边是消费者投诉的高发。面对这样的局面,我们不禁要问:应该如何平衡好支持造车新势力和保护消费者权益之间的关系?

首先,我们需要认识到,市场经济本身就是一个充满竞争和淘汰的过程。造车新势力作为新兴力量,在面临诸多挑战和机遇的同时,也需要考虑到可能出现的风险和承担起相应的责任。消费者权益的保护始终不容忽视,我们更应该加强监管和规范,确保这些企业在追求发展的同时,不损害消费者的合法权益。

其次,对于已经陷入困境的造车新势力,应该采取积极的措施来保障消费者的利益。一方面,政府监管部门可以加强对这些企业的监管力度,及时发现问题并解决问题;另一方面,也可以探索新的、可行性强的解题路径。

当然,保护消费者权益并非一朝一夕之功,需要全社会的共同努力和持续关注。在这个过程中,媒体扮演着重要的角色。作为信息的传播者和舆论的引导者,新闻媒体应当积极关注新能源汽车市场的发展和变化,及时报道相关问题和案例,引导公众正确地看待和应对问题,进一步推动新能源汽车市场健康、有序地发展。

2023 年度上海广播电视奖
参评作品推荐表

作品标题	《990 早新闻》 （2023 年 5 月 29 日）		参评项目	广播新闻
			体　裁	编　排
			语　种	中　文
作　者 （主创人员）	余天寅、周仲洋、 李博芸、孟诚洁、 吴艳、马锐	编　辑	陈霞、余天寅	
刊播单位	上海广播电视台 东方广播中心	刊播日期	2023 年 5 月 29 日 7 点 00 分	
刊播版面 （名称和版次）	FM93.4 上海新闻广播 《990 早新闻》	作品字数 （时长）	54 分 55 秒	

采编过程 （作品简介）	作品以"科技自立自强"为主线编排，节奏松紧适度，注重可听性。节目首先播出习近平同志《论科技自立自强》出版的消息稿，反映我国深入实施科教兴国战略、人才强国战略、创新驱动发展战略，完善国家创新体系，加快建设科技强国的决心和前进方向。接下来安排国产大飞机 C919 圆满完成商业航班首飞的一组内容。解析这次中国航空发展史上具有里程碑意义的飞行，背后所蕴含的十六年磨一剑，大飞机研制从无到有，逐步走向独立自主的历程。编辑将动态新闻报道、消息和反映国产大飞机一步步腾飞的背景短音频，以及担任中国设计的第一架大型喷气式客机"运-10"总体设计的 93 岁老人程不时目睹 C919 商业首飞情景记录、人物特写，穿插编辑，使得这组新闻有点有面、细节丰富、内容生动。 　　接着安排播出编辑当日撰写的《晨间快评》，结合上述一组内容指出，中国商飞公司的司歌《翱翔蓝天》头两句是"有心飞到世界的地方，天空也有万里城墙"。天空哪儿来的城墙呢？走过半个多世纪的中国民机产业，对此有太多苦涩甚至刺痛的感触。从 ARJ21 到 C919，伴随着越来越多的国产民机载客飞行，它们终将冲破天空中看不见的万里城墙，起到了点睛作用。接下来，安排播出动态新闻报道"上海地铁运营 30 周年，全新车辆

（作品简介）采编过程	数字化运维管理中心启用"，成为"科技自立自强"的又一例证。节目接着安排播出一组本地消息，包括"上海气温冲击 35 度，申城入夏"报道、新征程·新奋斗专题报道，以及上海探索建筑垃圾治理新路径，让"装修垃圾不落地"、上海广播初夏奇妙电波游等报道，体现百姓生活日常中的获得感。 　　当天节目还安排播出了有关神舟十六号飞船发射在即、疾控专家表示新冠"二阳"患者症状普遍更轻、土耳其大选结果出炉、德班世乒赛落幕等新闻，保证了早新闻的信息量。
社会效果	该早新闻作品播出后，因主题突出、资讯丰富，同时音响效果精致、突出宏观层面大主题的同时又不乏细节上的亮点，获得了业内和受众的一致好评。根据该作品制作的优质新媒体作品在多个平台上进行二次传播，扩大了影响力。根据赛立信数据显示，该作品触达人数超过 110 万；当日收听率 6.71%，创下新高，高出该时段全年平均数值 2 个百分点；市场份额达到 43.78 呈现明显的收听高峰。

990 早新闻(2023 年 5 月 29 日)

【19 版 990 早新闻】(新四军进行曲变奏)东经 121.4 度,北纬 31.2 度,从上海出发(飞机音效衬)上海人民广播电台!990 早新闻!(转场音效＋提要垫乐)早新闻提要,(转场音效＋新四军进行曲变奏)990 早新闻正在直播!

▲习近平同志《论科技自立自强》出版,收入重要文稿 50 篇,其中部分文稿是首次公开发表。

▲十六年磨一剑,国产大飞机 C919 圆满完成商业航班首飞,今天起将在上海至成都航线实施常态化运行。商业运营首航仪式在沪举行,金壮龙、龚正、宋志勇分别致辞,播送记者首航体验报道和本台晨间快评:《翱翔蓝天,冲破天空的城墙!》

▲庆祝上海地铁运营 30 周年,全新车辆数字化运维管理中心启用,13 号线东延伸工程开始施工。

▲申城今天冲击 35 度,或将迎来今年首个高温日,入夏已成定局。

▲上海卓昕医疗创始人王少白研发多项产品填补国内空白,致力让国产手术机器人领先世界,本台【新征程・新奋斗】专栏播送记者报道。

▲神舟十六号飞船发射在即,乘组中将出现航天工程师和载荷专家。

▲疾控专家表示,新冠"二阳"患者主要感染 XBB 变异株,致病力无明显变化,症状普遍更轻。

▲德班世乒赛落幕,樊振东、孙颖莎分别击败队友王楚钦、陈梦获得男女单打冠军,中国队包揽全部金牌。

▲拜登和麦卡锡就提高美国债务上限达成初步一致,协议初步文本将于今天公布。

▲埃尔多安在第二轮投票中险胜反对党阵营候选人,再次当选土耳其总统。

本次节目监制：陈霞、余天寅、周仲洋

各位听众，早上好！欢迎收听 990 早新闻。我是张早，我是李欣。今天是 5 月 29 号，星期一，农历四月十一。

首先来为您介绍一下天气情况：

今天本市多云，午后到上半夜局部地区阴有阵雨或雷雨，明天多云到阴有时有阵雨。

今天最高温度 34℃～35℃，明天最低温度 24℃。

目前，本市空气质量指数，评价等级。

根据最新预报，本市今天下午空气质量良，夜间优，明后天良。

990 早新闻，首先带来今日要闻：

中共中央党史和文献研究院编辑的习近平同志《论科技自立自强》，近日由中央文献出版社出版，在全国发行。这部专题文集，收入习近平同志关于科技自立自强的重要文稿 50 篇，其中部分文稿是首次公开发表，对于我们深入实施科教兴国战略、人才强国战略、创新驱动发展战略，完善国家创新体系，加快建设科技强国，以中国式现代化全面推进中华民族伟大复兴，具有十分重要的指导意义。

昨天上午 10 点 32 分，中国东方航空使用中国商飞全球首架交付的 C919 大型客机，执行 MU9191 航班，从上海虹桥机场飞往北京首都机场，开启这一机型全球首次商业载客飞行。这是中国航空工业迈出的历史性一步，标志着 C919 "研发、制造、取证、投运"全面贯通，中国民航商业运营国产大飞机走进广大消费者的生活，本台记者车润宇作为首航乘客，和航班上近 130 名旅客共同见证了 C919 的商业首航。请听报道：

现在是早上 8 点，记者在虹桥机场的停机坪上已经看到了 C919。它身披东航涂装，在机身前部印有红色"全球首架"的"中国印"标志和对应的英文，上午的 10 点 30 分，我已经登上了飞机，可以看到现在飞机正处于滑行状态。

【轰鸣声】伴随着发动机的轰鸣声，飞机开始在跑道上冲刺，好的，一个轻盈的抬头。我们已经离开了地面。

现在是上午 11 点，飞机已经进入到平飞状态，透过舷窗，可以看到，C919 的超临界机翼在空中非常漂亮，现在飞机上的乘客们都跟我一样，正在调动所有感官去抓住所有细节，来细细体味这架飞机到底有什么不一样。我坐的经济舱座椅采用了人体工学设计的椅背，所以感觉我的腿往前伸展的空间也更大，可以说非常宽敞。头靠是可以往上进行延伸，在我的座椅前面还有两个杂志袋，小桌板采用了卡扣打开的模式，往前一拉就可以看到隐藏式的杯托，在我的座椅下方还有一个 USB 接口，现在我也正在给我的手机充电。抬头可以看到可以调节的阅读灯和客舱的情景照明灯。12 英寸的吊装显示器目前已经打开，正在播放 C919 宣传片。

中午 11 点 15 分，乘务员们正在给大家送上今天的午餐。

【辣鸡香肠煲仔饭、专用的慕斯蛋糕、大白兔牛奶，预祝大家大展宏图。目前 C919 以后都是。】

【现场：五星红旗迎风飘扬……首航成功！谢谢大家……】

在我身边的是今天第一位值机的黄先生，我们也来问问他，坐下来的感觉怎么样？整个飞行体验怎么样？

【黄：我感觉是非常非常稳的。我现在坐进来，感觉前后间距是没有任何约束的，至少坐在中间，也没有觉得两边会很紧或者很拘束的感觉，所以总体来说，经济舱还是坐得非常舒服的。】

记者：今天会给我们的飞机打几分？

【黄：10 分！非常满意，无论从机务、从乘务，还是他们的飞行技术都是最强的。】

中国东航总经理、党组副书记李养民同样也是搭乘 C919 的首个商业航班，他自信地表示，这款飞机能够给乘客带来第一流的飞行体验。

【共同实现了安全飞行，飞得安全，飞出志气、飞出品牌、飞出效益，把中国梦共同实现好！】

【落地声、掌声】飞机一个轻盈落地，我们可以听到机舱内传来旅客们的鼓掌声和欢呼声，我们已经抵达了北京首都机场。东航 C919 飞行部总经理赵宏兵说：不到两个小时的空中飞行，标志着国产大飞机 C919 圆满完成了首个商业航班飞行。

【一切顺畅，起飞落地机场天气也不错。今天是第一班，从明天开始可能就有相应的航班，就可以坐我们的 919 飞机了!】

C919 大型客机商业运营首航仪式昨天在虹桥国际机场举行。工业和信息化部部长金壮龙在致辞中向参与 C919 大型客机项目研制、试飞、审定、运营、保障的各单位和全体同志致以崇高的敬意！他说，此次首航标志着历经 16 年的研制工作取得重大成果，是中国航空发展史上具有里程碑意义的飞行。展望未来，我国大飞机事业任重而道远，加快规模化、系列化发展的任务依然艰巨繁重。要继续发扬"长期奋斗、长期攻关、长期吃苦、长期奉献"的优良作风，奋力谱写中国大飞机事业发展新篇章。

上海市委副书记、市长龚正在致辞中说，习近平总书记一直高度重视国产大飞机事业的发展，殷切期望国产大飞机"笑傲蓝天、展翅飞翔"。C919 大型客机正式商业运营，开启了上海航空工业市场化、产业化的新征程。我们要抓住这一重要契机，充分发挥上海产业基础雄厚、配套体系完善、专业人才集聚的优势，支持中国商飞当好民用航空"链长"，不断提升航空产业链供应链韧性和安全水平，着力打造世界一流的航空产业集群。

中国民用航空局局长宋志勇在致辞中说，民航各系统要持续关注 C919 安全运行情况，为国产大飞机规模化、系列化、产业化发展奠定坚实基础。

中央主题教育第 50 指导组组长陆东福，上海市副市长李政，工信部党组成员、总工程师田玉龙，中国东航总经理李养民，中国商飞董事长贺东风，中国商飞总经理周新民出席。

国产大飞机 C919 昨天(28 日)圆满完成商业航班首飞，这一刻无数中国人为之期待和努力。93 岁的程不时老人更是等待了 50 多年，他是新中国航空事业的见证者，参与了新中国第一批飞机工厂及航空发动机工厂的建厂设计，后担任中国设计的第一架大型喷气式客机"运-10"的总体设计及副总设计师。看着 C919 起飞的过程，把毕生精力投入航空事业的程不时老人多次落泪，他说，C919 不只是一个型号，它是一个产业的代表，更是一种精神的代表。请听报道。

早上 9 点多，程不时老人就打开电视，时刻关注 C919 首个商业航班的直播，当看到飞机从跑道上平稳起飞，老人激动得涌出泪水。

【是真忍不住，不只是我个人感到心潮澎湃。我们国家很多关心航空发展的人都认为这是一个重要的时刻。C919 是有标志性意义的，最重要的是我们自行设计的产品。】

作为 C919 设计专家组成员，程不时最看重的就是自主创新，对未来的改进发展，老人也一直在思考。

【C919 在运行中间可以有很多改型，可以拉长一些，可以增多一点客座，在它的基础上也孕育了下一代更大飞机的前景。有很大的商业前景，订货量也会促进技术的进一步进步。】

1951 年从清华大学航空工程系毕业之后，程不时就把毕生精力投入到航空事业中。从中国第一架喷气式飞机到运-10，再到现在 C919 的商业运营，程不时说，自己的一生是幸运的，更希望年轻人能够把这条道路越走越宽。

【航空业是一个重要的领域，有一些特殊的要求，周期比较长，要忍得住寂寞，要能够沉下心来克服所有的遇到的困难，逢山开路，遇水搭桥，一定要保持一个前进的姿态，因为这是一个非常精神振奋的战场，要我们投入毕生的精力来贡献力量。】

从 2007 年立项至今，C919 大型客机十六年磨一剑，下面我们通过一段音频来回顾一下国产大飞机是如何一步步腾飞的：

【2007 年 2 月 26 号，大型飞机研制重大科技专项正式立项；2008 年 5 月 11 号，中国商飞公司在上海成立；次年 1 月 6 号，中国商飞正式发布了 150 座级大型客机，代号"C919"。2011 年 12 月 9 号，C919 通过国家级初步设计评审转入详细设计阶段。随着来自全国各地的机体部段齐聚上海。2014 年 9 月 19 号，C919 首架机开始结构总装。2015 年 11 月 2 号，这架飞机总装下线，第一次在世人面前展现身姿。2016 年 4 月 11 号，C919 全机静力试验启动。当年 11 月东航确定成为 C919 全球首家用户。2017 年 5 月 5 号下午 2 点，C919 首架机在浦东机场第一次飞上蓝天，首飞历时 79 分钟，举国为之欢腾。11 月 10 号，这架飞机转场陕西阎良开展后续试飞任务。从 2017 年 12 月到 2019 年 12 月，先后又有 5 架 C919 成功首飞与首架机构成了 C919 的"试飞天团"。它们各有分工，承担起了高强度的试验试飞和取证试飞任务。随后几年，这 6 架 C919 飞遍我国东西南北，历经高温、高寒、大侧风、自然结冰、失速等极限挑战，堪称"英雄劳模"。2022

年 5 月 14 号,首架将投入商业运营的 C919 在浦东机场首飞。2022 年 8 月 1 号,中国商飞公司宣布 C919 六架试飞机完成取证试飞。9 月 29 号,C919 获得民航局颁发的民用航空器适航证,两个月后又获得了生产许可证。2022 年 12 月 9 号,首架将投入商业运营的 C919,从浦东飞往虹桥正式交付给东方航空,它在完成 100 小时的验证飞行之后,终于与乘客见面,开启了国产大飞机投入商业运营的全新篇章。】

从今天开始,C919 大型客机将投入到上海虹桥到成都天府的航线上,实施常态化的商业运行。后续随着航司的陆续引进,C919 机型还将投放到更多的航线上。昨天,C919 的商业首航成功,也受到全球飞机制造、研发企业和媒体的高度关注。空客和波音公司分别发文,祝贺东航和中国商飞取得的成功。

"打破垄断"则成为被外国媒体提及最多的词。《华尔街日报》第一时间发文评论称,C919 商业首飞意味着波音和空客几十年来的"双头垄断地位"在中国市场受到了挑战,尽管这一挑战规模尚小,却颇具象征意义。美国有线电视新闻网(CNN)则更为具体,报道称:"C919 将成为空客 A320 和 B737 窄体客机的直接竞争对手,他们常用于国内和区域内国际航班。"英国广播公司(BBC)报道称,中国商飞 C919 有望打破空客和波音单通道喷气式飞机的主导地位。

除此以外,多家西方媒体还铺垫了一个背景细节:截至 2022 年年底,C919 大型客机累计获得 32 家客户 1035 架订单。

下面请听鸣镝撰写的晨间快评:《翱翔蓝天,冲破天空的城墙!》

昨天本台的直播中,与 93 岁的程不时老人连线后,主持人旭崇接通了北京一位初二学生张超尘的电话。这位 14 岁的小飞友,早早守在首都机场,等待拍摄 C919 的身影。当一名机长,是他的梦想。年龄相差近 80 岁的这一老一小,一个人的圆梦时刻,恰是另一人逐梦而行的起点。蓝天无垠,中国人的拼搏奋斗,生生不息。

对于首航,所见、所听满是赞誉。尤其是飞机前排的一张照片,获得诸多点赞。照片里,国家部委的领导,中国商飞和东航的领导一起竖起大拇指。有网友点评,"领导先坐"是最硬核的广告。还有一个刷屏的问题是,怎样才能抢到机票?这固然令人欣喜,但特别想说,C919 很不错,但绝不完美。任何工业产品都逃脱不了"澡盆曲线"的规律,也就是说,投入使用的初期,故障率总是相对高的,越用才会越好。飞机的总师韩克岑说,一方面,闻过则喜,闻过则改,欢迎大家提意见,这话说得很真切;而另一方面呢,大家的理性和宽容也很重要,尤其不能听风就是雨,要以安全运营为前提,走得稳,才能走得快!

此时此刻，C919 正准备飞往成都天府机场。（注：计划 29 号 8 点 15 分起飞）告别首航高光时刻，一切终将归于平凡，有蓝天白云，也有风霜雨雪，一款飞机的可靠性，公众和航空公司对它的信赖感，正是从日复一日、一个又一个航班起降中积累起来的。当有一天，大家遇到 C919 觉得司空见惯，那时的中国大飞机才飞得更高更远了。

【歌曲：翱翔蓝天（出前两句后压混）】

这是中国商飞公司的司歌《翱翔蓝天》。头两句是"有心飞到世界的地方，天空也有万里城墙"。天空哪儿来的城墙呢？走过半个多世纪的中国民机产业，对此有太多苦涩甚至刺痛的感触。从 ARJ21 到 C919，伴随着越来越多的国产民机载客飞行，我们相信，它们终将冲破天空中看不见的万里城墙。

C919 大型客机商业航班的首飞成功标志着中国拥有了真正属于自己的大飞机，证明了我们也可以。同样在上海，1993 年 5 月 28 号，上海地铁 1 号线南段通车，圆了上海人民的"地铁梦"。30 年来，上海地铁走过了从 6.6 公里到 831 公里，从 5 个车站到 508 座车站，从落后西方 100 多年到路网规模全球第一的发展历程。为庆祝运营 30 周年，上海地铁昨天（28）在梅陇基地举行系列活动，现场启用全新的车辆数字化运维管理中心，今年首个地铁新线项目——13 号线东延伸工程也在当天启动施工。请听报道。

梅陇基地是上海地铁发展 30 年的一个见证，在这个特殊的日子里，基地墙面上复刻了"人民地铁人民建，为民之举靠人民"的标语，重现 1993 年上海地铁 1 号线南段通车时的场景。

【13 号线东延伸高科中路站现场准备工作全部完毕，请指示……（开工！）】

位于浦东的 13 号线东延伸高科中路站工地上，成槽机平稳启动，标志着 13 号线东延伸工程启动建设。上海申通地铁建设集团崇明线项目管理分公司总经理陆晨说：

【13 号线东延伸全长 4.52 公里，全部采用地下敷设方式，起始于已建的 13 号线三期张江路站东端，终于上海集成电路设计产业园，东延伸设两座地下车站，分别为高科中路站和丹桂路站。未来，13 号线东延伸开通运营后，将为上海集成电路设计产业园及周边居民提供出行便利。】

"十四五"期间，上海地铁正陆续启动 248 公里、超过 130 座车站的新一轮建设,建设规模及强度将再次超越历史。全部项目建成通车后,上海地铁将形成运营里程超过 1 000 公里,640 多座车站的庞大轨道交通网络。超大规模网络给乘客带来便捷的同时,也对运营安全和设备维护提出了更高的要求,最新启用的车辆数字化运维管理中心就是一个列车运维和车场管理的"智慧大脑"。上海地铁维护保障有限公司车辆分公司党委书记、副总经理陈朝介绍:

【我们越是规模大,越是要集中力量,车辆数字化运维管理中心是我们车辆专业指挥机构、中枢神经,通过末端数字化采集设备,我们能够在这边掌握所有车辆的管理状态和运营状态,在一个地方我们可以统筹全网络所有有关车辆的资源,安排好生产和调度。】

车辆数字化运维管理中心融合了状态监控中心、运维支持中心、生产调度中心、车场管理中心、应急指挥中心等五大功能,打破了部门间管理界限,能更快更好处置各类应急状态,甚至对潜在故障发出"预警"、做到"预判",陈朝说:

【比如说对于车辆气压下降,它可以提前预判,给你多一些时间去处置,提前两分钟。两分钟也是好的,对正线影响其实蛮大的,正线就是这个一分钟一分钟加起来的。】

(后略)

继续来关注国际和体育方面的消息:

随着美国债务违约日期临近,美国总统拜登和国会众议院议长麦卡锡当地时间 27 号晚就债务上限达成初步一致。据美国媒体报道,拜登将于北京时间今天与麦卡锡讨论债务上限协议问题,协议初步文本将于今天晚些时候公布。该协议同意限制 2024 年和 2025 年的支出,换取债务上限问题至 2025 年年初的解决方案,避免该议题在总统选举前节外生枝。

分析人士指出,现在美国只不过为滴答作响的债务"定时炸弹"按了暂停,其债务危机问题仍未得到根本解决。

当地时间昨晚,土耳其最高选举委员会宣布,根据初步计票结果,现任总统埃尔多安在总统选举第二轮投票中战胜对手,再次当选总统。

根据对 99.43% 票箱的计票结果,埃尔多安赢得 52.14% 的选票,反对党阵营

"民族联盟"候选人克勒奇达尔奥卢获得 47.86% 的选票。埃尔多安昨晚发表讲话感谢选民支持，表示不会辜负支持者的信任。他同时承诺为土耳其下一个建国一百周年而努力工作。

据今日俄罗斯电视台网站报道，俄罗斯外交部副部长米哈伊尔·加卢津在昨天公布的采访中说，如果基辅重新承诺保持中立地位，承认"新的领土现实"，并宣布俄语为国语，俄乌冲突就可以得到解决。加卢津表示，莫斯科"确信，只有在乌克兰武装部队停止敌对行动、西方停止武器运输的情况下，才有可能达成和平解决方案"。

据阿塞拜疆国家通讯社报道，当地时间昨天，阿塞拜疆总统阿利耶夫表示，如果亚美尼亚不再改变其在领土问题上的立场，阿塞拜疆和亚美尼亚可能在不久的将来签署和平条约。

亚美尼亚总理帕希尼扬此前表示，亚美尼亚准备承认纳戈尔诺-卡拉巴赫地区（纳卡地区）是阿塞拜疆领土的一部分，前提是当地亚美尼亚人的安全和权益得到保障。

韩国韩亚航空公司昨天说，自即日起停止销售旗下空客 A321 - 200 型客机紧急出口座位的机票。此前两天，韩亚航空一架这一机型的客机准备着陆时，一名乘客突然打开舱门，导致多人呼吸困难。

泰国总理府发言人阿努查昨天表示，今年 1 至 5 月有超过 100 万名中国游客入境泰国，预计全年接待中国游客的数量可达到 500 万人次，创收可达 4 460 亿泰铢（约合人民币 907 亿元）。

体育方面消息：
北京时间昨晚，2023 德班世乒赛落下帷幕，孙颖莎 4 比 2 战胜陈梦夺得女单冠军，樊振东 4 比 2 战胜王楚钦夺得男单冠军。至此，中国乒乓球队包揽本届世乒赛全部冠军。

2023 赛季中超联赛第十轮昨天结束多场争夺，上海申花队战平河南队，连续 4 轮不胜；北京国安队客场被浙江队逆转，遭遇近 7 轮首负。

进入今天的汇听天下：

最近,湖北武汉一名小学生在上学途中,被一条没有牵绳的大狗缠住无法脱身,保洁阿姨李翠英路过时正好看到这一幕,危急时刻,她直接走过去,用身体护住了小学生。业主和物业报警后,大狗被民警带走。而李翠英已经被狗纠缠了近 1 个小时,脖子和胳膊多处被狗抓伤。据了解,狗主人前一天在外面遛狗,狗没拴绳跑掉了,第二天又自行跑回。

《话匣子》微信公众号的文章说,在谴责狗主人之前,先要为保洁阿姨点个大大的赞。虽然此前大多犬伤人案件都受到警方处理,但宠物犬不拴绳现象依旧比较普遍。积弊难除,也从现实角度提醒监管部门,对于违规养犬行为的法律处罚是否到位? 公众期待能迅速给保洁阿姨一个合情合理合法的交代。

《新民晚报》报道,位于苏州河上的普济路桥最近突然火了,清新素雅的色调、带有弧度的路线都为照片营造了不少氛围感。不少博主把这里称作上海最美天桥。不过这段拍照的"引桥"是非机动车通行的专用道,行人是禁止通行的。而就在这两天,普济路桥因为突然多出几条横幅引发热议,对此网友们意见不一。有网友表示:"这样贴真的很丑,影响市容。"也有声音称:"拍照不能影响正常的交通秩序。"一边是日常非机动车的通行需求,一边则是游客打卡拍照及市民的日常慢行需求,如何保障安全、平衡各方需求? 稍后编辑推荐详细讨论。

近日,两名湖南登山者范江涛、谢如祥在攀登珠峰时,在海拔 8 450 米处发现一名女性遇险登山者。两人在尚有体力冲击顶峰、距峰顶不到 400 米的时候放弃登顶计划,选择救人。这名遇险者目前状态良好。

《光明网》的文章说,"为救人放弃登顶珠峰"不仅彰显了尊重生命、敬畏生命的生命意识,也体现了"无穷的远方,无数的人们,都和我有关"的共同体意识。

以上就是今天的汇听天下,稍后 8 点,欢迎继续收听 990 早新闻。

节目编排的宣传"到达率"效果追求
——评《990 早新闻(2023 年 5 月 29 日)》的编排

市委宣传部新闻阅评组成员　秦恒骥

上海新闻广播的《990 早新闻》(2023 年 5 月 29 日)获得"2023 年度上海广播电视奖",新闻编排奖,一个重要的获奖依据是,当日节目在受众中的"触达率"

达到 110 万人次，收听率 6.71％，创历史新高。衡量一档节目的宣传效果，说"触达率"是"硬道理"并不过分。在广播新闻的采制、编辑（排）和播出的几大环节中，"编"有着突出、提升、扩大第一环节即稿件采制宣传效果的功能，因而"到达率"是必须的考量追求。在平面媒体的编辑环节中，通常把手段称为"版面语言"的运用，广播新闻则又有不同的、以声音为主要载体的"版面语言"，但分别在"入眼"和"入耳"方面，努力将新闻的核心要素传递给受众，又有相通之处。比如，对重大新闻所采用的"提要"手段，对传播要闻的内涵就是动因一致的追求。本档节目的"要闻"版块，便是重要的新闻"提要"。当天新闻的"配菜"中，C919 首飞是重大的经济事件，其传播意义自不待言，具有"头条"的资质；而当天又有领导人的重大要闻，从政治上考量，显然要处理得当。编排中用"第一时段"与"第一时长"做了分别处理，有报纸的"双头条"特点，"到达率"效果十分显著。"平铺直叙""等量齐观"是新闻编辑中的大忌。一个长达 1 小时的节目必须有若干重点，形成高低有致的"峰峦"。这个道理和这样的编排动机，理解并不深奥，但在不同题材的具体操作上，却考验着编辑的水平。在这档节目中，C919 商业首飞的报道较好地达到了从宣传意义体现到新闻价值揭示的"高峰"听觉效果。一是量的把握，整个专题核心内容时长 13 分钟，编辑舍得用"版面"。二是新闻视野开阔，在本台记者采制的录音新闻、音频、现场特写等稿件的基础上，"放出眼光"而不囿于自身，及时地送用并精编了央视、《环球时报》等媒体不同视角的新闻素材对专题予以补充，增加了专题的立体感。三是及时配发快评，阐述新闻的意义，提升"主旋律"的"声部"。四是精准运用好广播特有的声音功能，丰富听觉效果。声音的运用，不仅在主稿时段、在整档节目开始的"序曲"中，还有意识地压进了飞机的起飞轰鸣声。这些手段的综合运用，特别有效地强化了这一主题报道的张力。应该看到，这一系列的编排手段的得心应手的运用，尽管不排除事先的策划，但某些环节上的闪光点，明显地显示了编辑人员的功力，宣传把握需要的大局观、敏感的新闻意识、编辑手法编辑语言运用的娴熟，尽在其中。通俗地说，一档新闻节目，除了"高峰"外，至少在规定时段里，内容是要填满的；而满负荷的内容展示，又不能只是把稿件权当"填充料"来"对付"。这在内容选择上需要恪守新闻意识，布局上称为错落有致，而这些又都离不开"编排"的内在功力。本档节目对重点外内容处理的可赞之处在于，对新闻的选择比较精心，特别是将满足受众信息需求放在首位的"信息供给"。在 20 多条的国内外和本市各类别新闻中，贴近性、服务性、实用性内容占据主体，而且明显可见，编辑选稿的标准中，"导向"的意识是潜在的、坚定的、了然于心的，再加上在时段、声音、不同内容的穿插安排上，起起伏伏，使受众能始终能处于"兴奋"的接受状态之中。引申开来评价，不只这期节目，《990 早新闻》这档节目，长期以来，已基本具备了为听众所欢迎的清晨"信息总汇"的声誉,除了采制环节提供内容外,其中作为"编排"的作用不言而喻,受众至上、追求新闻宣传"到达率"的风格亦颇具口碑。

翱翔蓝天,冲破空中的城墙
——2023 年 5 月 29 日《990 早新闻》编排感想

东方广播中心《990 早新闻》编辑　余天寅

2023 年 5 月 28 日,国产大飞机 C919 迎来商业航班首飞。中国东方航空使用中国商飞全球首架交付的 C919 大型客机执行 MU9191 航班,从上海虹桥机场起飞,飞往北京首都机场,该航班标志着 C919 的"研发、制造、取证、投运"全面贯通,中国民航商业运营国产大飞机正式起步。重大的新闻事件,对于新闻人来说从来都是可遇而不可求的极佳素材,第二天的新闻中肯定要重点呈现。那具体如何呈现呢? 首先,5 月 28 日恰逢"习近平同志《论科技自立自强》出版"的消息刊发,于是 5 月 29 日的《990 早新闻》就以此为头条,突出我国加快建设科技强国的决心和前进方向,这也成了当天节目版面的总领。头条立住以后,版面随后以"科技自立自强"为主线,在早新闻最重要的前 15 分钟编排了一组有关 C919 商业航班首飞的内容。其中包括:"C919 飞机首次商业飞行圆满完成"的体验报道、"首航仪式在沪举行"的消息稿、"年届 93 岁的'运 10'副总设计师程不时老人观看 C919 商业首飞"的特写报道、介绍 C919 研制历程的短音频及外媒对于这一事件的反响。最后配上东方广播中心新闻中心主任、上海新闻广播频率总监孟诚洁为此撰写的晨间快评《翱翔蓝天,冲破空中的城墙!》。作为曾经常年奔波在国产大飞机 C919 研制第一线的新闻记者,孟诚洁对于这一新闻事件可谓是既专业又富有情感。他在评论中写道:"中国商飞公司司歌《翱翔蓝天》头两句是'有心飞到世界的地方,天空也有万里城墙',天空哪儿来的城墙呢? 中国民机产业对此有太多苦涩甚至刺痛的感触。从 ARJ21 到 C919,越来越多的国产民机载客飞行。相信它们终将冲破天空中看不见的万里城墙。"这既是中国民航人的心声也是他内心感触的真实写照。播音员在播送评论的时候还衬了《翱翔蓝天》的歌曲,引发了广泛的共情共鸣。这篇评论也进一步提升了整组报道的立意和深度,可谓画龙点睛之笔。纵观这一组的新闻串编有点有面、细节丰富、内容生动,编辑运用了广播端大量的音频表现形式,将这一历史性事件说全、说透。编辑也希望通过对于"C919 商业航班首飞"的编排激发听众的民族自豪感和对于科技强国的进一步认知，起到舆论引导的作用。

当然，作为一档一小时的新闻节目，15 分钟左右的新闻专题占比已经很高了，为了继续突出当天早新闻的主线，990 早新闻随后播出报道"上海地铁庆祝运营 30 周年活动"，讲述上海地铁从落后西方 100 多年到路网规模全球第一的发展历程。天上与地下的两条科技新闻成为"科技自立自强"的鲜活例证。节目接着安排播出了一组本地消息，包括"上海气温冲击 35 度，申城入夏"的报道、"新征程·新奋斗"专题报道、"上海探索建筑垃圾治理新路径，让'装修垃圾不落地'""上海广播初夏奇妙电波游"等，贴近民生，体现了百姓生活日常中的获得感。当天节目还安排播出了"神舟十六号飞船发射在即""疾控专家表示，新冠'二阳'患者症状普遍更轻""土耳其大选结果出炉""德班世乒赛落幕"等新闻，具有充沛的信息量。

在媒体加速融合的时代，《990 早新闻》作为传统新闻节目的代表也一直致力于求新求变。像 5 月 29 日早新闻的不少内容，都是在视频端率先呈现，然后再为早新闻所用。在 C919 商业航班首飞的前后，话匣子微信视频号先后推出了 8 条短视频，绝大多数的阅读量都过万，《990 早新闻》取其精华，再加工成符合广播新闻传播特性的形式进行二次传播，取得了不错的效果，当天早新闻时段收听触达超过 351 万人次。这档节目也成了广播加速推进新质生产力的有力探索。

二 等 奖

2023 年度上海广播电视奖
参评作品推荐表

作品标题	探究"核爆点"：邮轮经济的 重启与新生		参评项目	广播新闻
			体　裁	系列报道
			语　种	中　文
作　者 （主创人员）	孟诚洁、顾隽娴、 李雪梅、胡旻珏、 楼嘉寅、孙萍	编　辑	杨叶超	
刊播单位	上海广播电视台 东方广播中心	刊播日期	6 月 6 日—6 月 8 日	
刊播版面 （名称和版次）	FM93.4 上海新闻广播 《990 早新闻》	作品字数 （时长）	6 分 13 秒、6 分 22 秒、 6 分 16 秒	
采编过程 （作品简介）	2023 年 6 月 6 日，首艘国产大型邮轮"爱达·魔都号"在上海外高桥船厂出坞。围绕这一重要节点，上海广播组织报道专班，从"邮轮经济的重启与新生"的角度展开深度采访，从邮轮出坞当天开始，连续推出三篇扎实的融媒述评报道：首篇聚焦于制造端，从"斤斤计较"这一小切口，展现大型邮轮建造闯过的技术难关；次篇着眼运营端，指出独立自主运营大型邮轮是堪比建造的重大挑战，尤其是要展现中国风、海派韵；第三篇放眼邮轮经济，报道提出要把旅客的流量更好地转化为邮轮经济的增强，要在产业链上不断延伸，尤其需要高水平对外开放的制度供给。			
社会效果	首艘国产大型邮轮"爱达·魔都号"今年投入商业运营，不仅是"中国制造"的又一高光时刻，也是邮轮经济发展的一个全新里程碑。这组报道抓时效，更显深度，并配有短视频、微信图文和海报。整体融媒报道获得上海产业、文旅部门的重视和认可。			

探究"核爆点"：邮轮经济的重启与新生

之一：庞然大物为何"斤斤计较"？

正在中国船舶上海外高桥造船公司建造的首艘国产大型邮轮"爱达·魔都号"将于今天(6月6日)中午，借助长江的高潮位被牵引出坞，首次靠泊码头，预计将在今年11月交付，明年年初开启运营。当前，国际邮轮航线正在逐步重启，"爱达·魔都号"从0到1的突破，其意义远不止多了一艘以上海为母港的邮轮。

今天起，本台早新闻推出《探究"核爆点"：邮轮经济的重启与新生》系列报道，从建造、运营到产业配套、政策协调等方面，直击邮轮经济价值链正在发生的重塑性变革。上海作为国内首个邮轮旅游发展示范区，也将由此迈入一个全新的发展阶段。首先我们还是聚焦正处于建造冲刺期的"爱达·魔都号"，请听报道：庞然大物为何"斤斤计较"？

【左右面底下是分开的水舱，里边有一些水泵，左右面注水，船自然就会倾斜到一定角度的。】

上周五，记者在船坞边看到"爱达·魔都号"时，它正在缆索的牵引下进行倾斜实验。眼前白色的船体如同挺拔的山岳，从船头延伸的飞天彩带，则给它添上了灵动与秀美。

外高桥造船总经理助理、邮轮项目部部长陈剑威介绍，倾斜实验是为了精准测量邮轮船体重量和重心位置。数据显示，邮轮实际重量与 57378 吨的空船理论值仅偏差 45 吨，控制在了千分之一以内。

【基本上达到了我们的设计要求。重心太高，尤其是上面的乘客，一旦摇摆起来，摆幅就非常大，会有一种晕船的感觉。】

这座总吨达 13.5 万吨、24 层楼高的海上浮动城市，有舱室近 3 000 间，可服务乘客超过 5 000 人。看似是气势恢宏的"大写意"，其实处处是精雕细琢的"工笔画"。为了控制重量，全船大量使用厚度在 8 毫米以内的薄板，所有设备上船前都要先称重。为了把空间充分留给乘客，背板之后的隐蔽工程，各种管路线路密密匝匝，如同迷宫。大型邮轮项目技术经理陈虹介绍，全船的舱室有一半以上，是在离船坞一公里外的厂房里预制完成，然后用专用的电梯送上船安装的。舱室的规格有六七十种，精度以毫米为单位。

【本身做舱室的壁板之间我们是基本上没有缝隙的，我们平常开玩笑讲，一张扑克牌都不一定插得进去了，以肉眼来看，是看不见明显缝隙的。】

尽管提前做了计算和预演，推舱过程中还是遇到了很多困难。

【舱室单元安装的过程当中发现和一些结构，管路的距离非常近，这个结构上安装有比较厚的绝缘，后来我们也采用了比较薄的，能够同样达到相同的防火等级和隔声、隔音效果的绝缘来代替。】

除了重量控制，外高桥造船还攻克了减震降噪和安全返港等多项核心技术。更大的进步在于管理能力，相比于一旁的散货船和集装船，"爱达·魔都号"的身形并没有大很多。但船上的电缆超过 4 000 公里，是运输类船舶的 30 倍。内装的工作量是地面上五星级酒店的 5～6 倍。陈虹说，建造中的各种意见和协调工作都呈几何级数增长。

【不算那些简单流程处理掉的，我们算正式进入计算机系统的就达到了几万条。我们都会在交船前，采取合适的措施关闭掉。有些可能我们会同意船东或者船级社的意见来修改完善掉，还有些可能是通过沟通协商，双方达成一致。】

目前，"爱达·魔都号"的剧场、中庭、餐厅、沙滩俱乐部等设施都基本成型，内装完成比例达 85％。完成 6 天的船坞起浮试验,靠泊码头之后,造船工作将进入最后的冲刺阶段。中国船舶外高桥造船副总经理、大型邮轮项目总建造师周琦介绍,7 月和 8 月爱达·魔都号将进行两次试航,预计 10 月迎来船员。

【每一周会看到新的变化,因为每周会有不同的空间,区域进行完整性的功能交付。用中国制造、中国质量标准来打造这么一个产品,我们也坚信,随着一个一个里程碑节点的达成,这个梦想,将逐步实现。】

三言两语,晨间快评,下面请听记者孟诚洁发来的采访手记:《这颗明珠不寻常》。

大型邮轮、LNG 运输船和航空母舰,并称为全球船舶工业三颗皇冠上的明珠。上海很快将成为同时摘下这三颗明珠的城市,在全球是独一份。

大型邮轮和另外两颗"明珠"很不一样。首先在于它没有什么"卡脖子"的核心关键技术,难就难在要把 2 500 多万个零部件高效、精准地组合起来,来不得半点将就,毕竟人们上邮轮就是要享受的。所以说,造好大型邮轮,是外高桥造船乃至中国船舶工业最好的广告,它不仅是工业品,更是艺术品,考验硬功夫,更显软实力。

另一大不同在于大型邮轮不仅是一艘船,更是一座"城",参与其中并受益的远不止是船厂。第一条船上,从滑梯到电梯,基本都是舶来品,因为标准在人家手里。采访中我听说,防火隔音的蛭石板,国内粗加工后运到海外,做成成品再进口,价格翻了五倍。冤枉钱就一直花下去? 显然不会。国内有了需求,大把企业正在跟上。比如,上海建工,不仅承担了船上很多内装工作,还联合供应商、高校院所,在进行材料的研发和认证。

一生二、二生三、三生万物,中国制造的传奇故事太多了。我们完全可以期待,下一个。

之二:何以成就海上魔都?

大型邮轮堪称工业奇迹,而运营好它的难度,丝毫不比建造它来得低。这方面,国内没有先例可循。"爱达·魔都号"通过开放合作,要蹚出一条路,以国际范、中国风、海派韵,为中国游客订制"一船好戏"。请听《探究"核爆点"：邮轮经济的重启与新生》系列报道第二篇：《何以成就海上魔都?》

【我们想奉献给我们的客人一船好戏。实际上是在我们船上的全部体验,涵盖吃喝玩乐住购方方面面。和传统的国际邮轮公司产品的不同,我们更主张的是文旅融合。】

在见证中国船舶工业以国际标准打造出一艘大型邮轮的时候,中船嘉年华邮轮首席执行官陈然峰思考最多的,就是"爱达·魔都号"与皇家加勒比、诺唯真、公主等国际邮轮品牌旗下的那些"巨无霸"有什么不同。答案呼之欲出：那就是中国风、海派韵。

【船体这个涂装,灵感就是来自于敦煌的飞天上的这种丝带,是一种非常优雅的方式来展现我们中国的文化。我们下一个要对外宣布的一出戏,就是叫"魔都"文旅歌舞剧,它是一种时空交错的魔幻般的体验。】

所有一切,都努力为中国消费者量身定制。比如,西方人钟爱日光浴,室外空间要大,"爱达·魔都号"则向室内空间倾斜,打造了最大的海上免税店,船上的咖啡馆也别具特色。以往的邮轮上,手机上网的速度和费用一直被吐槽。中船嘉年华与上海电信合作,要将"爱达·魔都号"建成全球第一艘5G邮轮。中国电信上海浦东局局长龚豪介绍,今年3月份团队上船布设设备,目前已经进入收尾阶段。

【我们将整个邮轮把它做成一个小型的,像本地城市一样,布局了一个本地的轻量级的5G核心网,5G网络＋Wi－Fi＋卫星网络融合的空天地一体化平台,邮轮内部的通信就用不着连回陆地了。同时,把本地Wi-Fi和5G网络做到了统一认证,就一号上去,船上都可以无缝进行计费,包括里面的一些应用都可以跑起来。】

热点区域5G覆盖,不仅让游客享受到便捷的网络服务,也使得全船管理智能化有了更高的起点。

作为一个全新的邮轮品牌,爱达邮轮的团队将高度国际化。与产业链中的佼佼者携手，是"爱达·魔都号"立志后来者居上的底气所在。陈然峰透露：

【跟世界最大的船舶管理公司进行合作，第一次海试之前，我们轮机和甲板的主要的领导都会到外高桥船厂，未来他们就是我们整个船队的核心成员。像船长、轮机长、安全官，我们的酒店总监也会先期抵达。】

在邮轮开启运营前三周左右，1 000 多名船员将在上海集结。邮轮上的工作语言仍是英语，但"爱达·魔都号"上通晓中文的船员比例将显著高于国际品牌。在陈然峰看来，把堪比"小联合国"的团队拧成一股绳，也是一个巨大的挑战。

【要管理好这个团队是艰巨的任务，每一个服务项目的流程是要非常细的，是怎么跟客人打招呼，提供怎么样的服务，甚至你端个盘子，每个盘子上放多少碗菜，这个都是要规范好的，上菜的速度也是写在我们的工作流程当中的。】

国际邮轮航线重启后，国内游客旺盛的需求摆在那里。但国际邮轮公司调整已经排定的船期需要不少时间，像皇家加勒比就宣布，回归中国市场的时间是明年 4 月。这意味着，当明年初"爱达·魔都号"以上海为母港开启运营时，很有可能获得一定的先发优势。中船邮轮科技发展有限公司副总经理汪彦国说，希望能让游客眼前一亮。

【原来的邮轮产品基本上都是舶来品，第一艘国产邮轮，我们是中国制造，国际标准、上海特色。我们的演艺有大家喜闻乐见的开心麻花，船上的餐饮采用比较多的中国人比较喜欢的一些风味。有关艺术品的布设，我们就是由清华美院作为总包单位，同时我们也在联系上海的中华艺术宫，共同打造一艘体现中国传统文化的邮轮。】

在中国，为中国。"爱达·魔都号"将开辟新的特色风格，如果能获得市场的认可，国际品牌也会随之而变。邮轮市场的连台好戏，值得期待。

三言两语，晨间快评，下面请听记者孟诚洁发来的采访手记：《这是一张城市名片》

"爱达·魔都号"的整体设计源自歌诗达的 VISTA 级邮轮，该系列的首艘船威尼斯号，把圣马可广场、大运河和贡多拉都搬到了船里。

在"魔都号"上能看到哪些上海元素？陈然峰透露，不会像这样具体化的复刻，但随时会有不期而遇的惊喜。他举例，一处公共区域的装饰是基于一幅唐朝的古画，清华美院的设计师赋予其 Art Deco 也就是装饰派艺术的呈现方式。"你知道吗？上海被誉为东方装饰派艺术之都。"说到这里，他的眼睛是放光的。以后上船，我一定得找找这幅画。

以魔都为名，是向出生地致敬，也意味着魔力、魔幻和摩登。登上这座漂浮海上的移动城市，你可能会发现网红美食，不用排长队；热门的演出，不断花样翻新；画廊和艺术品，与岸上的艺术季联动。上海的演艺大世界、大博物馆计划、大美术馆计划能够与"爱达·魔都号"产生什么样的化学反应，令人无限遐想。

这将是一张上海的海上城市名片，集"上海服务""上海制造""上海购物""上海文化"这四大品牌于一身。擦亮这张名片，方方面面有各自的责任，也有各自的机遇。

之三：变流量为增量

邮轮经济被称为"漂浮在黄金水道上的黄金产业"。此前，尽管国内游客量节节攀升，但因为产业链核心环节都掌握在国际邮轮品牌手里，邮轮经济经常被称为"过路经济"。改变这一局面，"爱达·魔都号"好比是一个撬动杠杆的支点，上海作为国内首个邮轮发展示范区，正在系统地推进邮轮经济全产业链发展壮大，全力造就一个新的发展"核爆点"。请听《探究"核爆点"：邮轮经济的重启与新生》系列报道第三篇：《变流量为增量》。

初夏的上海吴淞口国际邮轮港，终于又热闹起来。上个月底，"蓝梦之星"号率先以此为母港，重启前往日本的国际航线。

【这一块看到的是自助办票，只要把护照放在这个上面，然后船票就出来了，行李的标签从这个口子出来……】

徐红是这座亚洲第一、全球第四大邮轮母港的港口运营总监。3 年空窗期，她和同事没有怨天尤人，更没有干等。他们全力推进码头和服务设施的升级改造：新增了自助办票区域、登船动线全新优化、1.4 万平方米波浪形膜结构连廊串联起三座客运楼……焕新归来的"东方之睛"，热切期盼着明年初"爱达·魔都号"从这里开启首航。

【新的邮轮它一定有个新的运营的团队，怎么联动把我们的服务流程都设计好，对我们来说是一个全新的考验。我们小船先试起来，看看各个环节还有哪些地方需要优化。】

吴淞口国际邮轮港自 2011 年开港以来，接靠邮轮超 2 000 艘次，已成为全球第四大邮轮母港，累计接待出入境游客 1 400 万人次。而这个数字，预计到 2035 年就仅仅是一年的国内邮轮旅客量，那时的中国，将稳居全球第一大邮轮市场。

流量增长未来可期，如何转化为实实在在的经济增量？宝山区把眼光放到下至母港服务、上至邮轮设计制造的整个链条，来破解"过路经济"的尴尬。区滨江委主任江瑞勤说，宝山正以邮轮港的发展带动周边地区城市功能提升，全力推进以"三江汇流三游假日"为主题的国际邮轮旅游度假区建设。

【整个滨江核心区有两个五星级酒店，5 个场馆 6 座公园 2 000 亩的景观绿化，还有我们正在全力推进的 50 万平方米商业商务载体的招商，也在打造长江口水上运动体验中心，培育新的消费增长点。】

发力邮轮经济生态圈的，不仅是吴淞口。浦东东北部的外高桥区域，正依托大型邮轮的连续建造，迈向世界级邮轮产业集聚区。上海自贸区保税区管理局副局长赵峰介绍，为推动产业链上下游集聚，浦东配套出台了 20 条支持政策，吸引了一批研发、设计、总部企业落户，眼下最要紧的就是加大产业空间的供给。

【所谓上游，邮轮研发设计的这些企业，包括认证检测企业，配套的就是供应链，邮轮制造的一些零部件和相应的设施设备，围绕邮轮上下游企业，让他们能够有空间，保证产业空间。】

目前，中船邮轮内装产业基地、邮轮内装产业开放创新中心等都已落地浦东高东镇，覆盖办公、培训、展示、研发等功能。高东镇党委书记唐颖介绍：

【目前我们正在推进的是物流园区二期，将来还会有物流园区三期，不再以

原来的简单的堆箱为主，复合总部结算、开票、船代和货代功能。】

邮轮的建造和运营，是典型的全球化分工合作。急需的不仅是要素供给，更是扩大开放的制度供给。中船邮轮科技发展有限公司副总经理汪彦国以"爱达·魔都号"上的一个小细节举例：

【比如说，这次（市）药监出了个函，说邮轮的医疗器械和药品进口不适用于国内流通的医疗器械与药品进口的有关管理规定，为我们首制船医疗器械和药品进口开了"绿灯"。】

今年4月，上海市政府常务会议专门研究推进邮轮经济发展，要求加快培育核心竞争优势，强调要把提升经济贡献作为重要考量，提高邮轮产业的综合效益。可以说，邮轮经济迎来的不止是重启，更是一次新生。

下面请听记者孟诚洁发来的采访手记：《从1到14，唯有创新驱动！》

上海既有造船厂，又有邮轮港；既是旅游出发地，又是旅游目的地；纵观全球，也少有城市可比。把邮轮经济的流量转化为经济发展的增量，这是最大的底气。

业内有专家统计，邮轮建造的每1块钱投入，在母港运维、邮轮运营、物资补给、产品销售等全产业链环节，能产生14块钱的收益。1比14的乘数效应，上海能留下多少？既要靠前端，实现邮轮的持续建造，也要打通产业链上的堵点堵节，让后端持续延伸。之前报道里提到的船上医疗器械的进口问题，造之前是想不到的，碰到了就要下决心快速解决。

再比如，上海要建设具有"全球采购、全球配送"功能的邮轮物资配送中心。政策上单点突破难以为继，必须依靠包括海关、检验检疫、税务等多方面的制度创新联动。

还有，"爱达·魔都号"在交付之前，会有大批外籍船员入境。之前，都是船造好后，船员到国内上班，而现在建造过程当中，就需要船员上船磨合，这与我们当前的签证办理、入境政策不是很匹配，需要上下协同研究，来破题。

邮轮经济，是典型的开放经济。从1到14，能留下多少，直接体现我们对外开放的水平和制度创新的魄力。

2023 年度上海广播电视奖
参评作品推荐表

作品标题	一通意外的电话，一笔意外退回的税款		参评项目	广播新闻
			体 裁	消 息
			语 种	中 文
作 者（主创人员）	俞承璋	编 辑	杨叶超	
刊播单位	上海广播电视台东方广播中心	刊播日期	2023 年 12 月 30 日8 时 37 分	
刊播版面（名称和版次）	FM93.4 上海新闻广播《990 早新闻》	作品字数（时长）	3 分 25 秒	
采编过程（作品简介）	2023 年,国家出台了企业研发费用加计扣除的新政策,允许企业在二季度和三季度当季企业所得税预缴时申报加计扣除,不必等到第二年汇算清缴时再申报。记者在 2023 年 12 月条线调研时了解到,闵行区一家人工智能企业在三季度所得税预缴时没有用好新政策,多交了 200 多万元税。闵行区税务局在三季度企业缴税结束后,通过税收大数据分析,发现这家企业可能没享受国家税收新政策,于是税务部门积极主动联系企业核实并办理退税,把国家支持科技企业的税收优惠政策落到实处。记者第一时间跟进采访报道。			
社会效果	科技自立自强,加快建设科技强国,是国家发展的战略支撑。作为支持科技企业自主研发的重要手段,研发费用加计扣除发挥了重要作用,用税务手段激励企业加大在研发方面的投入。尽管 2023 年政府财政收入很紧张,但是仍加大科技企业税收优惠力度,允许企业研发费用加计扣除提前申报。报道中,闵行区税务局主动把多收的税退回,营造了区域良好的税收营商环境,更是树立了政府宁可自己少收税,也要把科技企业扶持好的诚意。			

一通意外的电话，一笔意外退回的税款

前不久，在今年第三季度企业所得税申报预缴后，闵行区一家高科技企业的财务负责人接到了税务局工作人员的电话，让他意外的是，电话的内容并不是催缴税款，而是提醒他，三季度的企业所得税多交了，可以抓紧申请把多交的税退回去。请听报道：

这家名为慧捷科技的公司主要从事云计算和人工智能语音产品方面的开发。公司财务负责人孙薛俊说，刚接到闵行区税务局电话时，压根儿没想到是因为税交多了。

【就是说有一笔税可以退，那我就跟我们专门做税务的一个同事就沟通了一下，最后核算一下，确实有200多万元的税可以退。我就说："你快跟专管员老师咨询一下，整个流程怎么走？"】

经过与税务局的进一步沟通，慧捷科技很快就把这笔多交的税申请退了回来。这次多缴税款源于今年国家对研发费用税前加计扣除政策的进一步完善，按照新政，企业在二季度和三季度预缴税款时就可以直接加计扣除研发费用，不必到明年汇算清缴时再申报。孙薛俊坦言，确实是公司在税务处理时没有掌握新政策。

【我们以前一直是习惯了这种，我先预缴，然后汇算清缴的时候再退。她提醒了我一下，第三季度开始就能提前享受，对我们公司资金来说，减轻了不少压力。像我们云计算这块，加人工智能语音这一块，这两块东西技术进步特别快，如果你投入不足够的话，有可能会跟不上市场的节奏。】

从浩如烟海的企业纳税数据中把多交税的企业找出来并非易事。闵行区税务局企业所得税科科长罗佳介绍，结合科技部门数据、申报数据和财务报表数据,税务部门梳理出"研发费用加计扣除重点企业名单",然后再根据三季度企业预缴数据逐一甄别。

【在这个过程当中,我们就发现了这家企业,它在财务报表当中列支的研究费用将近 2 000 万元,但是预缴申报表当中填报的研发费加计扣除数据差异是比较大的,而且当期企业已经申报预缴了企业所得税 600 余万元,所以我们初步判定企业可能存在未充分享受政策红利的情况。】

发现这个情况,罗佳立刻请同事联系慧捷科技,以便第一时间把税退回去。

【等于说给企业提前几个月带来了一笔流动资金。企业也很高兴,我们自己也是非常有成就感的。】

闵行区税务局总经济师樊永强介绍,通过充分运用税收大数据等信息化手段,扎实推动企业精准享受研发费用加计扣除税收优惠,显示的是政府对科技企业的支持和诚意。

【申报之前,充分梳理应享受政策的企业名单,广泛进行宣传,申报过程当中,及时提醒企业填报享受,申报结束之后,对还没有享受政策的企业及时联系和更正。闵行区今年已经有 3 500 多户企业在预缴期间申报享受到研发费加计扣除政策,加计扣除金额超过 130 亿元。】

2023 年度上海广播电视奖
参评作品推荐表

作品标题	蓄瓜弄的"第二个春天"	参评项目	广播新闻
		体　裁	消　息
		语　种	中　文
作　者 （主创人员）	曹梦雅	编　辑	向晓薇、范嘉春
刊播单位	上海广播电视台 东方广播中心	刊播日期	2023 年 5 月 22 日 7 时 16 分
刊播版面 （名称和版次）	FM93.4 上海新闻广播 《990 早新闻》	作品字数 （时长）	5 分 58 秒
采编过程 （作品简介）	位于静安区天目西路街道的蓄瓜弄小区，最早是上海广为人知的"滚地龙"。1964 年，政府将其改造成为上海第一个五层楼的工人新村，蓄瓜弄迎来"第一个春天"。近 60 年过去，小梁薄板的居住环境亟须升级换代。2023 年春天，蓄瓜弄启动拆除重建改造工程，实现又一次涅槃重生。 　　在众多关于蓄瓜弄的报道中，记者另辟蹊径，选择从历史资料着手，挖掘到 1964 年的珍贵声音和图像。记者结合实地探访，用普通人的生动故事，将蓄瓜弄一路以来的变迁史娓娓道来。 　　作品发挥广播特点，开头结尾以不同年代的"锣鼓声"隔空呼应。采访对象选择跨越不同时期，通过他们的描述，道出从解放前"风扫地，月当灯"、20 世纪 60 年代喜入新房学开关煤气、80 年代邻居间帮忙添副碗筷，直到 90 年代后开始的失落感。特别是小梁薄板造成的漏水问题，楼上日常拖地，水就能滴到楼下床单上，甚至快做好的菜里，这些生活细节都十分生动。		

社会效果	蕃瓜弄小区是《上海市城市更新条例》生效后全市最大的小梁薄板改建项目之一，具有典型意义。报道也为后续全年持续的蕃瓜弄报道开了一个好头。作品展现的蕃瓜弄变迁史，诉说着上海这座城市的生生不息，引发了不同年代听众的回忆和共鸣，对未来的美好生活充满期待。 报道获上海主要媒体月度自荐好稿、2023 年广播人奖一等奖（第一名）。在微信公众号话匣子、阿基米德 App 上进行了全媒体图文报道，作品全网点击量超过 5 万。

蕃瓜弄的"第二个春天"

位于静安区天目西路街道的蕃瓜弄小区,最早是上海广为人知的"滚地龙",新中国成立前这里挤着 3 000 多个用芦席卷绑在低矮的竹竿上建起的窝棚,上万劳苦大众就生活在这样腰都直不起来的住所内。1964 年,政府将其改造成为上海第一个五层楼的工人新村,蕃瓜弄迎来"第一个春天"。这一翻天覆地的变化曾写入上海中小学的课本。近 60 年过去,原来的工人新村已经显得陈旧落伍,小梁薄板的居住环境也亟须升级换代。2023 年的春天,蕃瓜弄启动拆除重建改造工程,将实现又一次涅槃重生。请听报道《蕃瓜弄的"第二个春天"》。

【新闻片:蕃瓜弄改建第一期工程完工了,10 幢半灰色的五层楼房,以整齐漂亮的姿态矗立起来了。接过钥匙,他们就要成为新楼房的主人!】

拨开历史的尘埃,在 1964 年一段泛黄的纪录片里,传来当年锣鼓喧天的声音。一位叫王兰花的劳动者,端着脸盆、提着包袱,兴奋地在楼梯跑上跑下,布置新房。

【自来水、电灯、煤气、抽水马桶样样有,煤气不会用怎么办呢?煤气公司教我们怎么关怎么开,总龙头夜里要关掉。】

新中国成立前,王兰花是逃过荒要过饭的人,就住在这里的窝棚里。由于窝棚相连成片,远看像一条条卧在地面的长虫,于是被叫作"滚地龙"。曾任居委会主任的李凤英回忆,这里的居住环境可谓"风扫地,月当灯"。

【啥叫风扫地呢,没钱买扫帚,风一吹就扫掉了;月亮呢就是没电灯,没钱买蜡烛火油灯,就靠月亮。】

20 世纪 60 年代,蕃瓜弄成为上海首批被改造的棚户区,一跃成为人人艳羡的工人新村。如今 80 岁的花长生,1964 年和媳妇搬进了这里的婚房,现在说起来还是满满的自豪感。

【我们东面有理发店,还有 95 路站台、工商银行,还有一个洗澡的国营开的,

还有托儿所、小学。我老婆进来的时候,他们厂里单位说她嫁到这里来,最有福气了!】

1981 年出生在这里的陈瑜,童年也是无比幸福的。从旁边的蕃瓜弄小学放学后,她就和同学在小区里跳橡皮筋、玩写王字游戏。父母下班误了点,隔壁阿姨就在三家共用的厨房间,帮她添副碗筷。那时,在蕃瓜弄北隅还保留了 18 间棚屋残迹,作为中小学生"忆苦思甜"和外宾来访的展示基地。

光阴流逝,随着上海新客站的建设启用、闸北不夜城的开发建设,蕃瓜弄在周边的高楼大厦中变成了"盆地"。虽经历了"平改坡",但已不复往日风光。陈瑜有些无奈地,说起那些"一地鸡毛"的琐事。

【房子上面裂缝,楼上拖地板滴水了,我床上都湿了。我总归跟阿姨爷叔说帮帮忙,拖把拧拧干,不要太湿。那天我烧黄鳝,楼上那个下水管滴水滴下来了,正好滴到我那个菜里面了,你看这个菜怎么办?只好重新出去买菜。】

由于 20 世纪 60 年代条件的限制,当初蕃瓜弄被建成小梁薄板房,并非用混凝土现浇,而是使用预制板,随着时间的推移,板与板之间产生缝隙。类似的琐事还有很多,比如小区有 500 多套"一室半"的房型,进入大房间必须先经过小房间。花长生的老伴何阿姨说:

【我们原来儿子大了就睡在这个地方,读书吃饭都在一起。我们都是这样走进走出的,没有私密性的。】

蕃瓜弄的更新再造迫在眉睫。去年,天目西路街道组织了拆除重建改造的一轮征询,居民同意比例超过 99％。静安区拿出 14 多亿元的预算资金。街道成套改造办负责人王中佳说,他们对 1122 证上门排摸房型,设计先后修改了 20多稿。

【总体总结下来,我们蕃瓜弄有 97 个面积段的房型,给他们增加卫生间和厨房间及阳台,将来房屋建成是高层以及 1 幢多层,房型归并成了 47 种。】

出生及成长在蕃瓜弄的陈瑜现在已经是居委干部。这个月来,陈瑜为居民没日没夜地商讨方案,嗓子已经沙哑。而看着陈瑜长大的邻居对她的工作很是理解支持。何阿姨说,几十年共用厨卫的经历,让蕃瓜弄的大家很有集体意识。

【这情况下不是你一家,他总的设计有规划的。所以后来大家大力支持,你家签过来我家签,很踊跃的。能够赶上这个时代这么好的时光,我很幸福!】

就在几天前,随着二轮签约率突破 98％,改造项目高比例生效。【锣鼓实况】蕃瓜弄的两次变迁,诉说着上海这座城市的生生不息。在这个春天,蕃瓜弄再次沉浸在锣鼓齐鸣的喜悦里。不久以后,社区食堂结伴而行的老邻居、阳光下欢笑嬉闹的孩子们,以及社区博物馆里对往昔好奇的人们,将续写蕃瓜弄在新时代的故事。

2023 年度上海广播电视奖
参评作品推荐表

作品标题	城市更新中的一株紫藤树		参评项目	广播新闻
			体 裁	消 息
			语 种	中 文
作 者 （主创人员）	顾隽契、王世雄	编 辑	杨叶超	
刊播单位	上海广播电视台 东方广播中心	刊播日期	2023 年 4 月 10 日 7 点 17 分	
刊播版面 （名称和版次）	FM93.4 上海新闻广播 《990 早新闻》	作品字数 （时长）	3 分 19 秒	
采编过程 （作品简介）	《城市更新中的一株紫藤树》巧妙地通过网络热点——春季赏花切入，讲述了年过七旬的郑女士与一株曾经种在老宅中的紫藤树的故事。从郑女士来到公园寻访曾经伴随了自己一家六十载的紫藤展开，引出了她得知自家将从城市更新中受益时的欣喜，同时又因紫藤老树将可能面临损毁而担忧，继而向相关政府部门求助。当得知郑女士及紫藤树的故事后，多个部门一起想办法，最终将这棵古树安全移植到了一座公园中。报道的结局是温暖又充满希望的：郑女士一家通过城市更新，告别了老旧的住宅，搬入新居，她珍爱的一株紫藤，也在这个春天重获新生，安家于更广阔的天地，供更多市民游客观赏。"它活了，我很高兴，以后每年我都会来看它。"郑女士如是说。			
社会效果	短短 3 分多钟的广播录音报道，娓娓道来，润物无声，从中传递出的温情令受众印象深刻，受到广泛好评。该报道在上海新闻广播首发后，不仅是上海本地媒体，新华社也以此为线索，进行采访报道。同时，该报道受到市住建委主要负责人的肯定，并以此为案例，分析上海推动城市更新过程中的成功经验。			

城市更新中的一株紫藤树

　　樱花季临近尾声，紫藤迎来盛花期，成为市民春季赏花的新宠。对于年过七旬的郑阿姨来说，这个春天去和平公园里赏紫藤，则有着非同寻常的意义。这背后更有一个在上海城市更新过程中的温暖故事。请听报道：

　　【问了园林的工人，他们说在这里。我们找到了，真的非常开心，因为我们找到了我们的老伙伴，原来我们是朝夕相处的。】

　　记者跟随郑伟芬来到和平公园，她指着儿童乐园附近的一株紫藤，对树上的细节如数家珍。

　　【因为我们每年要剪枝的，这个形状我就知道是我家的紫藤树。原来这里是有两根这么粗的，有一次虫蛀了以后它断了一根，打了药水以后，用水泥给它补上，所以我一眼就认出来了。】

　　郑阿姨一家原先住在虹口吴淞路一带的石库门里弄。她先生只有十多岁时，随手在老宅天井角落里栽了一株紫藤小苗。60多年过去了，紫藤一天天长大。每到4月，一串串紫色的花朵从枝头垂下，煞是好看。

　　【我和先生成家的那一年，它开花了！这次动迁了，听到这个消息，我们是很高兴的，高兴之余我们又很担心，就是担心这棵树。它毕竟陪伴我们60年，我们不忍心把它丢弃。】

　　一年多之前，这个地块启动了旧改，郑阿姨一边给自己找房子，一边也想着要给紫藤找个"新家",于是她想到了写信给相关部门。虹口区绿化管理事务中心公共绿地管理科邢岐接到了这封不同寻常的求助信,他也被字里行间的深情打动了,但实施移树并不容易,不仅要办妥相关手续,还要慎重选址。

【她对这棵树的感情是让我们很感动的。我们到现场勘察了这棵树的树况之后,就会同了相关的养护部门还有迁移部门,一同在我们虹口区的多个景点计划选点。最终认为移植到和平公园是最利于它生长的、最合适的。】

当时恰逢和平公园实施改建,绿化部门特意找了一处适合爬藤的空间。但此后因为疫情、气候条件等,等到真正移树的时候,又过了近一年时间。虹口第一房屋征收事务所项目经理陈超说,区旧改部门也破例为紫藤敲开了早已腾地封闭的围墙。

【收尾已经结束的一个基地了,为了安全就已经全部都封锁了。因为是一个树体,没有办法直接出来,为了保护这棵树的一个完整性,我们再联系拆房部门,把一扇墙面全都敲掉,让它是顺顺利利、完完整整地出来了。】

在养护人员的悉心照料下,移栽到和平公园的这株紫藤经历了一个冬天的考验,第一次冒出新芽,迎来新生。郑阿姨和先生则已告别蜗居,搬入新房。历史性地完成成片二级旧里以下房屋改造的虹口,正加速推进剩余 16 个零星地块约 4 000 户的旧改工作,让温情融入到城市有机更新之中。

【我本来是担心的,它换了一个新的环境,会不会存活。看到它冒了新芽,它活了,我很高兴,我以后每年都会来看它。】

2023 年度上海广播电视奖
参评作品推荐表

<table>
<tr><td rowspan="2">作品标题</td><td rowspan="2">"双 11"脱单的背后</td><td>参评项目</td><td>广播新闻</td></tr>
<tr><td>体　裁</td><td>系列报道</td></tr>
<tr><td></td><td></td><td>语　种</td><td>中　文</td></tr>
<tr><td>作　者
（主创人员）</td><td>薛松、孙凌、
陈皓珺、陈斐</td><td>编　辑</td><td>邵晓明、王丽慧</td></tr>
<tr><td>刊播单位</td><td>上海市嘉定区
融媒体中心</td><td>刊播日期</td><td>2023 年 6 月 24 日、
26 日、27 日
2023 年 12 月 29 日</td></tr>
<tr><td>刊播版面
（名称和版次）</td><td>嘉定区广播电视台
综合广播 FM100.3
《早安嘉定》栏目</td><td>作品字数
（时长）</td><td>29 分 06 秒
（6 分 58 秒、6 分 32 秒、
6 分 24 秒）</td></tr>
<tr><td>采编过程
（作品简介）</td><td colspan="3">　　《"双 11"脱单的背后》以上海、苏州两条轨交 11 号线跨省互通为由头，以嘉昆太"沪苏同城"深度实践区为切入点，从设施互联、产业协同，到民生共享、机制创新等方面，跨时半年时间，生动展示了沪苏两地推动长三角高质量一体化的实践进程和创新经验。
　　得知苏州轨交 11 号线将与上海轨交 11 号线对接的消息后，采编团队提前 3 个月便启动策划和前期采访工作。6 月 24 日两条 11 号线对接，采编团队结合现场采访，抢抓时效，连续推出 3 篇专题新闻："先手棋"重点反映沪苏两地基础设施先行联通背后的创新机制先行探索；"集体舞"着眼沪苏创新和产业协同；"交响乐"则聚焦两地民生共建共享。半年后，采编团队又"回头看"，以"新起点"为题，跟踪半年来沪苏两地聚焦生活"同城"、产业"同链"、机制"同频"，着力推进长三角更高质量一体化的新进展、新成效，整组新闻专题形成闭环。
　　作品立意高远、视野宏大、逻辑严密；案例精准生动，以小见大；受访专家权威、言之有物，是难得的佳作。</td></tr>
</table>

社会效果	2023 年是长三角一体化上升为国家战略 5 周年。沪苏两条轨交 11 号线跨省互联互通,本身就具有重要的象征、示范意义。除了广播,作品还在"上海嘉定"App、微信公众号、视频号等全媒体矩阵同步刊发,以推文、海报、音视频等多种形式融合呈现,并被新华社、央视新闻、央广网、上海大调研、上海宣传通讯、澎湃新闻等中央和市级媒体平台转发,全网阅读量超过百万,生动展现了沪苏两地攥指成拳,紧扣"一体化"和"高质量"两个关键词,从"扎实推进"到"深入推进"长三角一体化的实践进程。

"双11"脱单的背后

之一:"双11"脱单背后的"先手棋"

【导语】今天,苏州轨交11号线正式开通,与上海轨交11号线无缝衔接。这是长三角一体化基础设施互联互通的又一个里程碑,对于实现长三角城市群的协同发展,促进交通、产业、空间一体化布局,有着重要的示范意义。轨交握手,城市相拥。从东方之门到迪士尼,总长超过120公里的两条11号线牵手脱单,背后是沪苏两地在长三角一体化发展国家战略指引下双向奔赴、同频共振、协同创新的生动实践。来听《"双11"脱单的背后》系列报道之一:"双11"脱单背后的"先手棋"。

【现场声】列车到站报站:下一站是本次列车的终点站——花桥,可换上海11号线。

家住昆山花桥国际博览中心旁的彭女士,在嘉定安亭的上海酷移机器人公司工作。平时她都是自驾车上下班,早晚高峰单程需要40多分钟。今天苏州轨交11号线正式开通,彭女士特意来花桥国际博览中心站探探路。乘3站到达苏州轨交11号线终点站花桥站,经过换乘连廊,无需出站,就可以直接踏上上海轨交11号线列车,继续乘3站就来到了公司附近的安亭站。彭女士说:

【同期声】昆山市民彭女士:以前我上下班都是自己开车,高峰的时候路上比较堵,单程就要四十几分钟。苏州11号线开通后,从附近的站点上车,再换乘上海11号线,我算了一下大概只需要20多分钟,可以节省一半的时间。

上海轨交部门统计数据显示,经上海轨交11号线由苏入沪的年均客流超过2 190万人次。可以预见,苏州轨交11号线开通后这一数字还将大幅增长。上海、苏州两条轨交11号线零距离对接,沪苏之间京沪铁路、沪宁城际、沪苏通铁路、沿江高铁等干线铁路连线成网,上海市域铁路嘉闵线正在建设并将向北延伸至江苏太仓……"轨道上的长三角"建设提速,让包括彭女士在内的沪苏两地居民往来更加便利,压缩了时空间隔,拉近了心理距离,加深了对"一体化"的认同。

嘉定作为上海西北方向连接长三角区域的节点城市,一直把基础设施的互联互通作为推进一体化发展的"先手棋",在向西、向北两个方向与毗邻的江苏昆山、太仓共同构筑通达便利的边界路网和交通体系,打通经济社会联动发展的经络。

与上海轨交 11 号线嘉定北站一路之隔的嘉闵线城北路站建设工地热火朝天。根据规划,这条市域铁路将从这里向北延伸至江苏太仓。届时从太仓出发,40 分钟即可抵达上海虹桥枢纽。而嘉定城北路—太仓岳鹿公路,作为首批长三角省际道路对接重点工程之一,早在 3 年前就已建成通车。从嘉定城北路踩一脚油门就可以越过浏河进入江苏太仓,原先需要绕行 20 多分钟的路程缩短至 3 分钟。对接道路通车当天,往返于嘉太两地的跨省公交嘉定 7 路 B 线也同步开通运营,票价 2 元。2019 年至今,嘉定和太仓、昆山之间已开通嘉定 7 路 B 线、太仓 501 路、昆山 C7 线等 5 条跨省公交线路,每天开行 277 个班次。

一体化发展的"先手棋"不仅先在基础设施的先行联通,还先在发展规划的事先协同。在编制《嘉定区土地利用总体规划(2017—2035)》过程中,嘉定就明确提出,要对接好昆山、太仓及周边城区和上海中心城,形成区域协同发展的空间格局。这个想法与苏州方面不谋而合。嘉昆太三地按照顶层设计"面上开花"、毗邻合作"多点突破"的思路,在安亭—花桥、华亭—浏河等省际毗邻区域,共同编制空间规划和专项规划,大力推动基础设施联通、产业发展联动、生态环境联治、公共服务联享。

"先手棋"更先在机制创新的率先探索。前不久,苏州一家企业急需 1 000 万元资金周转,向宁波银行苏州分行申请抵押贷款。宁波银行上海分行业务经办杨文彤向我们介绍:

【同期声】宁波银行上海分行业务经办杨文彤:当时涉及的三个抵押人都不在上海,实地办理是有困难的。我们让 3 名抵押人在外地签署办理抵押的全套材料,外地分行的同事通过行内电子抵押系统——跨省通办模式向上海分行发起抵押申请,上海分行审核无误之后把抵押业务发送至不动产登记中心进行受理。

借助嘉定区行政服务中心"跨省通办"专窗和长三角"一网通办"专窗新升级的不动产抵押登记"不见面办理"服务,抵押业务当天在线办妥,第二天便顺利出证,解决了企业的燃眉之急。

仅今年 1 至 5 月,嘉定区自然资源确权登记事务中心就已经受理了 4 289 件不见面抵押业务。嘉定区行政服务中心窗口管理科副科长徐叶凤介绍：

【同期声】嘉定区行政服务中心窗口管理科副科长徐叶凤：除了不动产抵押"跨省通办"之外，我们还有市场、税务、出入境等部门也推出了很多的"跨省通办"的服务事项，企业和群众异地办事也是越来越便捷了。

嘉定通过一系列"跨省通办"服务事项，积极探索跨领域数字化服务，努力打破地域限制，为企业、群众提供更多便利。

嘉定始终坚持以机制创新推动高质量一体化发展，不断探索可复制可推广的经验：每年举办长三角科技成果交易博览会，搭建"线上科交汇"平台；打造科技双创券平台，汇聚千余项科技服务资源，有效降低科技型中小企业研发成本；建立嘉昆太协同创新核心圈轮值会议制度，一批事项实现三地互认通办，在营商环境、跨域信用体系、生态环境质量、知识产权保护、司法检察协作、城市治理等领域开展联动共治。嘉定区发改委副主任陈惠芬表示：

【同期声】嘉定区发改委副主任陈惠芬：下阶段，我们将继续做实三地"轮值会议"制度，探索更多可复制推广的创新实践经验。通过不断推动管理服务、资源要素的高效协同，让城与城、企业与企业、人与人之间的连接更加紧密。

之二："双11"脱单背后的"集体舞"

【导语】6月24日，苏州轨交11号线正式开通，与上海轨交11号线无缝衔接。总长超过120公里的两条11号线牵手脱单，背后是沪苏两地在长三角一体化发展国家战略指引下双向奔赴、同频共振、协同创新的生动实践。继续来听《"双11"脱单的背后》系列报道之二："双11"脱单背后的"集体舞"。

新开通的苏州轨交11号线列车内外涂饰清新明快。它们的涂装工作全部由位于太仓的苏州佩琦材料科技有限公司完成。作为国内轨交和汽车内饰涂装领域的龙头企业，佩琦公司需要不断地研发升级产品，在与国内外同行的竞争中保持优势。佩琦公司首席科学家匡敏向我们介绍：

【同期声】苏州佩琦材料科技有限公司首席科学家匡敏：目前我们正在和上海同济大学汽车研究院的团队合作，共同开发新能源锂电池绝缘涂料、隔热膜、PVC抗冲击涂层、防火涂料等一系列新产品。

通过长三角科技资源共享服务平台，企业不仅获得了丰富的科研资源和校企合作机会，还可以就地申请长三角科技创新券，跨区域购买优质的科技服务。佩琦公司副总经理何黎斌介绍：

【同期声】苏州佩琦材料科技有限公司副总经理何黎斌：每年我们在新产品

相关的检测检验这一块,一年累计能达到 50 万(元)以上。2021 年开始申请使用科技创新券,到现在已经拿到了 14 万元左右的补贴。

"落户一个城市,享受多地资源",企业获益的背后是长三角科技和产业创新共同体的深入构建。长三角区域协同创新,犹如一支大家同台参与,既各展所能、又相互配合,既活力四射、又和谐统一的"集体舞"。

跳好"集体舞",先要踏准主旋律。长三角区域一体化发展上升为国家战略以来,嘉定主动服从服务国家战略,积极发挥自身优势,与地域相邻、理念契合、资源互补的江苏昆山、太仓,率先开启区域合作新篇章,着力将嘉昆太协同创新核心圈打造成为虹桥国际开放枢纽北向拓展带的先行引领区、长三角更高质量一体化协同创新发展的示范区。截至去年年底,核心圈 GDP 总量超过 9 400 亿元,战略性新兴产业产值接近 9 000 亿元,高新技术企业达到 6 400 余家。

跳好"集体舞",也要提高协同度。上海社科院研究员、南通大学长三角现代化研究院院长何建华认为:

【同期声】上海社科院研究员、南通大学长三角现代化研究院院长何建华:长三角科技创新资源丰富,应当顺应产业集群化发展的趋势,在区域一体化高质量发展中着力推动创新链与产业链的深度融合,紧密地携手打造世界级产业集群。

嘉定区经委主任陆铁龙介绍:

【同期声】嘉定区经委主任陆铁龙:嘉定是世界级汽车产业中心核心承载区,嘉定的汽车产业首位度高,昆山、太仓两地也在汽车零部件领域有所布局,大家在产业生态上形成了"同圈"的效应。一体化的联动和互通,让产业会更加完善。

围绕产业协同,嘉定与毗邻地区携手构建现代产业体系,编制《"嘉昆太"产业协同发展规划》,成立长三角汽车产业创新联盟等平台载体,进一步增强新能源汽车、集成电路、生物医药等优势产业集群的竞争力。

嘉定综合保税区内嘉仓宝智慧云仓的建设,是嘉定主动贡献长板,助力长三角区域内集成电路产业链企业打通堵点、解决痛点的具体作为。嘉仓宝主要向企业提供集成电路等电子元器件的保税仓储服务。在恒温恒湿的仓库内,货架上整齐地码放着一只只体积不大的纸箱,看着其貌不扬,但一只纸箱内的产品往往就价值上亿元。旁边这箱正在扫码出库的进口电子元件将发往苏州的一家工业芯片生产企业。这家企业等待出口的芯片产品也同样存放在嘉仓宝。该企业负责外贸业务的陈女士告诉记者:

【同期声】苏州某企业外贸业务负责人陈女士:工业芯片是高附加值产品,其储存条件和报关要求相对比较高。按以前的模式,生产完只有等出口报关后才能享受出口退税。另外，我们的部分原材料是进口的，原先的模式需要整批货物交税后，才能放行到我们公司。现在整批进口到嘉仓宝，利用嘉仓宝在综保区的优势，暂时缓税，我们就可以根据工厂生产计划，分批提货，分批缴税。

在进口缓税和出口退税方面，嘉仓宝提高了企业的资金利用效率，减轻了企业资金周转和运营压力。嘉定综合保税区企业服务部负责人蒋凌玲介绍：

【同期声】嘉定综合保税区企业服务部负责人蒋凌玲：像嘉仓宝这样的企业，它通过一站式的解决方案，实现长三角 6 小时仓到产线的配送精准性、时效性和安全性，更好地服务"双循环"新发展格局。

跳好"集体舞"，还要扩大朋友圈。自 2018 年起，嘉定区抢抓长三角一体化上升为国家战略的历史机遇，在连续 8 年成功举办嘉定科技博览会的基础上，打造长三角科技成果交易博览会品牌，广发"英雄帖"，拓展朋友圈。如今，长三角科交会已经在嘉定成功举办了五届，联合主办单位已逐步拓展至苏州、温州、芜湖、合肥、无锡等城市，参与面扩大至长三角 41 个城市，累计吸引科研院所、科技企业和研发机构超过 500 家，线上线下观众超过 4 000 万人次，累计交易额突破7.7 亿元。不断扩大的朋友圈、不断加入的"新舞伴"，让科技与产业协同创新这支"集体舞"越跳越激昂、越跳越壮观。

之三："双 11"脱单背后的"交响乐"

【导语】6 月 24 日，苏州轨交 11 号线正式开通，与上海轨交 11 号线无缝衔接。总长超过 120 公里的两条 11 号线牵手脱单，背后是沪苏两地在长三角一体化发展国家战略指引下双向奔赴、同频共振、协同创新的生动实践。继续来听《"双 11"脱单的背后》系列报道之三："双 11"脱单背后的"交响乐"。

苏州轨交 11 号线的开通，让昆山市民章女士每天往返上海瑞金医院北院的行程变得更轻松一些了。

【同期声】昆山市民章女士：我父亲是去年 7 月份的时候，在昆山查出来白血病的。当地医院的医生让我们到三甲医院去看。那么我们就想到了到嘉定瑞金北院。我们昆山来上海乘 11 号线比较方便。

章女士的父亲已经在瑞金医院北院接受了 7 次化疗，花费约 25 万元。由于瑞金医院北院已经开通跨省异地医保直接结算，章女士的父亲可以直接刷江苏医保卡结算医疗费，个人只需支付自负部分约 3 万元费用。章女士不禁感叹：

【同期声】昆山市民章女士：以前没有异地医保的时候，我们到上海来看病都要自己带现金或者银行卡刷卡的，现在在当地的医生那里开个转院手续，江苏医保在异地可以报销的。

嘉定区医保中心主任周虢介绍：

【同期声】嘉定区医保中心主任周虢：到今年 5 月，我们嘉定区所有的定点医疗机构都已经开通跨省异地就医费用直接结算。

实现优质医疗资源跨域联动共享，促进医疗质量同质化发展；打通多条省际交界道路，同步配套完善跨省公交线网；设立"跨省通办"和长三角"一网通办"专窗，一批事项互认通办；共建特色旅游节庆品牌，持续举办区域性文体赛事；建立大气污染联防联控合作机制，创建"三地共治一方水"的一体化治理模式……长三角一体化发展上升为国家战略以来，嘉定和毗邻的江苏昆山、太仓三地在医疗、交通、环保、教育、文旅、体育等领域开展了广泛的对接合作，探索并形成了一批成果。

民生领域涉及的大多是具体而务实的"小事"，看似细枝末节的背后，往往蕴含着不同程度的机制创新。

嘉定区安亭镇向阳新居小区地处沪苏交界处，门口的蓬青路属昆山市花桥商务区管辖，道路中间有一段很长的绿化隔离带和黄实线标识，居民驾车出入小区不得不绕行掉头，掉头处又是一所学校的门前，早晚高峰常常堵车，十分不便。居民们反映的问题通过两地"一线通达"平台，被直接送达花桥方面。经办此事的花桥国际商务区建设局工作人员朱巍告诉记者：

【同期声】花桥国际商务区建设局工作人员朱巍：我们接到单子就立马安排人过来，现场去踏勘。随即我们就立即安排施工队伍对这边开始动工，全部施工完毕半个月时间。

嘉定安亭、昆山花桥相关职能部门的工作人员都可以注册登录"一线通达"小程序，遇到居民反映的需要跨省解决的问题，可直接上传现场照片、处置结果、处理意见等信息，不需要等待问题工单经省、市、区层层流转，大大简化了工作流程，提高了办事效率。嘉定区安亭镇长三办常务副主任周伟伟表示：

【同期声】嘉定区安亭镇长三角一体化发展办公室常务副主任周伟伟：我们长三角一体化办公室主要是践行"不破行政隶属、打破行政边界"这样一种指导思想，逐步在体制和机制方面进行完善。"一线通达"小程序是我们在这方面探索的一个典型的案例。后面我们会有更多的在社会治理领域的一些机制，让我们的对接沟通更加便捷，让群众的诉求解决更加高效。

浏河是上海与江苏的界河，经过改造围堰、新建护岸、疏浚河道，如今的浏河水清岸绿，河边连片的绿带四季有景，成为两岸嘉定、太仓居民饭后休闲散步的好去处。

嘉定与江苏昆山、太仓同处太湖流域碟形洼地的东缘，区域内河网密布，共有河道 2 335 条段，全长 1 981 公里，但水力坡降小、水动力差、水体自净能力较弱。三地创新水环境治理机制，"共治一方水"，以河湖长制平台为纽带，共同担责、共同治河、共同治污，在距边界 500 米范围内的"联防联治区"，日常监管与专项整治有机结合，原先"各理一段、各治一边"的难点很快破题。

交通一线达，看病一卡通，事务一网办……在长三角一体化发展国家战略的指引下，嘉昆太三地打破区域壁垒，不断推动公共服务便利共享和民生领域一体化创新，在打造协同创新核心圈的同时，共建共享民生"幸福圈"，持续提升三地群众的获得感和幸福感。

长期关注长三角一体化发展的上海交通大学住房与城乡建设研究中心主任陈杰教授认为：

【同期声】上海交通大学住房与城乡建设研究中心主任陈杰：所谓的一体化，它就是要以创新突破、改革攻坚、系统集成作为手段，以政府治理一体化作为抓手，要以公共服务一体化为体现形式，这样才能形成联系紧密的地区命运共同体。

嘉定和周边地区在民生服务、社会治理、生态保护多领域的联动协作，正呈现出这样的特点，恰如交响乐团的各个声部，相应相和、相得益彰，联弹共奏出一篇篇和谐华美的乐章。

2023 年度上海广播电视奖
参评作品推荐表

作品标题	小菌菇催开乡村"幸福花"	参评项目	广播新闻
		体　裁	专　题
		语　种	中　文
作　者 （主创人员）	马萧、龚春平、潘洁	编　辑	马　萧
刊播单位	上海市宝山区融媒体中心	刊播日期	2023 年 5 月 31 日
刊播版面 （名称和版次）	FM96.2 兆赫宝山区广播电视台综合广播《滨江故事》栏目	作品字数 （时长）	19 分 18 秒
采编过程 （作品简介）		2023 年 4 月，在得知上海市高新科技龙头企业、市乡村振兴示范点——永大菌业通过十年磨剑，攻克重重难题研发出舞茸品种——"永大一号"，填补国家高价值食用菌"种子芯片"空白，实现亿元年产值这一振奋人心的消息后，记者两次来到天平村厂区，沉浸式采访全生产线，并专访永大掌门人黄国标，挖掘、展现小小菌菇如何撬动乡村大发展的"激荡三十年"。
社会效果		新鲜，激情，感动！该片播出后受到了听众和网友的广泛好评，首先为片中展现的新时代高科农业的作业方式、产业模式欣喜、纷纷留言"大开眼界""涨姿势"，更为自己的家乡如何通过企业、政府、和地方百姓齐心协力谋发展，实现现代乡村华丽转身这一现实"神话"的拼搏精神、家国情怀深深打动。

小菌菇催开乡村幸福花

村民参观同期声:"进来你会感觉这里面空气很干净,很舒服,很清新。里面进来的空气是经过三道过滤的。水从上面喷的,水也是,家里面喝的纯净水三道过滤,我这里四道过滤。"

"这香菇怎么跟朵花一样?"

"菌菇居然不是长在木头上? 是养在牛奶瓶里长大的?"

立夏时分的一个早晨,永大菌菇种植基地迎来附近社区的一批阿姨爷叔。菌菇培育室里的一切让这些曾经的田间达人大开眼界,啧啧称奇。

像育婴一样育菌菇

黄国标:"我们所有的管控都在电脑上操作的,一点就全部知道了。我们生长的进程,从开始培养,到最后长菇的每一个环节上面,到底什么温度、湿度、光照,它生长的环境有什么变化……"

走在前头的,是永大菌菇的掌门人黄国标,他亲自带路,向居民们介绍机械化、智能化菌菇种植的来龙去脉。

依靠数字赋能,这里种菌菇就像在工厂里生产零部件一样,一天产能能达到10万吨,四季无阻,源源不断地发往市场,走上市民的餐桌。

和印象中的蔬菜大棚截然不同,一个个按照科学配方打包完毕的"菌包"整齐地排列在犹如超市货架的多层立体架上,每棵约20厘米高,身着"雪白长裙",展开裙摆仿佛"雪国的舞女"。电子屏上有着每株菇的生长记录,从出生日期到菌包成分,统统清晰可考。这一投入数千万元、耗时近6年研发成功的自研菌种——舞茸,以永大菌业有限公司命名:"永大一号"。

2022年，农业农村部公布第十二批镇及全国乡村特色产业产值超亿元村名单。天平村凭借这小小的菌菇顺利蝉联榜单，也因此在罗店古镇率先跻身于全国"一村一品"示范村的行列。依靠科技创新，数字赋能，小菌菇撬动大产业的梦想，逐渐在天平村化为现实。

永大的当家人——黄国标被誉为沪上的"菌菇大王"。他从年轻时便立志要把家乡福建永泰县的菌菇种植业发展壮大，并帮助当地农民脱贫致富。2008年，紧跟"南菇北移"的市场趋势，黄国标毅然离开家乡福建，来到上海闯荡。彼时，又值国家规划实施社会主义新农村政策出台，黄国标机缘巧合地与求贤若渴的宝山区委领导相遇并相谈甚欢，一拍即合，宝山张开热情的双臂欢迎有远见、能实干的创业者，规划兴建食用菌科技产业园区，取名"永大菌业"。

罗店天平村的10亩地，便是永大起飞的地方。当时企业一边天南海北收菇，另一边接驳海外市场，按照国际标准统一包装加工菌菇。随着市场开放度的提升，加工业利润日薄，企业转型迫在眉睫。老黄判断，随着消费升级，国内的中高端菌菇市场将形成一片蓝海。

黄国标："当时整个想得很好，但现实跟想象的有很大差距，一路都是问题，上海这个气候，一到夏天极端气候，台风也有，冬天气温零下极端气候要几天时间，所有生长菌包都要坏掉。"

除了"靠天吃饭"这个因素，传统食用菌的生产从拌料、装瓶、灭菌、冷却、接种、培菌到出菇都需要人工，是典型劳动密集型产业。如何实现菌菇种植的工厂化、智能化转型，降低成本、提升效能就成了当务之要。

黄国标："其实我2000年就提出来做这个事情。但因为上市公司里面这个运作各方面程序很复杂，很难说服高层往这方面去做。到了2009年的时候，刚好商务部组织一次去日本考察的机会。我们总部分管我们上海公司的一个副总裁，我请他一起去日本。日本参观完回来，他比我还兴奋。他就说一定做这个，要做就做跟世界接轨、做一流的。所以2010年、2011年我们投了1 000万美金，当时是等于七八千万元人民币，算当时最先进的，花了很大的代价。"

标准化食用菌生产加工车间里，食用菌加工、保鲜、冷藏、包装高科技生产流水线一应俱全。生产方式的变化带来了人力结构的变化。永大创新探索"公司＋农户＋合作社"的经营模式，即"公司生产菌包、农户培育食用菌、公司回收并销售食用菌"。这一模式带动周边300多人先后加入食用菌种植，农户年收入均在20万元以上。

黄国标："这几年和农户的合作方式其实跟过去又不一样了。我们工厂化种植，设施房里面长了一茬，剩下里面还可以再长。比如，我按这个真正的生物转化率来讲，我们的一个菌包里面可以长六七两。我们长一茬才长四两，四两半里

面还有还可以再长二三两。这二三两如果放在我那个智能房里面去成本太高
了，所以就是给老百姓的。老百姓他就拿到这个大棚里面，他不需要耗电，不需
要这些东西啊，他这个花一点人工就长出来，然后再卖给我们。所以他们现在风
险更少，基本上没有风险。"

六年磨一菇——种子芯片的研发

与许多人想象不同，中高端食用菌种植的科技含量极高，从菌种长到商品菌
菇，每一步都凝聚着科学家的智慧与辛劳。多年从事食用菌出口代工的黄国标
深知，海外农产品知识产权拥有成熟完善的保护流程，只要鉴定其基因图谱属于
企业专利，使用这一品种的农业企业就须按照年产值的一定比例支付专利费。
这意味着，企业规模越大，越容易被"卡脖子"，而菌菇种子才是芯片，持续不断的
自主菌种研发，才能给企业带来可持续发展的活力。

凭借对市场的敏锐度和深入研究，老黄瞄准了当年被海外菌菇巨头垄断的
特殊菌种——舞茸。

黄国标："这是我们的舞茸产品。这个在日本、韩国市场卖得是很红火的。
它叫药食同源啊，又可以入药，口感也很好。它这里面富含很多营养，对身体有
帮助，日本有临床研究。"

花重金招揽专业人才、与市农科院食用菌研究所等科研机构展开技术合作，
而更难熬的还是一次次闯关失败。

黄国标："像刚才你看到的舞茸（永大）一号和远东 1509，一个品种里面是几万
包，几万个品种中我们挑选出来的，一个品种比方它发酵出来以后，它一个菌株出
来，我就做 38 位，38 的话我一万个品种就是 380 000 包，一包成本 4 块多，就是一
百多万元没了。所以做实验，这个还只是原材料（成本），然后还有人工。研发团
队 7 个人，一年你没有一两百万支出是不可能的，把研发团队能够留下来。"

记不清弃掉了多少拨实验失败的舞茸，老黄也曾因此陷入自我怀疑，但最终
凭着一股几乎"偏执"的劲儿坚持下来，促成了"永大一号"的诞生，实现了国内
食用菌种源技术的零突破。

黄国标在与研发人员的对话中说："先是我们从菇里面提取出来，组织切块
放在这里面，然后慢慢繁殖。繁殖好，我们又把它放在这个三角瓶里面去，一定
程度以后，我们又到了一个很大的一个发酵罐里面，有一吨的水的液体里面，然
后进行再培养，培养成熟完成以后，这个菌种我们跟打针一样打到菌包里面去，
那这个就是我们所谓的胚胎了。"

小菌菇点亮大乡村

凭借自家研制的"种子芯片",传统农业领域冒出科技小巨人,一举种出超亿元乡村产业,也让曾经名不见经传的贫困村华丽转身为闻名沪上的"菇乡"。而在黄国标看来,菌菇产业链的价值,不仅在于对乡村经济真金白银的贡献,更在于多重维度反哺乡村发展,从生态到生活,重塑着乡村面貌。

黄国标说:"食用菌现在分为两种,一种叫草腐菌,一种叫木腐菌。一个是消化稻草,一个是消化木材类。舞茸呢属于木腐类,培育舞茸需要木屑材料,那木屑来自上海本地园林路绿化修剪下来的树枝树叶、树干,我们菌包里百分之七十几都是这些东西。"

稻田秸秆也都是菌包的重要成员。自秸秆焚烧被禁止后,自然腐化成为唯一选择。但这一过程中产生的污水会流入土壤,致使后续的农作物生长困难。如今,大片秸秆有了新去处,小菌菇也有了充分养料。滋养成的菌渣有机肥再度返田,演绎着有机循环。

黄国标介绍:"等下你们会看到,这个鸡菇袖珍菇里面我们百分之五十几是稻草。所以宝山区的现在这个稻草 82% 以上是我们一家把它给收回来的,我们采取什么办法变成食用菌的肥料?这个从理论上没问题,我们实验也是成功的,但你要做成标准化、机械化、做成规模化,这个我们用了 30 年的时间攻克稻草的处理,原来我们的设备磨出来太细,后来我们找到的设备,用切的,切成一段一段的,这就很好。"

从加工代工到自研种源、从跟跑到领跑,驻扎在天平村 20 余年的永大菌业,发展成占地 168 亩的食用菌高新科技产业园,亲历、更主动创造着乡村产业的蝶变。

2018 年,永大做成了一间菌菇"博物馆",展示墙上,小菌菇市场流向一目了然,无疑是热销市场的宠儿。

黄国标说:"现在出口剩下可能 30% 左右啊,大头是内贸、内销。我认为这样的比例还是比较合理的。大型超市、电商,所有的电商我们都跟它合作,盒马、叮咚、美团买菜这些。还有餐饮店像海底捞啊、凑凑啊,原材料也是我们给它做的。还有食品加工企业,像现在我们跟做水饺的几家企业——龙凤啊、吉祥啊这些,都给它们在谈合作,内销市场是巨大的。"

四个展厅展示着企业拼搏创业、迭代更新的历程,也描摹着菌菇为代表的健康产业的使命和未来。

黄国标说:"菌菇是好东西啊！整个生长的过程是没有用到一滴农药,中央提出来的要向微生物要蛋白。微生物就是菌菇之类,过去讲的食品就是动物或是植物,真菌它是活的,在培养基里面进行繁殖,繁殖完了转化出来变成菌菇,又有蛋白又有膳食纤维,又像肉,又像植物,几乎夹在动物、植物中间,是三维立体的。"

2023 年中央一号文件提出,构建多元化食物供给体系,要求"培育壮大食用菌和藻类产业"等。"永大"勇立潮头,聚焦科技创新突破,创造出让人折服的菌菇奇迹,被国家农业部列为全国"一村一品"示范村基地,近期更是光荣地被评为国家"高新技术企业"。凭借自研的"菌菇种子芯片",未来的"永大"不止卖菇,还能卖种子,靠知识产权收益实现多元增收。研学营、采摘体验……小小菌菇也将在天平村翻出更多新意,敢叫乡土宝山换新颜。

2023 年度上海广播电视奖
参评作品推荐表

作品标题	智能电视太"智能"？ 老年人看电视遇难题	参评项目	广播新闻
		体 裁	消 息
		语 种	中 文
作 者 （主创人员）	肖波、盛陈衔、 刘婷、陈晗菲	编 辑	范嘉春、余天寅
刊播单位	上海广播电视台 东方广播中心	刊播日期	2 月 10 日 07 时 17 分
刊播版面 （名称和版次）	FM93.4 上海新闻广播 《990 早新闻》	作品字数 （时长）	3 分 27 秒

采编过程	（作品简介）	上海电台《直通 990》节目接到几十名老年人来电反映，智能电视的操作系统老年人根本用不来！他们希望能买到和使用"开机就能看节目"的那种老款电视机。 　老年人看电视怎么就那么难？记者前往上海的家电大卖场探访了解到，市面上售卖的哪怕是最便宜的一两千元的机型，也都植入了智能操作系统。不过，也有销售人员向记者介绍，一些厂商在智能电视的系统中留了"记忆模式"，可以设为开机直接看电视的状态，但对老年人来说，依然不易操作。
社会效果		这组报道所反映的问题，是一个被社会忽视的、老年群体遇到的共性问题，电视机界面烦琐、遥控器使用复杂、一不小心误操作还要被收费……每一个问题都说到了老年人的心坎里，高度贴近民生，在播出后得到了很大的共鸣。 　报道播出后，东方有线回应，正在研发和完善"语音遥控器"功能，有望年内推出；部分地区已在试点机顶盒"为老一键通"功能；还有社区将"帮爷爷奶奶看电视"纳入了社区志愿服务行动。

智能电视太"智能"？老年人看电视遇难题

家里的智能电视,因为不小心按错键切换了界面,老人就再也找不到爱看的节目。近日,本台《直通 990》直播节目及阿基米德平台接到了几十名老年听众反映,说自己在智能电视的使用过程中遇到了不少困难。有听众建议电视遥控器推出"老年款",还有听众希望能够买到"开机就能看节目"的老款电视机。请听报道:

近年来推出的电视机"不约而同"地添加了智能操作系统,打开电视后最先看到的,是一个个功能版块组成的电视"主页",要找到电视直播频道还得费一番周折,这就难倒了本来就对电子产品不熟悉的老年人。周阿姨说,当初购买电视,还为这套智能系统多花了 1 000 多元,可是买回家后学了十几遍还是不会:"我特地为了买智能电视多加了 1 000 块钱,跳到游戏节目,收费了。我们不会用,我买了智能等于不是智能。"

80 岁的独居老人戴阿姨说,虽然经过子女的反复培训,但有时不小心切到别的模块,就再也找不回原先的节目了:"不注意碰到遥控器了,电视上没任何东西了,变成英文了,老早两个频道的时候很清楚的。"

还有老人说,因为不会操作,家里的电视机要等孩子来看望自己的时候才能打开看。更有人不小心订阅了会员,每月扣钱,不知道如何取消。70 多岁的独居老人任阿姨在节目中提出建议:"今后能不能弄一款老年人的遥控器,不要多,10 个以内的频道,足够我们老年人看了。"

老年人原本是电视的重要受众群,可电视却让老人望而却步。眼下智能电视复杂的操作让网友感叹,是老年人不配看电视了吗?那么,现在的家电卖场里还能不能买到老人们说的所谓"老款电视机"呢?记者前往五角场的一个家电卖场,销售人员介绍,现在的电视机基本都内置了智能系统,哪怕是一两千元的实惠机型,智能系统也都是标配。针对一些老年人提出的不需要智能系统,想直接跳过主页进入电视界面的需求,某品牌的工作人员郭女士说,这个想法可以通过软件设置来实现:"直接开机进入记忆(模式),开机就是进入你上一次播放的界面。我们老年人一般用的都是机顶盒的话,你开机就直接进入机顶盒就可以了。这个比较方便,只要设置一次,以后就不用动了。"

记者实际操作发现,通过这种"记忆"模式,相当于是跳过了智能电视的"主页",直接看到了机顶盒中的电视节目。有人建议智能电视推出"长者模式",记者在卖场发现,类似模式确实存在,但除了字体变大、按钮放大之外,并没有特别好的功能改进。上海科技助老服务中心主任吴含章表示,设备厂商应积极为老年人考虑,比如,在现有的遥控器上增加"一键看电视"的功能。同时,子女、邻居及社工,也应该把让老人轻轻松松地看上电视作为一项上心的事情。"子女应该更关心老年人,帮他们去设置一下。现在邻里关系处得更好了,我是倡导我们的年轻人,作为一个志愿者,也可以去教教他们。还有就是我们的社会工作者,包括还有老年学校,可以去开设一些这样的课程或者是讲座,让老年人在不懂的时候能够去学。"

2023 年度上海广播电视奖
参评作品推荐表

作品标题	"唢呐博士"刘雯雯： 用"乡土"乐器惊艳国际	参评项目	广播新闻
		体　裁	访　谈
		语　种	中　文
作　者 （主创人员）	郑星纪	编　辑	葛浩、林思含
刊播单位	上海广播电视台 东方广播中心	刊播日期	2023 年 5 月 28 日 9 时 03 分
刊播版面 （名称和版次）	FM89.9 长三角之声 《先锋派报告》	作品字数 （时长）	52 分钟
采编过程 （作品简介）			

采编过程（作品简介）

　　2023 年五一小长假期间，中国首位唢呐博士刘雯雯因一段曾经在悉尼歌剧院表演《百鸟朝凤》华彩段落的视频在社交媒体上爆火，并被新华社、央视等央媒报道转载。为什么几年前的视频突然爆红？主人公如何想到将中国传统乐器唢呐与西洋管弦乐团结合？身为 90 后的主人公自己在求学和普及中国传统乐器之路上有过怎样的经历？同样身为 90 后的长三角之声主创团队快速反应，对报道背后更深层次的问题进行了深度挖掘，并设法联系到了新闻主人公刘雯雯博士。在刘博士忙碌的档期中，尽力做到第一时间展开对话。整期节目夹叙夹议，以刘雯雯个人成长故事为线索、访谈形式为主体，同时加入丰富的背景信息，以纪录片讲解式的语言形态进行融合呈现。用轻松自然的交流、丰富多元的声音元素，深入浅出地阐释"让唢呐登上更大舞台"这个更深层次的话题。

社会效果

　　本期节目看似在记录一名 90 后唢呐博士在把唢呐推广到更大舞台，讲述个人经历和背后的故事，实则探讨的是"传承发展中华优秀传统文化"这个更深层次的命题。党的十八大以来，习近平总书记多次强调中华传统文化的历史影响和重要意义，赋予其新的时代内涵。习近平总书记曾指出："要挖掘中华优秀传统文化的思想观念、人文精神、道德规范，把艺术创造力和中华文化价值融合起来，把中华美学精神和当代审美追求

社会效果	结合起来，激活中华文化生命力。"在本期节目中，主创团队既善于发现、追踪网络热点，趁热打铁把鲜活案例、人物故事展示在广大受众面前，本身就体现了团队对相关话题的敏锐度和重视度；同时，充满 90 后风格的对话风格、符合网络听觉需求的后期制作，又体现了作品融合当代审美需求的能力。鉴于此，节目在发布后，通过阿基米德、微博、小宇宙等多个平台的传播，收获 10 万＋的传播效果，从某种程度上实现了"二次破圈"。

"唢呐博士"刘雯雯：用"乡土"乐器惊艳国际

刘雯雯：我们为什么说唢呐一定要童子功，因为你看到演奏时我可能手都没动，却可以变出来很多的声效，这些你是看不到的，那这个我们是怎么做到的呢？这是我们在口腔里面完成的。因为年轻人你要让他关注到这么一个传统的乐器，这么一个田间地头的乐器，你必须要用他喜欢的方式呈现，喜欢的音乐风格来呈现，那你就必须要尝试跨界，尝试跟其他曲种的嫁接。我觉得我所有的学生都是我的传承的后人，包括他们的力量可能会比我的孩子要更广、能量更大，因为他们是一代一代的，每一年都有新的学生，而且他们毕业了以后全国各地甚至全世界各地都可能辐射到。

【片头】

《百鸟朝凤》华彩段落压混）

【旁白】40秒，一口气吹奏《百鸟朝凤》"华彩"段落——社交平台上，这段唢呐演奏惊艳出圈。画面中是悉尼歌剧院舞台中央，一袭白色礼服裙的年轻女孩站在外国交响乐团前，拿着最"土"的传统民间乐器，吹出惟妙惟肖、丰富多彩的百鸟之声。这个90后女孩叫刘雯雯，中国首位唢呐博士。她是如何走上唢呐之路的？如何凭借唢呐技艺登上国际舞台？又如何传承唢呐技艺与文化？本期《先锋派报告》，对话"'唢呐博士'刘雯雯：用'乡土'乐器惊艳国际"。

星纪：每个文艺爱好者都需要一份《先锋派报告》，各位好，我是星纪。我们常说一句话叫"唢呐一响，黄金万两"。相信大家对于这个传统乐器的第一印象可能就是《百鸟朝凤》这首曲子，在今天唢呐其实也可以跟很多的现代元素相结合，比如，跟一些摇滚、交响乐融合在一起，而且登上了国际舞台。今天我们节目邀请到了一位嘉宾，她是中国第一位唢呐博士，同时也是上海音乐学院的青年教师刘雯雯，欢迎刘老师。

刘雯雯：你好。

星纪：刘老师，我刚刚说您是第一位唢呐博士，我就很好奇这个唢呐博士他要研究一些什么东西？

刘雯雯：可能到了博士阶段更多的不光是你要有这么一个含金量很高的演奏水平，这是最基本的，我觉得更多的可能是你对于唢呐音乐各方面，科研类的、理论类的研究会更多一点。

星纪：比如说科研类，咱们现在会大概研究哪些？会是比如说唢呐的乐器的材质、工艺吗？

刘雯雯：都会有，比如说我们可能更多地会对唢呐民间音乐的一个整理和挖掘。唢呐它本身就是从民间走到国际的舞台上，以前很多人都会说你这个唢呐就只有在红白喜事上、农村田间地头才会出现，那么如今它现在已经发展得非常好了，但是我们还是不能够磨灭掉它之前就是从民间走出来的，它土生土长的、滋润它的土壤就是民间，所以很多我们在民间的，我们现在所听到的《百鸟朝凤》，或者我们唢呐经典的名曲《一枝花》《抬花轿》等，都是民间乐曲整理改编成现在一个比较精进版本。所以说，我们还是要回归民间、回归到本真，其实还有很多的民间曲牌、民间音乐，现在还活跃在老艺人手上的活儿，用我们现在比较系统、比较科学、比较学术的形式把它整理出来，然后带到我们音乐学院，给我们现在的孩子们使用，我觉得这个是我特别想在后面几年去做的，当然现在也正在做。因为我觉得像《百鸟朝凤》已经是一个非常好的案例，而且唢呐不光有《百鸟朝凤》，我们还有很多经典的曲牌，随着时间的流逝，可能已经有很多民间的非常经典的绝活儿，在老艺人手中就带走了，所以还是我很紧张、很着急的，希望能够早点把这些东西全部挖掘出来。而且像我们唢呐分很多流派，这个流派其实是按照地域来划分，大部分在北方，比如说"山东派"肯定是唢呐最大流派之一了，而且"东北派"也是。其实每个地方都有它的特点，不光说我们就集中在某一个区域、某一个地方，我国那么广阔的土地，北方那么流行、那么盛行，其实在南方也有，但是可能没有北方那么的普遍，所以每个地方它都有自己的、非常有特点的东西值得我们再去挖掘。

星纪：这个是跟地域文化有关系吗？您刚才说的北方特别多，南方少一点。

刘雯雯：对，其实这个地域性还特别强，风格特点、指向性很强。就是东北的它可能基于二人转音乐的前提下，可能有非常个性的一个特征，比如说我们山东，它可能更多的是鼓吹乐，我们山东的鼓吹乐特别出名，所以可能它的音乐更多基于鼓吹乐；比如说像"河南派"的唢呐，它可能更多基于戏曲上面，比如说河南豫剧这种。其实真正了解下来我觉得非常有意思，每个地方地域的风格特点不一样，包括山西、陕西又不一样，它可能更多的基于民歌上面，所以每个地方的唢呐音乐风格特点都是完全不同的，所以我还是非常有信心和有兴趣去做这个事情的。

星纪：我了解到您是一位 90 后，可不可以跟我们来聊一聊您从小学习唢呐的经历？

刘雯雯：对，因为我觉得整个学习的过程还是非常不美好的。对，因为唢呐这个乐器，首先它在我的童年给我带来的很多都是很负面的影响，很少有很积极正面的影响，所以在我前期学习它的过程中都是很排斥的，然后很抵触的。

星纪：您的父母也是唢呐的演奏家。

刘雯雯：对，他们俩都是，而且都是有家族传承的，包括像我母亲这边已经传承了十几代了，所以这个是非常不容易的，而且正是因为有这种家族的传承，所以他们对于让后代去学习唢呐，不光是单纯地学习，他们是很有执念的，而且这种执念是我不希望、我不指望你能够靠唢呐出多大的名。

星纪：但你一定要继承它。

刘雯雯：对，也不指望你靠它赚多少钱，也许你可能吹它都不一定吃得上饭，都不一定有一个很好的工作，但是还是要让你去学，所以这个是他们内心的常人无法理解的一种执念吧。而且像只有我父母是这样子，他们的兄弟姐妹也是吹唢呐的，但是他们基本上孩子都没有再去学唢呐了，因为没有办法去生活得很好。

星纪：就是到您这一代。

刘雯雯：只有我一个人。

星纪：而且您还是女性的传承人。

刘雯雯：因为我爸爸妈妈他们各自的兄弟姐妹都是吹唢呐的，没有一个不是的，而且都以唢呐为生，有的可能是在京剧院吹唢呐，有的是在歌舞团吹唢呐，有的可能甚至还在民间做民间艺人都有的，都是靠这个吃饭。

星纪：那您是这一代家里最小的吗？还是？

刘雯雯：也不是最小的，但是他们对于孩子就没有那股劲儿，好像反而不要让孩子去学，因为"吃不上饭"，因为你至少很艰难、很辛苦。

星纪：关键是父母受过的苦，不想让孩子再受，对不对？

刘雯雯：对的，他们的思想可能是那样。但是我觉得作为我的父母，首先在我爷爷或者是姥爷那一辈，那确实是地地道道的农民、地地道道的农村的民间艺人。那么到我父母这一辈，其实他们已经在努力了，他们努力地从农村走出来，我爸爸妈妈他们十几岁就背着包，就跟家里闹翻了，一定要走出来。家里不让出门，他们还是要拿着唢呐，说我不能在农村再待了，我一定要走出来。他们可能那个时候就到了城里，然后努力地找机会，想尽办法出人头地，所以我觉得也非常感谢我的父母，不是因为他们那个时候勇敢地走出来，可能现在我都不知道我在哪儿，根本不可能有这样的，后期会有这样的条件和经济能力去让我去学习，去高校学习。

星纪：其实您就像一出生的时候，甚至没出生的时候，一生的路就被规划好了一样。

刘雯雯：对对对，而且所有从小的这种学习的过程是很不好的。因为，为什么小时候抵触它，就是因为它响，那么小朋友去控制又控制不好，所以每次"啪"地一下子吹出来的时候，你旁边的人肯定是被你吓一跳，或者是一哭，突然去捂耳朵，做出那种很不友善的表情。

星纪：就会影响邻里关系是吧？

刘雯雯：对，然后就是这样子的表情会让你，虽然那时候不懂事，但是会在你内心里有一种潜意识——别人不喜欢听，不喜欢听我为什么要去吹呢？然后印象里面就是父母永远在跟邻居吵架，因为我每天要去练，不可能说我今天练了明天就不练了，每天朝夕都要练，那邻居也受不了，而且那个时候在学习的过程中肯定都是不好听的，难听的音乐，也确实邻居难免会有情绪。实在到后面受不了了以后，我父母就带我到室外去练了。到户外去练，就有个问题就是它环境会很恶劣，比如说天气很冷、很热，然后很多蚊虫，比如说那个时候经常会去植物园、去公园，或者是去河边、去洞里面，那个时候还有窑洞，烧砖的那种窑洞，或者是去小树林里面，我都去过。

星纪：那时候多大？

刘雯雯：那个时候六七岁。

星纪：刚上小学的时候。

刘雯雯：对，就是刚开始能吹曲子了，就开始这种模式了。

星纪：那个时候也要一边上学，然后一边练习唢呐吗？

刘雯雯：对，所以我在上学的时候，可能父母就是让我中间回来练，中午回来练或者是晚上回来练，但是后来不行了以后，家里不让吹了，又利用早上的时间出去练唢呐，比如说5点前你要进入植物园，因为他5点就收费了，就收5毛钱的门票，而且那个时候很多老大爷、老大娘在植物园里去遛弯，因为环境非常好，所以每天爸爸妈妈带着我跟那些老大爷、老大娘们一起挤，5点前一分钟挤进去，然后5点就有保安在那里拦着收门票了，所以记忆还是很清晰的。还有就是在那里练，因为声音也会不小，所以每次吹完以后一回头全是人，就是老大爷他们就围观，有什么样的声音都有，就说这小女孩真厉害，这都能吹得响，然后也有人说你怎么会学这个，叽叽喳喳什么声音都有，所以心里就觉得这些老头老太太怎么这么无聊，整天不跑步了，也不走路了，在这儿听我吹唢呐。到了后期，也就是因为很多不好的这种印象、不好的经历，让我不愿意在外人面前展示我是吹唢呐的。

星纪：但是小时候，比如说上学的时候有没有什么才艺展示、文艺表演那种的？

刘雯雯：那时候我记得上小学的时候，我们有六一儿童节文艺演出，又是教师节，又是国庆节，反正只要有任何的节日，我们班主任就是"刘雯雯上"，然后那个时候我还挺兴奋的，其实因为刚学有所成一点点，能吹点小曲子了，然后我能在同学们面前臭显摆一下。我记得特别清楚，我们是每个教室每个班有八九十个人，但是我们一个年级有十几个班，然后我是在一个阶梯教室里面演出，那个时候同学不是到现场去看，他们是看电视，因为人太多了，结果全校的师生都知道我是吹唢呐的了，这种结果是我没想到的，就是大家会拿这个事来嘲笑我，或者是那时候童言也无忌，过来说，你是吹唢呐的什么什么，我家里爷爷去世什么的，也请吹唢呐的怎么样。虽然是这种话，但是那个时候对于我来说，觉得"这个事儿是丢人的吗"？就一下子让我感觉到原来吹唢呐不是一个特别让我自豪的一件事儿。

星纪：你会质疑吗？

刘雯雯：会质疑，而且不想让人家知道我是吹唢呐的，特别敏感。

星纪：当时有跟父母聊过，比如说在学校里受到的这些吗？

刘雯雯：没有，从来没有。因为小的时候，因为我还是小小女孩在家里也算是非常乖、非常听话，从来不会说我去反抗，极力地去叛逆，从来没有过，还是比较顺从父母的一个性格。

（刘雯雯演奏乐曲　压混）

（后略）

【旁白】近些年，受传统国潮音乐崛起的影响，唢呐也逐渐走入到很多当代年轻人的身边，还与现代音乐元素相互融合，焕发出新的生机。作为一名唢呐专业的教师，刘雯雯如何看待唢呐的现代发展路径？如何推动唢呐文化的传播与传承？本期《先锋派报告》正在播出"'唢呐博士'刘雯雯：用'乡土'乐器惊艳国际"。

星纪：您现在在教学方面有没有遇到需要去突破的一些点？

刘雯雯：其实我刚工作没几年，不到 5 年的时间。

星纪：5 年时间里还抽空去读了个博。

刘雯雯：对，所以你从一个学生转换成身份作为老师，你的学生跟你都没有差几岁，你能不能镇得住他，我所有的学生来上我专业课的时候，都是很害怕的。当然我们私底下只要下了课，就像朋友一样。我们也会聊很多，他们会聊很多他们情感的事情，今天谁跟谁又好了，今天谁跟谁又分手了，各种八卦的事情。我也从来没有去说你们不可以谈恋爱，不可以什么，从来没有过，大家很愉快地去交流，像朋友一样，但是一旦上课，我就像变了一个人一样，他们就说老师你变脸好快。

星纪：就跟你在台上台下一样。

刘雯雯：对，我特别情绪化，就是从你开始吹第一声，我就开始进入到这个状态，我就会非常情绪化，你吹得好我会特别高兴、特别努力地夸你，但你吹得不好我会特别着急，你音乐好的时候，音乐不好的时候，我就情绪化很严重，但我觉得这个是非常有必要的，因为音乐就是这样子的，就像电影一样，它有高潮的部分，它有高兴的、喜庆的、喜剧的，还有悲情的，它就是会让你情绪有很多反差，让你捧腹大笑，让你潸然泪下，那音乐也是这样子的。我必须要在上课的过程中就让学生体会到情绪化有多么的重要，你的音乐线条就要有起伏，这是多么的重要。如果你上课，你对你的音乐，你专业领域的音乐，你都没有感觉，你都很平淡，你的学生也不会有所感知的，所以上课一定要非常激情澎湃。

星纪：现在您带了多少个学生？

刘雯雯：现在是整个本科，本科我们大概一届两三个，也就十几个，我们都是一对一上课的，没有大课的。

星纪：上海音乐学院的唢呐专业，包括您在内有多少位专业的教师？

刘雯雯：就我一个。

星纪：从大一就开始上小课。

刘雯雯：我们都是精准教学，比如说我们的二胡、琵琶，每年全国也就招四五个，因为他们基数比较大，唢呐基数可能相对小一点，可能就是两三名，但是基数大了以后他也就四五名，也没有说很多。

星纪：我不太了解民乐这个方向，就是您会根据他们每个人的特点来调整一些风格吗？

刘雯雯：当然，每个人都不一样，每个人基础也不一样，有的孩子他是本身就是音乐附中上来的，所以他的基础、他的所有的都会非常好，所以你在对他教学上面你就可能相对地，要曲目选择都会更高一点要求，那么有的真的就是民间上来的，他吹得还不错，但是他基础很差。你这个就是要弥补他的基础上的匮乏，因为当你很多技巧、技术做不出来，你就无法支撑你把曲子拿下来，所以不一样的。

星纪：所以对您来说也是一个很庞大的系统，因为他们可能是像您说的，有的是田间地头的，有的可能是从戏曲这边转过来的，然后要过来您这进行一个科学的系统的训练了。

刘雯雯：对，而且我经常会给学生做一个简单的这种"洗脑"，就是要告诉他们，你们大老远地从全国各地跑到上海来，能够进来非常不容易，所以一定是要把东西学到手再走，而并不是说，因为四年时间太快了，一晃就过去了，你还没学到什么就走了，我就觉得他很可惜。

星纪：这么多年的国际的演艺经历，您收到印象最深的评价是什么？

刘雯雯：大家其实对于我在台上台下反差很大，比如说你刚看完我演出，然后结束了以后，我站在你面前你不知道我是刚刚那个人，很多人都会有这种反应，就是觉得好像台下就像一个小女孩一样，或者是我们说话怎么样，站在台上以后，他们就觉得我很成熟，看上去就是看你架势和你演奏的这种状态，就感觉你三四十了，四十往上走了，就是那种可能比较有霸气或者是比较稳的这种状态。所以我觉得听到这种也觉得挺有意思的，或者是也觉得自己原来是这种状态的。对，其实我觉得我自己也想过，其实在舞台上的那几分钟，其实是另外一个我，因为我可能很多的时候没有很多朋友，因为我们学音乐的或者是像我这种工作状态的，我没有那么多时间去经营我的友谊或者是有个闺蜜什么的，以前有很多，但是真的后面忙起来的时候根本就没有时间了。你的朋友都去结婚生孩子去了，你还在这忙事业。对，所以后来可能很多时候心里的一些想法，或者是心里一些很多情绪都在舞台上去做一个宣泄，所以那个时候我感觉可能是另外一个我。

星纪：您会觉得有一些遗憾吗？因为唢呐而带来的。

刘雯雯：没有，因为我在事业上或者是在继承唢呐的过程中，我知道自己付出了那么多是很值得的，因为不管为了家族的传承也好，为了上海音乐学院整个唢呐学科的发展也好，我觉得这个是很值得我去这么做的。

星纪：如果您有了下一代的话，还会让他继续来传承吗？

刘雯雯：很多人问过我这个问题，因为我母亲那边已经 13 代了，所以我母亲的意思就是说你的小孩一定要继续传承下去，不能在我这断了，但是其实在我的角度上来看或者来分析，我觉得我所有的学生都是我的传承的后人，包括他们的力量可能会比我的孩子要更广、能量更大，因为他们是一代一代，每一年都有新的学生，而且他们毕业以后了，全国各地甚至全世界各地他们都可能会辐射到，所以这种能量不是更大吗？所以我无所谓我以后的孩子会不会吹，但是我一定是把我教学的重任好好地去完成。

星纪：谢谢刘老师来我们的《先锋派报告》做客，谢谢。

刘雯雯：谢谢。

（刘雯雯演奏乐曲　压混）

三 等 奖

2023 年度上海广播电视奖
参评作品推荐表

作品标题	区长"空中办公会"在线解决急难愁——2023夏令热线区长访谈	参评项目	广播新闻
		体　裁	访　谈
		语　种	中　文
作　者 （主创人员）	集体（王海波、吴雅娴、杨黎萱、杨叶超、向晓薇、顾隽洁、孟诚洁、范嘉春、陈霞）	编　辑	集体（杨叶超、向晓薇、顾隽洁、孟诚洁、范嘉春、陈霞）
刊播单位	上海广播电视台 东方广播中心	刊播日期	7月17日9点00分
刊播版面 （名称和版次）	FM93.4 上海新闻广播 《2023夏令热线 区长访谈》	作品字数 （时长）	2小时
采编过程 （作品简介）	2023夏令热线区长访谈是上海各区大调研的一次集中展示。它既是电波中的民意交流，它也是互联网上的民情反馈，更是各级干部深入一线的民心听取。飞线充电一直以来就是城市顽疾。金山卫镇古城新苑小区居民有600多个充电桩，但仍然有大量的飞线充电。为啥飞线充电取缔不了？对话中，李泽龙区长敏锐地找到其中一个原因：晚上家中用电价格较低，一些价格敏感的居民因此冒险把电线接到室外给电瓶车充电。同样的问题也出现在普陀区、徐汇区，肖文高区长和钟晓咏区长都表示，花钱投资提升设备是为居民办好事，但市场化的经营模式在价格敏感人群中产生怎样的效果须好好研究，只有照顾到各种人群需求，好事才能真正办好。不同的居民，诉求可能截然相反。嘉定区江桥镇的夏阿姨来电呼吁了十年也没迎来家门口的小商铺，买个早点还要跑一两公里；而下一个来电家住真新街道的王女士说她家门口商业很方便，但是太吵了。区域内的商业合理布局和后续管理摆在眼前。区长高香表示，社区商业建设要抓紧，但管理也要跟上，尽可能减少"邻避效应"。一个个城市管理的问题通过电波被居民提交上来，要从更高的要求来看，需要把工作做在更前面。		

社会效果	《2023 夏令热线区长访谈》三周的节目时间里，直播室热线不断闪烁，各部门电话有序接入。小区改造焕然一新但停车位却被各种黄鱼车、油漆桶提前霸占；红绿灯被绿树遮挡根本看不见，这个红灯闯的有点冤；还有民宿、夜经济……一个个城市管理的问题被市民提交上来。夏令热线区长访谈既是一场空中政府办公会，也是一次空中大调研，不仅是解决了老百姓个人提出的诉求，更是从中举一反三地发现了许多影响民生的难题。

区长"空中办公会"在线解决急难愁

——2023 夏令热线区长访谈

海波：关注社会新闻、传递社会呼声，各位观众朋友，我是海波。《2023 年夏令热线区长访谈》火热开启，今天是一个高温日，提醒大家注意安全防护。为市民群众和政府部门搭建的一座沟通桥梁，上海人民广播电台携手上海市建设交通工作党委、12345 市民服务热线、随申办、上海大调研共同推出。7 月 17 号起，每个工作日上午 9 点到 11 点，全市各区的区长将走进直播间，倾听百姓呼声，解决民生难题。今天走进节目第一期的是金山区区长李泽龙。

李泽龙（金山区区长）：很高兴来到夏令热线节目，和海波老师一起面对面接听群众的电话，和大家一起，帮助大家解决一些工作和生活中的难题、问题。

海波：有一点，在每一次夏令热线当中，所有的老百姓给我们的投诉，在教我们怎么样沟通、我们要怎么解决问题、我们怎么样提高效率，这个在日常的节目当中都有。去年李区长到我们节目当中来过，是了解的。

李泽龙：对，去年现场接了 7 个电话，反映了 7 个问题，通过大家的努力也得到市民朋友的理解，目前这 7 个问题基本得到圆满的解决。

海波：首先我们接听记者的电话，告诉我们去年包括夏令热线，包括您不在线日常的舆论监督节目当中接到金山的问题反馈的情况怎么样，这里有一个调查。接记者吴雅娴的电话。

吴雅娴：海波你好，李区长你好，去年夏令访谈当天我们接到不少关于金山区的案例,今年特意做了一个回访,回访下来所有的问题都解决了。当中涉及废品回购站异味扰民,还有居民给我们打来电话反映楼道内开设了一家肉店,存在噪声扰民的问题。有一些案例和新能源车有关的,比如说有居民反映公园里的停车场里面的充电桩很多都是坏的,不能用。也有村民反映自己因为养鸡养鸭影响了村里的环境,所以村里不同意他安装充电桩。这些问题在相关部门的迅速介入之后已经得到解决。另外还有夏季温度非常高,有市民说液化气的安全问题关系到他们日常生活,在去年的节目当中我们接听三洋镇(音)碧海云天(音)小区的居民呼吁液化气转天然气,这样的电话。我们了解到目前相关的工程已经推动实施。还有一个问题和适老化改造有关,我回访时居民很高兴地告诉我,目前小区各项无障碍的项目正在建设和完善当中,对结果也是非常满意的。

海波:日常的节目当中接到的金山的情况怎么样?

吴雅娴:日常的节目当中接到金山的案例并不是很多,金山区草经镇有一位尹老先生平时很喜欢听收音机,他在阳光普及网上申请了收音机,发现寄过来的是一台读书机,我们接到电话以后立即给这位老先生寄了一台收音机过去。我们也希望金山的老百姓能够多收听广播,有什么问题在日常节目当中,欢迎随时给我们打来电话。

海波:金山的老百姓挺喜欢听我们的广播,但是我们这里反映出来的金山平时接的电话并不多,日常节目当中中心城区更多一些,金山老百姓是不是由于距离的原因,可能在本台的反映并不是很多。“12345”在真正发挥作用,我们有反馈的机制、有排名的机制,也有督办的机制。

李泽龙:我们也有考核机制。

海波:我们接听老百姓的电话,看看平时工作当中有什么疏漏,或者平时工作机制怎么样优化,提高效率。

李泽龙:这是肯定的,肯定有一些不足的问题。

海波:首先看看现场记者的采访,我们看看他在现场给我们发回来的报道。首先听记者代灵的电话。代灵你好。

代灵：海波你好。李区长好。

海波：你的情况怎么样，跟我们说一下。

代灵：我现在所在的位置在金山区的枫泾镇，这是一个居民小区的家里，现在所在的别墅小区，中联排别墅，投诉人倪女士在一年前就已经开始投诉，反映的是自己家二楼露台因为隔壁搭建了违章建筑，封堵两家的排水口，阳台的积水比较明显，如果到了雨季，整个阳台在下雨雨量比较集中的时候，像小鱼塘的状态，为此居民投诉的时间很久，这个城管执法队员有上门过，并且倪女士告诉我工作人员把材料交上去，但是什么时候可以解决，流程走到一直什么程度一直没有给她回就，我们在现场特别想把这个问题带到直播间，请李区长现场协调，看看投诉到底到一个什么样的程度。

海波：这两天高温这里一直没有变化过吗？一直积这么高的水。

代灵：对，一是高温没有晒干它，二是夏天有短时强对流的天气，突然来一阵雨也会造成这里的积水，而且稍微干一干又积起来，这旁边都已经长出草、小树苗来，希望能尽快把这个问题解决一下。因为倪女士告诉我，她在看到隔壁开始搭建开始就已经在打"12345"，眼见着违建从没有建、到在建，再到现在投诉了一年时间，也经历了一个夏天。作为倪女士，我们可以看到现在她的房子处于一个毛坯状态，她并没有入住，每一次来投诉、维权，整个人要从浦东赶到金山来，其实对他们来说是一套养老的房子，现在却没有装修、没有入住，所以特别希望尽快解决这个问题。

海波：这个问题应该属于房管。

李泽龙：可能涉及到违法搭建的问题，城管。

海波：我们接通了城管执法局的电话，王世敏（音）。

李泽龙：记者反映的情况你们了解吗？

王（城管执法局王世敏）：我们了解的。我们是 2022 年 11 月 17 号接到投诉。经由城管现场看，有两个违建，是二楼和三楼都是铝合金封的阳台。

李泽龙：把阳台封掉了。

王：对，违建以后，枫泾镇人民政府当天立案，当事人一开始是接受配合询问，后来因为当事人感觉要拆除违章建筑，所以情绪比较激动，拒不配合。一开始当事人到枫泾综合刑侦队接受调查询问，调查以后确实是违章，他情绪比较激动，现在按照立法程序正在走程序，假如当事人拒不整改，应该冻结该房屋的交易，并进入个人诚信平台；如果再不整改，报区政府开具文书强制拆除。

李泽龙：这是枫泾镇人民政府还是你们在处理？枫泾镇的张浩接通。

张浩：去年 10 月份接到 12345 的投诉，我们马上派人到现场核实察看，情况属实。连体别墅，阳台已经搭建了阳光房，发现这个问题以后我们镇上的综合执法队也就是城管和业主沟通协商，主要是这家业主的女性业主，包括业主的父母多次沟通，然后又主动到男性业主的单位，跟他碰头商量一下，让他配合拆除违建，但是他没有接待。协商过程中女性业主跟我们工作人员说，如果要拆的话，她要喝农药，情绪非常激动，我们考虑到社会影响的问题，所以目前还是在以做工作为主。

海波：违法搭建如果不是在萌芽状态进行制止，全部搭完改建完，确确实实当事人想接受的可能性大大降低。如果每次都是等到被影响的邻居来投诉，再想跟他谈，会有很多麻烦的地方。有那种直接可以事先判断，小区物业发现有大量的水泥进来，有违法搭建的苗头，有这种吗？

张浩：有的业主在装修的时候材料一起进来，在门卫这里也是一个办法，我们会督促物业，包括居委会人员加强巡查。发现问题我们及时纠正。

李泽龙：张浩是这样，主持人讲的问题是工作中平时要注意的，违法搭建第一时间发现、第一时间制止，这是花最少的成本，相对比较容易得到当事人的理解，一旦搭建完成强制拆除，对政府来说执法程序更长，对当事人来说原先的一些投入、损失更多，所以情绪也会比较激动，特别是联排别墅小区、低密度小区会容易出现类似搭建阳光房的情况，你们要早发现早处置，现在违章搭建的处理整个执法事权都下放到镇里，镇里的城管支队有执法权，你们镇城管执法程序已经走到什么程度？

张浩：现在已经立案。

李泽龙：从立案到拒不配合还要多长时间？

张浩：我们对这个房产进行冻结交易，准备限时拆除，再进行强拆，估计程序上要半年时间，从发出通知开始。

李泽龙：类似的城市里面搭阳光房的情况，虽然不能说普遍，但是也不是个案，我相信你们整个枫泾镇类似的情况还会有，我建议你们整个小区类似的情况有没有这个问题做一下排查摸底。另外封阳台分两种情况，一是全体小区的业主都同意的话，不是说不可以封；如果没有经过全体业主大会同意，那不允许，我看你这个是没有经过全体业主大会的同意，所以这是违法搭建。第三他对周围隔壁邻居的影响状况，要第一时间消除影响，现在夏季雷阵雨的情况比较多，接下来到 8 月份以后台风天气也相对会多。可能会有一些突然的暴雨、大雨，防止对周边的邻居房屋造成大的影响，第一时间要发现，把这个消除掉。记者给我们看的画面，这两天偶尔有阵雨，但是雨不特别大，气温也比较高，看隔壁阳台里面还是有积水的情况，一直没有干，说明把雨水管道堵了，这个要消除掉。整个执法程序，执法程序要抓紧走，城管执法中队执法程序要尽快走，防止出现有违规的情况；另外，要做当事人的工作，你反映的情况当事人情绪比较激动，看看他到底是什么情况、什么问题造成情绪比较激动，要把他们家里各方面的情况了解清楚，尽量做通当事人的工作，减少对立面。

张浩：好的。

海波：代灵还有什么问题吗？我们就把这个电话先挂掉。这个是当中郊区，在违法搭建零增长、零容忍，在郊区当中做工作更加困难一点。

李泽龙：对，特别在低密度的小区，普通的搭、大面积的搭违章情况比较少，有一些居民家里种花、种草，搭阳光房方便一点，他认为可能对其他人影响不大，但是刚刚这个情况对隔壁有明显的影响，特别对整个雨水的情况有影响。

海波：所以给自己生活好的享受时要考虑一些邻里之间其他邻居的情况。再来看看下面一位听众的电话。这位是王先生。你好，我是海波，今天李区长也在。

王（听众王先生）：你好。

李泽龙：你反映什么问题，请说。

王：我有一个诉求，虹桥枢纽开了三条线路，这三条线路对老百姓来讲，对整个金山，都已经得到了覆盖。整个经济发展从我们需求的角度来说，在金山工业区确实没有覆盖到，这个情况我向公交公司和交通委诉说了我们的诉求，这个诉求反映下来以后，夏令热线反馈以后，说是上海道路交通委员会，哪一个部门反馈了，就说是金山区的部门反馈，说这个线路是市一级的线路，作为市一极的线路，区里没有这种增设站点的权利，就把这个案子结掉了，对我们来讲就是一个无厘头的。

李泽龙：王先生您住在工业区是吗？

王：对。

李泽龙：您平时主要是上下班是吗？

王：有的时候出差。不太方便。还要去转。

海波：原来有过这种可能吗？还是一直如此。

王：没有，到这边以后就是一个短板，凹字形一样，把这一块给圈出来。

海波：这是交通委副主任曹锋的电话接通。

曹（金山区交通委副主任曹锋）：金山区目前一共有 3 条前往虹桥枢纽的公交线路，北部地区是通过公交枢纽 8 路解决，南部是通过公交枢纽 7 路 B 线，中部地区是高新区通过公交枢纽 7 路来解决。目前，公交线路布局相对而言是比较均衡的。高新区社区是紧贴着亭林公路（音），相对线路也比较多，通往松江、市区也比较多，老百姓可以通过沿亭林公路的线路一次换乘 8 路，也可以环金山区的 206 路到达目的地，目前是这样的出行方式。前期我们也接到过这方面的相关诉求，希望高新区能够有直达，不通过换乘，直达到虹桥枢纽的线路，我们对这些方案进行过研究，也和市级部门进行了沟通，目前把 7 路调整，主要原因是对原有的乘客影响比较大,增加了中途的时间,有一些要求把 B 线进行调整,要放弃原来很多的站点,造成新的乘客意见。

李泽龙:我问一下,曹锋,刚刚王先生讲的事情如果从高新区换乘方便程度怎么样?

曹:206 一次换乘,同站换乘。

李泽龙:同站换乘大概多长时间?

曹:206 路今年上半年新开通,到周边的站点很快,估计也就是 10 分钟。目前的班次高峰时目前是在 15 分钟左右。下一步想把这条线路进一步改善,提升服务标准,一是把末班车的时间往前延长,目前是 7 点就结束,想延伸到 9 点,方便晚归的老百姓。二是把班次进一步加密,让老百姓换乘等待的时间缩短。

海波:你觉得换乘不方便还是换乘的时间拖得太晚不方便。

王:如果有返程肯定有大大小小的包拿着,如果去换乘肯定不方便,也不合理。

海波:他是经常出差的人,换乘不像我们什么都不带,他带着行李不方便。

李泽龙:从公共交通来说,整个配置从交通委要经常考虑,刚才汪先生反映的情况是一个客观情况,因为住在工业区,高新区社区,相对虹桥枢纽要换乘一次,虽然换乘时间不是很长,每次出差带的行李不少,相对不方便。但是从交通配置方面,区交通委了解一下整个高新区社区、工业区社区,我印象中那里有四五个小区到交通枢纽整个需求情况,还得考虑整个公共资源配置有一个效费比的问题。目前暂时没有条件,需求比较少,王先生这样的情况不是特别多,但是也许发展趋势会多。

海波:你这样提着行李的人多吗?

王:是这样的,园区里面,每次要出去行李肯定很多。

海波：你直接回答我的问题，你每次提着行李赶车，每次提着行李上车的人跟你一样的多吗？从虹桥机场一出来地铁上全是行李，多吗？

王：多的，而且现在从车站去换乘。

海波：从我这里来考虑，现在都在讲营商环境，招商引资，李区长你应该希望有更多拖着行李来来回回跑的人，才是我要的商务人士。

李泽龙：从政府来说，工业区是金山区整个生产力布局的重点，也希望为工业区各方面的员工、居住的人才提供比较好的配套环境，公交是其中之一。区交通委要做深入的调研，是不是有一定的需求，如果确实有一定的需求量，要考虑整个公交是增加还是线路调整，如果有一定的需求可能要增加一条线路到虹桥枢纽，或者看看，比如说增加频次，或者怎么比较合理，早晚高峰多，还是什么样的需求量多。

海波：如果和王先生同行就两三个人的话，增设公交线的成本就太高了。

李泽龙：对，我们要看看情况。

海波：我把王先生的联系方式交给金山区交通委，李区长所说我们还是要做一个调研，没有调研也没有发言权，调研是最好最有利的解释工作。

王：谢谢区长，谢谢海波老师。

（后略）

海波：接下来看看丁先生的电话。

丁：区长，我是朱泾镇新惠景苑（音）的居民，我们动迁进来 5 年，地下车库一直不让用，当初我跟 12345 反映，居委会跟我说地下的消防不合格，所以就造成没开，前几天金山区的应急管理部跟我说，2017、2018 年验收时他们是抽检的，不是每幢楼都检，造成了现在地下车库 5 年没办法用。

海波：是不是确实存在安全隐患呢？

丁：消防设施坏了。

海波：确实消防不合格了？

丁：我去问居委会书记，他这么回答我。所以造成我们搬进来 5 年，地下车库就是没有办法使用。

李：这个事情是房管局管的。

海波：房管局的局长宋杰。

宋杰：新惠景苑是 2018 年 1 月 9 日交付的动迁安置房的项目，地下车库有 87 个车位，地下车库的车库门禁和消防设施常年损害。所以这个没办法达到使用的标准。

海波：门禁损害是吗？

宋杰：主要是消防设施，现在跟物业、当地的政府部门进行了联系，现在他们已经做了维修的方案，而且也明确了一个维修的费用，大概在 12.5 万左右。目前我们已经要求开发商配合建管委、地控办，一起对地下消防设施进行维修，维修好了以后就可以把车库尽快投入到使用中。

李：反映的消防不合格，是不是接一下消防，消防的人更了解情况。

海波：消防支队的支队长倪浩。

倪浩：这个小区 2018 年建成以后按照当时的消防职能移交，之前走的是备案抽检，但是系统没有抽到。

李：说明当时没有抽检、没有建设。为什么说消防不合格。

倪浩：不合格是这样，这个小区建成之后有一个备案抽检程序，但是系统没有抽到，丁先生反映的情况是这样的，这个小区建设很多年，现在 5 年，过程中没有使用，属于空置状态，在空置过程中可能疏于维保有可能存在部分设施，我听宋局长讲要做维修方案，可能在空置过程中疏于维护，因为没有使用，部分设施存在损害的情况，消防设施经常使用倒不一定坏。

海波：朱泾镇的镇长高楠。

高楠：小区在消防备案环节没有什么问题，主要的问题是地下停车库的设施长久时间不用，有一些老化，需要更新。

李：应该是起动使用，为什么动迁房交付时地下车库不使用呢。

高楠：动迁房小区地下停车位的需求不是很大，地上停车位有 80 多个，所以没有正式启用。我们也制定了方案对地下停车库进行更新，把一些相关设施进行更新，尽快启用。

李：地下车库一直没有用。长期不用消防设施有一些老化损坏。

高楠：小的零部件需要更换。这里包括监控。小区居民在 300 户，基本入住。

李：整个小区设计有多少套房子？

高楠：270 多套。

李：等于 270 多户。整个配的地面车位是多少？

高楠：89 个。地下车位 70 几个。

李：现在老百姓基本上住得差不多。你们准备什么时候把地下车库交付使用。

高楠：尽快，方案已经出来，一共是 12、13 万的钱，准备尽快维修。

李：丁先生反映的问题实际上是政府的问题。动迁安置房应该是政府做的，我估计是为其他项目或者是整个开发建设过程中涉及到居民征收、动迁，类似的情况。

海波：如果消防都没有问题，那就是长期不用放坏的。

李：我估计原因，是小区的物业管理方面，原来想节约成本，地面车位已经够了，地下车位暂时需求不多，但是现在需求来了。刚刚丁先生也反映，这个地上车位不好停，都停到外面去了，这个不应该。这个事情朱泾镇负责，倪浩这里负责指导，把消防设施修缮好，对社区的居民开放，只要居民有需求，根据物业管理的规定，让物业公司对整个地下车库物业管理，物业公司要有一个管理办法，有一个收费标准，有些可能要开业主大会、业委会，还有地下车库是不是需要销售的问题，所以整个你们要一揽子研究，但是有一点，要排一个大概的时间，地下车库对居民的开放时间不能拖太长。一个月之内开放你们应该可以解决掉的，你们看看尽量在一个月之内把这个事情解决掉。丁先生还有什么要求？什么建议？

丁：我反驳一下高镇长，为什么？我们这个小区从进来开始没有开放过，如果是里面早就应该在修。还有这是动迁的小区，年龄大的比较多，而且是小高层，如果一旦发生火灾，消防不能用，造成人员伤亡怎么办？

海波：丁先生，后面听众还排着队，你抓紧时间。现在就解决方案。

丁：修好就 OK，我要一个时间。

海波：李区长要求他们尽量在一个月。

李：一个月之内怎么样。

丁：可以，大家通情达理。

李：感谢理解。

海波：房管局的宋局长。朱泾镇的高镇长，刚才说好的就抓紧了。老百姓着急。

李：这个可以理解，他们停车不方便。

海波：最好是争分夺秒来看这个问题。可能有些工作我们做细一点，有些设备明显空置在那里老化速度就是快，使用起来不管收 300、100、50，那都是钱。

李：关键是老百姓的需求。

（后略）

海波：我们希望夏令热线过后所有的委办局、所有的街镇在群众工作当中继续努力，能够把这个工作越做越好。

李泽龙：特别是有一些基层考虑不周到的地方也要举一反三，比如说民宿问题，其他类似的民宿还会有，希望类似的情况少一点出现。

海波：再次感谢金山区的区长李泽龙做客 2023 夏令热线区长访谈，明天做客我们直播间的是普陀区的区长肖文高，普陀区的听众可以给我们拨打电话。明天再见。

2023 年度上海广播电视奖
参评作品推荐表

作品标题	智慧城市蹲点调研——数字化办事大通关	参评项目	广播新闻
		体　裁	系列报道
		语　种	中　文
作　者 （主创人员）	集体（李仕婧、臧倩、车润宇、汤丽薇、吴浩亮、常亮、朱颖、迟迅、姚轶文、蔡雪瑾、高嵩）	编辑	孟诚洁、魏颖
刊播单位	上海广播电视台东方广播中心	刊播日期	2023 年 5 月 15 日—7 月 6 日
刊播版面 （名称和版次）	FM93.4 上海新闻广播《民生一网通》	作品字数 （时长）	8 分 22 秒、8 分 19 秒、19 分 30 秒
采编过程 （作品简介）	落实主题教育总要求，大兴调查研究，《民生一网通》节目 2023 年 5 月 15 日起推出《智慧城市蹲点调研——数字化办事大通关》专栏，陆续报道了部分郊区居民遭遇燃气缴费难、社区中很多一键叫车智慧屏沦为"装饰屏"、互联网医院快递费重复收取、右转信号灯屡次让司机"吃药""上海停车"App 实际使用和 App 上的信息不符等问题。节目组从 4 月起通过广播、电视、网络等渠道征集线索，根据市民们提出的问题，记者深入一线开展调研采访。如第二篇报道中，记者和胡先生连续尝试了 5 家医院，结果两家医院挂不了号，3 家可以挂号，但住院、报销依然困难重重，整个过程如同开盲盒。又比如，为了摸清申程出行一键叫车"智慧屏"在社区中的使用情况，记者走访了 11 个装有该屏的居民区，发现只有 7 台能够正常使用，两台因损坏已被拆除，1 台安装位置隐蔽，也已损坏，还有 1 台则始终未能找到。记者采访了近 50 位居民，回答基本都是"没用过""不会用""不知道在哪里"。原本为方便老年人打车而推出的实事项目，现实中却形同虚设。这组系列报道紧扣群众"急难愁盼"问题，记者采访深入扎实，融媒传播形成声势，有力地促进相关部门抓紧拿出解题之策，进而推动落实。		

社会效果	针对市民们反映的这些痛点难点,节目组积极联络相关委办局和企业,推动问题解决。比如,针对第四期节目中"互联网医院快递费重复收取"的问题,在节目播出的当天下午,上海邮政就做出回应:目前已有仁济医院等开始试行合单模式,后续将扩大系统对接的医院数量,切实为患者减负。对于第六期节目中"右转信号灯屡次让司机'吃药'"的问题,通过记者前期扎实的调查采访,引起了市交警总队的重视,并首次在新闻媒体上公开发布了"后续计划在今年逐步完成浦西市管范围内所有路口的右转信号灯改造"。该系列报道的"二次传播"过程中,充分发挥融媒矩阵效能。《990 早新闻》隔天播出相关报道并配发晨间快评,从个案中总结共性问题,厘清矛盾背后的症结,并拿出解题思路。在系列报道播出的首周,上海新闻广播和新闻坊微信公众号推出《太尴尬！洗澡洗一半没热水……居民们都着急,何时跟这张卡说"再见"?》《上海社区里的这些智慧屏,用起来有点一言难尽……》等 6 篇推文,被上观新闻、澎湃新闻、光明网等媒体转发,一周总阅读量突破 50 万,配套设计推出的系列海报也在朋友圈引发关注。

智慧城市蹲点调研——数字化办事大通关

燃气充值成心病，"踩凳子"插卡时代何时能结束？

【主持人雪瑾】

推进城市数字化转型，市民群众的满意度是一个非常重要的衡量指标。目前，为积极落实主题教育总要求，大兴调查研究之风，本台《民生一网通》节目组推出了"智慧城市蹲点调研，数字化办事大通关"系列报道，围绕市民群众在办事过程当中遇到的困难事儿、烦心事儿来摸情况，找症结，联合相关部门一同来解决。那么，今天系列报道第一集，我们关注的一个案例是：最近，住在奉贤区金汇镇汇港苑的一位余女士向我们反映，她说自己所在的这个小区多年来一直是使用一种预付费的燃气 IC 卡，此前这张卡是不支持网上付费的，所以，很多的居民如果要充值的话，都必须要前往固定的网点进行充值。在 2017 年开始呢，他们推行了一种"口袋充"的网上支付方式，但是据居民反馈这种充值的方式还是非常复杂，所以，大家使用的意愿也不是很高。近年来，她听说很多区域都已经开始推行智能表了，也就结束了插卡充值的时代，那么，自己的小区何时才能够等来这个呢（智能表安装）？所以她也希望我们一起来关注。记者了解到相关的情况之后，便前往汇港苑了解情况，我们也一起去看一看。

【解说】

余女士说，她搬到金汇镇汇港苑居住已有 4 年，由于燃气充值并未开通线上支付方式，再加之指定充值点的营业时间十分有限，因此，自己和家人经常会遇到家用燃气突然断气的窘境。

【实况】

求助人　余女士：这样的设备其实给我们造成了一定的不便，比如说有可能洗澡洗到一半、烧菜烧到一半发现卡里的钱没有了。我这次投诉就是因为反映这个问题，就是因为这次周末洗澡，突然洗到一半发现没有热水了，然后才去看那个机器，发现卡里的钱没有了。那正好是节假日的时候，打客服电话呢，他就说离我最近的网点，周末节假日是不开放的，所以只能去四五公里以外的地方才能充值。

【解说】

记者查看地图发现，距离汇港苑最近的充值点就有 1.2 公里，步行也需要近 20 分钟。此外，充值点也并非每天开门，看似简单的燃气充值却成了汇港苑居民的一桩"心事儿"。

【实况】

居民　刘老伯：（上海话）我们年纪大的充卡很害怕的，因为一周只能充两次，一个是周二、一个是周六，如果超过这个时间（没充值）家里就没煤气了，而且我们充值也只能（一次性）充 500～1 000 元。

【实况】

居委会工作人员：我们本小区充值是没有设点的，总点在运河北路上面，这个小区周边最近的是哪里？（同事：金碧汇虹苑）。金碧汇虹苑，在金汇镇一门式那边的话，离我们小区差不多在 1 公里左右。因为如果这个远的话，有的老百姓可以多充一点，充个 500 元、1 000 元，有的如果说租房子的，充个 50 元、100元的可能就不方便了，疫情的时候我们遇到过的。

【解说】

燃气充值不方便，燃气表的使用同样也不方便，甚至还需要老人爬上爬下。

【实况】

居民　刘老伯：（上海话）卡、卡呢？

老伴：（上海话）卡在上面，在顶上面，要椅子的。

居民　刘老伯：（上海话）要这样插（卡）的，我们现在发现这个煤气表不方便，为什么不方便呢？洗到一半没有煤气还要换电池后，还要去插卡。因为现在卡插上去后，人还要站上去，数字还看不出，碰到这个问题挺多的。很多年纪大的（爬上去插卡）摔跤也好几次了。

【实况】

居民　金老伯：（上海话）如果像水表电表一样最好，对不对，不要让我们烦得不得了，再说我们年纪大，走也走不动，我 75 岁了已经。

【实况】

居民　蔡阿姨：（上海话）市区里面就是有人来上门抄表的，随便你们怎么用了。还有就是换表,让我们方便一点。

【解说】

记者注意到,为了解决充值方式不便的问题,2017年,上海付费通与松江和奉贤的燃气公司合作,发布了一款公共事业费燃气IC卡网上充值产品,叫作"口袋充"。不过不少居民反映,该终端不仅需要自费购买,操作起来也极为不方便,反而成了居民新的烦恼。记者现场试着学习了一番,发现使用"口袋充"不仅要连接蓝牙,还要绑定银行卡,一系列复杂的操作,让熟悉智能手机运用的记者也是晕头转向。

【实况】

居民 蔡阿姨:(上海话)我们家买了一个"口袋充",弄也弄不来。上一次最后一次充,充了500元,后来银行卡扣掉钱了,插在机器上、插煤气表上没有数字,后来打电话给煤气公司让他们上门来,弄了半天也没弄好。后来弄个电脑上去弄了很长时间,我问他到底什么坏掉了,他说你的"口袋充"坏掉了。不方便,我们弄不来,真的弄不来!

【主持人雪瑾】

数字化时代应该是让市民感受到便利的,所以如何打通这样的一个堵点?对于像余女士这样的一些市民朋友,什么时候才能够结束这样一个充值的烦恼,不再踩凳子来插卡充值,其实也是我们非常关注的。记者了解相关情况之后,便联系了相关部门继续推进问题的解决,后续我们继续来看。

【解说】

记者将该情况反映给了金汇镇镇政府,镇城建中心表示他们将尽快与奉贤燃气沟通,推进问题的解决。在记者采访后的第二天,不少居民告诉记者,已有燃气公司的工作人员上门安装了支持线上充值的智能表。

【实况】

上海海贤能源股份有限公司客服部经理 沈秀梅:如果你手机不方便的话,还是可以到线下,我们这边星期二、星期六还是可以去充值,但是现在方便的是不用带IC卡了,你直接过去报一个地址名字就可以付钱充(值)了,充了之后就直接到你表上了,也不用拿着卡回来插到表上了。

【实况】

居民:(上海话)这个蛮灵光的,这蛮好的,只要我们老年人方便就可以了。

【解说】

上海海贤能源股份有限公司介绍,不同于市区抄表付费的方式,长久以来,本市奉贤、浦东、嘉定、松江的部分地区仍保持着预付费 IC 卡充值的方式。但随着智能化时代的到来，近年来，他们也陆续收到居民反映 IC 卡充值难、旧表使用不便等问题。自 2021 年开始，他们已按照市里要求，在全区逐步推进智能表更换，目前已完成 50% 的更新工作。

【实况】

上海海贤能源股份有限公司客服部经理　沈秀梅：智能表更换我们是有计划的，因为这个小区相对来说比较新，那我们的计划就是放在后面，有些小区表年限长一点，我们就先换。奉贤是从 2020 年年底开始做准备工作，2021 年开始按计划逐步更换智能表具，到 2024 年年底要全部完成，根据市里面的要求要全部完成，我们也是一个个小区根据计划在推进。

【解说】

受益方不仅是奉贤部分小区的居民，记者查询到，在上海市住房和城乡建设管理委员会于 2020 年印发的关于《上海市居民用燃气计量表选型及相关管理要求》的通知上写明，为进一步提升居民用户燃气应用体验，本市燃气行业将在全市统一推进具备在线计量、智能管理功能的燃气计量表，并对郊区既有预付费 IC 卡燃气表开展集中更换，将在 2024 年年底前完成全部更换。

【主持人雪瑾】

更换一个新表呢就能够解决像余女士这样一些市民的诉求。虽然我们也看到整个更新的计划要到 2024 年才完成，可能对于市民百姓来说，希望这个进程能够更快一点儿，也能够早一点儿轮到自己感受这种数字化时代的便利。那么您在数字化的办事当中，如果也遇到了困难事儿、烦心事儿，也可以跟我们《民生一网通》节目组取得联系，可以拨打我们的直播热线或者是 24 小时的新闻热线，当然也可以通过互联网的方式来找到我们，和我们一起探索，让数字化真正服务于为民办实事，打造更加便捷的智慧城市。

小区内使用率低，"一键叫车智慧屏" 如何不变"装饰屏"？

【主持人雪瑾】

智慧城市蹲点调研，数字化办事大通关，今天我们来关注出行。居住在宝山区祁连三村的董先生向我们反馈，他们小区门口原来是有一个"一键叫车的智慧屏"的，可是不知道从（什么时候），为什么原因，从今年 3 月开始，这块智慧屏就不见了。后来董先生向安保打听到了,原来这个设备啊是出现了故障,拿去返修了。可是两个月过去了以后,这块智慧屏仍然没有修好。那么,对于董先生这样一些希望能够更加便捷出行的居民来说,这一块智慧屏何时能够回归、重新上岗是大家非常想了解的。得知这个信息之后,我们记者也前往了现场,我们一起去看一看。

【解说】
董先生说,今年年初他发现在小区门卫的外墙上多出了一台新机器,仔细一看,发现是"一键叫车智慧屏"。看了半天,没弄明白怎么使用。正准备叫女儿回来教一下,却发现这几天,智慧屏不见了。

【实况】
市民董先生:宝山区网上写的,为了方便老年人叫车。自动化就不会玩,装了一个一键通,人脸识别就是定位系统。我不会用,我问他们保安,他们不知道,保安他们也不懂,对吧?但是保安说坏掉了,他们说拿去修了。

【解说】
记者查询"上海宝山"公众号获知,在祁连三村所在的大场镇共有 19 个"一键叫车智慧屏"。按图索骥,记者又来到聚丰园路 388 弄锦龙苑小区,发现安装在小区门卫处背后的智慧屏同样被拆除了。

【实况】
锦龙苑小区保安:那这个洞打得太低了,高一点也行。不要太低,太低我们这里一坐的话,它的线就压断了。

【实况】
记者:它线断掉了,那块屏呢?那这块屏呢?

【实况】
锦龙苑小区保安:哪块屏?
记者:就是它上面的这块。
锦龙苑小区保安:后面这个屏我们就不知道了,我看老年人不怎么用,一般都是子女给他们叫"滴滴"过来的,不用这个东西。
记者:不用这个东西,安装得也有点儿隐蔽。
锦龙苑小区保安:对,人家不注意,你扔在那后面,人家怎么看得见?你想想看。

【解说】
随后记者又来到行知路 638 弄,终于看到了"一键叫车智慧屏",但这块屏安装的位置也非常隐蔽,以至于很多小区居民都不知道它的存在。

【实况】

记者：这里安装了这样的一个申程出行出租车呼叫点，您知道吗？

居民：你说在这里，还是在外面？

记者：就这里，你们小区这里安装的。

居民：哦！不知道，我真的不知道。

【解说】

这块智慧屏插着电源，但屏幕始终无法点亮。

【实况】

居民：这本来就藏在后面，人家也看不到。

记者：看不到？

居民：对啊！

记者：那当时怎么会选择在这个点位安装？

居民：这个是我们居委会定的，不是我们定的。

记者：居委会定的，就安装在这里？然后，但是我看它现在是不是也打不开来？

居民：具体的要看电源了，应该跳掉了吧。

记者：那你们也不修。

居民：因为没人用。有的时候，我们也不去关心这些事情。

【解说】

记者又来到第四个点位，行知路 572 弄的行知家园，这里的"一键叫车智慧屏"安装位置很显眼，但屏幕也没有亮。一问保安才得知，忘记插电了。点亮屏幕后，终于看到了"一键叫车智慧屏"的使用界面。在小区门口，记者随机采访了多名居民，都说不知道这台机器如何使用。

【实况】

居民：不知道呀，刚装的应该是。

居民：没有、没有，你介绍介绍？

记者：这个是一键叫车的，叫出租车的。

居民：哦！那我怎么叫呢？叫出租车蛮好的。

【解说】

最后，记者终于在行知路 569 弄复兴花园二期看到了安装位置显眼，也能正在运行的"一键叫车智慧屏"。

【主持人雪瑾】

"一键叫车智慧屏"是在 2021 年的 6 月开始试行的，而且它是依托于上海出租汽车预约平台申程出行,为了解决不太会使用智能手机的老年人,可以数字化便捷出行的。而且为了方便使用,一般情况下只要通过扫人脸或者是说手机的验证码就可以使用。然而在我们记者走访的多个地点,大家就会发现:如今不是这个屏坏了,就是屏不见了,而且原来的设想也没有办法真正地(实现)一个落地。其实对于我们来说,更关注的是,这样的一键叫车的智慧屏,怎么才能够不沦为一个"装饰屏"呢?为了更好地找到答案,我们记者也前往申程出行来寻求解决方案。

【解说】

记者根据上海发布公布的700多个点位名单,分别在宝山、长宁和静安找了11个居民区点位进行查看。其中,7个智慧屏安装位置明显,能够正常使用,两个因损坏已被拆除,一个安装位置隐蔽,也已损坏,还有一个始终没能找到。记者已将这些情况反映给申程出行。

【实况】

申程出行市场负责人　徐文斌:这两个小区的点位,经过我们的回查,它们是在2022年的八九月份安装上投入使用的。由于安装位置的些选点的问题,长时间的太阳暴晒会导致机身过热,会产生一些故障。我们会分批进行一些回收,并重新维修,预计应该在今年的三季度前,会全部安装回各个社区的点位。

【解说】

对于安装位置的问题,徐文斌说,由于要考虑到接电、防雨、车辆临停等条件,有些点位确实不理想。

【实况】

申程出行市场负责人　徐文斌:尤其每个小区的门,它本身也是一个非标的,所以可能有一些为了有一个尽量综合的环境,所以它可能并没有安装在大家觉得更好的那个位置上,所以针对这些那个点位安装的合理性问题,我们后续也会通过排查走访进行优化。

【解说】

记者在走访过程中采访了近50位居民,无论是智慧屏安装位置明显还是不明显、能用还是不能用,受访者几乎都没有使用过这块屏来一键叫车。

【实况】

申程出行市场负责人　徐文斌:实际情况也是,因为受到去年疫情的一些影响,我们比较难在社区线下进行一些推广和教学之类的活动,今年我们会增大这样一个力度。同时,我们也希望跟我们的合作街镇、居委能够提升合作的紧密性,包括他们在现场平时一些设备的管理、人员的引导和帮助上面,这样我们大家一起共同进步,把这个项目做实。

【解说】

统计数据显示，目前全市 700 多个点位中有近 40 块屏幕存在故障，已被拆除，返厂维修。两年不到的时间里，如此高的损坏率，是否因为设备有设计缺陷呢？

【实况】

申程出行市场负责人　徐文斌：设备上的一些问题，我们也是逐步在发现，也逐步地进行优化，包括我们也在不断地向行业内的，包括一些跨行业的伙伴在取经，这方面我们也在不断地学习摸索当中。

【解说】

作为颇受关注的为民办实事项目，"一键叫车智慧屏"推进的速度不小，如何让其都能好用，让居民会用，而且爱用，还须各方共同努力，千万不要让智慧屏变成一块"装饰屏"。

【主持人雪瑾】

"一键叫车智慧屏"的推出是为了帮助老年人更好地跨越数字鸿沟，让这个数字化出行也能够带上老年人一起，让他们感受到便捷。然而在推行的实践中，大家会发现，面临的问题真不少。第一，设备是否已经成型，可以在市场上进行一个使用，我们显然还要打一个问号。为什么在如此短的时间当中会有这么多返修的设备呢？第二，即便是可以使用的设备，真正在市民的群体当中，尤其是我们使用的目标——老年人这样一个群体当中，它的一个知晓率、普及率及使用的功能，好像也并没有让大家完全能够愿意来用。其实，对于我们来说，城市数字化转型需要解决非常多的问题，然而当真正地去落地解决这些问题的时候，我们也是希望速度更快一点，动作能够更迅捷一点，同时也能够真正地让这个数字化不仅仅是看起来美好。

2023 年度上海广播电视奖
参评作品推荐表

作品标题	轨道上的双向奔赴 ——苏州轨道交通 11 号线 通车运营融媒直播		参评项目	广播新闻
			体 裁	现场直播
			语 种	中 文
作 者 (主创人员)	集体(沈洁、沈馨、 王宇迪、林思含、魏豆豆、 杨博雅、张莹莹、吴慧楠、 周依宁、楼嘉寅、乐净玮、 李德政)	编 辑	孟诚洁、范嘉春、 殷月萍	
刊播单位	上海广播电视台 东方广播中心 FM91.1 苏州新闻 综合广播 昆山市融媒体中心	刊播日期	2023 年 6 月 24 日 9 时 00 分	
刊播版面 (名称和版次)	FM89.9 长三角之声 FM93.4 上海新闻广播 FM91.1 苏州新闻 综合广播 昆山市融媒体中心 综合广播 FM88.9	作品字数 (时长)	135 分钟	
采编过程 (作品简介)	2023 年 6 月 24 日上午,随着苏州轨道交通 11 号线和上海轨道交通 11 号线在苏州昆山市花桥镇正式"牵手",长三角核心城市间首次实现地铁系统跨省互联互通。直播节目中,沪苏昆两城三地记者 12 路连线,直击开通仪式现场、记录无感换乘感受,从技术、文化、生活方式等多个维度,呈现沪苏同城化带来的巨大便利。内外场专家学者从民生便利到人才流动、产业布局、长三角地区世界级城市群建设发挥"合体"效应,点评层层推进、立意鲜明。节目还加入了沪苏方言元素,有趣有料,让人过耳不忘。			

社会效果	节目传播总量超 125 万人次。直播前系列预热及直播后的"长尾传播"发布,原创话题、图文、短视频及发起的视频号活动,引发受众频繁互动,让"长三角一体化"更深入人心。

轨道上的双向奔赴

——苏州轨道交通 11 号线通车运营融媒直播

【余音】听众朋友们,以及通过手机正在观看节目的各位手机用户朋友们,大家上午好!欢迎收听收看《轨道上的双向奔赴——苏州轨道交通 11 号线通车运营融媒直播》!大家好,我是上海长三角之声 FM89.9 的主持人余音。

【晨晨】大家上午好!我是昆山融媒体中心综合广播 FM88.9 的主持人晨晨。今天上午,大家盼望已久的"双 11"将顺利"牵手",我们将随着记者的声音和镜头,一同去关注这历史性的一幕。

【老毕】我是苏州综合广播 FM91.1 的节目主持人老毕。坐着轨交看园林、乘着轨交听昆曲,两条轨交 11 号线将迪士尼融入了苏州园林,也让松鼠鳜鱼遇到了南翔小笼包。这在以前是上海、苏州两座城市市民的期盼,而今天它将终于实现。

【晨晨】今年我们即将迎来长三角一体化发展上升为国家战略五周年。5 年来,长三角区域各城市集体发力,在经济、基建、政务等多个领域不断突破,长三角已经大步走在全国现代化建设前列。

【老毕】今天,苏州轨道交通 11 号线将正式开通运营,与上海轨道交通 11 号线双向奔赴,实现无缝连接,这条线也缩短了苏昆沪之间的时空距离,也将进一步推动苏州市域一体化、沪苏同城化和长三角一体化。

【余音】我们将通过上海、苏州、昆山等地多家电台以及各家新媒体矩阵直播模式,让大家更加直观地了解苏州轨交 11 号线,对苏沪"11 号线"这对"黄金交通线"的价值有更加丰富的认识。

【晨晨】是的,除了将直播苏州轨交 11 号线开通运营仪式之外,我们沪苏昆三地的多路记者,将会驻点沪苏"11 号线"的多个特色站点,直播主持人和特邀嘉宾还会从上海安亭站上车,去感受轨道交通的便捷,另外我们的多路记者还将带领朋友们一起去领略苏州 11 号线的各个站点、风景、美食和文化。

【老毕】是的，那么双向奔赴、彼此成就，那一定是最幸福的期待，我们也期待着这一场"轨道上的双向奔赴"留下最美的交通线，为上海、苏州带来更多的机遇。

【余音】那么在前两天的试乘活动中，很多市民已经亲自去体验了轨交 11 号线所带来的便捷和快速，有一位热心听友还专门为 11 号线创作了一首儿歌，我们也是把它制作成了视频和大家共享，所以接下来我们就用这样一段小视频拉开今天的直播序幕。

【VCR】在大大的上海里面，挖啊挖啊挖，挖长长的轨交，让大家把我夸。吃南翔的小笼包，还有阳春面，到昆山的花桥，找朋友们笑哈哈。在美丽的苏州城里，挖呀挖呀挖，挖长长的轨交，让大家把我夸。吃阳澄湖的大闸蟹，还有鸡头米，在双向奔赴的轨交里面，一起过家家。

【晨晨】这是非常可爱的一种表达方式，能够真真切切地来感受到我们轨交 11 号线那种互通互联中大家的一种喜悦感。

【老毕】对的，我们今天的直播节目也将通过多家的广播电台及新媒体客户端来同步直播播出！让我们向正在收听收看直播节目的各位朋友们一起来问好吧，上海长三角之声、上海新闻广播、上海交通广播、苏州综合广播、苏州交通经济广播、昆山综合广播的听众朋友们，大家好！

【余音】大家好，另外，我们的直播还将会通过新华社客户端现场云、今日头条客户端、话匣子 FM、阿基米德、苏周到、看苏州、第一昆山等 App，以及各广播电台的微信视频号进行现场直播，我们也向各位观众们问好，大家上午好！

【老毕】大家好。欢迎您在接下来的直播过程当中也能够一起，尤其是各地的听友和网友都能通过我们微信公众平台、苏州新闻广播来和我们进行交流与互动。同时，您也可以直接对话我们的嘉宾。接下来，我们就先通过一个短片来了解一下今天节目的主角——苏州轨道交通 11 号线。

【VCR】

苏州轨道交通 11 号线是苏州第一条市域轨道交通线路，2018 年 11 月开工建设起于苏州工业园区的唯亭站，途经苏州工业园区、昆山市，贯穿苏州工业园区、唯亭街道、昆山市西部新城中心城区核心区、东部经济技术开发区、陆家镇花桥国际商务区，止于昆山花桥站，与上海市地铁 11 号线相连，呈东西走向。11 号线线路全长 41.25 公里，共设置 28 座车站，全部都是地下车站，每套列车为 6 节编组。它是苏州轨道交通线网中首条与上海轨道交通线网对接的轨道交通线路，是长三角区域一体化发展基础设施互联互通的示范工程，是我国国内县域经济首条全程穿越的轨道交通线路。

【余音】国家发改委印发的《"十四五"新型城镇化实施方案》中提出,要建设城市群一体化交通网,加快推进京津冀、长三角、粤港澳大湾区城际铁路和市域铁路建设,有序推进重点城市群多层次轨道交通建设,建设综合交通枢纽集群,优化综合交通枢纽城市功能,打造一体化综合客运枢纽系统,推动新建枢纽布局立体换乘设施,同时要鼓励同台换乘,推广全程"一站式"和"一单制"服务。

【老毕】2018 年 11 月,随着长三角区域一体化发展上升为国家战略,苏州首条市域轨道线路苏州轨道交通 11 号线正式开工建设。它作为长三角一体化基础设施互联互通的示范工程,11 号线西连苏州轨道交通 3 号线,东接上海地铁11 号线,也是苏州轨道交通具有里程碑意义的关键线路。我们刚才已经了解了苏州 11 号线,接下来我们就再通过一个短片来认识一下上海 11 号线吧!

【VCR】

大家好,我是嘉晨,现在我所在的位置就是在上海轨道交通 11 号线的徐家汇站,这里地理位置比较优越,位处于市中心,所以客流量也相对比较大。1993年,上海地铁 1 号线徐家汇站到锦江乐园站,开通了观光试营,线路全长 6 公里,共设车站 5 座,开启了上海的轨道交通时代。运营 30 年来,上海地铁线路不断扩张,从 0 到全网总长 831 公里,位居全球城市第一。从 1 条线到 20 条线,涵盖轻轨、磁浮、APM 等多制式轨道交通,从最初的 5 座车站到 508 座车站遍布上海,甚至直通临省。从开通首年全年累计客流 106 万人次,到如今单日最高客流超 1 329 万人次。上海地铁 11 号线是目前国内最长的一条地铁线路,从 2009 年开始施工到 2013 年投入试运营总长 80 多公里,连通沪苏。但它不只是我国第一条跨省地铁线路,更为重要的是它带来了城市和城市之间边界的变化。每天有 3 万多人在这里实现沪苏两地的无感通行。2016 年的 1 月 1 日,11 号线花桥段车站管理运营正式移交给昆山地铁,行车调度仍然按照上海地铁执行,开启了跨域一体化管理模式。运营 10 年来,11 号线花桥段的客流从最初的日均 2.6 万人次,增长到如今的近 6 万人次。如果说上海 11 号线沿途哪里值得打卡,这些站点不容错过。比方说现在我所在的徐家汇站及迪士尼站,不仅有良好的交通连接,还是购物、文化、商业等多功能中心。今天的苏州轨交 11 号线和上海地铁11 号线在花桥站通过空中走廊实现了无缝换乘。相信网与网的牵手在未来也会带来更多的城与城之间的美好双向奔赴。

【晨晨】苏州轨交 11 号线是苏州第一条市域轨道交通线路、中国县域第一条全城穿越的地铁线路、第一条与上海地铁线网对接的线路、国内第一条全自动运行的市域轨道交通线路。可以说,苏州轨道交通 11 号线和上海轨道交通 11号线的对接,开辟了可复制推广的标准化跨区域的轨道交通经验,为全国跨区域轨道交通发展建设提供了样本。

【老毕】嗯，今天，11 号线即将开通运营，这条线路缩短了苏昆沪之间的时空距离。所以我们在这里确实也觉得这条线路它会推动我们苏州市域一体化，同时推动了沪苏同城化，甚至是长三角一体化，它的开通真的是非常大的意义在里面。

【余音】对，所以今天我们的直播当中还是特地请到了一位嘉宾——华东师范大学城市发展研究院院长、终身教授曾刚。欢迎曾教授，欢迎您来到我们的节目当中。刚才通过前面的短片，我们也了解到，其实从上海和苏州之间，我们在交通方面可以连接的方面非常多，大家之前可能更多的要么是开车，要么是高铁。高铁非常快，短的二十几分钟就到了。所以可能有人也在想说，既然高铁线路都已经这么便利了，为什么还要修建轨交？这个轨交和我们的高铁，包括高速公路相林，它有哪些优势呢？

【曾刚】这是一个非常好的问题。我们说苏州轨交 11 号线和上海轨交 11 号线，首先让两个 11 号能够变成了一个，我们说共享 11 号，它首先是拉近了两个城市的心理距离，高铁也好、高速公路也好，包括我们其他的交通方式都是在不同城市间来进行的，但是轨交只是城市内部的，我们沪苏同城化总算是迎来了一个非常重要的时刻，让我们都有共同的轨交 11 号线，所以这个是对心理距离我们觉得有非常重要的关系，心理距离这一点非常重要。另外一个方面来讲，因为这种不同的认知方式，它们之间的长处和短处都不一样的，因为轨交一个非常重要的特点，站点多，我可以从门到门、从家到家，或者从工作单位到家的直通，跟其他的高铁、高速公路那些有很大的不同。最关键一点就是什么？大家可以有一个比较另外一种换乘体验，就是轨交内部的跟你的同行的人，我们都熟悉的，是同一个城市的人，但其他的地方可能就不一定这样，所以我们说轨交 11 号线，我们觉得 11 特别有意思，我觉得有两个 Number one，第一个 Number one 是联系了中国经济最强直辖市，还有中国经济最强地级市，这两个最强的联合，我觉得这是第一个 Number one，很重要。第二个前面也讲过，它是我国第一条跨越市域的全自动驾驶线路，这一个它实际上不光是现在技术和传统理念的有机结合，所以 11 正好契合了两个 Number one 结合在一起，我们的对接特别有意义。

【老毕】是的。我觉得您总结得非常好，两个 Number one 确实是代表了我们苏州 11 号线和上海 11 号线的对接。那么我也想问问曾教授，这种时空的距离或者这种轨道交通带给我们的这种感受，它把距离缩短了，那么它具备什么样的意义呢？

【曾刚】它的时空距离缩短最关键一点，我个人，比如打个比方，我们叫通勤，我住在什么地方、上班在什么地方，没有轨交的话，会通过其他的方式，其实有很多心理的距离,还有另外一个,也就是从运输成本、推进成本上面也有很大的差别。我们有轨交 11 号线,两个 11 号线对接的话,我们就可以比如住在苏州,在上海上班;反过来住在上海,在苏州上班。所以有人讲沪苏同城化有很多的词,譬如说有人讲说苏州多了一个外滩,苏州多了一个金鸡湖,这一条 11 号线真的把外滩和金鸡湖的距离缩得更短了,以前只是一种梦想,现在我们把外滩和金鸡湖作为上海和苏州共享这个词,我们说把它实现了,我们说这一点是应该特别重要。前面也讲过有很多好玩的、好吃的,特别是一些交通化设施,我们总算是可以在家里面,在自己同一个层次里面我们可以共享,这一点应该我们说具有特别重要的意义。

【余音】刚才其实我们从曾教授的介绍当中我有一个感觉,我们讲的大的我们的铁路,比如说我们高铁给人的感觉,它打通的还是一个整个的大的机体,是大的血管。我们的这些地铁其实就是像小的毛细血管一样,把我们整个机体都打通了。你比如说我们苏州轨交的 11 号线,它 28 站,好像将近有 26 站都是在昆山的。可能以前我是坐高铁的,我要么坐到苏州站,苏州北还有就是园区,然后坐到昆山,到了昆山以后我再往下去,那可能我就要通过其他的方式,但是现在我就可以通过轨交 11 号线,就可以到下面的各个村镇了。

【晨晨】对,就非常方便。

【老毕】这是非常方便的。

【晨晨】对,所以我们也是想问问曾刚教授对于这样的一个打通,这样的一个互通,对于我们长三角一体化的发展来说,它意味着什么?

【曾刚】长三角一体化是重要的国家战略,沪苏同城化,也是基于长三角区一体化战略的这么一个国家战略。它实际上首先是要密切两个地方联系,这个联系我们也讲到很多要素,但是新时期第一个方面来讲,我们叫人,或者说人才的交流。什么叫人才呢? 第一个我有很高的素质,第二个有我素质发挥作用的场景。有时候我们在苏州和上海这两个城市有不同的特点,有不同的优势。假如说分割的话,可能那个人在上海只是一个市民而已,但是通过这么一个 11 号同城化把它连在一起的话,他就变成人才了。

比如刚才讲过的,我们说现在有很多人,根据同济大学的钮教授他们发布的长三角城市跨域通勤年度报告显示,我们看到苏州占上海通勤人数的,我们说从数据方面来讲占 90%,占比超过 80%,也就是说什么意思? 我们总算是让这个人能够充分地留下来,留下来就是什么? 他真的方便了,像刚才几位都讲过,是我们门对门、家对家地进行这种交流,工作和生活场景的交流真不一样。

第二方面来讲,比如我们信息的交流。我们经常讲信息交流,我们有手机,有其他的通信工具,但是现在有一个很重要的交流叫面对面的交流。我们再通过轨交的话，它能更好地实现面对面交流，而面对面交流是我们创新发展、人才的自我提升的一个非常重要的方式，所以这两个城市人民在一起就 1+1＞2，通过融合的方式实现自身能力的提升，还有对社会发展贡献共建的提升，这个是非常重要的。

【余音】就连心也变得更近了。像刚才曾院长提到的钮教授，今天他就会和我们的外场记者一起登上首班车，我们到时候去听一听他们登上车的感受。另外，说到相关的一体化的意义，其实我们这两天也说了很多，以前我一直在说打通断头路，包括我们的公交，包括比如说在我们的示范区有公交的打通，还有我们在省市之间的、市域的包括公路的这种打通，再加上之前我们讲的高铁通了以后，这种断头路都衔接起来了。

【老毕】就是说太仓与上海之间，还有吴江与上海嘉兴之间，所以这个断头路的打通，甚至包括公交的打通，其实已经方便了当地的一部分居民。

【余音】对。所以轨交的断头路的这次打通也让大家有一个新的感受。

【曾刚】对，你们讲得非常正确，我非常同意。其实讲一体化的话，第一个有长三角区域一体化的国际战略，另外一个还有上海大都市圈，再进一步的话，我们有长三角生态绿色一体化示范区，还有虹桥国际开放枢纽，这些大的计划或者国家的计划都是在密切长三角在城市之间的联系，但这一联系这都是一些理念或者都是一些要求、都是一种设想，但怎么实现呢？轨交无疑是非常重要的，因为只有轨交才能让大家感觉到我们生活在一个共同的城市、一个共同的城市区域，而不再仅仅单单是一种隔离，你是你、我是我。我们之间可以合作，但是我们还是不同城市之间。刚才讲的高速公路，连通很好，高铁也很好，其他的很多方式，但是比你说我从一个城市到另外一个城市，归结在一起的话，我们从一个地方到城市另外一个地方，这种感觉是完全不一样。

【老毕】我们以前经常说上海的人才的虹吸现象非常严重，大量的人才涌向上海，但是现在轨交通车之后，我相信大量的人才会慢慢反哺到周边的一些辐射区域。尤其是我们的"双 11"对接之后，我觉得首先获益的一定是我们双城的通勤人，因为他们的来往会更加频繁和直接，所以我觉得这种更好地享受双城生活，也一定会让人才更快地流动起来。

【晨晨】是的，确实是这样子啊！

【老毕】我们刚刚也是接到了前方记者的相关的消息，我们目前就在花桥站，我们的苏州轨道交通 11 号线的开通启动仪式正在进行。我们现在马上来连线一下前方的两位记者。目前我们上海台的记者周依宁和苏州台的记者明皓就在现场，我们马上和他们取得联系。周依宁、明皓，你们好。

【余音、晨晨】两位好。

【连线 1】【上海台记者周依宁、苏州台记者明皓】

【明皓】主持人好,此时此刻我们正好是在仪式现场。可以看到我们身后的仪式已经正常开始了,跃进姑苏好风光。

【周依宁】赏得魔都进江南。

【明皓】伴随着苏州轨道交通 11 号线的开通越来越近,也有越来越多的市民朋友和我们一样共同期待着乘坐着 11 号线畅游在苏州和上海两地,共同感受轨道交通为我们的美好生活所带来的便利。

【周依宁】我和明皓现在所在的位置就是在苏州轨道交通 11 号线的换乘连廊里,其实今天早上我是坐上海轨道交通 11 号线来到这里和明皓会合的,熟悉我们上海轨道交通的乘客一定知道,当列车驶入花桥站的时候,我们是在地上三层的,目前我们现在是在二层,其实就是通过这个换乘连廊可以无感地来到这里,然后我也可以和明皓来会合了。

【明皓】对的,其实今天活动现场是下起了雨,此时此刻在我们的连廊里面,大家完全不用担心会淋到一滴雨,因为在这里我们可以实现一个室内的无缝换乘。

【周依宁】明皓你再帮我们介绍多一点,关于苏州轨道交通 11 号线花桥站的情况。

【明皓】好的,没问题。我们目前所在的仪式现场是位于苏州轨道交通 11 号线,花桥站的二层的站厅层,在苏州轨道交通花桥站,其实它是分为一个地下一层和地上二层这样的结构,地下一层为站台层,地上一楼和二楼,就是我们刚才提到的站厅层。此时此刻,仪式现场是在站厅层中间的这条连廊所连接的地方举行,在这个地方可以说是非常方便,因为大家不管刮风下雨,都可以实现一个无缝的换乘。

【周依宁】目前,通过我们的镜头也可以看到,仪式就在我们身后的舞台正在举行,其实现场也已经有很多的媒体早早就到了,现在也在为大家通过各个平台做直播,相信大家今天不管是通过大屏还是小屏,看到我们现场的报道,会有很多的人来到现场体验"双 11"的。

【明皓】是的,好的,主持人,我们现场的情况就是这样。

【余音】好的,谢谢周怡宁和明皓的介绍,通过记者的眼睛,我们已经看到的现场的情况。我觉得今天的这样一种连线的方式,两位觉得是不是也挺新颖,我们是上海和苏州的两位记者同时连线,而且连线的过程是你来我往,就充分体现了我们的地铁"双 11"的交会交融。

【老毕】稍后到几个特别有特色的站点的时候,我们昆山台的记者也会和苏州台、上海台的记者来进行这样的交流。

【晨晨】我刚刚看到周依宁跟明皓说,明皓您给我们多介绍一点关于苏州轨交 11 号线的一些情况,所以说相融得非常好。其实在这个片子当中我们也看到了几个要素，刚刚曾刚教授也谈到了，比如说我们说上海，经常会说我们是最强的一个直辖市。

【余音】我们还有最强地级市。

【老毕】我们还有最强县级市昆山。

【余音】所以刚才就曾教授说了，这条轨交实在是太不一样了，它缩短了苏昆沪之间的这种时空的距离，所以它的开通真的是牵动人心。其实在很早的时候，苏州昆山和上海的市民很早就到花桥去等着了，就希望体验的那一刻，那么现在昆山台的记者芊芊就在花桥 11 号线对接的连廊的地方，我们再来了解一下她那边的情况，你好芊芊。

【连线 2】【昆山台记者芊芊】

【芊芊】你好，主持人。我现在所在的位置就是我们的苏州轨交 11 号线的花桥站的连廊处。我们花桥站也是苏州轨交 11 号线的一个接连的一个站点，其实在苏州轨交 11 号线和上海轨交 11 号之间也是起着非常重要的一个作用。这里也是一个非常重要的换乘站。值得一提的是，其实我们现在所在的位置是花桥站，也是换乘站，那么目前在我们的上海也是开通了这样一个换乘的非常方便的通道。所以，我们也非常期待未来大家可以通过非常便捷的方式来进行一个换乘。我们昆山花桥是江苏的东大门，所以其实我们也是欢迎大家有机会可以经常乘坐苏州轨交 11 号线去到昆山走一走、看一看，当然了，我们的苏州和上海未来一小时的生活圈也会从这里正式的开启，在这里。我们也是希望大家以后通过我们的苏州轨交 11 号线，可以去感受这一路的美景、美食和文化。说走就走的旅行，你准备好了吗？目前我这里的情况就是这样，主持人。

【晨晨】好的，谢谢芊芊。其实这个通道应该是连接苏州轨交 11 号线和上海轨的 11 号线的最后的一道关卡。那么我们也知道今天正式通车之后，刚刚大家都在谈到说无缝的一个对接，不需要去换乘了，所以说非常方便，也真正实现了这样的一个双向奔赴的彻底打通。

【余音】我们现在就期待着过一会儿这一刻的实现。

【老毕】对的，所以我们经常会说上海轨交 11 号线的花桥站到苏州轨交 11 号线的花桥站，用这样的一个连廊的方式来把它串接起来。我们看到很多的媒体会用一个词叫作无感换乘，为什么叫无感换乘？就是你没有太多的感受，你不需要出站再进站、刷卡再刷卡这样的过程。所以你没有太多的感受，好像我从一条轨道线路换到了另一条轨道线路，这其实是非常便捷的一种方式。

【余音】对，而且因为以前可能还会有不同的进站，上、下、过马路，还有安检等等这些，以后就会更方便了。

【老毕】好的。现在前方的记者示意我们启动仪式，也就是现在的启动仪式现场正准备启动这条通道,我们马上来连接前方的记者明皓。

【转播】【苏州轨交 11 号线启动仪式现场】

请主席台各位领导共同推杆。

倒计时 3、2、1,启动。

苏州市轨道交通 11 号线是苏州首条市域轨道交通线路,也是国内现有首条全程穿越的轨道交通线路。开通后将进一步促进要素流动、资源共享,加强上海和苏州之间的相互联系,更推动苏州市域一体化高质量发展。

(后略)

【余音】合作、互通、共享。其实除了刚才我们讲我们的生活当中,我们城市的整体发展,最近大家听到的特别多的在科技创新上面的这种合作互通,包括像上海、昆山、苏州,包括我们再往前到无锡,它们之间也是环太湖的科创带,然后再加上 G60 长三角科创走廊,就是这些由带、由廊、由线、由圈组成的这种科技创新之间的这种融合,也是能够给我们的这种生活,我们整个的一个发展带来很大的一个变化。

【曾刚】余音老师讲得很对。其实我们讲的交通这些变化,最后核心的是什么?落实到科技合作、创新合作上面来。譬如说我们经常讲的一种模式叫研发加生产,它们中间由于空间的限制不可能在一起,各个地方有各个地方的优势,我们假如说通过轨道、通过各种网络把它连在一起,那我们就变成一个完整的产业链。

第二个我们讲叫总部加基地,总部不同的地方,当然在长三角地区我们可以看得出在全球的地位来讲,我们的快速生产,总部越来越多,但是我们还有更多的基地要通过总部相互之间连通、相互之间合作。所以它背后的逻辑,因为"轨道上的长三角"它的核心就是我们叫合作创新,共谋新的高质量发展,这个里面之间我们说几个联系,空间上的相互融合,就变成未来一个很重要的方向。这些都是不仅对我们国际竞争力提升有好处,对我们的城乡面貌有好处,最关键的一点,让生活在这个地方的人或者以后想到长三角地区来发展的人们,提供了一个更好的、更光明的前景,新的家园、新的发展机会,这是我们值得倍加珍惜的。

【老毕】对,这让我想到了一句话,叫作"住一地享多城繁华,居一市知科创融圈",就是你可以把所有的这些科技、创新都融合起来,各地的不同的优势结合起来,它才能够共同发展。所以这是一个必然的、未来的大趋势。我们长三角现在通过了,像您刚才说的,我们长三角其实也在做一些小区域的这样的一些联通、城市之间的打通,那未来我们会不会做这种大区域的、长三角大区域的这种打通,您觉得它可行吗?

【曾刚】第一个方面来讲,这肯定是时代的趋势。因为早期的时候我们更多是推进工业化、推进城市化，我们现在推进升级版，我们叫高质量发展，核心的东西是我们要，就是我们叫中国式现代化背后的逻辑，各个地区之间的合作共赢，这是我们的底层逻辑。从这个意义上讲，毛细血管也好或者主动脉也好，它们之间的连通，各个地方的人们之间的相互交融，还有各个地方的资源，我们叫拉长板，"扬长"，对吧？让我们共同拉长板，实现更好的发展，这可能是一个大趋势。这也是长三角区域一体化当中的核心要义，所以它是为我们奔向更好的明天，提供一个非常重要的平台或者一个指引。

【余音】所以就是高质量和一体化，其实这是我们一个整体发展两块最重要的部分。最后能不能请曾刚教授跟我们说说，您对于长三角一体化发展的一个整体的期待和建议。其实因为从 2018 年的 11 月到今年，我们差不多是上升为国家战略将近 5 周年的时间了。您看着 5 年的发展，我们对今后有一个怎样的期待？

【曾刚】第一个，5 周年的发展，我们可以看到有很多成效，交往多了、产业升级了，特别是我们创造了具有可推广、可复制的一些经验。长三角地区各个城市之间的合作，各个地方之间的合作取得的成果，并且形成一套经验，甚至有人讲"长三角模式"，确确实实令人感到自豪。

第二方面，我们觉得非常重要的一点，从未来的发展来讲，长三角地区它能够应该，第一个方面，在国家新的发展中，比如打个比方，我们现在基于绿色创新的发展，这个将来是通过这些合作，通过苏州、上海包括其他一些城市的合作，这个是能够更好地实现。另外一个方面我们觉得比较重要一点，我们不要忘了有一个上海大都市圈，还有虹桥国际开放枢纽，有长三角生态绿色一体化示范区，还有更重要的，我们有长三角区一体化的发展。所以我们可以看到，40 个地级市加 1 个直辖市 41 个城市之间，它今天是 41 个城市，明天是成为一个屋檐下的 41 个兄弟，这个是未来的发展，我们应该可以更多地，让各个地方的人们更多地加入进程，能够分享这个进程带来的好处，使得我们的生活更美好。

【余音】屋檐下的一家人。

【老毕】屋檐下的 41 个兄弟，我觉得这个形容其实特别好。

【余音】我们都是长三角的人，都是一家人。

【老毕】是的，为而且未来无论是科技、人文，对吧，我们的文化，我们居民之间的这种关系，我们的美食，方方面面都会在不断地拉近、不断地聚合在一起。我觉得既然我们的意义已经给到了这样的一种程度，我们最后是不是还是要有一个象征性的画面来告诉大家？我们刚刚得到的消息，前方的记者也告知我们，目前花桥的无感换乘的通道已经完全开启，那么现在前方的记者兵兵目前也已经抵达了花桥站，我们马上来连线兵兵，听一听他目前的情况。兵兵，你好。

【兵兵】你好，主持人。我现在还是在苏州轨交 11 号线的车厢当中，从唯亭站始发开往到花桥站,目前现在已经是到达了鱼池泾站。在我的身边,聚集了三位小可爱,这是我在车厢当中捕捉到的,他们有一个共同的爱好就是轨道交通。可以说,我从他们父母聊天的过程当中了解到,他们三个对于轨道交通有着非常执着的热爱。

在我右手边的这两位小朋友今年已经读五年级了。他们两个是因为轨道交通的共同的爱好,所以在班级里成了特别要好的朋友。平时两个人还会去画苏州轨道交通的一些其他线路的各种线路图,这就是他们平时的爱好,也因为共同的爱好,所以两个人的关系特别要好,他们的父母今天带着他们来乘坐、来"尝鲜"一下苏州轨交11号线开通。而且从我们的聊天的过程当中也了解到,他们两个距离比较远,是从新区特意开车来到了唯亭站,然后从唯亭站乘车来感受一下苏州轨交11号线开通当天的感受。

通过这个聊天,我们也了解到,他们对于整个的11号线的感受是这样的,他们会觉得整个的11号线在车厢内的感受是比其他的要更加具有科技化,会觉得显示屏,我们可以通过镜头可以扫一下,这个显示屏会觉得很高级,更加数字化,很高级。而且从乘坐体验上来讲的话,会更加舒服。

在我的右手边是年纪比较小的我们的地铁轨道交通的爱好者。他的乘车感受就是说,他觉得11号线更快、也更加稳了,而且通过我们的聊天也了解到他们三个人以后也想从事轨道交通方面的一些相关的工作。那么在最后也祝福他们能够实现自己的小小的愿望。好的,主持人。

【晨晨】好的,谢谢兵兵。就昆山而言,市域一体化是进一步高质量融入长三角一体化的重要基础,11号线串联了昆山70%的人口和75%的GDP,轨道交通发展不仅是单一的交通建设,而是要形成以轨道交通为轴线的商业轴带、产业轴带。

【老毕】那么苏州和上海主动地打破这样的行政界限的约束,促进要素的有序流通,紧扣一体化和高质量两个关键词。通过这次的上海和苏州轨交11号线的无缝对接,我觉得它必定是沪苏昆同城化的生动表现,也一定是长三角一体化融合发展的一个缩影。

【余音】的确,一条轨道交通线是串起了沪苏两地的风采,更是实现了长三角城市群的这样一种近在咫尺。那么11号线的出圈入沪可以说是上海苏州构建大交通格局历史性的一步,也是环太湖经济圈和长三角一体化不断发展、突破行政界限不断一体化的体现。我们也相信"双11"的成功牵手仅仅是一个开始,它会开启两地发展的新篇章。

【老毕】好的,各位朋友们,今天《轨道上的双向奔赴——苏州轨道交通11号线通车运营融媒直播》到此结束,感谢大家。

【余音、晨晨、曾刚】再见,朋友们再见。

2023 年度上海广播电视奖
参评作品推荐表

作品标题	首展成风向标 会展业强势回暖	参评项目	广播新闻
		体　裁	消　息
		语　种	中　文
作　者 （主创人员）	顾舜丽、丁全青	编　辑	顾舜丽、张佳祺
刊播单位	青浦区融媒体中心	刊播日期	2023 年 3 月 8 日
刊播版面 （名称和版次）	青广新闻(FM106.7)	作品字数 （时长）	3 分 27 秒
采编过程 （作品简介）			
社会效果			

采编过程（作品简介）

　　3 月初，国家会展中心（上海）迎来 2023 年首展，这是疫情防控政策调整后国内举办的第一场大型国际会展，标志着中国经济恢复重振，线下会展全面回归和中国会展业的强势回暖，也成为第六届国际进口博览会的前瞻，一个令世人关注的标志性的事件。

　　地处青浦的国家会展中心，2023 年首展重磅开启，社会高度关注。记者抓住这一新闻点，第一时间进入展会现场采访。通过现场跟踪和叙述，将接近 10 万平方米的首展"人气旺，内容新，科技含量高"的场景一一展开，呈现出国家会展业迎来"春暖花开"光明而美好的发展前景。

社会效果

　　线下首展，通过现场体验式采访，可感可触，现场感强。各方代表面对面交流，亲切自然，叙述清晰。记者采访深入，传递出了巨大的信息量，鼓舞人心。作品时效性强，社会关注度高。青广新闻首发，经看看新闻Knews 综合、绿色青浦等推送引发关注，每日经济新闻、上观新闻、新民网、腾讯网、网易、新浪等广泛转载发布，传递了中国复苏经济的信心与良好的发展态势，意义重大。作品参加各类评优多次获奖，并被推荐参加全国性优秀新闻作品评选。

首展成风向标会展行业强势回暖

【导语】3月7日,国家会展中心(上海)迎来今年"首展"——中国国际轴承及其专用装备展览会、第十一届中国(上海)国际流体机械展览会。两展联动、展览面积近10万平方米,标志着线下会展全面回归,会展行业迎来强势回暖,也为经济社会发展注入源源不断的"活水"。请听记者顾舜丽、丁全青的报道:

【实况声】

它两个旋转起来,它这里是整体在转⋯⋯

【配音】在展馆内,每个品牌展台前都围了不少前来咨询的观众,各大参展商也都带来了最新产品和前沿技术。据介绍,中国国际轴承及其专用装备展览会的展出面积约55 000平方米,吸引了世界各地近千家企业参展,6万多人次参与,来自30多个国家和地区的采购商也活跃在展馆各处寻求商机。

参展企业负责人刘先生激动地说:线下首展我们是非常期待的,面对面地沟通交流,能够比较了解市场的情况。

参展企业负责人邱女士表示:通过线下的展览会,我们可以看到产品的实物,也可以更好地面对面去沟通、去交流,从而促进经济发展,使我们(企业的发展)也越来越好。

【配音】本届中国国际流体机械展览会,聚集了600余家流体机械领域知名企业的新产品、新技术。不少观众第一时间在网上报名预约,来到现场感受最新的产品和技术。

展会专业观众傅先生告诉记者:他们现场带来样本,就可以现场观察,触摸甚至有些还可以给你现场演示,选择也比较多。

中国国际流体机械展览会主办方工作人员贾春凯介绍说:来现场的观众特别多,企业的参展热情也很高,我们觉得为上海的展览业开了个好头,大家来这个平台,相互交流、相互学习,可以达成一些合作。

【配音】为加快线下会展业的复苏，国家会展中心对 2023 年举办的展会项目给予一定的激励措施，并参照进博会服务保障标准，推出展会现场服务、会务服务、酒店服务三大类共 37 项创新服务保障举措。此外，国家会展中心治安派出所也根据全年会展排期，推出会展大客流预警、交通引导，并设置现场综合服务点等举措，全面提升展会服务保障水平。

【配音】截至目前，国家会展中心已经和约 50 场展会项目的主办单位达成了明确的合作意向。今年展会呈现规模大、品质高、新展多三个特点，中纺联春秋季联展、上海国际车展、医疗器械展、旅博会、工博会，特别是进博会等将如期举办。焙烤展、碳博会、慕尼黑电子展等近 10 场展览也将首次亮相"四叶草"。此外，国家会展中心还将积极筹办"四叶草 55 生活节"、购物节等自办活动，力争打造会展经济的新增长点，不断促进中国会展业孕育新机遇，开拓新局面。

2023 年度上海广播电视奖
参评作品推荐表

作品标题	答好"课间十分钟"思考题	参评项目	广播新闻
		体　裁	消　息
		语　种	中　文
作　者 （主创人员）	刘康霞、崔逸星	编　辑	向晓薇
刊播单位	上海广播电视台 东方广播中心	刊播日期	2023 年 11 月 2 日 7 时 34 分
刊播版面 （名称和版次）	FM93.4 上海新闻 广播《990 早新闻》	作品字数 （时长）	4 分 18 秒
采编过程 （作品简介）	"只能待在教室""不许大声说话""连上厕所的时间都没有"，前段时间，有关中小学生"课间十分钟"活动受限的话题引发网络热议。"课间十分钟"休息的重要性不言而喻，但另一边，老师们也担心放任孩子课间活动会出现安全隐患，如何平衡好孩子们的课间活动和安全问题，成为一道摆在学校和各方面前的思考题。这篇报道通过多方深入采访，走访多所学校，较为全面地反映了学校"课间"的现状，同时也采访多位教育专业人士，点出了问题的难点所在。		
社会效果	报道在上海新闻广播《990 早新闻》播出，立即引起了不少关注和讨论，起到了非常好的传播效果。随后不久，在寒冷的冬日，不少中小学校也利用课间十分钟时间，突破场地局促等各种困难，推出了丰富多彩 10 分钟"微运动"方案，让孩子们在校园能够充分地活动。		

答好"课间十分钟"思考题

"只能待在教室""不许大声说话""连上厕所的时间都没有",近期,有关中小学生"课间十分钟"活动受限的话题引发网络热议。"课间十分钟"休息的重要性不言而喻,但另一边,老师们也担心放任孩子课间活动会出现安全隐患,如何平衡好孩子们的课间活动和安全问题,成为一道摆在学校和各方面前的思考题。请听报道:

【昨天我在调研,四个男孩躲在卫生间里打闹。为什么在卫生间里打闹?你不让他玩足球、不让他到操场上去,他只能躲在卫生间里打闹!】

为什么下课不让孩子出去运动?上海市社科院青少所原所长、上海市家庭教育研究会首席专家杨雄博士发出犀利提问。记者在近日的随机走访中发现,中小学限制学生课间活动并非个例,不同学校、不同年级情况又不尽相同。

【课间时间老师都不让出去的,课间时间就喝水、上厕所,在教室跟同学玩,老师逼着做作业。】

【我们课间10分钟就是课间休息,文明休息,不奔跑、不打闹,一般的话就是聊聊天之类的,最大范围就是在走廊,不能下楼,不能串年级。】

【下课的时候上厕所的时间比较紧,她是二年级的学生,女生上厕所要排队,有的时候小孩子不愿意去上厕所。】

另一边,老师们也有话说。除了因为拖堂或者订正作业等一些原因占用孩子下课时间外,害怕孩子在玩闹中出现意外是学校最大的顾虑,上海市静安区闸北第三中心小学副校长韦敏说:

【现在小朋友在家里都是非常宝贝的,我们也非常害怕他们在学校里出一些意外。还有一个,确实有些老师他要去让小朋友完成一些订正作业,通常就是这两个原因。】

但是把学生关在教室里也绝非良策。韦敏以闸北第三中心小举例,低年级的学生课间在老师的带队下去操场活动,高年级的学生更鼓励在走廊上活动,并且通过行为规范课等方式来规范孩子们的课间活动行为。

【走廊上范围空间也不大,但是我们走廊上在两侧都会有护导老师在不停地巡视,作为老师来说,我们应该是在小朋友相对自由的情况下,起到一个这样的监督和保护作用。】

还有一些网友戏谑道,"课间10分钟,3分钟拖堂,2分钟提前上课",对于这一问题,上海市黄浦区卢湾中学校长张怡以本校的情况回应说:

【提前上课是不会的,因为在课之前其实已经是有两分钟预备龄的。我们也在逐步地用规则来引导老师不拖堂,包括我们行政管理上会有常态化的巡视,比如说我们如果看到了,就会马上敲教师的门,请老师暂停。】

记者在采访中也了解到,上海很多学校通过课间大活动、课后运动、体育社团等活动,保证学生每天能够有1小时以上的活动时间。

不过,在保证校内活动时间的同时,也不能弱化"课间十分钟",上海师范大学教育学院博士生导师张晓峰教授表示,充足的、没有压力的课间自由活动,让孩子们既可以放松身心、保护视力,也有助于恢复注意力、提升下一节课的学习效果。

【从心理学的一个角度来说,我们知道孩子其实年龄越低,他的注意力持续的时间是越短的,课间10分钟恰恰提供了一个时间,让孩子能够把从刚才课堂上的学习的一个状态转化为一个休息的状态。他的注意力就能够重新调动起来,否则的话,孩子的注意力就很难去维持。】

张晓峰也注意到,并不是所有的学校都有条件组织大规模的课间集体活动。他说,这需要学校和老师有更多的创意,让孩子们最有效地度过这课间十分钟。

【我觉得应该鼓励孩子的活动具有多样性,如果空间局促、狭小可能更多地还是(需要)老师的安排,让孩子的课间十分钟发挥最大的功效,在孩子高质量学校生活的建设上,付出多一些的时间和精力是有价值的。】

2023 年度上海广播电视奖
参评作品推荐表

作品标题	为灵活就业提供平台"零工"主题专场招聘会亮相街头	参评项目	广播新闻
		体　裁	消　息
		语　种	中　文
作　者（主创人员）	吴佳伟	编　辑	薛唯侃
刊播单位	闵行区融媒体中心	刊播日期	6 月 20 日
刊播版面（名称和版次）	闵行广播电视台、FM102.7《新闻报道》、《直播闵行》	作品字数（时长）	3 分 58 秒
采编过程（作品简介）	根据国家统计局发布的数据显示，截至 2021 年年底，国内灵活就业人员就已经达到了 2 亿人，从国内近 9 亿的劳动人口来看，每 5 个劳动者中就有 1 个在做"零工"。而在闵行区江川路街道，就拥有 30 多万人口及近万家企业，其中大龄和就业困难人员不在少数，他们对于灵活就业的需求与日俱增，如何填补周边地区零工市场的空白，成了当下亟须解决的问题。上海首个零工市场的出现，无疑为这些求职人群提供了新的方向。 　　记者对此进行了现场走访，通过聚焦各色求职者，将零工市场的供需双方进行展示，并把市场的规模、效率、保障性，进行了全方位展现。		
社会效果	该报道在闵行广播电视台《新闻报道》、FM102.7《直播闵行》，以及 SMG《新闻坊》栏目相继播出，此后各级各类媒体纷纷连续转载，引发社会持续广泛关注。作为上海零工市场先行者，这场"零工热"也持续了数月之久。同年 7 月，上海发布的相关通知：要强化零工市场支持，鼓励零工岗位供需较旺盛的地区推动公益性零工市场建设，完善零工求职招聘服务。该报道内容在 8 月 25 日的 CCTV《新闻 1＋1》栏目中仍有体现。		

为灵活就业提供平台 "零工"主题专场招聘会亮相街头

【导语】

闵行的江川路街道拥有 30 多万人口及近万家企业,大龄和就业困难人员也不在少数,对于灵活就业的需求与日俱增,如何填补零工市场的空白变得刻不容缓。今天,一场"零工"主题的专场招聘会亮相街头。

上午 9 点,位于江川路街道瑞丽路上的闵行区零工市场外人头攒动,十分热闹。各企业招聘展位前的求职者络绎不绝,安徽小伙许瑞存提前得知了今天招聘会的消息,一下火车就直奔零工市场而来。

【同期声:你这边信息的话已经留好了,到时候回到公司我们会给你打电话的,然后你就直接到我们公司里面再面试一下,就是初试,没有问题的话明天就可以上班。】

顺利完成面试的许瑞存告诉记者:

【今天从老家刚来,从火车站过来的,有老乡在这边干了好几年,介绍了(闵行易就业)平台,在平台上面看到招普工,岗位还可以就过来了,企业领导对我也很认同,想上班明天就可以上班。他们讲了,到他们公司再统计一下,明天就可以安排入职了。】

记者看到,现场有 15 家企业参与招聘,需求岗位涉及外卖骑手、物流分拣员、电商客服、技术工等常见零工岗位,并且大部分岗位对学历和工作经验都没有要求。参与此次现场招聘的上海盒马网络科技公司招聘专员方春艳告诉记者,面试过程快,可实现"即时快招""即招即用"是这次招录的特点。

【上海盒马网络科技公司招聘专员 方春艳:如果说这边和我们谈好了,我们肯定是能用你的,不会说不能录用什么的,(谈好以后)直接到上班的地方去报

到，那边的负责人同意一下，（培训）学习一下就正式上岗，就这简单。】

同样感觉便捷的还有企业代招工作人员小余，半个小时里，她寻找的男工已经招齐，只差几个女工了。

【企业代招工作人员　余娇：我觉得挺好的，因为线下招聘的话可以和求职者面对面地沟通，像线上的话，有时候打电话还有什么无人接听的情况，但是线下的话，比如刚刚的小伙子，（企业）看中了，明天就可以去上班了，比较方便。】

相较于市面上零散的求职渠道，此次招聘会作为政府搭建的招聘平台，求职者的各项权益也将获得全方位的保障。闵行区就业促进中心主任陈铁民介绍：

【采访　闵行区就业促进中心主任　陈铁民：我们对所有的一些入驻的招聘展位（提供）的岗位，包括企业，我们都有一道审核的程序。另外，我们也会做一些法律法规上的一些引导，比方说零工应当缴纳社会保险，或者叫失业保险，专项保险的话我们也会引导相关的用工企业按照政府的规范要求去做、去实施。】

统计数据显示，招聘会当天共吸引了 300 多名求职者，其中达成就业意向 160 余人，现场匹配成功 76 人。接下来，闵行还将继续通过类似的"零工市场"平台，让更多企业与求职者面对面。

2023 年度上海广播电视奖
参评作品推荐表

作品标题	小店大梦想	参评项目	广播新闻
		体　裁	系列报道
		语　种	中　文
作　者 （主创人员）	集体（顾赪琳、高嘉晨、姚轶凡、车润宇、赵颖文、汤丽薇、汪宁、程琳）	编　辑	杨叶超、李斌
刊播单位	上海广播电视台 东方广播中心	刊播日期	2023 年 9 月 29 日 至 10 月 6 日
刊播版面 （名称和版次）	FM93.4 上海新闻广播 《990 早新闻》	作品字数 （时长）	4 分 23 秒、4 分 45 秒、 3 分 50 秒

（作品简介）采编过程

　　2023 年 9 月 29 日至 10 月 6 日,《990 早新闻》以"小店大梦想"为主题连续推出 8 篇系列报道,讲述沪上 8 家"宝藏小店"创始人的奋斗故事。

　　系列报道注重于故事性和细节描写,将重点落在店主创业奋斗的经历上。比如,从外企裸辞的瑜伽馆店主克服资金、场地等困难,从最初的一室户、4 张瑜伽垫的小店扩展到 3 家门店。"老伯伯内衣店"店主中年遭遇下岗,自身寻找出路,坚持以实惠、低价售卖各种内衣。所讲述的每个故事都相当生动,切中"小店"也可实现"大梦想"的主题。

　　系列报道选题精心,凸显海派"小店"特质。精心选择了业态不同、兼具时尚感、国际范和烟火气的 8 家小店,如构建起中外人士的新型社交场景的黑胶文化艺术空间,20 多年来坚持以平价为顾客提供称心内衣的"老伯伯内衣店",专注老龄群体服务的爱心咖啡店等。8 家"小店"各具特色,凸显海派特质,反映了上海在国际消费中心城市建设中百花齐放、充满活力的景象。

　　注重实况,现场感强,凸显广播特色。大量通过记者在现场记录下店主和顾客的对话层层推进,听觉上极具现场感。如在《沉浸在魔术的世界

（作品简介）采编过程	里》报道中，魔术俱乐部里店主和顾客的对话，表演时的声效和观众惊叹声、欢呼声，营造出了浓浓的现场氛围。"老伯伯内衣店"从开篇到结束都由店主和顾客们的对话来呈现和推进。这种声音白描，正是广播报道打动听众的核心因素。
社会效果	"小店大梦想"系列报道，既有年轻人热衷的潮牌店、瑜伽馆、动漫主题店，也有中老年人群钟爱的银发咖啡馆、老伯伯内衣店，还有网红小巷杂货铺和魔术俱乐部。用生动的故事，凸显积极向上的创业奋斗精神。聚焦社会经济最小细胞，宣传"繁荣经济、促进消费"大主题，同时，起到了倡导创业、宣传上海良好营商环境的作用。

小店大梦想

（部分）

90后女生从外企裸辞创立瑜伽工作室，
让运动融入每个人的日常

热爱运动的杭琛华从外企裸辞，创立了自己的瑜伽工作室，成为白领们运动放松的都市栖息地。在全民健身的背景下，今年她又投身社区公益，让老年人也实现"运动自由"。请听"小店大梦想"系列报道第一篇：《运动本应日常》。

【报站声：静安寺站到了】

站在地铁7号线静安寺站的站台，看着上班族匆匆赶路，杭琛华突然有些恍惚。曾经，她也是其中的一员，在外企做人力资源，过着两点一线的生活。而现在，教完瑜伽早课的她，正赶往下一家门店。辞职创业，转眼已经五个年头。

【杭琛华实况：这个是我以前上班了5年的地方，当我以另外一个身份再去站在里面的时候，两个人在这里交会、交谈。其实人生有蛮多的转折点，当时家里面有一些变故，长辈身体的因素，我自己想要去停下来去学个什么，就去考了瑜伽教练证。】

【瑜伽课实况】

走进ONE瑜伽普拉提教室，柑橘调的香薰、柔和的轻音乐，让人不自觉地放松下来，跟随瑜伽口令，在一呼一吸之间汲取能量。杭琛华说，创业之所以选择这一行，就是着迷于运动给人带来的正向反馈。

【杭琛华实况：很多学员进来的时候觉得自己很胖，没有自信。锻炼一段时间之后，你是真的看到她有变化，整个人都开朗起来了。我带的第一个孕产妈妈，孕期体内激素的影响会导致情绪的浮动。她跟我讲，练瑜伽能够给她非常大

的缓解跟帮助。你以你的满腔热血去做的时候，别人也能够同样接收到这些能量，这个是我最最感动的一点。】

2018 年，ONE 从衡山路的一间一室户起步，只能摆下 4 张瑜伽垫。经过杭琛华和丈夫的共同用心经营，现在拥有 3 家门店、400 多名学员。同时，他们还承接多个企业健身房的运营。陈蔚是工作室的第一名学员，支持相伴直到现在。她说，工作室"努力生长"的样子，一直是照亮自己的那一束光。

【陈蔚实况：看到他们事业的萌芽，到爱情的开花结果，从小小的一室一厅，然后经历搬迁。这两个年轻人非常非常努力。其实我之前也经历了一个非常难的时期，看他们又开新店就觉得很激励，他们新店这么漂亮，自己也要加油了！这已经形成一种很健康向上积极的气场。】

老顾客的不离不弃，让小店度过一个又一个艰难时刻，也让杭琛华仿佛长出三头六臂——在运动课程之外，花了不少小心思：每天一早都会在群里发一篇《健康早餐》，比如健身人士如何选择低糖月饼？节假日会组织闲置物品交换集市，为都市白领创造社交的第三空间。

【杭琛华实况：教练、运营，接电话，新媒体公众号的撰写。然后财务、公关，还有打扫阿姨，都是我们自己在做。疫情很难的时候，我曾经一个同事直接转了一笔钱，4 900 多块。他说这笔钱是我准备以后用来运动的，先转给你，我很害怕你会倒闭。重新充满了动力，所以也没有空再去想什么放弃，不让自己停下来。】

小店传递出的强大磁场，也会吸引越来越多同行的人。瑜伽教练严骏第一次来到这里，就决定入职做全职老师。

【严骏实况：这家店是小而美的，更人性化，照顾每一个学员。我看到她的个人简历我就着迷了，也是给我一个指引的路，这个行业要不停地进修，每个人都可以继续往前进。】

如今，门店规模扩大到了 3 家，杭琛华还升级做了妈妈，忙碌程度可想而知。但她却做出一个大胆尝试：到社区邻里中心教免费瑜伽课，只为实践自己的大梦想：让运动融入每个人的日常。

【杭琛华实况：年龄大的叔叔阿姨可能比办公族还要难去找合适的地方运动。附近的瑜伽馆一进去发现都是年纪很轻的白领，会有一些畏惧。给他们解决了运动难的问题带给我们新的成就感，公益的事情是需要去做的，真的可以帮到一些人。】

唱针下的新世界：忘却嘈杂，链接热爱

在数字音乐席卷市场的当下，始终有一群音乐爱好者选择坚守，沉浸于更原

始、更纯粹的黑胶天地。在上海就有一家黑胶文化艺术共享空间，以唱片为纽带，搭建起一个连接爱好者们的新世界。今天的"小店大梦想"系列报道，请听《唱针下的新世界：忘却嘈杂，链接热爱》。

【于宗义实况：这张唱片，上面清楚地写着 1908 年 8 月 11 号，听一次就少一次，它脆弱到什么程度，如果掉在地上，会像玻璃一样破碎。（唱片音压混）】

小心翼翼地将唱针落下，让它划过一圈圈密纹，100 多年前的旋律倾泻而下，将文定路 218 号 B 座 3 楼的整个空间充盈得满满。沙发上看书的人，窗边喝咖啡的人，抑或是正在书架上搜寻唱片的人，都瞬间停了下来，仿佛这一刻，时光静止。或许这就是这家名为"胶集"的黑胶文化艺术共享空间的魅力所在，忘却外界的嘈杂，只倾听内心最热爱的声音。

【于宗义实况：我们这个平台提出一个新的理念，叫音乐艺术氛围营造。在一天当中可以随着你的心情有不同的场景应对，我会提供给我们会员一个菜单，比如说外边细雨纷飞的时候，放点爵士乐；思绪万千的时候，可以听一些古典；准备安静下来，多听一些小夜曲。】

说话人叫于宗义，是"胶集"的创始人，他曾因个人爱好，收藏了数千张黑胶唱片，也因两年前一个契机，决定将这份爱好共享出来。

【于宗义实况：疫情后，需要一种减压，突然找我借唱片的人很多了，然后就有朋友说，你建立一个像图书馆俱乐部的形式，随着大家不断在集思广益，我们就渐渐形成了这么一个共享的模式。】

搬来近万件的黑胶典藏和相关文献资料，陈列出数十种黑胶唱片机，挂上一幅幅俄罗斯艺术家的油画，买来腔调十足的咖啡机……就这样，于宗义将这个150 平方米的空间构筑成了黑胶爱好者们的天堂，而他的梦想，并非只是音乐本身。

【于宗义实况：我们的核心的目的是为了社交，你听摇滚，他听古典，我听爵士，然后会互相得到一些新的知识的信息，在共享的过程中，大家就比较容易敞开心扉聊一些事情，这个恰恰是我们最愿意看到的东西。】

音乐固然可以是属于一个人的"独乐乐"，但"胶集"希望通过自己的方式把它变成一种"众乐乐"，让那些越来越习惯"宅"在家中，甚至有些社恐的年轻人，可以在这里自然切换到与外界交流、与社会对话。工作单位就在附近的小卫姑娘和左先生，都因为这个空间，让自己的生活有了积极的变化。

【小卫实况：一般在工作日中午放一个黑胶来听，然后再看看书，是对自己情绪还有思维上一种恢复，还有可以认识更多新的人。】

【左先生实况：因为一直是自个儿创业，神经绷得很紧的时候，来这边你会觉得有比较好的放松，会结识各行各业的非常优秀的不一样的朋友。】

当然，"胶集"也无法回避许多创业项目都要面临的骨感现实，每年不足千元的会费，小众的人群，如何才能持久地活下去？这倒逼着于宗义开发出更多的衍生服务。比如，让空间里的一切都成为可以定制的产品，从油画、家具、唱片机、咖啡机、灯饰，到空间设计、沙龙策划、讲座订制，凭借品质和信誉，短短两年间，"胶集"为进博会党群服务中心打造"初心咖啡馆"，给徐家汇书院设计软装，举办近百场黑胶音乐党课……通过音乐链接起来的朋友圈，不断释放出让人惊喜的能量，也让于宗义有了更大的梦想。

【于宗义实况：希望通过共享模式和循环模式，通过音乐和艺术，最后放在社交平台上之后，能够出现一个文创服务的平台。其实跟所有的行业初创一样，充满了喜悦和希望、焦虑和困扰，第一个吃螃蟹的人，他可能成功，也可能不成功，但是它不会消失。】

2023 年度上海广播电视奖
参评作品推荐表

作品标题	援建之声：沪喀携手援助新疆患癌姑娘		参评项目	广播新闻
			体 裁	专 题
			语 种	中 文
作 者 （主创人员）	丁芳、曹晨光、钱捷、 高嘉晨、李璐	编 辑	丁芳、钱捷	
刊播单位	上海广播电视台 东方广播中心	刊播日期	2023 年 10 月 29 日 12 点	
刊播版面 （名称和版次）	FM93.4 上海新闻 广播《援建之声》	作品字数 （时长）	52 分 22 秒	
采编过程 （作品简介）	《援建之声》是上海援建喀什建成全国最后一家地级电台后，两地同步音视频联播的节目。这期节目是项目团队前往喀什、在当地电台直播间制作的一期特别节目，上海台同步直播。节目讲述了患左侧肺恶性肿瘤的 24 岁维吾尔族姑娘努热比亚木与病魔斗争的动人故事：她虽然不幸身患重病，但保持乐观，在家人、同事和朋友的关爱与鼓励下积极接受治疗。 　　这也是上海援疆的一个生动案例：上海援疆第十一批医疗队的医生承担了对努热比亚木诊治、医疗的全过程；作为喀什电台曾经的实习生，上海援疆干部更从生活和工作上对努热比亚木给予了极大的帮助和照顾。 　　节目前期，采编团队充分了解情况，直播当天分别连线努热比亚木本人，并邀请她的家人、同事、朋友，以及为她治疗的上海援疆医生参与直播对话，全方位展现维族姑娘的坚强与乐观，更反映沪喀两地携手帮扶的真情与爱心。			
社会效果	本期节目是《援建之声》首次将主直播室移至喀什台直播室现场制作的融媒直播节目，上海新闻广播并机播出，且同步以融媒体方式呈现：在 FM 广播端直播的同时，还通过阿基米德 FM、话匣子 App 等音视频同步放送。			

社会效果	节目播出后引发上海和喀什两地热心听众及网友的强烈关注，许多人在节目后台留言，希望能够直接帮助努热比亚木，更多人被她的坚强与勇敢打动，为她加油鼓劲。节目播出后还通过移动端图文推送呈现，获知努热比亚木的故事后，听众网友也纷纷通过各种网络慈善捐助平台为努热比亚木提供捐款等帮助。

援建之声：沪喀携手援助新疆患癌姑娘

晨光：各位好，这里是由上海市人民政府合作交流办公室和上海人民广播电台联合推出的首档全景式记录上海对口援建工作的全媒体节目——《援建之声》。我们的节目同时通过 FM93.4 上海新闻广播和喀什广播电视台综合广播 FM101.2 向听众放送。我是主持人晨光。

杨梦：我是主持人杨梦，我们今天的节目有点特别，此刻我们正在喀什广播电视台综合广播 FM101.2 的直播间为您直播，听众朋友您也可以通过阿基米德 APP、话匣子 FM 同步收听收看我们的直播节目。在每周日晚的 11 点钟，FM93.4 上海新闻广播和 FM105.7 上海交通广播会重播《援建之声》节目。

晨光：在直播过程当中，您可以拨打电话 09982521012 来参与我们的节目，也可以在阿基米德 App 搜索并关注援建之声专区，来找到直播帖和我们留言互动。

杨梦：各位听众，《援建之声》过去一直在关注医疗、教育、文化等行业的帮扶故事，今天我们故事的主人翁是一位年轻的维吾尔族姑娘，她的名字叫努热比亚木·塔伊热。

晨光：努热比亚木今年 24 岁，住在新疆喀什地区的岳普湖县铁热木镇，是一个普通农民家庭的孩子，从学校毕业之后进入到岳普湖县的电视台上班，在刚刚毕业一年多，全家都对她的发展寄予期望，她也不断地努力工作，用她的话说希望以后可以好好上班挣钱，让父母过上好日子，但是没想到噩梦突然降临。

杨梦：在 2022 年的 12 月，她生病住院，被诊断为左侧肺恶性肿瘤，尽管病情严重，但她没有放弃，积极接受治疗，巨额的治疗费用也像大山一样压到了她的家庭之中，每个月的治疗费都高达 3 万多元，到目前，家中已经花费了近 30 万元。

晨光：这些钱有从亲戚朋友处借的，也有变卖家产的，她的父母也似乎一下子苍老了很多。我们今天的节目就和您一起走近这位坚强的姑娘，也希望我们两地市民能够成为她坚实的后盾，联手帮助她战胜病魔。

杨梦：我们今天的节目同时邀请到了努热比亚木的同事，努丽比亚和上海广播电视台阿基米德传媒总编辑丁芳走进直播间，来为大家讲述他们眼中的努热比亚木，同时我们也会连线到喀什二院的上海援疆医生，请专家来谈一谈努热比亚木今后的治疗情况。

晨光：接下来首先请进我们今天的两位嘉宾，他们是上海广播电视台阿基米德传媒总编辑丁芳，丁老师好。收音机前的听众朋友们大家好，我们接下来再请进努热比亚木的同事努丽比亚，您好。

努丽比亚：观众朋友们，主持人们你好。

晨光：努丽比亚，因为和努热比亚木应该是天天都能见到，是吧？你们是同事，所以第一个问题我们特别想知道，在你的眼中努热比亚木是一位怎样的姑娘，给我们介绍一下她好吗？

努丽比亚：好的，我一说到努热比亚木心里特别酸，因为她在我们单位实习的时候，我们像姐妹一样特别亲，在一个办公室还有一档栏目上班过，她是特别勤奋，然后特别热爱学习的一位女孩，她来我们单位实习的时候，实习不过几天，就把我们的系统掌握得特别熟练，然后也具备了跟我一起上直播的能力，她特别热爱学习，每次我们台里面谁在单位值班，或者是在晚上加班的时候，她都会主动要求替人家来加班，说我来做吧，特别热情，责任心特别强、特别认真。如果单位领导给她交了个任务，她特别认真、特别责任心强地干那些任务，我们台里的好多长辈也是经常提到过她，说她是这几年来我们单位实实习生里面特别认真，然后专业上也特别强的一位女孩。

晨光：很聪明、也很认真的一位姑娘。

努丽比亚：很好学的一位。

晨光：她应该实习就是在喀什广播电视台吧？

努丽比亚：对，她在大四的时候，在我们这里实习过将近一年。

晨光：大四的时候就在那实习，丁老师应该在 2021 年援疆工作的时候，是和努热比亚木一起工作的，对吗？

丁芳：对的，就是说我也特别想提一下，为什么我们这档节目关注了这样一个年轻的维吾尔族姑娘，其实她和我们援建工作，以及我们上海喀什两地的广播人有着很深厚的一些关联。

那么就像刚才晨光说的 2021 年的时候，我是在喀什工作了将近一年，当时在组建我们现在在播的电台、喀什电台，在组建电台的过程当中，有很多的实习生，那么我们提到的这位，其实她在台里我们叫她小努尔比亚，就是其中的一位实习生，那么她实习了，我算了一下差不多 8 个月的时间，等于说我一到喀什台的时候她就来了，当时给我的印象就是，这个姑娘的大眼睛，真的是水汪汪的大眼睛、很亮。然后还有给我的印象，就是我先说初次见面见到她，觉得她的维吾尔族舞跳得非常好，那个时候我们来的时候工作之余，尤其是我旁边的这位我们今天的嘉宾，我们叫她大努尔比亚，我们就刚才说话的大努尔比亚，她在结婚的时候，小努尔比亚是伴娘，当个伴娘，我们非常高兴去参加大努尔比亚的婚礼，就请小努尔比亚教我们跳舞。她当时给我的印象也是舞蹈跳得非常好，那么这是生活当中的小努尔比亚。在工作当中，因为当时的实习生要接触刚刚组建的电台，其实难度是非常大的，因为一切都是零的基础，操机、然后怎么样开口说话，一系列的一套系统，怎么传送新闻、怎么剪辑等，对他们来说都是全新的工作。小努尔比亚给我留下非常深刻的印象，因为她做了很多个工种，从一开始来跟着热吉热米提老师是吧？她先是做健康节目的编辑，然后她主动和我们要求，希望到新闻班里做剪辑、上单。然后还有每天早上，当时我记得她跟我说丁老师，我每天早上 8:30 就到台里，喀什的 8:30 相当于我们上海的 6:30 甚至是 6:00，她说我准时到台里来先练声，然后当时我们要转新闻推子，包括双休日的一些工作，她都非常积极主动地来完成。她说老师我不怕苦，我想多学一点，我也想表现得好一点。当时她跟我讲的这些很朴实的话，都给我留下很深刻的印象。

晨光：丁老师刚才是从一个老师的视角来给我们讲述了小努尔比亚她是一个什么样的姑娘，对不对？努丽比亚和她是很好的朋友，对不对？那么作为朋友来说，在你眼中的努热比亚木是一个什么样的朋友？

努丽比亚：努热比亚木是特别热爱生活的一位女孩，因为在我们单位实习的时候，她在喀什租个房子，她自己一个人住，每次她到单位的时候路上碰到什么花店的时候，她赶紧去买花，很喜欢花，特别喜欢花，买花到办公室装到花瓶里，把办公室装饰得特别的漂亮。

晨光：她买这个花不是放到自己家里面，是放到办公室里。

努丽比亚：办公室一个公共的。

晨光：空间由她来装扮起来。

努丽比亚：她特别喜欢装饰办公室，对公共场所特别热爱，然后她回家了以后也是自己做饭，特别热爱生活，然后喜欢仪式感，自己一个人吃饭的时候也是每天发朋友圈，就是饭特别精致，特别热爱生活。还有就是她是特别懂感恩的一个女孩，我记得 2021 年 8 月 3 号她生日那天，因为她自己在这里没有家人，所以我和同事麦迪娜我们两个人商量给她过个简单的生日，跟她一起吃饭吃蛋糕什么的，那一天她特别开心，然后从那以后她从来没有忘记过我们的生日，然后我结婚的时候也是没有忘记给我送结婚礼物，是特别漂亮的小红心，以及她自己亲手准备的一些礼物。然后让我印象特别深刻的是，今年 3 月底就是麦迪娜同事的生日，那天麦迪娜在直播不方便出去。然后她给我打电话，姐你出来一下，我给麦迪娜姐送了一些礼物，你领一下。我赶快下了楼，她刚抵达喀什，刚下飞机就打车来单位门口，我看她穿着拖鞋，瘦得特别厉害，那个时候也是她确诊了。

晨光：已经确诊了。

努丽比亚：刚刚确诊，她在乌鲁木齐接受治疗，那一天刚治疗结束，抵达喀什瘦得特别厉害，然后肩膀身体都变形，肩膀一个高一个矮，3 月底也不是天气不是那么热，但她穿着拖鞋来的，我看她特别惊讶也热泪盈眶，我感觉她的病情没有我想象的那么轻，我就想到虽然她病情那么严重，身体就不适的情况下，都没有忘记别人的生日。

杨梦：依然没有忘记同事麦迪娜的生日，就是因为你们之前共同为她办过生日。

努丽比亚：现在想了一想，对。

晨光：有这么一个朋友让人觉得非常温暖，但是也让人非常心疼。

努丽比亚：对，现在想了一下特别心痛。

杨梦：所以从那个时候开始，你们才大概得知她的一个初次确诊的病情。

努丽比亚：冬天的时候，她就是 2 月份的时候我们经常保持联系，她微信上给我说了一点病情，但是说得没有那么严重，说了反正有了个病，现在在接受治疗，我后面知道她当时也不知道自己得了这个病，当时 1 月底的时候就确诊了，但是家里人没有给她说，水滴筹里面发朋友圈的时候，必须要写自己确诊的真实情况，那个时候才知道。

杨梦：丁老师又是如何得知她生病的消息呢？

丁芳：我真的是从朋友圈上才知道小努尔比亚得了这个病，我当时正好就是在水滴筹上众筹，我看到了以后非常吃惊，另外一个我也很难过、很痛心。我就一下子想想小努尔比亚的那个样子，原来 2021 年接触的那些点点滴滴就在我的眼前，我就是觉得太年轻的一个生命，而且那么鲜活、那么生动，就像刚才大努尔比亚说的，她那么热爱生活，而且我是觉得她有特别强烈的求生的这种愿意，或者说对未来期望的这种生命的欲望、有顽强的生命力。当时我看完了以后，就赶紧就在朋友圈转发了这条信息，我也请我的朋友们，就是朋友圈的朋友们能够积极地帮助这一位年轻的姑娘，我也特别感动。其实上海和喀什的情谊埋藏在很多人的心里，点点滴滴。我转发完了以后，我的很多朋友在下面留言，就说一定要帮助这个小孩或者已经捐款了，已经什么了。很多潜水好多年的朋友，都因为这件事情冒了泡，因为这件事情伸出了援手，我当时看完了以后也特别感动。其实小努尔比亚给我还有一个特别深刻的印象，我觉得他们家庭之间特别温暖，这个家庭虽然不富裕，可能我在台里的时候，大概是 2021 年在台里的时候，她就跟我断断续续讲过一些家里的故事，家庭是农村一户普通的农户，可能兄妹三个人，家里一点也不富裕，但是他们家里很温暖，互相之间很有爱，这点给我留下很深刻的印象，比如说她告诉我，好像是 2017 年，她和哥哥同时接到新疆艺术学院的大学录取通知书，当时家里非常穷，他们家很发愁，儿子和女儿都考上大学了，一笔费用，好像也是当时援疆资金还有很多的这种援助帮了他们，于是他们兄妹俩都去上了大学，上大学以后，他们兄妹俩都是在打工，暑假期间打工赚钱，后来又因为碰到疫情了，可能这些挣钱的机会就少了。她给我讲了她毕业时有一个故事，我也记忆很深刻，她说那个时候因为他们欠了学校好多钱，他们兄妹俩都欠了学校的学费，可能那个时候要还，哥哥就是把他暑期打工期间所有的费用拿出来，交给了学校，妹妹的毕业证后来拿上了，虽然很细小，但是很温暖，就是他们兄妹之间非常友爱，好像小努尔比亚也经常在视频上帮助她的小妹妹，对吧？

晨光：能够感觉到家庭成员之间相互的这种支持。

丁芳：大努尔比亚好像知道这个故事。

努丽比亚：她有一个小妹妹，当时 2021 年我记得她最多也就八九岁的样子，她每天跟妹妹视频通话，监督她的学习、做作业情况。那个妹妹也特别可爱，就是她像她的母亲一样特别关心妹妹的学习和生活，劝她不要让爸妈生气、要听话什么的，特别有爱心。

晨光：她是很早就承担起家庭的重任了，对吧？刚才我们提到努热比亚木的故事，两位嘉宾其实在说到动情处眼睛都已经湿润了，对吧？我们接下来就来连线我们今天故事的主人公努热比亚木，来了解一下她现在的最新情况。

努热比亚木你好，你好。你现在情况怎么样？

努热比亚木：我现在的情况就是每 20 天去自治区人民医院接受治疗，然后平时中间的 20 天我就在家，家里是妈妈在照顾我。

晨光：现在听你说话还是比较虚弱，对吧？病情的反应严重吗？

努热比亚木：有点，我从去年 2022 年 9 月到现在一直在家治病，没办法出去，也没办法上班，只能走路，也只能走十几分钟、20 分钟左右，最多半个小时，半个小时以上的我走不了，直接倒下，然后我只能在家躺着。

晨光：只能在家躺着。

杨梦：所以已经严重影响到了自己的生活。

努热比亚木：对，身上痛吗？痛。我刚开始的时候吃的止疼药，每天吃 3 次左右,还要打医生的止疼针。现在好了点,一天 24 小时内吃两次或者吃一次的止疼药。

丁芳:小努尔比亚能听到我的说话吗?

努热比亚木:听到了。

丁芳:你是一个特别坚强的姑娘,我们都知道其实这个病肯定是让人很难受的,但是我们刚才大家也都在讲述,也都在了解,其实你是很坚强的,我觉得这一点非常棒,值得我们向你喝彩,你是一个坚强的姑娘。

努热比亚木:我也一直在心里想,虽然医生跟我说了,我的病情真的有点严重,必须得继续治疗 3 年到 5 年,然后才能看到希望,但是我在心里想世界那么大,我必须得出去看看,而且我才 23 岁、24 岁,我那么年轻就放弃,那样不行,生活那么美好,我必须得热爱它。

丁芳:非常好。

努热比亚木:我有好多事情还没有做,我有好多梦想还没有做到,而且我还有妹妹,还有哥哥,其实虽然得了那么严重的病,但我真的特别幸福。

晨光:我们做今天的节目,就是要给你加油鼓劲,因为我们听了你的故事之后,都能够感受到你是一个非常坚强的姑娘,所以在这个时候,就像刚才丁老师说的话,我们一定要继续撑下去,3 到 5 年的时间,能够有希望,一定就能够完成你最终的一个梦想,好不好?

丁芳:小努尔比亚,相信现在的医学很发达,科学技术一日千里,你的信心非常重要,你就要一直这样想:世界很大,我这么年轻我一定要去看看,我一定要坚持住。我们都为你加油,我们也尽我们的所能,努力地去帮助你。

（节略）

杨梦:其实努热比亚木的病情现在引起了社会各界人士的一个关注,我们也采访到了上海市第十一批医疗队的领队,上海交通大学医学院附属仁济医院党委委员、副院长,现任喀什地区第二人民医院院长陈尉华,来从他的一个角度,来听一听他是怎么说的。

陈尉华:大家好,我是陈尉华,来自上海交通大学医学院附属仁济医院,作为上海第十一批援疆医疗队领队、喀什二院院长,我对年轻的小努尔比亚的病情深表同情,我们也希望小努尔比亚能够坚强起来。面对今后的生活和康复,我们上海医疗援疆 20 位所有队员将尽自己所能,运用自己所学的技术,为喀什人民的健康奉献出自己应有的努力。我通过这个节目也呼吁社会各界能够伸出援手,帮助小努尔比亚的康复,谢谢你。

晨光：各位听众，您正在收听的是正在直播的《援建之声》，我们今天节目关注了一位身患重病的维吾尔族姑娘努热比亚木，通过刚才她自己的分享，通过她哥哥的分享，两位嘉宾的介绍，包括刚才陈主任的介绍，我们对于努热比亚木到底是一个什么样性格的姑娘有了一定的了解，对于目前的病情和接下来的治疗，其实也有了一个大致的了解。那么应该说这对于她的家庭来说，其实是一个比较沉重的负担，但是我们能够感觉到她尽管现在生病了，但是还是非常乐观，也很坚强，就像刚才丁老师说的，她还是有非常旺盛的生命力，希望能够让自己的身体支撑下去。那么此时此刻两位嘉宾都想对努热比亚木说什么，丁老师先来说说好吗？

丁芳：其实我刚才听完大家的分享，尤其是喀什台同事给小努尔比亚的留言，我非常感动，我觉得我们一起要像小努尔比亚一样满怀爱、满怀希望，我相信会有奇迹出现的。我也相信现在的科学那么发达、那么先进，未来会有很多的、我们所期盼的、所希望的奇迹出现。

晨光：而且作为我们上海来的老师，其实我们也会尽己所能去帮助她，想方设法对吧，联系各种各样的一些机构，把她现在所处的一个状况来让更多的人知道，让更多的人能够伸出援手，我们一起来支撑她渡过难关。

丁芳：其实我们今天做这档节目就是这个目的和意义，虽然远隔万里，我们在上海知道了这个情况以后，还是很牵挂，也很难过，也很想尽自己的一点点微薄之力来帮助这位年轻的姑娘。她是我们援建的喀什地区的，又在我们曾经援建的台里做过实习生，种种这么多的关系，这么多的情谊都在里面，所以我们特别希望通过我们沪喀两地的共同努力，能够让花一般的姑娘能够看到更多美好的未来。

晨光：努丽比亚，有什么想对想小努尔比亚说的吗？

努丽比亚：我也相信小努尔比亚会很快好起来，刚才丁老师也说了，现在的科学那么发达，这么多人在帮助她，不管是医疗上的还是在经济上，好多人在帮她，所以我想给她说，任何一个病情在想好，心情是最重要的，所以调整心态，必须保持自己积极向上乐观的一个心态，继续加油，我们都爱你。

晨光：希望她能够早日回到自己的一个朋友圈里面，能够和大家一起快乐地玩耍，一起快乐地生活，对不对？我们再来看一下我们在阿基米德专区，有网友在说，这说明肌肉还是有些萎缩，要补充蛋白质，那么同时我们的努热比亚木还是要加强自己在生活当中的一些锻炼和营养，对吧？在自己力所能及的范围之内还是要坚持去运动。另外有人也指明了一些方向，比如说大家可以通过水滴筹来帮助像努热比亚木，也可以通过去找红十字会等渠道来帮助她。其实这些渠道我们也一直在找，希望大家共同来关注努热比亚木目前的一个病情，我们一起来帮助她渡过难关。我们在节目开始之前,其实也采访了很多人,他们当中有参与过援疆的上海电台的老师们,也有在上海援疆的医生专家们,还有很多和努热比亚木素昧平生,但是通过我们之前的报道和我们的节目,一直在关注着她病情的朋友,我们接下来就来听一段音频,来听听他们都想对努热比亚木说什么。

【大家好,我是上海交通广播的主持人王蕾,在文化润疆的项目中曾经参与过喀什人民广播电台的前期筹建工作,就是在那个时候认识了正在实习的努热比亚木,印象中这是一个开朗爱笑的女孩,工作中肯学肯干,认真又刻苦,如今她正在和病魔做着顽强的抗争,祝福努热比亚木早日康复,早日回到热爱的工作岗位上,向着自己的梦想继续扬帆起航,加油努热比亚木。

我是一名上海文化援疆工作志愿者,也是在喀什志愿期间认识了这位对待工作和生活都特别阳光、特别开朗的姑娘,也是祝小努尔比亚早日康复,渡过难关。

还记得我在喀什做志愿者的时候,小努尔比亚正在喀什电视台实习,有一次我让她教我跳新疆舞,她那热情洋溢的舞姿加上脸上灿烂的笑容深深地打动了我,希望她这一次能够渡过难关,战胜病魔,快点好起来,小努尔比亚加油。

我在此祝小努尔比亚能够勇敢地面对病魔,并且能够战胜病魔,希望她能够平平安安地回来。

祝小努尔比亚早日康复,回到幸福的生活里,迎接生活的阳光时刻。

祝小努尔比亚木鼓起勇气战胜病魔。】

晨光:疾病令人心情非常沉重,但是我们能够看到努热比亚木在面对积极的治疗,我们也会持续地关注她的治疗的情况,尽己所能去帮助他。

杨梦:同时也希望有更多的人能够伸出援手,关注到像努热比亚木一样身处困境需要帮助的人,爱心温暖彼此。

晨光:好,以上就是我们本期《援建之声》节目的全部内容,我们的节目由上海市人民政府合作交流办公室和上海人民广播电台联合制作,每周日中午 12 点在 FM93.4 上海新闻广播、阿基米德 APP、话匣子 FM 及上海新闻广播的视频号同步音视频直播,晚上 11 点您听到的是重播。

杨梦:喀什地区的听众也可以通过喀什广播电视台综合广播 FM101.2 同步收听,另外每周日晚的 11 点,FM93.4 上海新闻广播 FM1057 上海交通广播也会重新播出《援建之声》。

晨光:在节目之外,您还可以在阿基米德 APP 搜索并关注《援建之声》专区,来了解更多的图文音视频信息。

杨梦:本次节目监制丁芳、责编钱捷,我是主持人杨梦。

晨光:我是晨光,下周日中午的 12 点我们再会。

2023 年度上海广播电视奖
参评作品推荐表

作品标题	5 800 人 4.4 亿元　松江破获本市首例"套路加盟"合同诈骗案		参评项目	广播新闻
			体　裁	系列报道
			语　种	中　文
作　者 （主创人员）	万涛、朱少石、 王颖斐	编　辑	万涛、胡婉媛、陈燕	
刊播单位	上海市松江区 融媒体中心	刊播日期	2023 年 12 月 26 日 2023 年 12 月 27 日 2023 年 12 月 28 日	
刊播版面 （名称和版次）	FM100.9 松江区广播 电视台综合频率 《松江新闻》	作品字数 （时长）	11 分 9 分 30 秒 8 分 20 秒	
采编过程 （作品简介）	本案系上海市首例"套路加盟"合同诈骗案，2023 年被最高检评为"检查机关全面履行检查职能"典型案例。该案行为迷惑性强，刑民交织，松江检查院紧盯线索，准确把握犯罪构成，通过对是否存在诈骗行为、非法占有目的等关键性问题加强审查，注重实质判断，厘清案件定性，及时监督公安机关立案侦查，突破重重阻力，全面论证犯罪指控思路，历时 3 年，最终将犯罪集团绳之以法，消除社会影响。中央广播电视总台各频道、上海各级媒体纷纷报道此案。 　　本台记者万涛深入走访松江"公检法"机关，历时两年跟踪采访，采集受害者和嫌疑人声音，以多位办案人员口述，串联起"套路加盟"合同诈骗报道。采制 10 余人，超 20 小时珍贵采访素材，通过客观事实与罪犯狡辩层层对比，努力呈现松江"公检法"机关一体履职的精彩瞬间，以及不遗余力打击犯罪的决心和魄力。 　　节目分三集呈现，以定性、取证、审查为主题，拔丝抽茧，层层侦查，最终本案告破，嫌疑人被捕归案，二审判决生效。			

社会效果	这一案件的细节通过广播专题新闻报道，高强度曝光，节目播出后，引发公众广泛关注。此外，系列报道同步在新媒体平台播出，获得了良好的传播效果。报道充分展示了松江"公检法"一体履职、敢作敢为的良好形象，通过刑事手段释放市场信号——商业特许经营加盟领域存在投资隐患和漏洞，行政部门也加大了对此类加盟骗局的打击力度，投资者们以此为鉴，加盟骗局等乱象得以遏制。 　　此案虽然告破了，但还并未结束，由此引发的社会效果还在持续增加，还有受害者向媒体和相关部门反映，我们将继续关注此案，继续做好传播。

5 800 人 4.4 亿元　松江破获本市首例"套路加盟"合同诈骗案

【配音】奶茶店未开,加盟商不翼而飞。

【同期声】受害者:人都跑了,微信也不回,电话也不接。

【同期声】受害者:物料没有,我说退钱就不理我了。

【配音】投诉无门,不予立案。

【民警】我一直认为这是纠纷,其实这个案子类型按我来看(是经济纠纷),最早的时候 2019 年就有人报过案了。

【配音】检察院受理监督,疑团重重。

【同期声】检察官:表面上看的确像生意失败,经济纠纷,但是经过审查后我们发现事情没有那么简单。

【同期声】民警:是有争议的,我们当时为了这个案子,特意到检察院汇报和商量过,而且不止一次两次,在逮捕之前。

【配音】庭审现场,主犯拒不认罪。

【同期声】嫌疑人:我不认为我构成合同诈骗罪,我没有诈骗钱财。

【同期声】法官:看到他们(公安、检察院)移送过来的卷宗是非常震惊的,有 500 多册,证据是比较充分的。

【同期声】嫌疑人:这个不符合事实,你仔细看了吗? 你看了我们的证据了吗?

【导语】今天起,本台为您播发《奶茶店引出惊天加盟诈骗大案》专题报道,第一集《偷梁换柱:奶茶店背后的猫腻》。

第一集　偷梁换柱：奶茶店背后的猫腻

2019 年 2 月，市民郑先生经上海东某公司宣传推广，萌生了加盟奶茶店的想法，并签订了 19 万元加盟费。而加盟之后，公司原先承诺的全方位配套服务并未兑现。

【同期声】受害者：物料、配方、图纸，跟我说得好好的，合同里都有的，收完钱就跑掉了。

8 月 21 日，郑先生向（松江）洞泾派出所报案，另表示有多人（陈先生 16 万元、董女士 11 万元、吴女士 17 万元）存在相同情况，但公安机关以没有犯罪事实为由，不予立案。

记者采访到了参与办案的相关人员。

【同期声】民警：从当时的材料上来看，肯定是经济纠纷。

【同期声】检察官：2020 年 3 月，郑先生因为公安不立案的决定到我院进行申诉，希望我们立案监督，认为涉嫌合同诈骗罪，我们根据郑先生提供的材料，调取公安机关相关证据，发现有相当数量的被害人向司法机关提出过民事诉讼。

经查，2020 年 7 至 10 月，市民闫先生、王女士、刘女士分别向上海市普陀区人民法院起诉上海东某公司，结果败诉。

【同期声】检察官：同时结合了当时在人民广场（虚假）排队的情况被媒体揭发后，通过公安机关前期掌握的线索，发现其（奶茶店）存在明显的"贴牌、傍名牌、虚假宣传"等情况，但都收取了大量受害人的钱款，比较反常，不太对劲，具有一定的合同诈骗犯罪嫌疑，我们也比较关注。

大量的民事诉讼吸引了松江方面注意，通过收集信息、核实整理，发现受害者数量庞大。

【同期声】检察官：通过审查民事诉讼判决发现，还有外地的，比如浙江的江女士、郑女士，在浙江杭州进行过仲裁，向法院进行过诉讼，江苏的谢女士和郑先生在无锡法院进行过诉讼。

它们背后都有一个关键词——"奶茶店加盟"。松江检察院紧盯线索，最后发现"偷梁换柱"的秘密。

【同期声】法官：他的犯罪对象是不特定的，被害人也分布在全国各地，在办案过程中，也一直有新的被害人向我们提交材料。

资料显示，这 1 000 余起案件遍布全国各地，多为败诉，即便胜诉，都因各公司主体转移资产，法院执行后也很难追回资金。受害者无论是起诉还是报案，都无法挽回经济损失,这些奶茶加盟公司背后到底藏着什么猫腻?

记者来到松江检察院,见到了参与办案的工作人员。

【检察院讨论】

【同期声】你看这家公司人这么少,怎么可能服务那么多人。

【同期声】物料费、板材费这么贵,那加盟商怎么赚钱呢?

【同期声】还有一个,他们每次经营一个新品牌都要换一个新地址,老品牌这些经营地址人都没有了,公司也没有了,老客户谁去维护、谁去服务?像这起2020年普陀区人民法院受理的,还有徐汇区人民法院受理的,这几起(受害者)连店都没开起来,都报案了。我们认为有诈骗的嫌疑,这肯定不是个例,他一定是有组织的。

全国各地大量奶茶店加盟失败的案例将矛头指向其"背后的组织"。真的有吗?

带着这个疑问,2021年3月15日,松江检察院向松江公安分局申请立案监督。

【同期声】民警:我们到检察院去商量,听他们这么一分析,我们也觉得有点味道,我们觉得可以挖一挖这个案子。

【同期声】法官:从这1 000余起案件单个来看,那就是一个一个的民事纠纷,但是放在一起来看,的确是有蹊跷、有套路的。

此案扑朔迷离,在罪与非罪、经济纠纷与经济犯罪的认定上存在分歧。

【同期声】法官:本案的多名被告人和辩护人都提出了,这个案子属于普通的合同欺诈,是属于民事纠纷,甚至提出如果构罪,可能也是前期宣传当中构成虚假广告罪,或者这些经营商倒闭是基于奶茶行业的特殊性,它存在商业风险,提出这样一类辩护意见,我们重点审查到底是不是民事案件,还是刑事中的合同诈骗。

到底是民事经济纠纷还是以加盟的方式进行的合同诈骗?公司内部背后究竟暗藏什么玄机?

【同期声】民警:在他们内部有个规定,每个品牌,它的存活周期、推广服务期,一般是3个月左右,到了3个月,它就停止运营了(换品牌、换地点),他是在第一个品牌运营的时候已经在着手第二个品牌的推广了,也就是说,他根本没想做好品牌的运营服务,正常一个品牌,它的推广、夯实、研发,这块它通通是没有的。

【同期声】检察官:经过审查后,我们认为这是一个比较隐秘的商业模式,你起诉也只能起诉它之前的运营公司,之前的品牌,对他新公司、新品牌的招商加盟是没有任何办法和约制的。即使你找到它老板也没用,它是时常在更换法人的，只是一个控制人，没法对新品牌进行约制。后来在实务中我们进行了解，这种手法就叫作"快招"。

【同期声】民警：在取证过程中，我们也向知名奶茶加盟品牌做过调研，他们的方式和这些人相比差距很大，正常的一家加盟店肯定是要考虑加盟商的利益的，只有加盟商经济效益好了，总公司才会有受益的，但是这帮人是不管的，没有这回事，你店开出来就不管你的"死活"了。

通过走访排摸，和大量受害人取得联系，据此，案件有了新的进展。

【同期声】受害者：当时我就是和上海的这个王老师联系的，我们有微信的。

【同期声】检察院：我们发现，两个品牌，由同一个对象进行运营，使用相同的"傍名牌""话术"进行招商，之后因为相同的原因不给予被害人应有的支持和服务，存在较大的合同诈骗嫌疑。

松江公安分局锁定上海地区王某某有重大作案嫌疑。

【同期声】民警：很简单，被害人指证，和她洽谈的这个商务是谁，当时留有微信。

王某某成立的东某公司，短期内频繁更换品牌，对外招商加盟。

【同期声】民警：当时使用的一些手段，很多都是虚假的，包括网络推广、资金转移等痕迹，慢慢都浮现出来了。

但警方没有急于对他实施抓捕，循线追查，多个内部人员浮出水面。

【同期声】民警：浮在面上的是上海这家香恋公司，这个商务的上级是谁、他的组长是谁、组长的上级是谁，这个是相当重要的。我们通过研判手段，第一个关键的突破点就是发现了他们主要的活动地点在秦皇岛，等于是把这层面具撕开了。

经公安机关排查梳理，受害人口述，证明王某某所在的东某公司只是其中一个分支，其位于河北秦皇岛的总部 A 集团不断地更换公司、品牌和经营地点，完成招商后消极应对，其分工明确，系团伙作案。

【同期声】法官：一些被害人提出要试吃他们产品的时候，他们把外面买来的其他产品罐装到自己品牌下，这种虚假的手段从头到尾，各个过程中都有。

通过对是否存在诈骗行为、非法占有目的等关键性问题进行审查，判断实质，厘清案件定性，证明 A 集团开展加盟的虚假性。据此，办案人员有了新的判断，认为其是一起刑事案件，具有严重的社会危害性。2021 年 3 月 22 日，松江公安分局立案介入，对与东某公司存在合作关系的 A 集团一并进行侦察。

经济纠纷与经济犯罪存在何种区别，认罪刑责又有何不同，来听律师分析。

【同期声】律师：两者客观上都表现为合同不履行或不完全履行。合同诈骗，行为上表现为虚构事实，或隐瞒真相，而民事纠纷中的当事人有时也有欺骗的行为,但两者还是有本质区别的,比如主观目的不同,合同诈骗犯罪的行为人在主观上是以非法占有为目的,以签订合同为名,根本没有履行合同的意思;民事纠纷行为人往往具有一定的履约能力和意愿,不具有非法占有的目的。此外,两者在欺诈的程度、内容、手段等方面都有区别,民事纠纷行为人一般无须假冒合法身份,而合同诈骗罪的行为人一般会以虚构的单位或者冒用他人名义签订合同。相应地,两者的法律后果也有所不同,民事纠纷中,如果当事人之间产生争议而引起诉讼,当事人主要承担民事责任,比如返还财产、赔偿损失等;而合同诈骗,触犯刑法,行为人对诈骗的后果不仅要承担刑事责任,还要承担退赔损失等责任。

接下来,案件侦破工作,又该如何继续推进呢? 请您关注奶茶加盟合同诈骗案专题报道,明天将播出第二集。

第二集　阻力重重:三地联合艰难取证

【配音】销毁证据,取证困难。

【同期声】民警:这些犯罪嫌疑人,比较狡猾,他会定期通知公司员工,一层监督一级,全部删除,销毁证据。

【配音】口供一致,如何量刑定罪?

【同期声】民警:在审讯的时候,他们都是保持高度一致。

【同期声】嫌疑人:你说它是虚假宣传也好,是夸张宣传也好,我都认可,但是我不认可它是诈骗。

【导语】请您继续收听奶茶加盟合同诈骗案专题报道,第二集《阻力重重:三地联合艰难取证》。

2020 年 12 月,松江公安分局就"奶茶加盟合同诈骗案"成立专案组,对 A 集团涉嫌合同诈骗一案进行侦查。调查中发现,2018 年起,金某等人将 A 公司的网络中心等部门拆分成立 29 家关联公司,升级为 A 集团统一运营。

【同期声】民警:一个网络中心,设置了 15 个话务中心,还有一个石家庄中心,一个商务部、运营部,一个财务部、人事部,每个中心都单独成立了一家合法公司,对外进行包装。从整个架构来看,对外的确是一家正规的从事商业推广的公司,没一点问题。

【同期声】检察官:所以它不是真的在做奶茶加盟,而是以奶茶加盟为幌子,不断地收取代理费和加盟费。在运营过程中,当被害人的钱款一旦收取,这些运营公司会立刻将钱款全部转移到其控制下的其他公司,这就导致了被害人运营失败,要去打诉讼官司,哪怕胜利了,这些运营公司是没有钱的,法院也没法执行到位,即使对这些公司的法人或者股东进行强制执行,也根本伤及不到它的核心部门,就是他们的招商部门和推荐部门。对万某公司（A 集团）没有任何影响,他们重新再开家运营公司,重新进行招商。

【同期声】民警:这个案子难度就在这里,它其实是披了一件合法的外衣,但是做的事情是违法犯罪的。

【同期声】民警:2020 年 12 月,专案组成立之后,我们就陆续派民警赴秦皇岛市开展工作,一是外围调查,二是摸清犯罪经营地的情况,三是对首要分子的落脚点开展排摸。

经排查,发现受害人遍布全国各地,涉案金额大、犯罪人员多,这加大了取证的难度。

【同期声】检察官:A 集团这些年在招商加盟的过程中,陆续加盟的加盟商有数千人之多,公安机关如果全国各地去进行调查取证,在当时那个情况下（疫情）是不太现实的,这是本案取证难的一大特点,另外还有很多人不知道自己被骗,也是本案的特点。

如何将证明思路转化为取证方向和证据标准,负责侦办案件的民警压力非常大。

【同期声】民警:它的品牌一直在换,那么这些品牌我们要核实的,首先真的假的? 很多是真实存在的,但是这些犯罪分子很狡猾,他会定期地通知公司员工,纸质的材料统统扔掉,手机里电脑里的（文件）删除,每个小组长监督自己的组员,每个总监监督下属的小组长,一层监督一级,全部删除,这对我们的侦查工作带来困难,怎么来认定之前推广的品牌? 这是有难度的,我们抓捕的时候他可能正在推广某一个品牌,那之前的十几、二十几个怎么印证呢? 这个过程是很曲折的。

经查,招商过程中,A 集团通过虚构 20 余个奶茶品牌影响力、虚构运营能力、提供虚假授权、聘请明星代言等方式,骗取加盟费。

【同期声】受害者:根本就没有培训,就是打了一叠资料,奶茶的配方、比例是多少,你就自己在那儿做。

A 集团对加盟商的正当运营需求敷衍了事,导致大量加盟商经营失败,在产生加盟纠纷民事诉讼后,又通过转移资金的方式逃避退款义务。

【同期声】受害者:我找了啊,跟我讲（找他）没用,说你去起诉好了。那我钱进去了,那谁赔给我啊?

此案对中小民营企业经济构成威胁,对社会安定造成影响,不断有人落网,受害者还在增多。在锁定所有涉案人员后,警方展开了抓捕工作。

【抓捕现场】

【同期声】我们公安局的,起来,把衣服穿好。

2021 年 3 月,松江公安分局在秦皇岛市共抓获嫌疑人 60 余人,其他嫌疑人也陆续被捕归案。那么,怎么认定刑事责任?

【同期声】民警:这些犯罪集团,在审讯的时候保持高度一致。金某对这件事是拒不供认的,他一口咬定,我是做品牌推广的,并不是做诈骗的。

【同期声】法院:庭审当中,(金某)一直坚称自己是无罪的。认为他虽然是做了一些,比如投放虚假的广告,但是最多构成合同欺诈,他说他是没有想要去骗这些人的钱款的,加盟商最后失败也是因为市场的原因,不是说他们想去骗他,或者没有提供任何服务导致的。

【同期声】受害者:就是说反正给你做到面面俱到那种,但是他一拖再拖,根本没想给你做。

【同期声】受害者:他给我发的(选址)地址根本就不对,你看我这里都有记录的,这哪里是加盟啊? 这不就是骗子吗?

【同期声】嫌疑人:我们规定的官方话术,我们认为不是犯罪,我觉得这个完全是合法的。

【同期声】民警:从侦查角度来说,肯定是事先串供的,(口供一致)事先商量过的;第二点,恰恰跟现实(作案)的客观行为不相吻合,这就印证了他们实际诈骗的预谋和意图行为等。

随即,公安机关展开被害人自述、调取民事判决书等方式固定证据。

与此同时,松江区检察院报请市分院共同研究论证焦点问题,逐一厘清法律关系,同时介入侦查引导取证。

【同期声】民警:我们是从秦皇岛抓获的,当天大部分人是不认罪的,带回上海的时候,他们那个商务,可能对他心理造成压力了,尤其是要把它带回上海拘留至看守所的时候,他跟车上民警说,我想向你反映一些情况,那么我们打开执法记录仪,你要讲,给你一次机会,这个人呢当时把很多我们在前期侦查过程中不了解的细节,全部还原出来了,他当时已经意识到,自己可能面临不太好的情况,也想争取宽大的处理,这些(供述)情节对我们后面对其他嫌疑人的审讯,尤其是对高层,是相当有用的。

通过三级院共同审查、接力研讨,全面论证犯罪指控思路,认定 A 集团故意夸大运营能力、虚构品牌信息等行为符合合同诈骗特征;其抽逃转移资金、恶意逃避民事诉讼执行等行为充分反映被告人具有非法占有的目的,符合合同诈骗罪构成要件。

2022 年 5 月,松江区检察院以合同诈骗罪对金某、刘某某、王某某等 69 名被告人陆续提起公诉。

至案发，A 集团累计骗取全国 5 800 余名加盟商 4.4 亿余元，造成大量加盟的民营小微企业遭受重大经济损失。对于这些经济损失，能否追回？如何追回？来听律师分析。

【同期声】律师：关于经济损失的追回，首先，公安机关在侦查时，就会及时查控赃款赃物，若赃款赃物已挥霍，犯罪分子有义务赔偿；在犯罪分子将诈骗所得财物用于清偿债务，或者转让他人的，再无偿转让、低价转让等一定条件下，也应当依法予以追缴。在法院判决违法所得予以追缴，或责令退赔的情况下，还会移送强制执行，尽最大努力让受害者的损失得以挽回。

嫌疑人抓获了，以金某为主犯的 A 集团犯罪团伙会认罪吗？他们将面临怎样的审判？请您关注奶茶加盟合同诈骗案专题报道，明天播出第三集。

第三集　不破不休：套路加盟诈骗案告破

【配音】拒不认罪，巧舌如簧。

【同期声】嫌疑人：你不听我解释，你为什么不听我解释呢？

【同期声】审判长：被告人直接回答问题。

【配音】不服审判，结果如何？

【导语】各位听众，继续来关注本市首例"套路加盟"合同诈骗案。

通过前期侦查，公安机关确定了以金某为首要分子的 A 集团及其他成员主要集中在秦皇岛市开展犯罪行为。2021 年 3 月，松江公安分局在河北省秦皇岛市将 A 集团 60 余人一举抓获。同时段，在石家庄和上海两地同时开展行动，共抓捕 100 余人。2022 年 5 月，松江区检察院以合同诈骗罪对金某、刘某某、王某某等 69 名被告人陆续提起公诉。根据到案情况，给予自首和坦白的认定，但以金某和刘某某为代表的主犯拒不认罪，提出辩护意见。

【同期声】嫌疑人：有意见，我认为他（公诉人）指控的很多事情不符合事实，我不认为我构成合同诈骗罪，我没有诈骗他们钱财。

辩护律师甚至提出无罪的理由。

【同期声】辩护律师：虽然部分品牌不满足"两店一年"的要求，但是这一点是由国家商务部来把关的，并不是公诉机关，只要是国家商务部认可，其具有特许经营加盟资质，那么它就有，公诉机关的起诉书并不能否定国家商务部的认定。

2022 年 9 月,松江区人民法院分批次开庭审理。

庭审现场,金某对其犯罪行为拒不认可,并表示公司确实提供了运营服务。

【同期声】民警:"你看我们给加盟商签了合同,也给了品牌的授权,也给他们装修了场地,还给他们供应了物料",这些种种,他(嫌疑人)列举了一系列情况,他们想要证明的是我只是做品牌推广,并没有实施诈骗。

【同期声】嫌疑人:这个不符合事实,你仔细看了吗?你看了我们的证据了吗?我们帮助很多代理商招到了下属单店,而且代理商拿到的下属单店的返款啊,我可以给你提供证据,我财务在这里啊!

【同期声】法官:因为金某口才很好,庭审中光听他辩解,你会觉得好像也是有一定的道理。

那为什么还有这么多加盟商报案乃至民事诉讼呢?

【同期声】法官:第一,他们没有实实在在地履行自己的行为,有些受害者表示希望能提供选址服务,他们就发一个地址给他们,被害人跑过去发现是一个废弃的商场;第二,提供装修服务,只是拿了一张装修图纸给他们;第三,大量的加盟商倒闭,产生了大量投诉,发生了民事纠纷后,他们采取了售卖商标的行为,关闭原来的公司,把钱款尽快转移。

根据受害人的陈述和指证,金某的说法完全站不住脚,并表示这些犯罪行为他概不知情。

【同期声】嫌疑人:这种情况客观存在,但是不是公司要求的,我们公司从来没这么要求,我们要求他们不是这么打的,可能是个别员工,他为了出业绩,他自己的行为。

事实真的如此吗?

【同期声】法官:我们综合本案证据,不单单他自己辩解,我们还有微信聊天记录,他们有个总裁群,在群里有日常的汇报,事实上他(金某)是掌控整个集团运作的,是由他来把控的,但是他庭上却做出一副不了解、不知情的模样,对他是在好好经营进行了辩解的。事实上他的辩解,根据证据、根据同案犯的指证,是站不住脚的。

【同期声】嫌疑人:你不听我解释,你为什么不听我解释呢?

【同期声】审判长:被告人直接回答,现在不是你质问的时候,直接回答问题。

【同期声】法官:他是他们公司总裁和实际控制人,虽然他后期不再担任公司明面上的职务,但事实上负责整个集团的运作。他们在微信群里多次聊到客户投诉及民事诉讼情况,他们在心知肚明公司无法运营的情况下,继续推出新的品牌,按照前面的套路,继续进行招商加盟。这样一种持续虚假运营的方式,我们断定他们有非法占有他人财物的目的，一开始就是想要去骗这些钱款。

【同期声】民警：还有一些主观证据，这些抓获的嫌疑人当中，有部分嫌疑人也是做了认罪供述的，也是认罪认罚的。

【同期声】法官：到案发前，他们还在跟他进行汇报，相关的情况还是根据他的指示来运作的，所以这样一个辩解是不成立的。

【同期声】民警：而且他对员工的考核数据，他都是明确的，所以这块对他的指证也是很充分的。

【同期声】嫌疑人：不对，你理解错误。

【同期声】法官：获利方面，获利也是判断他地位的重要因素，他是所有被告人里面拿到的钱是最多的。最终我们认定他们的行为构成合同诈骗罪。

2023 年 3 月，上海市松江区法院以合同诈骗罪对金某判处有期徒刑十四年六个月，剥夺政治权利三年，并处罚金 50 万元；对刘某某、王某某等其余被告人判处有期徒刑十二年至三年一个月不等，并处相应罚金。部分被告人提出上诉，二审维持原判，判决已生效。

案件刑事审判已经生效了，但此案还没有就此结束。

【同期声】法官：我们（法院）依然接到很多被害人来电，反映是这个案子的被害人，但是之前（不知晓）没有报案，我们也让他放心，这个案子的认定方式是极大地保护了他们的权益的，没有将他们遗留在被害人之外，我们还在继续做相关被害人的追赃挽损工作。

本案暴露出商业特许经营领域中的一些行业漏洞问题，借着加盟的名义实施犯罪，松江法院就此做出司法建议，并联合多部门形成合力，防范商业特许经营领域的行业漏洞，努力做好宣传工作，维护中小微企业经营的合法权益。

【同期声】法官：现在这个案子已经移送到松江区法院执行局了，执行追赃挽损的工作，如果有些被害人能够听到你们节目，希望他们放心，我们是通过品牌进行认定的，不是根据报案与否认定，现在在执行阶段，如果不放心，也可以把自己的相关材料寄送到松江法院执行局，最大限度地保护自己的权益，挽回自己的损失。

本案系上海市首例"套路加盟"合同诈骗案，行为迷惑性强。对于刑民交织案件，检察机关注意准确地把握犯罪构成，通过对是否存在诈骗行为、非法占有目的等关键性问题加强审查，注重实质判断，厘清案件定性，及时监督公安机关立案侦查。同时，三级院共同审查、接力研商。

公安机关打击犯罪，突破重重阻力，敢于作为，全面论证犯罪指控思路，将犯罪集团绳之以法，消除社会影响。

在疑难复杂新类型案件办理中，松江法院依法审理，上下联动，追赃挽损，努力为加盟被害民营小微企业挽回损失。

本案充分展示了松江公检法一体履职、敢为作为的良好形象,通过刑事手段释放市场信号,商业特许经营加盟领域存在投资隐患和漏洞。本案的告破,也警醒了相关人员,行政部门也加大了对此类加盟骗局的打击力度,这一案件的细节被高强度曝光和报道,投资者们以此为鉴,加盟骗局等乱象得以遏制。感谢您的收听,再见。

2023 年度上海广播电视奖
参评作品推荐表

作品标题	"网红城市"如何走向"长红"	参评项目	广播新闻
		体 裁	评 论
		语 种	中 文
作 者 （主创人员）	邵燕婷、沈馨	编 辑	江小青
刊播单位	上海广播电视台 东方广播中心	刊播日期	2023 年 4 月 17 日 8 时 14 分
刊播版面 （名称和版次）	FM89.9 长三角之声 《早安长三角》	作品字数 （时长）	5 分 54 秒
采编过程 （作品简介）	山东淄博打出烧烤牌火遍全网。长三角这样的网红城市不在少数，作品从电视剧《长月烬明》一夜带火安徽蚌埠说起，延伸到浙江杭州悬赏百万摆脱美食荒漠，江苏南京收获社交媒体和短视频发展红利……展现长三角城市推广的精彩纷呈，在此基础上，抛出"'网红城市'如何走向'长红'"的观点，并采访相关专家，结合专业意见，提出要挖掘城市中真正可持续产业的建议。		
社会效果	作品较早关注长三角"网红"城市不断探索着城市高质量发展的努力，也发现了其中的问题并给出建议，取得良好的社会效果，获得上海主要媒体月度自荐好稿，受到其他媒体关注。此后《人民日报》（海外版）5 月 17 日（"网红城市"各有独特气质　如何从"网红"走向"长红"）、《光明日报》5 月 20 日（"网红城市"如何能走向长红）纷纷以此为题进行报道。		

"网红城市"如何走向"长红"

早安长三角,聚焦城市流量密码。这几天因为热播电视剧《长月烬明》,安徽蚌埠火了。有细心网友发现,剧中的墨河蚌族公主桑酒和东海蛟龙冥夜就是蚌埠的河蚌姑娘和南北分界线上的那条龙。一时间,电视剧《长月烬明》官方抖音及优酷视频官方与《蚌埠日报》开始梦幻联动。《蚌埠日报》通过全媒体平台宣传蚌埠及首届文化旅游美食节,仅一天时间视频播放量就达 600 万。由《蚌埠日报》发布的相关文章、话题阅读量达 100 万。《蚌埠日报》抖音直播间 24 小时,涌入 40 万网友。"来蚌埠看冥夜和桑酒""蚌埠首届文旅美食节"登上微博和抖音热搜。

在长三角,近期有不少城市都在搭建自己的流量密码。比如,为了摘掉美食荒漠的帽子,近日,杭州市商务局出台《推进杭帮菜高质量发展十大行动(征求意见稿)》,以最高 100 万元的奖金鼓励组织制定杭帮菜菜系标准,用以提高杭帮菜品牌。鉴于不断收到"西湖醋鱼不好吃"的吐槽,杭帮菜名店楼外楼还把传统土腥味重、肉质松的西湖草鱼换为生长环境干净、只吃天然青草的衢州开化清水鱼,从而提高口感。一时间,杭帮菜打响翻身仗,引发网友热议。

除了杭州,凭借深厚底蕴和良好口碑,南京也狠狠接下了社交媒体和短视频发展的红利。"网信南京"官微首发"总要来一趟南京吧!"收获 10 万＋阅读量;"南京发布"官微等及时跟进,开设"总要来趟南京吧"话题和合集,几乎每隔两天就有更新;抖音上相关话题阅读量突破 16 亿人次。今年春天南京旅游市场人气火爆,本地人凡尔赛地吐槽"连楼下斩鸭子都要排队",外地网友合理地怀疑"南京三个月完成了全年的旅游 KPI",六朝古都成为名副其实的"网红之城"。线上平台"五一"假期旅游相关订单数据显示,南京成为国内热度最高的十大目的地城市之一。

其实,放眼全国,几乎所有的二三四线城市,现在都希望能重新找到热点,给人们一个前去打卡的理由，以此提振当地经济。比如江西景德镇，陶瓷的名声属于过去，现在则需要陶溪川这样的园区，用每周一次的青年集市来吸引人流。而山东淄博则打出了烧烤牌。近日，"淄博烧烤"热度居高不下。游客坐着淄博政府专门开通的公交专线，直达主城区热门烧烤店，晚上吃饱喝足后安心地住进半价的青年驿站，在回去的高铁上，还可能遇到化身"高铁专列文旅推荐官"的淄博文旅局长们，各种礼物和手册拿到手软。淄博仿佛成为山东之行的必经之路、烧烤爱好者的天堂，五一期间还将推出淄博烧烤节。

尽管目前淄博烧烤热度不减，但如何把握流量，让网红城市"长红"是淄博，也是许多城市发展文旅产业时遇到的难题。淄博市文旅局已经开始做更长远的规划，淄博市周村区文旅局副局长王生华这样打算：淄博作为鲁商故里和丝路之源，会将本地深厚的历史文化底蕴开发成文化品牌，从而在烧烤的热度之余，为淄博打造和保留更多有地方特色的文化"IP"。

体验过淄博烧烤的浙江大学国际联合商学院数字经济与金融创新研究中心联席主任、研究员盘和林也给出了自己的建议：首先，要挖掘城市中真正可持续的产业，"找到跟城市相契合的可引爆的点，这是基础"。其次，改善交通、住宿等环境有助于吸引更大的消费群体。再次，重视改善营商软环境、简化行政流程，"政府要多跑路，商家和消费者少跑路，把更多便利留给游客"。最后，通过短视频平台的宣发提升城市的知名度也是一个很好的思路，"把项目和产品与人连接起来，为消费者提供多样化的体验"。

城市的旅游热度是城市底蕴、经济实力、人口规模、科技创新乃至人文情怀等一系列因素综合作用的结果。"工夫在诗外"，希望越来越多的网红城市能找到属于自己的"长红"之路。

2023 年度上海广播电视奖
广播电视新闻专栏参评作品推荐表

栏目名称	中国长三角		创办日期	2020 年 10 月 28 日	
专栏周期	每周一至周五	播出频道	FM89.9长三角之声	语 种	中 文
播出单位	上海广播电视台东方广播中心		体 裁	新闻专栏	
作 者（主创人员）	集体（殷月萍、沈洁、沈馨、李欣、周玉琼、吴慧楠、李虹剑、王宇迪、林思含、张莹莹、贾赟）		编 辑	殷月萍、沈洁、沈馨	

参评专栏简介

　　《中国长三角》是经国家广电总局评定的 2022 年度全国广播电视新闻"百佳"优秀广播新闻栏目。作为全国首家由地方电台开设的区域性广播——上海人民广播电台长三角之声的主打新闻栏目之一，《中国长三角》凭借新闻时效性强、区域协同特征明显等特色，在长三角区域广受好评。

　　习近平总书记 2023 年 11 月 30 日在上海主持召开深入推进长三角一体化发展座谈会并发表重要讲话，从全局和战略高度擘画长三角一体化发展新蓝图。《中国长三角》则始终致力于构建长三角一体化发展最新进程的权威发布和解析平台。节目联合苏浙皖三地省级媒体，分别开设《江苏八分钟》《浙江八分钟》《安徽八分钟》专栏，江苏新闻广播、浙江之声、安徽新闻广播的主持人每天用 8 分钟时间，介绍各地一体化发展进程、创新做法和先进经验。

　　节目还开设《长三角城际快递》《长三角百姓生活》等专栏，充分基于广大受众对信息服务的需求，聚焦长三角区域在公共交通、社会服务、营商环境、科技创新、生态环境治理等方面的一体化创新实践，讲述长三角人身边的发展变化，以及实实在在的民生红利获得感。每年全国两会、长三角主要领导座谈会、进博会等重要节点，《长三角之声》还会联合苏浙皖三地省级电台，策划符合"长三角更高质量一体化发展"定位的报道选题，并由 4 家省级电台就该主题进行联动策划、协同采编、撰稿制作，在四家电台同步播出，取得 1＋1＋1＋1＞4 的巨大传播效果。

推荐理由	《中国长三角》持之以恒地贯彻落实习近平总书记重要讲话精神，与长三角各地媒体密切合作，通过中央厨房式的议题设置、新闻素材资源共享等，以更高的站位、更开阔的视野、更多样的视角、更丰富的手段共同讲

推荐理由	好长三角一体化发展故事。除了广播端呈现，节目还充分运用新媒体手段，在阿基米德客户端同步播出，并推出节目精华短音频，最大限度地提升传播效果和传播覆盖面。开播以来，节目获得受到长三角各地听众、政府部门、企业及媒体同行的高度评价，在长三角地区形成一定的影响力。节目关注长三角一体化发展中的大事、小事、身边事，在长三角媒体的协同合作中发挥了龙头作用，体现了助力长三角一体化发展中的媒体担当。

中国长三角

轨道上的双向奔赴(2023年6月23日节目)

聚力一体化发展,讲好长三角故事。大家好,这里是 FM89.9 长三角之声正在直播的《中国长三角》。

【主要内容】

▲苏州轨交11号线将于明天开通运营,在花桥站与上海地铁11号线无缝连接

▲端午小长假首日,长三角铁路迎来客流高峰,旅客以中短途出行为主,上海接待游客超过276万人次

▲长三角各地龙舟赛奋楫竞渡,非遗活动重拾端午习俗,年轻人选择长三角穿梭"赶集"

▲安徽召开新能源汽车推进大会,支持芜湖建设自主品牌集聚区,打造全国最大的乘用车出口基地

▲全国最长城市高铁隧道——南通至宁波高铁苏州东隧道开挖

▲杭州推出100条亚运旅游线路,包括良渚古城遗址、中国大运河杭州段和西湖文化景观等三处世界文化遗产

▲申城入梅第二场大到暴雨来袭,主要降水时段在今天夜里到明天白天

【互动方式】

在收听节目的过程中,您可以登录"阿基米德"App,进入《中国长三角》社区的直播帖页面,或者通过微信公众平台搜索并关注"长三角之声"和我们分享讨论、互动留言,欢迎您的参与!

【长三角权威发布】

苏州轨道交通 11 号线将于明天开通运营,全线 28 座车站同步开放。开通后,苏州 11 号线与上海 11 号线在花桥站"牵手",无论是苏州市民去迪士尼还是上海市民去阳澄湖,都将更方便。据了解,在地铁花桥站,两座 11 号线车站之间的三条换乘通道也将开放,实现无缝连接。东西两侧换乘通道,均可实现免安检换乘,每个通道内都用铁马分隔成刷卡换乘通道（检票通道）和无感换乘通道。

乘客使用"苏 e 行"或"Metro 大都会"App 扫码,从苏州或者上海任一站点进站后,按照标志指引,通过"无感换乘"通道,即可进入另一个城市的地铁网络,在其任一站点出站。比如说,乘客从苏州地铁线网的任一车站进入,到达 11 号线花桥站后,需要刷卡出闸按照换乘指引,通过刷卡换乘通道（检票通道）,再次刷卡进入上海地铁 11 号线,但也无须二次安检。而中间通道主要是为了方便乘客进出站,从该通道乘坐苏州 11 号线/上海 11 号线,需要进行安检、购票或刷卡进站乘车。

上海地铁相关人员介绍,开通"无感换乘"功能要使用苏州、上海地铁互联互通功能,须将"苏 e 行"App 升级到 V3.23.0 及以上版本,"Metro 大都会"App 更新至 2.5.16 及以上版本。

苏州轨交 11 号线开通后,将串联起全国最强地级市、最强县级市和经济最强城市,将带来提升沿线居民交通便捷度、延伸工作在上海的人的居住范围、企业更愿意设在地铁沿线的镇上等一系列变化,全方位提升沪苏昆之间的融合度,比如苏州工业园区与昆山之间仅剩的一些"空白地带"将被企业和人弥合。

随着此次打通"断头"地铁,上海、苏州、无锡的地铁也将连起来。今年年底,苏州 3 号线有望与苏州 11 号线贯通运营,就是同一辆车穿行"苏州 3 号线＋11 号线",该方案目前正在报批且准备着手改造。此外,苏州 3 号线还将向西延伸至无锡硕放机场,衔接无锡地铁 3 号线,一旦落地,上海、苏州、无锡的轨交都可以连起来了。

明天上午 9 点,长三角之声、上海新闻广播、上海交通广播、苏州新闻广播、苏州交通广播、昆山广播,以及长三角之声官方微博,视频号,话匣子官方微博,视频号,上海交通广播官方视频号,以及话匣子 fm 客户端、阿基米德客户端,将进行苏州轨交 11 号线开通运营现场直播,与您一同见证——轨道上的双向奔赴。

【长三角热点聚焦】

昨天是端午小长假第一天,据上海旅游大数据监测,端午假期第一天本市共接待游客 276.38 万人次。申城多个景点也纷纷推出端午特色节庆活动。作为中国文化的醒目符号,端午描绘的是中华民族的文化底色。从龙舟竞渡、龙狮舞表演、再到"天龙"大赛,各种民俗活动,赓续传统文化,传承端午精神。

2023 年长三角龙舟邀请赛昨天在金山新城公园举行,工作生活在上海的国际友人也组队参赛,一起感受中国传统文化的独特魅力。老红旗港两岸呐喊声、助威声不断。上海国际友人龙舟队格外引人注目,队员来自德国、新加坡、马来西亚等多个国家。他们不但生活、工作在上海,也对中国文化产生了浓厚兴趣。

(马其顿选手:这很有趣,是一场很美的庆典)

(新加坡选手:不仅仅是经济发展得很好,有很好的工作机会,同时也是文化,也非常吸引人)

伴随着节奏强烈的锣鼓声,外国友人队与来自苏浙沪长三角地区的队伍一起乘风逐浪,上演"速度与激情"。

昨天,江苏多地的龙舟赛也是奋楫竞渡,精彩纷呈:

【江苏龙舟】

【25 秒—1 分 52 秒这里是南京的玄武湖景区……尤为鼓舞人心。】

端午节,杭州的热闹都在水里,西溪国际龙舟文化节时隔三年回归:

【杭州】

(阔别三年的杭州西溪国际龙舟文化节……平平安安)

龙腾狮跃,锣鼓喧天。昨天上午,第十届上海市学生龙文化全能赛在东方绿舟火热开赛,3 600 多名中小学生加入端午龙狮争霸,双龙戏珠、醒狮齐齐贺端午,赢得台下阵阵喝彩。

(我们本来就是龙的传人,希望把国家的传统文化能发扬光大)

划龙舟激动人心,舞龙狮热闹非凡,而做龙船则别有一番情致。昨天,上海非遗"四时润万物-节令养身心"系列活动之端午节龙船制作在市群艺馆举行,市非遗"古船模型制作技艺"项目的代表性传承人张玉琪和女儿现场辅导学员们动手制作"赛龙舟"模型,度过别样的假期。来听《长三角之声》记者吴泽宇的报道:

【非遗】

(上课实况:赛龙舟是端午节里面的一个项目,2011 年的时候被列入国家级非物质文化遗产,我们做一个模型小船,也体验一下。)

节日的群艺馆热闹非凡,二十多位孩子和家长围拢在课桌前,竖着耳朵聆听船模制作大师张玉琪的讲解。作为拥有 30 多年制作船模经验的"老法师",张玉琪的作品曾被中国航海博物馆、香港海事博物馆等 10 多家展馆收藏和展示;2010 年世博会,他还为"中国船舶馆"制作了"上海沙船"等 4 型 6 艘古船模型。如今 68 岁的他习惯带着女儿一起给孩子们上课,他说这是家属传承:"我和我女儿张镇莹来一起来上辅导课，她从事船模制作已有十多年时间，也算是家属传承的一种方式，现在她是浦东新区非遗《古船模型制作技艺》项目的代表性传承人。"

船模制作技艺在中国历史悠久，出土文物可上溯至汉代。上海地区的造船历史，可追溯到唐代。制作技术涉及放样、木工、缝纫、漂染、竹编、雕刻、绘画、油漆等多门工种。虽然现场制作的是适合孩子们的简易版，但记者也遇到一位主动给自己报名的王先生，沉浸于动手的乐趣。

（我平时都是面对着电脑嘛，这个手工也是不太灵活，现在这些非遗的话也是能够体验一下古人的一些智慧。因为今天搭的这个东西，它是不需要用胶水的，我感觉很像榫卯结构，他的设计比较精妙，硬的一些纸片可以直接通过搭扣的一些方式组装在一起，的确是比较牢固的。）

制作现场，大多是家长带着孩子。念幼儿园的妹妹和读 5 年级的哥哥，在妈妈的提前安排下，度过了一个有仪式感的端午节，他们还商量着要把做好的船模成品带回家放在电视机旁的展示柜。

（妈妈：正好赶上端午，带他们俩做龙舟，早上还吃好粽子过来的。之前还有一次是中医养生制作香囊的活动我们也参加了，能带小孩来感受一下中国的传统文化，更热爱中国的一些传统节日，我觉得非常有意义。）

最近几年，大家对端午节传统习俗的参与感越来越强，参与的人群也越来越年轻化。昨天上午，一场端午古礼仪式在大报恩寺遗址景区举行。在美妙的琴音声中，演员们身着华美的汉服，展示着端午节的古礼，向游客传递端午佳节的历史文化。

【古礼】

（传统的端午古礼一般包括……把它传承下去）

来自小红书的搜索统计显示，关于端午假期的热门搜索前十里，"端午游园会""端午市集"名列其中。而在热门话题中，"周末 citywalk""路边风景"占据前两位。

上海东方明珠市民广场上新搭建的城市露营营地就吸引了不少游客的注意。七八个露营天幕分散摆开，还有一些遮阳伞和小型帐篷穿插其间，游客们可以在这里休憩玩耍，间或还会有演出举行。

【东方明珠】

（在这里可以看到整个陆家嘴和金融区/我觉得这种比较新的露营真好）

今年端午期间继续在苏州举办的"本色市集"则以"美术馆＋市集"的方式，主打手工艺人和生活方式，有爱好者一看到美术馆公众号发布市集消息立即抢票。在这里，以手工为主的衣食住行一应俱全，还有小桥流水、灯光树影，主打就是一个氛围感。

据不完全统计，仅端午小长假期间，就有愚园路上的"正经愚乐园"、新天地的"新天地碰头，农夫有花头"、黑石公寓的"无所市集"、思南公馆的"思南夜派对"、武定路的"ITO交换市集"等多场活动，涉及音乐、阅读、游戏、中古商品等多个类别。苏州、杭州等城市的多场市集，让不少年轻人选择穿梭于长三角"赶集"。

端午假期出门走走也是市民的一大选择。昨天，全国铁路发送旅客1 620万人次，长三角铁路迎来客流高峰，昨天发送旅客340万人次，客流以中短途出行为主。上海三大火车站6月22日发送旅客人数达到60.5万人次，创近5年端午小长假首日出行人数新高。请听《长三角之声》记者车润宇的报道：

【火车站】

（现场：帮我查一下到安徽阜阳的今天有没有票了？无座的也行。

工作人员：阜阳西当天最快一等座，晚上6点43分还有最后1张。

旅客：没赶上，早一点连无座也没有吗？

工作人员：现在显示都售完没有票了。）

早上7点，上海虹桥火车站售票窗口前不少旅客因为出门晚了，没赶上列车想来改签，但都失望而归。虽然这个端午假期首日客流量没有超过五一假期首日，但也创下近5年来同期新高。上海虹桥站值班站长孙隽说："今天铁路上海站整个直属站加开旅客列车共计27趟，主要方向是计较在杭州、连云港、蚌埠等方向，铁路上海站各个站区都在进站口开设了小件行李通道，旅客如果携带行李比较少的，可以走这个通道，快速完成实名制验证，进一步缩短旅客进站时间。"

由于端午假期时间比较短，搭乘高铁出行的旅客普遍选择周边游，希望来一个"特种兵式旅游"。

（去杭州玩，随便兜一兜西湖，我们等一会儿8点23分的票就过去了，晚上七八点就回来了。一天感觉就够了。/台州玩，去吃一吃，再逛一逛古城墙，就去两天。）

搭乘飞机出行的旅客在选择目的地时同样更青睐于飞行时间2至3小时的地点。

（去厦门，就去鼓浪屿、海边玩一下，中山路小吃街去吃一吃。自由行随便玩一下。去广州，就去看马戏、看野生动物园。就两三天过个周末。）

根据上海机场集团统计，端午假期上海浦东、虹桥两大机场预计航班量5 900架次，日均客流量30.2万人次，和"五一"假期基本持平。东航地面服务部虹桥旅客服务中心离港一分部高级副经理钱赟告诉记者，仅东上航假期首日在上海两大机场就保障了近 11 万人次旅客出行。

（特别是早高峰期间，9 点期间的航班已经承运了 1 万多名旅客出行，航班客座率已经接近 90%，比如山东方向烟台、长沙、昆明都非常满。国际航线也基本全满，虹桥 T1 告诉我全满了，去日本、韩国客座率非常高。）

为了满足旅客国际出行需求，各航空公司也正在尽快加密国际航线。吉祥航空虹桥客运处副经理薛伟说：国际方面自 6 月 21 日起，增加了上海新加坡直飞航班每天两班，7 月 1 日起新增北京大兴至日本大阪、名古屋、韩国济州岛直飞航班。

高速公路方面，虽然这个假期不实施小客车免费通行政策，但市民出游热情依旧高涨，多条高速公路迎来出行高峰，拥堵缓行情况持续到午后。其中，G1503 高东往崇明方向，G15、G2、G50 往江苏方向及 G60、S32 往浙江方向，车流量都比较大。缓行情况从一早持续到午后 3 点左右。上海市交通委交通指挥中心值班长杨俊表示，与今年"五一"假期相比，拥堵时间更久，车辆缓行距离也更长。

今年端午假期，高速公路网日均车流在 140 万到 145 万辆次。返程高峰预计出现在明天下午 2 点到 5 点，也请返程市民提前做好准备。

【互动方式】

这里是正在直播的《中国长三角》，在收听节目的过程中，您可以登录"阿基米德"App，进入《中国长三角》社区的直播帖页面，或者通过微信公众平台搜索并关注"长三角之声"和我们分享讨论、互动留言，欢迎您的参与！

【城际快递】

安徽省委、省政府日前在合肥召开全省新能源汽车产业集群建设推进大会。近年来，安徽深入实施制造强省战略，汽车产业已成为引领发展的优势产业，新能源汽车产业发展走在了全国前列，产业规模国内领先，掌握了电池、电机、电控核心技术，在智能化技术上取得了突破，培育了一批有较强竞争力的龙头企业，成了汽车出口大省。同时，我们也要清醒地看到安徽省汽车产业存在的明显短板，规模不够大，整体竞争力不够高，零部件产业发展不足，研发方面创新能力不够强，人才培养跟不上。

会议指出，安徽要因地制宜打造整车基地，支持合肥建设新能源汽车发展引领区，打造具有全球影响力的新能源汽车之都和智能网联新能源汽车创新高地；支持芜湖建设自主品牌集聚区，打造全国最大的乘用车出口基地、全国领先的新能源专用车生产基地、全国领先的动力电池生产基地；支持其他有条件的城市打造各具特色的新能源特种专用车集群。

全国最长城市高铁隧道——南通至宁波高铁苏州东隧道进口明挖段基坑前天开挖。苏州东隧道盾构段全长 11.82 公里,是我国目前建设标准最高、里程最长的时速 350 公里高铁城市隧道,被誉为"中国城市高铁第一隧"。

南通至宁波高铁线路自盐城至南通高铁南通西站起,向南经江苏省苏州市、浙江省嘉兴市、宁波市,引入宁波枢纽宁波站,新建线路长 301 公里,设计时速 350 公里,建设工期 5 年。全线设南通西、张家港、常熟西、苏州北、苏州南、嘉善北、嘉兴南、海盐、慈溪、庄桥 10 座车站。

历时两个月,上海规模最大、项目最多的首届职业技能大赛落下帷幕,1 122 名选手在大赛 109 个项目中同台竞技、激烈比拼。最年长的选手 60 岁,最小的仅 16 岁,随着各赛项金银铜牌及优胜奖的揭晓,选手将为国赛努力备赛,同时为明年第 47 届世界技能大赛储能。来听《长三角之声》记者程琳的报道:

【技能大赛】

花艺,是一个听起来很优雅的技艺。2021 年秋天,15 岁的蒋晨琪入学上海建设管理职业技术学院,成为风景园林专业班年纪最小的学生。从来没摆弄过花花草草的女孩子竟在入学后一个月,陪着同学参加选拔赛,意外地被选拔到校队。

(学校在花艺选拔,我是陪我同学去的。有一项一项筛选,学校大概有 100 多人去选参加,一轮轮筛到后面 16 个人的时候做了两个作品,正式进入校队,这个项目还是很有趣的。)

新手上路,除了天分,更多的要靠汗水和积累。经过一年多的勤学苦练,今年 17 岁的蒋晨琪"闯进"了上海首届技能大赛赛场,3 天时间,按照试题要求完成 6 个花艺作品。有木料要用手工切割、有大桶和石子靠自己搬运、一堆堆花束靠力气抱进赛场。眼前这个白皙瘦小的女孩子说,体力不算什么,靠的就是精细和认真。最终,蒋晨琪摘得花艺(世赛)项目金牌。

(我这个专业是中本贯通,中专 3 年读好之后专升大学,学习和技能兼顾。528 这次没想到会脱颖而出,拿了金牌,1300 和第二名差了 0.3 分。1518 想"国赛"拿第一,进国家队之后在国家队好好训练,争取国家队拿第一去"世赛"。)

本次技能大赛赛项的设置,结合了城市经济社会发展和产业转型升级需求。西门子(中国)有限公司技术部负责人袁海嵘,从第 43 到第 45 届世界技能大赛的工业控制项目专家,到本次技能大赛工业 4.0(世赛)项目的裁判长,他认为,通过技能大赛能培养更多智能制造时代下符合岗位需求的技能人才。

(我们缺的是人才,尤其是制造业,目前,技能人才要能够静下来沉下心,真正去解决这些技术问题的还是缺。学校还是缺少一些正式的设备，我们不可能把工厂搬到学校里去，数字孪生是工业 4.0 的其中一个模块，它能够让学生减少从学校成长为企业技术员一个过程，在学校提前能感受工厂的工况。）

人社部最新发布的《职业分类大典》中，净增 158 个新职业中有 97 个为数字职业。市职业技能鉴定中心党支部书记、副主任李晔说，反映到职业技能竞赛上，此次大赛在数字经济赛道进行了重点布局。109 个比赛项目中，数字技术相关赛项将近一半。

（选手这次呈现专业化高、学历高、参与面广，有中高职院校的师生，还有博士研究生研究人员。近 50 个项目都和数字有关联，也是培育优秀数字技能人才的引领作用。直接选出好的苗子，9 月到天津冲击全国比赛，有能力的可以代表中国参加世界技能大赛，站在更高的领奖舞台上。）

继科创人才、乡土人才、社会事业人才等专业人才之后，无锡市又向宣传文化人才抛出橄榄枝，发布一系列招才引育奖励办法。无锡市《"太湖人才计划"宣传文化人才引育实施办法》日前发布。来听无锡广播记者袁敏的报道：

【太湖人才】

这是无锡首次出台面向宣传文化人才的专项引育政策体系。《实施办法》共六个方面 26 条内容，将人才分为社科理论、文化艺术、新闻传播、文化产业四个类别，引进和培育两个阶段实施，力求在引进、培养、留住、用好人才等方面全面发力。根据《实施办法》，全职引进的人才经申报评审后，按照一类、二类、三类人才分别给予不超过 100 万元、50 万元、20 万元的项目资助，还可按照全市人才分类认定相关办法享受购房补贴、健康医疗、子女就学等服务保障；柔性引进人才对用人单位给予单个人才（项目）最高 10 万元奖励；对引进的创新创业团队，择优分阶段给予每个团队总额不超过 200 万元的项目资助。无锡市委宣传部副部长娄子丹（录音："《实施办法》首次将人才按专业领域分为四个类别，每个类别人才分为三个层次进行引进和培育，既重点引进培育高层次人才，又加快引进储备青年优秀人才，打破以论文、学历、资历、奖项、身份为标准的单一评审标准，制定以业绩为重点，业绩与潜力、定性与定量相结合的引育标准。首次设置专项资金项目支持宣传文化人才引育，首次将人才和项目紧密结合，以政策效能助力重点项目、重大项目落地发展。"）

《实施办法》明确指出，无锡市将实施宣传文化人才分层分类培育计划，每两年评选一批太湖文化名家、太湖文化英才和太湖文化优青，分别给予单个项目总额不超过 100 万元、50 万元、20 万元的项目资助。相关人才还可按规定享受教育培训、优先推荐、展演展示、职称评聘、宣传推介等方面的礼遇优待。（录音：

"与全市人才政策有效衔接,《实施办法》现已纳入全市太湖人才计划,经全市人才分类认定,宣传文化人才可享受相应的购房补贴、健康医疗、子女教育等服务保障。")

2023 年上海高考成绩今天就可以查询。《我们一起填志愿——2023 高考咨询大直播》6 月 23 日 17∶30—18∶30 开启,上海市教育考试院专家解读 2023 年上海高招政策和具体安排。除了上海教育电视台的电视荧屏,考生和家长还可以通过 FM89.9 上海人民广播电台长三角之声、百视 TV App、微信公众号"上海教育电视台"、微信公众号"上海国子监发布"、微信公众号"上海家长学校"、上观新闻 App、阿基米德 App、新浪上海、新浪教育等渠道收看、收听《我们一起填志愿——2023 高考咨询大直播》。

2022 年 5 月,上海与福建三明建立对口合作关系后,开启了全方位、多领域对接沟通,明确在红色文化宣传、文旅康养、农业、教育、医疗等 10 个重点领域开展专项合作。本台记者日前在当地采访时了解到,一年多来两地携手举办了一系列红色文化活动,并将继续深挖红色资源,通过革命遗址保护利用、研学大本营等项目加强红色文化交流合作。来听《长三角之声》汪宁福建三明报道:

【老区】

(还是当年的路,还是当年的房子。很多专家来看了以后说,这城区的环境地段能够把这一片旧建筑留下来太难能可贵了。)

如果不做攻略,外地游客很难发现,三明市大田县的城中藏着一大片土木结构老房。1938 年,因厦门失陷,集美学校被迫内迁,而这里就是"第二集美学村"的旧址,被誉为福建的"西南联大"。走在石头路上,72 岁的大田一中退休教师范立洋如数家珍,他的父亲曾是当年的学生之一。

(当时陈嘉庚就把最重要的水产、航海、农林、商业内迁转到我们大田。国民政府、地方先贤把大田县城最好的地块发给他们。)

范立洋说,当时县城为师生们腾出了 43 座房子,其中 80% 是宗祠,里面还供奉着祖先牌位。这个特殊的学堂里发生了很多感人故事,也才得以创造出抗战烽火中的教育奇迹。

从最初帮父亲接待老校友,到带领志愿者访故人、查档案、找资料,范立洋几十年如一日地守护着这份民族抗战记忆,也感召着身边人。作为大田县关心下一代工作委员会副主任,头发花白的他希望这里能被更多人看到。

(厦大的校长来了两次都淌眼泪了,他说我厦大内什么场景都没留下。这里一共有 18 个参观点,如果全部看完一个星期,每一张照片、每一段文字都是我去收集的。这里如果打造成师德教育基地，应该说是全国都有影响力的。）

大田县决定通过征迁方式将"第二集美学村"进行保护与利用改造，保护与开发工作指挥部办公室主任林昌儒指着墙上的效果图介绍，借助沪明合作的契机，该项目请到了同济设计研究院进行规划设计，还得到了上海方面的资金支持，计划 2025 年完工。

（南边搞成街区式的，北边这边全部保护起来，所有的文化都植入这里面。大上海人文、资源都很多，能够帮我们策划搞成产学研基地。）

上海是党的诞生地、初心始发地，三明则孕育了苏区精神、长征精神。在三明市建宁县全国首个反围剿主题的纪念馆前，县文旅局局长邱燕玲说，建宁也在和上海携手推动红色资源共建共享，为加深沪明对口合作穿针引线。

（跟锦江旅游进行了沪明合作研学大本营项目的签约。一大纪念馆跟四大纪念馆我们有共建协议，先是想把四大的图片展放到我们建宁来，让我们双方红色育人作用发挥得更好。现在我们举办红歌遍申城，群众之间的交流互动多了。）

离杭州亚运会开幕已经不到 100 天了，杭州市文化广电旅游局日前发布"看亚运·游杭州"城市观光全球见面礼，其中包括了 100 条亚运旅游线路。

这 100 条亚运旅游线路包括了 15 条亚运会主题经典线路、5 条亚残运会无障碍主题经典线路、3 条水上夜游主题经典线路、13 条"诗路文化·三江两岸"水上黄金旅游线路和 64 条区、县（市）特色旅游线路，包括了杭州的良渚古城遗址、中国大运河杭州段和西湖文化景观等三处世界文化遗产，以及西溪、千岛湖、天目山、钱塘江、富春江、新安江等著名景区景点。

电视新闻

一 等 奖

2023 年度上海广播电视奖
参评作品推荐表

作品标题	何以中国	参评项目	电视新闻
		体　裁	纪录片
		语　种	中　文
作　者 （主创人员）	干超、张颖、秦岭、 李新伟、周繁文	编　辑	魏国歌
刊播单位	东方卫视、百视 TV 首播,《人民日报》"视界"、爱奇艺、腾讯视频、优酷、B 站同步播出。	刊播日期	2023 年 12 月 9 日起
刊播版面 （名称和版次）	东方卫视	作品字数 （时长）	50 分钟/集

采编过程 （作品简介）	SMG 倾力打造的大型纪录片《何以中国》由国家文物局和上海市委宣传部指导,上海市文物局支持、上海广播电视台东方卫视中心和百视 TV 联合出品。纪录片《何以中国》依托中国百年考古的丰硕成果,以纵向时间为线索,追溯中华文明的根基、发源与早期形成和发展。纪录片由中国考古学泰斗严文明担任学术总顾问,近百位中国考古学家组成顾问专家团。纪录片分《秦汉》《摇篮》《星斗》《古国》《择中》《殷商》《家国》《天下》8 集,从迈向一体化的秦汉王朝讲起,进而溯源至旧、新石器时代之交,见证中华大地的先民走向农业定居社会,组成家庭和社会,建立早期信仰与文化审美,开始五湖四海间的交流,形成区域古国和早期文明,开启夏商周的王朝时代,直至秦汉建立统一多民族国家的伟大历程,交出了一份宏大、深邃又生动的时代文化答卷。纪录片已入选中央宣传部(国务院新闻办)"纪录中国"传播工程支持项目和国家广播电视总局"十四五"纪录片重点选题名单。 　　纪录片《何以中国》开播以来,大屏累计曝光 6.73 亿人次,其中首播大屏累计收看人数超 5 700 万,首播收视率连续 8 周位列周五时段纪录片

（作品简介） 采编过程	首位。全网各端传播总量突破 48 亿次。纪录片播出期间,同时高居爱优腾三家核心互联网站(爱奇艺、优酷、腾讯视频)的纪录片热播榜榜首、热搜榜榜首。因电视和网络播出的双重佳绩,《何以中国》位列 2023 年度全网纪录片融合传播指数第 1 名(美兰德指数)。观众和用户口碑评价方面,豆瓣评分 9.1,连续 4 周登上豆瓣华语口碑剧集榜第 1 名。

社会效果	纪录片《何以中国》得到了中国考古领域专家的高度评价,播出期间,30 多位中国一线考古学家集体热烈推荐形成景观。同时,"《何以中国》开播"入选"2023 年度文博行业十大热点事件"。
	  《何以中国》中文版通过海外电视落地渠道播出,覆盖美国、英国、法国、新加坡等 199 个国家和地区约 1.5 亿海外电视用户,收获好评如潮,引发海外华人强烈的爱国之情和文化自豪感。《何以中国》已启动国际版制作,将制作成多语种版本,向国际社会讲好中华文明故事。
	  全国 19 家博物馆成为首批收藏《何以中国》的单位,其中包括中国考古博物馆、山西博物院、内蒙古博物院、辽宁省博物馆、上海博物馆、浙江省博物馆、良渚博物院、安徽博物院、山东博物馆、河南博物院、二里头夏都遗址博物馆、殷墟博物馆、湖北省博物馆、湖南博物院、四川博物院、四川广汉三星堆博物馆、陕西历史博物馆、陕西考古博物馆、秦始皇帝陵博物院。纪录片中的影像素材,将作为各大博物馆展示内容及公众教育的一部分,凭借其鲜活的视听语言,动人地讲述中华文明史的精彩故事。
	  2024 年 1 月 4 日,《人民日报》头版评论员文章《这一年的步伐,我们走得很显底气》中指出:"纪录片《何以中国》等影视作品广受观众欢迎。"新华社以"这是一次空前的探索"对《何以中国》创制进行了专题报道。《光明日报》《中国日报》《解放日报》《文汇报》等重要媒体均给予大篇幅报道和热情赞扬。

何以中国

（节选）

第三集　星　　斗

一、繁　　花

长江、黄河自雪域发源，宕落高原，蜿蜒于群山与莽原之间，向东汇入大海。古老的中国文明在大江大河之间生长。然而，北有荒漠、雪山、西伯利亚荒原和蒙古高原横亘，西有青藏高原、横断山脉阻隔，东、南皆是茫茫大海，早期的先民基本处于一个相对独立的地貌环境。与南亚、西亚、中亚和地中海等区域相比，古中国文明与欧亚其他早期文明之间道阻且长，难以建立起直接的联系。于是，在漫长的史前岁月里，这片大地上的先祖们经风雨、历霜雪，斩斫着沿路荆棘，探索着漫漫前进之途。

终于，在距今 5 500 多年前后，因着长期的稳定与繁荣，人烟蕃息之处越来越多。晋陕豫三省交界处，这片横楔在秦岭与黄河之间的狭长平原，出现了高陵杨官寨、华县泉护村、灵宝北阳平、灵宝西坡这些面积数十万甚至百万平方米的仰韶文化大型中心聚落。

初夏，野蔷薇盛开在华山脚下的泉护村。绘陶青年的面前，摆满了兽骨、兽牙、树枝等绘画工具，以及各种可化为颜料的矿石，她将所需矿石砸碎，再放至研磨器中，用石棒研磨成粉。

这是迄今发现最早的一套完整的仰韶文化绘画用具，由陶杯、石盖、石砚、研磨棒和氧化铁颜料组成，石砚臼窝内壁及砚面上还残留红色颜料的痕迹。

　　在青年工匠的笔下，行云流水地绽开一朵朵花。经过火的淬炼，黄底黑彩的陶器，便能再现 5 500 年前那个夏日，人们所见过的绚丽、闻过的香气。陶上怒放的野蔷薇，将不再步入花开花谢的轮回，而将永世盛开。

　　这类绘有花瓣纹样的陶器，被今天的考古学家命名为仰韶文化庙底沟期彩陶。仰韶文化历时近两千年，庙底沟期是它的中期，因河南三门峡庙底沟遗址而得名。花卉纹是庙底沟彩陶最具代表性的纹样，除此之外，还有回旋勾连纹、豆荚纹等。

　　在低饱和度的黄色或红色素地上，以黑彩、白彩或红彩描绘纹饰，通过连续、反复、对称、共用的手法，实现了写实与抽象的意象表达、阴纹与阳纹的相互映衬、平视与俯瞰的视觉效果。

　　曾经的仰韶文化早期，各地虽然都流行彩陶，却各具区域特色。到庙底沟时期，从关中平原、山西南部到河南西部，彩陶的纹饰模式高度近似。这跨越距离的呼应，却是因何而起？

　　考古学家发现，史前人群的分野，往往不仅以血统为要素，更以生活方式或文化传统当作彼此辨识与认同的密码。庙底沟人原以旱作农业为主，也逐渐接纳了稻作农业的生计方式，这就是不同人群接触、交流甚至融合的重要迹象。

151. 盆口徐

不仅如此，借由成熟旱作农业人群的扩散和流动，庙底沟彩陶的影响先是到达了中原河洛地区，再以整个黄河中上游为起点，挟风行之势向着北抵阴山、东到大海、西达甘青、南至长江的更广阔天地辐射。

向东，山东海岱地区大汶口彩陶的叶片纹、花瓣纹和旋纹，是自庙底沟彩陶掀来的风潮。

向西，传承陕西关中的甘肃彩陶，继续朝着更远的陇西和青海东界传递影响。在稍晚的马家窑文化时期，甘青地区将发展成为新的彩陶文化中心。

北溯汾河和南流黄河两岸的谷地、高原而上，庙底沟彩陶为内蒙古中南部及东北的红山文化彩陶注入了新的生命力。

南沿汉江而下，庙底沟彩陶在长江中游的豫南、鄂西北引发追捧后，继而流播至湖南、浙江等地。

古老的华夏大地，由此拉开第一次大范围交流、大规模互动的序幕。在没有广告效应和发达物流的史前时代，器物传播依靠的是人与人之间的传递。在各地都已发展出成熟陶器传统的那个时代，由庙底沟掀起的彩陶艺术浪潮能够波及这样广阔的区域，应该代表着远距离交流的频繁，以及以彩陶为基础的文化共识。这或许就是文化意义上的最早中国的雏形。

在后世的《史记》中，保留了有关黄帝这位华夏共祖的传说和记忆，据说他的足迹东至大海、西至陇右、南至长江、北至幽燕，与庙底沟彩陶的影响范围惊人地重合。

在古汉语中，"花""华"同音，"华"的本义为"花"，金文中的"华"字就是花朵加上花蒂的样子。因此，考古学家苏秉琦将庙底沟彩陶中常见的纹样誉为"华山玫瑰"，而把创造庙底沟之花的人群称为最初的"华人"。美丽的花卉纹，似乎可以解读为华夏之"华"的最初由来。

土地肥沃、河流纵横的关中平原，是仰韶文化绽放的核心区域之一。泾河与渭河交汇处的杨官寨遗址，面积达百万平方米。考古发掘揭露出由大型环壕、西门址、中心水利系统、东区墓地等组成的规划有序的村落布局。东区成人墓地已经发掘 500 多座墓葬，显示了聚落繁荣发展的面貌。

杨官寨遗址出土的特殊器物，如镂空人面器座、朱砂人面饰陶器、动物纹彩陶盆等，可能与聚落进行的重大祭祀活动有关，表明当时已经拥有相对复杂的政治组织，为社会向更高一级发展奠定了基础。

二、巨　室

秦岭余脉，绵延向东直指中原。黄河南下，穿过龙门，转折东流。河南西部灵宝的铸鼎原，南依秦岭，北面大河，是仰韶文化的另一个核心区域。

其中，西坡遗址是经发掘确认面积最大的聚落之一，它的中心是 4 000 多平方米的广场，广场四角各有一处大型建筑。

室内的火塘中，烈焰正燃，一场庄严的成年礼即将在这里举行。一位青年站在大房子之外，难抑激动的心情。只等完成这场隆重的仪式后，他就能成为真正参与族中事务的一员。这是他自孩提时代起就抱有的梦想。

大房子的建造，曾是村中最大的工程，不包括砍伐、加工和运输树木等工序，单单建造房子本身，就让百余名壮劳力施工足足三个月。彼时还是稚龄的他充满好奇，总想一探究竟。

建造这样的大型建筑，先民采用了相当复杂的工艺。先要开挖房基坑，并垫土夯打。在基坑周围挖出墙基槽，槽中竖立粗大的木柱，用夯土填满基槽，使木柱牢固，通过夯打与夯填形成内外墙体。此后设置室内柱础石，挖门道、火塘，栽立室内柱。再用不同种类的黏土和夯土铺垫坑底，以石灰膏泥抹出平整的地面和墙壁。最后依托木柱，搭建起回廊、门道以及屋顶。

这类大型建筑的出现，体现了聚落上层日益强大的组织能力，是庙底沟社会发展到新阶段的又一有力证据。

当年的西坡少年,曾趁着众人休息时偷偷溜进大房子里,眼前所见令他无比吃惊,就像有几回夕阳余晖染红天地河山的景象,墙壁和眼前的柱子都被刷成了红色。恍然之间,他发现位于中央的一根柱子还没上完色,他知道,这是大房子里最神圣的区域。他忍不住蘸了颜料就要去刷柱子,却被门外突然的响动吓个正着。未成年的族人是不允许进入这样的重要场所的。可出乎意料的是,面对这擅自闯入的少年,族长却没有一丝恼怒,他轻轻扶起眼前的孩子,示意他应该从上往下刷。少年迟疑地探出手臂,却一不小心将红色的颜料甩落在族长的脸上。

当这回忆沉淀,步伐就更加坚定。那个当年偷溜进来的孩童已经长大成人。穿过狭长的门道,绕过烈焰腾腾的火塘,进入族人们簇拥着的庄严空间。这铺天盖地、动人心魄的红,红色的立柱、红色的墙壁、红色的地面,仍一如当年。

这座大房子曾见证过无数重要的时刻。西坡和附近小聚落的居民们,在特定的时刻总会汇集在此,举行各种各样重要的仪式:神圣的宗教典礼、社群的公共议事、盛大的婚礼、集体的宴饮、狂欢的节庆。今天的主角,是这位西坡青年。在成年礼之后,他就要为族中承担起更大的责任。

后来考古学家在西坡遗址的中心,发掘出这座大型半地穴式建筑遗址。房址的室内面积为 204 平方米,加上外部回廊,总占地面积超过 500 平方米,是迄今发现的那个时代最大的单体建筑。

庙底沟时期,许多仰韶文化聚落中的大房子规模宏伟、工艺复杂。它们往往

（灵宝西坡遗址大型房址 F105）

位于聚落中心，宽敞明亮，结构考究，地面层层加工铺设，墙面多施彩绘，想必不是普通的住所，而是整个聚落的公共聚会场所。当屏息静气，仿佛已坍塌的房屋逆转时光再度矗立，还能听见某个首领或慷慨或舒缓的陈词，还能听见聚在这里的人们那热闹的喧哗。

随着彩陶的广泛传播，仰韶文化的社会内部和外部均建立起空前紧密的交流网络。中原和位于东部的海岱地区，便有着频繁而持续的互动。父辈们曾经赶赴大海之滨的壮阔旅程，远方来客不断诉说的奇风异俗，频频拨弄着青年的心。踌躇满志的西坡青年决定，在成年礼的第二天就向东出发。

三、盛　宴

西坡青年沿着黄河一路向东。从西坡到大汶口的距离是 600 多公里，如果按照每小时行进 5 公里、每天行走 6 小时计算，大约需要 20 多天。青年朝行夜宿，路上看过几十轮日升月落，穿过辽阔的平原，行至泰山脚下，终于到达了大汶口聚落。

当黄河中游经仰韶文化的整合而掀起风起云涌的变革时，下游也正由大汶口文化引领着，书写下气势恢宏的新章。大汶口文化自岱宗泰山和渤海、黄海之间的古济水与泗水、汶水流域崛起，一统今山东省全境及皖北、苏北、豫东等地，大有风雷之势。

西坡青年受到了大汶口人的热情款待，参加了令他生平难忘的一场盛宴。宾主面前，陈列着各种食器和酒器；陶豆中，装满了肉干和水果；陶鼎内，盛满了金黄的黍糜；精致的高柄杯中，斟满了清香的美酒。大汶口社会上层豪气而富有，热衷于举办盛宴款待宾客，这也是他们展示财富和威望、广泛交友、扩大往来的媒介。"好客"，或是远古的基因，传延至今。

宴饮的奢华并未让西坡青年过分艳羡，席上尊卑有序的饮酒进食之礼，却让他格外留意。

大汶口文化 **M2005** 随葬陶器组合图

考古研究者发现，大汶口文化的大型墓葬往往随葬大量食品，以及与饮食相关的陶器。大汶口遗址 2005 号墓的棺椁之间有数组陶器：一组是饮器，如高柄杯、觚形杯；一组是食器，如鼎、豆、壶、三足钵、三足碗等。椁外放置了四套食器，器内多盛有肉食。大汶口文化不同区域的大型墓葬几乎都采用了类似葬仪，这说明即便地跨山东、苏北和皖北，各聚落的社会上层之间仍保持了频繁的交流，相似的考古发现背后是一致的文化认同和社会秩序，以饮食宴享和成套器具为媒介建构的礼仪，则是大汶口文化权力与地位的象征。

席间那些绘有花瓣的彩陶瓶，让西坡青年觉得格外亲切。这是他熟悉的故乡风物，是他的先辈与这东方之族曾远程往来的凭据，也是仰韶彩陶之风被初兴的大汶口文化效慕、接纳的明证。

主人一杯杯地劝，客人便一杯杯地饮。交谈时，西坡青年注意到，在座不少大汶口人的上颚都缺了一对侧门齿。这种拔牙之风乃是族中世代相传的习俗，或许是要用对于痛苦的忍耐，来显示勇气、宣告成年。

那天的盛宴上,除了西坡青年,还有另一位来自异乡的年轻人。在一片欢声笑语中,那位异乡人却显得拘谨而沉默。他是从淮河流域北上的凌家滩人。大汶口人夸耀着丰盛的食物和财富,强调着世俗社会的秩序和礼仪,而他所来自的凌家滩社会却更注重宗教精神的引领。现实的欢乐和规仪并不能打动凌家滩青年,唯一让他心有戚戚的,是主人手边的一件陶豆,红陶之上以白彩描画的八角星纹格外显眼。在他的家乡,八角星纹是神圣的标志。这难道是一种巧合吗?

四、灵 玉

凌家滩在安徽巢湖一带,与同在长江下游的崧泽人、北阴阳营人一样,都有着尚玉之风。大部分玉器都是非实用性的装饰品或仪式用品(玉璜、玉龙、玉虎、玉龟、玛瑙钺)。这意味着那个举全族之力只为生存的艰险岁月已经过去了,人们产生了除温饱之外的更多需求,社会已能释放出部分人力来专门制造这些"无用之用"的器物。

那时的玉器制作工艺已经相当成熟,开坯时广泛采用线切割或片切割的技术,开孔时则采用了管钻技术,坚致的玉能被人们自如地雕琢成想要的样子。

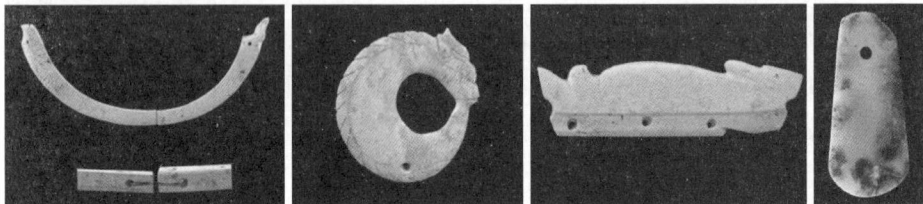

凌家滩青年的父亲是部落里最好的玉匠。父亲的那双手简直有着无穷魔力,他在童年时,总是如痴如醉地观看父亲切割、穿凿、琢磨。一块块看似不起眼的石料,经他之手,便能化为精巧的美玉。

乍见这片玉版上的"八角星",他蓦地怔住,回过神后不断地追问父亲其中的含义。父亲只是笑而不语,让他长大后自己去寻找答案。

父亲曾为族里离世的祭司和首领制作过数

件玉人。玉人或坐或立,双臂紧贴身体,弯曲上举于胸前,臂上穿戴着成排的镯饰,似是在虔诚祈祷。这种姿势颇含仪式意味,是族人们在特定时刻的程式化肢体语言,也是祖先入葬时的造型。

最令青年赞叹的,还是父亲制作的一件玉鹰。那鹰展翅飞翔,仰首侧视。展开的双翼各如一只猪首,敞露出胸腹部赫然的八角星纹,说不出的神秘莫测。

凌家滩人在玉器中寄寓着他们的信仰观念,在日益分化的社会里,也以玉器作为展现财富和权力的重要载体。

凌家滩墓地建在大型祭坛之上,逝者按照身份的区别被葬入不同的区域,拥有多寡不等和种类不一的随葬品。

07M23号墓位于墓地南侧的中央区域,墓主人的遗骨因数千年环境腐蚀,已经荡然无存,但随葬的300件玉器,却印证了他的首领身份。考古学家通过详细的现场记录和反复摆放分析,复原了当时复杂又严格的礼俗。

葬具的最底层用穿孔石钺横向摆成数道"横木"的样子,其上就是七排严丝合缝整齐排列的石锛、石凿,刃部朝向墓主人的脚部,密密麻麻地砌出一座"平台"。在长2.65米、宽0.8米的葬具内,墓主人的遗体就曾安放于这象征尊崇身份的基底之上。

一种特别的"花石头"被专门用来制作大孔弧形刃部的特殊石钺,在胸口部分放置两排六件,然后沿着墓主身形的中线,整齐地往脚部首尾相连排成一线。这些石钺显然没有使用过,入葬时也未装柄,而是摆成一个"T"字形,成为墓主置身的第二层基础。

玉器是身上最重要的佩饰:墓主脖颈上挂着一套穿缀繁复的玉璜组佩,两臂上分别穿戴十件玉镯,腰腹部则穿挂一套内置玉签的特殊礼器,造型如龟壳互扣。穿戴整齐的墓主人身上,还要继续用石钺和玉环、玉玦来铺陈。石钺从材质和技术上都能看出三件一组摆放的规律,分别压在身体两侧。

尺寸从大到小,成套制作的玉环、玉玦,密密地挂坠在葬具的两端,墓坑内散落的玉环可能是最后才撒在葬具上的。

除了随身佩戴的玉饰外,墓中出现的大量的玉石器,都是为了这样的仪式活动而定制的。用特殊的玉石资源,结合专门技术生产的手工业"奢侈品",由此成了早期中国体现"身份"的重要内容。

在敷土填满整个墓坑的最后,一件重达88千克的玉石猪被特意摆放在墓土中,这件长72厘米、宽32厘米的玉石雕是目前中国史前发现尺寸最大的作品。整个葬礼奢华又严格,是凌家滩聚落体现个人地位的重要仪式。

显贵者们被埋葬在墓地的南区。青年的父亲去世后,跟其他族人一起葬在西北的墓区。编号98M20的墓葬中,除了凌家滩常见的玉石器外,还出土了111

件加工玉器后所剩下的玉芯和残料，正是这些特殊的随葬品，为考古学家推测墓主人的身份和职业提供了线索，他可能是一位专职的玉工。

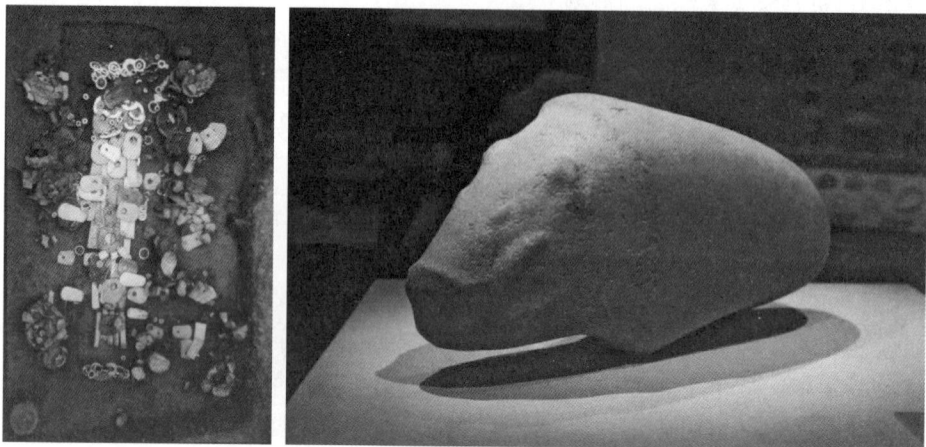

一个好的匠人，不仅要有精湛的技艺，还需有内心的充盈。父亲的这句话，他不曾忘怀。多年前，父亲曾听人说起，遥远的北方有一处圣地，那里的人们也善于琢玉，并通过仪式中复杂精美的玉器，来表达信仰与寄托。父亲心向往之，但终未成行。如今，对父亲最好的纪念，就是走他想走的路，寻找那跨越生死与时间的终极意义。

是时候离开华服盛宴的大汶口了，凌家滩青年与西坡青年道别，又向好客的主人家辞行，坚定地向着圣地红山行进。

五、圣　　山

凌家滩青年翻过泰山，沿着莽莽的海河平原向东北前行。当他穿过辽西走廊，来到巍峨的大青山脚下，便进入了红山文化的核心范围。

努鲁儿虎山深处，牛儿河畔的山谷间有一道漫长的山梁，当地人依河名，称其为牛河梁。穿过起伏的山峦，圜坛、神庙和一座座积石高冢在林端时隐时现。红山人对精神文化的需求高于一切，公共权力自宗教层面产生，形成了层级严明的体系，而牛河梁拥有着其中规格最高的完整的坛庙冢祭祀体系。

于山梁之上修建山台，西南建筑群采用中轴对称布局，轴线南端直指远处的猪首山山峰，如此规划可谓苦心孤诣。然而，红山人的空间视野远不止于此，在牛河梁周围近 50 平方公里的范围内，他们充分利用山形地势的变化，勾勒出宏大的布局。

云雾深处，红山女巫的身影若隐若现，凌家滩青年亦步亦趋，登上主梁。沿着漫长的山脊,穿越掩映的密林,青年来至女神庙前。这是北方史前时期流行的半地穴式建筑,但采用了较少见的多室结构,平面呈"亞"字形,总面积约 75 平方米。

走进狭长的门道,神秘庄严的气氛扑面而来。神庙之内,装修极为考究,地面经火烘烤,木骨泥墙上装饰有仿木建筑构件,墙面还绘有赭红、黄白相间的彩色几何纹样。相当于真人三倍、两倍和等同的数尊女神塑像,伫立于北主室内。女神头像眼嵌玉石、齿贴蚌饰。在那个时代,产妇和婴儿的死亡率很高,人们哀叹母亲诞育子女的不易,也期望人口能顺利繁衍,将之投射到信仰中,便是对于女神或母神的崇敬。

走出女神庙时已是黄昏,落日映红牛河梁的山峦。山间散布的积石冢,是族中先人们的安葬之处,也是后代族人崇奉先祖的场所。一冢之中,往往有多座墓葬,因墓主身份的不同,而被分别安置在大小各异的石砌葬具之中。

在牛河梁的积石冢内,玉器几乎是唯一的随葬品,但数量并不算多,大型墓葬中一般也不超过 10 件,组合也不十分固定。与材质单一、数量不多的随葬品形成鲜明对比的,却是积石冢那异常巨大的规模。这种不相称,恰恰反映出"唯玉而葬"现象的内涵,那便是:玉器无关财富的占有,也不刻意显示等级的差别,而是与特定的象征功能相关,或许是作为通神的工具。

五号地点一号冢的这座中心大墓,墓主头部两侧对称摆放着玉璧,腹部放置勾云形器,双手各握一件玉龟。

二号地点一号冢的南侧墓群中,埋葬着一位富有的成年男性,随葬玉器 20件。斜口筒形器、兽面牌饰、勾云形器、玉龟等,这些明显具有观念意识的器物,折射出红山文化积石冢和葬礼仪式中浓厚的原始宗教特色。

　　双手置于胸前的玉人、蜷曲的玉龙、斜口筒形器、玉龟……不少红山文化玉器，与凌家滩文化的玉器颇具相似之处。环绕积石冢的无底彩陶筒形器，器表施有钩连涡纹，又让人联想到庙底沟彩陶的影响。这些发现似乎证实着 5 000 多年前，黄河中下游、长江中下游和辽河流域等地的社会上层之间，已经存在远距离的物质和精神文化交流。

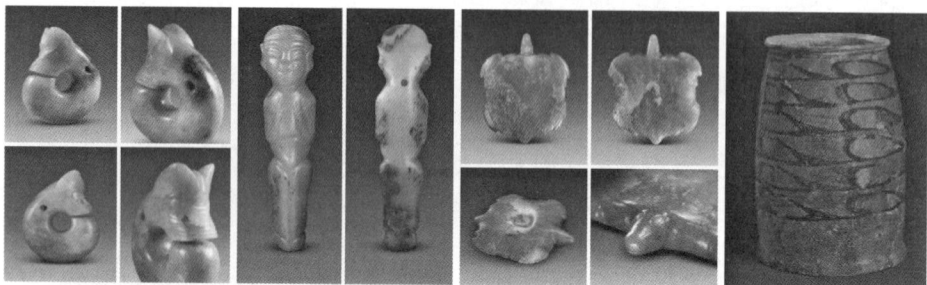

　　青年望向不远处的圆形祭坛，红山女巫已经站立在祭坛中央。祭坛由三个同心圆石圈构成，每一圈的边缘都竖立着多棱形的花岗岩块，最内圈的整个地面铺满白色石灰石。由外至内的三圈，或许分别象征太阳在冬至、春分、秋分及夏至运行的轨道。这样的结构特征，与唐长安城南郊圜丘、明清天坛较为相似，体现出古人对天地方圆早有了超越时间的共通之理。

红山女巫默诵祷词,双手置于胸前,虔诚而肃穆地展开双臂,如同展翅的雄鹰将飞升而上。凌家滩青年目睹这庄严而神圣的情景,内心如有和鸣,豁然洞明。唯有将心灵与精神托付予那伟大的自然规律,敬畏天地,方能得到持久的安宁。

六、厚　土

西坡青年在大汶口停留了一段时间后,踏上了回家的路。回顾这段旅程,大汶口的礼仪和物质生活令他印象深刻,而那些与他所在的中原既有联系、也有区别的种种,是一段更加难以磨灭的记忆。他迫切地想把此行的所见所闻,告诉部落里的每个人。见识了更大的世界,是一个青年成人的骄傲。

当青年滔滔不绝地讲述起这段旅程的种种,是否会引起族人们长久的惊叹?考古论证止步于此,难以描述生动的细节,但这位经过漫长旅行洗礼的年轻人,或许终将成为西坡村落新一代强有力的领导者。

生活似水,又流过了几代人的光阴。西坡村落也在悄然发生着变化。自先辈肇始的对外交流,逐渐扩容了本地文化的基因。考古学家从这一时期的大型墓葬中,辨识出了仰韶先民开创独特社会发展道路的足迹。

5 000 多年前的盛夏,在黄土塬上的西坡聚落中,正举行着一场盛大的葬礼,这是显示社会身份、维系社会组织和秩序的重要仪式。

精细的考古发掘,可以让我们推想那场葬礼的部分细节。

整个葬礼大致是从遗体处理开始的。首先要清洗逝者的身体和头发。西坡墓地中有些墓主头戴发簪,应该就是清洗头发以后插上的。待清洗过程完成后,人们用织物小心地包裹逝者的身体。

在下葬的日子,长长的送葬队伍从中心广场出发,缓缓南行,由聚落的南门跨过壕沟,来到地势高亢的墓地。应该会有幽咽的陶埙吹响吧?苍翠的秦岭近在眼前,回首北望,黄河隐没在远山之间。

在众人肃穆的注视下,包裹着麻布的墓主人被轻轻放置在幽深的墓中,人们仔细地摆设随葬品,然后用木板封盖墓室和脚坑。

经过多学科研究,我们对这位身高约 1.65 米、年龄在 35 岁左右的男性墓主有了更深的认识。他的右侧肋骨中部有骨折错位愈合现象,生前可能因参加狩猎、战斗或竞技而受伤。寄生虫专家提取他盆骨内的土样进行分析后,发现了大量因食用猪肉滋生的寄生虫卵。而猪肉,是那个时代奢侈的美食。

我们或许永远无法知道这位男子姓甚名谁,但有一点可以明确,他是庙底沟社会等级化的代表,是距今 5 000 多年前贵族阶层中的重要一员。

值得注意的是,他下颌的两颗门齿在生前就被有意拔除,这是大汶口人流行的风俗。他的墓中还随葬着东方风格的大口缸。或许，随着大汶口文化的发展壮大，连带着当地的一些饮食器具，已逆着彩陶东去的路途，反向输回到中原地区。

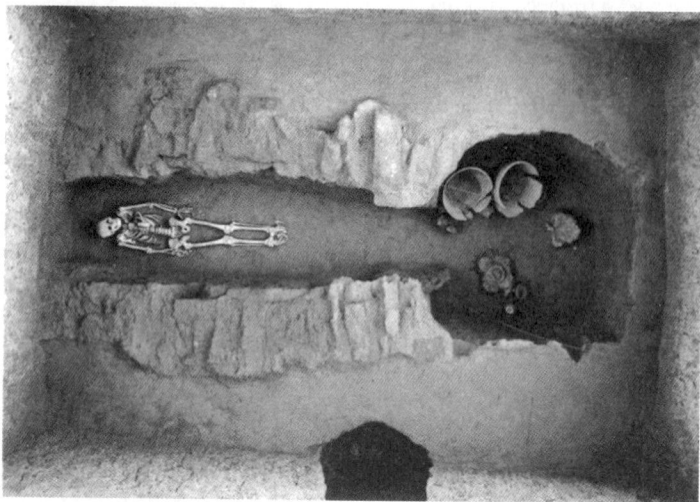

庙底沟的先民建造了大型聚落、大型公共建筑及大型的墓葬，但考古发现中，既无奢华的随葬品，也无浓厚的宗教气氛。而用来凝聚族群和巩固权力的大墓葬仪，却可以看到跨区域远距离文化交流的借鉴和影响。简朴实用与多元开放成为中原地区社会文化的特质，对于此后中国文明的形成与发展有着深远影响。

距今 6 000 年以来，随着庙底沟文化彩陶的扩散、大汶口文化的西渐，以及东方各玉文化中心的形成，黄河流域、长江流域和西辽河流域间的文化互动交融日趋紧密。

这满天星斗竞相闪耀的大地，塑造了中国的地理核心。从此，区域文化各有所长、发展并进，积累起中华文明多元化的深厚土壤；区域间日趋深化的交流与互动，为一体化的将来积蓄着力量。那一群群阔步山川间的年轻人，正如我们的青春中国，已昂首伫立在文明盛放的前夜。

《何以中国》：文明史诗创新表达

上海广播电视台纪实人文频道副主任　朱晓茜

《何以中国》是一部立足于考古实证、文明溯源的纪录片，从时空的长镜头探寻中华文明形成、发展、壮大的客观规律和内生动力。纪录片从迈向一体化的秦汉王朝讲起，进而溯源至旧、新石器时代之交，见证中华大地的先民走向农业定居，组成家庭和社会，建立早期信仰与文化审美，开始五湖四海间的交流，形成区域古国和早期文明，开启夏商周的王朝时代，直至秦汉建立统一多民族国家的伟大历程，交出了一份宏大、深邃又生动的时代文化答卷。无论是内容还是记录表达上，该纪录片都展现出了开拓创新的精神，为观众带来了一场视觉与思想的盛宴。

一、突破了传统考古纪录片的结构模式和叙事方式。不再局限于某一具体遗址或文物的挖掘与解读，而是将考古学置于更加宏大的历史背景下，以考古为线索，跨越万年时光，完整地叙述中国文明发展历程，准确地描绘历史脉络，实证早期文明国家中国的发源和发展。这种叙事方式不仅有助于观众全面了解中华文明的历史脉络，更能深刻感受到中华文化的博大精深和源远流长。节目采用了沉浸式的叙事方式，片中没有使用常见的采访，而是通过优美和诗意的语言、生动逼真场景复原，将观众带入到古代社会的生活场景中，使观众能够直观地感受到先人所处的社会面貌。

二、突破了传统考古纪录片的文物呈现方式。传统纪录片在呈现文物时，往往只是简单地展示文物的外观、形状和工艺特点，虽然也能传达一定的历史和文化信息，但相对较为单一和表面化，而《何以中国》则打破了这一模式。在第三集《星斗》中有这样一段解说词："考古学家通过详细的现场记录和反复摆放分析，复原了当时复杂又严格的礼俗。葬具的最底层用穿孔石钺横向摆成数道'横木'的样子，其上就是七排严丝合缝整齐排列的石、石凿，刃部朝向墓主人的脚步，密密麻麻地砌出一座'平台'。在长2.65米、宽0.8米的葬具内，墓主人的遗体就曾安放于这象征尊崇身份的基底之上。"这里描绘的场景是考古人员将凌家滩大墓数百件随葬玉石器按照出土层位重新摆放，《何以中国》摄制组用镜头纪录片下了这些极为珍贵的镜头。通过重新摆放随葬玉器，不仅还原了文物在墓葬中的原始状态，更深入地揭示了文物背后的历史背景、社会制度和文化内涵。这种创新性的呈现方式，使得观众能够更直观地感受到古代社会的真实面貌，更深入地理解文物所承载的历史和文化价值。

三、突破了传统考古纪录片历史再现环节的传统手法。采用了复原古代社会的独特方式。节目紧密依托遗址和文物，结合详尽的历史资料，力求最大限度地还原历史时代和社会组织的真实面貌。传统纪录片在历史再现时，由于复原依据不足、历史资料不完整或研究细致度和深度不够，常常借助于虚化、局部化、舞台化或抽象化的艺术处理手法。这些方法虽然能够在一定程度上展现历史场景，但往往缺乏足够的真实感和深度。《何以中国》主创人员没有因袭传统的做法，而是选择了一条更为艰难但也更有价值的道路。它坚持以遗址和文物为参照，这些遗址和文物不仅是历史的见证者，更是蕴含了丰富历史信息的实物资料。通过深入挖掘这些遗址和文物背后的故事，结合详尽的历史资料，纪录片得以还原出历史时代和社会组织的真实面貌。这种以遗址和文物为参照的还原方式，不仅使得该片在历史再现上更为真实可信，也让观众能够更深入地理解和感受历史，使观众仿佛穿越时空，亲身感受古代社会的风貌和文化气息，甚至还会真切地感受到复原场景中古人的情感。

最后，值得一提的是，《何以中国》还具有重要的现实意义。它不仅是一部记录中国考古珍贵时刻和重要发现的影视作品，更是一部能够连接现实、回答中国何以为今日中国的内在逻辑和动力的纪录片。因此，后续此部纪录片还应重视拓展更多的海外渠道传播和发行，在世界范围内讲好何以中国的故事，进一步增强中华文化感召力和影响力。

探索"何以中国"之路

纪录片《何以中国》主创团队

我们是谁？我们从哪里来？我们走过什么样的路？对血脉、根基的求索与追问是生活在这片土地上的人们的终极思考。

2021 年春天，在国家文物局、上海市委宣传部的指导和上海市文物局的支持下，上海广播电视台决定全力推进纪录片《何以中国》的创作，并将之打造为文明探源系列中的开篇之作。

那时，无论是纪录片团队，还是考古学专家们都无比兴奋。解答"何以中国"之问，是 100 年多前中国考古学诞生之初便肩负的使命；而能以考古写史的方式，为跨越万年光阴的古代中国作传，更是我们纪录片人的光荣和梦想。

然而接下来的 3 年，却是始料未及的漫长和艰难。导演组没有一个是学考古出身的，学者们的授课起初我们完全听不懂，以勤补拙是唯一的办法。我们啃下了 8 500 多篇考古报告、学术论文，梳理考古相关的文字资料 300 多万字。撰稿组拟写的节目稿本总计约 40 万字，最终呈现给观众的是每集不到 1 万字的结果，意味着每一集都重写了 5 遍。

2021 年 6 月，纪实拍摄正式启动，恰逢疫情肆虐，我们选择自驾穿越全国 26 个省级行政区域，前往 230 多个考古遗址和博物馆进行拍摄，总行程超过 4 万公里。

在各地考古人的支持下,我们用镜头记录下了极为珍贵的遗址和文物资料。良渚贵族大墓和凌家滩大墓数百件随葬玉石器,按照出土层位重新摆放;一万多年前英德青塘遗址的少女遗骨、殷商时期将军亚长的全身遗骨,由体质人类学家复原摆放;世界最早的炭化水稻、粟黍颗粒,同时以显微镜和摄影机微距镜头分屏呈现,展示出清晰的对照视角;殷墟出土的青铜礼器,第一次以全器型组合展示⋯⋯

正是因为有了百年考古发现和学术研究成果的支撑,《何以中国》设立了一个属于考古学科的学术目标:复原古代社会。在传统纪录片的历史再现环节,艺术处理上一般会选择虚化、局部化、舞台化或抽象化的方法,主要原因是复原的依据不足、研究的细致度不够。但在《何以中国》拍摄中,我们反其道而行之,采用了最困难也最有价值的方式,即以遗址和文物为参照,结合相关的历史资料,尽可能去还原历史时代和社会组织的面貌。

比如第一集《秦汉》中胡歌饰演的悬泉置啬夫弘,这样一个西汉的边关小吏见证了时代的风云激荡。啬夫弘的整体造型(包括小胡子)是参考徐州北洞山楚墓陶俑(西汉中期约武帝时期)的形象来制作。"小红帽"则参考了咸阳杨家湾西汉陶俑和西安茅坡邮电学院陶俑的帽子。啬夫弘在片中用到的毛笔、研磨石、腰间的印章都是按照出土文物进行复原;手里那把削刀是汉代书刀常见的形制;书写所用木简的长和宽都严格参照出土文物的尺寸制作;成片里可能完全看不到的丸磨,是根据武威磨嘴子汉墓出土的样子做的。

又如各类商周宫室仪式中常用到的青铜器,需要按照原先未锈蚀时"吉金"的效果去制作黄灿灿的复制品。片中良渚的祭祀典礼,王和王后身上的全套玉器及其使用位置和方法,无不参照良渚遗址反山大墓出土文物真实还原、真玉制作。

这样细致的工作贯穿在片中每一个历史场景复原的镜头中。考古人老老实实做学问,我们就老老实实做片子。小到衣服、饰品、纹饰、器皿,大到环境改造、房屋复建、祭祀模拟、墓葬复原、青铜冶炼浇铸系统搭建⋯⋯我们总共复原了自新石器时代至秦汉王朝,近万年跨度的历史场景 220 处、服装 2 268 套、饰品 1 500 件、道具 3 600 多件。

相比美而言,真更重要。纪录片这个词在英文中叫 documentary,它的词根 document 是档案的意思。纪录片最本质的功能,就是用影像记录下社会史。而考古是发现埋藏在地下的历史,《何以中国》应该将这种相似的追求最大限度地体现出来。我们希望凭借一丝不苟的态度,让《何以中国》回归纪录片"求真"的根本品质,并拥有长尾的档案价值。

这一件件具体的考古发现、一处处扎实可信的复原场景,渐渐谱写出了一幅波澜壮阔的历史图景;比如第一集《秦汉》以"简牍"为线索,展现了秦楚战事中普通人的"烽火连三月,家书抵万金",为己即是为家,为国亦是为家;离家多年为国和亲、古稀之年才得以重返故土的解忧公主,以女子之身担起家国重任;漫漫 18 年间,啬夫弘,这位汉代边关吏卒见证了一个时代的风云,也写就了坚守基层的传奇⋯⋯

随着一个个静态的遗址、文物被赋予温度,一个个历史的剖面、普通人的生命体验被活化。通过走进那些日升月落、炊烟袅袅的生活,便能感受中华先民如何在这片山河湖海努力经营自己的一生,垒就矗立历史长河中的巍巍王朝,支撑起人类文明的温暖绵延。

如果说《何以中国》是中国从摇篮走向壮大的一部成长史,那么纪录片的完成本身也见证了我们创作团队的成长。"多元一体,持续发展",我们跟随考古学家的脚步,去厘清历史进程中每一次重要的承继与发展,从而理解历史的必然性,坚定了文化自信。筚路蓝缕的中华先民锻造了古老的文明,上下求索的考古学家擦亮了灿烂的记忆。如果说《何以中国》是一部关于我们祖先和文明的史诗,那么今日的中国人正在继承、创造和开拓的奋斗篇章与复兴伟业,不也是留给后人的一部新的《何以中国》吗?

2023 年度上海广播电视奖
参评作品推荐表

作品标题	试验的价值	参评项目	电视新闻
		体　裁	专　题
		语　种	中　文
作　者 （主创人员）	陈慧莹、马婕、戴晶磊、 夏祺、陆骏、顾克军、 师玉诚	编　辑	集体（虞之青、徐晓、 刘晓清、王岑峰、 刘奕达）
刊播单位	上海广播电视台 融媒体中心	刊播日期	首播 2023 年 9 月 29 日 8:00
刊播版面 （名称和版次）	东方卫视	作品字数 （时长）	57 分
采编过程 （作品简介）	建设自由贸易试验区，是以习近平同志为核心的党中央在新时代全面深化改革和扩大开放的重大战略举措。2023 年是中国（上海）自由贸易试验区建设满十年。 　　主创团队精心策划制作了长约 1 小时的新闻专题片《试验的价值》。专题片以上海自贸实验区十周年发展为主线，紧扣国际形势和国家战略，记录了十年来上海自贸试验区在制度创新方面做出的积极探索，回答了上海自贸试验区十年试验的意义和价值。 　　全片分为制度初试、砥砺前行、产业崛起、"雁阵"齐飞四个篇章，分别讲述了源于上海的自贸区三大基础制度——第一张负面清单、第一个自由贸易账户、第一个国际贸易单一窗口的探索与突破；上海自贸试验区的制度创新如何激荡发展活力，助推新能源车、现代服务业、美妆产业等一些产业群集聚发展；中国如何变"被动"为"主动"，以上海自贸试验区为"头雁"，叠加中部崛起、西部大开发、东北振兴等国家发展战略，形成自贸区建设"雁阵模式"。片尾点明，上海自贸试验区将在高水平制度型开放上，再一次成为先行者。 　　全片从政策制定的参与者、改革创新的亲历者、发展成果的受益者三个维度讲述，值得一提的是，在导演们的坚持、努力和反复沟通争取下，不		

采编过程（作品简介）	少背后故事和珍贵资料都是首次在镜头前呈现。比如，上海市商务委主任朱民珍藏 10 年的一个纸盒，装满了负面清单在讨论修改中的众多版本，这其实也是一份份记录中国开放历程的关键性史料。主创团队前期还收集整理了大量新闻资料和珍贵的历史影像，通过新旧场景对比、国际新闻事件等画面呈现，为专题片增添了历史厚重感。 　　片子在镜头语言的设计呈现上也可圈可点。先导片采用了一镜到底＋可视化模型道具＋典型新闻实况声的创新试验方式进行拍摄制作。将自行采购的模型加工成拍摄所需的道具，还有从海量新闻资料中选取出数段最典型、最具代表性的实况……为了达到最佳视觉效果，后期制作时还特意加入排队等候的"纸片人"、流动的海岸线、会跑动的汽车和赛道等特效。大家不断追求创新、突破自我的态度，也呼应了本片"试验的价值"这一核心主题。
社会效果	在 2023 年 9 月 29 日上海自贸试验区十周年当天，专题片在东方卫视、新闻综合等多个电视平台播出。多位业界专家对此片给予高度评价，认为全片立意高远、案例丰富、内容扎实。上海自贸试验区综合研究院秘书长尹晨表示，这部纪录片好在实事求是，片中有采访者说"前进 0.5 步也是前进"的表述令人印象深刻；好在深度挖掘，揭示了"每 0.5 步前进"背后的艰辛探索和勇于突破；好以小见大，以具体案例来说明制度创新带来的变化不一定短期明显可见，但中长期影响深远。复旦大学经济学院院长张军认为，该作品复盘了上海自贸试验区三大制度改革的全过程，让大家体会到自贸试验区每一次制度创新都多么来之不易。上海商务委主任朱民则表示，这部作品用镜头阐释了改革开放，是他看到的为数不多的把自贸区成就和理念讲清楚的片子，并且以上海试验为载体，涵盖国际趋势和国家全局，观照过去、展望未来，格局和站位都很高。 　　本片还特别注重融屏传播。在电视专题片基础上，制作团队还将片中内容拆分制作成了《一个账户，打开跨境金融"新空间"》《一个"窗口"引发变革：报关不再围着塑料筐打转》《一份"备案"引爆上海美妆业发展》《盒子越放越满　清单越缩越短》《上海自贸区"鲶鱼"让国产新能源车爆发》等多条新媒体短视频进行网络传播，每条都以老百姓的身边事为案例，堪称是一个个自贸试验区知识点的科普篇。

试验的价值

（节选）

2013 年的金秋，一场划时代的试验破茧而出。建设自由贸易试验区，是以习近平同志为核心的党中央在新时代推进改革开放的重要战略举措。

那一年，全球贸易开始了新一轮竞争，出现了更高标准的自由贸易谈判，中国要主动对接国际新规则，就必须在市场准入、资金跨境流动、服务贸易等领域，建立一系列新机制。

试验，势在必行。上海 28.78 平方公里的"试验田"，成为撬动中国经济新一轮改革开放的支点。

制 度 初 试

（实况：我们需要彼此打开市场，我们欢迎中国企业赴美投资，也欢迎美国企业抓住机遇在华投资。）

北京时间 2013 年 7 月，第五轮中美战略与经济对话，在美国华盛顿开启。而在此之前，两国之间，已经完成了总共十轮的"中美投资协定谈判"。

［崔卫杰 商务部国际贸易经济合作研究院副院长：当时中美"BIT"（中美投资协定）谈判，明确提出要采取负面清单的形式。我们迫切需要在中国在点上，对这些规则先进行试验，试验成熟了再复制推广，为我们参与全球国际经贸

规则重构做准备。]

舆论普遍认为，两国的这次对话在经济与战略两轨上均有新突破。值得关注的是，双方同意以准入前国民待遇和负面清单为基础开展中美双边投资协定实质性谈判。

负面清单属于国际条约的附件，国际上的通用名叫作"不符措施"，就是与条约正文不符的措施。全国人大为其定名外商投资准入特别管理措施，就是要用一张清单，统一列出禁止或限制外商投资的领域，不在清单上的全部开放。

（王微　国务院发展研究中心市场经济研究所所长：负面清单的管理制度，它的核心是在清单之外的所有领域，市场主体可以自由准入，它是一个非常革命性的管理体制的变化，那么实际上这也就是贯彻了党的十八大以来的一个非常重要的思想，就是要让市场发挥决定性的作用。）

以负面清单为核心简政放权，这场势在必行的改革试验落在了上海。但这第一张负面清单该怎么制定？当时，全球有 77 个国家实施负面清单管理模式，形式各不相同，结合实际，上海决定使用"表列式"。这也意味着不写进表列的，这一领域就要对外资开放。而那个时候，开放所需要的底气和信心并不充足。

[朱民　上海市商务委主任：你比方说（原先的）《外商投资产业指导目录》分成鼓励类、限制类、禁止类。鼓励类里面也有对外商投资的限制措施，你比方当时飞机船舶的制造维修是鼓励类，但它限于合资。当时我们想把船舶维修放开，我记得当时有一个造船协会的那个老专家忧心忡忡地说我们不能放开，日本韩国的这种修船业很成熟，所以我们国家如果一放开，我们国家的这个修船业的竞争力就会受到很大打击。]

上海市商务委外国投资管理处是负面清单修订的牵头部门。两个月时间紧迫，他们需要先找齐散落在各级政府部门规章中的条文，然后再权衡哪些管理措施需要保留、哪些需要删除。

当时的副处长刘朝晖，背出了市政府几十个部门的电话号码。因为每一条"拟删除"的管理措施，团队都要找到对应的行业主管部门和研究机构反复调研，同时还要反复征求相关部委意见，所有信息汇总后再斟酌是删还是留。

［实况：（这条内容）技术都已经比较成熟了，市场现在的反应也已经比较饱和了，我们如果放开的话，我觉得就让市场来决定。］

（实况：这个里面都是过程啊，太多了，可能在我这里还能翻点老东西呢。）

当年全程参与负面清单起草的，还有现任上海市商务委主任朱民。这个他珍藏了10年的盒子里，装着那时的手抄笔记和翻译稿。一个个版本的讨论稿、修改稿和编制说明，见证了负面清单的孕育，也是一份份中国开放的关键性史料。

［实况：6月5号商务部修改意见、6月9号商务部讨论，这是6月13号……看（各国）负面清单像看小说一样看的，一条条看你为什么这么写？］

两个月后，2013年9月29日，中国（上海）自由贸易试验区启航。这是党中央、国务院在新形势下，全面深化改革和扩大开放的一项战略举措。

（王微 国务院发展研究中心市场经济研究所所长：如何推动经济从高速增长向高质量发展，也面临着进行更深层次的改革和开放。而且我们改革开放以来一个最重要的成功经验，就是以开放促改革。）

当晚，几乎所有媒体都守在电脑前，等待这张清单上网。

上海为中国打磨的第一份负面清单，伴随中国（上海）自由贸易试验区的成立，走进公众视线。除去社会组织和国际组织，国民经济行业一共18个大门类1 069个小类，负面清单具体到小类一共190条，17.8％的小类有特别管理措施，也就意味着，80％以上的外商投资项目，由审批改为备案。

（王微 国务院发展研究中心市场经济研究所所长：负面清单首先是把这个市场的决定权、决策权和经营权还给这个企业，同时也限定了我们政府发挥作用的一些领域和边界，让它在这个清单的这个范围内建立好规则和制度，那么在更大的范围内营造更好的国际化、法制化和市场化的营商环境。）

2013年10月14日，在外高桥的自贸区综合大厅，一家新注册的外资企业拿到了第一张由"外商投资企业备案证明"产生的营业执照。正是这个备案，让更多外资企业顺利地进入中国市场。

［朱民　上海市商务委主任：（当时 2013 年）我们新闻发布会都开了，有一个部门的司长打电话来说，你这个坚决给我补上，我说新闻发布会都开了，（他说）那下一版给我补上，我说好好好。我觉得很好玩的是，给我打电话的这个司长，第二年他主动对外宣布取消（这条）外商投资管理措施了。我们自己有一个理念，前进 0.5 步也是前进。］

但即便是 0.5 步的前进，也不是件容易的事。要最大限度地达成一致，就意味着面对质疑，需要回答很多的问题：

（画外音：FT 账户内资金自由兑换，会不会造成无法控制的冲击？）
（画外音：是否会对国家金融安全造成风险？）
（画外音：能不能防范住区内区外的资金渗透？）
（画外音：会不会产生无序的跨境资金流出？）

推动金融领域的开放创新，是自贸区成立之初的另一大目标。当时提出，要在自贸试验区内设立一套独立的自由贸易账户系统，也就是 FT 账户，开放本外币可自由兑换、跨境收支、资金汇划，减少事前审批。在跨境资本流动严格管制的 10 年前，这可谓是一种"叛逆"。业界、学界、政界，抛出了上百个问题。

［施琍娅　中国人民银行上海总部跨境人民币业务部主任：那个时候各方质疑真的是非常厉害，就是铺天盖地地过来，有些单位给出的会签意见，你都无法想象，会签意见一般来说就是一页两页顶多了，（这次一共）四十多页。这是什么概念？确实是大家都对风险特别担忧的。］

要改革，得先回应好每一个问题。步步推进后，最终需要解决的，是客户的诉求。

由于价格形成机制不同，在岸人民币汇率相对固定，而离岸人民币汇率波动较大。2013 年，在岸和离岸汇率倒挂时，最高能有上百个基点。对于走出去海外并购的企业而言，想用海外市场汇率进行汇兑，几乎毫无可能。

（王敏慧　东方国际集团财务有限公司副总经理：我们应该是大概有 8 亿资金的港币要出去，诉求就是希望利用好我们离岸优惠的汇率，把我们整个的购汇价格能够做到最优。）

而要走进来的企业,也常常会陷入流动性困境。一些在国内成长的跨国公司,需要母公司频繁注资和借款支持,这个过程中,跑监管等审批是难以回避的流程。

[陈晨 托克中国首席财务官:我们如果刚在中国成立的时候,其实主要的资金资源就是来自于我们集团的支持。所有资本项下的钱,其实要到外管去拿——对应地批复的。我要是没记错的话,不等吧,(每次)几个礼拜到一两个月吧,看情况吧。]

中国金融市场的资本业务开放,从来都是渐进铺开,然而,面对企业在发展中井喷的需求,小步稳走监管创新模式遇到了挑战。能不能争取在"试验田"里一步到位呢?

[施珐娅 中国人民银行上海总部跨境人民币业务部主任:毕竟是一直99个1这样走过来的,你说它出问题吗?它也没出问题,但是你说再这样走下去行吗?可能也不行。国内金融服务要撑着它(企业)往前,在国际市场上去竞争的时候,它会感觉不是这有个短板,就是那有个链子掉了,就是感觉很不方便,这个很多企业是很明确跟我们说过的。当时虽然大家对风险还是有顾虑的,但是各方还是觉得,那你就先试试吧,那咱们就来做100,但不再是99个1加1的那种概念来做了。]

投资、金融、贸易,无论哪个领域的改革试验,都同样经历过质疑,但也同样坚定地迈出了艰难的第一步。

上海港,每天"迎来送往"超十万集装箱。海运贸易占全球贸易总量超过85%,但10年前,国与国之间的贸易便利化却被一个个塑料筐给困住了。

(实况:排队排队,快点,来,动作快点!还有吗?还有吗?有,快点快点!)

这是12年前海关报关大厅的景象:报关员们赶着审单柜台截单前最后几分钟,递送审批材料。一个个贴有企业标签的塑料筐重重叠叠堆积着。虽然当时,"分类通关改革"等便利化手段已开始试点推广,但"敲章印戳"仍是大部分企业跨境物流中必须完成的规定动作。围着一个筐跑前跑后,也是报关员们的标配。

[王键 上海欣海报关有限公司总经理助理:十年前报关的现场及报关的

查验,这完全是不同的组织架构部门,现在像这些单证已经全都进系统了,互联互通无纸化申报了。(设立)"单一窗口"我感觉还是一个翻天覆地的变化,是为整个通关体系的便利化打了一个非常好的基础,在这个基础上有很多事情从不可能就变成可能了。]

所谓"单一窗口",指的是贸易和运输企业通过统一的信息平台,一次性递交货物进出口或转运所需要的单证和电子数据,口岸监管部门也通过这一平台反馈审核结果,并在各部门间达成信息互换、监管互认和执法互助。

2013 年 12 月,WTO 在巴厘岛会议谈判中达成一揽子协定,将"单一窗口"列为贸易便利化协定的重要条款。而这项监管创新举措在中国的试点,也自然落在了上海自贸试验区。

[吕锋　上海亿通国际股份有限公司总经理:(设立单一窗口是)以信息化或者数字化的手段,来提升贸易便利化的水平。当时参考了各个国家的"单一窗口"之后,我们也觉得要找到自己,中国建设"单一窗口"的合适路径,就是一个平台、一次提交、结果反馈、数据共享。]

上海亿通国际股份有限公司承担着国际贸易"单一窗口"的建设与运营工作。在企划部经理潘小东的电脑上,数十个文件夹的照片,几乎定格了"单一窗口"从 0 到 1 的每个关键节点。记不清有多少个日日夜夜,潘小东团队和企业、监管部门一点一点打磨,简化流程、合并同类项,看起来是技术活,功夫却全在"沟通"上。

(实况:这个是围绕船舶进出港办理手续所需要企业填报的一些数据项、申报要素。因为是四套系统,所以说原始体量差不多接近现在的四倍。)

"单一窗口"建设前,外贸和船舶运输企业在申报国际航行船舶出入境手续时,需花费两天左右,向海关、检验检疫、边检、海事四部门分头申报,录入条目多达 1 118 项。其中,像船舶信息、船员名单等基本信息,都是重复录入,多部门多头管理。不同部门间的信息系统能否打通? 新的流程如何统一?

(潘小东　上海亿通国际股份有限公司企划部经理:每套系统有每套系统自己的标准,如何把这两个标准融合在一起? 把之前一些串联性的工作变成并联性的工作,这个时候以谁家的为准? 这个其实中间有过大量的讨论在里面。都是这么一点点、一条条磨出来的,这个是没办法,只有笨功夫,只有一条路,磨!)

就是靠着磨,成堆的纸质表单,被大家一项项整进平台。

(经峥嵘 中国电子口岸数据中心上海分中心副主任:讲彻底点都是吵架吵出来的,每个监管部门都有自己的职责和任务。但是随着自贸区的创新,随着"单一窗口"的建立,其实是要破而后立的。)

第一张外商投资准入负面清单、第一批自由贸易账户、第一个国际贸易"单一窗口",上海在投资、金融、贸易领域,为国家摸索搭建出了三套基础性制度,每一个"第一"的突破,都让我们离国际通行规则更近,也让我们通过实践,扛住了开放所必须面对的压力测试。

"雁 阵"齐 飞

(新闻资料:我们希望在 TPP 这个圈子内不如设置一些可控的门槛,我们希望中国能加入进来。)

上海自贸试验区启航的 2013 年,国际经贸格局风云变幻。美国在对外经济合作上"东西并进",跨太平洋战略经济伙伴关系协定(TPP)谈判尚未抵岸,又高调开启跨大西洋贸易与投资伙伴协定 TTIP,企图构建全球最大自由贸易区。美国和欧盟联手打造"经济航母",希望重塑全球经贸规则。

[张军 复旦大学经济学院院长:WTO 成立以后,发达国家特别是以美欧为首的,觉得在这个当中话语权受到了一定的这个削弱,他们是希望能够通过倡议一些这样的贸易的(新)规则,通过一个"朋友圈"把这个东西推起来。]

TPP 与 TTIP 的谈判目标,希望构建一个美国与亚太诸国、美国与欧盟之间的区域性贸易组织,其涵盖超过世界二分之一的 GDP,三分之一的贸易额和全球较富有的 8 到 11 亿人口,一旦谈成,足以对全球贸易规则产生深远影响。发展中国家毫无疑问将成为规则的接受者和跟随者,对中国而言,迫切需要变"被动"为"主动"。

（张军　复旦大学经济学院院长：我们不希望被发达国家在这个全球自由贸易体系当中，通过拉小圈子通过所谓制定更高的这个标准来边缘化，另外一方面，中国在全球贸易和投资当中的份额越来越大了，我们其实需要有一些更主动的开放政策，将开放的这个水平推到一个新的高度。）

布局优化是自由贸易试验区取得突破的必经之路。以上海自贸试验区为"头雁"，中国的自贸试验区不断从东部向中西部、从沿海向内陆拓展。时至今日，自贸试验区已达到 21 个，共 67 个片区，实现了京津冀、长三角全覆盖，同时叠加中部崛起、西部大开发、东北振兴等国家发展战略，形成了自贸区建设的"雁阵模式"。

［尹晨　复旦大学教授、上海自贸区综合研究院秘书长：人字形的这样一个雁阵飞行的时候，比单雁飞行要多 70%（的距离）。那么如果我们用这样的原理来看这个中国（自贸试验区）的雁阵模式，它会有更多的地方去一起努力，去克服我们在改革开放过程当中面临的一些障碍，特别是我们这个制度性的障碍，便于各个地方开展差别化的一些探索。］

浙江舟山，岛屿星罗棋布、舟楫往来不绝。每年途经舟山海域的国际航行船舶有近 11 万艘次。2017 年，浙江自贸试验区舟山片区挂牌之后，这里开始通过制度革新，全力打造东北亚保税船燃加注中心。

（实况：锚地一号锚位已经空出来了，通知"丽兰轮"进入锚地加油。已通知外轮备车中了，预计半小时后能起锚驶往锚地……）

泊船、搭靠、系绳、量舱、加注，在秀山东锚地，中石油的一艘驳船正在为泰国籍外轮"丽兰号"加注燃油。

实际上外轮进入锚地时，这艘加注驳船就已经等候在外了。时间上之所以能做到如此严丝合缝，正是得益于全国首个"海上数字加油站"。在这个平台上，外轮的加注需求和进度、锚地的气象风力、排队情况等数据，都会实时反映。不在一处办公的调度服务中心和供油企业，也都能同时掌握情况。

国际航行船舶加油，不像汽车加油随到随加那么简单，而是涉及进港、报关、查验等多个审批环节。有了线上"加油站"，保税船燃加注业务申报等候的时间大大缩短。

（金佳峰　浙江自贸区中石油燃料油有限责任公司保税油部总调度：这个平台上线以后通过线上无纸化审批流程，就可以完成供油的申报和核销工作。）

（虞常暖　浙江舟山高新区管委会口岸事务管理局副局长：打通了国际贸易"单一窗口"，保税油一口受理平台和我们保税油调度服务系统之间的一个数据壁垒，彻底告别了原来纸质申报的一个模式，减少了中间一些重复的环节。）

拓宽供油场所、突破制度瓶颈，如今，舟山已拥有 5 大锚地、近 20 个加注锚位。

保税船燃每单业务审批时间平均减少 8 小时，国际航行船舶等待时间减少 12 小时以上，锚位使用效率提升 30％以上。

（虞常暖　浙江舟山高新区管委会口岸事务管理局副局长：2017 年自贸试验区成立以来，舟山全力打造东北亚保税船燃加注中心，推动舟山船燃的这个加注量以年均 33.5％的增速，从 2017 年的 182 万吨一路攀升至 2022 年的 602 万吨，成功跻身全球前五大加油港。）

海上加油离不开价格体系的支撑。3 年前，一个重要却不显眼的期货品种低硫燃料油期货挂牌上市。说它重要，是因为它能帮助船东和炼油企业对冲油价波动风险；说它"不显眼"，则是由于从诞生之日起，它就活在新加坡普氏价格的阴影里。普氏价格存在已久，依托新加坡优越的地理位置和现代金融体系，拥有强势的定价权。

（金佳峰　浙江自贸区中石油燃料油有限责任公司保税油部总调度：我们所服务的对象是国际航行船舶，这些船东是比较倾向于新加坡普氏的报价体系，因为这个报价体系相对来说比较成熟，然后它也是作为东亚地区的一个主要定价机构。）

随着保税燃料油出口退税政策出台，上海这个并不显眼的期货品种，开始拥有了越来越"显眼"的现货市场。以舟山为引领，国内整体的保税船燃加注量，在短短 3 年间翻番，到 2022 年，达到了惊人的 2 500 万吨。量增带来价格下降，中国的低硫燃料油逐渐有了定价话语权。

（陈洁　上海期货交易所商品二部总监助理：在这个出口退税政策的带领之下，我国国内的保税船供的价格，有某些时间段会低于新加坡的保税船供的价格，使得我国具备了保税船供加注的一定的优势。如果这个行业已经变成了我国的优势产业，可能在整个行业里面，它就会希望有一个我们的声音出来，也就是希望能够在这里面出现一些人民币报价的声音。）

2021 年，上海期货交易所开始与我国最大的加注港舟山合作，设计推出"舟山价格"。之后浙江国际油气交易中心又推出保税船供买方价格。这是以低硫燃料油期货主力合约为基准价，在此基础上形成现货价格，向来往加注的船东报价。最重要的是，这是全球市场上，第一个以人民币计价的现货报价体系，打破了多年来美元定价的垄断。

如今，每天有约 2 000 吨的低硫燃料油加注量，是参考舟山价格来结算的。期现联动下，低硫期货主力合约的活跃度也大幅提升，日成交量已与原油期货不相上下。

（陈洁　上海期货交易所商品二部总监助理：一开始大家都觉得是以试探为主的，后来发现通过各方的努力，这个价格越来越被认可。期货主要就是为现货来进行服务的，主要是为我们的产业来服务的，所以如果期现结合越来越深的话，其实对于我们金融服务实体经济起到了非常好的一个作用。）

上海和浙江舟山的成功尝试，得益于两个自贸试验区的分工协同、有效联动。在舟山价格的基础上，今年，上期所将同样的合作模式，复制到上海洋山港，并计划向青岛、广州等更多加注港推广。

（王白冰　浙江国际油气交易中心产品研发总监：我们的优势，舟山的优势、浙江的优势是我们有很多的产业客户、产业资源，而上海有相对领先、相对丰富的金融工具和金融发展的经验，双方结合到一起，更好地服务我们浙江自贸区的油气产业客户。）

［黄波　中国（浙江）自由贸易试验区管委会综合服务中心综合信息处处长：最终我们是要落实好国家赋予长三角的提升大宗商品的价格话语权，提升大宗商品资源配置能力这样一个战略目标跟任务，为推动长三角高质量一体化发展贡献出浙江及上海的力量。］

上海自贸试验区承担着"破冰船"的先锋重任,但仅仅以单兵突进的方式先行先试,无法实现"百花齐放"。更多区域的参与,才能实现更好分工。"有所为,也有所不为",让改革开放的共性经验,和不同的区位、产业、发展条件结合,才能探索出多样化的发展路径。

经验共享,加上自贸试验区"雁阵"的分工与联动,服务和支撑着长三角一体化、长江经济带、京津冀一体化、粤港澳大湾区等重大战略的推进实施。

(尹晨　复旦大学教授、上海自贸区综合研究院秘书长:一句话就是叫作不忘初心,牢记使命。自贸试验区的初心和使命是什么?实际上就是为中国的全面深化改革和进一步扩大开放探索新路径、积累新经验。)

自贸试验区"雁阵模式"引领开放新格局。2018 年,海南全岛开始稳步推进中国特色自由贸易港建设;2019 年 8 月,中国上海自由贸易试验区新片区又花落临港。自由贸易港和临港新片区,开始探索世界最高水平的开放形态。

今天,当 CPTPP、DEPA 等多边协定引领世界经贸体系新一轮变革时,中国主动试点对接,深入推进高水平制度型开放,上海自贸试验区再一次成为了先行者。

9 月 1 日,沃尔沃建筑设备从瑞典总部进口的一台再制造发动机,顺利运抵上海。

一台使用 7 年左右的旧发动机,回收后仍有 70% 的物料可循环利用,按照新品的技术规范完成生产后焕然一新。

CPTPP 第二章第十一条明确:禁止或限制旧货的进口措施,不应适用于再制造货物。此前,我国在政策层面将再制造产品认定为旧件,使发动机等旧机电再制造产品无法实现进口。

今年 6 月,国务院印发的《若干措施》中明确,支持上海、广东等自由贸易试验区开展重点行业再制造产品进口试点。

[詹旭　沃尔沃建筑设备投资(中国)有限公司董事:再制造在生产成本、能

耗、环保方面都有巨大意义，比如以发动机为例，我们的生产成本可以降低 50％
以上，我们的能耗可以降低 80％ 以上。这单进口业务走通后，使得我们公司成
为全国重点行业首家开展再制造产品进口试点的企业之一。这个规模是不可限
量的，在国外制造业发达的国家，再制造产业和新品制造产业是 1 比 1 的规模。]

这份被称为制度型开放 1.0 方案的文件，正式推动新的开放举措在自贸试
验区落地。

十年试验，让中国经受住了改革进入深水区的压力测试。而试验更可贵的
价值在于，在稳步推进的实践中，一步步地积累起更高水平开放的信心和底气。

（朱民　上海市商务委主任：没有第一步的负面清单管理模式，我们没有对
标 CPTPP 这样一个更多的底气。）

（张军　复旦大学经济学院院长：中国应该说现在的底气，其实就是来自这
个十年我们在试验或者压力测试上面，通过自贸区的这样一种模式，逐步积累了
这方面的能力。）

北京长安街的早晨，对上海市商务委自贸处的郭秉鑫和徐赟来说，一点都不
陌生。从制度型开放 1.0 方案起草开始，他们就频繁往返于京沪之间。

（郭秉鑫　上海市商务委自贸处工作人员：好像从春节以后，我们穿着羽绒
服的时候就经常来，最近来得更勤了，只要部委一有新的反馈意见，我们就要来
讨论一下。）

商务部“对接 CPTPP 和 DEPA 等国际高标准经贸规则”专班组成人员，多
为年轻人，几乎每人手中都有 CPTPP 协定的中英文对照本。30 个章节、2 000
多项条款、几十万字，每天被反复推敲：条款的含义、与现实的差异、相关规则、
规制、标准是否具备在自贸区内实施的条件？对标的难点在哪里？又该如何防
控风险？

（讨论实况：CPTPP 的第 9 章对投资概念进行了一个界定。）
（讨论实况：CPTPP 的第 5 章，上海具备实施条件吗？）
（讨论实况：基本能实现 6 小时放行。）

（讨论实况：对标这个自由流动的条款我们还可以再研究。）
（讨论实况：再梳理一下企业有没有这方面的需求。）

要在制度型开放 1.0 方案落地之后，推动更多制度型开放举措在上海自贸试验区实施，尤其要展开在服务业开放、竞争中性、数据跨境流动、知识产权、政府采购等国际新议题等重点领域的压力测试。走过十年的上海自贸试验区，将再次肩负起为国家试制度的重任。

（崔卫杰　商务部国际贸易经济合作研究院副院长：要加入 CPTPP 有一个原则性的要求，就是说你必须接受现有规则的前提下，再申请加入。对标国际经贸新规则，是自贸试验区建设的初衷之一，要看哪些能够在自贸试验区里边先行落地。）

（王微　国务院发展研究中心市场经济研究所所长：上海自贸区未来要承担进一步推进改革制度创新和承担压力测试的任务，来更好地对接全球市场，来实现更高水平的对外开放，真正形成我们这种开放型新经济体制。）

凡是过往，皆为序章。伴随自由贸易试验区提升战略的实施，中国开放的大门将越开越大，以更高水平的开放、更深层次的改革，拥抱更加美好的未来。当下一个十年来到时，中国的高水平开放，也许已经收获了无数改革的"丰产田"，但人们不会忘记，最初在东海之滨的这片"试验田"所蕴含的价值。

解剖上海自贸试验区，
创新典型报道表达方式
——简评电视新闻纪录片《试验的价值》

上海政法学院上海纪录片学院副院长、教授　邢虹文

典型引领着这个时代，具有示范性意义和推广的价值。典型经验通过主流媒体的报道，进行社会化传播，成为时代的旗帜，产生良好的社会效应。在 2023 年度上海广播电视新闻奖评选中，上海广播电视台融媒体中心制作完成的《试验的价值》获评电视新闻一等奖。

一、时代的价值：作品立意紧扣顶层设计

十年试验，一小时凝练。作品是对中国（上海）自由贸易试验区十年来的改革经验进行系统总结，十年以来，自贸区做了很多"试验"，千头万绪，如何梳理典型经验，能在短短的 1 个小时内立得住，成为是作品成功的关键。

第一，顶层设计，国家战略大部署。中国（上海）自由贸易试验区，是以习近平同志为核心的党中央在新时代推进改革开放的重要战略举措，是党中央交给上海的重要任务。第一张外商投资准入负面清单、第一批自由贸易账户、第一个国际贸易"单一窗口"，上海在投资、金融、贸易领域，为国家摸索搭建出了三套基础性制度。

第二，全球贸易，国际竞争大背景。2013 年，第五轮中美战略与经济对话、跨太平洋战略经济伙伴关系协定（TPP）、跨大西洋贸易与投资伙伴协定 TTIP 等，全球贸易竞争日趋激烈。

作品的立意仅仅扣住"国家战略"和"国际竞争"两个重要的元素，徐徐展开论述，通过一个个典型事件，勾勒出中国以"开放促改革"，从"被动到主动"的高水平开放典型经验。

二、真实的力量：在历史中寻找细节

真实是电视新闻的生命力。如何溯源、如何再现历史，是典型报道的难点。《试验的价值》是重大题材的报道，信息量庞大，在真实性上禁得起历史的考验，站得住、立得稳是作品的生命力所在。该部作品在采访人物、历史影像和数据使用方面值得学习。

第一，亲历者作为采访对象。作品从政策制定的参与者、改革创新的亲历者、发展成果的受益者三个维度的历史见证人作为采访对象，通过对他们的采访，再现了自贸区 10 年的改革开放之路。

第二，"旧闻"见证历史。作品收集到大量的新闻资料和历史资料，历史厚重感通过这些不同画质的资料呈现出来，具有很强的历史代入感。旧场景和新场景的对比，不仅仅传达真实的场景、真实的故事，更是对历史的正视，是民族自信所在。

第三，翔实数据支撑。作品中使用了大量的数据进行论证。以负面清单为例，2013 年"除去社会组织和国际组织，国民经济行业一共 18 个大门类 1 069 个小类，负面清单具体到小类一共 190 条""2017 年版负面清单中，对银行服务业的限制条款，还有密密麻麻的一页，而在 2018 年版中，这些条款已全部从表列中去除""2021 年全国版和自贸区版外资准入负面清单，已分别减至 31 条和 27 条"，2023 年，"制造业这一大类的限制条款已经归零"。大量数据有力地说明了中国开放的力度，提升了作品的感染力。

三、故事化讲述：激发观众的共情

融媒体时代，如何进行报道，才能提升观众对节目报道内容的认同感，也就是提升电视新闻传播力呢？《试验的价值》在"硬核题材"新闻专题制作过程中，采取故事化讲述的方式，报道更加鲜活，有了"烟火气"，提升了作品的可看性，激发了观众的共情。

第一，设置悬念，巨大压力下的"试验"。国际贸易风云变幻，中国在国际贸易舞台上所面临的压力，主创团队将其巧妙地传达到了作品中。所有的试验，都面临着检验。作品第一篇章，"时间"成为重要的压力所在：时间急迫、工作量巨大、多方协调等，能否在短时间里完成如此复杂工作的，成为作品的悬念所在。第二篇章砥砺前行，为第一篇章的压力测试篇，"制度初试"能够禁得起实践的检验？第三篇章和第四篇章，如何应对国际贸易的新变化？上述种种悬念，成为推动情节发展的动力和观众的吸引力。

第二，鲜活的采访拉近与观众的距离。《试验的价值》中有大量的采访，这些人物的采访鲜活、生动、接地气。比如，现任上海市商务委主任朱民说："看（各国）负面清单像看小说一样看的，一条条看你为什么这么写？"中国电子口岸数据中心上海分中心副主任经峥嵘说："讲彻底点都是吵架吵出来的，每个监管部门都有自己的职责和任务。但是随着自贸区的创新，随着'单一窗口'的建立，其实是要破而后立的。"这些鲜活的采访实录，用老百姓的日常话语，将改革中的细节一点一滴凝聚起来，将背后的故事立体化呈现出来。

我国新闻界一直重视典型报道，典型报道是一个国家的影像记忆，《试验的价值》以上海自贸试验区发展为主线，通过制度初试、砥砺前行、产业崛起、"雁阵"齐飞四个篇章，讲述了 2013 年以来上海自贸试验区在高水平制度型开放上的尝试，系统总结了上海自贸区为中国的全面深化改革和进一步扩大开放探索新路径、积累新经验，成功塑造了高水平制度型开放先行者的形象。

"试验"的力量

——电视新闻纪录片《试验的价值》创作体会

上海广播电视台融媒体中心记者 陈慧莹

《试验的价值》，呈现的不仅是上海自贸试验区建设发展、积极探索的十年，还有电视媒体记录、积累并不断思考的十年。

定档 9·29、十周年当天播出，主创团队在 3 月春意初到时，便着手筹备。不着急开机，而是先要回答几个问题：上海自贸试验区，"试验"的到底是什么？十年"试验"带来什么？"试验"的价值和意义何在？

为了回答这几个问题，团队先对十年历程展开了国内外背景素材的海量梳理。我们发现，自贸区建设每个节点的推进，其实并不能孤立看待，放在全球贸易大背景之中，她和当时不断出现的各种更高标准的自由贸易谈判，紧密关联。上海自贸区从一开始，就不仅是解决国内推进高质量发展中出现的各类问题，更是为了中国参与全球经贸规则重构，率先做好"点"上的试验。因此，我们决定在报道讲述中，采取双线并行的方式。

一、宏大的叙事，更不能缺少直抵人心的细节。采访过程中被意外"挖"到的物件以及躺在媒资库中的历史画面，带给我们无比的惊喜。比如上海市商务委主任朱民几经换岗却依然带着的一个手工旧纸盒，里面装着的是当初制定负面清单时，留下的一份份讨论稿、修改稿、各国清单的翻译稿等，这个不起眼的、首次被曝光的盒子，记录的是开放率先迈出的"第一步"。还有报道中让很多人一眼难忘的"塑料筐"，以及报关员们围着一个"筐"跑前跑后的场景，是自贸区成立前，国际贸易的日常，直到被"单一窗口"彻底改变。再美的文字，或许都没有这仍冒着"烟火气"的鲜活画面，更完美地回答了"试验的价值"。

二、讲明白一件事，讲述对象的选择很重要，于电视媒体而言，尤其如此。这次专题片拍摄，每位采访对象都让我们由衷地赞叹，几位高级别专家学者，立足国家战略高度，让全片有了更高站位和开阔视野。跟着他们的讲述，十年风雨历程，似乎为我们打开了新截面："前进 0.5 步也是前进""99 个 1 这样走过来，你说它出问题吗？它也没出问题，但是你说再这样走下去行吗？可能也不行""狼来了，对中国似乎更多的是一种'鲶鱼效应'"……这些金句让观众津津乐道，一句入脑、一句入心。只有充分而真诚的沟通，才能建立起宝贵的信任感，我们的工夫没白费，专家们在面对镜头时，都以最放松的姿态，讲出内心深处的感受与思考，为全片注入了更多的力量。

三、首尾呼应，也是本片的亮点之一。这条报道的拍摄，团队有一种越拍越明朗的感觉。2023 年年中，数据跨境流动、政府采购、知识产权等更多国际新议题涌现，CPTPP、DEPA 等多边协定引领世界经贸体系新一轮变革，中国深入推进高水平制度型开放，上海自贸试验区再次成为先行者。上海市商务委自贸处的工作人员，不少是从外商投资管理处抽调而来，参与了第一版负面清单的制定。现如今，他们又频繁往返于京沪之间，和商务部专班人员反复推敲国际经贸规则条款，起草制度型开放的实施方案。当改革越往深走，改革者越发现，没有当初迈出的"负面清单"的第一步，就不会有今天继续对标高标准的条件和底气。十年后的今天，很多人再次回望，东海之滨这片试验田，"试验的价值"，答案已在心中。而让我们整个团队觉得骄傲的，还有专题片的画面语言。整个过程，镜头的拍摄已不仅仅是为了"好看"，更是以突出并呼应主题为目标。比如先导片，我们尝试了重大题材的轻量化表达，创新设计了一镜到底＋可视化模型道具＋典型新闻实况声的视觉方案。为了达到最佳视觉效果，后期制作加入"动态地图""纸片人""海岸线"、会"跑"的汽车等，不但是为了吸引更多年轻观众关注上海自贸试验区这个大事件，背后还隐藏深意：我们选择在摄影棚中，采用"试验"的拍摄手法；大家追求创新、突破自我的态度，正是呼应了本片"试验的价值"这一核心主题。

一版版构思方案、一次次沟通协调、几十份递出的采访函、一遍遍修改的文稿画面、不断的头脑激荡，还有无数个加班的夜晚……最终成就了《试验的价值》，它是我们对这段历史的一次正视，是我们献给上海自贸试验区的一份礼物，更是上海、对更高水平改革开放的深刻思索。

我深刻感触到，做专题报道也像人生，到达目的只是一瞬间，更多的精力都花在了事先的筹划和过程的打磨，而这个过程，很受益，更难忘。

2023 年度上海广播电视奖
参评作品推荐表

作品标题	头脑风暴——再出海：重新定义全球市场	参评项目	电视新闻
		体　裁	评　论
		语　种	中　文
作　者 (主创人员)	蔡如一、陈涵露、金旭旭、王汇语、许思珧	编　辑	蔡如一、陈涵露、金旭旭
刊播单位	上海第一财经传媒有限公司	刊播日期	2023 年 5 月 28 日 22:00
刊播版面 (名称和版次)	第一财经频道	作品字数 (时长)	45 分钟
采编过程 (作品简介)	1. 选题立足国际视野，探讨极具专业价值。2023 年，全球经济在遭受疫情重创后开始全面复苏，同时，我国的"一带一路"倡议走过了十年实践之路，虽然全球市场的不确定性因素依然存在，但企业出海不仅涉及中国企业的全球拓展战略，也涉及全球经济走势和变化。中国企业再出海既是创新之举更是破局之行。第一财经《头脑风暴》栏目重磅策划制作此档节目，重新思考全球市场定义，凸显了主流财经媒体正面宣传效果、专业的财经价值和深刻的思想站位。 2. 嘉宾层次丰富多元，共绘出海企业群像。栏目组精心筛选极具代表性的出海企业，邀请来自餐饮、零售、物流、互联网科技等多个领域的企业家，来自各行各业的嘉宾共同描绘出一幅企业家出海群像图。该作品通过深入分析当前的市场环境和出海企业面临的困难、机会与挑战，现场行业专家与企业家们一同寻找中国企业出海的最佳路径，对于中国企业家出海的思考和创新具有重要的意义。 3. 内容饱满数据扎实，话题深刻且具财经专业性。该作品通过深入的调查和研究，收集和整理了大量真实可靠的数据与信息，为节目制作提供了有力的支持。此外，节目团队与出海企业进行了深入的交流和沟通，了解了他们的经营状况、市场策略、竞争环境等方面的信息，从而获取并在节目中呈现出了宝贵的第一手资料，为观众呈现了一个全面而深入的视角，使得节目在专业性方面表现出色。		

社会效果	该作品立足国际视野,瞄准全球市场,具有专业战略眼光,结合出海企业的实际案例现身说法,探寻企业出海的曲折向前之路,向受众传达了积极正面的信号,增加了大家对中国企业出海的信心和未来潜力的认知,起到了强有力的正面宣传效果。 该作品在电视网端同步首播后取得了良好收视效果,得到了海内外众多企业嘉宾的高度赞赏,同时也获得企业界、商界、学术界等领域的一致认同和好评。 该作品的完整节目、短视频等都经过了多次转发和宣传发酵,现场的多家企业均在自己的企业对外平台传播了该作品的主要内容。同时,该作品已通过第一财经频道香港版在海外落地播出,其中,通过 Now 宽频电视覆盖香港的 8 万多订户,完整视频内容通过第一财经 YouTube 频道已触达全球。

头脑风暴

——再出海：重新定义全球市场

[精彩导视]

配音：从探路、扎根、再到科技驱动，出海企业都瞄准了什么？

杨鸥：餐饮企业是比较很好地能够去输出中国文化的。

王超：我们做了跨境支付的平台，主要解决两个核心的问题。

配音：从成熟的欧美市场，到"一带一路"沿线，再到开辟新兴市场，出海企业都经历了什么？

倪赟涛：找了一个美国的头部网红，达成了合作协议。

傅炜炜：品牌出海之后，我们才有话语权。

吕翠峰：我有一个外号叫"非洲女王"，他们给我起的外号。

配音：经济全球化更加紧密，出海企业又该如何与世界经济脉络同频共振？

余南平：全球的重新定位已经进入第二阶段了。

张思坚：一个是快，一个是慢。

杨宇东：所谓的"中国工厂"变成了"世界工厂"。

配音：《头脑风暴——再出海：重新定义全球市场》，共同聚焦中国企业出海的曲折向前之路。

孙睿淇：让头脑进入风暴，让风暴改变头脑。各位好，欢迎关注本期的《头脑风暴》，我是主持人孙睿淇。在当下我们发现，中国的企业家再出海已经成为了时代的一种风潮,这正是企业家的一种创新之举,也是一种破局之行,本期《头脑风暴》就来聊一聊企业家出海记,如何重新定义全球市场,来深入地剖析他们遇到的问题及解决方法,来看一看中国的企业家在全球市场到底如何体现出那份走遍千山万水,克服千辛万苦的企业家精神。

本期出海企业嘉宾来自餐饮、零售、物流、互联网科技等多个领域,他们是:

吕翠峰:果锐科技董事长、中非民间商会副会长。作为"一带一路"的先行者和开拓者,历经 20 年,深度布局海外跨境物流和农产品产业链领域,目前中国、非洲和东南亚分支机构 30 家,业务深度覆盖全球 50 多个国家。

王超:茄子科技合伙人。茄子科技是国内第一批工具出海的全球化互联网科技公司,深耕东南亚、中东、非洲等新兴市场,旗下多款 App 全球累计安装用户数超 24 亿,覆盖 200 多个国家和地区。

倪赞涛:TYMO 品牌联合创始人。公司旗下的美发科技产品在北美线上市场占有率超 10%,并拥有超过 2 000 家线下零售网点,斩获全球超 500 万好评。

傅炜炜:浙江新空气工艺品有限公司创始人。精确瞄准全球时尚消费类细分市场,2015 年起自主品牌出海,通过跨境电商等渠道让公司旗下的时尚穿戴甲产品远销全球三十多个国家。

杨鸥:快乐小羊联合创始人。快乐小羊火锅在全球 10 个国家、89 个城市拥有 100 多家餐厅,每年吸引 600 万人次的海内外顾客光顾,且西方顾客占 60%以上,是海外最受喜爱的中国火锅品牌。

同时,节目还邀请了两位评论员:

余南平:华东师范大学政治与国际关系学院国际关系专业教授。

张思坚:上海康煦股权投资基金管理有限公司创始合伙人。

风暴即将开始!

孙睿淇:有一种说法是中国的企业即将会迎来新一轮的黄金十年,各位是否赞同? 我们看看 6 位出海企业的企业家代表都是举的勾牌,评论员当中出现了一些不一样的声音,余教授还是支持这种看法的,张总举了反对牌,背后是什么样的原因?

张思坚:如果说"黄金"是指中国企业后面十年遍地都是黄金,赚钱非常容易的话,我有不同的看法,从整个全球的环境角度来讲,中国的软实力、中国的供应链、中国的整个体系都在受到不同程度的挑战,但是对于在座的这些审时度势的企业家来讲,我相信他们能够找到市场的机会和机遇,他们可以找到他们的突破点。

孙睿淇：谢谢，最后还是表达了一份信心，来问问看余教授，您的信心来源是哪里？

余南平：中国企业现在整个在全球的重新定位已经进入第二阶段了，出海的概念不是说我把东西卖出去，我们所讲的出海的真正意义是跨国公司的标准，在人家那里做绿地投资，带动就业、带动创业，给当地缴税收，是这样一个概念。但我们知道全球市场不只有西方，美国就 3 亿人，欧洲全部加起来是 5 亿人，全球那么多亿人去哪儿了？我们要这么思考问题，所以这个十年肯定是到第二个阶段了，再加上"一带一路"目前经过前十年的酝酿，2023 年我相信是"一带一路"突破的元年，2023 年要开始全面铺开。

孙睿淇：刚才讲到了"一带一路"，吕总有非常多实践的经验。

吕翠峰：因为我们企业到非洲去已经 15 年了，到东南亚也有将近十年的时间，我们有 17 个海外国家是真正地自己在当地深耕，雇用当地员工，在当地也真正地开展业务和在当地进行缴税，我们能看到，从现在开始，未来的这些十年或者说更长的时间，中国企业走出去的一个情况。我觉得我们可以更好地把中国改革开放 40 年带给我们这种积累的先进的经验和国际化的视野，以及我们能够培养的这种国际化人才输入到全球各地去，在当地进行属地化的发展，所以我也认为未来的十年应该是黄金十年。

VTR1：

2023 年 1 至 4 月，中国出口 7.67 万亿元，增长 10.6%，进口 5.65 万亿元，增长 0.02%，实现贸易顺差 2.02 万亿元。同比 2022 年 1 至 4 月，扩大 56.7%。商务部数据显示，2022 年，我国全行业对外直接投资 9 853.7 亿元人民币，增长 5.2%。分区域看，2022 年，中国企业在"一带一路"沿线国家非金融类直接投资 209.7 亿美元，同比增长 3.3%，占同期对外非金融类直接投资总额的 17.9%；分行业看，批发和零售业、制造业是中国对外投资的热点，同比增速分别为 19.5% 和 17.4%。回首这十年，"一带一路"建设始终保持着旺盛的活力，中国已经与 151 个国家、32 个国际组织签署了 200 多份共建"一带一路"的合作文件，与沿线国家的货物贸易额翻了一番，对沿线国家的直接投资增长了 80%。中国贸促会研究院报告显示，中国对外直接投资流量和存量连续 4 年稳居全球前三。那么，在当下中国企业扬帆出海抢占全球市场的核心竞争力究竟是什么？风暴马上开始！

孙睿淇：我们也请几位企业家代表来讲讲你们的出海经历，回顾一下这个历程当中有没有一些值得分享的高光时刻。

倪赟涛：我们 TYMO 是一个时尚消费电子品牌，我们专注在个护和美发品类这个类目上。我们在创业的初期，其实就是定位在美国这样一个市场，卷发变成直发在当地市场是一个巨大的需求量。在我们推出了这一系列的直发梳之后，大概在创业的第二年销售额就超过了一个小目标。我们在 2022 年整个直发梳系列在当地美国的线上直发器市场上，是超过了 10% 的市场份额，包括在 2022 年的销售旺季，亚马逊的美妆个护品类上面，我们能够跻身在前十名。

傅炜炜：我们公司成立于 2004 年，当时我们做的就是美甲类的产品，而且美甲类里面很细的一个分类，就是穿戴甲，我今天戴在手上的这个穿戴甲，它的使用场景很方便，就在家里她想戴上去的时候就可以戴上，想卸的时候就可以卸下来。我们是做贸易开始，目前基本上积累了将近 15 年的时间，在 2015 年的时候我们就在亚马逊做自己的网店，所以目前我们在美国、英国、欧洲、中东、日本、沙特，基本上主流的市场我们都有自己亚马逊的店。值得庆幸的是，这几年我们通过提前的布局，3 年的疫情期间每年都是以百分之二十几的速度在递增，所以我们对出海这一块还是蛮有信心的。

孙睿祺：杨总的快乐小羊，可能说另外一个词就比较熟悉，就是小肥羊。

杨鸥：是这样，快乐小羊是原来的创始团队重新建立的一个新的品牌，我们其实是在 2016 年在波士顿开了第一家店，目前在全球 10 个国家、89 个城市，有100 多家餐厅，这是目前的布局，所以我们目前店面每年可以接待到 600 多万人次的海外顾客。跟其他的餐饮企业不太一样，我们在海外的店面 60% 到 70% 是海外的顾客，因为在海外我们属于老外，人家是当地人，我们在当地是真正能够融入到当地的主流社区的，被当地人所接受的一个火锅品牌。所以当年去英国开店的时候，我们在伦敦大英博物馆对过的那一家店，现在目前可以做到净二十多万元的营业额，人民币，一天的营收，所以基本上大部分的海外店面都是像你所看到的，都是排起长龙，非常受当地外国人所喜爱的，所以我们看到很多外国人能够接受中国的火锅，这是我们感觉非常骄傲的一个时刻。

孙睿祺：好，谢谢。其实刚才这三位代表还是相对聚焦在消费领域的，可能大家也会比较好接受，我们看看这边的两位企业家，来介绍一下你们的企业和你们企业出海过程的高光时刻，王超总先来。

王超：茄子科技主要是做消费互联网，首先，整个企业从成立到现在，我们在第一天就非常明确地说，我们所有的业务、所有的用户、所有的收入全部来自海外。其次，我们自己整个的发展大概分成三个阶段。第一个阶段差不多是从 2015 年到 2017 年左右，我们当时实际上观察到了一个趋势，我们发现海外大量的这些新兴市场国家的用户已经可以买得起一个智能手机，但是当地的网络条件很差，他买完智能手机之后还是只能打电话、发短信，所以我们当然就做了这样一个进场的传输软件，让我们这些用户在网络不太好的情况下，也可以获得很多的娱乐，包括电影、音乐、游戏，所以在这个阶段我们总结叫工具出海阶段。那么在 2017 年到 2019 年，我们也观察到用户联网率的上升，看目标市场的整个供给情况也在发生变化，所以第二个阶段我们从工具 App（应用程序）开始过渡到内容 App（应用程序），我们去提供更多在线的服务。那么第三个阶段从 2019 年到现在，其实我们从一个纯粹的做消费端，就是给用户提供服务的公司，变成一个消费端加企业段的公司，我们成立了自己的自营广告平台。我们还做了跨境支付的平台，主要解决两个核心的问题：第一个，帮助新的出海企业从零到一去获取到你的用户；第二个，获取完你的用户之后，我们帮助你们把钱从用户手上收上来，帮助你们去做变现。所以我们基本上是这样三个阶段。

吕翠峰：我们应该也是分两个阶段，最早是 15 年之前思锐国际物流走到海外去，主要是给中国的央企和国企，那时候他们应该更好地走到"一带一路"沿线国家去做很多的援外工程、总承包工程，我们实际上为他们做"一带一路"拓展，去保驾护航，做好后勤服务工作。第二阶段，从 2018 年年底开始，我们把非洲的一些水果，让它真正地进入中国来。我们在去年终于经过 3 年半时间的努力，把非洲新鲜的牛油果进入中国，这个过程当中，我们特别开心的是原来的关税到中国来是高达 30％，经过我们的努力，以及我们去推动双方政府一些单据、流程方面的落地，最后把关税降低到 7％，这个关税降低 7％，一方面可以更好让中国的消费者受益，因为我们的卖价可以更低；另一方面，我们也可以让非洲的农民和加工厂能够获得更大的收益，因为它有更大规模的输出产品到中国来，而且在去年首批新鲜牛油果输华的时候也得到了中国外交部，尤其是非洲司的极大赞扬和肯定。同时，很多的非洲国家驻华大使也表达了非常多的一些后续的需求。

孙睿淇：两位评论员有什么样的感受？余教授。

余南平：5 位企业家都代表了不同类型的企业，其实王超总的（经历）让我感想比较多，为什么？王超总讲了一个很重要的事情，中国企业第二阶段出海，一定要牢记一点，其实你们在抱团，包括开拓欧洲市场的时候其实没有单打独斗的，你有你的物流、他有他的制造、我有我的金融，这样子做的话才可能使这个产业市场或者中国力量做大。你做的是一张网，是靠网络节点把它连接起来的，发现这里面的需求，然后你再创造条件，把网络慢慢做强做大，做了网络链接和流量。我们的价值链是一个复合型的，这样的话再把中国企业连接到这个网络里面，这个时候再出海跟我们过去讲的做简单的货品贸易、服务贸易，那就不是一个概念了。

孙睿淇：是，构建一个出海企业的生态圈。

余南平：对，它是一个网络体系，它也能同时锻造一个以中国为核心的区域或者全球价值链体系。

张思坚：你再看全球所有的供应链，Zara（服装品牌）的、Primark（服装品牌）的，都没有像中国这些小微企业给中国电商被这样折磨过。那么这个军团合在一起，一起打国外的市场就非常厉害了，这个就反映了我们中国强大的生命力和企业的创新、创造、刻苦努力的精神。

孙睿淇：我们来看一看中国出海的企业家他们现在的核心最大的竞争优势是什么。

倪赟涛：我这边写的是人口基数，这个人口基数其实是由我们国家人口基数带来的一系列优势在里面，因为我们国家的人口基数高，所以我们的互联网普及率也偏高，所以我们就酝酿出了一个很大的线上消费这样的市场，面对这样子一个庞大的线上消费者，其实中国企业就会很快速地酝酿出一系列的数字化的创新手段，比如说短视频的带货、直播的带货，这些数字化营销手段其实是为我们中国企业家出海又提供了一个有效的支持，能够让我们在海外以这样子一个快的方式去融入当地的市场。

傅炜炜：我写的是创新。在国内的竞争是非常激烈的，那么就要求我们每个企业跟竞争对手方面要有很多的差异化，那么需要有差异化，我们就不断地要去迭代、更新，所以说在这一点上面，我觉得目前中国企业在这方面能力还是比较强的。

杨鸥：我是觉得其实餐饮企业是比较很好地能够去输出中国文化的，我们改革开放初期，你看到了可口可乐就代表了美国文化，所以中国文化也是一样，吃的东西是要入口的，所以入口的时候，人跟这些东西会产生一些化学反应，就比如你吃一口寿司就知道这是日本的，吃一口米粉就可能是越南米粉，这是越南的，所以我觉得饮食文化是非常好地把中国文化切入到各个国家去的沟通工具。包括火锅的饮食方式是非常能够被各个国家的文化所接受的。

吕翠峰：我写的是价值链的先发优势，实际上在中国改革开放四十多年的过程当中，我觉得中国的产业链是非常完备的。所以当我们这样的企业去出海的时候，如果我们有这样的先发优势，实际上走到这种"一带一路"沿线国家去就会比较轻松一点，那么就不需要从零到一再去交学费、再去摸索，它只需要一个简单的创新、简单的一个协同就可以，我觉得这就是我们一个在这么多年当中积累沉淀下来的价值链的先发优势，我们的确要感恩我们的国家的快速发展。

王超：我写的关键词叫本地化，刚才余教授也提到了今天的整个网络、地区、价值的情况。在过去这些年的实践中，我们的理解叫作新一轮的全球化，其实就是本地化，你把你所在的每一个国家，你把本地化这件事情做到极致，你就实现了全球化。所以我想说的这个关键词的背后叫作产业溢出是必然，真正的胜负手是本地化。

孙睿淇：谢谢，其实听完了几位企业家的分享，我觉得有一个总结，可以用中国优势来概括你们刚才每一个人讲的一个点，最后还是要落在王超总那里的，我们怎么样从走出去变成走进去，真正地做好本地化。我们来看看两位评论员，你们觉得最大的优势是什么？

张思坚：我主要讲了两个字，一个是快，一个是慢。快确实是中国供应链快反机制的降维的打击，这个是中国供应链的快；慢的（方面），很多的市场我们看到了有一些快的产品的发展方向。比如说德国最大的电商平台 OTTO，1 500 万个产品在上面卖，到现在接近 5% 的产品已经挂上了绿色的商标叫"可持续的"，就是说它是环保、绿色的产品，可降解的，这个对我们中国也是有一个很大的机会来能够创造可慢供应链的机会。

余南平：我其实选了一个（关键词）吃苦。这个事情主要是给在场的 5 位企业家一个很大的点赞。因为中国企业家跟其他人不同，在全球市场是一个后来者，只有吃尽千辛万苦，走遍千山万水，你才能找到市场机会，因为我知道现在的企业家素质非常高，但是为什么我想回到最根本，就是中国企业精神。因为我们中国人的精神是吃苦耐劳，我们这么多年回想一下改革开放，都是一针一线做出来的，挣的是辛苦钱。所以在今天来说，这个精神和价值对于你长期占领或者开拓海外市场还是非常重要的，虽然我们现在比那个时候富裕很多，企业有点家底了，但是精神不能忘，踏实肯干，这样的话无论是全球市场风吹浪打，你有这个精神所在，你就会立足那里，接下来就是通过我们讲的协作、本地化的落地、文化的融合，这样的话才能使我们的企业（成功）。所以我就选了一个不太属于我这个专业讲的词。

孙睿淇：刚才讲了企业家的出海高光时刻，也总结了我们现在中国企业出海的一些优势，能不能请各位来谈一谈企业出海给你们的企业、你们的品牌和你们自己最大的收获是什么？王超总先来。

小标题 1：出海企业最大的收获是什么？

王超：其实收获很多，譬如说我们很自豪地说我们就是通过两年时间，我们就可以在两年做到 10 亿用户,今天我们有 24 亿用户,安装用户遍及全球,这是不是收获? 当然是收获。我其实有一个没那么具象的一个巨大收获叫作人才和队伍,我觉得我们从做出海这么多年来,最大的收获是我们收获了一群有国际视野,但是又非常脚踏实地、吃苦耐劳的这一拨有创业精神的人。

吕翠峰:我自己创业 20 年,因为我有一个外号叫"非洲女王",这是他们给我起的外号。我有时候就想说,我用了自己人生当中那么长的时间去做好"一带一路"沿线的这种服务,所以这个过程当中我可能觉得我在做好企业的同时,也能够更好地去发现自己的人生价值,做好社会公益,做农产品这一块,我有一句话一直对外讲,我说我们做的是让非洲农民吃饱,让中国人民吃好,这可能也是一种社会的实践,或者社会的责任感。

倪赟涛:对于我们企业来说,当然销售额的增长是我们最大的收获,能够感觉到我们创造出了一个更大价值。为什么我们中国的创业品牌不能够卖得比欧美传统品牌来得更贵,这个其实对于我们来说是一个很大的价值提升。

傅炜炜:我们公司最早是从传统外贸开始做的,那么这几年转型做出海了之后,我们觉得最大的收获就是在品牌思维这方面,我们就慢慢地有一个清晰的思路,我们觉得只有自己的品牌出海了之后,我们才有话语权。

杨鸥:最大的收获,其实西方顾客对于中餐厅的印象还是感觉有些脏、乱,我们在海外经过那么多年的发展,现在目前的门店也接收了 60% 以上的海外顾客,当他们看到、品尝到这个中餐,他们觉得原来中国火锅可以这么美味,环境也干净整洁,从而改变了他们以往对于中餐旧有的印象,能够对我们竖一个大拇指,对于中国人在海外的形象整体来说也是一个提升。

VTR2:

2001 年,中国加入 WTO(世界贸易组织),国内企业走出去的大门从此打开,全球产业分工体系开始出现越来越多来自中国的参与方。2023 年两会期间,中国企业如何再次"走出去"也成为代表委员们热议的话题。当前,中国与世界的融合程度持续加深,中国企业的国际化进程在数量和质量上都与往日不可同日而语,企业对海外市场的渴望也在从"走出去"向"走进去"转变。"走进去"意味着更大的挑战,要实现真正的"走进去",要加速在海外市场本地化进程,不仅需要中国企业家们具有全球化视野,站得更高、看得更远,还要了解当地市场特性,因地制宜。然而,2022 年美国和中国货物贸易总额达 6 906 亿美元,尽管创历史新纪录,但是中国对美国的出口比例却在逐年减少。那么当下,全球市场的不确定性因素依然存在,中国企业又是如何克服种种困难,并获得长足发展的呢? 风暴继续!

小标题 2：出海中企业遇到的最大困难是什么？

孙睿淇：接下来我们就请各位敞开心扉，来说一说出海过程当中遇到的最大的困难是什么，以及你们现在是怎么解决的。

王超：关于这个出海遇到最大的挑战，非常坦诚地说，我们这几年一直在对一个问题反复地去进行处理，叫作合规，这个和本地化是紧密地绑在一起的。其实我们感觉今天这个主题自己很喜欢，叫再出海，其实我觉得整个全球化也是叫再全球化。数据合规这件事情，每一个国家都有一套自己的准则，某种程度上全球化被打破了，那么在这个过程中，企业在经营角度上如何可以做到合规？其实是一个非常具有挑战性且动态的话题。这其实是一个灵魂的拷问，想不想做大？如果你想做大，合规是你必须面临的挑战。

余南平：数字合规确实跟我们传统所习惯的商品或者贸易形式合规有点不一样，因为这里面很重要的一个是数据主权问题，它涉及国家安全问题，它一定是最复杂的，所以你要是把全球最复杂的事能解决，你没啥不能解决的。

吕翠峰：我觉得我们主要是两点：一个就是我们的属地化的跨文化管理，另外一个是国际化的人才。那么讲到属地化跨文化的管理，实际上在不同的国家当中，比如说和非洲或者东南亚完全是不一样的，他们的肤色、文化、人文、宗教跟我们也完全感觉是两个维度。那么再加上有国家和国家之间的文化差异，最后你就会发现在属地化就有两股势力一样，不能很好地融合，那怎样能让他们变成一个团队，精气神之类的都在一个层次上体现出来，实际上对企业来说就是一个很大的挑战。

杨鸥：我们餐饮行业最大的挑战，特别是跨国经营的话，最大的挑战还是在供应链这一块，比如我举例子，我们当时进英国市场的时候，英国当地没有专门的肉业工厂去专门供我们涮羊肉的肉卷这种产品，所以我们第一还是要解决供应链的问题，所以当时我们也派了很多的技术工厂的人员到英国很多牧场到处去挑选羊源。其实我们可以发现英国在养羊方面就是一个很有悠久历史的国家，而且它的自然资源也非常丰富，它的威尔士羊就是以皇室命名的，英国这个国家对于养羊业也是非常重视，但是他们不会做，所以我们派了技术人员到英国工厂去教他们怎么样去筋剔膜，怎么样加工、去云皮，加工肉卷，手把手地教他们，最终才有了这些产品，最终才能供应到当地的店面。当英国人吃到时，说原来这个羊肉是可以吃的时候，他们是很惊讶的。

傅炜炜：对于我们来说的话，国际贸易政策的一些制约对我们还是影响蛮大的，那么我们只能从内部，自己内部去化解，所以我们就是在工厂内部，我们是制造型企业，那我们从工厂内部就是精益化的生产，来提高效率，把成本能够控制的都把它控制下来，弥补那些政策上带来的影响。

倪赟涛：我们其实创业初期就花了很多的精力把产品放到当地的市场上去打磨，但是其实没有"酒香不怕巷子深"这一个道理的，产品放到了平台上面，它其实碰到的竞争对手有很多，那你怎么能够让你的产品迅速地让用户所了解、所认知，能够突破我们的一个销售瓶颈，这个是那个时候我们面临的最大的一个困难。当时，我们是找了一个美国的头部网红，和这个网红达成了合作协议，他帮我们推出一个视频，那么这个视频在社交媒体上播放之后，一下子把我们的产品和品牌推广了出去。

余南平：我们作为大学的教授来讲，觉得最大的问题就是人才短缺，普遍性短缺，要熟悉当地市场，既要懂经营管理，又要有文化沟通能力，我们大学没有给社会培养那么优秀的人才，这样的话其实人才总体不足，其实影响中国企业走出去的效率。所以，今天给我最大的感受就是回去以后，我们要赶快把课程改造一下。将来还有一批企业要出去的，所以我们要给他们提供更多的人，更符合海外市场的一些人才，这个复合型人才很重要。

配音：节目现场的出海嘉宾，都在各自的产业和领域中捕捉了商业契机、预估了前景趋势，同时，也分享了企业遭遇过的困境，并沉淀总结了一些有效打法，他们的出海经历和行业经验或许能够帮助未来计划出海的企业规避很多弯路。

余南平：我们还有很多企业没有出过海，它的第一个问题是我去哪儿？

张思坚：我们中国的企业家如履薄冰，谨慎为上的意识还是很强的。

杨宇东：全球化战略，已经发生了深刻的变化，我们不能再刻舟求剑了。

VTR3：据商务部数据显示，中国对外直接投资者中，非国有企业的占比已经从 19% 提升到 53.7%。根据亚马逊云科技的调研报告显示，已经出海的企业中，中小企业占比已达到了 37%；计划出海的企业中，中小企业占比 65%，近八成中国企业将维持和扩大对外投资意向，看好对外投资前景，其中，民营企业的出海发展速度最快，已经成为出海浪潮中一支不容忽视的力量。如果说在过去二十几年，中国企业凭借着低成本的供应链和高性价比的产品，在海外市场获得了立足之地，那么当前，中国企业应更多地依靠自身创新技术和生产力上的突破才能进军全球市场，同时还需要寻找和提供多方面的海外本土化运营解决方案，才能在全球化进程中实现全面突围，而这无疑也对更多想"走出去"的中国企业提出了更高的要求。同时，世贸组织预测，2023 年全球货物贸易量仅增长 1%，较 2022 年放缓 2.5 个百分点左右。当下，全球化竞争进入到了一个全新阶段，中国本土企业尤其是计划出海的中小企业们又该如何顺势破局呢？风暴仍在继续！

小标题 3：计划出海的企业需要转变哪些思路？

孙睿淇：那么当下整个走出去的逻辑和环境都在发生着变化，我们出海的企业应该如何转变自己的一些思路和做法？我们来听听看已经出海的这些比较有经验的企业家，他们有什么样的一些想法和改变。

吕翠峰：我最大的感受，比如说货币的贬值，我这次去也发现了，这次疫情之后几乎所有的非洲国家的货币都在贬值，所以在这个过程当中，你说企业出海真正走到当地去，那没有提前思考好如果遇到这样大幅贬值的时候，如果我一夜醒过来，我在当地赚的钱一下贬值了 40%、50% 的时候，我怎么办？国家的支付能力、履约能力，以及当地政府的守信用的很多事情都摆在那儿，这是一个现状。还有一个非常重要的现状，比如说政权的稳定性。所以说很多的外部环境的不确定性其实是致命的和最要紧的，企业在出海之前还是做好充分的市场调研。

王超：我觉得出海这么多年，这两年对于变化的感受特别深刻，譬如说外汇这件事情，其实后来我们找到的解决方法在哪里？离岸人民币，为什么一定要绑着美元做，我用离岸人民币也是一个很好的方法，所以我的第一个感受是在风浪越大的时候，你的心要越定，要相信我有一个方向可以解决问题，那最终问题是可以被得到解决的。我的第二个感受是，要对机会这个词有一个准确的理解，今天当我们看到整个目标市场，我非常赞同刚才吕总说的，其实我们把眼光放远一点，我们看新兴市场，新兴市场的机会非常大。但是这个机会非常大不等于遍地是"黄金"你可以捡，那对机会这件事情的把握一定要细分、细分再细分，如何沿着一个看似的小裂缝，一直挖下去，能够挖到真正的机会，我觉得那件事情是我感受特别深的，需要精细化的运营，需要精细化的考量。

杨鸥：的确，现在有一个新的名词叫"VUCA"，其实是四个英文单词的缩写，就是复杂性、多变性，然后是不确定性，还有未来的困难性比较大，的确现在面临的是在全球各市场都会有不同的困难。像我们在美国也碰到通货膨胀的问题，我记得 2019 年去美国的时候，那个时候一碗米粉大概在 12 美金，但是最近美国的同事们就说现在一碗米粉已经涨到 20 多美金了，而且人工各方面都在涨，就是说薪水方面也在涨，成本在提升。那我们其实应对的还是通过不涨价，中国的智慧里面可能有一种叫"以不变应万变"，同时我们相信性价比还是王道，就是无论你去到哪个市场，你要提供一个非常高价值和附加价值和性价比的产品，这才是一个长久的生存之道。

傅炜炜：是这样的，我觉得目前的出海不能局限于老牌的欧美国家，3 月份的时候我在意大利、法国做了一个市场调查，那么从当地的各个超市、美妆店，还有餐饮，都看了一下，基本上物价都有 30% 到 40% 的上浮，我觉得放眼全球的话，我们更加要去找一些新兴的市场，比如说东南亚市场、拉丁市场，"非洲女王"

也可以带我们走出去看看市场,所以我们应该定位在全球市场。

倪赟涛:在 2021 年的时候,我们在那个时刻也对自己进行了一个反思,是不是自己的义务或者市场渠道是需要做到多元化,从 2021 年开始我们就慢慢地从线上开始往线下转,我们现在基本上只有 50% 会放在亚马逊,有 20% 在自己的网站,有 30% 在美国的一个线下渠道这里面。

张思坚:我们中国的企业家如履薄冰,谨慎为上的意识还是很强的,所以我们的企业家要学会加速,也要学会踩刹车;要学会躲避障碍,也要学会左转弯。

余南平:我觉得现在对于企业家来讲,因为可能在全球市场操作,因为这样的话可能碰到的问题,相当于政治、经济,包括国家安全问题都放在一起了,它就比较复杂了,比如说像汇率贬值这个问题,我们的企业家可能更需要有一个战略的思维,就是我是在全球操作,而不是在某一个市场上。而且最好的办法是什么?有些国家或者有些地区拟定出台、打算出台的这些讨论的文件,你就会知道大概这个东西能不能通过,通过后会对我有什么影响,特别在欧洲这个是非常典型的,那这样的情况你会提前有一个预判,因为这个是全球化经营。

孙睿淇:我们的整场到这儿进入到最后的一个问题了,就是面对未来有计划要出海的企业,包括已经出海的这些再出发的中国企业,各位有什么样的建议,下一步最需要关注的是什么?

倪赟涛:用回傅总之前提的创新,这个创新就包括了产品创新、营销模式的创新、市场渠道的创新和人才的一些创新,大概是这样子。

傅炜炜:我写的是一个"快",如果是进入全球市场,那我们要有整个市场的洞察力,要非常敏锐,创新要快,而且我们的产品迭代要快,然后我们要建立一个敏捷型的企业,能够去快速地应对市场的一个变化,这样的话我们才能够长久地发展。

杨鸥:还是产品的核心竞争力,因为一家企业无论去到哪个国家,如何去夯实自己独特产品的核心竞争力,这块还是非常重要的,那你有了在产品力方面的一个很强优势的时候,你才能深入到各个国家去参与这些竞争。

孙睿淇:我们这三个的答案都是回归到了商业的本质,来看看这两位,吕总。

吕翠峰:我写的是深度链接,因为我是觉得中国企业走出去,我们要深度地去链接当地的人才、当地的政策、当地的法规、当地的合作伙伴、当地的资源,当然也要深刻地去洞察在当地未来发展的机遇是什么,去寻找发展的那个点,这个还是很重要的。

王超：我写了三个词，信心、航向和抱团。第一个叫坚定信心，坚定地认为出海是赋予我们这一代人的机会，一定要坚定这样的一个信心。第二个就是航向，这个世界很广阔，新兴市场的变化真的很快，找准自己的航向。第三个叫抱团，刚才余教授也提到了，今天我们中国的企业出海不再是单打独斗的状态，我们大家是抱团出海，抓住这一波时代赋予我们的机会。

张思坚：我希望我们能有更多的跨境电商公司能够打开 A 股上市的绿灯，然后让资本市场为我们跨境电商的企业服务，能够让股民享受中国产业链走向世界的红利。

余南平：我选的是区域，我们还有很多企业没有出过海，它的第一个问题是我去哪儿？全世界那么大，为什么区域在今天这个问题特别重要了，是因为我们全球的政治、经济格局变化到今天这个时刻，有的地方对我们要相对简单一点，有的地方对我们特别困难一点，不是我们去捡金子，其实是挖掘，其实是开拓，但在哪里开拓，哪里都会有浪潮，哪里风更大，鱼更贵，就是你要找那个鱼最贵的地儿，就是机会最大的地方去，所以这个区域问题在我们看来相当于有点宏观战略考虑的问题。

【总编辑观察】
【同期声采访】《第一财经》总编辑杨宇东：

比如很多企业的全球化战略，已经发生了深刻的变化，我们不能再刻舟求剑了，今天的全球化从大环境，战略目标到执行，都已经截然不同。以前更多还是主动的产能释放，寻找新市场，现在更多的是适应性战略，为了防范产业链风险和订单风险，在当下政治和贸易摩擦加剧的大背景下，在逆全球化、产业链区域化的大趋势下，寻找更安全的布局，从"中国供全球"转变为"区域供区域"。与此同时，也在再积极探索更好的管理模式，我们也观察到确实有一批企业在海外建厂，不仅规避了脱钩风险，还因为人力、物流、原材料等成本的下降，提高了毛利率，完全出乎一般的经验认知。所谓的"中国工厂"变成了"世界工厂""投资在外，市场在外"，其实这也是很多国际跨国公司一贯的做法。我们看到了越来越多的中国企业来到了墨西哥、越南、土耳其、柬埔寨等这样的国家，原来认为全球投资跨度越大，难度越大，风险越大，现在反而跨度越大越安全。这些现象都非常值得我们的关注和研究。

孙睿淇：今天我们这场《头脑风暴》感受到了未来的企业出海之路一定是一个更加高质量发展、能够快速迭代的道路，我们也相信，这些有着航海家精神的中国企业家一定能够百折不挠，能够在海外市场打出一片天地，再次掌声感谢各位企业家，感谢评论员和观众朋友们，我们下一期《头脑风暴》，再见。

用全球视野看中国扩大开放的信心力量
——简评电视评论《头脑风暴——
再出海：重新定义全球市场》

上海广播电视台副台长 李蓉

经历了新冠疫情3年的影响,全球经济遭到重创,加上逆全球化和单边主义趋势加剧,世界经济加速衰退。在此大背景下,中国审时度势,坚持开放,经济保持足够的韧劲,开始全面复苏。2023年,中国企业不畏艰难,把握全球市场的国际化分工协作,以及区域性贸易呈现上升的契机,危中寻机,积极地走出去,拓展海外市场,展现出了中国经济向上的坚定力量和信心。电视评论《头脑风暴——再出海：重新定义全球市场》就是围绕这样的大局制作出来的优秀评论节目。

一、用宽视野做专业解析,具有较高思想站位。习近平总书记强调,在世界经济处在下行衰退的情况下,中国经济发展的关键一招就是开放的大门开得更大,要从"走出去"向"走进去"转变,成为推动全球经济合作与发展的重要力量。这一期的《头脑风暴》就是聚焦中国企业在践行"关键一招"中的新探索、新作为,探讨的话题是"再出海：重新定义全球市场"。在"走出去"向"走进去"转变的过程中,虽然全球市场存在诸多不确定性因素,但是国内企业重新审视,勇毅前行,体现了中国智慧。节目组通过前期深入的调查研究,收集整理了大量真实可靠的数据和信息,从而得出判断,国内企业再一次出海,走进海外市场,不仅使中国与世界的融合持续加深,而且让中国企业的国际化进程在数量与质量上都得到了新的提升。作为专业财经媒体,《第一财经》从专业角度敏锐洞察在沉闷的全球经济格局中出现的"中国之光",以全球视野去深入探究和解析中国企业在新一轮全球化进程中展现的新举措、经受的新挑战和寻觅的新机遇,也给正在出海和将要出海的企业以启发与借鉴。节目话题深刻,观点独到,评析到位,体现了专业的厚度和较高的思想站位。

二、案例典型具有代表性,创新举措引人思考。2023年是全球经济的复苏之年,同时也是我国共建"一带一路"倡议提出十周年。面对全球经济形势的不确定性和激烈的市场竞争,企业如何成功地走出去并站稳脚跟,是中国企业面临的重大挑战。这一期的《头脑风暴》围绕主题邀请了多家在这一轮"走出去"的企业,包含了互联网科技、零售、物流、餐饮等多个领域的企业家,用各自的经历做实例，剖析了他们的经营状况、市场策略、竞争环境等。这些典型案例为观众呈现了全面而深入的视角，使得节目在专业性方面表现出色。如思锐国际物流创始人吕翠峰，"一带一路"倡议提出十年来，勇于在非洲开拓，她的企业入驻了非洲 13 个国家，为中国企业的"走出去"及"一带一路"的倡议做出了不斐的成绩。现场的企业家们一起分享他们在海外市场得到的丰富的实战经验。这些创新举措对于中国企业家出海极具借鉴价值和现实指导意义。

三、专家解读有深度，呈现财经视角新意和厚度。该作品秉持了《头脑风暴》一贯的多维度、多层次、宽视野的定位，现场的专业嘉宾围绕出海企业的核心竞争力、收获、困难与出海思路的转变等专业话题，瞄准全球市场，以案说理，梳理了全球市场的重心转换和中国经济融入全球市场的新着力点，由此及彼，探寻了企业出海的向前之路。快乐小羊联合创始人杨鸥分享了在国内餐饮业愈发激烈的竞争环境下，创始团队将目标瞄准海外，成功打造海外品牌——快乐小羊，目前在全球开了 100 多家门店，成为欧美市场当前最火的中国火锅品牌。专业嘉宾就其出海凤凰涅槃的经历，提出化危为机，就是要在大格局中发现机会，成功的出海思路对于中国企业未来出海都具有重要的指导意义。节目中，专业嘉宾提出随着高新技术的不断进步和市场的日益开放，全球经济格局的最新变化，中国企业的出海之路已经越来越宽广。这向社会传递了积极正向的中国信心和决心，不仅增加了人们对中国企业出海的信心和未来潜力的认知，也为即将出海的企业出谋划策。节目所传递的正向积极信号，也激励着更多中国企业参与到国际市场竞争中，为实现中国经济的持续发展贡献力量。该节目播出后得到了海内外众多企业嘉宾的高度赞赏，同时也获得企业界、商界、学术界等领域的一致认同和好评。这充分表明节目在国内企业再次走进海外市场的重要节点时起到了强有力的正面宣传效果。

打造财经对话平台传递中国企业全球化声音
——《头脑风暴——再出海：重新定义全球市场》创作体会

第一财经《头脑风暴》主创：蔡如一　陈涵露

2023 年，全球经济在遭受疫情重创后开始全面复苏，商品生产的国际化分工、协作及区域性贸易的便利化程度正逐步向疫情前靠拢。同时，我国的"一带一路"倡议已经走过了十年实践之路,国内企业纷纷把握机遇,积极拓展海外市场,成为推动全球经济合作与发展的重要力量。当前,中国与世界的融合程度持续加深,中国企业的国际化进程在数量与质量上都得到了一定的提升,企业对海外市场的渴望也在从"走出去"向"走进去"转变。虽然全球市场的不确定性因素依然存在,但企业出海不仅涉及中国企业的全球拓展战略,也涉及全球经济走势和变化。在这样的时代背景下,作为专业财经媒体,我们深感有责任也有义务,通过媒体的专业力量,去深入探究和展现中国企业在全球化进程中的新动态、新挑战和新机遇。

因此,栏目组特别策划了《头脑风暴——再出海:重新定义全球市场》这期节目,试图通过全新的视角来观察和展现中国企业出海的现状。我们希望通过这期节目,让更多的投资人企业家和受众了解中国企业在海外市场上的奋斗与成长,感受中国的企业家在全球市场上到底如何体现出那份走遍千山万水,克服千辛万苦的企业家精神,同时,为中国出海企业的未来发展提供有益的参考和借鉴,也有利于今后国内企业对自身的全球化战略进行更切实际的布局和更加深入的重构与锻造。

在这期节目的策划初期,栏目组深入研究了当前全球经济格局的最新变迁,发现随着技术的不断进步和市场的日益开放,中国企业的出海之路已经越来越宽广,它们不仅在过去传统的制造业领域取得了显著的成就,还在科技、零售、物流等多个领域都展现出了强大的竞争力。

为了充分展现这一重大选题的深度和广度,栏目组又做了一系列科学有序的策划工作:

首先,梳理了近年来中国企业在海外市场的典型案例,精心筛选极具代表性的出海企业,邀请了来自餐饮、零售、物流、互联网科技等多个领域的代表企业,这些来自各行各业的企业都在海外市场拥有丰富的实战经验。例如节目企业嘉宾思锐国际物流创始人、上海果锐信息科技董事长吕翠峰,"一带一路"倡议提出了十年,但是在十余年前,她作为敢于去非洲的一名中国人,尤其是中国女性并不多见,她勇于在非洲开拓的事迹让中非两国人民都亲切称呼她"非洲女王",十多年里,她的企业入驻了非洲 13 个国家,为中国企业的"走出去"及"一带一路"的倡议做出了不斐的成绩。

其次,在节目录制前,栏目导演与这些出海企业嘉宾们进行了深入的交流和沟通,了解了这些企业的经营状况、市场策略、竞争环境等方面的信息,从而获取并在节目中呈现出了宝贵的第一手资料。例如企业代表快乐小羊联合创始人杨鸥,其实快乐小羊的前身就是在国内非常知名的火锅品牌小肥羊,因为国内餐饮竞争太激烈等各类原因,小肥羊的品牌在国内日渐衰落,于是,创始团队将目标瞄准海外,成功打造海外品牌快乐小羊,目前在全球开了 100 多家门店,成为欧美市场当前最火的中国火锅品牌。这些创业经验、出海思路对于中国企业未来出海的考量和创新都具有重要的指导意义。

在此基础上,这期节目的架构依然采用了《头脑风暴》一贯的多维度、多层次话题层层递进的讨论模式。除了企业嘉宾,节目还邀请了行业专家学者和投资人代表,他们能够从不同角度和认知层面为受众提供专业的分析及解读,与企业家们一同寻找中国企业出海的最佳路径。通过现场企业嘉宾的分享和专家的解读,呈现了来自各行各业企业家们多年出海探索的实践经历和真实体验,充分展现了"一带一路"十年来取得的成就,也为受众呈现了一个全面而深入的财经视角。

回首这十年,"一带一路"建设始终保持着旺盛的活力,中国已经与 151 个国家、32 个国际组织签署了 200 多份共建"一带一路"的合作文件,与沿线国家的货物贸易额翻了一番,对沿线国家的直接投资增长了 80%……数字的背后是一个个企业的鲜活故事和一代代出海人的乘风破浪,十年后的今天,中国企业再出海既是创新之举更是破局之行。全球化是一个不可逆转的趋势,它为企业提供了更广阔的市场和更丰富的资源,但同时也带来了更激烈的竞争和更复杂的挑战。

在与这些出海企业的沟通交流中,我们深刻感受到中国企业在全球化进程中所展现出的勇气和决心,它们不畏艰难、敢于冒险,积极拓展海外市场,为中国经济的发展做出了巨大贡献。第一财经《头脑风暴》栏目作为专业的财经媒体,我们应当通过手中的镜头和话筒,向世界传递中国出海企业的声音和故事,讲好中国故事,展示出中国经济的实力和魅力,也激励更多中国企业参与到国际市场竞争中,为实现中国经济的持续发展贡献力量。

2023 年度上海广播电视奖
参评作品推荐表

作品标题	一块墨的新生		参评项目	电视新闻
			体　裁	消　息
			语　种	中　文
作　者 （主创人员）	章海燕、张鹰	编　辑	瞿轶羿、虞之青、朱玲敏	
刊播单位	上海广播电视台 融媒体中心	刊播日期	3 月 18 日 19:01	
刊播版面 （名称和版次）	新闻综合频道 《新闻透视》栏目	作品字数 （时长）	5 分 15 秒	
采编过程 （作品简介）	有着 300 多年历史的曹素功制墨、周虎臣制笔，是国家非遗传承中的瑰宝，也是上海最老的中华老字号。2019 年，当时位于静安区南山路的上海墨厂生产基地所在区域，被纳入旧改征收计划，厂房已被拆迁工地包围，而动迁补偿资金不足以重建"非遗基地"，新厂房一直找不到合适的落脚点。2020 年 1 月在上海两会期间，记者就关注到了此事，并独家刊播了报道《一块墨的牵挂》，聚焦陈海波等 60 多位政协委员的联名提案，呼吁挽救国家笔墨非遗项目。节目播出后引发市区两级政府的高度重视，半年时间里，由市文旅局牵头召开了 30 多次协调会，最终明确周虎臣、曹素功这两个品牌，一定要留在上海本土保护、发展的原则，并根据《非遗法》相关条例，经过评估认定后，增加了"国家非遗"的补偿资金。3 年多后，两个老字号正式落户新家，在杨浦文创园区里建成"笔墨宫坊"，这块令人念念不忘的墨，最终有了"回响"。记者 4 年来的长期关注，为这次报道的出炉，积累了宝贵的影像和采访，也使得整篇报道更加完整，殊为难得。			
社会效果	在笔墨宫坊里，挂着一幅当年电视新闻播出的截图，这也是报道推动老字号最终被保留保护的见证。随着时代发展，一些传统非遗技艺的生产场所，由于各种原因，与城市更新之间会出现一些矛盾，保护非遗和推			

社会效果	进城市发展之间,到底该如何平衡,是一道不容易解答的难题。记者通过持续近 4 年的关注,一方面,推动社会各界帮助老字号来解决生存难题;另一方面,也为这道难题的解答提供了上海样本,为今后相关非遗场所的保留发展提供了可复制可推广的经验。报道也获得了文旅部门、市政协、和多个区政府部门及社会公众的高度认可。

一块墨的新生

【导语】

有着 300 多年历史的曹素功制墨、周虎臣制笔,是国家非遗传承中的瑰宝,也是上海最老的中华老字号。3 年前,因为厂区面临拆迁,这两项国家级非遗,差点因此而离开上海。不过今天,两个老字号,正式落户新家杨浦文创园区里的笔墨宫坊。3 年里,又发生了哪些故事呢?

今天下午,杨浦区军工路上的这个文创园内,由老厂房改建而成"笔墨宫坊"正式亮相,成为上海最老的两家老字号:曹素功制墨、周虎臣制笔的新家。

市政协委员陈海波特意赶来见证,这块让他牵挂了近 4 年的墨,终于有了着落。站在这面展墙前,陈海波难掩激动之情。

【采访】陈海波 上海市政协委员:当时也是特别感慨,这么好的非遗品牌,而且是国字头的非遗品牌,在城市的拆迁中,应该加强保护。

那是 2019 年,当时位于静安区南山路的上海墨厂生产基地所在区域,被纳入旧改征收计划,厂房已被拆迁工地包围,而动迁补偿资金不足以重建"非遗基地",新厂房一直找不到合适的落脚点。

【采访】许思豪 上海周虎臣曹素功笔墨有限公司董事长:当时有个论调,认为这些笔墨产值不高,弄到农村去算了。

【采访】徐明 曹素功制墨技艺第十五代非遗传承人:奉贤、崇明、南通(找地方),路线太远了,员工不可能跟着去,人员流失了,这个传统技艺也就流失了。

得知墨厂的困境,陈海波在 2020 年 1 月的上海两会现场,联合 60 多位政协委员联名提案,呼吁挽救国家笔墨非遗,这也引起了相关政府部门的高度重视。

【采访】葛永铭　上海市文旅局非物质文化遗产处副处长:确保把这两项文化遗产在这个过程中,妥善保存好。能够重获新生,获得更好的发展。

之后半年里,市文旅局牵头召开了 30 多次协调会,最终明确周虎臣、曹素功这两个品牌,一定要留在上海本土保护、发展的原则,并根据《非遗法》相关条例,经过评估认定后,增加了"国家非遗"的补偿资金。

【采访】许思豪　上海周虎臣曹素功笔墨有限公司董事长:这个非遗既不是砖头,也不是人头,怎么来体现它的价值,召集专家,总能找到一种方法来体现非遗的价值。

厂房选址也在同步推进,经反复考量,最终看中了杨浦的这个文创园。不过新的问题又出现了,市中心的位置,方便了员工通勤,可是制墨的第一道工序"点烟",一定会对环境产生一定的影响。
几经商议后,笔墨厂将这道工序由自制改为采购,其余制墨生产流程全部保留,解决了环境影响问题。

【采访】韩祝明　园区负责人、稳锦实业股份有限公司董事长、总经理:(这片厂区)两年没收租金,有其他人想租,我们也不租给他们,就等。

2021 年 6 月,曹素功墨厂正式告别了老厂房,搬到了杨浦。50 多名工匠全部选择了留下,厂里最年轻的非遗传承人之一夏飞,原先因为厂房要搬差点放弃继续留守,这一次,他心定了。

【采访】夏飞　曹素功制墨非遗传承人:比在南山路好多了、干净多了。上班距离差不多。发展好的话,肯定是一直坚持下去。

现在全新的"笔墨宫坊",面积达 4 000 多平方米,除了继续生产,老字号也有了更大的空间图谋新的发展。

厂区内新设置了一片区域,捶墨胚、搓墨果、入墨模、修墨边等制墨的全手工流程在玻璃长廊——展示。此外,这里还融入了博物馆功能,墨模宝库里收藏了曹素功从 1667 年创立至今,绵延数百年的上万副墨模;笔墨博物馆内,则能了解乾隆御赐曹素功"紫玉光"三个字、钦赐"周虎臣"牌匾等历史文化故事。

【采访】观众:笔墨纸砚这种代表文化符号的东西,把它具象化、具体化。

非遗保护,不能只靠抢救,更要让非遗艺术健康地传承并发扬,逐步实现自我造血。一直为这块墨奔走的政协委员们,也在期待着更多的非遗文化,都能得到更好的保护和发展。

【采访】陈海波　上海市政协委员:城市发展中肯定会产生矛盾,很多委员感受到选址非常好,跟非遗传承、文旅版块结合起来,更多的不仅是传承,还可以弘扬,让更多青少年、市民能够走近非遗。

【编后】
曹素功制墨、周虎臣制笔两大非遗项目,将与旅游、文创、研学、文博进行融合,在生产性保护中增加"自我造血"能力。我们栏目持续追踪报道的一块墨的故事,最终有了完满的结局,而非遗的传承与保护,才刚刚开始。我们也期待,这块墨的保留、保护,能成为平衡城市发展与非遗保护的绝佳案例,留给后来者参照与启迪。感谢收看今天的新闻透视。

4 年追踪报道,打造非遗保护上海样本
——简评电视新闻《一块墨的新生》

上海政法学院上海纪录片学院副院长、教授　邢虹文

在 2023 年度上海广播电视新闻奖评选中,上海广播电视台融媒体中心制作完成的《一块墨的新生》获评电视新闻一等奖。在短短的 5 分钟 15 秒里,作品讲述了国家级非物质文化遗产曹素功墨锭制作技艺的新时代故事。

一、小切口大主题:中华优秀传统文化新时代传承

习近平总书记在文化传承发展座谈会上指出:"中国文化源远流长,中华文

明博大精深。只有全面深入了解中华文明的历史，才能更有效地推动中华优秀
传统文化创造性转化、创新性发展，更有力地推进中国特色社会主义文化建设，
建设中华民族现代文明。"非物质文化遗产传承、创新性发展是时代的命题，作品
《一块墨的新生》经过 4 年的跟踪拍摄，多维度的采访，从一块墨这个小切口回应
新时代文化保护的大主题。

二、问题意识：保护非遗和推进城市发展如何平衡

提出问题与解决问题是《一块墨的新生》叙事逻辑。新闻是对新近事实的报
道，在纷繁复杂的事实背后所讨论的议题或者问题才是新闻的生命力所在。作
品的核心问题明确，即非物质文化遗产在城市更新的大潮中，如何焕发新生。在
核心问题明确的基础上，作品以问题的提出和解决作为叙事线索。"2019 年，当
时位于静安区南山路的上海墨厂生产基地所在区域，被纳入旧改征收计划，厂房
已被拆迁工地包围，而动迁补偿资金不足以重建'非遗基地'，新厂房一直找不到
合适的落脚点"，这是焕发新生过程中的核心痛点。3 年来，陈海波等 60 多位政
协委员联名提案、上海市文旅局牵头召开的 30 多次协调会、《非遗法》相关条例
的法律依据，"国家非遗"的补偿资金、产业园区不计成本的等待，为解决问题提
供了现实的路径。问题的提出与解决，为非物质文化遗产的创新性发展提供了
可能，诠释了"新生"的内核，明晰了保护非遗多重力量的共同作用，解决了非遗
保护和城市更新协同发展的问题。

三、设置悬念：故事化讲述非遗传承故事

在新闻导语中，短短数语，设置了三个悬念，第一，为什么 3 年前的厂区拆迁
会让曹素功制墨和周虎臣制笔这两项国家级非物质文化遗产差点离开上海？第
二，两项非遗瑰宝是如何落户新家杨浦文创园区里的笔墨宫坊？第三，3 年经
历了什么故事？三个悬念确立了新闻讲述的故事化基调。作品采取倒叙的方
式，从曹素功制墨、周虎臣制笔的新家"笔墨宫坊"正式亮相开始，由见证人上海
市政协委员陈海波娓娓道来这块墨的新生故事。

四、追踪报道：报道闭环打造非遗保护上海样本

从 2020 年到 2023 年，从《一块墨的牵挂》到《一块墨的新生》，记者 4 年持续
关注该选题，长期的追踪报道，积累了丰富的影像素材，20 年的旧厂房、政协委
员的联名提案等珍贵的历史素材与今天的新生形成了鲜明的对比，多时空影像
叠加生动地塑造了非遗保护的上海样本。更为重要的是，4 年的追踪报道，梳理
了城市中非遗保护的困境，展现了解决问题的办法，从厂址的选择到非遗传承人

的坚守,为非遗场所的保留发展提供了可复制可推广的经验。

五、创新性发展:生产性保护中增加"自我造血"能力

非物质文化遗产的保护与传承,离不开创新性发展。《一块墨的新生》对此给出了明确的答案:生产性保护中增加"自我造血"能力。"厂区内新设置了一片区域,捶墨胚、搓墨果、入墨模、修墨边等制墨的全手工流程在玻璃长廊一一展示","融入了博物馆功能",非遗与旅游、文创、研学、文博进行融合。

作品通过对"一块墨"的"今生-前世-未来"的报道,打造了上海非遗保护的典型案例,具有很好的示范性价值。

好选题须紧抓不放、久久为功
——《一块墨的新生》创作心得

上海广播电视台融媒体中心新闻采访部　章海燕

电视新闻《一块墨的新生》能获得广电新闻一等奖,关键在于选题精彩,这条5分多钟的新闻背后,是记者持续3年多时间,对一个好选题的久久为功。

作为这条新闻的主创记者,回想起如何挖掘到这个好选题,还要追溯至2020年1月份的上海政协会议现场。凭借浸润文化条线多年的人脉,我在政协开幕当天,了解到市政协委员陈海波准备联合60多位委员,一同发布联名提案,关注上海历史最悠久的中华老字号——有着350多年历史的曹素功墨。委员们在走访时了解到墨厂所在区域纳入旧改征收范围,正在拆迁,但由于拆迁补偿资金不足,墨厂无法找到合适的新厂址,极有可能搬离上海,传承曹素功制墨这一国家级非遗技艺的工匠们,都是上海本地人,一旦厂房搬离,人才流失,这个国家级非遗技艺也将失传。与此同时,制墨厂内还有一块非遗招牌——周虎臣制笔,两大非遗项目岌岌可危。而恰好在几年前,我采访过墨厂,印象最深的是看到制墨第一道工序——古法点烟,工作环境很艰苦,工人必须穿上防护服"全副武装"后才能进入点着油灯的房间,采集烟灰,而这一古法生产方式也存在一定的环境污染问题。这种非遗传承与城市更新之间的矛盾,已日益凸显。

根据多年的新闻一线采访经验,我立即判断出这是一个难得的独家新闻,于是我和领导商量后,决定第二天就出报道,以会场内外联动的方式,聚焦这一新闻选题。于是,我上午在政协现场,找到多位参与联名提案的委员进行采访,了

解详情,并第一时间联系市文旅局非遗处的领导,争取在下午的政协委员咨询现场,给予委员们第一时间的官方回应。另一路会场外的记者,则来到墨厂现场,拍摄到墨厂周边已经被拆迁工地包围的情况,墨厂库房内还珍藏着上万个珍贵墨模,记者还采访到多位非遗传承人,他们对墨厂搬迁都很担忧。下午 3 点,我和委员们来到咨询现场,得到了市文旅局非遗处相关负责人的官方回应,明确一定要将两大国家级非遗项目,留在上海保护、传承、发展。当晚 7 点,一条会场内外联动的深度报道《一块墨的牵挂》在《新闻透视》栏目播出,立即引发极大关注,其他主流媒体也纷纷跟进报道,并引起市区两级政府主管部门的高度重视。

当然新厂址的落实,并不容易。在报道播出后,我依然密切关注事件的发展。因为墨厂注册在黄浦区、厂址所在地则在静安区,在市文旅局的持续协调下,动迁补偿款、新厂址一直在调整中。后来,经过专家认定和研究,增加了国家非遗补偿资金,资金问题解决了,但厂址选择依然存在分歧,因为制墨的第一道工序——古法点烟,存在环境污染问题,因此,新厂址有可能要放到崇明、奉贤等远郊,但这一方案,一直没有得到墨厂的认可,因为路线太远,还是留不住非遗传承人。

在此过程中,我又多次与市文旅局非遗处、墨厂领导沟通,了解事件的进展,并在之后连续 3 年的政协现场,跟进墨厂新厂址落实情况,最后终于得知新厂址确定搬至杨浦区的一个文创园区内,取名为"笔墨宫坊"。

3 月 18 日是笔墨宫坊全新开放的日子,我特地提前几天到新厂址采访拍摄、积累素材,了解到墨厂 50 多名工匠全部留了下来;存在环境污染问题的点烟工序,则由墨厂自制改成了采购。此外,当年墨厂上万块珍贵墨模也被完整保留,成为墨模宝库对外展示;市民游客可以参观制墨的全手工流程;还新增了笔墨博物馆,用文物详细地解读曹素功制墨、周虎城制笔 350 多年的历史传承脉络。4 000 多平方米的笔墨宫坊,给非遗在新时代的发展留下了空间。

值得一提的是,我还发现笔墨宫坊内专门设置了一面展墙,展示了 2020 年电视新闻播出的截图照片。3 月 18 日这天,我特地邀请市政协委员陈海波一同来到这个展墙前,采访了这位见证人,当晚,深度报道《一块墨的新生》在《新闻透视》栏目播出,全片通过政协委员陈海波的采访视角切入,回顾了非遗项目从岌岌可危到焕然新生的历程,新旧画面的对比,让当事人和观众都颇为感慨。

从《一块墨的牵挂》到《一块墨的新生》,这一持续关注了 3 年多的选题终于有了一个圆满的结果。而能紧紧抓住这一难得的选题,首先得益于我对条线 20 多年的采访积累,帮我在第一时间发掘它独特的新闻价值。这一选题不仅关乎墨厂的生存,而是具有更广阔的社会意义。近年来,随着时代的发展,一些传统非遗技艺的生产和展示场所,正与城市更新之间产生矛盾,飞速发展的现代城市,如何与古老的非遗传承保护共荣共生,成为亟待解决的难题。其次,这样的采访经历,让我看到了新闻舆论的传播力、引导力、影响力。挖掘到选题后,我积极与市文旅局沟通,促成主管部门愿意第一时间表态,随后几年,我又不断地关注事件发展进程,终于见证了"一块墨"从让人牵挂到焕然新生,更感受到新闻记者的职业价值。最后,我认为这条新闻没有停留在事件表面,报道切口虽小,但立意深远,为全国的非遗保护提供了可复制、可推广的经验,也是打造文化自信自强的"上海样本"的生动诠释,这就让小小的一块墨,发挥了更大的价值。因此,记者要有眼光,发掘好选题,更要久久为功,守住好选题。

二 等 奖

2023 年度上海广播电视奖
参评作品推荐表

作品标题	财经夜行线——致敬改革开放45周年特别节目：探寻中国经济高质量发展路径		参评项目	电视新闻
			体　裁	编　排
			语　种	中　文
作　者（主创人员）	集体	编　辑	集体	
刊播单位	第一财经	刊播日期	2023 年 12 月18 日 21:00	
刊播版面（名称和版次）	第一财经频道《财经夜行线》	作品字数（时长）	40 分钟	
采编过程（作品简介）	《财经夜行线》为纪念改革开放 45 周年特别推出了《致敬改革开放 45 周年特别节目：探寻中国经济高质量发展路径》。此节目旨在深入探讨自 1978 年以来中国经济的发展历程、转型升级的经验与教训，并展望未来发展趋势。 　　1. 展现改革开放 45 周年的灿烂成绩单 　　在制作前，节目组进行了广泛的研究，包括收集历史档案、分析官方统计数据，以及回顾改革开放以来的重大经济事件。此外，节目前期准备工作还包括与经济学家、政策分析师、历史学者及业内专家的深度沟通和访谈，确保节目内容的权威性和丰富性。 　　节目内容围绕改革开放 45 年来中国经济的高质量发展进行了全面剖析。节目分为几个核心版块，包括：经济体制转型：介绍了中国经济体制改革的四个阶段，从改革的启动到全面深化改革的新阶段，详细梳理了中国经济的转型路径。民营企业的角色：探讨了民营经济在中国社会财富创造中的作用，以及民营企业在现代化目标实现中的重要性。对外开放的成就与挑战：分析了自 1980 年以来中国对外开放的历程，特别是加入世界贸易组织后的变化，以及在全球化背景下对外开放的新策略。资本市场与创新：报道了资本市场的创新变革，特别是科创板的设立和注册制改革，以及这些改革如何促进科技创新和经济高质量发展。			

采编过程（作品简介）		2.重磅专家政策解读贯穿改革开放大话题 　　节目对资深专家杨建文先生进行连线访谈。杨先生就中国经济的转型、民营企业发展、对外开放政策，以及科创板与注册制改革等问题提供了深入的分析和见解。节目通过对商务部副部长盛秋平和金融监管总局政策研究司司长李明肖的同期声报道，展示了国家在内外贸一体化发展等方面的最新政策及其对企业和产业发展的影响。 　　3.历史与现实的对话形象生动演绎改革开放进行时 　　节目对《蛇口通讯》的创刊总编辑韩耀根进行访谈，回顾了改革开放初期的"蛇口精神"，探讨了这一精神对当代中国民营企业家的影响。节目还通过实地采访和报道，展示了民营企业在无人驾驶载人航空领域及高新技术产业中的创新案例，突出了民营企业的模式创新实力。
社会效果		节目在网络渠道同步直播并通过《第一财经》旗下网站及 App、官方微博、百度、抖音、视频号、快手账户等多个分发平台进行传播。凭借其内容的时效性、深度和广泛的受众基础，节目引起了强烈反响，全网传播流量超过 50 万。节目不仅促进了公众对中国经济高质量发展路径的理解，还提供了有价值的洞见，促进了社会各界对未来经济发展趋势的深入讨论。

财经夜行线

——致敬改革开放 45 周年特别节目：探寻中国经济高质量发展路径

　　第一财经主持人　黄伟：晚间九点，各位好，欢迎收看财经夜行线。我是黄伟，在上海问候各位，这里是正在直播的致敬改革开放四十五周年特别节目：探寻中国经济高质量发展路径。今年是改革开放四十五周年，中国已经成为世界第二大经济体，是世界经济增长的主要稳定器和动力源。纵观四十五年改革开放历程，我国成功实现从高度集中的计划经济体制到充满活力的社会主义市场经济体制，综合国力显著增强、人民生活明显改善、国际影响力大幅提升。四十五年的改革开放之路为中国经济的高质量发展带来了哪些深刻启示？今天的节目，我们将会聚焦转型、开放和创新这三个关键词。特别邀请到上海社科院国家高端智库资深专家杨建文先生一起来解读。晚上好，杨先生，欢迎您来到我们的上海演播室。首先我们和各位一起来关注的第一个关键词是转型。中国改革开放 45 年的历程，也是一条中国经济体制的转型发展之路，总体看，中国经济体制改革至今大致可以分为四个阶段。第一阶段是从 1978 改革启动和目标探索阶段。直到党的十四大提出，中国改革的目标是建立社会主义市场经济体制，改革开放来到了第二阶段，1992—2002 年。这一阶段社会主义市场经济体制框架初步建立。改革的主要内容包括：国有企业改革方面，党的十五大确立了公有制为主体、多种所有制经济共同发展的基本经济制度。市场体系方面，取消了生产资料价格双轨制，进一步放开了竞争性商品和服务的价格，要素市场逐步形成等。第三阶段是社会主义市场经济体制的初步完善阶段，2003 年到 2011 年。这一阶段主要的改革措施包括放宽非公有制经济的市场准入，允许非公有资本进入法律法规没有禁入的行业和领域；国有商业银行股份制改革加快推进；实现有管理的浮动汇率制度；改革了投资体制，政府投资的范围进一步缩小，企业投资自主权逐步扩大。土地、劳动力、技术、产权、资本等要素市场进一步发展，水、电、石油和天然气等重要资源价格的市场化步伐加快等。第四阶段是"五位一体"全面深化改革的新阶段，也就是 2012 年至今。改革是涵盖经济、社会、政治、文化以及生态文明的"五位一体"的全面改革。值得注意的是，民营经济在创造社会财富中发挥了重要作用。改革开放以来，民营经济在国民经济中的份额不断扩大，目前占 GDP 的比重已超过 60%，在我国经济社会发展中的重要地位和作用有目共睹。所以呢第一个问题要来请教一下杨先生，在您看来四十五年整个的改革开放进程，民企在中国经济当中究竟扮演的是什么样的角色？您的观察是什么？

上海社科院国家高端智库资深专家　杨建文：改革开放四十五年，我有幸经历了全过程。在这个过程中间民营经济扮演的角色，一般地讲呢，就说"五六七八九"，百分之五十的税收，百分之六十的经济总量，百分之七十的技术创新，百分之八十的就业，百分之九十的企业数量。除了这个以外，如果通过个人观察角度，我还想再加上三句话，在这过程中间民营企业在我们的改革开放过程中间，它是比较率先的。当初的时候就是说，农村承包、农村有了剩余，然后到乡镇企业，随后再包围城市，再引爆了城市管理体制改革和国有企业改革，因此民营企业在这个过程中间，它发挥了一个很重要的历史作用，这是一个。第二个就是民营企业在我们国家的脱贫致富过程中，它同样是责任的一个担当者，不仅仅实现了"带动后富"，而且它帮助政府实现共同富裕，其中包括就是说我们在脱贫的问题上，当初在党的十八大以后呢，曾经有一个行动叫"万企带万村"，是先用万家民营企业精准对口十二万家贫困村，取得了重要效果。因此后来在表彰会议上，总书记都讲，我们在全面建设小康社会的时候，民营企业不可缺席，因为它在这过程中是很独特的。在后来我们推行"一带一路"也好，或是进一步开放也好，在这过程中间，民营企业同样是一个很重要的践行者。我们现在就说"一带一路"共建国家，它整个一个就是我们的进出口贸易这块儿，在整体的比重占到了百分之四十五，而其中百分之五十四是民营经济作出的贡献。

第一财经主持人　黄伟：所以由此看来，民营经济无论说您刚才提到的这个"五六七八九"还是在共同富裕，抑或说我们看到在科技创新方面啊，这个民营企业其实呢都是肩负重任，是有所作为的。所以我们看到在四十五年的改革开放的历程当中呢，我们推出了很多政策，来扶持民营企业，尤其是在今年我们看到在很短的这个时间内连续出了政策。那所以在您看来，接下来未来的这个政策还能够从哪些方面来发力，来继续给民营企提供更多支持？

上海社科院国家高端智库资深专家　杨建文：一个方面呢是用市场的规则来促进民营经济的发展，民营经济实际上它最期盼的是一视同仁。

第一财经主持人　黄伟：嗯，国民待遇。

上海社科院国家高端智库资深专家　杨建文：它怕的什么呢？怕的是玻璃门，怕的是弹簧门。因此，如果是我们把一视同仁能够落到实处的话，那有可能就对民营企业本身的发展起到强大的一个促进作用。第二个呢，建议用法治的方式规范民营企业的治理。这个在今年全国两会上都已经是有委员、代表提出民营经济保护法，对于就是说财产权、经营权、公平竞争权、收益权等，特别是对于和两个毫不动摇中间有相悖的一些政策的中间的清理。最高法院在今年十月份也专门提了个意见，有些冤错的案件本身需要有个纠正，包括国家赔偿的权利也可以申请。那么，如果是用法治的方式来规范对于民营企业、民营经济的治理的话，这一点是对民营企业它本身的一个期望，对它的预期、它的进一步发展的信心，将会能够打下一个很好的基础。

第一财经主持人　黄伟：嗯好，这是这两点。非常谢谢杨建文先生。那稍后欢迎各位继续回来关注我们今天的特别节目。

第一财经主持人　黄伟：欢迎继续回来。我们今天的特别节目，刚才和大家分享的第一个关键词是转型。接着我们进入中国改革开放的第二个关键词开放。1980年，我国开放深圳等四个沿海城市，之后再次开放沿海14个港口，开放由点及线；1992年之后，在多个省份设立了国家级高新技术开发区，对外开放从沿海一线扩大到面。21世纪，我国进入了深度开放阶段，2001年加入世贸组织，我国出口所面临的关税壁垒大幅度下降，企业出口迅速提升。我国还主动降低关税，取消各种非关税壁垒，大力推进全球化。党的十八大以来，我国开放进入全新的阶段，一个覆盖全、层次多、梯度深、行业广的全面开放新格局正在快速高效形成。尤其是自2013年以来，全国已设立22个自由贸易区以及海南自由贸易港，形成了覆盖东南西北中的试点格局。中国全面实施准入前国民待遇加负面清单管理模式，市场准入不断放宽。在此背景下，外贸作为拉动我国经济增长的"三驾马车"之一，不断实现新突破，规模稳步扩大，结构持续优化，国际市场份额不断提升。2020年，我国货物和服务贸易总额首次超过美国，成为全球第一大贸易国；2022年我国外贸全年进出口总值达42.07万亿元，环比增长7.7%，连续6年保持世界第一货物贸易国地位。随着改革开放不断深入，外资企业对中国经济和市场前景也充满信心。联合国贸发会《2023 世界投资报告》显示，在 2022 年全球外国直接投资同比下降 12% 的背景下，中国的这一数据却达到创纪录的 1 891 亿美元。那四十五年的开放之路，也是中国经济向高质量发展的升级之路。我们来概括一下，在各个时间点上开放的特色和升级的重点究竟是什么？那接下来我们继续要来请教一下杨建文先生，特别是中国在全球产业链当中所扮演的角色的变迁上，我们来看不同的阶段的这种变化。

上海社科院国家高端智库资深专家　杨建文：像您刚讲的四十五年分成了四个阶段，在 20 世纪 80 年代的时候，我们刚启动四个现代化的建设，那个时候最缺的东西是钱。外部世界正好是它经历了两次石油危机以后，它处于萧条期，它的资本市场投资没方向，这个时候如果有一个东西能把两个能够连起来的话就好办了，我们找到了这个东西，就是刚刚强调的开放。门打开以后，两头一接，先是华人资本，再是东亚资本，后是欧美资本，对我们本身的一个经济恢复和工业发展打下一个很好的基础。到 90 年代的时候，那个时候呢外部世界正好出现了一个当时叫全球制造业重心的转移。这个时候我们坚持开放，随后利用我们的要素、成本的优势和全球制造业重心转移结合，我们本身的产业体系，产业基础打得很好。完了之后，产能基础有了就有产品，产品有了就要有市场，刚刚就已经提到了 2001 年进一步开放加入了 WTO。这个就是我们整体的一个发展，从最初的一万亿美元到十几年以后的十万亿美元，一个大的发展。同时在全球的产业体系中间呢取得了很重要作用，甚至当时还有个说法是世界工厂。

第一财经主持人　黄伟：嗯，所以这是第三个阶段。

上海社科院国家高端智库资深专家　杨建文：是。那么当然现在碰到了新的矛盾。我们当时同样是也坚持开放，主动开放，包括就是自主型的开放，主动的对接。

第一财经主持人　黄伟：在我们主动的过程当中，我们看到这个国际形势其实是非常复杂的。所以接下来我们要从哪些方面来发力，来继续我们的这个扩大的对外开放？

上海社科院国家高端智库资深专家　杨建文：你如果讲发力的话呢，主要是两方面。因为我们讲百年未有大变局啊，它实际上是两个因素构成的。一个是科技进步的很快,从而带动了产业的变革,这个是变化最大的。第二个是在以后的国际政治经济格局的变化也是在于过程中间。这两个方面呢是对于开放来讲的话呢,对我们开放的特点、开放的侧重点本身具有较大的影响,科技革命的整个这一块,我们开放的目标是非常明确的。我要能够提升吸引全球资源,尤其是科技资源和人才资源的能力,跟我们自己的科创结合起来,提升我们的国际竞争的这样一种承接,应对国际市场竞争的挑战。那么同样就是说对国际的、全球的政治经济格局的一个变化,我们同样主动开放、主动对接,对接什么?高标准的国际经贸规则,这个东西在动态变化。我们不能被它落下。而在那个对接的一个过程中间,我们寻求机会,掌握主动,同时以更加开放的一个姿态,积极参与到现在出现的全球产业链重构重塑的过程中间,进而为我们的现代化事业进一步推进的话创造更好的条件。

第一财经主持人 黄伟:是。所以我们看到的这个"一带一路",包括像进博会等,这个都是体现了我们进一步扩大开放的这样的决心。好,那么在政策方面,近日,国务院办公厅印发《关于加快内外贸一体化发展若干措施》的通知。在今天举行的国务院政策例行吹风会上,商务部副部长盛秋平表示,目前内外贸规则标准加快衔接、内外贸一体化政策不断健全,下一步,将把贯彻落实《措施》作为重要任务,推动各项措施落实落地,争取尽早取得实质性突破。

商务部副部长 盛秋平:在促进国内国际双循环方面,一是规则标准更好衔接,二是市场渠道双向对接,三是企业产业融合发展。国内国际双循环的主体是企业,载体是产业。《措施》提出,要培育内外贸易一体化经营企业,培育一批内外贸融合发展的现代产业集群,加大财政金融支持力度,增强企业全球资源整合配置能力,提升产业开放水平和国际竞争力,更好融入国内国际双循环。

此外,《措施》强调,要强化金融机构对内外贸企业的服务能力。

金融监管总局政策研究司司长 李明肖:支持保险公司依法依规开展出口信用保险和国内贸易信用保险业务,持续优化承保理赔条件,扩大出口信用保险覆盖面,推动保险机构延伸服务链条,通过货物运输保险、产品质量保险等,更好覆盖贸易中的潜在风险,帮助企业全力拓展内外市场。

第一财经主持人 黄伟:这里是正在直播的财经夜行线,我是黄伟,欢迎各位继续来关注我们今天的特别节目。那在转型和开放之后,我们要来关注的第三个关键词是创新。创新离不开资本的"输血"。中国资本市场在 80 年代改革开放的大潮中诞生，并在之后三十多年里不断创新，成为建设现代化金融体系、服务经济社会高质量发展的积极力量。值得注意的是，在我国资本市场的诸多创新改革中，科创板与注册制有力支持了创新驱动发展的国家战略。首先来看科创板。5 年来，科创板逐渐成为科创企业发展的"风向标"。截至今年 11 月，科创板上市公司 565 家，其中电子行业占比最大，总计 135 家，占 A 股同类上市公司的近 30％；生物医药领域上市公司总数 106 家，成为除美股、港股外全球医疗企业的主要上市板块。大量资金也通过科创板涌入"硬科技"企业。截至今年 11 月，科创板公司累计实现 IPO 募集资金超 9 000 亿元，板块总市值也从 2019 年约 8 600 亿元增长至去年的 5.81 万亿元。另一边，注册制改革今年也迎来全面落地。各板块特色更加鲜明，服务科技创新能力增强。截至 12 月 12 日，今年以来共有 277 家公司登陆 A 股，IPO 募资合计 3 232.5 亿元。其中，战略性新兴产业企业数量占比 95.31％，国家级专精特新"小巨人"企业数量占比近一半。接下来呢，我们继续来请教一下杨建文先生，科创板加上注册制，那么这既是中国资本市场的一场非常重要的观念变革，更是一次重大的制度创新和突破。所以对刚才我们讲的一些数据，您是如何来看待科创板这些年来所取得的成绩，如何评价？

上海社科院国家高端智库资深专家　杨建文：科创板 5 年来，它成绩是很明显的，刚才你已经详细的介绍。我还强调其中有一点，我们现在 560 多家科创板上市公司，它的核心产品和核心技术，对于我们的科技的发展也好，高新战略性新兴产业的发展也好，在"补短板"方面发挥了很实质性的作用。很多堵点、重点、难点的问题，科创板的上市公司通过它的产品，通过它的技术，发挥了大的一个实际性的作用，更重要的就是刚才讲了一个，我们科创板它本身这个事业到现在五年推进过程中间，已经逐步形成了一个科技、产业、资本三者之间相互促进的这样的一种机制，有效的机制，而且形成了一个良性循环。资本进入了科技，带动了企业，完了以后呢，取得很好的一个效果，然后有更多的资本进入。那么在这个良性循环过程中间呢，就是对我们整个一个经济发展的空间，最为关键的一个就是科技的创新和相应的产业的变革，这一块呢，是有力有效的推进。

第一财经主持人　黄伟：嗯，好，谢谢。那么以科技创新来引领现代化产业体系建设，这句话是位列明年经济工作九大重点任务的第一项，非常的重要。所以在支持科技创新方面，那杨老师您觉得接下来政策还会有哪些发力点和着力点？

上海社科院国家高端智库资深专家　杨建文：如果讲发力点的话，它可能主要是两端。一端就是说它的对于一些原创原创性的、对于一些颠覆性的、对一些基础性的这些科技的话，需要一个集中的攻关。因为我们目前的整体的一个科技水平呢，还处于一个中等状态，就是原先我们通过引进、学习、消化、再创造，完了以后呢，已经到了相当的一个程度，但是和最高、最新、最先进的科技之间，还需要有一个进一步的追赶。

第一财经主持人　黄伟：对，所以您举的这个例子其实就是从过去的跟跑、并跑，再到领跑。

上海社科院国家高端智库资深专家　杨建文：是，我们可以说目前多数都进入了并跑的阶段，少数部分是处于领跑的这个阶段。那么在并跑的过程中间呢是有风险的，这个学界一般称为中等技术陷阱。那就是说你学人家东西以后，到了这个程度，完了以后，形成不了自己的创新能力，然后呢在这条线上都卡住了，那么这就会影响到整体。因此在这个层面中心必须要有重大的突破。

第一财经主持人　黄伟：好，这个是关于两端的。还有吗？

上海社科院国家高端智库资深专家　杨建文：对，还有一个就是带动实际产业本身的一个发展。这个技术应用以后，应用于产业。产业传统产业需要改造，就是说高新的产业需要一个培育，而这个基础打好以后呢，反过来对于科技又形成新的需求、新的推动，提供了新的条件。

第一财经主持人　黄伟：嗯好，谢谢。那么作为改革开放的排头兵，粤港澳大湾区已经成为中国最具活力和创新力的区域，不少的创新成果都是来自民营企业，来自改革开放45年以来的厚积薄发。那么，过去的几个月的第一财经记者深入大湾区民营企业调研采访，发现了一个又一个鲜活的创新案例。那么从今天开始，我们将会连续四天推出大湾区创新密码系列报道，解码大湾区民营企业创新的秘诀。今天走进的是位于深圳的亿航智能和三诺集团，一起去看他们的商业模式创新。

（画面里，全球首个获得型号合格认证的无人驾驶电动垂直起降载人航空器正在起飞。）

　　亿航智能副总裁　贺天星：我们用了 1 000 天的时间，完成了我们这个型号合格的认证。在这个过程中，我们也是克服了多种的困难。原来这个产业，行业内没有任何的标准，所有的适航审定是一片空白，同时在这个过程中，我们也积累了大量的专利、大量的知识产权，也同时反哺了这个行业。

　　（在制造模式方面，作为一款创新的航空产品，除了具有载人无人驾驶、电推进、垂直起降、多旋翼等设计模式的创新特征，材料创新的应用也让飞机能够实现飞得更远和运营成本更低。）

　　亿航智能副总裁　贺天星：我们在设计研发之初，我们采用了多旋翼这样一个设计的构型。大家看到我们的飞行器也特别的小巧，未来的运营过程中也特别灵活便捷，所以这个是很适合未来我们在城市空中交通和我们新的这个低空经济领域的应用，以最低的成本最高效的运营的这样一个模式。

　　（除了亿航智能在无人驾驶载人航空领域的模式创新，三诺集团立足于多元化产业和高新技术产业领域，目前已逐渐成长为一家以模式创新为核心的双百亿规模的国际化科技产业集团。OPM 是三诺集团独创的制造业国际化分工的新型合作模式，通过 OPM 商业模式，能为客户提供设计、开发、制造等一站式的差异化产品解决方案。）

　　三诺集团数智中心副总经理　梁国钜：OPM 就是研发生产制造，是我们三诺独创的叫 OPM，它是一个原创产品设计制造的提供商，是我们给客户提供的，包括了从前端的产品创意、产品的工业设计到研发、供应链生产售后服务的一条龙，全生命周期的一个解决方案。

　　（三诺既有大规模制造能力，又有柔性生产个性化定制数字工厂，既能满足国际企业大规模标准化制造需求，又能为趋于场景化、个性化的智能新设备、行业新品类、出海新品牌提供服务，实现存量和增量"两手抓"。）

　　三诺集团数智中心副总经理　梁国钜：就是我们要用数字化的系统，把它整个产品从研发、供应链到生产制造售后服务全部打通，不能够是一个一个的信息孤岛。所以这个也是我们为什么要用数字化的手段来串起来所有的系统跟平台。在深圳宝安，三诺正建设智慧声谷，探索大规模个性化定制新模式。三诺智慧声谷将通过数字化灯塔工厂，构建可实现"规模化定制"的工业互联网云平台和柔性化生产示范基地。

　　三诺集团数智中心副总经理　梁国钜：做了这个数字化的转型之后，让我们的整个库存金额大大地减少，让我们的整个周转率提高了30％以上，库存当初就减少了五个亿的库存了。同时我们的整个仓库的面积也缩小了一大半。未来三诺集团将继续探索以模式创新为引擎，以场景化用户需求为导向，以工业互联网平台为支撑，探索智能智造新模式，推动设计力融合制造力创新升级，赋能产业上下游协同发展。

　　综合开发研究院副院长兼前海分院院长　曲健：这两家企业都给大家带来了很好的一个启示，也就是说过去的民营企业主要靠流大汗出大力的劳动密集型的制造产品，能不能像技术密集型的产业进行一个迸发。更为重要的能不能在再上一个台阶，参与到国际标准的制定中去。只有走这样的一条路，我们的民营企业才有明天，才能把自己做大做强。

　　第一财经主持人　黄伟：大家所熟悉的那句话，时间就是金钱，效率就是生命。这句宣传语诞生于曾被称为改革开放第一炮的深圳蛇口工业区。回望改革开放所走过的45年，这句话折射出蛇口精神，也哺育了一代中国民营企业家。第一财经呢，请时任蛇口通讯创刊总编辑韩耀根来讲述"时间就是金钱，效率就是生命"这句口号诞生的故事。

　　第一财经记者　刘雯雯：其实是当时发布在您担任总编辑的《蛇口通讯》中的一篇文章《有胆有识的企业家袁庚》，在这篇文章当中有一句话"时间就是金钱，效率就是生命"。包括创办《蛇口通讯》的探索，蛇口其实在很多方面都进行了改革探索。回顾过去，这些探索您认为留下了哪些精神财富？

　　《蛇口通讯》创刊总编辑　韩耀根：我们叫"蛇口基因"哺育了一代企业家。最著名的企业家之一华为任正非是蛇口出来的，平安保险马明哲是蛇口出来的，像平安保险38年已经成为世界500强中间的排头兵了。这说明一个什么问题，就是从蛇口出来的一批企业是受到蛇口的哺育、蛇口影响，都认为袁庚的基因造成了他们的成长。

　　第一财经记者　刘雯雯：随着改革开放的纵深推进，蛇口精神的内涵您认为总结提炼的话有哪些呢？

《蛇口通讯》创刊总编辑　韩耀根：他给我就讲是办报时、起步时讲几句话。一方面要大胆去闯、大胆改革、敢想敢说敢闯敢干敢为天下先。这句话呢就是：改革意志要坚决、要敢闯敢干，同时另外一句话是：要小心翼翼、如履薄冰、如临深渊。

第一财经记者　刘雯雯：站在当前再回顾"时间就是金钱，效率就是生命"这句话，你有怎样的理解？

《蛇口通讯》创刊总编辑　韩耀根：就是说不管怎么样，大门不能关起来，要开放、要对话要沟通、沟通沟通再沟通。你把它关闭起来了只有倒退、只有落后。没有办法，这是历史的必然。第二条改革的意向再敏锐一些，每个人都开动脑筋起来，创新不是一个人的创新而是国民的创新、民族的创新，这个非常重要。

第一财经主持人　黄伟：好，稍后欢迎各位继续回来关注我们今天的特别节目。

第一财经主持人　黄伟：好，接下来连线第一财经驻伦敦的记者陈玺宇，一起来分享海外嘉宾对于中国改革开放的看法。

第一财经记者　伦敦　陈玺宇：下午好，黄伟。那么今年是改革开放 45 周年，我们也专访到了英国 48 家集团俱乐部主席斯蒂芬·佩里。作为最早与中国开展贸易的西方工商界代表之一，他不仅仅是改革开放的见证者也是参与者。

第一财经记者　陈玺宇：从你的角度看，（改革开放）这一进程如何改变了中国？

英国 48 家集团俱乐部主席　斯蒂芬·佩里：彻底的、完全的（改变了中国）。那时的中国跟现在完全不同。对我来说，1978 年的改革开放，尽管我在中国的朋友告诉我这一切意味着什么，但坦率地说，我当时并不理解。中国决定实现农业机械化，这是一件大事。当然，方法就是帮助部分农民创收以便实现机械化，人口流动到有机会参与出口贸易的沿海地区，很多亚洲产品的组装都转移到了中国沿海地区，因为那里的劳动力成本低。因此中国成为世界领先的贸易大国，这一切巨大转变始于 1978 年。但如果说我们当时就理解了这一点，那是不准确的，我们大概又花了 20 年时间才理解中国正在发生的转变。阿里巴巴和华为等公司当时刚刚起步,对它们的发展方向和业务范围仅仅有些模糊的认识。

第一财经记者　陈玺宇:你后来决定与中国开展贸易。当时中国并不富裕,是什么让你做了这个决定?

英国48家集团俱乐部主席斯蒂芬·佩里:我参与了中美之间的第一笔贸易的团队,我们为尼克松访华做了准备,我们知道中国将进行一些大宗(商品)采购,他们通过我们从美国供应商那里购买,我当时充满了乐观情绪。

第一财经记者　陈玺宇:对于你的企业而言,对于中国的经济、改革开放发挥了怎样的作用?

英国48家集团俱乐部主席斯蒂芬·佩里:有些同行甚至有点嫉妒我们,甚至试图竞争替代我们。在1976年到下个世纪初这段时间里,了解中国正在努力做的事情之后,在中国建立大型合资企业的机会令人着迷,我绝不可能错过这样的机会。

第一财经记者　陈玺宇:中国经济对外开放也在不断推进和深化。展望未来,你有何预期?

英国48家集团俱乐部主席斯蒂芬·佩里:中国经济将继续对外开放,因为这样做对中国有利。中国将会加大海外投资,从亚洲开始,然后向外扩展。

第一财经主持人　黄伟:好,以上就是今天财经夜行线致敬改革开放四十五周年特别节目的全部内容,再次感谢您的收看,感谢杨建文先生,再见。

2023 年度上海广播电视奖
参评作品推荐表

作品标题	万桥飞架——山水间的人类奇迹（共四集）	参评项目	电视新闻
		体 裁	纪录片
		语 种	中 文
作 者 （主创人员）	陈亦楠、敖雪、王静雯、 宣福荣、朱雯佳、 金丹、俞洁	编 辑	王立俊、朱宏
刊播单位	东方卫视、贵州卫视、 江苏卫视、北京卫视、 浙江卫视、湖南卫视、 中国国际电视台 CGTN、 上海纪实人文频道	刊播日期	东方卫视：2023 年 9 月 26 日—10 月 7 日晚 22 时 00 分 贵州卫视：2023 年 9 月 26—29 日晚 19:30 湖南卫视：2023 年 10 月 9 日—12 日晚 17:30 浙江卫视：2023 年 10 月 9 日—12 日晚 23:20 北京卫视：2023 年 10 月 9 日—12 日晚 23:30 江苏卫视：2023 年 10 月 9 日—12 日晚 23:30 中国国际电视台 CGTN：2024 年 3 月 4—7 日 7:00
刊播版面 （名称和版次）	东方卫视《新纪实》	作品字数 （时长）	30 分钟/集
采编过程 （作品简介）	为庆祝新中国成立 74 周年，上海广播电视台纪录片中心携手贵州广播电视台贵州卫视联合制作四集纪录片《万桥飞架——山水间的人类奇迹》，该片被列入 2023 年度国家广电总局"记录新时代"纪录片精品项目，上海文化发展基金会市重大文艺创作资助项目。		

（作品简介） 采编过程	纪录片选取贵州穿山越壑、恢宏壮美的代表性桥梁,通过"天工开物""万桥飞架""天堑通途""联通世界"四个主题,对贵州桥进行全景式的描画,首次披露了大量桥梁建设中的细节和幕后故事。同时,片中着重梳理了多个沪黔交流、东西联动、携手共进的生动案例,通过鲜活的人物案例,展示以上海为代表的东部省份积极参与贵州桥梁建设,帮扶贵州乡村振兴事业发展,全国一盘棋,东西互助联动,凸显了中国式现代化的制度优势。 　　2023年3月到8月,沪黔联合摄制组走遍贵州9个市州,走进30个县市区进行采访和拍摄,一共拍摄了27座正在使用和还在建设的桥梁,从历史和现实双重维度探寻贵州桥梁建设的工程奇迹与人类减贫发展奇迹。 　　纪录片以贵州桥梁建设为载体,突出展现了贵州桥梁人面对复杂的地形地势,迎难而上,拼搏创新的时代精神。纪录片以"奋斗新时代"为主线,以贵州桥梁建设为载体,彰显了中国人民自力更生、奋发图强的顽强斗志,从贵州奋斗展现中国式现代化的奋斗历程。
社会效果	2023年9月,节目先后登录东方卫视、贵州卫视、上海纪实人文频道,节目收视率连续三周位列全国省级卫视同时段收视率排行榜榜首。10月起,经国家广电总局协调,节目又先后登录北京卫视、浙江卫视、湖南卫视、江苏卫视等省级卫视黄金时间播出。2024年3月4—7日,《万桥飞架》国际版在全国两会期间登录中国国际电视台CGTN《发现之路》栏目播出。 　　纪录片《万桥飞架——山水间的人类奇迹》在贵州卫视和东方卫视播出期间,分列全国同时段收视率第一。在优酷、腾讯视频等网络平台上线之后,在主页进行推荐,收获了观众的热烈反响。在腾讯视频,观看量迅速冲上科学纪录片版块热播榜榜首,进入优酷纪录片新榜前10。纪录片相关视频、图文和话题等在全网总传播量突破5亿次。据纪录中国×美兰德传播咨询发布的数据榜单统计数据显示,该纪录片位列9月热播电视纪录片榜第一,以及热播纪录片融合传播指数榜第一。 　　《万桥飞架——山水间的人类奇迹》先后获得了2023年度中国影响力十大纪录片提名作品奖,2023年TV地标年度影响力纪录片大奖,纪录中国×美兰德传媒咨询2023年融合传播影响力优秀纪录片大奖,国家广电总局2023年度第三季度优秀国产纪录片。 　　中宣部第200期新闻阅评对纪录片《万桥飞架——山水间的人类奇迹》进行了专版表扬。

万桥飞架

——山水间的人类奇迹(节选)

第一集 天 工 开 物

【解说词】

千百万年的沉积与流水的雕刻,在这片高原上留下了奇特的喀斯特地貌。126万座山头,峡谷溪流纵横交错,贵州是中国唯一没有平原支撑的省份。

凭借着现代愚公移山的开拓精神,伴随走出去与外部世界联通的渴望,贵州人天工开物,在17.6万平方公里的大地上,于高山与峡谷间架起3万多座桥,成就了"世界桥梁博物馆"的美誉。更令人惊奇的是,世界100座高桥中有近一半在贵州,各式各样的桥梁在空中穿行、飞越,在千沟万壑之上,铺就起畅行无阻的高速网络。

万桥飞架,构筑起山水间的人类工程奇迹,勾勒出一个西部省份大踏步前进的奋斗印迹,也映照出中国式现代化的奋进缩影。近年来,贵州区域交通枢纽地位持续提升,发展格局发生了历史性重塑,综合经济实力实现了历史性跨越。贵州桥,不仅只是一座座地标,更是迈向中国式现代化进程中一个个响亮的音符。

【现场声】

叶洪平(贵州省交通规划勘察设计研究院交通事业部桥梁设计分院总工程师):锚索这个东西含泥要考虑清楚。

【解说词】

叶洪平的工作是在桥梁设计建设初期,对桥梁所在地的地质情况进行全方

位的勘测。今天,他和同事前往天门村进行地质复勘,为天门大桥的建设做前期
准备。

【现场声】

叶洪平:我看这个地层夹泥还是很严重啊!

周松:有夹层,但是比较薄。

【现场声】

叶洪平:有没有什么比较异常的地质情况从这个上面反映出来的话?

刘伟(现场地质勘探工作人员):从上面看的话上面这还好。

【解说词】

叶洪平所做的地质勘探工作是桥梁设计的第一步,从现场收集来的不同点
位的数据能够最直观地帮助桥梁设计师了解工程地区的地质构造、地层分布、强
度特性等,可以最大限度地规避裂隙和溶洞风险,为建桥位置和方案设计提供科
学依据与技术支撑。

【采访】

邱祯国(贵州省交通运输厅厅长):贵州建桥因为地形、地质、地貌比较复
杂,技术难度是比较大的,整个在桥梁建造的过程当中啊,注重科技创新,解决了
很多技术难题。

【采访】

葛耀君(国际桥梁与结构工程师协会前任主席):贵州在山区峡谷大桥的建
造过程中间,很多关键技术已经领先于世界。会聚了不同类型的桥梁,其中包括
了梁桥、拱桥、斜拉桥,当然也有悬索桥,成就了贵州"世界桥梁博物馆"的美誉。
世界100座高桥中有近一半在贵州,创造了多个世界桥梁之最。

第一部分 北盘江第一桥

【解说词】

杭瑞高速贵州段的北盘江第一桥,是目前为止世界第一高桥,桥面距离江面
高达565米。建设这么高的桥,并非贵州桥梁人想要炫技,而是被逼无奈。

【解说词】

杭瑞高速由杭州一直连接到云南瑞丽,是中国东西方向的主要交通动脉。
这条高速路要想贯通,就必须跨过贵州境内山高谷深、沟壑纵横的北盘江大峡
谷。左岸是云南,右岸是贵州,两岸峭壁对峙,河谷最窄处不过几百米。贵州的
都格镇和云南的普立乡隔江而望,但两岸居民历史上互通往来,要翻越三座山
头,走40公里山路,差不多走上整整一天,才能到达对岸。

【解说词】

黄坤全是贵州高速集团原副总工程师，曾全程参与了北盘江第一桥的建设，再次来到这里，心中感慨万千。

【采访】

黄坤全（贵州高速集团原副总工程师）：原来从六盘水到宣威的话要经过都格镇。那么要走一个长下坡再上坡，一下一上大概要两个多小时，现在十来分钟就过去了。

【解说词】

建桥时为了避开遍布山体的溶洞和裂隙，桥梁设计人员不断将桥的位置往峡谷的高处移，最终将桥面设定在了距江面 565 米的高度。

【采访】

黄坤全（贵州高速集团原副总工程师）：从六盘水到宣威，可以有多条路线。但是要满足我们经济指标和技术指标，需要进行综合考虑。在大的范围内，不能绕得太远是吧，绕太远可能会经济一点，但是绕太远实际上营运起来成本就很高了。在这个地方通过地形上看来，这个位置作为桥头堡，是比较合适的桥位。

【解说词】

565 米的桥梁高度加上北盘江上凶猛的峡谷风，对于桥梁建设者来说，都是严峻的挑战。为了使桥梁经受住变化莫测的峡谷风考验，桥梁设计师们必须在实验室中进行复杂的抗风实验。

通过模拟不同风速和风向条件下的风压分布和结构响应，来测试桥梁在面对不同风场环境时的表现，最终确保桥梁结构稳定和安全。

【采访】

黄坤全（贵州高速集团原副总工程师）：我们要考虑这一些抗风的结构措施，比如说抗风稳定板。这个中纵梁就相当一个抗风稳定板。总体来说斜拉桥比悬索桥好一点悬索桥是柔性结构，那斜拉桥是绷直的。从这个整体刚度上来说会好一些，再加上我们是钢桁梁，这上面风是透的。

【解说词】

透风性好的钢桁梁具有非焊接、可栓接的特性，这使得桥梁大型钢构件可以化整为零，方便在贵州坡陡弯崎的山路上运输。

除了世界第一的高度，北盘江第一桥的另一个特点是长跨度，建成时它还是山区峡谷桥梁中主跨世界第一长的钢桁梁斜拉桥。720 米的主跨被拆分成 60 个长 12 米、宽 27 米、重 160 吨的节段，需要通过缆索吊装的方式在高空中拼接、合龙。

在近 600 米的高空进行大重量桥段的拼装，施工团队没有其他经验可以借鉴,只能大胆创新,首次采用纵移悬拼工艺,将大型构件在接近地面的地方进行大部分拼接,然后提升到预定位置进行最后的拼接和固定。最后,拼接误差仅为1.5毫米,相当于一枚硬币的厚度。

【采访】

黄坤全(贵州高速集团原副总工程师):以前吊装,我们参加工作的时候见过就是用旗语,包括我到葛洲坝去实习,我看到用旗语还加口哨。20世纪90年代有对讲机了,对讲机就是好,已经进了很大的一步了。现在还有北斗定位各方面的。另外,还有吊装的这个系统集成,现在都是一键控制了,以前都是很多人去手动,现在都是自动的,按键加上视频就可以看到,在室内就控制了,还是很方便的。

【解说词】

2016年12月29日,北盘江第一桥的建成通车,云南宣威至贵州六盘水的车程从之前的5小时缩短为1小时。在黄坤全看来,这是贵州桥梁建设的一个里程碑。

【解说词】

黄坤全是中国恢复高考后的第一代大学生,曾就读于重庆交通大学。毕业后,从坝陵河大桥到横跨在北盘江上的六座大桥,黄坤全都参与了建设,见证了贵州桥梁30年的飞速发展。

【解说词】

常年扎根于大山工地中的黄坤全,每当谈及家庭,还是有许多愧疚,尤其是对于女儿黄媛。

【现场声】

黄坤全:你看1991年通车那时你几岁?

黄媛:我才两岁。

【解说词】

不过让他欣慰的是,黄媛从一开始的埋怨、不理解,慢慢地开始对桥梁建设产生了兴趣,最后,更是接过了父辈的旗帜,投身到了贵州桥梁建设事业中。

【现场声】

黄坤全:这个回想起来,也就是我们,当时我主导,也是争论了很久,也是贵州交勘院第一座钢管拱桥。

黄媛:也是我参加工作建设的第一座钢管拱桥。

【解说词】

黄媛大学毕业后,参加过4条高速公路的建设。随着贵州高速集团数字化转型时代的来临,黄媛慢慢接手了信息化桥梁监测维保工作。

【采访】

黄媛（贵州高速集团内控信息化部副主任）：在未来，我们的桥梁监测数据可能在一定程度上能够实现自动化这样一个分析处理。通过数据化的桥梁运行状态，来指导我们桥梁养护工作的开展。

【解说词】

许许多多像黄媛这样的新桥梁人，用大数据、人工智能的新科技手段守护着父辈、祖辈们修建的座座高桥。

第二部分 平塘特大桥

【解说词】

平塘特大桥坐落于贵州省平塘县，被人们称为"天空之桥"，横跨曹渡河峡谷两岸，全长 2 135 米，3 座浅蓝色的钻石塔顶直刺蓝天，264 根长短不一的拉索如翩跹起舞的苗族裙摆。云腾雾绕中，大桥与山水峡谷交相辉映，构成一幅巧夺天工的人间美景。

【采访】

熊中庆（平塘特大桥总监理工程师）：本来是两种桥型，一种是悬索桥，另外一种是斜拉桥。经过对比，悬索桥因为对山体开挖破坏性比较大啊，然后造价要多一个亿，（最后）选用斜拉桥。

【解说词】

熊中庆曾是平塘特大桥的总监理工程师。6 年前，他曾全程参与大桥的设计建设。选用斜拉桥的设计方案虽然安全、经济，但却仍面临着一个巨大的挑战：穿越 2 135 米的峡谷架设斜拉桥，需要搭建 3 座 300 米左右的主塔。

贵州桥梁设计师大胆地选用钻石型空间塔作为索塔的外形，结构包括塔墩、塔柱、中塔柱、上塔柱、下横梁、上横梁。其中最高的一座主塔设计高度达到了 332 米，相当于 110 层楼的高度。

然而，如何把山砂拌制的混凝土在凝固之前泵送和浇筑到这个高度，是摆在贵州桥梁人面前的一个世界难题，之前从未有过成功的先例。

【解说词】

在多次尝试之后，设计团队最终采用了两级泵送的方式进行接力泵送。首先在主塔 180 米处完成第一级混凝土泵送。再以 180 米处为平台向上完成第二级泵送，通过这种中途接力的方式，将混凝土在规定时间内泵送到 332 米的塔顶。

然而，夏季施工气温较高，泵机在长时间运行后发热，又引发了一个新的难题——管道堵塞。

【采访】

熊中庆(平塘特大桥总监理工程师):这么高的管子一旦堵管是很难处理的。我们在贵州搞了这么多年的桥,我也是第一次在现场使用制冰机,制成冰然后放到这个拌和的水里面去融化,就保证这个出模的温度很低。

【解说词】

贵州桥梁设计师因地制宜、迎难而上,在不断摸索中创新,仅仅用了31个月就完成了3座超高主塔的建造工作。尤其是320米高的15号主塔,实现了一泵到顶的混凝土施工纪录。

配合使用特种塔吊及新型可旋转吊机,完成了桥面的安装,有效地提高了拼装效率和施工质量。在建设过程中,建设团队还引入了一种当时最先进的新型数字技术手段:建筑信息模型系统,简称BIM。

【采访】

梁天贵(贵州省公路开发集团有限公司总工办副主任):BIM模型把我们所有的各个构件,以工程信息的形式来录入。相当于把我们整个工程强大的信息量集成到一块儿,在施工的阶段,像这些位置有斜拉索、钢筋,有很多受力构件,BIM模型可以随时帮助我们实现各种构件互不干扰,防止我们在施工过程中出现返工,造成不必要的一个浪费。

【现场声】

梁天贵(贵州省公路开发集团有限公司总工办副主任):锚头有漏油的现象没有?

马成栋(现场桥梁维保工作人员):没有。

梁天贵(贵州省公路开发集团有限公司总工办副主任):就这一批全部换掉了是吧?

马成栋(现场桥梁维保工作人员):换了一批,好的留下来了。

【解说词】

项目完工后,建筑信息模型系统还能充当"桥梁医生"的职责,通过施工阶段预埋的相关传感器,系统会根据采集的数据进行评估,帮助工作人员实时掌握桥梁的运行状态,做出相应的养护决策方案和状态预警。这样能有效降低养护成本,延长桥梁的使用寿命。

【解说词】

如今,平塘特大桥如一条蓝色的飘带横卧曹渡河大峡谷之上,通车后跨越峡谷两端的时间从一个小时缩短为短短的3分钟,极大地提高了周边区域的出行便利。

【采访】

葛耀君(国际桥梁与结构工程师协会前任主席):平塘特大桥囊括了国际桥

梁大会的古斯塔夫奖、国际咨询工程师联合会大奖、国际桥梁与结构工程协会大奖,囊括这个大满贯三项大奖的在国内(除了平塘特大桥),目前只有港珠澳大桥。从这个角度上看,贵州桥梁建设的水平和能力及建出来的桥梁让世人刮目相看。

【解说词】

这里是贵州六枝特大桥的施工现场,六枝特大桥是纳雍至晴隆高速公路关键性工程。目前担任该项目总监理工程师的熊中庆,因为有了平塘特大桥的泵送经验,少了一份焦虑,多了一份淡定。

【解说词】

今天,施工团队将要完成的是六枝特大桥八号墩局部的混凝土浇筑工作。无雨的阴天是个混凝土浇筑的窗口期,施工团队需要在 10 个小时里不间断地完成 750 立方混凝土的浇筑。

【现场声】

工人：让开,让开。

【解说词】

六枝特大桥有望在 2024 年年底通车。建成后,六枝特大桥全长 2 023.5 米,墩高 196 米,连续三跨 320 米空腹式钢构,又将在主桥墩高度、单跨跨径、箱梁宽度、全桥长度方面创造同类型桥梁中多个世界第一。

【解说词】

古斯塔夫·林德撒尔奖被誉为桥梁界的"诺贝尔奖",除了平塘特大桥,北盘江第一桥和鸭池河大桥在 2018 年,花鱼洞大桥在 2022 年都曾获此殊荣。在短时间内连获多项国际大奖,桥成为了贵州一张新名片。面对挑战,不断攀登,贵州建桥人还在不断地刷新世界纪录。

第三部分　德江至余庆高速公路乌江特大桥

【解说词】

美丽的乌江是贵州第一大河,有着贵州"母亲河"的美誉,也是长江上游南岸最大的支流。乌江两岸青山绿水,景色宜人。船长安青松在乌江开渡船已经 15 个年头了。

【采访】

安青松(渡船船长)：祖辈就是开这个渡船,轮到我这里是第三代了,我是一点一点看着乌江特大桥建起来的,然后现在就期待通车的那一刻。

【解说词】

安青松口中的乌江特大桥宛若一道飞虹横跨乌江两岸,是贵州德江至余庆高速公路的关键性工程。大桥全长 1 834 米,主跨 504 米,在世界同类型拱桥中属于跨径最大的。

【解说词】

张义是中交第一公路工程局第四工程有限公司副总经理。作为乌江特大桥项目标段副总工程师的他,从 2020 年 8 月开工的第一天起,就奋战在施工的一线。

【采访】

张义(贵州德余高速公路第六合同项目经理部副总工程师):这个桥有以下两个特点:第一个特点,结构体系的创新,这座桥采取拱圈、立柱跟梁三维协同受力全固接体系,也是目前国内非常先进的一种体系。第二个特点,它是全栓接结构,这种结构精度更高,质量更加可靠,在高空中工作量少,安全风险也比较低。

【解说词】

拱桥主要通过圆弧形的拱圈将载荷传递给桥台和基础,而拱肋则是主拱圈的骨架,也是重要的受力部件。乌江特大桥的拱肋由 60 个节段拼装而成,每个节段由 8 根直径 1.4 米的钢管组成,最大的一个节段重量高达 157 吨。

这些庞然大物都是在位于重庆涪陵的世通重工完成制作、拼装、焊接和喷漆的。

【采访】

毛伟(贵州德余高速公路第六合同项目经理部综合办公室主任):乌江特大桥施工精度要求比较高,是毫米级的控制,工厂化加工就能确保它的精度及质量,加工完之后它的构件就比较大。

【解说词】

乌江特大桥位于峡谷腹地,现有狭窄、崎岖的山道无法满足如此大节段的运输。倘若新修一条宽阔便道,不仅会拉长工期、增加成本,更会破坏山体自然环境。

【采访】

毛伟(贵州德余高速公路第六合同项目经理部综合办公室主任):在我们的前面就是白鹭湖生态公园,对面是万佛山风景保护区,对这一块的自然保护要求也很高,刚好碰到贵州乌江航道的复兴,然后我们综合各方面考虑,最终采用了水运,水运一方面比陆运成本节约,另一方面可以保证大构件直接运输。

【解说词】

从重庆涪陵工厂到达乌江特大桥的施工现场有 480 公里的水路,其间还需要跨越四个水电站,单程耗时 10 多天。为了保证构件运输,中交第一公路工程局调集了乌江流域及部分长江流域所有满足尺寸要求的船只进行运输。

【解说词】

然而，运输只是施工人员要面对的难题之一。出于成本的考虑，乌江特大桥没有采用纵移悬拼技术。但是要实现江面上百米高空中一块块构件的"无缝对接"，对于精确性的要求极高。所以，工程师们在正式拼装前，先在地面进行预拼装测试。

【采访】

王明胜（中交一公局第四工程有限公司德余高速乌江特大桥项目副总经理）：拱肋运到现场之后，我们会首先在钢拼场地进行卧拼和立拼的组合式拼装。然后我们通过三维扫描技术，就是一个全息的投影技术把整个拱肋的线形状进行一个收集，收集之后生成一个数据。那么这个数据就是指导我在桥位处进行拱肋拼装的一个最基本的原始数据，我们简称为原型复位技术。

【解说词】

测试完成后，工人们再将构件逐一拆散。然后，激动人心的拼装即将开始。装载有拱肋节段的驳船经乌江运输至吊装位置，然后进行起吊、牵引等作业，并通过前后吊点调整拼装位置和角度。

【采访】

张义（贵州德余高速公路第六合同项目经理部副总工程师）：我们把首节段利用三维激光扫描及千斤顶支架这种技术，把这个精度控制在两毫米到三毫米。

【解说词】

各节段位置对齐后拧紧连接螺栓，并安装扣锁，通过桥的张拉系统确保拱肋拼装的稳定和准确，60 个拱肋节段逐节安装。

【解说词】

为了减少人工操作产生的误差，施工现场还安装了 TS60 全自动测量机器人，外观酷似摄像头的它可以在超远距离自动跟踪目标，更加保证了安装过程的精度和效率。乌江特大桥 60 个拱肋节段仅用 90 天就在空中完成组合、精准对接，铸起了大桥强健的"脊梁"。

【解说词】

2023 年 7 月 10 日，德余高速乌江特大桥仅用 33 个月，就完成了全部建设工作，顺利通车，刷新了高难度桥梁建设的速度，中国的桥梁人将源自中国的拱桥建设再次提升到了一个全新的高度，也为"世界桥梁博物馆"贡献了一件崭新的展品。在这个博物馆里面，有梁桥、拱桥、斜拉桥、悬索桥等多种不同类型，让贵州赢得了"世界桥梁看中国，中国桥梁看贵州"的美誉。

【解说词】

峡谷、高山、江河,独特的地貌曾让贵州人困于大山,走出去是贵州人最大的梦想。如今在贵州,已通车的公路桥梁总长超过 4 400 公里,加上目前在建的,公路桥梁总长将超过 5 400 公里。通过这些桥梁实现了人流、物流、信息流的便捷畅通,构建了经济社会发展的"血液循环系统"。同时,这些桥梁矗立在山谷之间与自然环境和谐共生,与绿水青山相得益彰,美美与共,各美其美,美上加美。

青山依旧在,天堑变通途。贵州桥梁人用创新和拼搏的工匠精神,创造了山水间的人类奇迹。

2023 年度上海广播电视奖
参评作品推荐表

作品标题	"从波提切利到梵高"的流量密码	参评项目	电视新闻
		体　裁	专　题
		语　种	中　文
作　者（主创人员）	王琳琳、刘宽漾、李维潇、吕心泉、朱晓荣、王卫	编　辑	邢维、李姬芸
刊播单位	上海广播电视台	刊播日期	2023 年 5 月 8 日 23 时 17 分
刊播版面（名称和版次）	东方卫视《1/7》	作品字数（时长）	13 分 16 秒
采编过程（作品简介）	该片聚焦上海博物馆举办的现象级展览"从波提切利到梵高——英国国家美术馆珍藏展"。98 天的展期里,展览吸引 42 万人次观展,创下中国博物馆收费展览新纪录。观众 50％来自外省市,"Z 世代"观众超过 40％,展览拉动城市综合消费超 1∶15——创造了中国博物馆界的多项纪录。 该片从这组惊人数字出发,评析热点文化事件,从不同层面分析现象级展览"破圈传播"的原因。作为中国顶级的古代艺术博物馆,上博为何举办这场西方美术史特展,它如何创造"流量密码"、如何突破国有博物馆的办展模式;在后疫情时代,它何以成为上海都市文化新消费的"核爆点"。节目跳脱了表象的热闹,通过外延与内核多个层面的分析展开,从展览内容、社交媒体的二次传播,消费场景的搭建,国有博物馆办展模式的突破,逐层递进展开,破解"流量密码",最后放眼上海整个文博展览圈,展现了积极创新的文博展览事业在文明交流互鉴中的传播与启示意义。 该片跟踪记录了展览不同阶段的场景,拍摄了海量素材,画展空镜与排队场景采用稳定器拍摄,增强现场感,尤其在闭幕日蹲守拍摄了特展闭幕的最后一夜,用多组延时拍摄手法记录展厅最后关闭的画面,加强了闭幕倒计时的临场感;采访了最后一位离场的观众,体现了观众惜别的温情与仪式感;闭幕拍摄的素材通宵剪辑制作,既保证了新闻专题的时效性与完整性,也有长期观察的深度,最终从海量报道中脱颖而出。		

社 会 效 果	作品在看看新闻 App、视频号、新闻坊微信公众号同步刊发,同时在《东方新闻》、上视新闻综合频道与东方卫视先后播出的《1/7》栏目以不同版面、不同形式进行媒体融合报道。该片推出时,正值大展闭幕次日,展览有很高的话题讨论度,该片被大量转发,据不完全统计数据显示,全网点击量突破百万,不仅获得了业内高度评价,优质的深度文化内容配合全媒体矩阵传播,也达到了"破圈传播"的效果。有观众在留言中盛赞,"内容是王道""这才是海纳百川的上海""从'核爆点'看到了上海的文化能量"。 　　大展期间,全国媒体争相报道展览盛事。在众多同类型的文化主题报道中,尚未有总结如此全面深刻的全媒体视频报道。目前该片已推荐报送多个国内国际新闻奖项。 　　目前,上海正在实施以上海博物馆为主体的"大博物馆计划",通过大力发展文博事业,积极打造人民城市的文化会客厅。该片对于上海不断深化中外文明交流互鉴,进一步发挥文物在提升上海城市形象中的重要作用,都有积极的推动意义和传播价值。

"从波提切利到梵高"的流量密码

【演播室】

欢迎收看《1/7》。

2023 年 5 月 7 日 24 时,上海博物馆"从波提切利到梵高——英国国家美术馆珍藏展"落下帷幕。98 天的展期,该展览一共吸引了 42 万人次观展,线下文创消费额超过了 2 400 万元,创下了中国博物馆收费展览的新纪录。"从波提切利到梵高"何以成为现象级的爆款? 它如何引爆了上海的都市文化新消费? 下面就让我们一起去破译它的流量密码。

【说明字幕】

现象级大展"从波提切利到梵高——英国国家美术馆珍藏展"5 月 7 日闭幕。

5 月 7 日 0:00~24:00 上海博物馆举办"今夜无眠·上博十二时辰艺术嘉年华"。

(现场花絮　倒计时跳动　展厅关闭)

【采访】王蓓　最后一位离场观众:开展的第一天我来过,从开展到现在来了六次。今天是闭展,觉得一定要来,要拉满仪式感,今天一定要做最后一个离开展厅的人。

【解说】

"从波提切利到梵高:英国国家美术馆珍藏展"持续火爆,这样的常态化夜场不仅在上海博物馆是头一次,放眼整个中国乃至世界博物馆,都是难得一见的。

【实况】安保进行夜场前的准备工作:都蛮辛苦的,因为 24 小时开的,大家要积极配合,让这一次的画展圆满地结束。

【解说】

5月7日特展闭幕。从清晨到子夜,上海博物馆迎来了建馆以来的首个通宵场。98天的展期,珍藏展共吸引超过42万人次观展,单日接待观众量最高达6 001人,创下了中国博物馆收费展览的新纪录。

【群访】观众:我们从南京过来的。第一站,上午刚下火车。

观众:我们都是请假过来看展的,我们是看展然后顺便过来玩一下。

观众:我们是从北京过来的,就是特意为了看这个展。

观众:我从山东济南过来的,是专程过来,带着孩子过来看这个展览。

【解说】

因为一场展览计划一次上海之旅,这在以往看来似乎很难想象。而如今,拖着行李来看展已经成为上博的一道独特风景。统计数据显示,有50%的观众来自外省市,境外观众约6 000人。

【采访】刘文涛　上海博物馆副馆长:自从这个展览开放以来,寄存处完全满足不了要求,所以我们馆里不得不把一个会议室让出来,专门就为一个展览开辟一个寄存行李的地方,这在从前是没有过的,这是第一次。

【采访】李峰　上海博物馆副馆长:从我1987年工作到现在,就在我的整个印象当中,这个展览也是单个展览、单个展厅,容纳观众数是最多的。

【解说】

为了避免展厅内太过拥挤,场馆需要不定时地限流。展厅里人头攒动,每件画作前都挤满了人,观众屏息凝神,久久不愿离去。

【群访】观众:那种立体感啊,那种色彩啊更真实,特别地震撼。我就想一直在这里头待着,我看好多观众也是坐在里头,就是休息他也不愿意离开。

观众:我的感受是非常震撼。刚刚看到一个《祈祷的圣母》,它是运用蓝色和红色,它(的色彩)是非常跳跃的,我一下就被吸引了。

观众:真迹对我们来说就相当于一个信仰一样的感觉。对于它(画作)的直观感受真的跟电子版的、跟书上的感觉是完全不一样的,我觉得非常震撼。

流量密码一: 硬核展品　内容为王

【解说】

52件大师真迹,串联起欧洲400年的绘画艺术史。拉斐尔、卡拉瓦乔、伦勃朗、莫奈、梵高……这些都是西方美术史上如雷贯耳的名字,如今他们的画作与中国观众近在咫尺。

【群访】观众：看一看真正大师的东西是什么样的。因为出国去看这些东西，你也很难把这些东西凑到一起，看得这么全。

观众：其实最值得近距离看的是梵高那幅，虽然不是他最有名的那一幅，但是你可以感觉到这个艺术家内心十分细致的观察。

观众：大家都很喜欢的那个《红衣男孩》，大家都在那看，确实，你如果只是从网络上去看的话，你感受不到那种震撼，但是你来（到现场）的话，就可以看到那种色彩的对比和男孩的那种忧伤，这是可以感受到的。

【解说】

《红衣男孩》是这次展览中深受观众喜爱的作品，也是在社交媒体上流传最广的作品之一。它 2021 年才入藏英国国家美术馆的，经过细致的修复，这件 200 年前的作品焕发出了昔日神采。在众多重磅级的艺术作品中，策展团队精心选择了《红衣男孩》《长草地与蝴蝶》作为展览最核心的宣传素材。

【采访】褚馨　上海博物馆展览部副主任：《长草地与蝴蝶》肯定是最最重磅的，因为是梵高的真迹。《红衣男孩》是第一幅登到英国邮票上的英国绘画，而且我们上海观众应该对这个小男孩是很熟悉的，以这个《红衣男孩》为母题而开发的（文创）我想应该是特别特别受欢迎的作品。

【解说】

英国国家美术馆藏有 2 600 多件欧洲绘画杰作，很少赴海外巡展。近期馆舍修缮，这批展品才有了跨国巡展的机会。凭借多年积累的声誉与国际影响力，上博很快与英方达成了合作。然而在最初的展品清单里，有部分作品并不为中国观众所熟知。

【采访】褚馨　上海博物馆展览部副主任：我们会跟他们建议能不能换一些识别度更高的、知名度更高的一些作品和艺术家。我们非常明确的是一定要有一些流量级的艺术家的作品，当然拉斐尔、提香、波提切利，包括卡拉瓦乔、凡·戴克、伦勃朗，这些都是。但是我们也非常希望梵高的真迹一定要有。所以，这个是我们跟他们之间的一个博弈的过程。

【解说】

经过反复沟通，不断权衡，双方最终确立了 50 位艺术家、52 幅作品的豪华阵容，不仅涵盖了英国国家美术馆的馆藏精华，也能纵观整个西方经典美术史的收藏脉络。

【采访】林明杰　艺术评论人：我们国内的博物馆很少有成系列地展出国外的艺术作品。有一些展只有类似上海博物馆这样的艺术机构它才有可能举办。它在世界各国借展作品几乎是非常畅通，那大家很乐意把展品借给它。精品的展览，大家自然就会有这种冲动去看展。

流量密码二：二次传播与创作衍生

【解说】

网友的二次创作与传播,使得这场重磅的西方美术史展览在社交媒体上以一种充满网感的形式出现。攻略、导览,相关话题传播量呈几何式增长。展览开幕至今,媒体传播总阅读量超 4 亿,上博新媒体矩阵阅读量超 1 亿,"上海博物馆"的主动搜索较以往提升了五倍。

【群访】观众:小红书上面推送的。

观众:小红书上大家有推梵高的(画)在这边。

【解说】

据统计,此次特展中,"Z 世代"观众占比超过 40%。受访的年轻观众中,绝大多数都是从抖音、小红书、微信朋友圈、自媒体公众号等社交媒体了解到此次展览的。观众的拍照打卡转发,又引发了新一轮的人际传播,共同缔造出 42 万参观人次的历史纪录。

【采访】褚晓波　上海博物馆馆长:我们这次很重要的就是把相关的活动做了一个多元的融合,然后在很多媒体上面都在做宣推。所以这个展览现在就是对外宣传的效果(很好)。别人就开始二次传播,就变成像"核爆点"一样。

【解说】

展览的火爆直接带动了文创销售,许多热门文创商品早已断货。在茶室与餐厅,根据梵高画作《长草地与蝴蝶》《红衣男孩》、"伦勃朗的自画像"等名作开发的创意甜品与餐品,全天备货量一上午就能卖空。据统计,珍藏展线下文创产品销售额超 2 400 万元。通过搭建不同的消费场景,上博在展览的二度开发与推广上,打出了一组漂亮的"组合拳"。根据上海博物馆游客抽样数据显示,"从波提切利到梵高"特展拉动城市综合消费超过 1∶15,远超文化对城市消费拉动效应 1∶6 的国际惯例。

【采访】李峰　上海博物馆副馆长:每个观众他在这边,他买了这个产品或者品尝了我们的下午茶,他会先拍照发朋友圈。用周边来引流,也是吸引观众的一个手段。所以我觉得也要利用我们的这个社交媒体来推广博物馆,以开放的心态办博物馆。(这次)肯定是上海博物馆到目前为止单个展览的文创收入的新高。

流量密码三：办展模式的突破

【解说】

这是上海博物馆 2008 年以来举办的首个收费特展，也是 2022 年《上海市公共文化设施收费管理办法》出台后的首个收费展。对上博来说，此次特展是一次成功的"试水"。展览完全由上博自筹资金举办，52 件作品保险估值就超过 60 亿元。通过反复权衡与测算，普通票的价格定为人民币 100 元。

【群访】观众：它这个票价 100 块钱以内是能接受的，因为它毕竟是真迹。

观众：能接受，品质又高，收费相对来说，一般的市民和爱好者还是能接受的。

观众：总体来说 100 元看 60 亿元保价的画，还是非常值得的。

【采访】褚晓波　上海博物馆馆长：一开始对我们来说确实都心里没底。我们也根据原先预估的参观人数和展期，测算出一个大概的成本。对上海博物馆来说，每年常规我们会举办 6 到 8 个特展，但是如果用财政的资金我们一年只能办一个。所以我们也在研究琢磨能不能通过其他的方式，通过社会化的运作，我们在不使用财政资金的情况下还是能够引进这样高品质的展览的，同时还能保证我们更多的公益的展览。

【解说】

自筹资金之外，上博还借助外部赞助等社会资源，有效地平衡了成本支出。这次的成功案例，对于国有博物馆自筹资金举办高品质的跨国特展，探索出一条新的路径。

【采访】褚晓波　上海博物馆馆长：通过这次也给我们积累了很多经验，同时也树立了我们上海博物馆未来发展的一个信心。因为我们也觉得作为一个比较大型的国有博物馆，应该也要加强对未来的一种自身造血的功能。我发现观众对高品质的文化内容是非常愿意买单的。

【解说】

作为中国看世界、世界看中国的重要窗口，上海拥有 161 座博物馆、97 座美术馆，每年举办文博美术展览 2 000 多场。现象级爆款带来的"鲶鱼效应"激活了整个行业，推动上海文化消费市场不断地更新迭代。

【采访】方世忠　上海市文化和旅游局局长、上海市文物局局长：这些精美的文博美术展览不仅能够让中国看到世界，更能让世界看到中国。所以，我们想让更多的文旅的新业态、新模式、新场景能够落地,进一步地破圈迭代升级,来增强文旅业发展的高韧性和创造性。

【解说】

在文旅复苏的后疫情时代,这场缔造了流量密码的展览成为了上海都市新消费的"核爆点",也为未来许下了更多期待。

2023 年度上海广播电视奖
参评作品推荐表

<table>
<tr>
<td rowspan="3">作品标题</td>
<td rowspan="3">上海公租房现状调查</td>
<td>参评项目</td>
<td>电视新闻</td>
</tr>
<tr>
<td>体　裁</td>
<td>系列报道</td>
</tr>
<tr>
<td>语　种</td>
<td>中　文</td>
</tr>
<tr>
<td>作　者
（主创人员）</td>
<td>集体(唐春源、楚华、王琦、张凯、徐玮、刘奕达、潘窈窈、刘逸然、邢颖、陆瑶、孙启萌、王毅、孔权、蒋文越、王岑峰、王卫)</td>
<td>编　辑</td>
<td>集体(陈瑞霖、邢维、李鹏、虞之青、瞿轶羿)</td>
</tr>
<tr>
<td>刊播单位</td>
<td>上海广播电视台
融媒体中心</td>
<td>刊播日期</td>
<td>2023 年 7 月 16 日
18 时 38 分
2023 年 7 月 19 日
19 点 02 分
2023 年 7 月 20 日
19 点 02 分</td>
</tr>
<tr>
<td>刊播版面
（名称和版次）</td>
<td>新闻综合频道
《新闻报道》《新闻透视》</td>
<td>作品字数
（时长）</td>
<td>5 分 13 秒、5 分 12 秒、
4 分 48 秒</td>
</tr>
<tr>
<td>采编过程
（作品简介）</td>
<td colspan="3">　　公租房是面向城市中低收入、有住房困难群体的政策性租赁住房。因其价格低廉、房源地段好等优势备受欢迎。但是记者也发现,针对公租房的排队轮候时间过长等问题,社会上一直都有抱怨的声音,随即对该选题进行重点关注。
　　在众多排队申请公租房的申请人中,记者联系到了小宇。从半年前资格审核通过到节目播出之前,小宇的公租房申请没有任何进展。然而,一边是漫长的等待,另一边,在网上却有人公开转租公租房。针对这一线索,记者展开调查,全程记录了中介推销公租房的过程,一套月租金 3 700 元左右的公租房被中介转租后竟要 5 000 多元。随后,记者前往该小区管理中心采访得知,该小区的公租房排队时间至少需要一年半。</td>
</tr>
</table>

（作品简介） 采编过程	这组系列报道以记者的调查为主线，充分展现了当下公租房使用和管理当中存在的矛盾和问题。记者走访调研了闵行、浦东、松江、静安等多个区的市筹和区筹公租房项目，以寻求答案。同时，记者也采访了相关专家，分析了公租房供需不平衡的原因并给出建议：加快流转效率、加大信息公开透明度，以及建立申请人诚信系统。 　　三集系列报道，生动地剖析了公租房当下面临的各种困境，并给出了不少需要优化的措施，体现了媒体的担当。 　　上海，是很多年轻人逐梦的地方。为了留住更多有梦想的年轻人，上海这座城市正着力为青年人解决他们的安身安居问题。公租房也好，保租房也罢，只有公平公正，同时真正理解市场的需求，才能从根本上解决青年人的住房问题，让他们安心留在上海奋斗。
社会效果	节目播出当天，"公租房转租"话题冲进微博热搜前十名，相关话题的阅读量近280万。随后，上海各大媒体陆续对"公租房"话题进行跟踪报道。节目内容得到了上级的肯定，也引起了市区两级房管、城管、住房保障中心、公租房管理公司等多部门的重视。尤其是对于公租房转租转借的现象，他们表示零容忍并会重拳出击进行整治。公租房的申请、租住、轮转必须依法依规，让真正需要保障性租赁房屋的新市民、青年人，获得公平公正的机会，解决住房问题。市房管局也要求，后续要优化房源轮候信息发布机制，通过网上公布、轮候小程序信息推送、电话短信告知等方式，让轮候对象及意向申请对象及时知晓，确保相关信息公开透明。 　　节目的播出，体现了主流新闻媒体的舆论监督职责。节目当中呈现的问题也得到了有关部门的积极反馈。相关受访者后续也向记者反馈，自己的公租房轮候有了新的进展。

上海公租房现状调查

【导语】

年轻人从四面八方来到上海,直接面临安身安居的问题。公租房是在国家和地方政府的支持之下,为住房困难职工提供的一份保障,也是吸引外来人才的重要加分项。然而公租房,尤其是市中心地段的公租房往往一屋难求。那么,公租房的规划和管理还有哪些方面是可以改善和提升的呢?我们来看记者调查。

记者调查:心动公租房,我要等多久?

【网络视频资料】

我们申请的公租房,今天接到电话,让去看房。进门一眼就看到了客厅,客厅旁边是主卧,有衣柜,还有床头柜、一张床。卧室内有窗户,视野很开阔。

在上海,一个月花 3 000 元,住在静安寺商圈的公租房是一种什么样的体验?

【解说】

独门独户、配备齐全、价格低于市场,短视频里展现的公租房令人心动不已。去年 3 月,从上海交大毕业的硕士生小宇在与别人合租 9 个月后,加入了申请公租房的行列。

小宇想要申请的公租房距离中山公园商圈 2.5 公里,地段优越,一居室房价 3 500 元。她将所有的资料备齐,很快就通过了审核,目前已等待了半年。

【采访】小宇:当时点的时候前面是 170 多(人)吧,好像 170 多人还是 180 人。6 月 8 日的时候查询的一个排队结果,当时我之前还有 175 个人。然后这是刚刚(查询到的)排队的一个结果,就是完全没有任何的变化,所以还是有170多人。

"随申办"提供的信息显示,上海市的公租房分为市筹和区筹,两者面向的申请主体相同,但入住条件有细微差别。以小宇所在的行政区域为例,申请人可凭上海户籍或持上海居住证进行申请。除此之外的一些硬性条件,对于在上海已经有稳定工作的年轻人而言,也不算苛刻。虽然申请不难,轮候时长却难以把握,尤其市中心公租房非常抢手,经历漫长的轮候是常态。

【采访】小宇:比如说我要排这个小区,你是决定排了之后,你才能看到你是排多少号。所以说,这就是一个很大的问题,就非常像是在"开盲盒"。

【解说】

除了排队"开盲盒",选房同样像是在"开盲盒"。一些小区的房源仅有户型图和房屋局部角落的图片作为参考,一些小区甚至连室内图片都没有。

【采访】华东师范大学东方房地产研究院执行院长、教授胡金星:把住房轮候的时间,甚至公租房小区有多少量、已经有多少人、在里面住了几年,如果说都能公开的话,去加大这一方面信息的透明度,这样的话对大家来说、对轮候的申请者来说,也可以影响到他的决策。我觉得这是非常好的一种方式。

(演播室串联)

热门地段的公租房非常吃香。然而,一边是漫长的排队轮候;另一边,记者却发现,有人竟然将承租的公租房通过中介转租。我们继续来看记者调查。

记者调查:热门公租房转租套利?

【解说】

在某房产中介,记者看中一套房子,询问基本情况时,中介主动提醒,它的性质并非普通商品房。

【实况】(非正常拍摄)

房产中介:那属于公租房,严格来讲是不能出租的。

记者:那住进去的话,会不会有人查呢?

房产中介:没人查的。

【解说】

记者提出想要看房后,中介很快联系上这套公租房的承租人。半小时后,一名自称是该套房屋承租人朋友的人匆匆赶来,带着记者和中介进入了房间。

【实况】（非正常拍摄）

房屋承租人的朋友：不是我的，我是帮忙开门的。

记者：那房东呢？我得大概知道房东是男的女的啊！

房屋承租人的朋友：是夫妻俩，他老婆是申请人。

记者：他们大概住多久了？

房屋承租人的朋友：没住。

记者：申请下来就没住？

房屋承租人的朋友：对。

记者：他们现在住哪儿？

房屋承租人的朋友：他们不住这里。

记者：我就是有点担心，说这个是公租房嘛。

房屋承租人的朋友：这个不要担心，你有什么事情不要找物业，直接找房东（房屋承租人）就好了。

【解说】

在某微信公众号上，记者看到，截至今年 1 月 9 日更新的消息，该小区对外公布的租金价格为每月每平方米 83.22 元。按此价格计算，这套 45 平方米的一房，租金应该在每月 3 700 元左右，不过中介的报价是 5 000 元。

【实况】（非正常拍摄）

记者：（每月）5 000 元是吧？

房屋中介：谈得好的话，能谈到 5 000 元。

记者：你已经把他最低的价格给我了？

房屋中介：对的，他本来跟我说，能到 5 500 元是最好。

【解说】

随后，记者来到该小区的管理中心，询问这里的房源情况。

【实况】（非正常拍摄）

记者：我们这里现在有空房子吗？

管理中心工作人员：没有，要排一年半的。

记者：要排一年半？

管理中心工作人员：嗯。

【解说】

中心地段公租房供不应求，对城市住房保障体系不断完善提出更高要求。私下转租尽管是个别情况，但也提示相应的监管制度需要进一步完善。

【采访】胡金星　华东师范大学东方房地产研究院执行院长、教授：加大另外一个系统的建设，就是对于承租人的诚信系统。为了套利，然后去出租他（承租)的公租房,这个其实会对社会造成不良的影响。这个我觉得应该要纳入到诚信系统。

公租房轮候时间为何那么长?

短则半年,长则两三年,受到新市民和青年人欢迎的公租房,却让不少申请者,等得花儿也谢了。为什么公租房轮候时间会那么长,有没有办法缩短等候时间呢? 记者走访调研了市筹和区筹的多个公租房项目,寻求答案。

在闵行区一家重点企业工作的小马,现在住在了这处区属的公租房里,30多平方米的一室户,装修还不错,房租只要2800元,周边同样的房子,租金要到五六千。

【实况　市民小马:租金是远低于周边的(房子),稳定,不太会担心被赶出去。】

为了这套房子,小马足足等待了两年的时间,他所在的闵行区,还有3700人,在排队等待着入住公租房。

【实况　市民小马:2021年年底,开始排队,刚排的时候,前面大概1000多号人。】

目前,满足本市就业,交社保,有本市常住户口或者上海居住证,人均居住面积不超过15平方米等条件,就可以申请公租房。相对齐全的配套加上实惠的租金价格,使得公租房常年供不应求。

【采访　闵行区房管局住房保障部门工作人员　王彦:基本是(轮候)两到三年。如果没有排到队的话,那么两年,对于他的资格,再来复核一次。】

少则半年,多则两三年,轮候时间为什么会那么长呢? 一方面,公租房的房源在分配时,还是会有所倾斜,比如,区筹的公租房项目,会优先向在本区工作的重企点事业单位职员供应。而市筹的项目,则多优先与一些大型企业批量签约。比如2016年入市的浦东耀华滨江项目,主要面向央企国企的租客,项目内3500

套房屋,基本是常年满租的状态。

【采访　耀华滨江二期租客胡剑:去年 11 月排队到的,大概经历了半年。】

【采访　耀华滨江公寓项目相关负责人徐臻华:一房等待时间久一点,可能在一年半左右,两房轮候时间周期会快一点,三到四个月。】

另一方面,公租房的租赁合同期限,一般为两年一签,总年限累计不超过 6 年,特殊情况可以延长到 8 年,稳定性很高,加上租金便宜,因此租户一旦入住后,退租的比例较低,周转率也就很低了。

【采访　闵行区房管局住房保障部门工作人员　王彦:租户清退后,每个月会定期地放一批,20 到 30 套不等。】

那么,公租房的房源供应是否还能加大呢?闵行区相关负责人介绍,目前,房源的筹措基本是按照新建住宅小区 5% 来配建的,也就是说,一个有 1 000 套房源的新建小区,公租房仅有 50 套,后续也很难有大规模增量。

【采访　闵行区房管局住房保障部门负责人　蔡建明:目前,闵行区出让的住宅地块偏少,所以,今后有可能供应的量,也是比较少。】

房源有限、增量有限、周转较低,使得公租房轮候时间长成了必然。因此,也有不少申请者提出,轮候机制是否能更明朗些,以防出现被插队等情况。

【采访　市民:我朋友其实也在租这个房子,然后就是感觉很难排到。她是一年前租的嘛,但是我感觉还有一个朋友,就是一个月前排的,就租到了。就是排队这个问题,我觉得不太透明。】

对此,有项目运营方表示,他们已经在做调整,预计 8 月会上线 App,申请人可以查询单个项目中实时的轮候信息,但要想看到在全市的排序,目前还不能实现。

【采访　王健　耀华滨江公寓项目运营总监:如果对于客户来讲,(看到市、区)所有的公租房信息,可以做全面的选择,这个还需要相关部门协调。】

业内人士建议,对正在排队等候公租房的年轻人来说,其实可以同步申请房源更多的保租房,虽然价格稍高,但和市场价相比仍有一定优势,同时,企业也可以通过补贴的形式,引导申请人向保租房分流,让青年人才减少排队时间,尽快解决住房问题。

【采访 上海师范大学房地产经济研究中心主任崔光灿:对一些有实力的单位,有一些可以有经济补助的单位,可以更多地通过保障性租赁住房来定向供应给自己的职工。把原来的公共租赁住房定向供应的部分,供应给社会上的申请者,从而也可以适当地缩短大家轮候的时间。】

市房管局也要求,后续要优化房源轮候信息发布机制,通过网上公布、轮候小程序信息推送、电话短信告知等方式,让轮候对象及意向申请对象及时知晓,确保相关信息公开透明。近年来,上海也在持续加大建设筹措保障性租赁住房,"十四五"期间,计划新增保障性租赁住房 47 万套,业内人士也建议,申请人在轮候时间较长的情况下,可以选择其他保障性租赁住房,来缓解阶段性居住困难的压力。感谢收看今天的新闻透视。

公租房转租转借乱象能治吗?

我们昨天的新闻透视报道了,公租房的轮候时间短则半年,长则两三年。然而,申请人还在排队等候,却还有少数人把租金优惠、地理位置优越的公租房,当成了牟利工具,在申请了公租房以后,进行转租转借套利。这样的乱象是否能治呢?继续来看记者的调查。

【实况:是什么亲戚?(长时间的沉默)远房亲戚。】

前天下午,徐汇区多部门联合行动,对市筹公租房馨逸公寓是否存在转租情况进行了突击检查,发现了不少入住者与登记承租人信息不符的情况,像这名女子表示,房屋里住的没有承租人。

【检查实况:(承租人)他本人住在这儿吗?现在不。】

可几句话后,女子又改了口。

【检查实况：他平时住在这儿，而且每天都回来住？对。】

在 2 个多小时的抽查过程中，类似的情况多次出现。

【检查实况："我不是承租人。""您跟承租人是什么关系？""朋友关系。"】
【检查实况：他人不在，我是他亲戚。】
【检查实况：我是……怎么说呢，我是他的老师。】

抽查的 6 户居民中，仅有两户居民能确认与承租人存在直系亲属关系，其余均存疑。

【采访　馨逸公寓经租管理中心负责人吕正馨：说他是来探亲访友的，我们也没有足够的人手去跟踪排摸他是否在当晚离开了小区。】

由于公租房的租金仅为市场价的五至七折，转租存在不小的利益空间，也因此，尽管今年 2 月起正式施行的《上海市住房租赁条例》中明确规定，申请人不得将保障性租赁住房转租、出借；住房租赁企业和房地产经纪机构，也不得为此提供经纪服务，但总有租户铤而走险，有中介推波助澜。

目前，相关部门还在对馨逸公寓内的转租等情况进一步展开调查。不少排队等候的公租房申请者对此拍手称快。

【采访　公租房租赁者：加大一些（查处）力度吧，杜绝这种现象出现。】

是不是能够在事前就筑起篱笆呢？部分公租房项目，近年来，确实想了一些办法。申请公租房，要求人均居住面积必须小于 15 平方米。为了防止虚报信息，松江区公租房管理公司会将初审后的材料，上传到"上海市公共租赁住房管理系统"，由后台大数据来进行匹配和排摸。同时，根据申请人的家庭婚姻状况，松江也会对其申请房型进行限制。

【实况　松江区公共租赁住房投资运营有限公司运营部主管　张夏晖：因为单身申请人，只可以租一室户，连选择的余地都没有，所以说，直接就杜绝掉，选择两室、三室，让别人来合租。】

而公租房每两年一次续约时，也会对申请人的婚姻、房屋等状况，重新再进行一次审核,不符合的不能续约。

【采访 松江区公共租赁住房投资运营有限公司运营部主管 张夏晖:因为也许在这两年里,你买房了,也许你结婚生孩子,这些信息要重新录入、更新,物业那边信息要全部录入清晰。】

不过,相关负责人也表示,不排除可能会有遗漏的情况,比如,可能有公租房租户另外租住有房子,但未签正规合同。也因此,日常的监管和发现也显得格外重要。不少公租房管理公司会引入包括人脸识别、指纹锁等技防手段,来帮助管理。

【实况:验证失败。】

【实况 松江区公共租赁住房投资运营有限公司经租管理(西区)负责人冯栗钧:所有入住人员,我们会根据合同,对符合条件的人员,录入指纹。】

此前,闵行区就在日常的监管中,发现过几起公租房转租的违规情况,并对违规租户进行清退。

【采访 闵行区公共租赁住房投资运营有限公司工作人员 顾超:直接带旁系的亲属进来住也有;另外,申请大户型的房子,把其余空出来的房间,转租给朋友也有。一般先开个整改单,如果涉及跟资金有关系的,我们就清退。】

对公租房进行转租转借,严重影响了公平公正,也违背了公租房帮助解决青年人居住困难的本意。法律人士建议,对于这类违规操作,必须要加大执法力度,增加违法成本,绝不能只是简单清退了事,可以考虑与其个人信用体系相关联。

【采访 上海律师协会房地产业务委员会执行委员奚正辉:可能就是我们查到的,就查到的可能性比较小,所以说人家抱有侥幸的心理对吧?那么我是觉得还是要政府加大一个巡查力度,发现一例就严格处理一例。】

目前,市区两级房管部门、城管、住房保障中心、公租房管理公司等多部门,正在进行联合执法和专项整治，对公租房转租转借的现象零容忍，重拳出击进行清理。公租房的申请、租住、轮转必须依法依规，才能让真正需要保障性租赁房屋的新市民、青年人，获得公平公正的机会，解决住房问题。感谢收看今天的新闻透视。

2023 年度上海广播电视奖
参评作品推荐表

作品标题	00 后展商的进博之旅 小展位也有大机遇		参评项目	电视新闻
			体　裁	消　息
			语　种	中　文
作　者 （主创人员）	孙遥、崔晓东	编　辑	张贤贞	
刊播单位	上海教育电视台	刊播日期	2023 年 11 月 9 日	
刊播版面 （名称和版次）	《教视新闻》	作品字数 （时长）	3 分 30 秒	
采编过程 （作品简介）	在 11 月举行的第六届进博会上，有这样一个名为"莓电辣"的初创企业，团队成员是来自英国布里斯托大学、上海理工大学等高校的 00 后。在一群全球 500 强企业的"包围中"，这些年轻人在一处只有 36 平方米的展位上，热情地介绍自己研发的新能源车充电机器人。 　　新闻聚焦这群年轻人的参展经历，既有初登大场面的忐忑，也有收获洽谈合作的喜悦，彰显出进博会不只是大型企业首发首秀的舞台，同样也在向初创团队敞开共享机遇的大门，让更多的技术成果从这里落地孵化。			
社会效果	新闻在进博会期间播出，得到高校等单位转载，引发一定的关注。对于年轻人参与进博会，发现新机遇给予了很好的示范和鼓励。			

00 后展商的进博之旅　小展位也有大机遇

【导语】

　　在今年的进博会上，有这样一个初创企业，成员几乎都是 00 后。毗邻着一群全球 500 强企业，首次参展的年轻人亮出潜心研究的创新成果，期待通过进博会落地孵化，找到属于自己的大机遇。

【配音】

　　在第六届进博会汽车展区，各大知名车企的展台人山人海。而在这些大型企业的包围中，在一处只有 36 平方米的展位上，几位年轻人正在热情地介绍自己研发的新能源车充电机器人。

　　英国布里斯托大学研究生、"莓电辣"联合创始人周奕豪：两辆车，只要保持 35 厘米的间距，我们就能安全无碰撞地把机械臂插进去（那就意思说我这边充完了这边车也可以充），对。

【配音】

　　这个名为"莓电辣"的创业团队，展示的是一款无人充电解决方案。电车车主只需要将车辆停在指定位置，就可以当起"甩手掌柜"。

　　借助于传动装置，蛇形机械臂可以在停车位间平移，自动完成充电全程，既免去了车主排队等待的烦恼，也降低了过多电桩带来的电网负荷。

　　周奕豪：一些公共的停车场，比如说电网只允许它装 20 个充电桩，但是它有 400 个停车位，我们要帮助这样的一些场景，去帮它实现用一个充电桩加一个机器人来管理超过 20 个停车位这样一个愿景。

【配音】

和新颖的技术相比,这支创业团队的年纪同样令人瞩目。团队成员几乎全是 00 后,最年轻的甚至是大三在读。

上海理工大学学生"莓电辣"联合创始人曾若影:他们在英国的时候,我负责在上海的市场调研,比如说我们去调研了 20 个到 30 个中央商务区的地下停车场,关于现在电车的占比及充电桩的使用率,还有一些油车占位的情况。

【配音】

其实,能成为进博会"最年轻"的展商之一,也是机缘巧合下的灵机一动。

周奕豪:认识了一个(进博会)招展办的老师,我看他发了一个朋友圈,今年进博会还招展商。我就问了一下他们,我们是一群年轻的大学生,从海外回来,带着海外的技术,做着一款能够服务于中国社会的产品,能不能给我们一个机会,去展现我们的一个才华、自己的一个产品。

【配音】

在招展办的帮助支持下,进博会成为了这个今年年初才注册成立的初创企业第一次参加的大型展会。

周奕豪:搭这个展位开始,心里是有一点落差的,人家的首席执行官都不是来现场指导施工的,我跟我的合伙人戴个安全帽,进来一起施工,因为当时为了省钱,这个机器人的每个螺丝都是我们自己拧上去的。

【配音】

初次参展难免有些担心,但让这些年轻人感到欣喜的是,这几天前来洽谈合作的投资人、技术交流的展客商,一批接着一批。

当初只是看了一眼招展的信息,如今自己的"朋友圈"正变得越来越大。

英国布里斯托大学研究生、"莓电辣"联合创始人王宇轩:我们在这个地方,不仅去逛了别人的展位,看了别人的这些先进的科技理念,同时也向别人介绍了我们,这对于我们自身和我们这个项目来说,都是一个很好的锻炼和发展,我觉得应该达到我们的目标了,我们收到很厚一沓名片。

周奕豪：目标就是跟电网签一个比较大的单子，在明年上半年交付 500 台机器的订单。

【配音】

今年进博会上，"莓电辣"还拿到了创新孵化专区的"门票"。而和他们一样的小微企业，在"四叶草"里其实还有很多。

进博会不只是大型企业首发首秀的舞台，同样也在向初创团队敞开共享机遇的大门，让更多的技术成果从这里落地孵化。

2023 年度上海广播电视奖
参评作品推荐表

作品标题	10 万吨级(CCUS)项目正式运行 每年节碳 10 万吨相当于 种树 556 万棵	参评项目	电视新闻
		体　裁	消　息
		语　种	中　文
作　者 (主创人员)	张永昌、蒋晓燕、 黄天奇、汤圣一	编　辑	施希、姜阳光、 黄佳敏
刊播单位	上海市崇明区 融媒体中心	刊播日期	2023 年 3 月 14 日
刊播版面 (名称和版次)	《崇明新闻》	作品字数 (时长)	3 分 54 秒
采编过程 (作品简介)			
社会效果			

采编过程 (作品简介)： 燃煤发电厂是碳排放大户,海洋装备企业是用碳大户,长期以来,双方在落实双碳战略中都各自发力减碳,没有实现优势互补和资源共享。作为碳减排、碳达峰的重要举措,10 万吨级(CCUS)项目启动实施,实现了双碳战略落地见效。记者深入长兴发电厂、江南造船厂,实地了解项目正式实施后运行情况和取得的效果,采访了企业相关负责人,通过两家企业减碳、用碳前后对比,清晰地再现了上海能源大户、重点企业在贯彻国家双碳战略的责任担当,也反映了崇明建设碳中和示范区的措施成效。

社会效果： 节目播出后,引起广泛关注,国家发改委、上海电视台、东方卫视、新浪网、东方网等单位纷纷转载播发。驻地央企振华重工、中远海运和沪东中华等纷纷表示,要与长兴电厂加强合作,强强联手,减碳用碳。外界评价驻地政府落实双碳战略措施有力,见效明显,彰显了崇明世界级生态岛在践行习近平生态文明思想的强烈担当和绿色低碳发展的标杆示范,新闻起到了良好的舆论引领、导向作用。

10万吨级(CCUS)项目正式运行每年节碳10万吨相当于每年种树550万棵

【导语】3月13日,长兴岛热电有限责任公司10万吨级燃煤燃机二氧化碳捕集与利用(CCUS)项目进入全面正式运行阶段,江南造船集团成为首家通过管道输送用上二氧化碳的企业,有力地助推驻岛企业绿色转型,加快促进长兴低碳岛建设。

【同期声】记者蒋晓燕:我身边这个黄色的管道就是二氧化碳的输送管道,那么它的一端是连接5公里之外的长兴岛发电厂,二氧化碳气体从这个发电厂沿着这个管道一路输送到江南造船厂的三个站房,然后再按需要分配到各个生产环节。

二氧化碳是船厂常用的焊接保护气体,厂区每天需要使用近百吨二氧化碳气体,过去,这些二氧化碳气体从岛外通过水路运输,还投资兴建二氧化碳储存站。

【同期声】江南造船集团工务保障部部长邵东海:为了应对灾害性的天气,所以我们厂里是维持(储存)了7到10天的(二氧化碳)用量,除了运输之外,我们这一块的投资也比较大,因为要保证连续的生产。

CCUS碳捕集利用与封存技术,就是将能源行业产生的二氧化碳捕集下来,加以利用或封存。该项目以装置尾气为原料,经过压缩、催化脱烃、干燥、液化、分离提纯、过冷与储存,生产出工业级、焊接级液体二氧化碳,通过管道输送到岛上企业,每年为这些企业节约40%的运维成本。

【同期声】长兴岛热电有限责任公司CCUS项目生产负责人张寅:用户可以随时随地使用,不需要以前的长途运输。

长兴岛电厂以燃煤为原料,是二氧化碳排放大户,江南造船是二氧化碳的需求大户,CCUS 项目一头连着电厂,一头连着船企,让二氧化碳变废为宝,不仅保障了下游企业连续生产,还减少岛外输入二氧化碳 9 万吨、船运排放二氧化碳约 1.04 万吨,合计减排量达到 10 万吨/年,相当于岛上种植了 556 万棵树,建了约 5 个东平国家森林公园。

【同期声】长兴岛热电有限责任公司总经理沈浩:我火电厂捕集下来是个降碳,同时我也可以输送给需求的企业来使用,应该来说,对整个低碳岛的建设有积极的示范效应。

【同期声】江南造船集团工务保障部部长邵东海:对我们生产的连续性、可靠性,包括成本的压降方面实际上这个项目都是有好处,一方面能够满足公司的生产,另一方面也符合国家降碳的要求。

长兴岛上拥有江南造船、中远海运、振华重工、沪东中华四大央企,是世界级重工业基地。崇明提出,要把长兴岛打造成为低碳岛,长兴岛热电公司、江南造船等企业履行环保职责,启动实施了《碳达峰碳中和行动方案》,通过能源替代、能效提升等措施,减少碳排放,争当绿色低碳高质量发展的标杆。

当前,崇明正在加快重点领域节能降碳,推进产业转型升级,不断优化能源结构,谋划切实可行的碳中和示范区技术路线图与实施路径,打造绿色低碳技术开发应用和产业高地,今年将加快形成政府引导、企业投入、多方参与的保障支撑体系,带动相关产业绿色高质量发展,为上海实现"双碳"目标做出更大贡献。

2023 年度上海广播电视奖
参评作品推荐表

作品标题	东方卫视特派记者"直击土耳其大地震"	参评项目	电视新闻
		体　裁	连续报道
		语　种	中　文
作　者（主创人员）	陈　彬	编　辑	集　体
刊播单位	上海广播电视台	刊播日期	2月6日 18:04 2月10日 18:15 2月11日 18:14
刊播版面（名称和版次）	东方卫视《东方新闻》	作品字数（时长）	2分34秒 2分37秒 2分27秒
采编过程（作品简介）	北京时间 2023 年 2 月 6 日,土耳其连续发生两次 7.8 级大地震,24 小时内超两万人在地震中遇难,数万人受伤,备受国际社会关注。上海广播电视台融媒体中心迅速反应,第一时间特派记者赶赴震中直击现场,聚焦关注地震救援中的中国力量;同时东方卫视、新闻综合频道、ICS 上海外语频道各档新闻及看看新闻 Knews、ShanghaiEye 魔都眼、环球交叉点等新媒体平台账号也快速联动反应,高频次连线前方记者,及时滚动播报地震最新动态,是除央视、新华社外,现场报道土耳其地震的唯一一家地方主流媒体。 　　第一时间派出的东方卫视驻欧洲记者陈彬历经三次转机,在震后 24 小时抵达土耳其首都安卡拉,与当地摄像师、曾经在华留学的土耳其翻译组建起报道小队,克服补给、通行、通信和极寒等各项困难,在灾区相对安全的城市开塞利,每日往返深入震中马拉什地区,发回多条现场报道。特别是报道团队一路补给了水、食品等众多物资,在前往震中的过程中,一路分发给灾民,收获不少当地民众感谢,也彰显了中国媒体人的形象和责任。 　　此外,后方编辑团队通力配合,迅速调配整合多方资源,综合海内外各平台信息,与前方记者形成合力,比如在地震发生当天播发的新闻片中,正在当地的中国女足球员李佳悦以亲身经历介绍了自己的"惊魂一刻"。前后方错位互补,从多角度展现当地受灾情况、灾民生活状态、物资供应等最新情况,并聚焦地震救援中的中国力量。		

社会效果	2月6日至11日期间，东方卫视《东方新闻》栏目开设专门版块，持续聚焦土耳其强震最新情况，充分展现中国媒体对这一国际灾难事件的关注和地震救援中的中国贡献。土耳其地震相关报道获得国家广电总局第10期阅评表扬，并在全网获得高度关注和积极反响。 　该系列报道持续一周，电视端播出时间段，收视率均呈上升趋势；相关报道还在新媒体平台同步播发，看看新闻Knews推出短视频及图文逾500条，全网传播量近2.3亿，"Shanghaieye魔都眼"海外新媒体矩阵发布的短视频和图文，获得海外覆盖超220万。

东方卫视特派记者"直击土耳其大地震"

记者直击：土耳其发生 7.8 级地震

【导语】

"留洋"土耳其的女足"国脚"李佳悦昨天刚在震中附近的阿达纳省踢完一场联赛。地震发生时，她正在酒店休整，东方卫视记者第一时间与她连线，听她讲述了当时的情形。

中国女足队员、土耳其加拉塔萨雷俱乐部球员李佳悦：土耳其时间凌晨 4 点左右的时候发生的地震，当时震得特别厉害，房子要倒下去的感觉。我是从睡梦中被惊醒的，惊醒了之后第一时间就穿了拖鞋，拿了手机，就拖着队友冲出门口，然后找逃生通道，准备逃下去。逃到了一楼，再到外面的空地待了一会儿，等房子完全不震了之后，我们再回到了一楼的大堂里，因为外面是冬天，很冷，我们大家都是穿着睡衣逃出来的。俱乐部的队友也是第一次经历（地震），所以到大堂的时候，大家都哭了，那一个震感真的是非常吓人，觉得自己在死亡的边缘了。

据美国地质调查局监测，4 点 17 分的主震之后，土耳其东南部至少发生了 18 次四级以上余震，其中 7 次高于五级。除李佳悦所在的阿达纳省外，至少还有九个省份受到影响。

土内政部第一时间将救灾应急响应等级提升至最高级，救援行动立即展开。

土耳其内政部长索伊卢：所有的省长都在岗待命，来自土耳其多地的宪兵队、安全部队、灾害和应急管理小组、红新月会小组和搜救队们,都已被派往相应灾区。

借助消防云梯,在危楼中寻找生机;匍匐钻进废墟,营救被困伤员。除了救援人员,民众也自发行动,全力搜寻幸存者。

迪亚巴克尔省居民:很多人仍然被困在废墟下,我有个朋友住的楼塌了,他的孩子们从顶楼被救了出来,只有女儿伤了一条手臂,但在底下楼层的人不知道会怎样。

天亮之后,更清晰的震后图景展现在人们眼前:遍地瓦砾堆叠在街道中央;一些建筑被削去一半,露出钢筋水泥;还有一些撑过了夜晚,却最终难逃倒塌的命运。

截至目前,土耳其已有至少1 700幢建筑在地震中受损。土耳其红新月会敦促震区民众尽量远离危楼,同时呼吁人们积极献血、救助伤员。土耳其灾害与应急管理署也已向国际社会请求支援。

记者独家跟拍:中国蓝天救援队, 见证废墟下的"生命奇迹"

【导语】

中国蓝天救援队第一梯队昨天顺利抵达土耳其重灾区之一马拉蒂亚,成为进入该地的首支国际救援队。东方卫视记者进行独家跟拍,并见证了"生命奇迹"发生的瞬间。

深夜时分,马拉蒂亚一处震后废墟突然响起了欢呼声。在救援人员的多次尝试下,废墟底下终于传来了微弱的回应。中国蓝天救援队随后确定幸存者所处的位置,力争尽快打通"生命通道"。

中国蓝天救援队江西省总督导杨易:进入现场,我们用生命探测仪探测到下面有两个生命轨迹,我们还用热成像探测了,同样有信号、有反应,后来我们用敲击声,也听到了回应。我们蓝天救援队主要是负责打开通道,当地的救援队和群众配合我们,把打开通道的碎石开始往外转运。

由于路途遥远,加上灾区附近交通不畅,蓝天救援队抵达的时间已经错过了

72 小时"黄金救援期"。不过,队员们争分夺秒,在抵达后仅花了一个小时整理装备,就立即奔赴现场,与当地救援力量一起投入"战斗"。

土耳其灾害应急管理局志愿者博克:我作为志愿者,应该陪着他们,我跟中国朋友一起在这儿干活。

记者:现在室外温度差不多有零下五摄氏度,而体感温度更低。我们现在所在的是马拉蒂亚郊区的一所中学,队员们将课桌椅改装成临时住所。200 多位队员预计将在此待 15 天,完成救援工作。

中国蓝天救援队创始人、总指挥张勇:72 小时"黄金期"其实是一个概率问题,真正在地震救援中,第四天、第五天救出来的也不少,所以不到最后,我们不会放弃努力。

同一天,在哈塔伊安塔基亚市的中国救援队也传来好消息。他们与土耳其当地救援力量通力合作,从一栋倒塌的 7 层楼房中成功营救出一名被困 80 多小时的女性幸存者。这也是中国救援队到现场连续奋战 30 个小时内营救出的第三名幸存者。

记者观察:灾民大批撤离
赈济安置工作持续推进

【导语】

眼下,搜救行动仍在加紧进行,中方救援队也不时传出好消息。与此同时,赈济安置工作也在持续推进,不少民众开始从灾区撤离,来看东方卫视记者从现场发回的报道。

记者:这两天,不仅有许多捐赠、救援和媒体车辆开往灾区,也有许多居民从灾区开出来。那么在这条通往安卡拉的高速上,并没有很多吃喝的地方。因此,我们注意到我身后这块板就停了下来,因为这块板上用土耳其语写着"给从灾区出来的灾民们提供免费的茶和糖"。

高速路边的这处建筑,原本是当地民众举办婚礼的场所。现在,这里成为了一个小小的"救济站"。失去家园的灾民来到这里,喝上一杯热腾腾的茶水,再吃上几块糕点,继续踏上投奔亲友的道路。

与此同时,现场的搜救工作仍在加紧进行。昨天下午,中国蓝天救援队与土方合力从马拉蒂亚一处废墟中,成功营救出一名40岁女性幸存者。记者用镜头记录下了"生命奇迹"带来的感动瞬间。

合肥蓝天救援队负责人王昊:他们(土耳其救援队)发现下面有一名幸存者被困,但始终无法对这名被困人员进行准确的定位,请求我们协助定位。我带领我们的队员,通过"蛇眼"等多种技术手段,对被困人员进行了精准的定位。

正在哈塔伊省安塔基亚市实施搜救的中国救援队也传出了好消息。昨天下午,中国救援队与当地救援力量一起救出一名被困女子。这是中国救援队成功营救的第四名幸存者。

在离开灾区的路上,记者的土耳其向导不断表达着心中的悲伤和感激。

土耳其向导法鲁克:我马上就要回家,但是在地震区有非常多的人没有家,所以这下有点难过。我作为一位土耳其人,非常感谢中国政府,非常感谢中国朋友,非常感谢住在土耳其的中国朋友,因为他们现在在地震区,非常努力地帮助土耳其人民。

2023 年度上海广播电视奖
参评作品推荐表

作品标题	李春江和上海男篮的赛季最后一课	参评项目	电视新闻
		体　裁	消　息
		语　种	中　文
作　者（主创人员）	夏菁、刘高寿	编　辑	董奕、冼铮琦、李元燕
刊播单位	五星体育	刊播日期	2023 年 4 月 17 日 19:03
刊播版面（名称和版次）	《体育新闻》	作品字数（时长）	2 分 49 秒
采编过程（作品简介）	记者原计划在深圳拍摄上海男篮同深圳队的 1/4 决赛首回合比赛，但在比赛当天清晨获知了篮协可能就此前调查召开发布会的消息。担心球队取消当天训练，记者制订了在球场拍空镜头、出像，去酒店探访等多套方案，在获知训练照常后来到球馆。记者从总教练李秋平处了解到球队配合调查的细节，并得知了他们还不知道处罚结果的情况。因网传的公布时间仍在球队训练期间，记者叮嘱摄像要抓拍球队获知消息的第一场景。之后记者跟进网上动态，摄像盯住球队，在刷到篮协公布处罚结果的第一时间，拍到了球队工作人员走进球场递手机，李春江询问处罚结果的画面。之后，继续拍摄记录了球队集合宣布结果，离开球场的全过程，在李春江表示不希望继续拍摄之后，停止记录。随后，记者从俱乐部总经理蒋育生处了解球队后续相关事宜。		
社会效果	上海男篮收到中国篮球历史上最重磅罚单，本片以客观、纪实的方式，独家记录了球队主教练和队员获知处罚结果的时刻，用最直接的视角留下了这个特殊的历史时刻，也引发反思。报道在电视端及新媒体平台相继播出，覆盖全媒体，引发全网舆论风暴。"李春江的最后一堂训练课"在当晚登上热搜。据不完全统计数据显示，微博上话题阅读次数达到 1.4 亿次；抖音、快手、B站、小红书等新媒体平台上诸多账号截取节目片段，播放量上亿；传统媒体多家电视台索取素材，报纸报道也都引用此片中披露的信息、细节。该篇报道堪称是融媒报道的典范和标杆，无论在网络媒体还是在传统媒体，都收获巨大反响和传播效应。		

李春江和上海男篮的赛季最后一课

【导语】

上海男篮和深圳队的季后赛首场 1/4 决赛原定今晚举行,大鲨鱼全队昨天赶到赛地,按照计划今天上午进行踩场训练。球队提早出现在了球场,没想到,这成为了赛季的最后一堂训练课。五星体育记者现场独家记录了这一时刻。

上海男篮原定上午 10 点训练,但 9 点 35 分,球队就提前出现在了深圳大运中心篮球馆,现场气氛沉闷。大家没有交流,默默热身,默默投篮。球队总经理、主教练及 3 名球员前天赶赴北京,配合调查 12 进 8 两场比赛的相关情况,昨天抵达深圳同队伍会合。他们知道今天会公布相关调查结果,不过,对于具体内容并不了解。

训练中,主教练李春江照常布置着今晚比赛的重点,队员分组跑战术,和往常一样卖力。唯独不同的是,球队工作人员一直在看手机,刷着最新消息。临近 10 点,李春江也开始时不时地看一眼,或者问:"有消息了吗?"

终于在 10 点零 9 分左右,工作人员拿着手机走进球场。李春江和李秋平一起看了手机上的内容,又抬起头问了一句"5 年"? 得到了肯定的答复。执教 CBA 二十二载,以这种方式被按下了暂停键。

教练被禁赛,球队被取消赛季成绩和参赛资格,意味着今晚的比赛没有了,上海男篮的赛季也结束了。此时,还在训练的队员们尚未得知这个消息,他们还在奔跑投篮。

直到 10 分钟后,整理好情绪的李春江召集所有队员,宣布了调查处罚决定。这成为了上海男篮本赛季的最后一课。

李春江和球队都拒绝了采访,今天下午他们返回上海,之后久事集团将成立工作小组进驻队伍,核查相关比赛,后续会公布具体情况。常规赛最后一场"血布"被禁赛所引发的蝴蝶效应，在这一刻形成了风暴。球场内的安静背后，是带给整个中国篮球的震动。

（可以说这是 CBA 有史以来最严厉的处罚，处罚力度远远超出了李春江和上海男篮的想象。被禁赛 5 年，意味着李春江和球队的合同终止，球队需要重组教练团队。而经历了这一切的大鲨鱼将如何重新出发？对上海篮球、中国篮球来说，这次处罚也无疑是一场地震，所有从业者都将重新审视自己的职业态度、职业使命。这些都将对中国篮球的未来发展带来重大影响。五星体育记者深圳报道。）

三　等　奖

2023 年度上海广播电视奖
参评作品推荐表

作品标题	新时代·共享未来——第六届中国国际进口博览会融媒直播特别报道	参评项目	电视新闻
		体　裁	现场直播
		语　种	汉语普通话
作　者 （主创人员）	集　体	编　辑	集　体
刊播单位	上海广播电视台	刊播日期	11 月 6 日 09 时
刊播版面 （名称和版次）	东方卫视	作品字数 （时长）	59 分 47 秒

（作品简介）采编过程

　　2023 年 11 月 5 日，上海如约进入进博时间，融媒体中心连续 6 天在东方卫视、上视新闻综合频道、看看新闻 Knews 等多个平台同步推出"新时代·共享未来——第六届中国国际进口博览会融媒直播特别报道"，总时长达 13 小时，持续高频度、多角度、全景式展现进博会盛况。

　　第六届进博会是我国疫情防控平稳转段后首次全面恢复线下办展，企业展规模及世界 500 强和行业龙头企业的数量均创历史新高，专业观众报名也恢复到疫情前水平。直播特别报道中，融媒体中心数十路记者深入国家会展中心各个展馆，以完全直播态的连线形式，搜寻全球尖端技术和好货，直击现场交易热情，也讲述展品背后所蕴含的"进博故事"，同时结合背景片、会客厅访谈、专家解读等多种形式，深入阐述进博会如何成为与世界共享新机遇、共谋新发展的重要窗口。

　　特别值得一提的是，第六届进博会恰逢共建"一带一路"倡议提出十周年，本次直播在策划之初就专门将"一带一路"共建国家展商共享进博机遇作为重要主题，并以此对展商进行了细致的排摸。在 6 日的全天大直播中，开场的国家综合展介绍中，就不断勾连进博会与"一带一路"之间的密切关系，随后的直播点则以来自非洲贝宁、斯里兰卡、伊朗、俄罗斯、新加坡等颇具特色的"一带一路"共建国家的展台为串联，覆盖食品、消费品、技术装备、服务贸易等多个展区，刚刚与中国建交半年多的洪都拉斯，不仅首次加入进博会"朋友圈"，还成为主宾国之一，它的小小展台也成为

采编过程（作品简介）	一个直播点，记者在这里细致讲述咖啡豆背后的故事。一个个真实可感的鲜活案例和生动的连线展现出共建"一带一路"国家企业携手做大蛋糕，共享中国扩大开放的红利。 在"第一现场"外，直播还搭建起前后方两个演播室，前方演播室适时将参展企业代表请进"会客厅"，畅谈参会体验及深耕中国市场的发展规划，展现出进博会让展商变为投资商，全球企业对中国全方位开放不断深化投下的信心票。位于东方卫视的主演播室则邀请到国际贸易领域的权威专家做客，他们与主持人一起跟随记者"云逛展"，之后即刻展开讨论和点评，以点带面、由浅及深，充分展现进博会已经成为中国构建新发展格局的窗口、推动高水平开放的平台、全球共享的国际公共产品的重大主题。两个演播室功能不同但又相互交融，拓展了整场直播的呈现空间和话题维度。 直播还引入虚拟 AR、实时渲染等技术，在演播室里构建起一个元宇宙世界，凭空"搭建"起一个巨型四叶草场馆，仿佛演播台就设在场馆之畔，进一步提升了直播的画面感染力和冲击力，也让主持人和嘉宾能够沉浸式讲述进博会精彩，更好地展现"新时代，共享未来"的大主题。
社会效果	总时长达 13 小时的直播报道反响热烈，精华内容还被制作成适合网络传播的短视频产品，总计超 600 条，分发至新浪、腾讯、今日头条、优酷、抖音、快手等多个平台，全网总浏览量接近 3 500 万。Youtube 等海外平台共发布进博会外宣报道 117 条次，海外覆盖总计逾 61 万，海外受众通过油管英文频道观看时长超 160.5 小时，海外用户互动约 4 200 次，实现了全渠道破圈传播。

新时代·共享未来

——第六届中国国际进口博览会融媒直播特别报道

（节选）

【导语】

何婕：各位观众，早上好。您现在正在收看的是东方卫视、上视新闻综合频道，以及看看新闻客户端同步直播的《新时代、共享未来——第六届中国国际进口博览会融媒直播特别报道》。我是何婕。作为世界上首个以进口为主题的国家级博览会，进博会已经成为中国构建新发展格局的窗口、推动高水平开放的平台、全球共享的国际公共产品。本届进博会迎来了超过150个国家、地区和国际组织的来宾，超过3 400家参展商和39.4万名专业观众注册报名，全面恢复到疫情前水平。今年进博会，企业展规模及世界500强和行业龙头企业的数量都创了历史新高。全球十五大整车品牌、十大工业电气企业、十大医疗器械企业等悉数参展。此外，还有70多家境外组展机构组织约1500家中小企业参展。在接下来的8个小时里，我们将派出多路记者，深入国家会展中心各个展馆，搜寻全球尖端技术和好货。看进博会这个重要平台向世界打开了怎样的共享新机遇、共谋新发展的重要窗口。

【前方会客厅互动】

何婕：和往年一样，我们也在进博会现场设置了演播室，邀请各国企业界人士畅谈参会体验、产品亮点，以及深耕中国市场的发展规划。我的同事金佳睿现在就在前方演播室，我们马上来连线他，金佳睿，你好。

金佳睿：你好，何婕，我现在是在SMG融媒体中心设在四叶草3号馆内的演播室。我身后的展馆是技术装备展区，作为进博会六大展区之一，这里有最前沿的技术和高端装备，也展现了全球先进制造业拥抱数字化、可持续发展的新趋势，更有元宇宙、生成式人工智能、物联网等新一代热门技术。今天的直播中，我们将带大家一起沉浸体验。

【介绍嘉宾】

何婕：感谢前方介绍。除了新技术、新装备、新产品，今年还是共建"一带一路"十周年，有超过 1 500 家来自"一带一路"共建国家的企业参展，总展览面积近 8 万平方米，面积较上届增长约 30%。针对这些热点，今天的演播室里也邀请到了中国国际贸易学会专家委员会副主任李永，我们一起围绕"一带一路"、高水平对外开放等话题进行深入探讨。

【中国馆出镜报道】

何婕：作为进博会的重要组成部分，国家综合展为相关国家展示综合形象和贸易投资领域情况，搭建了重要平台。今年国家展全面恢复线下展出，中国馆迎来了升级扩容，我们来看东方卫视记者沈倩稍早前发回的报道，来看看今年的中国馆做了怎样的升级。

沈倩：我现在就是在中国馆，我们现在先从我们的镜头来看一下中国馆的外观，这一片红红火火、大气磅礴，绝对是整个国家馆中最吸睛的地方。一进入这个展区，首先迎接我们的就是这样一条时光隧道，我们往里走，看上面，这是一条自贸试验区 10 周年建设时光隧道，从 2013 年建立首个自贸试验区，到今年刚刚挂牌的新疆自贸区，目前我们全国已经有了 22 个自贸试验区，构建了东西南北中，覆盖了沿海、内陆、边疆这样的一个发展新格局。既然说是自贸试验区，那么就贵在"试验"二字，试验好了再向全国推广，所以来看我后面的这幅图，截至 2023 年 10 月，我们在政府职能转变、贸易便利化、金融开放创新等 6 个方面，已累计复制推广了 302 项成果。这里我特别要带大家来看一下，这是当年我国推出外商投资准入特别管理措施负面清单的公告，当时这个负面清单的条目有 190 条之多，那么经过这 10 年的建设，您看期间经历了 7 次修订，现在条目已经缩减到了 27 条，多个行业已取消了外资准入限制。我们知道今年也是"一带一路"倡议提出 10 周年，这 10 年来，"一带一路"的合作由"大写意"进入到了"工笔画"阶段，越来越多的规划图变为了实景图，这边也向大家来介绍这个区域，看到了吗，中欧班列这边展示的是我们中欧班列的发展成就。我们看一下这个电子沙盘，上面清楚地显示出了我们中欧班列每一班列的行进路线，还有一些运送的物资，从 2013 年运行至今，中欧班列累计已经运送进出口集装箱超过了 740 万标箱,通达欧洲 25 个国家。所以整个这一圈看下来给我的感受就是,中国的发展惠及世界又离不开世界。面对百年未有之大变局,我们更应该坚定地走和平发展之路、开放包容之路、和衷共济之路。

【进博会"一带一路"版块开始语】

何婕:正像刚刚在中国馆看到的,进博会与"一带一路"关系密切:2017 年 5 月,在首届"一带一路"国际合作高峰论坛上,习近平主席宣布从 2018 年起举办进博会,今年是习近平主席提出共建"一带一路"倡议十周年,在本届进博会前夕,第三届"一带一路"国际合作高峰论坛刚刚圆满闭幕,习近平主席宣布了中国支持高质量共建"一带一路"的八项行动,为开启共建"一带一路"下一个金色十年指明了前进方向。

【记者连线:非洲农产品专区展台】

何婕:共建"一带一路"为非洲发展做出了巨大贡献,农产品贸易合作是中非合作的重点领域,本届进博会,来自尼日尔、埃塞俄比亚、贝宁等 9 个非洲国家的 20 家农产品出口企业,齐聚非洲农产品专区。我们马上来连线前方记者龚海韵,看一下海韵都在现场看到了哪些来自非洲的美食,是不是能够代表大家去品尝一下,接下来我们把时间交给海韵,海韵你好。

龚海韵:你好,主持人,我现在所在的位置呢就是位于 1.1 馆的非洲农产品展区。可以从我们的镜头里面看到,其实今年的非洲农产品展区的整个展区面积是达到了 198 平方米,可以堪称历届进博会的非洲农产品展区之最了。那刚刚何姐也提到说美食有哪些,其实我们大家可能印象中想到的,比如说我身边能看到有一些咖啡,然后还有一些坚果类、腰果类,然后还有比如说可可豆等。其实这些我在我们的展区都有看到,但我也有看到一些比较不一样、有点眼前一亮的产品。比如说我还看到我们这边,我右手边这里有一个洛神花茶,这个我倒是没有想到,我们还会有这样一个洛神花茶的展示。当然今年我们的非洲农产品展区最重要、最关键、最亮眼的一个产品就是一款甜面包菠萝,这个菠萝有些什么不一样,为什么又叫作甜面包菠萝呢?其实我也是带着好奇来到这个展区,现在在我这边,我们的摄像可以给到一个镜头,可以看到这个就是今年第一次进到进博会,也可以说是第一次和我们中国的食客见面的这个产品,叫作贝宁的甜面包菠萝。OK,拿一个在手上给大家展示一下,这个菠萝长得就稍微有点不太一样,您看它瘦瘦长长的,和我一样瘦瘦长长的,而且它的颜色很像、很亮眼。据我了解,这款菠萝它在成熟的时候就是这样的绿色,所以就和面包树比较像,所以叫甜面包菠萝。而且它的果肉好像是偏白色的，口感也比较奇特，所以说我们的中国的食客可能相对来说，这种圆圆粗粗的、黄黄的菠萝吃得比较多，今年您可以到这儿来试试看这个菠萝是什么味道。另外，我还在现场看到了还有这样的一个菠萝干，很适合我们这些打工人，可以备一些这样的小零食放在我们的办公室里面尝一下。那我现场也是想开一个，我也争取他们的同意开一个尝尝看，因为我真的很好奇这个甜面包菠萝大概是一个什么样的味道。好大一块，大概也是和我们的菠萝干差不多，这个菠萝干尝起来的感觉有一点点像甜的柠檬片，不知道是不是我的表述可能相对来说比较主观，但是它的甜味十足，而且菠萝我们都知道它会稍微有一些这种酸酸涩涩的感觉，但这款菠萝干完全没有，而且它的这个纤维的含量也比较丰富。据我了解，这款菠萝不仅口味甜美，越嚼越甜，现在我是越嚼越甜，它不仅口味甜美，而且据说营养价值也是比较高的，相对来说，这款菠萝在贝宁那边呢不仅可以新鲜地食用，而且我了解到它好像还可以榨成果汁、做成果酱，用于当地的一个食品的烹饪。所以说可能一些非洲的美食当中也会使用到这样的一个甜面包菠萝。而这款菠萝也是贝宁大使亲自带货的一款，今年第一次来到我们进博会现场。大使有一个目标，希望进入我们的进博会之后，今年在中国的市场能够达到一个 10 万的出口量。那么我希望我们的大使的这个目标今年能够实现。那主持人刚刚也提到说今年是中国提出"一带一路"倡议，这样的一个 10 年之约，那么这 10 年其实非洲的农产品确实是在中国市场获得了一个很大的收获。那我相信这款产品可能也是作为我们贝宁的代表，也是我们非洲农产品的代表之一，相信通过我们的"进博之窗"能够在中国的市场激起一个更大的水花。这也是我对这款产品最大的一个期许，那我这边的情况就是这样，主持人。

何婕：谢谢，海韵发自非洲农产品展区的介绍，就像她说的，进博会是一个窗口，此刻我们通过直播，大家仿佛去了会展中心，我们看到了进博会展出的这些展品，可能在不久的将来它就会走进我们的家中、走进我们的生活当中，让我们每个普通消费者都能感受到。

【导语】
何婕：在共建"一带一路"国家中，伊朗素有"欧亚路桥"和"东西方空中走廊"之称，当 2 500 年历史的玫瑰纯露制作工艺，借助进博会的平台，从伊朗来到上海，再从上海走向世界，会是何等精彩的故事，这不仅是经贸的合作，更是古老的波斯文明与中华文明对话的新火花。

【同期】

实况：我们现在在前往卡尚最大的玫瑰园的路上。

【解说词】

张桂才毕业于清华大学工科专业。十年前，共建"一带一路"倡议刚刚提出，他就获得了去伊朗交流工程技术的机会，也正是那次伊朗之旅，让他邂逅了这片玫瑰园，也改变了他今后的生活。不过，光是为了敲开这扇大门，张桂才就足足花了 4 年时间。

【同期】

参展商张桂才：在我们之前，他们海外的国家基本不做，偶尔相近的中东地区的巴林、包括科威特，这几个采购量也不是很大，根本没有"走出去"的这个念头。

【解说词】

想合作，就要慢慢磨。张桂才花了很长时间，才走通了第一步。而磨合观念只是第一步。馥郁的原料漂洋过海来到中国后，又用了一年多时间来适应中国市场的"水土"。终于，在品牌创立的第 3 年，也就是第二届进博会期间，张桂才团队受到伊朗驻上海总领事馆邀请，带着展品登上了伊朗国家馆展台。

【同期】

参展商张桂才：我们往那儿一摆，好多人过来就围得水泄不通，反正当年我们（营业额）直接是增长了 300% 左右吧。

【解说词】

不过，展会的曝光效应毕竟只是一时，要想让产品卖得"叫座"，功在平时。

2019 年上半年起，企业开拓线上直播市场，每天 8～12 小时在线，推动销售额每年翻番。紧邻着直播间的 1 200 平方米的仓库，几乎满载。

团队的不懈努力，让成立了 20 多年的伊朗方也尝到了甜头，产品通往中国市场的渠道打开后，年营收额翻了四番，2021 年还升级了工厂，将产能提升 5 倍。

【同期】

伊朗 Dorrin Golab 农业集团海外市场总监阿蒂亚：在玫瑰花成熟的月份，

工人每天清晨很早采摘玫瑰。

伊朗 Dorrin Golab 农业集团总经理帕维兹·凯尔哈赫：中国消费者知晓我们的产品是我们的骄傲，我们正努力给中国带来更多好物。

【解说词】

经过 6 年的积淀，这个中伊合作品牌如今有一个新想法，就是把在中国融入了创新技术的新品，回流到伊朗市场。为此，团队还特别请来两名在上海留学的伊朗 95 后，担当文化顾问，让产品的"跨国基因"更加彰显。

【同期】

实况：乳香树在清真寺的上空，这样展示出来。我感觉颜色方面可以华丽一些。我们伊朗有一个蓝色，我觉得用这个更好。

参展商张桂才：我能清楚地记得 2017 年我们进口伊朗的纯露大概就 2 个集装箱，一共就 40 吨左右吧，像现在我们一年的进口量大概在 400 到 500 吨，翻了大概十几倍左右。

【解说词】

往来更加频繁的背后，离不开贸易环境的不断优化。从 2013 年共建"一带一路"倡议首次提出，到 2016 年中伊建立全面战略合作伙伴关系、2021 年签署 25 年全面合作协议，再到今年伊朗正式加入上合组织……起初，什么都难、什么都慢；而今，欣欣向荣、未来可期。

【记者连线：伊朗品牌展台】

何婕：就像报道当中说的，得益于两国关系的提升，共建"一带一路"倡议的互联互通及进博会的溢出效应，这家伊朗展商获益良多。那么今年企业又带来了哪些有波斯特色的展品？我们的前方记者孙启萌就在展区，刚才在信号当中我也注意到她手上好像拿着一些展品，所以我现在也很好奇，启萌已经出现在了画面当中，我也很好奇她手里拿的是什么，我们接下来把时间交给孙启萌，启萌你好。

孙启萌：好的，何婕，那我现在就是在这家展商的展台上。大家可以看到在我手中，这个就是刚刚片子中出现的这个大马士革的玫瑰纯露了。那这个玫瑰纯露它其实是将大马士革的这个玫瑰进行蒸馏、萃取，那所得的头道饱和的蒸馏水就是纯露了。我们先来试一下，可以看到它这个喷出来的水珠是十分细腻的，并且闻起来也有非常纯正的这个玫瑰花香味。但我听说它在伊朗还有其他的用途,刚刚这个创始人张总给我卖了一个关子,那我们现在来问一下,可以告诉我们了吗,这个在伊朗还有什么其他的用途? 在伊朗当地它是可以喝的,他们会做成各种各样美味的饮品,噢这个是可以喝的,对的。噢,那我觉得非常方便了,这样小小的一瓶冬天放在包里,不仅脸干燥的时候可以用来补水,甚至吃完饭之后还可以用来清口是吗? 对,让你口齿留香。种草了,种草了。那我们知道这家企业此次可以喝的东西可不止这一个,因为我们知道藏红花,伊朗的产量是达到了全球的90%,那么在今年的展会上,他们也是带来了非常非常宝藏的一个明星产品,就是藏红花了。我们这边来请教一下张总,什么样的品类的藏红花才算是好的。首先要看到它的大小,这个比较长比较完整,另外一个要看它的色泽比较鲜艳。其次你可以闻一闻,噢它是有一股非常浓郁的这个药香味。对,藏红花有一种特殊的药香。另外,最后就是说藏红花它虽然是红色的,但是泡水一定是金灿灿的帝黄色,帝黄色是吗? 那我们这个泡跟泡茶叶一样吗? 就是喝完就是把茶叶扔掉? 千万不要,你看看这是藏红花,它中间的三根花蕊才能变成藏红花,所以这小小的一盒可能要上千朵藏红花才能提取出来。所以说我们泡完水之后,这个藏红花的花丝一定要一起吞服掉,不能浪费。非常珍贵,不吞你就吃亏了。那其实这家企业也在不断地进行着创新,我们也非常惊喜,今年在进博会的这个展会上,我们看到了两款来自中国技术的这个精华,那它们其实是搭配上伊朗的这个纯露,再搭配上我们中国的技术,将不同的这个纯露赋予了不同的功能。我们这边也想请问一下张总,我们在中国生产的这两款产品,未来有再反向输送回伊朗的打算吗? 有的,其实这几款产品明年就会在伊朗上市。这几款产品结合了伊朗的植物特色和中国先进的技术,所以我相信这几款产品一定会在伊朗市场大放异彩,对此我们非常有信心。好的,谢谢张总。那也相信通过一带一路,我们在中国生产的这个产品,不仅是让伊朗的朋友,也可以让全球各国的朋友都能够享受到这个企业带给大家的惊喜。好的,何婕,我这边现场的基本情况就是这些。

何婕:好,谢谢启萌的介绍,我们也说了进博会不光是窗口,它也是平台,不仅把世界各地的产品引到中国,其实也会通过进博会这个平台去向更远的远方。

2023 年度上海广播电视奖
参评作品推荐表

作品标题	老城厢　上海的家		参评项目	电视新闻
			体　裁	纪录片
			语　种	中文、英文
作　者 （主创人员）	柳遐、徐巧、杨晟、 肖涵、王骁、董洁心	编　辑	王立俊、朱晓茜	
刊播单位	中央广播电视总台 上海广播电视台	刊播日期	2023.7.24 中央广播 电视总台 CGTN （中国国际电视台/ 中国环球电视网） 2023.4.11 上海广播 电视台东方卫视 2023.2.28 上海广播 电视台纪实频道	
刊播版面 （名称和版次）	中央广播电视 总台 CGTN （中国国际电视台/ 中国环球电视网） 上海广播电视台 东方卫视 上海广播电视台 纪实频道	作品字数 （时长）	60 分钟（单集）	
采编过程 （作品简介）	《老城厢　上海的家》是一部讲述以老城厢居民为代表的上海人家，在新一轮城市更新旧居改造中，面对告别和迁移，抉择"搬家"的纪录片。 　　始于 20 世纪 90 年代的上海市中心城区规模化旧居改造，到了 2022 年是政府规划中的最后一年。30 年来，拆建、动迁、征收、旧改……始终是上海这个城市最敏锐的话题之一。在这历史节点上，纪录片摄制组抓取了上海市中心老城厢范围内，最大一个被划定成片征收的地块，那里			

（作品简介）采编过程	4 700多户人家涉及要搬离原来的居住地，分散到其他各个地方重新落户安家。纪录片《老城厢　上海的家》以传统跟踪纪实的手法，拍摄了其中7户具有不同特点的征收家庭，他们中有期待，有不舍；有困难，有付出，从而记录了上海这座具有国际影响力的超大城市面临高质量发展过程中艰难而特殊的一个历程。
社会效果	纪录片《老城厢》在东方卫视2023年全国地方卫视全天时段纪录片收视率和收视份额排行中，双双名列第一（数据来源：2024年中国广电视听大数据年度报告）； 　　该片获得中央广播电视总台中国国际电视台/环球节目中心签约，被翻译成英语、法语等多种语言，在CGTN纪录频道、CGTN法语频道、CGTN西语频道等广泛传播； 　　该片在B站、Utube上线后也以高出同类纪录片相当数量的成绩获得瞩目，视频号拆条单条点击超过5万＋。 　　该片制作、播出阶段获得中国外文局《解读中国》、上海本地媒体《解放日报》《文汇报》《新民晚报》等多家媒体的深度关注和连续发文宣推，成为众多市民百姓对政府和传统媒体相关报道的热盼和期待。 　　成片获奖情况： ·经上海市委宣传部选送，获得由国务院新闻办公室、国家互联网信息办公室、国家广播电视总局指导的年度中国外文出版发行事业局"新时代　新影像"中外联合创作计划"优秀提案"； ·获得第29届中国纪录片学术委员会"长片十佳作品"； ·入围第13届"光影纪年"——中国纪录片学院奖； ·获得第29届亚洲电视大奖"最佳导演"奖提名。

老城厢　上海的家

（节选）

【解说】

2022 年中国农历新年前夕，上海老西门文庙路上，一派辞旧迎新的喜庆景象。

【实况】老西门文庙前：

"他画的老虎很可爱啊！""这是我的老虎了吧？""画的老虎很灵的。"

【解说】

写春联送春联，是老西门人过年的习惯，只是今年有些特别，参加活动的人们，过得开开心心，却又依依不舍。

这个新年，对于上海老西门的居民来说，非同寻常。这是他们中很大一部分人，在老房子过的最后一个春节。

根据上海市旧城改造规划，老西门蓬莱路地块已划定将实施成片征收，这里的 4700 多户人家，将集体搬离原来的居住地、住进新的地方。

上海老西门这个地方，已经有 470 年的历史了。从元代至元二十八年（1291）上海建县，这里就是县署的所在地，明代嘉靖三十二年（1553），上海官民修筑护城墙西大门，取名"老西门"，之后一路发展成为上海老城厢的起源地。

【实况】

"打扰您休息了，我们提早拜年，春节到了，来看望你们，提早给您拜年。""谢谢，谢谢。"

"伯伯，在收衣服是吗，你们今天还在忙啊？""对，我们没有休息的。"

【解说】

今年 36 岁的顾佳怡，是小西门居委书记，推进和完成属地下征收工作，占据了她目前主要的精力和时间。小西门是这次征收涉及的七个居委之一,将有近800户居民面临搬迁。

【实况】老西门地块居民因自行车问题发生纠纷:

"你看到我碰你车子吗?""我车子也可以放这里对不对? 我车子是不是也可以放到这里,又没有占你的地方。""谁让你放这里的?"

"好好说。""你做什么的?""你做什么的?""你回答我这里可以放吗?""我说不可以放。""不可以放为什么不管?"

【解说】

一次简单的自行车停放问题,就能引发激烈矛盾。

上海的旧里弄房屋共分两个等级,老西门的房屋大多属于最低的二级旧里。这里建筑密度高、屋外空地狭窄,砖木结构的平房、楼房也都样式陈旧、设备简陋,一般都没有独立的厨房卫生设施,其中不少甚至属于危棚简屋。

人们急切改变生活环境的呼声很高,征收意愿征询时,一轮征询同意的居民就高达98.35%。

【实况】理发店老板与顾客对话:

"现在动迁,客人少了。""这些来的都是老客,你看都是一二十年了,九十几岁了。"

"老百姓喜欢。""说实话,现在像这种小店也少了。"

【实况】理发店老顾客:

"都是老客户,都到外环去了。""对呀,买房子都买到那边去了。"

【解说】

可是,随着搬家的临近,老西门人的心情也开始复杂起来。眼看有福住进新房,心里自然高兴。想着要离开旧居,却又有几分不舍和眷恋。

【解说】

在这次征收地块上,有一家有名的网红面店,老板郑行从小在老城厢长大。他16岁学厨,22岁独立门户,因为长着一张圆圆的脸,街坊邻居都叫他"胖子"。郑行索性就把自己的面店,命名为"胖子面"。

【实况】顾客评价:

"谢谢你。""不用谢。""他这里的房子有老虎天窗,我们小时候住的就是这种房子，找着这种感觉了，现在其他地方找不到这种感觉。"

【解说】

小店开到今年是第 13 个年头了，凭着他家面里的那股独特的上海老底子味道，生意相当不错。胖子靠着手上一碗碗面，在这里娶妻生女，日子过得红红火火。

【实况】郑行谈生意：

"一天卖三五百碗都有，到我们这里来的客人，吃浇头不止吃一个两个，吃起来都五个六个浇头，一般我都是知道的，大家都很认可，因为老客人很多。"

"小何，两碗面来端一下哦！""来了。"

【实况】食客评价：

"他这个鳝鱼丝的味道很浓、很香，反正味道是一般的厨师做不出来的。""他有一个东西叫底蕴，底蕴很重要，这边做的有这边的烟火气。"

【解说】

今天是"胖子面"年前最后一天营业，往年这个日子，面店早就歇业了。但这个年尾，面对即将到来的征收，郑行还想凭借文庙这块风水宝地，多做几天生意。

【实况】郑行谈对搬迁的想法：

"老生意，我们也舍不得，这么多年吃下来了，说句难听的，他们吃不到我们的面，要想我们；我们看不到他们，有时候也会想他们，长时间不来会牵记他们，拆掉了怎么说呢，也很遗憾的，但是也没有办法，对吧？这个城市在进步，也很正常的。"

【实况】郑行给食客打包：

"阿姨，面帮你装好了。""好，谢谢！""这个是汤，你回去热一下就好了。""好的，你们再开要在什么地方？""现在暂时不知道，应该在这附近。""等你们再开的时候，我会带我先生去吃。""好的，好的，我们搬迁如果到新的地方，我发短消息给你。""谢谢。""好，再见。""再见。"

【实况】"胖子面"写红色告示：

"'关门'你写得大一点，越大越好，别的眼睛不好的人、老伯伯看不出的，你先写二月十日。"

【解说】

面店在夜色降临前打烊了,郑行结束了一年的忙碌。

【实况】

"贴在这里好吗,看得清楚吗?"

【解说】

过了年,他就要抓紧时间寻找合适的店面,努力让这口老城厢的味道,继续保留下去。

【实况】

"师傅,还有吗?"

"面没了,没了,关门了。""没了,哎!"

【实况】徐小萍和妹妹谈论征收:

"以后这里就没了,都动迁了。""现在老邻居也少了。"

【解说】

离胖子面店不远的这套老式石库门房子,住着十来户人家,徐小萍的家在左侧二楼厢房,她和父母全家八口人曾经都住在这里。

【实况】徐小萍夫妇包饺子:

"现在会不会擀了?"

"东北人一般都会擀。"

【解说】

年轻时徐小萍响应号召,到东北上山下乡,并和当地人结婚成了家。退休后,她和丈夫一同回到上海,一度处于无房状态。幸好,家里人体谅她,把房子让给了她。如今,她和丈夫、孙女三口人就住在这里。

【实况】徐小萍夫妇吃饺子,看咸淡怎么样:

"挺好!""完了等会儿再包一点,给孩子他们煮点,给他们下午带去。"

【解说】

这些年,徐小萍为了住得舒服点,"螺蛳壳里做道场"。她先是在阁楼上开老虎窗,还在屋里装个小浴室,后来又在阁楼上安了个坐便器,可算是"麻雀虽小,五脏俱全"了。这次老西门旧城改造,给了徐小萍一家彻底改善生活环境的好机会,一家人自然是梦里也笑出声来。

【实况】徐小萍扶着母亲回家:

"今天天气很好。""天气很好,不下雨。"

【解说】

徐小萍的母亲今年 103 岁,是老城厢里的老寿星了,因为自家房子实在太小，母亲只得在旁边另借一间房安身。

【实况】103岁的李佩英爬楼梯：

"拉牢，扶梯拉牢。""拉牢，是要拉牢的。"

【解说】

楼梯只有半个脚面宽，扶手常年被油烟燎熏而黏腻不堪，真是步步惊心。今天，大哥来看望母亲和妹妹，为房屋征收的事出出主意。

【实况】徐小萍一家就征收商讨：

"你看看现在17.2呀，就是你这个上面一个阁楼没有记录。"

"他们只看房产证上面的，现在遗留下来的问题就是阁楼。""房产证上没有标阁楼，搭是自己搭的，后来老虎窗是我自己开的。""给他们提提要求，看一个是你，一个是妈，有住房需求的，没有房子的，能够争取的，尽量争取一下。""这当然，多多少少总归好的，政策范围允许下，我也好比较宽裕一点，那么选择范围大一点，要是到郊区去买得到的话。""郊区太远了，像我妈这么大岁数不方便，这里还有这么多老邻居。""近一点的地方，对吧，老邻居很好的，虽然这里是很不方便，不过住了这多年，有感情的。"

【实况】黄红玲年前买花：

"这是什么花？""澳梅。""价钱多少啊？""过年了买红一点的好。""对，红红火火过年。"

"对，对，好的。"

【解说】

年前买花，是黄红玲多年的习惯，即使面临搬迁，她也不改旧规。黄红玲家在仪凤弄，这里是三排带小花园的新式里弄房子，她和家人住在其中的一幢，算得上是这次征收中的豪宅了。

房子是黄红玲的公婆，在上海解放前用金条顶下来的。五年前，她和丈夫又重新装修了一番，雕花的柳木家具、美国红橡木楼梯、精心挑选的地砖，黄红玲实在舍不得搬。

今天，征收评估组就要上门评估了，黄红玲夫妇的心不免七上八下。

【实况】评估公司上门评估：

"你好，评估公司。""请，请，请，进来，进来，进来。""这是房籍，这是房卡。""好。"

"都是我们的，独幢的私房。""仪凤弄45弄5号，全幢，对吧？""对的，我们这里是两扇窗，今天是因为下雨，否则我们这边阳光很好的，这个后面都是的。""是的,这个都是的,都是全幢的,到楼上的,连这里都是的,我们还有后天井,这个里面也要拍的。"

"好的。""当心,这二楼是卫生间,你拍一拍。"

【解说】

黄红玲夫妇的指引十分细致,尽力要向评估公司展现自家的每一个细节。同时,她更迫切地想要倾吐自己郁结已久的一块心病,那就是关于这幢房子的面积问题。

【实况】房屋评估现场:

"其实算两楼半,现在问题就要说到这里了,现在这个房子,房产证上没有面积的,包括我们这边全部都是这样的,房产证上以前是两层半、两层半,后来他妈以前转给我们的时候,交易所直接把这半层弄掉了,也不知道怎么测评的,就是我们现在房产证是 105.6。"

"我们装修的时候,设计的就是 130 多个平方,我们现在到三楼去看一下好吗? 这个是个卫生间,跟下面一样的,这个房子是这样的,你说像我们搭建的吗?""它这个部位是全幢,但是总层数是两层对吧?""是三层没算,如果你真的说这是搭建的话,我们肯定是想不明白的。""到时候过好年开始,我们不是要二轮进场吗,二轮布告出来了以后,我们先去核实一下这个情况,你看好吗?"

【解说】

这场评估进行了半个多小时,远远超出了通常的评估时间。

【实况】房屋评估现场:

"对对对,这里不写了吗,实际上应该是三层,你现在勾的是两层。"

"不要紧,我可以帮你写一点,产证上两层,现状为三层。""对对对。"

"我现在作为评估公司,跟你的面积没关系的,我们看的是一平米的价钱。""谢谢,麻烦哦!"

"作为我们评估公司来说,我们也比较重视这次的征收评估工作。"

【解说】

经过和评估公司工作人员的沟通,黄红玲夫妇紧绷的情绪稍有缓解,他们希望问题能够得到合理解决。

【解说】

居委会工作的顾佳怡,每天中午照例去父亲那里吃午饭。父亲家走过去只有几分钟的路程,自从前几年母亲病逝后,顾佳怡总是趁这个时间来看看独居的父亲。

【实况】顾佳怡与父亲吃饭对话:

"你今天烧什么菜啊？""黄芽菜肉丝，你喜欢吃的。""快点，我肚子饿了。""大年夜我要值班的，你自己吃。""你要不到单位来和我一起，陪陪我，或者到外面朋友家里去吃？""过好年三月份，就要第二轮去投票去，家里该理的要理起来了，这么多东西怎么理。""过段时间我有空帮你理理。"

【解说】

父亲的房子也在这次征收范围之内，房子虽小，但拉拉杂杂的东西也不少，父女俩还没来得及着手准备。

【实况】顾佳怡与父亲吃饭对话：

"很多知识要学起来，公式怎么算，动拆迁方面你不懂的，奖励费什么的，我们老百姓就是关心这种事情。""过好年那一阵我会很忙的。""你哪一天不忙。"

……

【解说】

偌大的房子，仿佛转瞬间便被腾挪一空了，而腾不空的却是黄红玲一家人的记忆。这里是公公婆婆辛劳一生创造的财富；这里是丈夫女儿出生成长的地方；这里更是黄红玲自己精心操持了大半辈子的家。

在城市发展的进程中，有着许多个像黄红玲这样的家庭，给予了理解和支持。正是他们的理解和支持，促成了整个城市的进步。

【结语字幕 1】

2022 年，上海中心城区成片二级旧里以下房屋改造收官这一困扰上海多年的民生难题得到历史性解决。

【结语字幕 2】

从"住有所居"到"住有宜居"，未来这里将建设更加舒适便捷的生活空间，成为具有上海历史文化风貌的新地标。

2023 年度上海广播电视奖
参评作品推荐表

作品标题	在上海，我想有个家	参评项目	电视新闻
		体 裁	新闻专题
		语 种	中 文
作 者（主创人员）	楚华、张凯、朱玲敏	编 辑	陈瑞霖、邢维
刊播单位	上海广播电视台	刊播日期	2023 年 8 月 27 日 22:30
刊播版面（名称和版次）	新闻综合 频道《1/7》	作品字数（时长）	10 分 33 秒
采编过程（作品简介）	喜欢上海、热爱生活、努力扎根上海，是许多奋斗在这座城的"沪漂"青年的真实写照。然而，在过去很长一段时间内，非沪籍人士在上海购房必须满足"缴满 5 年社保且结婚"的条件，这让一部分人犯了难。在 12345 热线及各大社交平台的上海购房交流群中，不少"沪漂"单身青年纷纷表达了自己希望上海的购房政策能够"因时而动"的想法。 　　该报道独家聚焦"单身限购"的话题，采访多位有购房需求的"沪漂"青年，了解他们的个人情况及诉求。他们中不乏自身特别优秀，但因为种种原因暂时无法落户的上进青年。他们认为，上海作为全国最开放的城市之一，以"未婚"为由限制购房资格既不合理，也劝退了一些想来上海发展的优秀人才。尽管上海的保障性租赁租房政策走在全国前列，但相关受访者认为，如果自己的能力足以承担在上海购房的相关开支，有一套属于自己的房子无疑解决了很多的后顾之忧。他们希望，相关部门能够听到他们的呼声，适时调整相关政策，以此体现上海广纳人才、开放包容的胸襟。		
社会效果	该独家报道一经播出，就被多家主流媒体、网络平台转载。其中，新闻坊微信公众号、看看新闻 Knews、哔哩哔哩官方账号分别有近十万的阅读（观看）量。话题同时登上微博热搜榜及 B 站视频热门榜，成为当日的热议话题。		

社会效果	报道播出后，上海有关部门关注到了这部分群体的呼声和需求，陆续推出一系列利好非本市户籍单身人士的安居政策。2023 年 10 月以来，上海市金山区、青浦区、奉贤区陆续出台人才安居新政：非沪籍购房者所在单位或个人满足一定条件且有 3 年个税或社保，单身即可在相应区域购买一套房。自 2024 年 1 月 31 日起，在上海市连续缴纳社会保险或个人所得税已满 5 年及以上的非本市户籍居民，可在外环以外区域（除崇明区外）限购 1 套住房，以更好地满足居民合理住房的需求，促进区域职住平衡、产城融合。由此可见，上海的相关部门在综合考量城市发展和市场需求的基础之上，其购房政策确实做到了因时而动、顺势而为。

在上海,我想有个家

【群访】

声音 1:我是 2012 年来的上海,今年已经是第十一年了。

声音 2:社保从 2017 年开始交的,六七年的时间,然后还没有(资格)落户。

声音 3:拥有一套属于自己的房子,就是真正扎根在上海。

声音 4:传统的家庭观念里面,男生肯定要(主动)承担更多的责任,相亲(有房)也是加分项。

声音 5:(非沪籍)只有结婚才可以让我有在这里购房的资格,就让我心里感觉还是挺难过的。

【进门实况】聂聂　律师　来沪 10 年:走到这里就可以听到小鸟的声音了。这是我生活了几年的地方,请进。我的小鸟已经在打招呼了,这是我的宠物,一只鹦鹉,她叫可可。还可以摸,它还会撒娇。但是你不行,它认识人的。

记者:它"哈"我。

聂聂:我又没有招惹你。

【解说】

聂聂,29 岁,她和自己的宠物可可一起生活在这个不足 20 平方米的单间里。这个租来的小屋,是聂聂离开大学宿舍后,在上海的第一个住所。

【实况】聂聂　律师　来沪 10 年:整个房间比较小,就是有一个(类似)酒店式公寓的这样一个格局。进行了简单的装修,这个墙纸,还包括冰箱、洗衣机,包括这样一些床、沙发都是我自己再去添置的。毕竟房子是租来的,但是生活是自己的。

【解说】

被悉心照料的宠物、花草,温馨的房间布置,在这个不大的房间里,随处可见一个独居女生认真生活的痕迹。

【实况】聂聂:这是我去年过生日的时候拍了一套写真,是不是有一点迪士尼在逃公主的画风,没事拿来自恋一下。记录一下自己每一年的一个状态。

【解说】

今年是聂聂来到上海的第十年。

这个和我同龄的姑娘,感性、热爱生活、独立且目标明确:她想靠自己的能力,在这座城市扎根。

【实况】

(聂聂会见客户)

【解说】

2018 年,聂聂在大学毕业一年后,成为了一名律师。如今,她已经是一家律师事务所的合伙人,生活和工作几乎都在松江区。

【实况】聂聂 律师 来沪 10 年:这边相当于是 G60 科创走廊,这些房子我了解到可能一套要 1 800 万元左右。我还真的去看过,但是是陪同朋友的那种看,目标总是要有的,万一实现了呢。

【解说】

住上大别墅是梦想,但买一套属于自己的小房子,聂聂已经做好了资金准备。工作 5 年,她自己攒了一笔钱,再加上家人的支持,买一套小房子的首付款已经足够。

然而,根据上海的购房政策,非上海户籍人士购房需要满足两个条件:结婚,且家庭中有一人自购房之日前缴满 5 年及以上的社保。

【采访】聂聂:其实我是毕业就在上海工作了,(5 年)社保的年限其实是已经达到了。但是现在还没有找到特别合适的另一半,所以说就没有达到另一个,就是说一定要结婚的这样一个条件。

【解说】

在上海，单身购房的硬性条件是上海户口。本科毕业时，聂聂没能顺利落户。如今，她需要通过"居转户"的政策，也就是要同时具备居住证和社保年限满7年的条件，才能拥有上海户口。

【采访】聂聂：落户的话是因为总的时间还不够，居转户的话需要7年，现在还需要最少两年的时间。

【解说】

为了让自己在上海的生活更安稳一些，聂聂也想过很多办法。她目前住的这套房子，是从开发商手里直租的，至少能避免房子随时被房东收回的风险。

除此之外，她也动过买商业公寓的念头，甚至还和邻居一起看过"环沪房"。

【采访】

聂聂：这是我的邻居小姐姐，其实也面临同样的问题。

聂聂的邻居：我当时也想过买外地，或者昆山、花桥周边卫星城的房。我们一起看过，（住在）周边工作也不方便，（住）在上海，上下班距离还近一点，但是因为这个限购也没办法。

【解说】

即便迫切地想要有一个属于自己的家，但聂聂从来都没有想过为了买房而结婚。

【采访】聂聂：我觉得结婚是为了爱情，因为喜欢，而不是因为买房而去结婚。家里面也有提到，像你女孩子为什么要让自己那么累，一定要为自己买一套房子。其实就像你说的，你也是女生应该也能理解我的想法，也希望通过自己给自己一个安全感，而不是把这样一个安全感寄托于婚姻，或者是说寄托于未来的另一半。未来的另一半应该是跟我"一加一大于二"的。即便现在还没有合适的，那我也可以靠自己在上海站稳脚跟。

【解说】

看书、练瑜伽、参加律师协会的活动，聂聂在上海的生活忙碌又充实。

和她一样，在上海认真工作、用心生活，盼望着能在这座城市里扎根的人还有很多。

【采访】晓琪　国企员工　来沪 8 年：在这座城市里工作了那么久的时间，我也很想在这座在这座城市里一直一直住下去，一直待下去。有自己的朋友、有自己的同事，然后我喜欢这个圈子。有这个经济条件的时候，我还是觉得会想要给自己一个家。

【解说】

晓琪，是我的老乡，也是我的同行。

一提起购房，她就会自动开启"话痨"模式。

【采访】晓琪：在一个很混沌的状态下，大学毕业之后，然后来一个陌生的城市工作，（如果）给自己在这座城市买了房子，有了自己的一个小小的家，我还挺厉害的，我还挺棒的，自己会陷入一种（想象），不错，看来我是要实现这个目标。

【解说】

8 年前，晓琪大学毕业，只身一人懵懵懂懂从河南来到上海找工作。从初来乍到的不适应，到慢慢喜欢上这座城市，晓琪扎根上海的想法越发强烈。

【采访】晓琪：2019 年，我来上海的第四年，换租房的过程当中，因为中间在中介带领下也看了很多的房子，跑了很多小区，我突然觉得好累，租房真的好累。心里会有一种不确定感，而且不安全感。我要是有一个自己的家就好了，这个家就是我的，我不用再考虑说跟房东签协议的过程当中，然后我是不是要仔细地看每一条合同条款。我就在想，我一定一定要买一个自己的房子。

【解说】

有了明确的目标，晓琪就开始拼命攒钱。如今，加上父母的支持，晓琪终于做好了购房的准备。

【采访】晓琪：就很无能为力。就是我有稳定的工作，加上我缴了那么多社保。（非沪籍人士）我只有结婚才可以让我有在这里购房的资格，就让我心里还挺难过的，就觉得我实现目标的一个渠道越来越狭窄。

【解说】

虽然在上海已经缴了 8 年社保，但晓琪因为当年没有及时办理居住证，所以目前还无法申请落户。

【采访】晓琪：时间更多的是意味着一种不确定性。我妈经常会念叨说，你要是(在上海)有家就好了，你要有个家，我跟你爸就会去帮你买什么什么东西，就是我有个家她就觉得很安全，就是也会为我的一个安全有保障一样的。

【解说】
近年来，上海持续优化人才引进政策，放宽落户、"居转户"的评价标准。晓琪时刻关注着关于落户和购房政策的信息。每一次新政策的发布，都触动着她的神经。

【采访】晓琪：(希望)会有一些新的政策，就跟我自身有关，跟我所代表的这一类单身人士有关，那我就觉得很期待。我就觉得也许我能够更早的实现我的目标。

【实况】
(电视综艺节目，寄居蟹的画面)

【实况】聂聂：螃蟹它的安全感，来自它的一个壳。如果说是我们从外地来沪的，怀揣梦想的年轻人，是不是我们的安全感，来自这样的一套房子。

【实况】(电视综艺节目)
主持人：你为它找到一个家，为了我们好好地活着，找一个家不容易的。

【群访1】李李(化名)来沪8年 媒体人：(在上海)已经六七年了，可能对于这个城市了解更多，感情也可能更深。
【群访2】林夕(化名)来沪11年 医疗器械公司工作：是非常喜欢上海这个城市的，因为我的家里人也都在上海，就是未来也不用说再去租房，可以家人住在一起。希望未来也在上海能有一个自己的小家，哪怕就是很小，我觉得也是很满足的。
【群访3】聂聂的邻居 来沪9年 律师：我是希望能有一套自己的房子，能更加安心一些，想结束自己在上海这么多年长期漂泊的一个状态。

【解说】
如今，越来越多的年轻人来到上海，扎根上海。他们是这座城生生不息的动力，也是这座开放包容的城市里各自精彩的一分子。

【实况】晓琪：我在为我自己以后的新家在设计，我的家里客厅什么风格、卧室什么风格，我要给自己留一个很小的书房，我要买一把最舒服的椅子，因为我要经常坐在那里工作。我要把我最喜欢的那个沙发一定要把它买回家，我想坐多久坐多久得有多开心。我想一想就心里觉得充满了期待，然后我一定会有一个自己的房子。

【实况】聂聂：也会有落寞的时候，就觉得，这个城市这么大，感觉这么多盏灯，竟然没有一盏是属于我的，或者说没有一盏灯是为我亮着的。（希望）理想照进现实，有一盏灯是为我亮着。

2023 年度上海广播电视奖
参评作品推荐表

作品标题	超级进化	参评项目	电视新闻
		体　裁	纪录片
		语　种	中文
作　者 （主创人员）	朱韶民、李莹、顾伊劼	编　辑	朱韶民、李莹、顾伊劼
刊播单位	第一财经传媒 有限公司	刊播日期	2023 年 3 月 31 日 22:15
刊播版面 （名称和版次）	第一财经频道	作品字数 （时长）	41 分钟
采编过程 （作品简介）	_

1. 历时八年聚焦高质量发展管理之道

党的二十大报告指出："高质量发展是全面建设社会主义现代化国家的首要任务。"《超级进化》首次以纪录片形式聚焦数字时代企业高质量发展的管理挑战，深入探讨如何利用新管理理念激发个体与组织活力，以全新的视角助力新时代中国式现代化的建设，填补了国内管理纪录片的空白。

主创团队历时 8 年，穿越疫情，深入访谈了中国近 50 位优秀企业家，在此基础上重点选取了字节跳动、小米、海尔等几个典型企业，探讨数字化时代个体的崛起及组织管理理念的深刻变化。从案例的典型性、选题的前沿性、思想的深刻性、素材的珍贵性等多个维度来看，《超级进化》在纪录片领域都具有与众不同的魅力。

2. 独具匠心讲好新时代中国式管理故事

如何将抽象深刻的管理内容通俗易懂地呈现给观众是主创团队深入思考的问题。《超级进化》通过层层递进的叙事结构讲述了个体与组织、组织与组织、组织与社会之间如何适应数字时代的管理变化，尤其讲述了疫情 3 年来的管理挑战。拍摄风格写实，每个章节一个核心故事，辅以管理学者的解读，同时张一鸣、雷军、张瑞敏这些企业家本人的讲述更是增 |

采编过程 （作品简介）	添了内容的厚重感，每个管理问题都被由表及里，层层剖析，让人豁然开朗。 全片的采访及素材使用量巨大，镜头剪辑风格活泼流畅，为配合《超级进化》探索未来管理的主题，包装及海报风格充满未来感。在镜头设计上也多次使用旋转手法，体现时空流转、万物进化的概念。该纪录片聚焦管理，用艺术的手法将之匠心呈现，在现阶段的财经纪录片中鲜有对照，独树一帜，大胆而富有新意。 3. 四力融合塑造形式与内容双重美感 《超级进化》的创作团队 8 年来走南闯北，深入广大企业和管理院校，用镜头记录下丰富的经营与管理实践素材，不断增强脚力、眼力、脑力、笔力，深入研究中国企业所面临的管理问题，厚积薄发，以纪录片的形式呈现给观众。在创作上主创们注重塑造形式与内容的双重美感，摄制组深入农村与城市，用丰富的镜头语言展现多样化的商业、消费与管理的场景，呈现独特的视听体验。同时，在纪录片内容构思中主创们注重结构安排的逻辑性和递进感，从个体的故事讲到组织的故事，再到组织系统变革的故事，层层深入，一步步展现主创们对未来管理范式变革的观察与思考，引导观众探寻管理的问题与答案，以此呈现财经纪录片的思想内涵之美。
社会效果	《超级进化》入选国家广电总局 2023 第一季度优秀国产纪录片推荐榜单；获得"影响中国传媒"2022—2023 年度品牌节目；获得上海市委宣传部阅评表扬："《超级进化》打开了观察中国企业未来管理的全新视角……在对中国经济发展脉络加深理解的同时，带领观众探寻'四千精神'中的组织价值与个体价值，以更具有总览意义、当下现实意义的主题，多角度展示了企业发展的复杂精彩历程，为助力新时代中国经济发展提供了可借鉴的样板。" 知名财经媒体人秦朔、周健工、复旦大学东方管理研究院创始院长苏勇教授、上海交大安泰经济管理学院副院长井润田教授等学者发表了纪录片观后感刊登在《第一财经》日报和网端。苏勇评论："企业如何激励员工的使命感尤为重要，员工创客化、组织平台化、运营生态化，是一种符合互联网时代企业发展特点的正确选择。正因为如此，这些企业才获得了长足发展，也使员工在工作中心情愉悦。" 在纪录片专题研讨会上，专家学者对纪录片的思想内涵、价值导向、艺术风格和现实意义加以肯定，尤其赞扬了主创们从管理角度关注人和组织的持续成长问题非常难得，这也是企业高质量发展中提升管理效率的关键。该节目也被新浪网、中国经济网、网易等媒体广泛转载。

超级进化

【解说词】新冠疫情让全球经济放缓,不确定性成为人们描绘未来经济的高频词汇。2022年全球失业人口突破两亿,在大流行期间,发达经济体和中低收入国家的公共债务都刷新了纪录。众多企业受疫情影响而陷入困境。然而商业并未止步,它正以另一种方式进行新一轮进化和生长:越来越多的公司开始接受远程办公,数字游民们把家搬到大理、安吉甚至偏远的村庄;短视频直播里活跃着数以亿计人的消费生活,萌生出一个万亿级别的消费市场;在更远的地方,WEB3青年高举新的技术大旗在全世界探索,他们希望在风口到来之前挖掘未来的商业宝藏。

3年间商业的变化翻天覆地,而变化中我们是否能捕捉到某种规律?它将影响每一个个体、组织和企业的未来,它是管理的规律吗?大潮来袭,让我们站在当下,观察那些在中国土壤中正在发生的改变,寻找属于未来的答案。

【字幕】随着中国步入数字时代,我们观察了近10年的中国管理实践,发现个体、个体与组织、组织与组织及整个商业生态正在发生颠覆性的变化,这些变化在中国正以惊人的速度演进,它正在也将彻底改变商业社会的未来。

你准备好迎接这个个体崛起的时代了吗?

【解说词】这是一个人人都渴望自由、渴望主宰自己命运的时代,从来没有哪个时代像今天这样,个体的价值能够被如此放大。然而你准备好了吗?从工业、信息时代螺丝钉式的角色中跳脱出来,重新定义自己,开启这个个体崛起的时代?

【蒋金春】我属羊的,41 岁了。第一份工作在义乌送快递,送了 3 年快递,孩子 2008 年出生的,生完孩子之后,我那个大的女儿就一直是给我母亲带的。我们那时候就多了一个牵挂,每次打电话就是我老婆打电话,给我妈妈打电话,她就掉眼泪。

【邢召】经常要从义乌回来看她,下班之后,就是星期六早的话,可能应该六七点钟,然后就跟他骑车,骑车骑到这里要六七个小时,然后看一下孩子,到第二天吃完中饭,也就是 12 点钟,我们又要骑摩托车,骑回义乌,连续差不多骑了可能有几个月。

【蒋金春】好几次小孩子发高烧,就连夜赶回来,所以那个时候吃了不少苦,我们就觉得想办法回来。拉了一大卡车东西,就搬到我们老家县城来了。

【周华友】反正他刚回来的时候,大家觉得好像有点不理解。
【封菊花】我看到他这一下跑到这里跑到那里,我不知道他做什么事。
【黄金枝】他就搞个鲁智深造型的,然后大家都就觉得他行为比较古怪。

【蒋金春】我们不是那种所谓的炒作的网红,我们是属于地地道道农民,之前是靠拍短视频,平台给我们一些提成的,但是从今年开始,我们就慢慢地领悟到,可以带货了。

【封菊花】到我家里这个晒干白菜、那个晒干腌菜干,他收去卖。
【黄金枝】到我家里都收了笋干,一些农产品都有。
【周华友】本来我们这里的山区宽带是没有的,但是他上快手,我们村里就想办法给网络公司跟他联系,把他的宽带装好了。

【祝旺斋】在他的带领下,可以说是现在成了横峰县脱贫户里面的榜样和代表,首先他生活水平大大提高,还把他附近的村民也带起来了,把他们的山货这个销售到外面,他去年,村民现在不需要跑到外面去卖了,这样的互恩互惠,这个做得非常好。

【曹仰锋】蒋先生他回到了他的老家,还带动周边的人致富,就是因为充分地利用了这种互联网技术给他带来的价值创造。原来我们这个人都是依附于某一个组织当中,工人要依附一个企业,但慢慢随着管理革命的不断发展,现在个体对组织的依赖越来越弱了,所以出现了很多这种平台加个体,平台是为个体提供这种赋能,个体在上面展示自我的价值。

【蒋金春】我们村基本上出去打工,你不去打工,在这里很难生存,我不做了这行,我不可能也在这里的。和义乌比,我觉得可能是在老家好,为什么呢?第一个,自己家乡,第二个是因为孩子,两个孩子,一般我送到学校去,大部分都是留守儿童,甚至有些孩子只有十三四岁,还要自己烧饭,所以我敢肯定,我觉得我们留在家乡,做这些事情是最开心的事,也是这 4 年,我们也是最开心,也是最充足的这 4 年,不会再像以前那样,我老婆是天天掉眼泪,那种生活我们已经过去了,我希望通过我的努力继续能够在家乡长期地生存下去。

【秦朔】我觉得其实从古到今,从每一次的这个生产力和生产关系的革命,最重要的一个结果都是凸显人本身的这个价值,或者从这个意义上来讲,就是说让一切人在一切的方向上得到成长,得到自我实现,就是人类整个经济进步的一条主线。

【解说词】蒋金春是千千万万个在数字时代开启新的职业和命运轨迹的个体缩影,他重塑了自我价值,在新的世界里他不再背井离乡,能够照顾父母妻儿,还能帮助深山里众多贫困家庭。在这个时代,赋予个体的力量正在创造出新的世界——一个更尊重人的价值的世界。而个体的价值在重塑的同时,对于组织来说,意想不到的颠覆性的变革也在发生,通过重新塑造组织与个体的关系,组织的活力正在被深层次激活。

个体平等、组织去层级化为什么让企业更有效率?

【解说词】2020 年新冠疫情来袭,电影纷纷从影院撤档,欢喜传媒带着它的贺岁电影《囧妈》急于寻找新的出路,时间紧迫,此时许多公司正陷入管理上的危机,而字节跳动突然杀入大众视线,它历时 30 几个小时、迅速组织了 100 人通过在线工具飞书完成了所有对接工作,最终让《囧妈》在大年初一如期上线抖音、今日头条和西瓜视频三大平台。很多人感到吃惊,字节跳动为何有如此惊人的效率?2020 年 4 月,副总裁谢欣通过在线工具飞书为我们分享了其中的管理细节。

【谢欣】确实是我们差不多 36 个小时完成这件事情,而且这件事情是超过

100 位的员工一起做，我们连整个播放电影的这套系统都没有，我们要临时开发。而且，大家也知道在除夕那个时候，所以员工是非常分散的。100 多个人怎么协同工作？事实上，大家是快速地打开了一个飞书文档，然后在飞书文档上面排兵作战，就每个人谁负责什么，然后自己往上写，共同编辑，飞书文档里艾特这个人，那个人马上收到一条飞书消息，他去完善。就看似是一个很混乱的过程，但很快，慢慢地就把它组织起来了。

【解说词】在短短的 36 小时里，员工为什么有如此高的自驱力去完成未知领域的工作？100 多人为什么能被有序分工并协同完成快速的响应？要找到真正的原因，得让时光倒回到 2014 年，那时字节跳动创始人张一鸣的今日头条还只有 200 人，但他已经开始追求效率的提升，彼时他正希望打造一个新的世界，一个"个体平等""组织去层级化"的快速战队。

【张一鸣】他们不但不叫我张总，也不叫我们公司其他人某总。因为我们不提倡，我们希望提倡平等、坦诚的作风，因为层级观念会抑制表达、创新。比如说一个新来的人一想开会桌上好几个某总，那他可能就不敢说话了。我们觉得形式化的东西会禁锢内容，形式会禁锢想法。称呼就是一种形式化的东西，我们内部的说法就叫不使用敬语，也不叫您，也不叫张总，也不叫老大，也不叫老板。汇报关系我们按工作需要，我们不鼓励等级化。如果就是这个工作需要，这个 A 向 B 汇报。那么就是可以有这个汇报关系，但是呢我们不认为汇报关系或者团队的分工是一个跟等级有关联的。我们就是会出现甲向乙汇报，但是有可能甲的收入比乙更高，其实这也是正常的。我们认为汇报关系、组织关系并不是等级的划分。

【曹仰锋】高层级的组织当中，它的组织效率一定是低的，所以像字节跳动这种公司，它要探索，我要去中心化，我要变成这种分布式的。这几年大型企业都在探索，从管控到赋能，就是说把原来集中在管理者身上的这些资源，这些权利我要赋能给一线员工，未来的组织就会演变成一种叫大平台加小团队，组织越来越平台化，下面就变得非常灵活的。就像亚马逊也是一样。他提出一个叫比萨饼的原则，两个比萨，就是十个人左右的团队是最好的。

【解说词】张一鸣一直在追求极致的效率，最终他发现抵制传统组织的"管控"，赋能个体能最大限度地提升效率。为了实现从管控到赋能，他引入 OKR 考核系统取代 KPI，强调让员工理解背景而非对其进行控制"context not control"(理解背景而不是管控),甚至开发了自己的在线管理工具飞书,让信息流动更加透明和高效。

【字幕】

KPI 即关键绩效指标,是指用于衡量工作人员工作绩效表现的量化指标。

OKR 即目标与关键成果法,是一套明确和跟踪目标及其完成情况的管理工具与方法。

【谢欣】OKR 是自己写的,不是等上级分配,然后写完之后发现上级是这样子的,我再把我的去修改和上级的关联到一起,或者和我的合作部门关联到一起。然后到了双月末,OKR 评分是自己评分的,就是它整个过程是非常强调自驱的。每一个人都可以看到其他人的 OKR,包括看到 CEO 的 OKR 都是可以看到的,这种公开它带来很多的好处,就是一个大公司的彼此协作,这个人我可能不熟悉,我快速地看一眼他的 OKR,只要半分钟就知道他是做什么的。OKR 在过程中是可以修改的,比如说我们经常会发现,一个是市场环境发生了变化,我们在中间会修改,然后基于人和人之间的这样,会有这种压力,所以大家会努力把这些事情做好。

【秦朔】Context(背景)而不是 Control(管控)的基本思想,基本上是从金字塔式的控制模式走向实事求是的敏捷模式,所谓 Context(背景)的本意是上下文联系,换句话说,你要理解某一个意思,是取决于你上下文之间的这样一个具体的场景,这个场景不同,你里面给到的方法可能也是不同的。两年前这个《囧妈》这是一个很典型的案例,他们在 30 几个小时就搞定了,平行工作。人都已经有的在伦敦了,有的回老家了,都在各地,有的长视频的合同文本都不知道怎么签。但是它在协同办公的这种长期的并行的习惯里面,它迅速组织了 100 多个人,从技术、商务谈判、各种各样的环节,全部无缝对接,这就是组织的力量跟思维的这个力量。

【谢欣】像在整个公司的管理理念上,我们曾经做过一个对比,说有一部分公司它就类似于一台级,超级计算机的 CPU 是公司的 CEO。还有一类公司的话,它是做了一台完全分布式的网络,然后分布式的计算机,它有很多比较强的 CPU,因为是这样一个分布式计算,所以能够调动非常多的员工积极性。

【秦朔】中国(企业)管理代际的变化已经很明显了。就再伟大的企业家,你想的那个东西可能都不一定是市场真正需要的，你不知道不要紧，你的团队如果有很多的人都能够调动起自己的积极性、创造性，总能有人找到像张一鸣他们一开始就是用这种分布式的创新，我的整个的这个组织的管理模式就要适应，让所有的人把他的力量调动起来，是吧？大家跟他协同。所以他，你看他的 OKR 的考核方法，不是简单按每一个人的 KPI，而是 360 度的，你能帮助别人搞定也可以，也是你的功劳。

【解说词】自 2012 年创立，9 年时间字节跳动扩张到 10 万人左右，而在中美科技巨头中，发展最快的京东用了 17 年才完成了从 1 到 10 万人，微软、苹果则用了近 40 年。作为千亿市值的公司，字节跳动抓住了个体与组织关系的改变，通过最大限度地解除管控，赋能个体完成了企业的飞速成长。而接下来要想从千亿跨越至万亿市值，组织与组织之间的关系也变得至关重要，越来越多跻身"万亿俱乐部"的企业都不约而同选择了同一路径——创造一个全新的"生态"。

未来企业只能选择生态化或被生态化吗？

【解说词】今天当我们谈起小米，进入我们脑海的已经远不只有小米手机，从电视、空调到路由器、插座，这些智能硬件产品组成了一套完整的智能家居控制系统，2022 年前三季度在中国智能家居行业的市场份额始终保持第一。但你是否知道这些产品大都并不是小米自己生产，而是来自背后神秘的生态系统—小米生态链。

【生态链展厅】
这边的话是咱们一个小米的一个智能家庭的一个场景，然后里面绝大部分都是来自小米生态链的产品，我们里面的灯光和窗帘全部为大家打开，包括我们的电视、空调等一系列的一些生态链的智能家电都会为我们启动工作。小爱同学。
小爱同学：在。
服务员：空调调至 24 度。
小爱同学：好的。
服务员：扫地机器人开始扫地。
小爱同学：好的，扫地。
【雷军】腾讯是靠 QQ 一个 IM 软件构成的，我们想创办的公司，就是拿手机当平台,我们的手机就是QQ,所以我把手机卖给你,其实我的生意才刚刚开始,我觉得我们的同行可能还没有完全搞懂,我这个手机为什么能够平价卖出去?我卖出去不是为了卖手机,我最重要的是获得客户,这个客户要对我们至少不反感,要喜欢我们,才有机会做更多的衍生收入,衍生收入你需要构建生态链,需要做很多的事情。

【屈恒】如果我们要干我们的,属于我们的智能生态,意味着这些品类我们都得自己做。但都是自己做的话,这个投入是巨大的。可能也跟雷总之前的基因有关,他之前也做过天使投资人,他也认为这个投资的这个方式是一个特别合适的,所以我们当时就是用投资加孵化的这种形式,我们现在叫生态链公司。

【解说词】小米生态链就是雷军应对未来竞争的秘密武器。预见到万物互联时代物联网和制造业的整合可能会带来的巨大创新,2013年围绕着手机周边、智能硬件、生活耗材三个圈层,小米以投资的方式吸收了上百家企业组成小米生态链。

【秦朔】雷军本人对于生态的理解要远远超过传统厂商背景的生态。比如说你原来是做家电的,是吧?你原来是做这个插座的是吧?就说你传统的厂商的生态观念,相比小米来讲,我觉得小米具有前瞻性和这样的一种更强的连接能力。而且这个东西不是现在才有的,我认为它从第一天起,他就可能意识到他最最核心的资产是MIUI的连接数,就跟它的操作界面相连接的究竟有多少用户,有这样一个想法以后,那我肯定是以连接数为导向,因此,连接数越多越好。

【解说词】小米内部把生态链形容成竹林效应,他们认为参天大树也许能被台风吹倒,但竹林却不会,它们共同抱团前行,此起彼伏,蔓延生长。而要让竹子根根长高最终成林,小米是如何栽种和维护的呢?

【苏峻】小米早期找的这些种子选手都是产品主义者,就是说技术产品团队,就是说他们擅长一般是,比如说对产品的理解,对市场有一定的洞察能力,但是呢,这些团队的普遍的一个弱点,就是市场和销售能力偏弱。我觉得小米在这一端呢,就是说这个赋能做得极好的,就是说它精准地看到了一波智能硬件的创业的种子选手,他们在产品领域里是可以对对手降维攻击的,然后同时小米提供的第一个是资本支持,另外一个它就是解决你的市场和销售问题。

【解说词】小米生态链有一套独有的生态机制。一方面，小米与生态链上的企业深度绑定，从产品、营销、资本等方面对其进行赋能；另一方面，通过利润分成及占股不控股等方式形成共同负责制，并保障创始团队获得更多利益。

【屈恒】我们用利润分成的方式，其实一定程度也是让大家的利益更一致，绑定得更死。如果这个产品做好了，都能够挣到利润。但是如果这个产品真的做得不好，我们挣不到钱，他也挣不到钱，包括在销售的层面，他也会给我们各种各样的建议，大家才是真正地能够碰撞。实践证明，目前这个模式呢，其实也是一个很高效的模式，这也是我们能够把那么多家生态链企业能够团结到一起的一个主要的一个原因。

【苏峻】占股不控股绝对是一个非常明智的投资方法。我们可以用一个比喻叫蒙古军团打法嘛，就是说你去发挥你最大的能力去干，是吧？拿出来之后就大家可以分享。然后每个人都把这个事业当成自己的事业，那当你有几百只小的特种部队在像干自己的事业一样干一个大事业的时候，那这个事业它的成功率就很大。

然后不控股的情况呢，更有利的方式就是团队的自主决策权都在团队的手里面，比如说你放出一支骑兵，然后他不可能每件事都到总部来向你汇报，他相当多的决策是他自己做，这个时候你会发现他反应很快，生态的特点就是一定要百花齐放，就是大象有大象的样子、鳄鱼有鳄鱼的样子、老虎有老虎的样子。

【曹仰锋】生态系统我们经常讲它叫生生不息，但问题你怎么才能保证这个生态系统能够繁荣呢？第一个，我们讲的焦点企业，在小米的生态系统当中，小米就算一个，在腾讯系，腾讯算一个。它得有强大的平台的赋能力，这是很重要的。第二个，就是说你的生态机制很重要，你的焦点企业是不是真的有利他精神，真正让跟着你在一起的这些创业公司能够赚到钱。第三个，就是生态的治理机制很重要，比如生态大了以后，你这个产品的品质问题，你怎么去管控它、你怎么治理整个生态系统，这都是很重要的。

【解说词】截至 2022 年 7 月，在小米独创的生态链中已有（华米科技、云米科技、石头科技、九号机器人）4 家企业成功上市，而随着生态链企业的不断壮大，它们和小米的共生关系会发生变化吗？如何才能让小米生态生生不息？"生态"又会如何改变未来组织与组织之间的商业格局呢？

【苏峻】如果说一个企业只是简单地为小米做产品,它在资本市场能有多大的想象力呢?所以它必须做自有品牌,然后其实我觉得不是叫所谓去米化的问题,而是如何跟小米更好地做第二阶段协同。第二阶段协同,小米是非常关注战略投资收益的,所以每个企业在做自有品牌的时候,小米都没有反对,只是说大家在产品上不要同质化竞争。第三阶段因为这个东西就是一个竞争型生态,就是说你如果在发展的过程中,你不符合我的要求了,那你可以从生态链体系中kick off(淘汰),然后再有新的生态链体系的企业顶进来,它会有新陈代谢。

【屈恒】为什么我们还在不停地往我的生态里面引入更多的企业?我们也是希望这整个生态是有活力的。甚至我们现在也鼓励大家有一些良性的竞争。如果我们内部都没有竞争,我就不叫生态,我叫温室。你们在温室内活得很好,那有一天比如说你要真正再出去打的时候,你凭什么能打得过那些在野外混的人呢?所以我们还是希望整个生态更有活力。有生有死,优胜劣汰。

【曹仰锋】张瑞敏先生有一句话我觉得挺好的,他讲的是未来的企业只有两种命运,要么生态化,要么被生态化。在一个生态系统当中,其实最主要的是叫平台加隐形冠军这么一个模式,就是大型企业它生态化首先得有平台,没有平台你怎么链接这些隐形冠军?隐形冠军其实就是专业化公司,小公司越专业,在生态当中,它其实是越有自己独特的位置,它越能够创造价值。

【雷军】其实我们有个不小的梦想,我们希望把小米办成中国的国民企业,就像70年代的索尼一样,带动整个工业的转型升级。我觉得这个影响力可能是十年后。你会发现我所有的产品都变好了。我们生态链旗下的一个企业,叫紫米,做了一个移动电源。这个移动电源10 400毫安,当时在网上卖两三百块钱,我们用的是LG、三星顶级的电芯,铝合金的外壳,所有器件都是最好的。做完以后10 400毫安是69,一夜之间成为了世界第一,有了小米移动电源杀进市场,其他的同行如果不改善质量、不提高效率它就会被击死。最终小米这条鲶鱼激活了整个移动电源行业,是吧?如果用10年的时间小米有二三十个单品成为了世界第一,我觉得小米就能够带领中国的整个产业改变世界对我们的印象。

【解说词】雷军塑造小米生态链应对"物联网"时代的市场竞争,然而时代车轮滚滚向前,科技创新的周期越来越短,什么样的企业能够在每一次技术浪潮来袭时都屹立不倒、基业长青?面对这个问题,中国老牌家电企业海尔的创始人张瑞敏求索了近40年。

未来的商业生态有边界吗？

【解说词】2021 年 11 月，时年 72 岁的张瑞敏宣布退休，不再参与海尔新一届董事提名。从 1985 年张瑞敏挥锤砸冰箱，力求进行质量变革时起，整整 37 年，海尔在他的带领下不断进行着自己的变革故事。其中最具颠覆性，也最为世人关注的变革，是张瑞敏从 2005 年起系统实施的人单合一。

【做版】名牌战略变革（1984 年—1991 年）阶段。

多元化战略变革（1991 年—1998 年）。

国际化战略变革（1998 年—2005 年）。

全球化战略变革（2005 年—2012 年）。

网络化战略变革（2012 年—2019 年）。

生态品牌战略变革（2019 年至今）

【解说词】有人把人单合一奉为传奇，也有人充满怀疑，在商界戎马一生的张瑞敏希望人单合一能在物联网时代成为引领全世界管理模式的标杆。

【字幕】2021 年 9 月 17 日，张瑞敏和欧洲管理发展基金会主席埃里克·科尼埃尔联合签署首张"人单合一管理创新体系国际认证"证书，开创了中国企业从接受国际标准认证到输出国际标准认证的新时代。

【张瑞敏】企业就是一个管控组织，现在把管控组织变成一个投资平台。那么改变这个关系之后呢？每一个组织都要自己完全市场化，你的工资不再是由公司给你开了，谁来付呢？不是企业付，是用户付。用户付还不行，最后应该变成什么呢？变成一种对赌，你完全是由市场来驱动，所以我们底下现在人，我们叫作小微企业，我们就是说，一开始公司集团来投资，但投资之后你必须要有风投，我们把这个叫作资本市场化，有了资本市场化一定会带来人才的市场化，所以互联网时代叫作世界，就是我的研发部，世界就是我的人力资源部。

【解说词】在人单合一模式中，"人"是开放的，不局限于企业内部，任何人都可以竞争上岗，员工也不再是被动执行者，是拥有"三权"（作图：现场决策权、用人权和分配权）的创业者和动态合伙人。"单"是抢来的，而不是上级分配的；每个人的"酬"来自用户评价、用户付薪。

【曹仰锋】人单合一的核心思想是什么？就在为用户创造价值的同时，实现每一个员工的自我价值，人单合一体系当中，它会不断地演变这些概念，1.0 的时候，那时候员工更多指的是内部员工，它的组织形式就是自主经营体，那么慢慢随着海尔的组织边界不断打破，它对员工的定义也变成了就在线员工和在册员工，在线员工就指的和海尔没有劳动关系的，在册员工是和海尔有劳动关系、雇佣关系，它已经不是传统的那种雇佣关系了，那么它的组织形态也不断地向利益共同体和小微企业演变。到 3.0 的时候这时候的员工，就变成全球创客，全球所有具有创业精神的这种人，都可以到海尔的平台上来，你看从自主经营体、利益共同体、小微企业、小微链群，它的组织形态也不断地发生变化。

【张瑞敏】这个我觉得就是说，原来是一个管控组织，现在要变成一个生态圈，那这个生态圈呢，你这个生态并不是在企业围墙之内的，在全世界都可以，到了网上就是一个世界性的，过去呢我们是有一个研发中心，研发中心里的研发人员规定得很死，你必须研发出什么东西来，那么现在呢？你不是研发产品的，你是研发的接口，你是搞研发平台的。举一个例子说，过去我们有很多制图的，这个部门后来取消掉了。为什么呢？我不是过去，我给你图纸你给我做件，现在你给我设计，谁设计得好，我用谁的，所以这一下，这个定位就改变了。

【同期声】
张瑞敏：你在这里看树。
秦朔：独木成林，大方无隅。
张瑞敏：独木不成林，但是榕树可以独木成林，每一个人都应该是一棵榕树，你都可以成林，你成林的原因就在于你可以在互联网时代整合所有的资源；大方无隅，真正到最后大的没有别人了，也没有什么边界，这也是《道德经》里面的话，"大方无隅，大器晚成，大音希声，大象无形。"

【解说词】在人单合一的模式中张瑞敏重塑了个体的价值，颠覆性地创造了个体与组织，组织与组织之间新的互动关系，让组织内外所有的角色最终围绕着用户需求保持动态的平衡。商业生态系统理论之父詹姆斯·穆尔说海尔走的是一条对全人类的未来至关重要的道路，而这条道路也荆棘丛生，充满未知，但回首这段旅程，海尔的成绩令人欣喜。

【曹仰锋】我个人认为海尔还是代表了中国的（企业）管理模式的。不管是哈佛商学院还是沃顿商学院，有些教授，他们常年跟踪研究海尔，因为他发现海尔在互联网时代，实际上它作为一家大型制造企业，不断地把组织扁平化，不断地把组织拆散，变成这种平台加小团队的模式，它是走在了前边。盖瑞哈默尔他在哈佛商业评论上有一篇文章，讲的关于科层制的终结，其实就谈的是海尔的模式。

【同期声】

秦朔：新的这几个楼还是有很多讲究，说未济卦是在哪里？

张瑞敏：对，你从外面看，它是一个既济卦，是成功，意思就是说外人认为你成功，你也不要认为你成功。

秦朔：他们还跟我说，他是一个门。

张瑞敏：对，繁写的门。《禅宗》里面的一句话，凡墙都是门，但这个墙要变成门你要创新，它就会变成门，你如果不创新，这个门也会变成墙，另外你看那三个颜色，就是那三基色，就是红的、黄的、蓝的，那三基色，就是世界上万事万物连着都是这三基色产生的，所以你要创新的话有这三个色就可以了。

秦朔：就可以演化成万千世界？

张瑞敏：这个楼体现的，外边那个就变成外部世界，在不断地变化。

【张瑞敏】所有的企业都有可能成功的那一天，但是能不能永远地踏上时代的节拍呢？肯定是不行的，因为谁也没有那种先见之明，所以德鲁克也说，你不可能引领时代，你只能是适应时代，你要是做时代的企业，对你来讲，最大的挑战你能不能认识你自己，认识外部的时代，跟上那个时代，这个其实是永远的命题。

【解说词】凡墙都是门，外部世界随着时代而变化，看似为我们竖起一道道阻隔的墙，但如果你懂得不断地自我变革和创新，踏准时代的节拍，就能变墙为门，走向新的通途。人单合一模式充满了挑战和不确定性，迄今它依然在调整和变化之中，虽然张瑞敏已经退休，但他用 37 年让海尔的营业额完成了从 348 万元到 3 000 亿元的转变，并在最近的十几年开启了今天中国热土上最富有挑战的（企业）管理模式探索，而这个探索将掀开一个什么样的未来管理时代呢？

【曹仰锋】第四次（企业）管理革命时代，我觉得对个体、对组织、对商业都会带来非常大的变化。个体是价值凸显对组织来讲，会不断地演变成叫组织平台化，大平台加小团队这种模式，越来越去中心化，对商业模式来讲，我觉得一个最大的颠覆确实要回到以用户为中心创造价值,围绕着用户的全生命周期,围绕着用户的全场景去创造价值。

【秦朔】21世纪我觉得(企业)管理的创新可能是刚刚开始,往下面推演下来,十几、二十年,可能我们要重写整个管理的一个逻辑,甚至说管理这两个字还适不适用,我深表怀疑。

【解说词】疫情之后万物复苏,商业的未来触手可及,又神秘莫测,因为它发生在与所有人和组织的联动、变化和创造之中,充满无穷的可能性。一切没有起点,也没有终点,无论是个体,还是组织,都和外部世界连为一体,要应对自我和环境的超级进化。在这个过程中只有学习是永恒的,不论对于个体还是组织而言,具有认识和理解世界的能力,才能掌舵持续进化的未来。而对于未来管理而言,现有的探索就是答案了吗?当然不是,正如斯图尔特·克雷纳写在《管理百年》开篇的一句话:"管理只有永恒的追问,没有终结的答案……"

2023 年度上海广播电视奖
参评作品推荐表

<table>
<tr><td rowspan="3">作品标题</td><td rowspan="3">一探·经济温度</td><td>参评项目</td><td>电视新闻</td></tr>
<tr><td>体　裁</td><td>系列报道</td></tr>
<tr><td>语　种</td><td>中　文</td></tr>
<tr><td>作　者
(主创人员)</td><td>邹婷、袁玉立、黄晶晶、
张煜昊、朱斌、李雨宸、
严然</td><td>编　辑</td><td>孙冀、丁玎</td></tr>
<tr><td>刊播单位</td><td>第一财经传媒
有限公司</td><td>刊播日期</td><td>2023 年 12 月 4—8 日</td></tr>
<tr><td>刊播版面
(名称和版次)</td><td>第一财经频道
《财经夜行线》</td><td>作品字数
(时长)</td><td>平均时长 4 分 36 秒</td></tr>
<tr><td>采编过程
(作品简介)</td><td colspan="3">
　　2023 年,全球经济复苏面临的挑战依然严峻。在"波浪式发展、曲折式前进"的恢复过程中,企业感受到怎样的经济温度? 行业发展面临哪些机遇和挑战? 在中央经济工作会议举行前夕,《第一财经》于 12 月 4—8 日推出《一探·经济温度》系列报道,让市场一线的企业发声,真实地感知经济发展温度,为 2024 年的发展积蓄信心和力量。
　　1. 聚焦五大重点行业感知经济发展温度
　　作为年末主题报道,应该从哪些行业切入观察经济? 实际上,从 2023 年年初开始,《第一财经》便持续关注疫情防控平稳转段后经济领域新趋势,从 ChatGPT 引领大语言模型热,到汽车降价潮,再到制造业产业链转移,等等。经过梳理,最终确定了新能源汽车、数字经济、大湾区制造业、外贸行业、外资外企等五个重点代表性领域作为切入角度。
　　2. 多路记者合力走访十余家国内外企业
　　《第一财经》多路记者分别走访北京、上海、张家口、昆山、杭州、深圳、中山等多地,采访了百度、联想、利乐、霍尼韦尔、诺基亚贝尔等中外知名企业,还有极星、零跑等新能源汽车新势力选手,以及汽车芯片、底盘、大湾区制造业企业、长三角外贸企业等。采访行业跨度大、企业代表性强。
</td></tr>
</table>

采编过程 （作品简介）	3. 抓住行业关键词系列报道亮点纷呈 　　作为年末主题报道，系列报道内容并未浮在表面，而是抓住了每个行业及领域的关键词和特点，并在采访过程中深入行业内部进行观察，从而得到了五条亮点纷呈的新闻报道。 　　4. 行业专家观察总结外资持续布局中国 　　系列报道每期均采访权威专家或者行业分析人士，围绕采访中提到的行业运行特征进行观察和总结，从而从全局视角来前瞻行业发展。比如，标普分析师就表示，中国新能源汽车未来的增量市场一定在海外。中国国际经济交流中心首席研究员张燕生在接受采访时也一语道破外资持续布局中国市场的原因："只要中国经济前景好，那么大家都知道机遇在中国，任何因素也阻挡不了这些外资到中国投资。"
社会效果	1. 传导准确预期 　　面对经济复苏复杂形势，究竟如何理解发展中的不确定性和信心所在，系列报道在关注机遇和挑战这一辩证统一的关系时找到答案：企业如经济一样，逆水行舟，压力和挑战中孕育了机会与信心。比如汽车制造商遭遇的"卷"带来的竞争压力，大湾区制造业面临的产业升级压力、订单消失压力，长三角外贸企业面临的传统市场和订单萎缩压力，等等。 　　2. 感受市场真实温度 　　响应中央提出的大兴调查研究之风，《第一财经》记者在年底与各个行业的企业代表进行了一场深度对话，更加真实地感受到企业发展遇到的问题和挑战、机遇和生机。只有深入一线，记者才能获得更加鲜活的报道素材。与此同时，报道也获得行业和企业的积极配合，不少企业希望以后有机会参与《第一财经》的调研报道，体现了专业报道的吸引力。 　　3. 获得相关部委和主管部门的关注和点赞 　　新能源汽车行业的报道播出后，第一时间得到工信部相关领导的关注，他们了解了此次报道的背景和专题方向，并鼓励记者要一直站在产业链角度去看待中国经济发展。 　　同时，系列报道受到市委新闻阅评督查组的关注，宣传部新闻阅评发文《第一财经"一探·经济温度"系列报道让企业发声可信度强》予以表扬，认为调研内容聚焦当前形势下行业与企业面临的机遇与挑战，体现了财经媒体的专业性与策划能力。

一探 · 经济温度

2023 汽车市场：新能源汽车越卷越火 海外出口或带来增量机会

【导语】汽车作为消费领域四大金刚之一，近年来发挥了支撑大盘的作用。临近年末记者走访多家整车及供应链企业发现，随着车市竞争的加剧，卷产品、卷技术、卷价格、卷产业链上下游已成为行业常态，内卷激烈的同时加速外卷，汽车产业生态加速变革。

新能源电动车已经成为车市布局焦点，近年来不仅传统燃油车转型加入，新势力车企也纷纷入局，同时，小米、阿里巴巴、OPPO、百度、华为、360公司、美的等更成了跨界造车的代表。多方势力盘桓于市场，汽车行业温度飙升。

极星科技董事长兼 CEO 沈子瑜：尤其是你可以看到以高通为代表的，包括以英伟达为代表的这些本来消费电子、云计算的巨头开始进入汽车，其实对它们来说是赋予降维打击，那么手机公司进入到汽车也是一个降维打击，所以在这个过程当中，传统汽车公司包括新势力，面对的挑战是非常大的。

中汽协数据显示，今年 1—10 月，国内汽车产销分别完成 2 401.6 万辆和 2 396.7 万辆，同比分别增长 8％和 9.1％，全年销量可能超过 3 000 万辆。尤其是新能源汽车销售亮眼，市场占有率连续 6 个月超过 30％。随着更多智能型新能源车进入市场，用户需求也正在发生明显变化。

极星科技董事长兼CEO　沈子瑜：对于消费者来说，现在对于软件的体验，正慢慢地成为决定购买核心的决策点，尤其是人机交互体验，在车机系统中，包括智能驾驶这种体验，包括功能，都作为买电动车的一个核心原因。

零跑汽车市场部总经理　周颖：表面上是用户在消费降级，但是实际上是用户在需求升级，他降级说的是他想少花钱，但是他想要的东西可一点都没少，甚至他想要的更多，正是基于这样的一个大背景下面，才引得我们这些企业需要去做更多的技术创新。

记者在走访中发现，消费者的需求变化加之行业竞争加剧，也倒逼着造车流程发生改变，从以前的整车企业单打独斗，发展到现在更加注重供应链协同。

芯驰科技副总裁　陈蜀杰：以前的时候，我们整车厂其实不是特别去关注电子电气架构的设计，但是现在整车厂越来越关注里面的灵魂，有趣的灵魂变得更加重要。未来我相信很多车厂通过对用户的洞察，它会诞生很多非常好的需求，并且反推给我们芯片设计。

零跑汽车市场部总经理　周颖：之前大家看到开发一款新车，它时间周期可能是 48 个月，现在变成 36 个月，再往后可能更短，因此，在这样一个大的、对于产品开发的时间周期压缩的背景下，就要求整车企业和供应链高度的协同与衔接，这样的强协同一定是未来的趋势。

与此同时，新能源汽车加速出海，已成为出口"新三样"之一。中汽协数据显示，今年前 10 个月汽车出口量为 392.2 万辆，同比增长 59.7%，其中新能源汽车出口量为 99.5 万辆，同比增长 99.1%。业内认为，海外市场将是新能源车企未来重点瞄准的方向。

零跑汽车市场部总经理　周颖：走出去是必须的，现在是在中国市场内部内卷，但是内卷的尽头也要往外卷，市场的需求和市场的容量是有限的，一定是需要走出去，这是个大前提。很多同行开始在往海外市场走，包括我们领跑，我们在跟国际巨头的合作，把我们新的产品去导入海外市场。

芯驰科技副总裁　陈蜀杰：中国未来持续新能源出海是非常大的市场，我们现在已经随着我们的客户，比如说像奇瑞，我们也有一款车是和戴姆勒合作的,在海外已经开始踏上出海过程了,这个将来也是一个很大的市场空间。

标普分析认为,考虑到 2023 年出海带来的盈利弹性已经在许多龙头企业上得到验证,预计智能化的各类创新仍在不断地涌现。展望 2024 年,汽车行业需求稳健增长,结构性机会主要集中在智能化、出海等细分市场。

标普信评工商企业评级部总监　张任远:我们预期 2024 年,新能源整车的销量仍然会在保持两位数的高速增长,整体的销量加上出口的量来说,应该会超过或者有望接近 1 000 万辆,那么在这个过程中需要考虑到一个问题就是,新能源车的增长对国内的燃油车有巨大的挤出效应,所以这并不完全是增量市场,因此我们预计企业还会将重大的经历投入到海外市场去,那个才是一个真正的增量市场。

破解订单困境　外贸企业如何寻找新出路?

【导语】

值得注意的是,今年,我国外贸企业感受到了全球经济放缓、需求减弱的"寒意"。那么企业要如何抵御挑战,寻找到新的出路? 今天的《一探·经济温度》系列报道,我们将以上海和浙江的两家外贸企业作为样本,从转型电商、开拓新兴市场、探索人民币结算等多个角度,为更多外贸企业走出迷雾、迎接新发展机遇提供参考借鉴。

需求减弱带给外贸行业的寒意,正在被浙江的外贸企业所感知。今年年初开工以来,浙江金华的一家塑胶制品企业负责人,明显感受到了今年外贸订单正在减少。

兰溪旺兴塑胶制品有限公司总经理　虞荷芳:像往年的话,我们过完年过来之后,订单都会积压起来的,积压起来我们生产是来不及的,但今年我们过完年之后回来,我就感觉这个订单,远远没有这样的感觉了。

传统外贸承压,迫使企业负责人加速转型,而电商被看作是一个非常有效的手段。

兰溪旺兴塑胶制品有限公司总经理　虞荷芳：我们从一开始做一点都没有，订单量一点都没有，到慢慢现在一个月，也能做几百万元的业绩，就是光电商平台上面也能做。

销售渠道的拓展，正在使企业逐渐走出眼下的订单困境。不过，企业负责人还想更进一步，通过开发环保硅胶和新能源汽车零件材料，谋划更长远的未来。

兰溪旺兴塑胶制品有限公司总经理　虞荷芳：一个橡皮筋可能是几毫钱一个，我们接下来生产出来的产品，可能是达到一块钱一个，或者几块钱一个，甚至达到十块钱一个、二十块钱一个。我们初步估算明年从这两个产品上面，达到7 000万~8 000万元，或者8 000万~9 000万元的增长，（营收）可能会增长40%到50%。

而300公里外的纺织品外贸企业，做出了另一种选择。上海市纺织品进出口有限公司，把目光放在非洲市场。2022年年底以来，公司已经向该市场派出15人次、奔赴20多个国家。

东方国际集团上海市纺织品进出口有限公司副总经理　金波：当时我们的想法就是，与其推倒重来或者平地而起的话，我们不如在原有的基础上，更加精进一步，去探索更深的市场，它会带来对整个公司的转型，是一个很夯实的第一步。

迈出第一步后，更大的挑战接踵而至。新兴市场国家汇率波动，不确定性风险冲击纺织品进出口贸易。

东方国际集团上海市纺织品进出口有限公司副总经理　金波：以尼日利亚为例，就比如说我们一个客商来，他是8月份来的，当时他来的时候我记得是1美金约等于833的奈拉，回去以后一周内它贬值到1 000奈拉。我们想象一下做纺织品的话，我们如果没有20%、30%的毛利在里面，可能它风险大到，就是说客人回国以后，你会发觉东西我还没有收到，我已经亏了30%了。

为了应对汇率波动带来的不确定性风险，公司开始探索人民币结算的新模式。

东方国际集团上海市纺织品进出口有限公司副总经理　金波：我们在除了使用通用货币美元结算基础上，也会慢慢地去尝试使用人民币结算，至少我们在碰到问题，或者新兴贸易形势的时候，我们是有能力去使用人民币结算的。

上海对外经贸大学教授　高运胜：像我们国家外贸发展也专门出台了"十四五"对外贸易高质量发展规划，那么这里面一些新模式、新业态确实值得很多的企业去关心，除了跨境电商以外，海外仓的构建、市场采购模式、现在的离岸贸易，这么多的更新的业态与模式对一些转变比较快而且比较及时，转变相对比较温和的企业来说，往往可能会走得更稳健，走得更远。

有机遇有前景　外资积极把握中国经济转型机会

【导语】外商投资在我国经济发展中发挥了重要作用。今年以来，中国为鼓励外商投资出台了多项支持政策。外资如何看待转型中的中国市场？全球产业链重构背景下，外资为何加大在中国投资？近期，《第一财经》记者走进了数家在华外资企业，让我们一起听听他们的想法。

自 1979 年进入中国市场，来自瑞典的食品加工和包装企业利乐公司已在中国持续经营了 44 年。今年，利乐按计划在呼和浩特工厂新增了 6 条封盖生产线，至此，生产线已达到 21 条。

利乐公司大中华区企业传播副总裁　牟晓燕：最终的目标是呼和浩特的封盖工厂，它的产能要达到 100 亿元每年，这也是利乐在全球生产规模最大的一个封盖工厂。

利乐加大在中国的投资布局，一方面是顺应客户需求，保障供应链韧性；另一方面也是迎合中国新的消费趋势。

利乐公司大中华区企业传播副总裁　牟晓燕：我们看到的消费需求是不断地细分化，而且是不断地出现多样性，那么每一个还有待被满足的消费需求，其实就是中国消费市场的一个潜力所在。

在利乐看来，中国大规模消费需求不仅是增长机会所在，而且越来越成为企业创新灵感之源，而相关创新也得以进一步推广到全球其他市场。

利乐公司大中华区企业传播副总裁　牟晓燕：因为中国的消费市场，它的生态特别完整，而且它发展的速度、演进的速度也很快，所以有很多创新其实反而是从中国来，从中国的消费市场获得灵感，然后我们去实现创新，可以扩展到我们其他的市场去应用。

来自美国的霍尼韦尔是一家全球化的高科技企业。在刚刚结束的首届链博会上，公司展出了其在能源转型等领域的最新技术。近年来，中国市场转型升级需求，给企业发展提供更多的可能性。

霍尼韦尔中国总裁　余锋：我们今年5月在四川签了一个协议，我们的客户是四川金尚环保科技有限公司，这家公司和过去十几年一直在做一件很伟大的事，就是收集四川人吃辣的火锅，我们现在用我们的工艺技术帮助它，把它收集的火锅的油变成是环保型的航空油，然后可以卖给航空公司，让他们能够在双碳上做一个工作，你看这又是一条很好的一个产业链。

2020年，中国宣布二氧化碳排放力争于2030年前达到峰值，努力争取2060年前实现碳中和。在霍尼韦尔看来，中国达成双碳目标过程中，也蕴藏了无限的市场机会。

霍尼韦尔中国总裁　余锋：2030年碳达峰，2060年碳综合，对一些企业来讲是一个挑战，但同时又给我们很多的企业带来了新的机遇和新的市场，如果我们大家一起努力，把整个供应链的上下游的企业打通，都积极地做出贡献，那么就有可能成为中国经济增长的新的一极。

数字经济蓬勃发展，也成为不少国际巨头选择持续布局中国市场的原因。通信设备和解决方案供应商诺基亚贝尔就是其中一员。

上海诺基亚贝尔股份有限公司执行副总裁、首席战略技术官　常疆：中国已建成全球最大的5G网络，不光是网络和用户规模最大，技术更是最领先。毫无疑问，中国将在5G下半场继续引领全球，我们认为，未来5G将在宽带化、智能化、高效率和云网融合方面持续演进，从而不断地推动释放5G市场新需求，这是一个相互促进的过程，对诺基亚贝尔来说，中国5G应用的快速发展意味着巨大的机遇。

今年以来，为鼓励外商投资，中国出台了多项支持政策。其中，8月《关于进一步优化外商投资环境　加大吸引外商投资力度的意见》印发，提出保障外商投资企业国民待遇、提高投资运营便利化水平等六个方面 24 条政策措施，以期为外国投资者营造更加优化的投资环境。此外，在不久前举行的第三届"一带一路"国际合作高峰论坛开幕式上，中国宣布将全面取消制造业领域外资准入限制措施。外资企业也在感受不断升高的中国营商环境的"温度"。

上海诺基亚贝尔股份有限公司执行副总裁、首席战略技术官　常疆：浦东新区大企业开放创新中心计划体现了政府推动高质量创新的决心和行动力，诺基亚唯一在华运营平台——诺基亚贝尔的 OpenX Lab 创新中心正是响应这个计划的首批项目，更是信息通信和高科技领域的跨国公司在上海设立的首个 GOI 开放式创新平台。未来，诺基亚将在 5G 网络宽带化、智能化和自智化等方面持续投资。

利乐公司大中华区企业传播副总裁　牟晓燕：我们在中国经营了四十几年，我们的业务能够在中国不断地发展，其实就是得益于中国的改革开放政策，得益于中国政府不断地改善和优化外商投资与经营环境，这个也是我们能够对中国市场做出长期承诺的一个基础，包括我们在持续不断地投资的基础。

商务部数据显示，今年 1—10 月，全国新设立外商投资企业 41 947 家，同比增长 32.1％；实际使用外资金额 9 870.1 亿元人民币，同比下降 9.4％。尽管吸引外资面临一定阻力，但是专家认为，未来在数字化转型和绿色化转型两个领域，外商投资还将有明显提高。

中国国际经济交流中心首席研究员　张燕生：市场驱动型的外资，它们还是希望留在中国，因此它们在中国挣的利润再投资的比例是比较高的。另外，效率驱动型的外资，像在中国建研发中心、设计中心、技术中心等，有明显的增加。另外，就是高端的生产性服务业的外资，应该讲增长还是比较快的。我最近到欧洲到日本和韩国做了一些调查研究，你可以看到全球的跨国公司，实际上对中国看法都有一点共识，只要中国经济前景好，那么大家都知道机遇在中国。

2023 年度上海广播电视奖
参评作品推荐表

作品标题	黄浦区老字号转型之道		参评项目	电视新闻
			体 裁	系列报道
			语 种	中 文
作 者 (主创人员)	刘惠明	编 辑		范沁毅
刊播单位	上海广播电视台 融媒体中心 黄浦区融媒体中心	刊播日期		2023 年 3 月 16 日起 2023 年 12 月 22 日止
刊播版面 (名称和版次)	新闻综合频道 《新闻坊》	作品字数 (时长)		平均时长 6 分 22 秒
采编过程 (作品简介)	该组报道的作者是一位从事新闻工作 30 年的老记者,长期关注老字号发展。报道既有讲述老字号小店在市场转型中反复求索、顽强生存的故事,也有追问老字号去皮销售的做法如何延续,更有对老字号转型的总结和展望。记者在采制中运用了大量的老镜头,采访了众多对象,无论是文稿写作,还是镜头语言的运用,都非常细腻老道,尤其是一些特写镜头的运用,很有说服力。			
社会效果	2023 年如何促进经济恢复重振,是党和政府关心的话题。黄浦区融媒体中心推出的老字号转型系列报道旨在通过对这一话题的深入阐释,助力区域经济更好的转型发展。这篇电视新闻和同名新媒体报道在播出发布后,在受众中产生了较大的社会反响。			

黄浦区老字号转型之道

"去皮"销售三十余年诚信经营已成共识

（黄）：说到消费陷阱,在购买称重商品时,一些市民对有的商家把商品和包装物一起称重颇有怨言,尤其是对那些单价比较高的商品,有的包装一套,徒增了分量,价格一下子高出不少。

（舒）：拒绝包装"刺客",其实,早在1990年3月开始,淮海中路上的长春食品商店,就推出了"悬赏拙劣""去皮销售"等举措,公开包装袋的分量,实行"去皮销售",消费者只要发现商家销售短斤缺两,或是出售"三无"产品、过期商品,到商店经理室举报,就给予100元奖励,赢得了消费者的赞誉。

（黄）：过去,"去皮"销售是一种经营之道,也是一种社会风气,而如今,对类似短斤缺两的销售行为,予以处罚,早已成了市监部门的明文规定,商家们落实得如何？来看记者的走访。

上午,记者在长春食品商店看到,前来选购商品的市民络绎不绝。30多年过去,商店的电子秤上,仍然醒目地标示着"除皮销售,请您监督"的字样。

因为散装食品称重采用的包装袋,分量为2克,店内的电子秤分量也都对应设置为了负2克。

别看这2克,如果是单价100元一斤的商品,也要4角钱了。

（全国劳模长春食品商店值班长王文杰：散装食品的去皮销售,也为了更好地保护消费者的利益）

（市民：买的是安全,它们不是短斤缺两,买的老牌子）

而在南昌路上的洁而精川菜馆,每天外卖窗口的熟食生意不错,消费者购买熟食称重时,商家也都会先去掉包装盒,确保货真价实。

(市民:假如买它的外卖,它是"去皮"的,比如买的这个牛肉,要100多元一斤,这个盒子算进去,就要6元多,这样消费者就不划算了,但是他们都不算的)

淮海中路上的上海全国土特产食品商场内,小小的酱菜柜,市民大多喜欢自带容器来"零拷",商店也结合自身特点,为这些"汤汤水水"的酱菜总结出了"销售三步法"——上秤时"去皮"、去汁、再加卤。

(市民:我自己喜欢带点瓶子来,他们把我瓶子的分量去掉,把酱菜拎上去的时候这个汁水都弄干净,秤好之后再把卤放进去)

其实,对所谓的"去皮"销售,有关部门早有明文规定,外卖窗口的秤,每年也都需要到市检测机构进行强制检验,取得合格证。

(外滩市场监管所副所长林巍:对于商家未"去皮"销售及计量器具未进行强制检定,我们市场局会按照消费者权益保护法、计量法实施细则、零售商品称重计量管理办法等相关法规进行处理。)

"新""老"华良　变与不变

(丁)继续关注新闻坊,让我们再把目光投向新闻坊的老朋友——华良切面店。我们曾报道了,因为旧区改造,2021年,有着70多年历史的华良切面店从合肥107号近顺昌路,搬迁到了大木桥路483号近零陵路。

(幸)搬迁后的门店地处居民区,虽然市口差了一些,面积也小了很多,租金还是原来的3倍,人员开销也增加了不少,但"华良切面店"这个品牌有了延续,更难得的是,店内产品的价格,也基本没有上涨。

(丁)两年半过去了,现在,大木桥路上的华良切面店,早已融入社区,成为了街坊邻居不可或缺的一家宝藏店铺。临近中午,记者看到,不断有市民前来购买切面、馄饨皮和饺子皮。

(幸)除了黑皮子每斤涨了1元,其他品种的价格都没有上涨。另外,切面店里还增加了荠菜鲜肉馄饨馅、甜酒酿和崇明糕等新品。

(丁)店铺虽然搬迁了,但拳头产品黑皮子依然没变,还有就是朴素的店面,仍然保留着20世纪八九十年代的味道。

(幸)与这种年代感的店铺外观完全不同,华良最近在广东路475号近福建中路开设的新店——华良黑皮馄饨店,则是网红感十足。

(丁)店招上,除了大大的店名,还有上海人熟悉的"卢湾"字样、显示着华良的前身,是原卢湾区粮食局第五粮店。

（幸）整个店铺的外观上，皮子大王、黑皮馄饨等字样，点明了店里的爆款产品，感觉随手一拍，就能发个朋友圈。

（丁）大木桥路上的一店卖的是半成品，居民买回家还得再加工，而广东路的二店只保留了一个外卖窗口，售卖半成品的面条、面皮、馄饨馅儿和生馄饨，大部分的店铺面积，用来服务堂吃的食客。

走进广东路上的这家华良黑皮馄饨店，不大的店堂里已经坐满了食客，他们都不约而同地点上了一碗用黑皮馄饨皮制作的上海大馄饨。

（消费者：第一次来的时候就比较好奇，什么叫黑皮馄饨，过来问了一下，这里的黑皮是全麦面粉的，尝过之后就觉得味道很好。）

［消费者：我们有（微信）群的，就聊了聊，说这里开了一个新的，又有卖生的，又有吃熟的，我们正好周末，两个小姐妹大家讲好到这里来吃，味道很灵的，这个黑皮子上海滩越来越少了，他们能够这样坚持下来也是一个很好的技艺传承。］

据了解，这里堂吃供应三种黑皮子馄饨，包括荠菜鲜肉、蛤蜊瑶柱鲜肉和鱼子虾仁，此外，这里还能吃到葱油开洋面和辣肉面，都是典型的上海面点。新店开张不久，不少老客人就寻味而来。

［消费者：从小一直在合肥路顺昌路买华良切面的，后来（店铺）拆迁了，搬到了比较远的地方，在徐汇区，不方便，后来我朋友说现在人民广场附近（开新店），确实是以前的东西，蛮好，近很多了。］

两年前，华良切面店从扎根 70 年的黄浦搬到徐汇，虽然很快适应了新环境，但老师傅们对老土地仍然非常怀念。

经过 1 年多的筹备和努力，广东路新店的开张，可以说是了了他们的一个心愿。

［华良黑皮馄饨店店长曾懿：老师傅最终还是有种想法，还是想帮老街坊，几十年了，都是有感情的，还是想回到黄浦区来，经过筹备 1 年，还是搬回到了黄浦区。我们开这家店的初衷还是想维护这些居民的感情，想做好社区的这碗馄饨，就想把这碗馄饨做到有妈妈的这种味道，（让食客）吃到上海最正宗、最传统的馄饨。］

政府全力扶持老企业改革转型升级黄浦区
重新擦亮名牌老店金字招牌

黄浦区内中华老字号和上海老字号企业多达 121 家，领冠全国，从十里南京路到百年豫园，国内外知名商业品牌集聚，呈现了既有"国际范"，也有"烟火气"

的上海商业独特风采。这两年,黄浦区根据市场变化,着力提升知名老品牌的影响力,以改革促发展,通过政策优惠,科学引导,为本土知名的老字号、老品牌创造良好的营商环境,重新擦亮名牌老店的金字招牌。

在鲁班路瞿溪路口上的这家新开设的大富贵鲁班店里,顾客盈门,正是早间,顾客们在这里堂吃各种花式面条、馄饨、小笼和生煎等,品种多达 30 多个,很受市民欢迎。

(食客:吃得好,服务员同志也好,顾客来了,蛮和善地对待我们。)
(食客:很好很好的,真心实意讲,把这里当自己家。)

针对附近老年居民集中的特点,这里还特别设置了老年餐位,座位、椅子等都进行了特别的设计,符合老年人的要求。

(食客张老伯:这个桌子设计得蛮好,有这个洞,专门为老年人设计的,伞和拐杖可以放在这里;这里也设计得蛮好,起可以扶一下,坐可以扶一下,这个蛮好蛮好。)

在大富贵里,老人可以凭借街道发放的优惠卡,享受老人优惠套餐,外卖品种还能打折。

(食客:东西好的呀,很实惠的,今天吃了 8 元的小馄饨、1 块粢饭糕,吃了很满意的,就是用老年卡,我还用老年卡买熟菜,用老年卡有什么优惠吗? 有的,满30 元可以优惠 5 元。)
(大富贵鲁班店店长 周洪燕:我们是老字号企业,又是新开店,附近的居民以老年人为主,因此对我们的服务态度和菜品质量提出了针对性的要求,有时候碰到老年人耳朵听不太清楚的,我们会耐心地重复回答问题,碰到年纪大的顾客,我们会提醒是否有老年卡,告知有专门的套餐可享用。)

要让老字号做大做强,就要始终不忘服务民生的大文章,百姓缺什么,就要做什么,这是大富贵这些年来始终追求的目标。大富贵是一家有着百年历史的连锁餐饮品牌,也是上海市早餐工程示范店。从最早徽派菜起家,到如今已经发展到了堂食面点、外卖熟菜、特色点心、宴请宾客、半成品供应等全系列产品,被市民誉为居民家的后厨。近年来,大富贵瞄准市民需求,加强社区网点布局,仅今年就开设了 10 多家新店，目前品牌辐射全上海，已经拥有约 70 家门店，而且都和居民社区紧邻。

（大富贵鲁班店店长　周洪燕：街道在我们开店之初，给了很大的支持，把我们列入首批老字号长者餐厅的项目，黄浦区民政局用以奖代补的形式给予支持，人大代表、政协委员及商务委、税务局等政府职能部门的同志多次到我们店给予我们支持，并提出建设性的意见）

上海拥有中华老字号品牌 163 个，占据全国首位，其中黄浦区就拥有 86 个。上海老字号有 104 个，其中三分之一在黄浦，在全市 16 个区中居第一。近年来，随着国际化程度的加强，一些本土的老字号老品牌受到冲击，转型发展遇到了瓶颈。为此，2019 年，《黄浦区促进老字号振兴发展行动方案》（以下简称《行动方案》）出台，对老字号实行"一品一策一方案"，着力做大做强一批老字号企业，做精做优一批老字号品牌，传承保护一批老字号名品，盘活调整了一批老字号老品牌。

（华东理工大学老字号擦亮计划品牌创新课题组、工作室负责人　倪海郡：老字号不仅是一个商业品牌，更是中国传统商业文化的象征，老字号的守正，或者说老字号的发展，更多的是中国商业文化的发展史，能把传统的老字号做好，实际上从商业角度来讲，不仅是有商业开发价值，对于整个文化自信、民族自信这块也具有非常重要的意义。）

在淮海路上的长春食品商店高桥松饼专柜前，许多市民和游客大袋小包地购买高桥松饼、芝麻薄脆等久违的糕点食品。

（顾客：终于能够买到老的品牌、老的味道，我们觉得蛮开心，老百姓觉得这样蛮开心。）

评估老品牌的市场价值，让老品牌回归市场，是黄浦区这几年扶持本土知名老字号、老品牌转型升级的一个抓手。高桥松饼、芝麻薄脆等是上海市民青睐有加的传统点心品种，是 20 世纪七八十年代上海高桥食品厂的拳头产品。随着淮海路商业结构调整，高桥食品厂关闭了，高桥食品这块金字招牌无奈被束之高阁。在政府有关部门的协调引导下，几经辗转，归入了上海哈尔滨食品厂。虽然中式糕点高桥松饼等与哈尔滨食品厂西式糕点的市场不相符，恢复生产也需要大量新的投入,但在区相关部门和上级单位的指导和支持下,哈尔滨食品厂和长春食品商店进行重新布局调整,在长春食品商店转型升级时引入了高桥松饼等知名产品,并迅速得到了市场积极的反响。长春食品商店不到 10 平方米的高桥松饼销售专柜,每天的营业额始终保持在 8 000 元以上。

(上海哈尔滨食品厂厂长 陈一峰:因为现在市场上,不单单是中老年人追寻上海味道,年轻人也有这方面的需求,所以我们的产品正是迎合了他们的需求。今后,我们哈尔滨食品厂也会在挖掘传统老字号产品的基础上,进一步深入研究推出更好的产品,因为我们旗下除了高桥,还有哈氏、叙友等老字号品牌。)

让老品牌焕发生机活力,不仅靠过硬的产品质量,还要顺应市场发展趋势,与时俱进。这些天,南京路步行街上的邵万生非遗工作室成员正在紧锣密鼓地做着新品糟烤鸡上市的最后准备,专门采用特别的设备进行最后的烤制。

(上海邵万生食品厂生产厂长、非遗糟醉技艺第七代传人 朱国伟:这个产品大概有 20 年左右的时间停产了,原来是在南京路上,销量很大,消费者特别喜欢,我们供应不上,后来因为种种原因停掉了,现在原料上找到了货源,我们用了 817 的鸡,这个鸡是专门针对糟鸡、扒鸡等产品,进行量身定做的。)

有着 170 多年历史的邵万生以糟醉享誉市场,长年来虽然始终埋头苦干,但是靠几款黄泥螺、醉蟹等传统产品,依然在日益激烈的市场竞争中面临市场萎缩的窘境。黄浦区商务委等支持上海新世界集团,扶持邵万生公司成立了非遗工作室,潜心研发以糟醉为特色的新品,并拓展建立了网上销售队伍。这两年,工作室研发推出的糟香鲜肉月饼颇受消费者青睐,成为中秋鲜肉月饼市场的网红产品。同时,邵万生瞄准市民早餐和白领午餐的商机,开发出了几十种以糟醉为特色的系列早餐及熟食等品种,目前线上销售额已经占据总销售额的 20%以上。

(顾客:我们都知道邵万生的糟货很好的,醉蟹、黄泥螺等这些蛮好的,再说12 月份正好上市,再来看看新鲜的东西,想不到现在还有这么多新的品种出来,糟香的产品。)

(顾客:我吃过南京路上好几家鲜肉月饼,糟香月饼只有邵万生有,很有特色的,现在成网红了,味道很好的。)

(上海邵万生食品厂生产厂长、非遗糟醉技艺第七代传人朱国伟:我们邵万生大师工作室的团队，一直遵循"传承不守旧　创新不忘本"的宗旨，一直源源不断地把产品推向市场，今年我们有 70 多个产品推出来，正因为有政府政策的扶持、资金的支持，我们邵万生"政府搭台、企业唱戏"，把我们老祖宗传下来的加工工艺、好的配方传承创新，所有一直有糟醉食品产品源源不断地推向市场。）

（上海邵万生食品有限公司电商部经理　沈超：在华东理工大学产供销的协同下，我们在包装上不断创新，产品口味的系列上更贴近民生，经过不断的探索和调研，糟味熟食提高到 30 天保质期，更方便老百姓保存，口感上也与新鲜的差不多）

在《行动方案》实施过程中，黄浦区根据实际情况出台了区商务委、合作交流办、外事办、10 个街道和各相关区属企业集团的市场支持体系计划，推动老字号组团走进各特色街区、进社区等活动，由政府牵头协调，腾出靠近居民小区的黄金地段，提供给老品牌企业，最大限度地增加品牌与消费者的互动黏性，将老字号的商品和服务渗透到居民日常工作生活中。

同时，《行动方案》还惠及了街边的小店。临近南京路商业街上的广东路新开设了"华良黑皮馄饨店"，吸引了众多食客。有 70 多年历史的华良切面店，百姓口碑很好，2021 年，合肥路顺昌路旧区改造，华良一时由于租金和场地等原因，不得不搬离了黄浦区，但是老顾客们呼吁它回来。为此，黄浦区国企金外滩集团辟出毗邻南京路的中心地块，让利出租给华良，并帮助它拓宽经营思路，从单卖切面和馄饨皮扩展到堂吃馄饨和面条，主打上海消费者钟爱的堂吃荠菜肉黑皮馄饨及葱油拌面、辣肉面，一炮打响。

（食客：老上海卢湾区馄饨皮子有名气的，因为动迁就搬过来了，看到了就经常光顾的，更加近了，我单位就在附近，有时间就过来吃碗馄饨、吃碗面。）

（食客：我们准备马上买点生的带走。）

（华良黑皮馄饨店店长　曾懿：我们回到黄浦区，能够在南京路商圈这个寸土寸金的地方开出新店，离不开政府相关部门和相关单位的支持，我们一定会好好做好这碗馄饨，延续好这份烟火气。）

大富贵门店的不断拓展、高桥松饼的起死回生、邵万生的不断发展，都得益于《黄浦区促进老字号振兴发展行动方案》。数据显示，2020 年到 2022 年，黄浦区老字号企业经营状况红火，营业收入及营业利润等都取得了较好的成绩。截至 2022 年，全区老字号企业的店铺总数超过两万家，同比增长约四成，其中，直营店和加盟店都呈现逐年上升的趋势，加盟店的发展态势更为迅猛，同比增长超过 50%，营业收入和纳税金额呈现进阶发展的良好态势。

（华东理工大学老字号擦亮计划品牌创新课题组、工作室负责人　倪海郡：传承创新实际上也就是在保留以往老年消费者对老字号品牌喜爱的基础上，让更多的年轻人消费者去关注老字号，去了解老字号、喜爱老字号，从而去购买老字号，也是现在老字号创新的一个很重要的工作和它的任务。）

业内人士指出，唯有守正创新发展，才是老字号的出路所在。让老字号老品牌创新做强，才是衡量老字号传承发展的标准。黄浦区以政策引领，有的放矢，措施对位，助力老字号建立起保护传承和创新发展的长效机制，推动老字号深挖文化底蕴，对标先进理念，守正创新发展，把百年老店知名品牌重新擦亮，既有"国际范"，也有"烟火气"，也让黄浦区这一上海的商业名片更加靓丽。

2023 年度上海广播电视奖
参评作品推荐表

作品标题	上海制药人的万里归途		参评项目	电视新闻
			体　裁	消　息
			语　种	中　文
作　者（主创人员）	陈慧莹、顾克军、邢颖	编　辑	瞿轶羿、虞之青	
刊播单位	上海广播电视台融媒体中心	刊播日期	2023 年 5 月 5 日 19 点 02 分	
刊播版面（名称和版次）	新闻综合频道《新闻透视》	作品字数（时长）	5 分钟	
采编过程（作品简介）	上药—苏丹制药厂，是中国在非洲唯一一个成功的医药行业合资企业，也是苏丹第一家本土化生产抗菌药的工厂。从 21 世纪初开始，上药已有多批中方团队赴苏丹药厂工作。今年 4 月，苏丹爆发武装冲突后，记者就心系上药员工安危。中国开始实施撤侨行动后，他们的归途也一直被关注。 　　4 月底 5 月初，上药团队从喀土穆顺利回到上海；记者也第一时间争取到了独家采访，通过记录上药-苏丹制药有限公司总经理朱元、生产总监刘建荣等人的亲口讲述，完整地呈现了一个真实版《万里归途》的故事。 　　报道展现了 8 人团队在当地用手机拍摄下来的宝贵画面，正是这些不怎么专业却十分真实的视频，让观众更身临其境地感受到喀土穆当地局势的胶着，以及同胞内心的不安和焦虑；祖国当机立断、派出军舰撤侨的行动，也就更显得有力而温暖。 　　报道还讲述了制药厂中方团队身处困境、却对中国同胞伸出援手的故事。很多人在央视新闻、社交网络上看到的那位哭泣女同胞，正是被上药团队所帮助的三姐妹之一。"大时代"中的"小人物"，似乎离我们每个人更近了，他们一波三折的经历、祖国强大后盾的支撑，让我们感同身受。			

| 社会效果 | 归途很远,祖国很近。上海制药人万里归途的故事,也是1 300多名中国公民撤离苏丹重返家园的故事。报道在电视端播出同时,又按照新媒体传播规律进行了再加工推送,在看看新闻网端及"看呀 STV"视频号上,获得了几万点击率。不少网友留言:真实撤侨和电影一样震撼;给祖国点赞、为祖国而澎湃。 |

上海制药人的万里归途

1998 年建设的上药—苏丹制药厂,已在非洲喀土穆扎根 25 个年头;4 月上旬的那个周六,苏丹武装冲突发生时,药厂正在加班生产一批抗疟药。一切按下暂停键,上海医药在喀土穆的 8 名中方员工,也开始踏上真实版的万里归途。4 月 29 日晚上,团队顺利回到上海,这一路,他们虽身处困境,却仍坚持对中国同胞伸出援手;虽历经曲折,却一直坚信,祖国会帮助他们回家。

[声音来源 朱元 上海市医药—苏丹制药有限公司总经理:将近 900 公里行程的大巴从喀土穆到苏丹港,然后从苏丹港坐 282 公里行程的船到(沙特)吉达港,然后再从吉达港坐飞机到达北京,直线距离大概在 8 500 公里,加起来就是万里的归途。]

从喀土穆回到上海的这一程,一定是朱元终生难忘的一段归途。苏丹的武装冲突发生在周六,他负责的上药苏丹公司当时正在加班生产一批药品。冲突发生后,工厂停工,员工快速撤离,中方 8 人团队回到了距离工厂 300 米的宿舍,观察着事态的发展。

然而,这次冲突没有像之前那样快速停火;交火持续到近 10 天时,大家都很焦虑:交战区附近流弹不断;物资库存渐少,打砸抢烧事件也不断发生。

(朱元:工业区的附近像非常著名的 Sayga 面粉厂、可口可乐、尼桑 4S 店、布鲁奈尔的药厂,他们都遭遇了不同程度的打砸抢烧。24 号凌晨,大使馆就已经通知我们集中准备撤离。)

就在准备撤离的 24 号那天,深夜 2 点,朱元接到了一个来自同胞的求助电话,刚刚到苏丹做生意的三姐妹,被困在了离他们约 15 公里的恩图曼,焦急万分。

(朱元:我觉得她们已经快崩溃了,相当于是希望就在眼前,但是最后的那一步始终跨不过去的这种感觉。我最终决定,我还是希望能去接她们,因为能够多帮助一个国人,也是我们作为国有企业的一个社会责任。)

非正常时期,协调车辆、寻找信得过的司机,还要承担自己 8 个人撤离被耽搁的风险。更不巧的是,在两点半左右,通信中断了。

(吴宏阳　上海市医药—苏丹制药有限公司　总经理助理:我打了 5 次电话,10 次电话连不上,那就继续打电话。因为我们也没有其他更好的方式了,就是要通过打电话确认他们所在的一个准确的位置。对对。)

就是在这样断断续续的通信中,三姐妹和一名孔子学院的老师,在 4 点半终于被接到了驻地。然而,这段时间的通信中断,也使大家无法与国内联系,从驻地到大使馆的撤离线路,要跨越尼罗河,到底走哪座桥走才是最安全的?

(朱元:最短的路线是要横穿交战区,我们最后选择了一个绕行的路线,虽然多了 5 公里,通过这条路线,我们安全到达了。)

避开了交战区,朱元他们平安抵达大使馆。随后,大使馆动用了 10 辆中巴,途经数 10 个哨卡,在 15 个小时后,将同胞运至苏丹港。而此时,中国的军舰,已靠泊港口,准备带他们回家。

新闻中这位哭泣的女同胞,正是上药团队伸出援手的三姐妹之一;登上军舰的那一刻,在交战区提心吊胆 10 余天的同胞们,激动又安心。

(实况:我们的官兵一定会把自己的床铺腾出来、把自己的位置腾出来,让他们安静休息……)

(朱元:祖国很遥远,归途的路程很远,但是其实祖国很近,因为移动的国土——军舰就在这儿,非常非常暖心)

上药—苏丹制药厂，是中国在非洲唯一的一个成功的医药合资企业，也是苏丹第一家本土化生产抗菌药的工厂。他们将当地的抗疟疾药品从进口每盒 5 美金降到了 1.5 美金，直接帮到了很多感染了疟疾的苏丹人民。

（刘建荣　上海市医药—苏丹制药有限公司生产总监：苏丹的疟疾病人很多，我们一旦离开了那个市场，短时间之内他们是没有这种药品来治疗的，我希望能尽快回去。）

［吴宏阳：我们（坐车）将要过桥的时候，正好我的右手边就是一个喀土穆的清晨，朝阳起来大概是 6 点左右，心里面其实是五味杂陈的，当时想的是说，我们应该还是会回来的。］

无论何时，祖国是最坚强的后盾。这是上海制药人万里归途的故事，也是 1 300 多名中国公民撤离苏丹重返家园的故事，欢迎回家。

2023 年度上海广播电视奖
参评作品推荐表

作品标题	金山企业助力氆氇编织工艺走向国际市场 援藏帮扶带动百姓增收	参评项目	电视新闻
		体　裁	专　题
		语　种	中　文
作　者 (主创人员)	傅嘉骏、艾承琼、陈建军、马凯洲	编　辑	朱奕、周文娴、汤岚岚
刊播单位	上海市金山区融媒体中心	刊播日期	9 月 18 日 19 点
刊播版面 (名称和版次)	《金视新闻》	作品字数 (时长)	31 分 03 秒
采编过程 (作品简介)	记者跟随援藏企业家郭秀玲,深入西藏自治区日喀则市,由一场正在进行的时装大秀开始报道,随后跟随着郭秀玲的脚步,深入走近参与大秀的模特、纺织工与当地政府,讲述郭秀玲在建立的首个上海工匠创新工作室的基础上,帮扶当地百姓、特殊困难群体就业和创业,带动藏族同胞增收致富的故事。通过报道同时展现了流传两千多年的西藏传统氆氇手工艺,在企业的帮助下,重新焕发生机,逐步走向世界。		
社会效果	中央支持西藏、全国支援西藏是党中央的一贯政策。在不断深化发展援藏内涵的过程中,郭秀玲作为其中的一员,把对口地区特色农产品、特色资源等优势与自身优势紧密结合,实现互利共赢,当地百姓从郭秀玲的帮扶中获得了看得见、摸得着的实惠,切实推动"输血型"援藏向"造血型"援藏转变,着力实现脱贫攻坚成果与乡村振兴的有序衔接,同时发掘保护了民族传统手工艺,让这些好的作品以更高的价值走向了世界。		

金山企业助力氆氇编织工艺走向国际市场 援藏帮扶带动百姓增收

【导语】9月17日上午，一场沙涓"雪域·回响"喜马拉雅时装秀在日喀则乃钦康桑雪山下举行，这是金山企业沙涓羊绒助力西藏氆氇编织工艺，走向国际市场的一场大秀。2022年以来，品牌创始人郭秀玲及其企业沙涓羊绒深入西藏，传承发展这一传承千年的编织工艺，将中国传统文化融入服饰设计中，不仅赢得了国际市场的青睐，更为西藏当地百姓开拓出了一条"致富路"。

【同期声】记者傅嘉骏：我现在所处的位置是在西藏自治区日喀则市海拔4 800米的乃钦康桑雪山下，马上这里将上演一场特殊的时装大秀，流传两千多年的西藏传统氆氇手工艺和最前沿的时装设计相结合，将给我们带来一场无与伦比的视觉体验。当然，这也是对金山企业沙涓羊绒产业援藏的一场见证。

9月17日上午，沙涓"雪域·回响"喜马拉雅时装秀向现场观众呈现了一场震撼的西藏氆氇手工艺大秀，以雪域高原的蓝天白云为幕，以广袤无垠的高山草甸为毯，37位身着新式西藏服饰的模特陆续登场。厚重的西藏传统文化与现代流行元素水乳交融，令不少时尚界人士大为惊叹。

【采访】时尚界代表 戴暄庭：这是我看过的最棒的、最让我激动的这个品牌的大秀，真的，能够做到这种水准绝对是世界级的。

今年24岁的多吉卓玛是这场时装秀的模特之一。多吉并非是专业模特出身，在此之前她仅仅是当地一家纺织合作社的织工，能走上舞台，源自金山企业沙涓羊绒和氆氇手工艺的深度联动。

【采访】模特 多吉卓玛：今年4月去了上海沙涓公司，我和几个阿佳（大姐）和阿久（大哥）去学了手工毛毡氆氇，还有一些钩针包括我们衣服下面的流苏。

氆氇是藏族人缝制藏袍、藏靴的一种传统手工技艺。2022 年 7 月,郭秀玲在日喀则市建立首个上海工匠创新工作室。郭秀玲和她的团队深入西藏腹地,调研了日喀则地区的农村合作社、家庭工坊,对氆氇手工艺从材质、编织技术等方面进行全方位分析。

【采访】上海工匠、上海沙涓科技时装有限公司总经理兼艺术总监　郭秀玲:旧的氆氇最大的问题是它材料的处理非常初级,这些材料贴肤的过程当中非常粗糙,所以它会比较扎人,所以市场接纳度不会很高。

如何对老式氆氇工艺进行变革,深谙技术之道的郭秀玲首先想到的就是织机,她花费半年时间亲自设计改良,采取保留一部分、更新一部分的策略对老式织机进行升级。

【同期声】上海工匠、上海沙涓科技时装有限公司总经理兼艺术总监　郭秀玲:这台机器(织机)真正使用已经叠了六代了。大家可以看到,这个梭子这个综都不同,变成了四综,原来老的工艺只有两综幅度,我们加宽了三倍。

在面料上,郭秀玲统一收购当地羊毛、牦牛毛送至上海的沙涓工厂统一处理,如此一来,更柔软舒适的面料加上更丰富的色彩图案搭配,使氆氇织就的服饰大大增加了附加值,更受到市场青睐。有了市场就有了销路,郭秀玲开始向藏族同胞下订单,通过这样的模式为当地藏民增收。截至目前,郭秀玲产业帮扶当地手工艺人 500 人次。

【采访】日喀则市江孜县商务局局长　央吉:合作社一个订单,比如说 500 条订单每个人的人工费是 300 元,那么这个合作社就是 15 万元的收入,每年可能(合作社)每位妇女增收 5 万元左右。

郭秀玲还不忘照顾特殊群体。江孜县江热村的 21 岁姑娘次仁片多 6 岁开始因腿疾长期卧病在床,为此,郭秀玲专门设计了一套工艺流程,将一张完整的羊绒毯分割为 96 块,小姑娘只要在床上,用手工完成每一小块图案的编织就能得到相应的收益。

【采访】日喀则市江孜县江热村村民　次仁片多:通过自己的努力,让妈妈过上更好的生活。

目前,郭秀玲还计划对当地的畜牧业进行升级,以获得更优质的原材料。这样完善的产业链也将对当地的经济发展带来更多益处。

【采访】上海市援藏干部联络组组长、日喀则市委副书记、常务副市长　彭一浩:今后继续利用好这样一种合作机制,把上海的时尚与西藏的高品质的传统手工艺结合起来,持续地把高品质的生活、高品质的产品推向世界,让西藏老百姓更多地增收。

2023 年度上海广播电视奖
参评作品推荐表

作品标题	就要排她的队！医院"明星挂号员"人气高	参评项目	电视新闻
		体　裁	消　息
		语　种	中　文
作　者 （主创人员）	陈蓓儿、刘水、 朱一祎、朱燕芬	编　辑	魏颖、王郁岑
刊播单位	上海广播电视台 融媒体中心	刊播日期	2023 年 9 月 4 日 18 点 45 分
刊播版面 （名称和版次）	新闻综合频道 《新闻报道》	作品字数 （时长）	3 分 07 秒

采编过程 （作品简介）	2023 年 8 月，本市某医院、某停车场等数个服务窗口态度问题在网上连续引发争议，形成舆情，本市公共服务窗口形象因此受损。在此背景之下，一条特殊的留言引起了记者注意。 　　《新闻坊》微信公众号的读者"悠然入孟"在相关推文下留言，希望实名表扬一位医院挂号收费员，甚至说有很多老患者特意挑她的窗口排队。记者联系了该网友，将信将疑地跟着他，去医院"暗访"。记者用手持设备拍下了这位挂号员真实的工作状态，发现她不仅麻利、热情，工作细节更是处处体现着对患者的体贴。果然，现场排队挂号的患者中，还真有不少她的"粉丝"。数位患者接受了采访，对她不吝溢美之词，还有一些人虽不愿面对镜头，但还是关照记者："她是真的好。" 　　随着记者身份被群众"识破"，经由院方介绍才知道，这位"明星挂号员"名叫杭蕾，已在一线收费窗口工作了 22 年。在这个平凡的岗位上，她默默地忙碌并快乐着。对于她一以贯之的认真体贴，患者们则回应以信任和赞美。报道展现了这位一线"明星员工"熠熠闪光的品格，还有她与患者之间令人动容的情谊。 　　报道播出当天，在《新闻坊》微信公众号和视频号同步推送了图文报道和短视频。该推文获 10 万＋阅读量，短视频则获赞破万，观看量超 30 万。

社会效果	在特殊的舆情中，这样一则简单朴实而感人至深的新闻起到了"扭转局面"的效果。原来在更多的服务窗口背后，是这样默默耕耘着的、受到百姓认可的工作人员，她们也应该被看到、被记得。该报道被《上观新闻》《新民晚报》、东方网等多家媒体转载，获得市民广泛认可。 　　在推文和视频下，评论区可谓暖流涌动，充满了正能量。上千条留言中，网友纷纷称赞挂号员杭蕾"人美心善""将平凡的事，做到了不平凡"。不仅医疗系统服务窗口形象因此得到"修复"，也唤起了人们对于一线劳动者的敬重，展现了城市细节之处的人间温暖。 　　而这位工作人员的一些经验做法及体恤患者的态度也作为范例，被本市医疗体系推广到更多下属单位，对本市医院服务窗口的质量提升带来了实质性的推动。

就要排她的队！医院"明星挂号员"人气高

【导语】

最近，观众孟先生给我们留言，想实名表扬同济医院挂号间的一名普通收费员。因为服务好，很多老病人成了她的"粉丝"，专门在她的窗口排队挂号。如今，挂号收费用自助机就能完成，到底是怎样的收费员，令人如此印象深刻？来看记者的报道。

记者将信将疑地跟着孟先生，来到了同济医院门诊大堂。在最长一列队伍的 4 号窗口里，找到了这位工作人员。

（采访　孟荣福　市民：她有一个很细小的操作，上年纪的人，有很多找零，很多硬币，钢镚儿，很麻烦。她会放在你的手里，常年如此。）

（实况：来 7 块 5 角）

记者观察了一会儿，发现的确如此。而现场还有不少同孟先生一样的老病人，也是这位挂号员的"粉丝"。

（采访　就诊患者：每个窗口看一看，看到她在，我就到这里来排。）

（采访　就诊患者：因为她动作最快，态度最好，还会提醒你应该到几楼去看病，东西摆摆好，感觉很感动的。）

（采访　孟荣福　市民：拿患者当亲人的感觉。把平凡的工作做得不平凡，让大家交口赞誉，这是不容易的。）

记者说明来意之后，通过院方，才真正认识了这位挂号窗口的"明星"。她叫杭蕾，已经在收费窗口工作了 22 年，在患者中的人气一直很高。

（采访　王啸飞　同济医院宣传处副处长：她跟病人接触的时间可能也就几十秒，她能做什么事让病人非常感动，以至于送锦旗？结果我发现，她有很多细节。）

这些细节就藏在那些看似不经意的瞬间中：比如，杭蕾在说数字时，会同步比画手势，这样听不清的患者也能明白；而利用打印单据间隙，她会向患者确认信息或说明就诊路线。

［实况　杭蕾：心理精神科？是精神医学科吗？平时在三楼看的吗？（四楼）四楼是神经内科，三楼是精神医学科，是哪个？不要错了就好，这两个科室很像。］

在旁人看来，挂号窗口的工作是繁重而枯燥的，近年来，很多功能也被自助机取代了。但是杭蕾在这个岗位上坚守二十多年，从未厌烦或看轻自己的工作。她说，这是患者就医的第一步，要为大家"开个好头"。

［采访　杭蕾　同济医院收费中心收费员：（病人）来看病的时候，其实挺累的。如果我能够对他们笑脸相迎，他们心情就会相对好一点。在第一关，如果心情能好的话，那么他们自己心理暗示，可能会觉得我后面看病会很顺利。］

目前，杭蕾平均每天接待 500 位病患，人数虽然较以前减少了，但平均年龄却变大了。

（采访　杭蕾　同济医院收费中心收费员：上海的老阿姨、老爷爷都非常好，都会不停地表扬你，真的很开心。谢谢叔叔阿姨的支持，有这一份肯定，我以后会工作得越来越好。）

2023 年度上海广播电视奖
参评作品推荐表

作品标题	市民议事厅・坊间大调研：深夜跨江，订单缘"何"而来？	参评项目	电视新闻
		体　裁	评　论
		语　种	中　文
作　者 （主创人员）	陈涛	编　辑	王国林、王亿、李军
刊播单位	上海广播电视台	刊播日期	2023 年 7 月 22 日 17 时 50 分
刊播版面 （名称和版次）	新闻综合频道 《新闻坊》	作品字数 （时长）	16 分 32 秒
采编过程 （作品简介）	7 月盛夏，夜宵外卖订单骤增。然而一到夜晚，不少外卖小哥却要面对"违法闯隧道过江"的送单尴尬。选题缘起于某天深夜，我开车经过江浦路隧道回家，发现交警在隧道口对外卖小哥进行安全教育，便了解到：这名外卖小哥接到了浦西客户的订单，而他人在浦东，需要跨江送单。可是 23 点之后，大部分过江轮渡都停航了，为了送单，他只能冒险违法闯隧道过江。经过进一步走访了解，我发现这种夜晚违法"跨江送单"的情况并非个例，多名骑手表示自己接过这样的订单。一方面，是人身安全和交通规则；另一方面是为了生计只能送单，外卖小哥往往选择后者……为什么晚上平台会有这样的"跨江订单"？外卖派单流程是否存在不合理的地方？交警部门和企业是否应该就此进一步沟通解决问题？带着这些疑问，我联系杨浦交警，一边在隧道口蹲点调查，一边拍摄采访记录、倾听外卖小哥的心声，最终形成了这篇新闻报道。		
社会效果	此条新闻播出后，引起了相关部门和外卖平台的重视，也引起了许多外卖小哥的共鸣。之后，上海交警积极与上海交通委等部门沟通协商，为过江便利通道建设出谋划策。美团、饿了么等外卖平台表示，在深夜跨江订单派送上进行了内部优化，以减少跨江订单违法送单情况的发生。在新闻播出后，与外卖小哥们的沟通中，记者也了解到，外卖员在送单时也变得更加谨慎。他们查看路线，遵守交通规则，关注过江时间段，以自身安全和交通秩序为重。		

市民议事厅·坊间大调研：深夜跨江，订单缘"何"而来？

【导语】

（舒）：城市万象，坊间评议，欢迎走进今天的市民议事厅。眼下正值盛夏酷暑，和天气一样热起来的，还有夜间经济。比方说现在很多人喜欢动动手指，点一点夜宵吃吃，这深夜的外卖订单，自然也就多了起来。但是大家在点夜宵的时候，或许对某一家店、某一种美食特别偏爱，可能就会产生一些跨江订单，比方说浦东的客户点了浦西的小龙虾、浦西的客户点了浦东的烧烤。那这样一来，对于外卖小哥来说，可能就犯难了，这轮渡夜间是停航的，太晚了，他从哪儿过江呢？如果不是直接拒单的话，结果可能就是，骑着非机动车闯禁令，违法"上桥入隧"。正是因为这种情况入夏之后越来越多了，交警部门决定采取专项措施。

接连几个晚上，记者跟随杨浦交警在江浦路隧道、周家嘴路隧道浦西出口处，开展预防宣传和执法告知，每晚都能劝阻好几起外卖骑手骑行过江隧道的违法行为。

【采访】外卖骑手：说实话这是我第一次穿隧道就被你们逮住了，刚好今天晚上有点晚了，我想应该没什么交警了，抱着侥幸心理就过来了。

骑手们说，遇到跨江订单，白天时段他们都是乘坐过江轮渡，但是到了晚上，大部分轮渡航线都已停运，只有"其秦线"和"金定线"稍晚，运营到晚上 11 点多，但也满足不了外卖跨江的需求，而且很多时候，他们在接单前，并不知道这单外卖需要跨江配送。

【采访】外卖骑手：平台派给我订单，我就直接接单了，地址是标注了的，但是我不熟悉路，我不知道这个单子是要跨江的。

【采访】外卖骑手：你有没有接到过跨江的订单，就是跨黄浦江的，接到过；什么时候接到的，每天都有；有没有晚上的深夜的，有的。说句实话，他们派单乱得一塌糊涂，反方向都派，我人在浦西，他给我派浦东的单子。

而一旦在无意间接下了跨江订单，此时小哥们就很纠结：一方面，跨江订单配送费确实较高，很有吸引力；而另一方面，临时取消订单，又会影响自己在平台的积分。

【采访】外卖骑手：像你们这样送一单多少钱？这一单的话，因为有跨江，配送费是 16 块钱。

【采访】外卖骑手：我接了单又不去送，取消订单，平台又要扣我钱和积分。

【采访】外卖骑手：积分对你们影响大吗？影响我们的接单量，具体怎么影响，就是没那么好接单了，相当于单子就不派给你了。

不接单会有不利后果，而如果接了单闯禁令穿行隧道，查获一次罚款就是 50 元，因此，对于这种跨江订单，骑手们也并非全然欢迎。

【采访】外卖骑手：现在这个单子取餐地点是在杨浦区，但是要送往浦东，给的路线显示要从周家嘴路隧道过去，我不知道电瓶车能不能过，应该是不能过的，我觉得这样安排是非常不合理的。

【采访】外卖骑手：（我只能）以后离江边远一点，没轮渡以后（希望）平台就不要再派这种跨江的单子了。

【导语】

（舒）：这样的订单，对小哥来说，接还是不接，都很纠结。骑手违法"上桥入隧"，对此，您究竟怎么看？到底是网开一面，还是坚决治理？如果治理的话，又该从何入手？今天我们请到了市政协委员邵楠。欢迎您，邵委员！（主持人好，观众朋友大家好！）我们在这儿也要介绍一下，邵委员曾经也是一名注册的外卖骑手，对于"骑手"这个群体，长期以来都是倾注了大量精力和情感，去观察和体认。邵委员，首先就想问问您，如果碰到这样的订单，您是接还是不接呢？

（邵）：我也很纠结，我要根据当时的情况，一般这种订单它的费用会比较高的，如果从赚钱的角度我会接，但是要从过江的难度上来讲，如果仅仅是这一单的话，我就不接了，但是我也会担心扣我的积分。

（舒）：刚才有个小哥也说了，接的时候他也没有意识到这是跨江订单，然后平台给他指的这个路，可能就是要入一个隧道，或者要上一个桥的，遇到这种情况该怎么办呢？

（邵）：在实际的过程中，我们快递小哥是瞬间判断的，有的时候是抢单的模式，有的时候是派单的模式，很难判断它是跨江的还是非跨江的。

（舒）：他在接单的时候能看到，我这个单是跨江的还是非跨江的？

（邵）：他是能够看到地址的，但是要看小哥对地址的熟悉程度。

（舒）：他如果看到这个路，不知道它是浦西的，而他人在浦东，他接单了。

（邵）：他可以拒绝，但是平台作为你的一次违约，最后会扣分。

（舒）：扣分到底对小哥意味着什么，有多大影响？

（邵）：扣分是影响他在平台上的信誉，就是一旦被扣了分，第二天平台上显示的优质的单子会少，单子的数量也同样会减少。当然扣分有很多种原因，除了我拒绝单子以外，还有就是我没有响应平台的号召，因为平台平时为了做活动，会有一些肥瘦搭配的单子，如果你只抢好的单子，然后拒绝平台上利润没有那么高的单子，平台也会认为你是一种不配合的行为。

（舒）：我觉得邵老师本人是不太认同平台系统这种设置逻辑的，而关于平台的派单系统，其实交警等有关部门也已经关注到了，我们继续来看一下记者的调查。

记者从采访中获悉，外卖小哥群体有"专送"和"众包"的区别，专送就是负责一定区域内的外卖订单，不会接触到跨江订单。而众包的外卖骑手，可以接全市范围内的订单。不过也有"众包"骑手表示，轮渡停航后，没有接到过跨江订单。如果骑手所说属实，那么平台通过系统设置，阻断深夜跨江订单，已有先例。

【采访】外卖骑手：据我所知，只要轮渡开着的话，平台就会派跨江订单，轮渡要是不开的话，平台应该是不会派这种跨江单子的。

而对于更多的骑手来说，深夜跨江订单总是不时出现，因此也有骑手提出：是否能在夜间开辟一条专供非机动车通行的过江线路。

【采访】外卖骑手：我记得好像有一个隧道，是有摩托车走的道，隧道里有这个这样的道也蛮好的，就是说隧道里面也开个道，给你们外卖通行，是吗？对。再说了，每一天需要过江的也不是我们这几个人，每天都有的。

对此，上海市交通委日前已有回应：目前，上海外环内非机动车主要通过轮渡过江，客运轮渡线路已有 10 余条，基本能够满足日间慢行越江需求，新建专供非机动车通行的越江通道，暂时并不具备条件。

【采访】倪嘉辉　杨浦交警支队机动大队副大队长：我们建议在轮渡停运了之后，如果我们有机动车，在遵守交通法规的情况下送单，那我们就接单；如果我们开的是非机动车，有可能涉及到交通违法行为，那我们就尽量不要接，因为这个是非常危险的。所以说我们平台，最好在派发单子的时候，可以标注一下，这个单子是不是涉及到跨江。

据了解，上海交警部门最近已经联合市商务委，约谈了全市 19 家外卖平台，敦促其在轮渡停运时段不派发跨江订单，从源头上制止外卖骑手"上桥入隧"违法行为。同时，对存在违规派单、教唆违法等行为的快递外卖行业企业责任人予以处罚。

【导语】
（舒）：邵老师，刚才我们在片子里看到，交警说单设一个过江隧道可能不太可能，那我们有没有可能我们提一个建议，在已有的这些隧道当中，就开辟一个给骑手们过江。

（邵）：不管是桥还是隧道，进入夜间，特别是 11 点以后，它的运力都在大幅度削减。我们有没有可能在中间找到一个桥，或者一个隧道，专门供骑手通行，专门给他们开辟，而禁止其他机动车走，能够给他们一条出路，能够让他们去做这个事情，我们既鼓励了夜间经济，最重要的是，我们从制度上去保障了骑手的生命和安全。

（舒）：刚才我们也看到了，交警部门和市商务委，已经约谈了 19 家平台企业，约谈至今，时间已经不短了，面对公众的关切，各平台会有怎样的回应呢？我们的记者联系了顺丰、美团、饿了么、叮咚买菜等多家平台。其中顺丰工作人员表示：快递平台较少涉及深夜订单，无论是取件还是送件，通常不会在深夜进行，即便确有需要，平台也有机动车可以跨江提供服务；而其余几家平台，均未接受记者的正式采访，其中有两家不愿具名的平台人士表示，平台正在重新设计系统派单逻辑，之后将对系统的派单功能做出修改。邵委员，您觉得，这样的回应，反映了平台怎样的心理？

（邵）：我觉得顺丰说的是对的，因为我们看起来他们是十几家平台，但是每个平台的商业模式是不一样的，刚才提到的美团、饿了么、叮咚、盒马，这个背后实际上是一个商业利益的问题，这个商业利益，还不能简单地说是这一单平台挣多少钱。因为我们知道，从夜间经济上来讲，虽然现在多起来了，从平台的整个数量上来讲的话，特别是 11 点之前的订单，和 11 点之后到零点这段时间的订单，数量是不可比的，其实并没有那么多订单，原因是这段时间的供给也在减少，就是接单的小哥也在减少，当运力不足的情况下，平台为了给客户更好的体验，是希望有更多的众包骑手，在平台上去抢单，能够让客户在他选择的平台上有更好的体验，既然有平台表示在改派单的逻辑，客观上来说，等于他们承认了派单逻辑是有问题的。

（舒）：其实在生活当中，深夜跨江订单这件事，真的有这么重要吗？如果平台真的取消了这种订单，不再提供这类服务，会不会给市民带来某些不便呢？我们的记者也做了一次街访，来听听大家怎么说。

【采访】黑 T 恤眼镜男：如果我点外卖肯定是稍微近一点的吧，如果太远的话，外卖送过来都冷掉了也不好吃。

【采访】灰色 T 恤男：那我可以吃点其他东西，外卖不点也就算了啊，因为半夜大家谁都不容易，外卖小哥也不容易。

【采访】白 T 恤棒球帽女：我一般点外卖都是因为嘴馋，那肯定还是要为他人着想嘛，对，那我就不吃一顿也死不了。

【采访】白上衣口罩女：也能理解吧，就是可能会在浦西再找，再找新的那个店然后再点吧！

记者：那如果是一些药品或者你急需的用品，你怎么办呢？

【采访】短袖白衬衫眼镜女：那立马就是再赶紧寻找下一家吧，就是面对这种情况那也是没办法，对，能理解。

【采访】黑 T 恤眼镜男：急着用的话我还应该还是会点的吧，还是会考虑应该也要点一下的吧。

【采访】灰色背心男：药品的话可能会有影响，急用的话肯定会有影响啊！

【采访】白 T 恤眼镜女：为什么这个药我必须要跨江点，我不能不跨江点吗，所以如果为了紧急性我肯定会点近的，外卖小哥也好送的。

【采访】蓝衬衫眼镜男：看还有哪些药铺开着吧，一般像小区边上总还是有几家药店的吧！

【采访】黑衣服耳机女：外卖这一类的确实我觉得，不会特别特别着急，但是如果真的是那种特别救急，特别急需的药之类的确实有些担心。

【导语】

（舒）：街采当中，大家都觉得，深夜点外卖这件事没什么大不了的，没必要让小哥去冒风险，不过也有市民表示，如果是急用的物品，比如说是药品之类的，还是希望能有相应的服务。对此，邵委员您怎么看？

（邵）：我觉得这是一个少数对多数的问题，我们作为一个平台或者作为一个政府，在做一个制度设计时，首先要考虑到大多数人的诉求，那么这些极少部分的需求，我觉得可以通过其他办法来解决，不应该成为我们制度改革的禁锢和瓶颈。因为现在不管是打车还是自驾车，去取个药品都是可以实现的，因为以前我也送过药，我知道在正常的情况下，很少有药品是那么急的，或者说是救命的药，如果真的是救命的药，可能打120更现实。

（舒）：的确，跨江订单这件事看似没那么大，但是您觉得它背后暴露出的更深层次的原因是什么？

（邵）：我觉得这个原因是人和人工智能之间的关系、平台与骑手之间的关系，人脑和算法之间的角力，人工智能发展到今天，可以说是越来越强大，但是我们必须考虑到它和现行法律之间的关系、它和人们生命之间的关系。现在的平台非常卷，我经常替小哥去呼吁，关于限时送达的问题，我们知道很多平台为了去比赛，会承诺你30分钟送达，我就29分送达，其实我在想，真的有必要去争这一分钟吗？经常可以看到一些外卖小哥、快递小哥，在街头跟"死神"在赛跑，闯红灯、逆行，这个也引起了大家的投诉，但是他们是在用命挣钱，其实他们的生命和我们一样，都很珍贵，本质上是平台的压迫。我觉得在这一块的话，对平台的管制，加上我们客户和老百姓的理解，才能换来小哥的安全。

（舒）：其实您刚才说到了我也想到了，前段时间在网络上有一片被大家热传的文章，叫作《外卖小哥被困在系统里》，说的是系统越来越用先进的算法，去倒逼外卖小哥疯狂地奔波在外卖的路上，其中我记得有一个小哥就提到，如果不违章的话，我一天跑的单数会减少一半，还有一个小哥说到，送外卖就是跟"死神"赛跑、和交警较劲、和红灯做朋友，虽然这些情况现在已经被看见，并且慢慢在改进，但是不得不说，就像您说的，小哥都是在冒着生命在跑外卖。

（邵）：特别是最近这大半年，关于外卖小哥的供给在增加，这个就业的人群在增加，这就意味着，在订单不增加的情况下，他们每个人抢到的单子是变少的，外卖的单价是在降低的，总的收入是在减少的，这会倒逼着他们有一个更好的表现，才能拿到更优质的单子。所以，在这种情况下，我们平台何去何从，这个是留给我们平台的一个课题，需要平台的负责人去思考，一方面，我们要商业利益；另一方面，在这个社会中，我们不能成为一个"死神"的推动者。

（舒）：谢谢邵委员来参加我们的讨论。的确，自从有了外卖、快递，我们的生活方式已经发生了重大改变。小哥们的奔忙就如同嵌入环环相套的齿轮，他们奔忙，一切如常、岁月静好；他们停摆，整个城市的运行方式都将被迫改变，他们是如此重要，却又微不足道。他们是系统中的一个点，更是生活中的一个人。当我们在保证城市快捷、高效运转的同时，是否也能更多地考虑他们的权益，让他们安全地、体面地、有尊严地在我们这座城市生活。正如刚才邵委员所说，快递、外卖行业的存在，无非是由平台、骑手、客户三者构成，如今，经由看似不起眼的深夜跨江订单，有关部门再次把行政管理的威压指向平台，而我们，作为三者关系中的其中一极，为了奔波不停的小哥，也为了我们自己，是否也能成为更加积极的角色呢？

2023 年度上海广播电视奖
参评作品推荐表

作品标题	一个手机号能泄露一连串隐私？	参评项目	电视新闻
		体　裁	消　息
		语　种	中　文
作　者 （主创人员）	王懋、吴骥、孙佳逊、唐晓蒙	编　辑	戴　箐
刊播单位	上海广播电视台融媒体中心	刊播日期	12 月 24 日 18 点 47 分 46 秒
刊播版面 （名称和版次）	新闻综合频道《新闻报道》	作品字数 （时长）	2 分钟 54 秒
采编过程 （作品简介）	记者从一条网络线索入手，花费了近一个月时间实施了独家暗访调查，最终以证据充分的形式呈现了不法分子可以通过一个手机号码就获取到公民的快递、外卖的详细信息，并且在网络上明码标价，借此牟取利益。		
社会效果	报道播出后，市网信办、公安、检察院高度重视，第一时间介入并展开了调查，并最终成功立案，锁定了犯罪嫌疑人，公民信息安全的漏洞得以及时被补上；另外，借片中专家之口，也对推动个人信息的保护和管理提出了有可操作性的建议。		

一个手机号能泄露一连串隐私？

[导语]

近期，有市民向本台反映，在一些社交软件上，有人在拿公民个人隐私信息做不法生意：只需要提供一个手机号码，那么与该号码相关联的快递、外卖等详细信息都能查到。记者于是展开了调查。

根据线索，记者添加了一个名为信息调查专员的用户。这个用户称只需要一个手机号码就可以提供相关号码的详细物流信息，收费为每次 420 元。

为验证他的说法，记者启用了一个新号码并完成了一次顺丰的同城快递，随后将手机号码提供给对方。几个小时后，记者就收到了此前快递订单的照片。

值得注意的是，快递面单要经过信息脱敏处理，然而图片上所有的信息均完整显示。泄露可能来自哪个环节呢？

顺丰上海某网点工作人员："你的信息只有谁知道？顺丰是知道的，收你的件的小哥也是知道的，其他的外人都不会知道。但是除非你是在我负责的网点范围之内，你要不在我的网点范围之内而在别的网点，我是查不到你的信息的。"

还是通过这个网络"卖家"，记者又花钱测试了另一个指定手机号码的美团外卖记录：所有信息包括备注都一览无余。

此外，公民的位置轨迹、开房记录、名下存款、婚姻背景等隐私信息也被明码标价。记者在调查中发现这些不法分子普遍利用中介商代收代付、数字货币结算等手段来逃避监管打击。

专家告诉记者，一般来说，这些企业数据库的保护级别和要求都比较高，除了数据库遭到外部攻击和内部人员"监守自盗"之外，对外接口也往往会成为数据泄露的环节之一。

凌力　复旦大学信息学院副教授："很多信息系统都提供了我们称为 API（应用程序编程接口）的接口服务，其他系统可以通过这样一些服务调取到个人信息，以便于去开展业务。这些渠道如果不保护好，很容易被其他攻击者也好还是其他想做不良行为的人去利用。"

专家建议，除严格落实国家和行业相关法律规定、加强安全监管以外，可以考虑通过新技术手段来强化追溯，并健全个人对于自己隐私信息的授权管理制度。

凌力　复旦大学信息学院副教授："比如说我们可以采用区块链技术去把信息的来源及所有操作的过程进行忠实客观的记录。这样的话一旦有信息的泄露，那就可以顺藤摸瓜，去追查或者说追溯信息泄露的渠道。"

2023 年度上海广播电视奖
参评作品推荐表

作品标题	小区灭火器,谨防"救星"变"灾星"!	参评项目	电视新闻
		体 裁	系列报道
		语 种	中 文
作 者 (主创人员)	马跃龙、王燕、 陈斌、高原	编 辑	魏颖、常亮
刊播单位	上海广播电视台	刊播日期	12 月 11 日 17:53 12 月 13 日 11:27 12 月 19 日 17:53
刊播版面 (名称和版次)	新闻综合频道 《新闻坊》	作品字数 (时长)	15 分 19 秒 13 分 35 秒 13 分 28 秒
采编过程 (作品简介)			

采编过程(作品简介):

　　12 月 10 日,家住松江区青城山路 69 弄茸达苑小区的业主沈女士,向我们栏目反映称,他们小区物业,今年 7 月采购了一批"手提式干粉灭火器",总共 985 支,疑似为假冒伪劣产品。

　　灭火器造假事关居民的生命财产安全,记者接报后立即赶到现场,通过手机扫描"灭火器"瓶身上的防伪"S"标后发现,其为"合格产品"。但当记者再仔细核对其背后的网址域名时这才发现,其中另有猫腻,原来这个所谓的"消防产品"合格认证网页其实是一个"李鬼"网站,其真实面目实则是一家"广告公司"。

　　随着报道的推进,涉事商家紧急关闭了这一"李鬼"网页,但好在记者在此前登录该网页进行比对核实时,已对其进行了录屏留证,这一步也为后续相关市场、经侦等部门介入侦办此事提供了重要证据。

　　该专题在采制过程中,最大的难题在于如何呈现不合格产品的问题,记者通过查找、收集相关实验资料,最终将不合格灭火产品所带来的危害,以实验的形式,直观地呈现出来。众多网友受众也正是因为看到了这一由"电视、微信推送、视频号及小红书"所共同组建的矩阵式报道,才开始重视家门口的灭火防线,纷纷开启了自查模式。

采编过程 （作品简介）	此专题一经播出,便霸榜新浪微博热搜,相关话题热度持续 72 小时,网友留言评论总量超过 173 万条。《新闻坊》视频号相关系列视频,总播放量已超过 199 万人次,全国各地网友均表示:记者一定要注意安全! 感谢引导大家共同关注小区防火安全,共同聚焦居民安危!
社会效果	该专题播出后,先后被央视新闻、东方网、《上海法治报》《哈尔滨消防》《潮新闻》等众多媒体、机构转载引用。 　　全网受众在看到报道后,皆愤愤难平,既希望彻查此事外,又纷纷担心自家小区情况,要立马回家自查,并将新闻中所指导的"灭火器真伪辨别法"向周围扩散,分享给身边家人、朋友。 　　而在众多转载引用中,仅《新闻坊》及《潮新闻》两个视频号的播放量就已突破千万。在《新闻坊》微信公众号后台,市民纷纷表示,要为这位社区安全"吹哨人"沈女士点赞,她凭借自身"死磕""较真"的劲头儿,最终发现了这批总数为 2 598 支的"手提式干粉灭火器"全部为不合格产品。 　　在电视及网端视频号、抖音、小红书等平台,众多网友通过记者的分享介绍,掌握对"灭火器"真伪辨别的技巧,开启了紧急自查,并纷纷将自家所查询情况留言分享,评论区内的互动也再次扩大了全网受众对如何辨别真假灭火器的学习讨论范围。截至目前,上海闵行、黄浦、徐汇等 7 个区,已先后开展全区消防设备大检查。 　　另外,经过全国多家媒体连续转载引用该报道,其中安徽合肥、黑龙江哈尔滨、浙江杭州等地已借此事件,在当地开展了消防产品大检查工作。目前,该专题的点击量及受众的自查人次,仍在持续攀升中。

小区灭火器，谨防"救星"变"灾星"！

导语：

进入今天的城事晚高峰：先想问问大家，你们小区里的灭火器，每个楼道都有设置到位吗？你有没有去特意检查一下，配备的灭火器是否属于合格产品呢？是不是都还在质保期内呢？

这些问题，还真的就问住我了！小区楼道里有灭火器，走过路过时大家都看到了，但是合格不合格、是不是过期，从来没去注意，更不知道如何识别。

所以今天，我们要特别夸夸松江区青城山路 69 弄茸达苑小区的多位业主，他们就主动检查了一下小区里配置的灭火器，不查不知道，一查吓一跳：全小区 59 个楼栋配备的近千只灭火器，竟然都疑似为不合格产品。指望关键时刻能当"救星"的灭火器，简直就成了身边的"隐患瓶"。

记者来到佘北家园·茸达苑后，便随机走进该小区内的多个门栋，发现每层楼道的消防设施内，皆摆放着两支手提干粉式灭火器，生产厂家显示为"南昌真荣消防设备有限公司"。居民们向记者介绍，小区内有 59 个门栋，2023 年 7 月，物业新采购了 985 支灭火器。而说起为何对这批消防器材的质量存疑，还要从钢瓶肉眼可见的粗糙工艺说起。

（市民沈女士：我是通过查询了小区♯公共收益支出的事情，发现我们小区刚换了一批灭火器，之前也不知道，然后我把家里门口的这个灭火器当时就拿出来查看了，第一个是觉得这个灭火器的做工是比较粗糙的，我就对它的质量产生了怀疑。于是我就打电话给应急管理部上海消防研究所，我问这个部门怎么去查一个灭火器的真假问题，当时接电话的老师跟我们说，你可以去登录应急管理部消防合格品认定中心，去查询一下它瓶身上的二维码，因为这个身份码是没有办法造假的。）

依照指导,沈女士登录了国家应急管理部消防产品合格评定中心的官方网站,按照首页导览提示,进入了消防产品质量"强制性认证产品信息查询"的界面,并将小区里的一支干粉灭火器的瓶身编码输入其中,结果什么信息也没能查到。

(市民沈女士:登录到了这个网站去查,发现灭火器钢瓶身上的码是查不到的,同时查了一下厂家,然后这个灭火器的"身份码"也都是查不到的,我就对这个灭火器的产品质量产生了严重怀疑,它到底是不是一个合格产品?因为现在通过已知的信息发现这肯定不是合格品。)

另外,应急管理部上海消防研究所的工作人员,还曾指导沈女士,通过手机扫描"手持干粉灭火器"瓶身上的红色"S"认证标志贴,可以进行身份核验,帮助一辨真伪。

[市民沈女士:我们可以看一下,它扫出来的这个界面是跟正品的界面一样的,我们要看这个(网站),这个网站不是查询 CCCF 认证的(中国消防产品信息网站)官方的一个网站(域名),是一个自制标签的网站。]

根据沈女士提供的信息,记者核实到,这个通过瓶身"S"认证标志贴所扫码链接到的网址,实际上是一个专为企业私人定制"产品标志"的网络服务公司。他们的业务就是帮助客户制作各类产品网站信息。而其网站上的域名字母拼写,也与国家应急管理部所指定的 CCCF 网址,差之千里!

串词:

说到这儿,信息量有点大,我们来梳理一下。小区物业新采购的 985 支灭火器,瓶身上的"身份号码"压根就查不到官方认证信息,而且二维码也是假的,扫出的是一个假冒的认证网页,网址域名和官方域名完全不符。而这个域名其实指向了一家为企业定制"产品标志"的网络服务公司。

这让业主们不禁怀疑,灭火器的生产厂家——南昌真荣消防设备有限公司,其实只是以一个广告引流的网页,来冒充国家应急管理部所指定的 3CF 网页!记者当即将此事反馈给了属地佘山镇安监办的相关负责人,同时通过小区物业,向该批灭火器的供应商转达了此事。但是没想到的是,一波未平,一波又起!

一小时之后,记者准备再查清这个假冒 3CF 网页的真实面目时,发现该网页已经莫名消失了!再拿起手机,扫描灭火器瓶身上的二维码,整个页面同样空空如也。

但是互联网是有记忆的,我们的记者也很细致,通过录屏的方式,记录下了这前前后后所发生的一切。之后,记者又通过百度搜索,输入了"标志管理系统",找到了一家类似的软件技术服务商家。记者向对方表示,希望制作一个"标志网页系统"，要做得和官方网站一样，对方直接回复：这是我们的强项，只要添加微信，就可以把系统案例发过来。

如此看来，假冒产品的合格认证，很可能存在一条非法的产业链，茸达苑小区这批怎么也查不到身份证明的 985 支灭火器，大概率都是黑户口了。那么，事关生命财产安全的灭火器，到底如何来识别真伪呢？

为了这 985 支灭火器，记者特意来到佘北家园·茸达苑小区居委会了解情况，偶然发现居委会内，也摆放着两支灭火器，不过并非是由南昌真荣消防设备有限公司生产的。

记者很好奇，随手对其瓶身上的"S"认证标志贴进行扫码，结果发现验证成功，其网址域名也显示为国家应急管理部所指定的 3CF 认证网站。对此，居委工作人员解释称，这办公室内的灭火器是由属地街镇统一配备的，并非由小区物业采购的。

串词：

这么来看，通过正规渠道采购的灭火器，是完全能够扫码验证成功的；而扫不出官方认证网站的，自然就是来历不明的。

那么，现在问题的焦点就锁定在了这家名为南昌真荣消防设备有限公司的身上。这究竟是一家怎样的公司呢？调查还在继续，我们的记者和小区的业主们又发现了新的问题。

〔业主沈女士：然后我就搜了下这个厂商，发现在中国质量网上这个厂商在多地被查处不合格产品的一个情况，而且这个厂商现在已经被列异（列入异常名录）了，所以我觉得这个厂商是问题比较大的，列异（列入异常名录）是指联系不到，应该是当地的市场监督管理局联系不到这个厂商。〕

随后，记者通过国家企业信用信息公示系统平台查询到，这家南昌真荣消防设备有限公司已于 2023 年 11 月 8 日被南昌县市场监管局列为"经营异常名录"，列异原因为"通过登记的住所或经营场所无法联系"。另外，在其"行政处罚"一栏中可以看到，该企业在 2023 年 4 月 6 日、7 月 4 日及 8 月 8 日，先后被湖北大冶市、江西省南昌县和南昌市市场监管局予以行政处罚，处罚原因为该公司所生产的 MFZ/ABC4 型手提干粉灭火器为不合格产品。

而在中国质量新闻网上，记者也看到，2023 年 10 月、11 月，安徽合肥及湖北襄阳市场监管局，在开展 2023 年消防产品质量专项抽查检测中也同样发现，该公司所生产的手提式干粉灭火器为不合格、问题产品。

另外,记者通过国家市场监管总局公共服务平台查到,南昌真荣消防设备有限公司名下的"手提式干粉灭火器"及"手推车式干粉灭火器"的生产资质认证已在2023年10月全部被注销。

串词:

看来,这家公司已是劣迹斑斑。小区业主们质疑:早在2023年4月6日,其产品就被湖北市场监管部门判定为不合格产品。那为何到了7月,采购方还没发现问题,而且舍近求远,特意去选购这家公司的消防器材呢?

对此,小区物业经理称,这家南昌真荣公司的产品价格便宜,每只灭火器50元,采购985支总价将近5万元。而代理商,也就是小区的消防维保单位上海市隅宏机电的相关负责人也告诉记者,他们是经过三方比价后才选的这家南昌真荣公司! 言外之意就是,50元一支,很便宜!

真的便宜吗? 记者进一步查询发现,在"国家企业信用信息公示系统"中,有一则关于南昌真荣公司的违法信息,其中写道:"2023年4月,该公司与武汉一家企业进行价格核算,每只手提式4公斤的干粉灭火器,成本价为22元,销售价为22.5元。"问题来了:茸达苑小区采购的是3公斤干粉灭火器,50元一支,比卖到武汉的价格翻倍还不止,单算利润,足足超出50多倍!

这就难怪茸达苑小区的业主,心中有着太多的疑问。而更让人细思极恐的是,除了茸达苑小区,该物业公司还同时管理着另两个邻近小区,三个小区总计购买数量达到了2500支左右,采购价格12.5万元。

[业主李女士:小区居民基本上是以老人为主的,我家里面有七八十岁的老人,公公婆婆都是老人,万一真的是出了火灾的问题,我们跑也跑不掉。如果救命的这种设备、这种消防的东西都能够作假的话,那对于我们居民来说,真的出事情了,那小区里面900多户人怎么办呢? (火灾)真的发生了的话,谁来担这个责任? 所以我觉得是非常重大的事情,所以他们为什么要采购这一批(疑似)质量不好的灭火器,而且这个价格非常高,所以我觉得一定要追究的。]

在采访中,还有业主向记者透露,这985支疑似不合格的灭火器,还并非是物业公司从南昌真荣消防设备有限公司所采购的全部灭火器,该物业所管理的、与茸达苑相邻的另外两个小区,也采购了相同的产品。

[业主周女士:本小区是985个,但是这个物业是管三个小区的,一个是茸达苑,还有茸腾苑、茸秀苑,总共(购买灭火器)2500个左右。]

对此,物业经理则坦言,其所属的上海松开物业管理有限公司确实管理着茸山镇青城山路上的三个小区，这次"手提干粉灭火器"的采购也是统一进行的。而向他们销售这批灭火器的公司，正是小区消防的维保单位——上海市隅宏机电安装有限公司。

［上海松开物业管理有限公司经理　高雷军：他们推荐的产品有检测报告，包括资质都有，我们因为三个茸嘛，三个茸就是三个小区嘛，采购了 2 500 个左右，（哪三个茸？）就是茸达苑、茸腾苑、茸秀苑三个小区，（总共都是采购的这同一家的产品吗？）同一家的产品，（总共的金额多少？）10 万元以上。］

就在记者采访的过程中，该批灭火器的代理供应商，也就是三个小区的维保单位——上海市隅宏机电安装有限公司的负责人也赶到了现场。对于这批疑似不合格的灭火器，该工作人员表示，在此之前，也很难替小区业主做足质量把控工作。

［上海市隅宏机电安装有限公司负责人　邢巍钟：（您作为这个代理商，对于这个厂家企业的相关资质进行过考量没有？）对，是的，我们进货都会有专门的人审核它的资质，包括营业执照，包括检测报告，我们也会拿到样品，这些我们当时看下来都是没有问题的。因为我们当时供货是 6 月，进货也是 6 月嘛，在网上查了一下，就是所有的证件证照都是齐全的，没有什么问题，我们也不知道，就是说突然之间，在 9 月把所有的证都去注销掉了，这个是我们没有想到的。］

为了查清此事，记者又与属地佘山镇安监办及消防部门的相关工作人员取得了联系，但遗憾的是，采访当天仅有镇安监办的相关负责人赶到了现场。对方表示对于消防设施设备的真伪认定或送检，还须由消防部门出面完成。

［松江区佘山镇安监办负责人　李茂春：从质量监管来讲起来，谁出具了这个资质证书，或者是合格证书，或者是生产许可证书的，那这些单位会对这个事情负责任（当时对厂家出具的这个部门是国家应急管理部，管理部已经在 9 月对厂家所有的资质进行了注销，那现在我们还能认定它是合格的吗？）。它在 6 月的时候生产的这批产品，当时这个企业是具备了那些资质条件的，而且相关部门都已经是已经认定许可的，那从现在来看这个问题需要我们相关消防部门对这些产品进行抽样送检，等相关的有权威的检测机构对这批产品检测结果报告出来以后，再进行处置。］

该工作人员表示，目前已与松江区消防支队取得联系，相关工作人员已赶到该小区，进行了灭火器抽样工作。

［松江区佘山镇安监办负责人　李茂春：是我们区一级的消防部门出具这个送检单的，对于这批产品是不是符合要求，物业是有主要责任的，（您的意思就是说，如果产生了一定的代价，造成了一定损失的话，应该由物业公司来承担，是

这个意思吗?)是的。]

如果最后的检测表明,佘山镇这三个小区购买的 2 500 余支灭火器真的属于不合格产品,那么理应一查到底。

编后:

而眼下更重要的是,消防安全处于"半裸状态"的三个小区,该如何抓紧弥补上漏洞。消防安全无小事,防患于未然最重要。无论是街道、居委、物业都要以高度的责任感,夯实社区消防安全,防微杜渐,严守安全底线。

这个案例也提示了众多小区的居民,小区的消防设施,不能出于信任物业就不闻不问,希望大家多较真、敢维权,像茸达苑小区的业主们这样,真正成为社区安全的"吹哨人"。

新闻追踪:小区新够灭火器疑似不合格
产品检测结果到底如何?

导语:

一周前,我们报道了松江区青城山路 69 弄茸达苑小区有业主发现,他们小区新采购的一批"手提式干粉灭火器",疑似存在质量问题,像是伪劣不合格产品! 消防设施的质量好坏直接关系到我们小区业主的人身财产安全! 所以此事重大不容小觑。

在上次的采访中,茸达苑的小区居民通过自己的方式,举证了她认为这批灭火器的问题所在。采访当天,属地佘山镇安监办的相关工作人员也赶到了现场,并表示这批产品一定要送检,给百姓一个明确说法。那一周的时间过去了,检测结果出来了吗? 如果这批灭火器真有问题,那小区的安防系统怎么办? 马上连线。现场记者,你好!

记者出镜:高嵩,我现在所在的位置就是松江区消防救援支队办公地,今天来到这儿,我们信号非常明确,就是要了解,前一批次居民发现有疑似不合格伪劣产品的消防设施设备,它的质检结果是怎么样的。说这个结果之前,我们想和大家回顾一下,在上一次我们采访当中的前情提要,帮大家做一个简单的梳理。这件事情呢,是发生在松江区佘山镇青城山路上的一个名叫茸达苑小区,是小区居民沈女士当时发现小区在 2023 年 7 月新采购的一批手提式干粉灭火器,存在不合格伪劣产品,用她的话来说就是一眼假。

那最终这一批消防设施设备，它的检测结果有没有出来？我们请消防救援支队法制与社会工作科的工程师汪工说明。

"自从接到我们市民的反映之后，我们消防支队非常重视，第一时间对涉事的小区进行了一个检查，对居民有疑问的疑似不合格的消防产品灭火器，进行了抽样送检，抽样的样品已经送到国家建筑工程材料质量监督检验中心进行了检测，暂时还在检测中，如果检测报告第一时间出具之后，我们将第一时间进行反馈。"

"我觉得我们广大市民朋友也可以进行一个初步的一个检查。第一，对产品的证书进行检查。一般消防产品都有自己的认证证书，看证书和产品是否一致，它的名称、型号、生产日期、生产厂商是否一致等，信息是否和证书一致。第二，进入一个外观的一个检测，像灭火器你可以检测它外观是否完好、瓶身是否有损坏、现在各个的这个生产厂商是否清晰、钢印是否清晰，同时压力值是否在正常的一个压力，等等。第三，如果还有进一步的感觉这个消防产品有问题，可以向我们的质量监督管理部门和我们的消防部门进行一个联系，我们会对一些疑似的消防产品进行一个抽样的送检，具体的话，会出一个具体的检测检验报告。"

记者："对于您刚才讲到，教我们大家如何去辨别这个消防设施、设备的这个真伪，最简单的方法是不是刚刚我提到的通过'S'标进行手机的扫码？"

汪工："对的，对的，有些产品上面有二维码，大家可以进行一个扫码，扫码之后，核对信息可以上我们中国消防产品信息网，进行比对。"

城事晚高峰：小区灭火器，谨防"救星"变"灾星"！

导语：

上周一，我们重点关注了松江区青城山路 69 弄茸达苑小区新配置的灭火器质量问题，这个小区 59 个楼栋配备的 985 支手提式干粉灭火器，业主们不查不知道，一查吓一跳，竟然全都疑似为不合格、伪劣产品。

业主们当即将该情况向属地佘山镇，以及我们栏目进行了反映。记者在接报后的第二天，也就是两周前——12 月 5 号，赶到茸达苑小区采访，见到了这批质量存疑的灭火器。钢瓶外表工艺粗糙，扫描瓶身上的防伪"S"标签后发现，跳转显示的"产品质量认证信息"的页面，显示其为合格产品。不过，细心的业主在仔细研究后发现，这个所谓的消防产品认证网页，其实是伪造的，网址与一家"广告公司"有关！而与国家应急管理部官方所指定的中国消防信息网差之千里！

随着调查的推进，在上次采访中我们的记者还发现，存在类似疑点的"手提式干粉灭火器"并非仅涉及茸达苑一个小区,其周边的另外两个小区,总共2 500多支灭火器,都存在着同样的问题。做工粗糙,防伪标签疑点重重!

就在记者前去采访的第二天,也就是12月6日,松江消防支队的相关工作人员紧急介入此事,赶到这3个小区,对这一区域内2 500余支灭火器进行了抽样封存送检。

经过近两周的等待,现在记者终于拿到了这份质检报告。那这批关乎三个小区居民生命及财产安全的2 500余支灭火器,质检结果到底如何? 来看记者的追踪报道。

在松江区消防救援支队,记者看到了这份刚刚出具不久的"手提式干粉式灭火器"的检测报告。其结论清晰、明确。

(万亮 松江区消防救援支队防火监督二科科长:由我们上海国家建筑工程材料质量检验检测中心出具的产品检验检测报告,最终显示产品经抽样检测判定该产品为不合格,其中不合格项目里面有三个细项内容,数值和标准值相差甚多。第一个是磷酸二氢铵含量,磷酸二氢铵含量指的是我们干粉灭火器的主要有效成分,也是作为灭火的最主要的药剂,标准值应该是75%,实测下来是只有3.5%,数值很低,磷酸二氢铵的含量是决定了我们灭火的效能和效果,那它现在这个3.5%的含量,体现的话会是怎么样效果? 效果判定下来,几乎是为零。)

除此之外,检测类目中的第2项"壁厚"及第4项"爆破压力"数值,同样与标准指数相差甚多。

(万亮 松江区消防救援支队防火监督二科科长:壁厚和爆破压力不合格的话,主要是对我们使用者会产生一种伤害,比如说喷溅的时候、火救援喷洒的时候,可能会有遗漏,或者说会有喷射到自己身上,还有就是,喷射距离过短,如果我们需要更靠近火源一点,可能火焰的这种辐射,伤害会更大)

串词:

果然,经过权威机构的检测,送检的灭火器确定为不合格产品。对于这个结果,大家不觉得意外,从扫码识别,居然能扫出个假冒的官方网页,就能预料到这样的结果。但是看到检测的数值,还是深感震惊的,没想到流入上海居民区的不合格灭火器,质量竟然如此低劣! 干粉灭火器的主要有效成分磷酸二氢铵的含量,标准值是75%,实测下来是只有3.5%,相差能有20多倍!

试想一下,如果小区里发生了火灾,居民们指望这些灭火器上阵,不仅灭不了火,反而延误了时机,岂不成了"灾星"? 而为了更加直观地呈现出不合格灭火器的救援效能,松江区消防救援支队的工作人员提供了一段灭火实验的视频,一起来看一下就明白了，不合格的灭火器危害到底有多大。

（万亮　松江区消防救援支队防火监督二科科长：其他兄弟支队在上一段时间也抽查到了一批磷酸二氢铵含量较低的灭火器，对方的数值是 20％，也是不合格产品。）

记者：我们这个含量才是 3.5％，大家一看效果就非常直观，那它和标准值就相差了 20 多倍？万亮：对的，相差 20 多倍，非常罕见，我们也感到非常震惊。

记者：工作人员使用不合格的消防灭火器对这个火灾进行一个模拟实验，灭火器喷完之后火没有被扑灭。这是第二批灭火器，第一瓶喷完了还没有效果，一点效果都没有，然后这是合格的消防产品，喷洒上去之后火情是没有复燃的，效果是很好的，产生了立竿见影的效果，第三瓶是合格的。

万亮：对的，对的，那第三瓶的产品可能还没有喷完，这个火就灭了。

记者：但是刚才我们也看到，前两瓶不合格的产品都喷完了，还没有把它灭掉。

万亮：对的，而且做这个实验，产品还是比较科学和精准的，在喷完前面两个不合格灭火器之后，对整个燃烧的槽体还进行过清扫，确保合格产品喷上去不会受上一个产品的影响，达到准确的一个效果。

串词：

瞅瞅！真是让人后怕呀！不合格的干粉灭火器，磷酸二氢铵的含量降到 20％时，喷火时就毫无效果了，而茸达苑小区送检的灭火器，磷酸二氢铵的含量只有 3.5％，这可是老百姓用来保命的灭火器啊，厂家竟敢如此胆大妄为地做手脚，赚黑心钱，这难道不是在草菅人命吗？

百分百的不合格产品，毫无疑问，现在也到了该倒查、追责的时候了。无论这批不合格产品是由谁生产的、又是谁来销售的，我想这一点大家不用担心，他们一个也跑不掉。反倒是眼前，我们更担心的是，这批问题产品该怎么处置呢？它们会不会再次流向市场。

因为就在检测结果出来之前，上次记者前往现场采访的第二天，这批灭火器的代理供应商就迅速行动，把佘山镇上的茸达苑、茸腾苑和茸秀苑这三个小区里的 2 500 余支粉灭火器全部换掉了，用新品牌的灭火器替换上。

如果更换上新的灭火器，目的只是为了避免三个小区的消防安全处于"半裸状态"，那是无可厚非的；可问题是，替换下来的 2 500 支灭火器，去到了哪里呢？是暂时封存起来，还是要毁灭证据，欲盖弥彰呢？消防加紧追查，又有了戏剧性的进展。

(万亮　松江区消防救援支队防火监督二科科长:在我们这个调查过程当中,在询问笔录制作过程时,发现对方说以前的疑似不合格产品在检验报告未出来之前已经调换。这个我们也觉得非常吃惊,按照正常的处理流程,应该是我们检测抽样检查之后、报告出来之后,跟他们讲这个报告是合格还是不合格,如果是不合格产品,我们会开具责令限期改正通知书,要求对方在一定的时间内改好。)

而在抽检结果出来之前,消防部门也对这批疑似不合格的灭火器的来源和去向展开追踪。

(万亮　松江区消防救援支队防火监督二科科长:上周五、上周六,我们从这个产品怎么进这三个小区,被哪一辆车辆给装载,我们配合属地佘山派出所、泗泾派出所,还有我们区市场局几位老师一起调阅监控录像。车辆上的人脸识别调阅出来,这个车辆在12月7号,我们是12月6号进行抽样的,12月7号,他们就安排了单位进去调换灭火器,把以前疑似不合格的灭火器就运走了,第一次运到的地方是在松江区的泗泾镇,在一个小的仓库里面。在12月14号,又从这个泗泾镇的仓库运输到了金山区进行了一个销毁。上周六我们也追到金山区,上周六的下午,发现目前追溯到的未销毁的、完整的灭火器还有762支;已经销毁的,据销毁的厂家介绍说,他们把这个瓶体当作废铜给处理掉了,而后续的侦查工作,可能公安和市场监管会介入。)

串词:

如果说这批灭火器的代理供应商上海隅宏机电有限公司是担心灭火器不能发挥效能,或效能不足,从小区消防安全考虑,跨前一步,对所有2 500余支灭火器进行全部更换,那是可以理解的,但从我们看到的事实来看,他们未必是急居民所急,倒更像是早已知晓这些灭火器都是不合格产品。

想查清这家代理供应商,在对三个小区推销这批灭火器之前,是否已知晓这批灭火器的存有质量问题,查证这一点其实并不难。因为从这批被替换的灭火器存于何处、是否已经销毁,即可辨出其中的猫腻。而事实是,2 500余支灭火器,已匆忙销毁了1 000多支,还剩下700多支,被消防封存起来了。

说到这里,我们也要介绍一下,消防装备器材的监管、调查的责任分工分为:生产、销售、生活使用三个区域。这批2 500余支灭火器的问题,是发生在生活使用的场景当中,所以是由消防救援支队先行介入调查,依据检测结果,再将该案件移交至厂家所在地的市场监管及公安部门继续跟进调查。

而此案的销售环节,是发生在松江区,所以后续关于销售过程中的诸多疑点问题,则要依靠属地松江区市场监管局及公安部门介入调查。目前,各方的调查正在进行中。可能大家还有一个问题不是很清楚,那就是社区里的消防设施器材,到底该由谁来日常检查呢? 来听听消防"蓝朋友"怎么说。

（万亮　松江区消防救援支队防火监督二科科长：根据要求,我们消防部门针对消防安全重点单位是每年要必查的,包括它的消防设施、消防管理,其中也含了消防产品。对于我们小区这一块,根据市里面的文件要求,日常的管理和消防设施这一块基本上是由我们公安机关进行一个日常监督检查,他们如果发现到有相关线索,涉及到消防领域专业性比较深入的,我们就一起开展进一步调查,我们针对消防重点单位,其他单位检查的工作规则是按照"双随机一公开",从我们的随机检查库里面随机抽取。）

而这次所查处的 2 500 余瓶手提式干粉灭火器,真伪辨别上的确具有一定的隐匿性,不容易发现问题。

[万亮　松江区消防救援支队防火监督二科科长：像咱们这一次居民发现的两个疑点都是隐蔽性比较高的一个情况,第一个是扫出来的这个码的网站域名不一致,第二个是这个标签和型式检验报告(没有信息),它存在一个注销的概念。也非常感谢热心市民的反映,给我们提供了一个很好的线索,我们要把线索和情况都移交给两个部门(公安分局经侦支队和市场监督局),后续的追查、跟踪、问效都在这里面会体现,我们也会拟写一个抄送函给当地的市场监管局,这也是法律法规的要求,由他们来共同再去溯源。]

编后：

除了社会消防组织要承担起相应的安全责任外,对社区居民而言,人人都是安全员,也要练就"火眼金睛"。我们再来普及一下,如何查验灭火器的真伪,确保楼道里或家中配置的是合格产品：首先,购买灭火器应当去正规的销售单位去购买,正规商家能够出具相应的检验检测报告;其次,要记得钢瓶上都会有3CF 的认证标志。另外,瓶体上还贴有两张防伪"身份证",一张为红黑色覆膜,是灭火器身份证的正本,由灭火器终生携带;另一张黑白色、纸质的,是副本,是身份证的备份。它的全称为消防产品身份体系标志,根据这张身份证,可以登录中国消防产品信息网,或者公安部消防产品评定中心的网站,输入身份证上的14 位明码进行查询,核对所购买产品是否属于网站上备案的产品。凡是有备案的产品,一般都为合格产品。

我们也希望,您在掌握了识别的方法后,能够主动去检查一下身边的灭火器,是否为合格产品、是否还在保质期内。火灾往往发生在不经意间,只有未雨绸缪、居安思危，才能防患于未然，守住平安。

伪劣灭火器危害猛于火，这一案件我们还将持续关注。如果您在自行检查的过程中，也发现有疑似不合格的产品，请尽快与属地消防、公安反映，也可以与通过"新闻坊＋"程序中的"同心服务平台"反映情况。希望大家多较真、敢维权，成为社区安全的"吹哨人"。

2023 年度上海广播电视奖
参评作品推荐表

栏目名称	来点财经范儿		创办日期	2022 年 1 月 12 日
专栏周期	周　播	播出频道	东方卫视、第一财经	语　种	中　文
播出单位	东方卫视、第一财经		体　裁	电视专栏
作　者 （主创人员）	集　体		编　辑	集　体

推荐理由	《来点财经范儿》是一档面向年轻人的新型财经谈话节目,节目由《第一财经》制作,在东方卫视播出。节目定位"中国经济青春读本",话题紧贴社会关注点,形式强调年轻态,节目生产流程实现"大小屏融合",并已打造出多形态融媒产品链。节目整体做到了"内容有深度""谈话有温度""传播有热度"。该栏目具有以下特点: 　　一、链接宏大命题与个体成长,呈现主流媒体价值 　　正在走向时代 C 位的新一代青年需要表达思考的窗口和共鸣共情的"舆论场"。《来点财经范儿》以青年为关照对象,以财经为视角,聚焦"想让年轻人知道"和"年轻人想要知道"的问题,特别是与年轻人发展相关的科技进步、乡村振兴、职场进化、文化传承等宏大命题,为年轻人提供现实的解决方案和创新思路,引导年轻人理性思考,保持信心。 　　节目内容生动活泼、偏重网感,从年轻人感兴趣的经济现象入手,邀请他们与业界专家、产业精英同场对话,剖析中国经济转型升级过程中的产业机会与就业机会,关注年轻人的个体选择与成长。包括多期观察文化产业的节目,《博物馆悄悄地在改变,你也是》《一场链接青年与城市的文化实验》等;多期关注青年人创业的节目,如《个体户 Z.0:年轻人在怎样重新定义个体户》《千山万水又一春》等;多期聚焦科技创新的节目,如《"Ta"来了—AI 有生命吗?》《从 1 到 10,科技创新如何跨过"死亡之谷"?》等,都颇受年轻观众欢迎。其中,《女生做自己》《如何让个人养老金账户赢面更大》《从 1 到 10,科技创新如何跨过"死亡之谷"?》等多期节目获得总局视听大数据全国卫视同时段排名第一。此外,围绕社会议题、结合网络热点的《新春特别节目——从心之所向到星辰大海》《一辈子租房可行吗》等多期节目在网络上引起热烈讨论,引发全网关注。

二、创新节目制作方式，台网融合传播打造节目 IP。

《来点财经范儿》节目突破常规电视专题的制作习惯，用融合传播思维打造节目 IP。基于两块大屏（东方卫视、《第一财经》）的稀缺性和小屏空间（东方卫视、《第一财经》新媒体矩阵）的不断延展，打造更为立体化的"财经范儿"，目前，已形成"电视节目＋网络直播＋短视频＋文字调研＋视频二创＋音频连麦"组合产品群，从而构建起一个具有完整空间、立体青春的超级内容 IP。

节目坚持在录制过程同步进行网络直播，不仅拉长了宣推的时间周期，也促成了网络互动热点反哺到节目录制；根据节目成片进行二创的中视频《茬述姑来了》用更为诙谐的互联网语言解读节目核心内容，流量始终位于《第一财经》客户端原创视频前列；9 月，在喜马拉雅等平台开设《茬述菇问问》原创播客节目，邀请节目主创"连麦"，对节目话题进行深挖，取得良好传播效果，将内容形态进一步延展到音频赛道。

三、探索内容 IP 场景应用，多层次提升栏目影响力。

1. 线下场景凸显品牌效应。

《来点财经范儿》多次与重要线下场景联名打造专属内容，凸显品牌效应。如在世界人工智能大会的 3×24 小时大放送中，打造多期"来点 AI 范儿"，成为直播流中的一大亮点；为浦江创新论坛·女科学家峰会打造的衍生节目《女生做自己》获得收视第一。

2. 行业研究拓展内容价值

节目还注重将策划和录制作为对文化、科创等年轻人关注的行业的一次次深度调研，不但形成关于主旨内容的文字长稿，还注意沉淀文字形成行业调研报道。如在《博物馆悄悄地在改变，你也是》《一份来自艺术家的"观展指北"》两期节目基础上，通过扎实调研，形成 17 000 余字的调研报告《面对年轻人世代更迭的新趋势，城市如何利用博物馆更好地实现文化传承功能？》，具有一定的学术价值。

3. 融媒传播成绩突出

统计数据显示，《来点财经范儿》节目在东方卫视播出，收视居于总局视听大数据全国卫视排名前列（多次夺得第一），在全国卫视财经类节目融媒传播指数排名第一（美兰德数据）。网络关注度不断提升，截至 2023 年 12 月底，常规节目全网流量达 14.1 亿。年终特别节目《2023 年终讲》推出电视版及网络版，线上线下总曝光量、直播流量数据均创新高，全网话题阅读量 6 500 万＋，短视频总流量近 800 万。

（左栏）推荐理由

来点财经范儿

从心之所爱开往星辰大海
（上半年代表作）

【预告】

2023《来点财经范儿》新春专列发车啦

车次：YICAI001

快上车

从心之所爱开往星辰大海

疾驰过平原，盘山越险峰

学会拥抱大时代的各种可能性

是坚守热爱、创造价值，

还是切换赛道、从零开始？

登上 2023《来点财经范儿》新春专列

欣赏沿途更美的人生风景

【短片1】

因为时光的流转（变）

是爱汹涌的根源（生长）

日月的轮转，未来的堤岸

总有人，有个人，在守候

生在冬天的孩子

从来不畏惧严寒

再大的伤害,当一副鬼脸

怕什么,还有你,还有我在这儿

【演播室开场】

黄伟:刚才和大家一起分享的是我们在 2022 年年底录制的年终讲的主题曲《执光》,正如《执光》的歌词当中所唱到的"时光的流变是万物生长的根源,日月的轮转守候着未来的堤岸"。过了农历春节,我们就迎来了 2023 年的春天,相信这个春天对于所有的人来讲意义不同寻常。

今天是 2023,我们《来点财经范儿》新春专列第一列特快发车的日子,我们目的地是星辰大海和心之所爱,要和大家一起来聊聊关于梦想、关于目标及如何能够坚持梦想和目标的话题。

接下来,为大家介绍一下搭乘我们今年新春特快第一列列车的各位嘉宾。

【人名板】

《第一财经》总编辑 杨宇东

中国科学院上海天文台讲席教授、"地球 2.0"项目负责人 葛健

自媒体博主 龙雨蓓

3HFIT 董事长 姚宁

【演播室】

黄伟:首先我们要欢迎的是刚才大家所听到的《执光》这首歌的歌词作者——《第一财经》的总编辑杨宇东先生,欢迎您,杨总;紧接着我们欢迎的是中国科学院上海天文台讲席教授——地球 2.0 项目负责人葛健,欢迎葛教授。

葛健:你好,大家好!

黄伟:接着欢迎的是就职于互联网大厂的自媒体博主龙雨蓓,欢迎小龙。

龙雨蓓:你好。

黄伟:好,此时此刻在大洋彼岸和我们进行连线的是大家所熟悉的美国的 3HFIT 董事长姚宁,欢迎姚董。

姚宁:大家好!

黄伟:首先来请教一下杨总,刚才我们所听到的《执光》这首词,您是在 2022 年的什么时候写的?

杨宇东:是在 12 月初。那个时候跟现在尽管只隔了一个多月的时间,但其实就像你说的,我觉得说恍若隔世可能有点夸张,但真的是这种感受。因为写的

时候，我们知道整个社会一些防控的政策逐步在清晰化、在优化；但与此同时，那时候整个社会的经济形势，包括大家身边的一些防疫压力还是挺大的，所以内心既有一种焦虑和恐惧，但与此同时又对未来有一种比较大的期待。所以那首歌词就表现了我们内心的一种，对未来的不确定性的担忧，与此同时，又想体现出我们内心的一种坚强跟执着，以及对未来的一些信心和期待。

黄伟：来，请教一下葛教授，包括小龙、包括姚老师在大洋彼岸跟我们进行连线，距离你们上一次到《第一财经》来录制节目，来参与我们的这些互动，其实也过去了一段时间了。来问问葛教授吧，这一段时间以来，您自己发生了一些什么样的变化？

葛健：因为我自己每天都坚持在城里面走 1 万步，所以我就能感觉到这种城市里的烟火气明显地越来越旺，所以这让我感觉非常好。

黄伟：是的。我们再来听听现场年轻的女生小龙。小龙，你跟之前相比，再一次来到《第一财经》有一些什么样感受上的变化？

龙雨蓓：我感觉整个人是处在一个崭新的开始，然后感觉 2023 年非常想要撸起袖子好好大干一场。

黄伟：好，太棒了，谢谢，加油！我们来连线一下我们在大洋彼岸的姚老师，姚老师您此刻的心情怎么样？

姚宁：过去的这一个月，让我有最大的一个感受，就是终于有了选择。

我相信，我们的生活总是往前走的，其实谁都不想重复过去，我们总是希望有新的追求，所以新的不确定恰恰是我们生活所期待的兴奋。所以我是觉得 2023 年一定是好运连连，而且生活会变得越来越精彩，我是这样看的。

【短片 2】

在浩瀚的宇宙中，人类是唯一的智慧生物吗？我们赖以生存的家园是孤独的存在吗？在深不见底的银河里，会不会有一颗像地球这样宜居的行星，可以成为人类的第二个家园？

【演播室】

黄伟：葛教授，我们的第二个地球找到了没有？

葛健：到目前还没找到，当然我觉得很有意思的是，我们最近，我的一个博士后实际上是在开普勒数据里面，通过我们的算法结果发现了一个信号，当时我们觉得跟地球很相似，当然很遗憾的是，我们经过了仔细的分析以后，发现这个信号其实多半是背景中的一个双星相互的遮掩导致的这种假信号，这确实很遗憾，但至少我们在尝试。

我们地球很特别,你看我们也不可能离太阳太近,像金星那样的;或者你稍微远一点,像火星那样的;甚至我们也不能像月亮一样,太小,所以这样的话,又不近也不远,又不能太小也不能太大,像木星那样的,就变成气体了。找起来确实比较困难,所以这个也就是为什么我们到现在还没有找到。

正因为这样,美国也是,它也是花了大钱。在 2009 年以前,他们投资了大概 6 亿美元去专门研制这么一个叫开普勒的卫星,然后希望通过在太空中能够搜寻跟地球一样的这种系外行星,但很遗憾的是,经过 4 年以后也没有发现。我记得 2010 年的时候,刚好在美国有一个私人基金会主动找上门要支持我们做这个研究,当时我就说,既然有这么好的、天上掉馅饼的事情,那我们就来尝试一下,看看能不能研制更好的仪器。

到 2015 年的时候,实际上我们的进度在国际上已经数据领先了,所以我们很快也就发现了后来我们叫瓦肯星的这么一个,离我们地球最近的、太阳周围的超级地球。2018 年,我们在全世界发布这个新闻,引起了很大的轰动。但我们还是没有找到第二个地球。

黄伟:那我们寻找第二地球或者第二家园,它的意义和目的是什么?

葛健:在几千年前的古代,大家看到天上的星星,就希望天上是不是有这种生命,这种是人类的一种普遍的好奇。所以我们希望的是通过找到第二个地球,甚至找到上面有没有生命——有智慧的生命,我们能回答人类最基本的这种好奇的基本问题,这是第一方面。

第二方面,我们地球上的资源是有限的,我们迟早都要往太空中去发展,我觉得我们人类可能对这个非常有期待的,所以我们希望通过我们的这种搜寻,能找到第二个我们的家园。

黄伟:看完那期节目之后,很多人都很好奇,那您是在什么时候设立您现在的事业所追求的梦想和目标的?

葛健:这个应该说起来有点话长,实际上就是说我个人可能大概从 13 岁开始,读了《从一到无穷大》这本书,然后使得我对其中关于太阳系的起源这方面的想象有无穷多的这种好奇。再加上小时候我母亲每次暑假乘凉的时候,就会跟孩子们讲太空中的这种我们中国的民间传说,流浪之旅……

黄伟:星宿。

葛健:嫦娥奔月、牛郎织女这些,还有七仙女等一些故事,我当时对天空就有一种想象,以及对天上是不是有跟人类相似的这种生命,就有一些思考。

黄伟:我不知道在你小时候,老师有没有问过说长大了想干什么,您是怎么回答的?还记得吗?

葛健：其实我们当时不是老师问我，我们高中毕业的时候，篝火晚会的时候，同学问我说你今后想干什么？我当时确实指着天空说我今后长大了就要研究这天上的星星，这个确实，有这么一点点梦想吧！

黄伟：那个梦想在同学们看来其实就是一说而已，对吗？

葛健：当时他们挺 shock（震惊）的，我觉得，当时就觉得怎么会有这样的想象，但后来很多年后，同学们说你真是追求到你的梦想了。

葛健：其实你再回过头来看的话，实际上是人的一个、你的内在的一种真正的好奇心，其实是很难改变的，就是你从小时候对某种事情的执着，很可能今后就播下这个种子了。

黄伟：小龙，你现在是互联网大厂里面的自媒体博主，那我相信，你小时候肯定没有这个梦想，要做一个自媒体博主，那个时候还不知道什么叫博主，也没有自媒体这一说，所以你一直以来的梦想是什么？

龙雨蓓：其实我以前一直特别想当记者。

黄伟：是吗？

龙雨蓓：对，所以我觉得今天的话题我真的非常认同。一个人是很难改变自己内心真正喜欢的东西。

黄伟：是什么点触发了你的记者梦？

龙雨蓓：首先我特别喜欢表达，其次我特别喜欢追求公正的东西，我希望能够主持正义。但是我大学学的是金融，然后我毕业了以后就去了互联网大厂，因为在我毕业那几年的话，互联网大厂是一个比较热门的领域，相当于也是追求了大家觉得比较成功和比较光鲜的一个道路，对。但是我现在想法完全不一样，我现在觉得人应该去做自己热爱的事情，而且我现在是有了一些工作经验和经济基础以后，我才发现其实我是真正有选择，可以去做我想做的事情的。

黄伟：显然你的立场没有我们的葛教授这么坚定，对不对？

龙雨蓓：对，我还在探索的路上。

黄伟：为什么选了一个所谓的世俗的金融专业，没有去选一个新闻专业。

龙雨蓓：因为当时我家里人其实也问我，以后想过什么样的生活，然后我就说我想过小资生活。对，然后大家就说你想过小资生活的话就去学金融，所以我后来就去了复旦读书，毕业了以后去做了互联网。对，都是遵循身边的人的一个建议。

黄伟：所以，你接下来未来还会继续依从自己过去的想法，在某种程度上再成为一个媒体人或者记者吗？

龙雨蓓：某种程度上是的，我觉得我会一直从事内容表达和内容创作的这样一个道路，然后我其实特别想说的是我觉得怎么找到自己热爱这一点上面，它其实是一个你需要花时间去发现和培育，还有去提炼的一个过程，而不是说所有人都会像葛教授这么幸运，从小就知道自己喜欢做什么。其实我们很多人是普通人，也不知道自己做什么是擅长的，那这个时候其实去找到自己的热爱，是一个不断地发现自己、诚实地面对自己的一个过程。

黄伟：所以我们会发现在生活当中很多的时候，这个都是一个围城，情感也好，职业也好，您看这个小龙她现在不是媒体人，但是她非常想进媒体这个圈子。杨总您和我，我们现在就在媒体的这个大环境里面，您那个时候也是立志做记者吗？

杨宇东：跟小龙有点像，那个时候我在高中的时候在上海的重点中学，就是我的理科比文科好，但是我的语文老师特别优秀，他是20世纪50年代复旦中文系毕业的，然后上海的第一个美育特级老师也是我的班主任，所以在他们两个的影响下，我对文学的兴趣特别大。所以后来高中的时候不小心听了一个复旦诗社的朗诵会，是在上海人民广播电台，听完之后，我说这么好的东西，我非去复旦中文系不可。

文学它有一种力量，第一是表达个人情感，第二是可以影响到其他人，最后甚至有可能去研究出我们人类共同的一些情感，最深刻的一些东西。那个梦想跟内心的情怀就是到现在为止始终在我内心盘踞已久，挥之不去。那个时候去了中文系之后，读了文学，出来之后就做记者，我跑的是文艺条线，机缘巧合。

黄伟：更合您心意对不对？

杨宇东：有的时候，一个人的兴趣爱好跟国家的大背景是有关系的，那个时候正好是20世纪90年代，中国的资本市场刚刚开始建立起来，一个机缘巧合我去了关于证券市场的媒体，去了《证券报》。那个时候你发现，做着做着你发现，原来我直接写财经新闻，是可以更加直接地来改变这个社会、改变这个市场，改变很多的一些东西，甚至于我们说推动社会进步，它跟文学的本质是有点相近的，而且它更直接，它比文学的力量更大。

所以我觉得做财经记者，尤其包括新闻行业，跟小龙说的一样，其实有一个特别大的所谓的成就感，就是你可以直接来影响到社会的发展和进步。

黄伟：是。

杨宇东：当然她还有一句话，主持正义对吧？

黄伟：没错。

杨宇东：我们是想去在马路上指指点点，"指点江山"，所以我想从这方面来讲，记者这个职业对我来讲，不是一个意外，也是一个顺理成章的结果。

黄伟：是，不仅是带引号的"指点江山"，更重要的是也能写词，对吧？

杨宇东：对，意外收获。

黄伟：好，我们再来问问在大洋彼岸的姚宁老师，来说说您以前的梦想是什么吧？

姚宁：其实一个人真正的梦想往往是由他的好奇所驱使的。因为我们不管怎么样，在世界上就活这个百十来年，所以怎么样才能够真正让生命变得精彩？我很早就有这样的一个感知，就是你必须去体验各种不同的东西。

我的小学、初中、高中这一路过来，我是觉得我们国家给了很多的体验，我们有学工、学农、学军，所以我体会了各种各样不同的生活。后来我到了美国之后，也基本上秉承了这样的一个原则，而没有过早地先把自己限定下来，应该做什么。我开始的时候学的是机械工程，后来我学的是国际营销，再后来我又去学软件。

在这个过程当中你就会发现，当你的基础知识越来越多的时候，学一样新的东西或去体会一样新的东西，所付出的时间成本及爬坡的难度都会大大下降。所以我是觉得我现在的梦想更多的是我还有什么没有做过的事情，我可以去体验一下，而不是要把一件事情做到极致好、超越所有的人。

黄伟：好，谢谢姚老师！我们现在一直在问小时候的梦想是什么，那么其实我们知道人在长大了之后，社会阅历增加之后，我们会有更多新的一些想法、一些新的这种爱好，等等这些，那么在这个过程当中，我们应该一直是坚持自己的梦想，还是说我们拥抱多种的可能性？

比如说杨总在您看来，我觉得您的梦想的路没有走太偏，但是其实我知道你内心当中是一个很狂野的人，而且曾经也想在羽毛球上有所建树。我们平时一直打球，我知道就是说我们打球的时候你也会有很多的想法，所以您怎么来看这个问题？

杨宇东：我觉得一方面年轻的时候，当你有一种兴趣跟爱好的时候，我觉得那个时候你不用去做太多的思考，因为我觉得因为年轻，你的试错成本很低，所以你可以有各种可能性，所以那个时候我就觉得沿着自己内心喜好的方向去走就行了。我认为选择这个词要放到 30 岁以后，一旦步入中年到了一个稳定期之后，那个时候反而要更加认真地去看可能性，以及去做个判断怎么选择。

【短片 3】

我一个正经 985 毕业的女孩子跑到乡下种田了。我心里清楚我所寻找的真知就埋在这土地里，藏在这幼苗中。

我喜欢拆东西，尤其是旧的物件。我拆的第一个东西就是自己的游戏机，因为不舍得扔掉，所以打算让它以一种全新的方式陪在我身边。拆着拆着，这种方式就成了我的职业。可能很多人难以理解，这拆完的手机，不就是一堆废铜烂铁吗,有啥可裱起来的? 我这人的精神状况是不是值得担忧?

【演播室】

黄伟:当你的梦想、当你的爱好跟你的职业乃至最终我们讲得比较俗一点,跟你的收入——支撑生活的必需的这一部分,没有办法能够做到完全匹配的时候,那么在这个时候我们所谓的兴趣爱好,我们的目标又该何去何从? 这个问题来问问小龙,你很典型。你说因为要过小资的生活,所以最终在考大学的时候放弃了新闻专业。

龙雨蓓:我觉得这个问题是确实存在的,因为我觉得里面有两个不确定的点,第一个是说不是每个年轻人在刚开始的时候就很肯定自己以后要做什么。

第二个是就算我很肯定我喜欢做记者,那记者这个工作,就像你刚才说的收入怎么样? 是不是我现在的积累马上可以支持我去实现它,是不是现在的一个风口? 这些问题其实有很大的不确定性在,所以我的看法是,如果我的热爱在短期内没有办法支持我的生活的话,我可能会暂时把它当作一个兴趣或者副业去进行,因为我觉得保持一定的生活的稳定性也是非常重要的。

黄伟:那么对于您来讲,那个时候你选择天文的话,能够很好地养活你吗? 能够支撑你想要的生活吗?

葛健:我当时没有这么想过,其实我父母这方面倒是没给我什么压力,当时那个年代上科大对吧,其实最差的也是包分配的,所以说对这种生活肯定没有压力,这是一个因素,但另外一点的话,他们觉得你上天文,他们也不知道你到底有什么就业问题,后来我很快到美国去读博士就拿到了奖学金。所以这也不是问题,当然我当时选择去美国其实也存在很多的问题,就是到美国一看,我一下飞机我的一个朋友接我,就说学天文你肯定没有出路,因为我们中国人到美国学天文的人都找不到工作。我当时在外面的压力是很大的,后来当然了我经过这么努力,再加上一些运气在内的过程,最后就变成教授了,当然就走上了职业道路。

黄伟:是,看来这个应该是时代的原因,你会发现说现在的年轻的孩子们他们想的东西更多,在那个时候葛教授甚至是比葛教授年长的那群人,他们可能眼中看到的跟现在的孩子们看到的应该完全不一样。

杨宇东:确实。我觉得一个是时代背景,葛教授那个时候不需要太多考虑物质的东西,对吧? 那个时候中国也没有完全进入市场经济,大家的商业上的压力、物质上压力没这么大,但是现在的小孩子跟那个时候区别可能隔了好几代了。所以我们今天讨论的话题可能如果再功利性一点,就会涉及最后你是怎么选择一些行业,基于你内心的热爱的时候,不同的行业确实,中国比如说金融行业这几十年来高速发展,整个上市公司里面一半的利润是金融公司带来的,他一到金融机构底薪就比别人高好几倍，这个时候自然而然就是说在很宽的赛道里面，大家很愿意去投入。记者这个行业本身说白了，传统的新闻行业现在在中国的生存环境确实是挑战性蛮大的，再加上移动互联网的冲击，等等，你光有一个兴趣爱好，可能很难去支持你去实现这个梦想的时候，这个时候挑战就来了。所以这个时候我们也是觉得怎么样有更多的方式，可能你做一个律师也能去推动社会进步、做一个自媒体也能推动社会进步，不一定非要做记者，这一行，它跟这个行业也是有关系的。

黄伟：好，接下来我们来请教一下姚宁老师。姚老师其实之前是做健身培训的，培训了很多的学员出去自己开健身会所、开健身的工作室，那么后来因为疫情来了，然后他就开始在线上带健身带操，然后结果吸引了一大群的中老年粉丝，然后紧接着就是中老年粉丝又推动他开始带货。您做了那么多的工作，最终选择了现在的这条道路，这是一个什么样的变化经历？

姚宁：我们其实不需要那么担心，是说我现在选的赛道是不是在单位时间当中可以产生比其他的赛道更多的经济价值，因为多余的边际的效应，其实所产生的快乐感比我们想象得要少很多。也就是如果你做一件事情给你 10 块钱，但是你特别喜欢，而另外一件事情你并不十分喜欢，他给你 30 块钱，最终如果你选择了去做一件 30 块钱的事情的话，那么其实你真正牺牲的，尤其对于年轻人来说，就是青春的大好时光。

所以我觉得年轻人在 20 到 30 岁的年纪当中，其实第一时间不应该考虑他能够赚多少钱，而恰恰是他的青春能够给他带来多少的感知。

因为这个 10 年如果你能够去做一件你真正喜欢做的事情，随便是什么，我认为当今社会只要你全情投入，满足你基本生活的这些经济收益是 100% 可以得到保证的，除非你是朝三暮四的人，没有一件事情做得极致，如果你把事情真正像你喜欢的一样做到极致，那么社会一定会给你回报。

我有好几个同事最终离开了我们公司去做自己喜欢做的事情，印象最深的就是原来给我们写公众号的，他平时很少说话，我一年都跟他说不了几句话，但他能写东西，他写的我们的公众号的内容流量都非常高，所以我们觉得他是一个非常好的写手。

有一天他就突然告诉我，他说我不做了，他去买了一辆车，然后去专门带各种各样想要探险的人，进入中国西部的无人区。

他每年有 8 个月时间在无人区里边开来开去、开来开去，不停地开，所以他投资了 50 万元的一辆大的吉普车去做了这件事情。结果两年之后，这一次看到他整个人都改变了，变得特别爱说话、特别热忱，特别有这种年轻人的朝气，他真正找到了他喜欢做的事情，当时他也不知道能赚多少钱，我现在没问他赚多少钱,但是我可以肯定他不会因为下一顿饭在什么地方不知道而感到担忧。

青春是宝贵的,千万不要虚度,千万不要因为金钱而虚度。

黄伟:说到不要因为金钱而虚度,说到因为热爱做到极致之后,你也同样能够有更多的机会,包括说商业的机会,我相信姚老师您就是一个很好的例子。所以,您目前的商业机构是如何依据兴趣建立起来的?

姚宁:我是觉得真正你如果一定要有商业,一定要有兴趣统统把它结合起来的话,你需要培养一种对于市场需求的敏锐度,这个是关键所在。如果你只关注自己的需求、只关注自己的爱好,而没看到这个爱好可以给社会带来什么样的价值的话,其实你少走了一步。

譬如说我喜欢运动的话,我的兴趣爱好就给老年人带来了很多价值。因为现在大家都清楚,我们每一个人都是自己健康的第一责任人,你对自己的健康负责任的话,你也知道钱解决不了问题、社会关系也解决不了问题,所有都解决不了问题,你只有免疫力能解决问题,你要解决免疫力的问题的话,你就要改善你的健康状况、改善你的健康状态;你若想要有尊严地活下去,你就要健身。所以按照这个思路的话,我很快就发现,有些人并不是因为热爱健身,是因为他有两害相权取其轻的逃避痛苦的心态,担心以后的生活状态更糟糕,所以他宁可花一点力去健身。这个需求一旦被你敏捷地捕捉到了,尤其是 60 岁到 70 岁的人,他们已经不是那么在乎钱的时候,他们突然意识到如果一旦出现问题,就很困难,所以他们会主动找到我来说现在有什么办法。所以,当你自己的兴趣爱好及你的专长正好和需求满足的时候,我们就把它想象成是一种冲浪,你不需要那么努力,因为需求推动着你往前走,同时我觉得金钱就像影子一样,当你朝着太阳跑的时候,它会死死地跟着你。

这是我给很多年轻人说的,你不能够吃了上顿没下顿,你也不能一天到晚活在信用卡上,你无论如何再艰难,你也要用劳力随便干点啥,哪怕是干你最不喜欢干的活,你也要储备出 6 个月的现金,在这个基础上大胆地去追求你的喜爱,这是我给很多年轻人的建议,不能没有钱。

黄伟:好,谢谢。谢谢姚老师的分享。杨总听了刚才这个姚老师的分享,您有什么样的想法?

杨宇东:我确实特别同意。前面我已经说到了三合一,当你的兴趣爱好和市场需求,我前面说到了,客户价值、用户价值和社会价值它能够结合的时候,确实是需要有这么一种执着和一种坚定,那就可以去沿着这条路坚定不移地去发展。但是我又特别强调一点,我们庄子说"物物而不物与物",就是说你可以去操纵驾驭物质,但千万不要变成物质的奴隶。

龙雨蓓:刚才听各位说我特别有感想,特别赞同,我觉得有时候这个道路它是迂回的，但是只要是遵循自己的内心去做自己想做的事情，那就没有一件事情是白做的。

然后有一句话我特别喜欢它，叫行动上持续迭代，心态上静待花开。这样的一个意思，就是我觉得同时去集合三合一其实很难实现，但是我只要一直在这个道路上去走，那么总有一天会正好这三个点碰到了一起，我就可以做成功。

【短片 4】

有了这个心中的锚锭，就能在自己生命的燃点上扎下根来，坚守良知的话，就能护住生命的这个根基，防止在摇晃当中迷失自我。而不断地学习的话，就可以让我们的种子能够长出参天大树，任风雨来袭，坚毅地挺立。还是那句话，具体问题的话还得具体解决，但是心态很重要，只有内心强大，才可以支撑起一个健朗的生命。

【演播室】

杨宇东：复旦哲学系孙院长讲的那一段话，其实你会发现他们的背后，他的内心都有一个相对独立的、自主的这么一个价值体系。

我们知道这个社会有一套整个的价值体系，总的原则是不变的，但是它每天都在局部的有变化，对吧？今天可能这个是更被重视的，而明天却又开始提倡那个了。

黄伟：没错。

杨宇东：如果一个人没有自己内心的价值体系，没有一个锚定。

黄伟：那就是一个浮萍。

杨宇东：你就是个浮萍。然后你就会不断地去适应它，然后痛苦，我该怎么办？所以这个时候，你一定要建立一个内心的价值体系，这个内心的价值体系比外在的更加重要。它得到的一个作用就是说你能够跟外界去形成一个平衡。《道德经》里面所说的，"以道立天下，其鬼不神"，就是说你要非常坚定自己的一个价值判断，这样外面乱七八糟的事情就不会太干扰到你，你就可以更加坚定。

黄伟：换个现代词就是锚定。尤其是对于很多年轻的朋友来讲，那么他的所谓锚定，他的这种所谓价值观的形成和这种坚定的话，该如何来进行更好的这种训练或者是培养呢，杨总？

杨宇东：我觉得首先是我们要有一种就像孙院长那些专家学者，包括像葛教授这样的成功人士，我觉得我们媒体也是需要更多地向大家去传播。我现在看到很多职场上的中年人，也都有这个问题，因为原来大家在高速成长中，他不在乎这个事情，我拼命工作，这个赛道都不错，你选哪个赛道都没错，在过去 30

年,你只要认真,比别人努力个 5 分好了,多努力 10% 可能你就成功了。所以大家会非常忽略这个问题,所以在现阶段,我也是特别呼吁怎么样能够去通过更多的阅读,通过我们媒体的传播、专家的指导,包括刚才如果说小龙那边有培训机构说培训自己的兴趣爱好,那可能是不是还有一些机构能够去帮助大家,去建立自己一些内心的这么一种稳定器。

黄伟:好,我们继续来连线姚老师。很多年轻人在全力奔跑的过程中,跑着跑着就把这个自己的兴趣爱好给丢了,或者又调整了一个方向,一而再、再而三地进行更换。那么究竟他们该如何来挖掘自己内心当中真正想要的,什么是属于他们从一而终的那一部分的这个东西? 在遇到风浪的时候,如何做到更好地规避,呵护好自己内心当中的这一颗萌芽的种子呢?

姚宁:OK,我是觉得追求自己的梦想其实除了热情和激情之外,还需要我们稳态科学的方法,套用一个我们训练的方式,就是高强度间歇训练。当我们在追求一个目标的时候,我们要敢于去拼,比如说你拼一个月,但是你拼完之后,你需要有一个缓冲带,你不能持续地拼,没有人可以持续做一件事情,然后没有倦怠。

所以这个间歇性的训练,如果你把它做成结构化的话,适度地调整自己的前进速度,有一个均衡的发展,留出时间来给自己留白,去填充、去成长,这个对于我们持续地向着同一个方向、向着自己目标进展是至关重要的。我是觉得第二个,其实碰到挫折的话,首先为什么在你面前这变成了挫折,而在别人面前似乎还是一马平川的,这取决于你的能力。就像你是一个底盘很低的 TOYOTA(丰田),而对方是一个高底盘的,是一个吉普车,在越野的过程当中你过不去,它就能过得去。所以从这个角度来说,不断地提升自己,进而让别人看似是一个挫折的,在你看来是平坦的,这个努力是必须要去做的。

这边我也想起了我当时 2021 年,正好是趁着有一个空隙,我完成了 28 天 2 600 公里西藏,川滇藏的骑行,这一次的骑行在四五千米的高度上,持续每天骑 100 多公里,在这个过程还有大量的爬山,你可以充分地感受到人跟人之间的差异绝对不在于决心而在于能力,所以当你的能力确实强的时候、当别人只能在那边喘的时候,你可以继续往前而行。

所以对年轻人来说,我是觉得我的建议,无论如何不要太快地去放弃学习,现在很多的年轻人,他最后一篇论文很可能就是大学论文,在大学毕业之后再没有认认真真地看过一本和他专业有关的书,然后他就认为以前 22 年积累的社会阅历,以及这个课堂里边的技术知识就能够支撑他的余生,这件事情肯定不行的,所以我是建议要持续地、不间断地终身学习。

龙雨蓓:我想问一下两位老师,刚才咱们一直在聊热爱和现实之间怎么平衡的问题，其实我觉得很难有一个百分百稳妥地去追求热爱的道路，有可能我是要牺牲掉一些东西，或者牺牲掉一些稳定性和确定性去追求我的梦想。假如说我面前有一个非常好的，但是有一些不确定性的机会，但这个事情是我很想做的，那两位老师觉得应该去做吗？还是说应该选择一个更加稳妥的方案？

黄伟：能不能具象一点？

龙雨蓓：假设我的朋友，他有两个选择，左手的选择是继续在互联网大厂做一个，是一个非常稳定的工作；右手的选择是，他可能有一些机会，可以出去创业，做一些自己的生意，然后把他在公司里面学到的东西去转化成实践，然后有可能可以成功，有可能不会成功。

黄伟：那我们再细化一点，做的是什么样类型的生意？

龙雨蓓：成立一家公司，自己去做整个直播带货的一个操盘手。

黄伟：我们先来听听葛教授您的想法。

葛健：OK，我因为是做科研的，所以我觉得我做任何事情，一般喜欢是如果我决定要做一件事的话，我首先要把这件事情它这个里面的一些关键的细节要搞清楚了。

黄伟：就是说我们用方法论，而不是拍脑袋。

葛健：对，不是拍脑袋，我要研究这个东西，比方我要去直播带货，那么我要研究这个市场，我们要做调充分的调研，我会根据很多的细节，我收集到的信息，然后做一些风险分析，我觉得这个事情虽然有风险，但是我觉得这个事情值得做，有一种可能性，非常大的可能性，然后我也会制订一个，一般我们做分析之后，我们有个 B 计划对不对？就叫备案，对不对？这样的话……

黄伟：万一不成。

葛健：万一不成，我可以用换另外一种方式，对吧？

以前人家采访我讲，我的一个座右铭，我是大胆梦想，努力实现，但是还不够的，很多东西需要想透再做。就是说虽然说未来你不清楚，未来不清楚就是不确定性，但这不确定性里面还是有很多的细节你是能够了解清楚的，当你了解清楚以后，你就能找到真正的方向，你一做一个准。

为什么古代也有一些常胜将军，那我想这个原因可能就是这些常胜将军他们做了很多的 homework（功课），做了很多的分析，然后就知道该怎么做，他就能成功。

黄伟：好，谢谢葛教授，那我的理解是小龙的朋友他之所以有这个想法，我觉得其实还是受到大势所趋这样的一种影响，希望说能够顺势而为。你看现在我们直播电商很火，而且整个直播电商商业规模的体量非常大，所以请教一下杨总，您怎么来看这个问题？

杨宇东：首先前面葛教授讲的我觉得是一个标配，你如果没有基本的……

黄伟：SWOT 分析法。

杨宇东：我们说就像胡适先生说的大胆假设，小心求证，没有这么一个过程，你肯定不要轻易去就这么去跳槽创业了。与此同时，这个当中我觉得有两个维度还可以继续深化考虑，第一个就是说确实有些领域是没法做 BP 的，你说当年马云创业让天下没有难做的生意，那个时候我想他肯定也做了大量的调研，但是他肯定没有一个非常详细的计划书，他就是觉得这个领域是一个空白，我花个五年十年，这个方面我觉得需要一种所谓的战略性的趋势判断，你的资源禀赋、你的优势，市场到底有多大、你的优势在哪儿，这是一个维度，就是更多的一种，即便做不了很详细的分析，但是你在大势、大趋势上还是要认真研判的。

第二个反而是说这种尝试我们不要去担心它的失败，如果它确确实实是现在有很大的一个市场空间的话，你即便在这当中失败了，其实它给你带来的可能是加分项，你可能更好地了解到这个新兴市场当中的一些运行规律，即便退一万步讲，你将来又跳槽回了大厂，那你的资历、你的能力是远远比在大厂里，在某个部门里面做的经验和实战经验丰富得多。

黄伟：好，我不知道这样说你的朋友会满意吗？

龙雨蓓：谢谢两位老师的意见，我一定会转达给我朋友的。

黄伟：好，非常好，接下来我们要来跟大家聊一聊 2023 年的期许了，其实每年都会有期许，今年的期许会不会不太一样？

我们先来问问我们的姚宁老师。

姚宁：2023 年，我最大的一个期许就是重新活到 18 岁的感受。今年 1 月 18 号开始，我就要开始进入大学了，我报考了我们的大学，然后跟 18 岁的孩子们一起去读运动机能学这门学科，然后是四年学制的，我准备拿一个学位。

黄伟：您这么兴奋地在 2023 年要成为大学生，方便透露一下您目前的年龄吗？

姚宁：我今年 64 岁。

黄伟：好，68 岁的毕业，我们非常期待。厉害，厉害，好，谢谢，谢谢姚老师的分享。回到我们现场，来，葛教授，2023 年您有什么样的期待？

葛健：我的期待就是继续找第二个地球吧！因为我这个人一旦喜欢一件事，比较认准做一件事。所以我的期待是今年我们能够把我们的卫星方案做得非常详细，甚至能详细到连卫星的仪器里面某一个螺丝在什么位置上都能够确定下来，这样的话我们一旦到今年运气好的话，能够很快立项的话，我们立刻就可以研制，就可以按照我们的设计把卫星研制出来，这样在 2026 年年底，我们希望能够发射到天上去，做这种搜寻。

黄伟：好，谢谢您的分享，来问问小龙吧。

龙雨蓓：我对今年的期待就是我希望可以从今年的第一天开始就真实地生活，然后按照自己想要的样子去做自己最想做的事情。然后具体来说事业上的话，我就很希望今年事业上能够有一个小的飞跃，然后实现一个小目标。

黄伟：OK，希望 2023 年有所突破，能够向你自己的梦想或者兴趣的目标更进一步。好，来听听杨总的分享。

杨宇东：整个社会经济生活重新步入一个正常的轨道之后，我特别想原来我们采访的很多企业，我跟他们交流的内容，我要做一个重新的设计，要跟这些企业家们去好好谈一谈，他们是怎么做重估的，我觉得这个对于中国经济、中国社会发展来讲太重要了。

黄伟：好，非常谢谢，谢谢各位今天来到我们的《来点财经范儿》，跟大家一起来分享了关于梦想、关于兴趣爱好，同时更重要的是如何来坚持。也希望大家能够在 2023 年能够找到自己的梦想、找到自己的兴趣，从而能够更好地在这个基础之上执着前行。谢谢各位的收看，我们今天就先聊到这儿。谢谢，祝大家2023 一切都好！

栏目名称	案件聚焦		创办日期	1994 年 4 月 14 日		
专栏周期	每周 2 期	播出频道	新闻综合	语　种		中　文
播出单位	上海广播电视台 融媒体中心		体　裁	电视新闻专栏		
作　者 （主创人员）	集　体		编　辑	沈雪颖、苏义宝		

参评专栏简介：

　　《案件聚焦》栏目于 1994 年 4 月开播，是中国电视界创办历史最悠久的法治栏目之一。在上海广播电视台新闻综合频道每周（周一、周二）播出两档节目，每期节目长度 22 分钟，至今（2023 年 12 月 15 日）已经播出 3 660 期。

　　多年来，《案件聚焦》栏目利用媒体的影响力，积极联合公检法司等合作单位，形成紧密的普法共同体，同时依托强大丰富的节目资源，通过以案释法的生动形式，弘扬法治精神，提升公民的法律素养。

　　除了常规节目外，《案件聚焦》栏目还制作了大量特别节目，形成了很好的法治宣传 IP。这两年在媒体转型的过程中，栏目从"以播出为中心转向以传播为中心"，除了做好电视端的传播，把更多的精力放到新媒体战场，形成了案件聚焦微信公众号、视频号、微博、抖音、快手、B 站的新媒体矩阵。目前抖音号有粉丝 70 多万，微博和公众号粉丝超过 10 万，内容经常登上抖音和微博的热搜。新媒体的传播大大提升了《案件聚焦》栏目品牌的影响力和传播力，获中央政法委通报表扬。

　　经过多年的发展，《案件聚焦》团队逐渐扩大，更多的 90 后年轻人加入进来，并形成了"以老带新"的带教制度以及长期规划，一批又一批的法治节目人，把法治和正义的理念薪火相传，用爱心与责任温暖着这座城市。

推荐理由	该栏目历史悠久，是上海著名的法治栏目，在全国也有相当的知名度和美誉度。三十年来，它一直坚持以纪实的手法，用以案说法的形式，生动记载了上海乃至全国发生的重大法治事件，全方位记录了中国社会法治化的进程。为推进依法治市、依法治国，发挥着主流媒体的担当和积极作用。

案件聚焦

（专栏简介）

　　《案件聚焦》栏目于 1994 年 4 月开播，是中国电视界创办历史最悠久的法治栏目之一。在上海广播电视台新闻综合频道每周（周一、周二）播出两档节目。至今（2023 年 12 月 15 日）已经播出 3 660 期。

　　该电视栏目全方位记录了中国社会法治化的进程。在上海观众中具有很强的影响力，在全国也具有较高的知名度和美誉度。自开播以来，收视率始终稳居上海地区前十。连续三年被评为全国十佳法治栏目。曾获全国电视法制宣传工作二十周年特别贡献奖、第八届金剑奖三等奖、全国优秀电视栏目十强等奖项，被授予上海市"青年文明号"和 SMG"新长征突击队"称号，2019 年获得上海市"以案释法"十大发布平台暨"媒体公益普法"十大品牌项目。

　　多年来，《案件聚焦》栏目利用媒体的影响力，积极联合公检法司等合作单位，形成紧密的普法共同体，同时依托强大丰富的节目资源，通过以案释法的生动形式，弘扬法治精神，提升公民的法律素养。如杨玉霞硫酸毁容案、屈臣氏搜身案等节目，都有非常大的影响力。再比如近年来，养老和反诈是社会关注的热点，栏目拍摄和制作了大量的电视专题节目，用以案说法的形式，通过典型案例，提醒广大市民守住自己的钱袋子，让受害的普通老百姓学会拿起法律武器保护自己。

　　除了常规节目外，《案件聚焦》栏目还制作了大量特别节目，形成了很好的法治宣传 IP。如与上海市公安局合作的三季《巡逻现场实录》，真实记录一线派出所民警公正执法、为民服务的故事，成为"上海是最安全的国际大都市"的生动注脚。与上海市人民检察院合作《公益诉讼进行时》，已经播出三季共 18 集，记录上海检察官为维护公众利益、守护公平正义做出的努力。与上海市高级人民法院合作的《执行第一线》已经播出五季，节目选择多种不同类型的执行案例，用纪实拍摄的手法真实记录法官的执行过程，凝聚起全社会理解执行、尊重执行、协助执行的广泛共识,让人民群众感受到公平和正义,也给"老赖"们以极大的震慑。近年来,电信诈骗案件高发,这也成了节目日常选题的很大一部分内容。2023年国庆前后,《案件聚焦》推出《将反诈进行到底》特别节目,梳理各种类型的诈骗手段,通过展现不断翻新的手法、套路,总结提炼涉诈关键词,在节目最后进行分类梳理,并给出防范小贴士,让观众及时、全面了解诈骗分子的惯用伎俩和翻新花招,牢牢守住自己的"钱袋子"。

这两年在媒体转型的过程中,栏目从"以播出为中心转向以传播为中心",除了做好电视端的传播,把更多的精力放到新媒体战场,形成了案件聚焦微信公众号、视频号、微博、抖音、快手、B站的新媒体矩阵。目前抖音号有粉丝70多万,微博和公众号粉丝超过10万,内容经常登上抖音和微博的热搜。新媒体的传播大大提升了《案件聚焦》栏目品牌的影响力和传播力,其中单条最高点击量过亿,短视频《戏精上身!网约车司机违法一周被抓表演"尿遁"》获2020年《第五届平安中国三微比赛》优秀短视频奖,获中央政法委通报表扬。

《民法典》颁布后,《案件聚焦》迅速与上海市法学会合作,邀请民法专家,对《民法典》每一个法条进行解读,制作了1 258条短视频《学习民法典》。2021年1月1日开始在《案件聚焦》公众号发布,使之成为宣传普及《民法典》的有效阵地。

2023年,围绕能动司法的理念,栏目与上海市高级人民法院策划推出《小案大治理》系列专题。系列节目播出后,《案件聚焦》新媒体矩阵播放量高达3 000多万,其中单条抖音播放量最高达1 600万+,评论5.4万,引发网友对案件的关注和热议,同时也提高了网友对社会治理的关注度。

2023年9月,栏目跟市公安局合作推出了"学警出更"全景式记录短片系列,将镜头聚焦交警、水警、社区民警、反诈民警、法医和特警等六个不同警种的六对师徒的工作日常,用简明轻快的风格,展示警察风采,体现警界传承与担当。短视频全网播放量超50万,网友纷纷留言评论,给警察叔叔点赞。

2023年11月,配合《未成年人网络保护条例》的施行,栏目邀请普陀区人民检察院未检检察官从网络欺凌等四个方面对《条例》进行深度解读。系列短视频在案件聚焦新媒体矩阵播放量超40万,对《未成年人网络保护条例》做了很好的普法宣传。

另外,《案件聚焦》团队始终秉持着高度的社会责任感和使命感,每年在观众见面会以及三五学雷锋日、五四青年节、七一党的生日、宪法宣传周等重要日子,组织栏目记者与律师、法官等法律工作者一起,走进社区基层,将法治咨询服务送到市民身边。最近五年里,就开展了20多场,帮助"小额货"受害人、无力讨薪的农民工等一些弱势群体拿起法律武器维护自身权益。特别是在国家纵深推进打击治理电信网络诈骗犯罪的工作中,团队小伙伴更是义不容辞地成为反诈宣传的一员，与公检法等单位紧密合作，走到群众身边进行宣传，助力平安上海建设。

经过多年的发展，《案件聚焦》团队逐渐扩大，更多的 90 后年轻人加入进来，并形成了"以老带新"的带教制度以及长期规划，一批又一批的法治节目人，把法治和正义的理念薪火相传，用爱心与责任温暖着这座城市。

投资养老的背后
（2023 年上半年代表作简介）

上海已经步入老龄化社会，如何养老是大众关心的热点话题。本节目选题切中了当下社会痛点，通过深入跟拍检察机关侦办过程，详细揭示了不法分子的作案手法：吸引老人投资虚假的养老床位，承诺给予高端养老服务和高额投资回报，实际上都只是一场"庞氏骗局"，骗取了大批老人的"养老钱"。

2022 年 7 月，记者从法院得知线索后，仔细阅读卷宗，发现这是一起骗子利用虚假养老项目，侵害广大老年人权益的集资诈骗案件。随后，通过走进案发现场，实地了解当地老年人的真实生活状态，逐步揭示出这场骗局背后的"套路"，同时，通过对当地老年人、司法办案人员的采访，2023 年 4 月，《案件聚焦》播出，完整揭露出这起骗局的真相。深入现场的电视画面，内容详实的背景资料展示，让观众深刻感受到老年人在面对社会问题时的脆弱性，向公众发出了及时警示，提高了全社会的防骗意识。同时，突出了法治在保护弱势群体方面的重要作用，是一档精心制作的优秀节目。

报道激发了社会对老年人权益的严重关切。观众通过案例深入了解老年人在现代社会中所面临的挑战，认识到法治是维护社会公正、保障老年人权益的关键手段，推动了法治观念在社会中的深入树立，引起了广泛的社会共鸣。节目通过深入分析欺诈手法和案发过程，提高了公众对类似诈骗行为的风险意识，更加警惕于老年人可能面临的潜在风险，促进了社会各界共同关心老年人群体的责任感。节目播出后，骗子的手法真相大白，广大市民尤其是老年朋友对养老骗局提高了警惕。节目起到了预防教育作用，社会效果良好。

执行的力度与温度
（2023 年下半年代表作简介）

这是栏目与上海市高级人民法院合作的季播项目《执行第一线》第五季的第

一集,节目选取了两个代表性案例,第一个案例围绕小区停车纠纷的执行展开。节目拍摄细致,采访生动,现场感强,既体现了执行法官执法的权威,又体现了法官跨前一步、能动司法、执法为民的温度。第二个案例讲述了老赖不还钱,还侮辱申请人、拒不执行的故事。节目抓住了老赖寄冥币给法官这样匪夷所思的细节,针对如此藐视法律的行径,法官判以司法拘留,彰显法律的威慑力。

　　这一集节目中包含 2 个案例,为了全程记录法官执行办案的全过程,记者和执行法官进行多次深入沟通,每个案例跟拍近 10 次,从选题确立到最后成片,时间长达 9 个月之久。完整记录呈现了法官为推动生效法律文书执行、维护社会公平正义、推动社会治理做出的努力。同时,为广大观众网友们普及了法律知识要点,又引入新的执行理念,搭建起了法院和普通民众进一步沟通了解的桥梁。

融 媒 体

一　等　奖

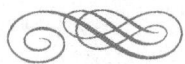

2023 年度上海广播电视奖
参评作品推荐表

作品标题	记者实探上海自贸区：看创新中如何闯出一条新路	参评项目	短视频新闻专题
作品网址	https://m.yicai.com/video/101869313.html		
主创人员	丁玎、朱斌、路俊、江晨咏、孔凡天、徐峥巍		
编　辑	邹　婷		
主管单位	第一财经传媒有限公司	发布日期	9 月 28 日 19 点 37 分
发布平台	第一财经网端	作品时长	7 分 59 秒
作品简介	自由贸易试验区是我国发展高水平对外开放经济的重要支点，为我国对外开放政策的制定和实施起到了先行先试的关键作用。我国首个自贸试验区——上海自贸试验区运行已经十年，制度创新、可复制、可推广这些十年前提出的发展目标，是否达到了预期？作为市场主体，企业的获得感是否增强了？他们是否感受到了各种创新给他们带来的高效、便利和快捷呢？上海自贸区闯出的一系列创新成果，能否在全国其他自贸区复制、推广？ 　　在上海自贸试验区成立十周年之际，《第一财经》视频记者深入自贸一线进行实地调研，选取上海张江、江苏太仓和浙江舟山三地，通过三个有典型代表意义的创新案例，从金融创新、制度创新和提升中国价格的影响力三个维度，展示自贸区内"大胆闯、勇敢闯"的自贸全景图。 　　这些案例故事均为记者独家挖掘。第一个故事讲述的是金融创新助力企业发展。跨国公司立邦在金融机构的帮助下，及时搭建了跨境资金池，实现了境内外资金的随时调拨和资金水位的平衡。由于资金的及时到位，在全球经济低迷的大背景下，中国区的业绩		

作品简介	非但没有受到影响，反而一枝独秀。第二个故事讲述的是制度创新助力企业节省成本。本田新大洲摩托以往出口的商品，都必须运到洋山港才能完成报关，但监管部门进行了制度创新，在太仓当地就可以完成报关，这一小小的变化帮助企业节省了大量的运输成本和人力资源。第三个故事讲述的是提升中国价格的全球影响力。舟山是个"加油港"，低硫燃料油大部分都是中国企业生产的，当地企业和上海期交所联合推出了"舟山价格"，帮助企业更灵活地预判价格走势，降低企业成本。眼下，舟山价格还在继续迭代中，更多风险因子将被纳入价格体系。 　　短视频新闻专题从财经专业视角出发，突出一线实地调研，话题专业深入，叙事客观真实，表达灵动鲜活。
推荐理由	在我国首个自贸试验区——上海自贸试验区成立十周年之际，《第一财经》视频记者深入一线实地探访调研，以新媒体视频形式，生动讲述了"跨国公司资金调拨""商品出口通关更方便""低硫成品油价格发现"三个独家挖掘的故事，新闻专题通过对这三个案例的徐徐展开，以小见大，充分展现自贸十周年建设的成果，既有很强的财经属性，又生动真实有可看性，传播力强。 　　视频在《第一财经》网端平台发布之后，迅速受到业界的广泛关注和好评，被新浪财经、今日头条等外部媒体广为转载，在同期报道中占据引领地位，达到了很好的传播效果。

记者实探上海自贸区：看创新中如何闯出一条新路

2013 年 9 月，我国首个自贸试验区——上海自贸试验区正式挂牌。在过去的十年中，作为市场主体，企业的获得感是否增强了？他们是否感受到了各种创新给他们带来的高效、便利和快捷呢？上海自贸区闯出的一系列创新成果，能否在全国其他自贸区复制、推广呢？《第一财经》记者通过实地调研，去了解企业的真实感受。跟随我们的镜头，走到自贸一线去！更现场、更财经，一探究竟！

以典型案例叙事　可视化呈现助力
——《记者实探上海自贸区：看创新中
如何走出一条新路》评点

市委宣传部新媒体阅评组副组长　袁夏良

2023 年 9 月 28 日，《第一财经》推出短视频现场报道《记者实探上海自贸区：看创新中如何走出一条新路》（下称"实探"）。短视频时长 7 分 59 秒，通过镜头生动展现上海自贸试验区通过创新走新路的故事，让受众真切地看见并感受到上海自贸试验区的新——"原来你是这样的自贸区"。

"实探"没有宏大视角、没有数据罗列、没有概念包装，而是精心选择了 3 个具有代表性的案例，分别以现场报道的方式予以讲述。

一个案例涉及金融创新。在全球经济低迷的情况下，涂料巨头"立邦中国"2023 年一季度的利润同比增幅超过 78%，利润率增长 4.8%。此前一年，公司遭遇了资金挑战，自贸区突破常规，为"立邦中国"和其境外股东公司立时集团在自贸区内开设 FT 账户，建立跨境资金池，使境外资金顺利进入"立邦中国"账户，为其解决了资金难题，确保了公司的正常运营并取得了亮眼的业绩。

一个案例涉及便利通关的制度创新。位于江苏太仓的新大洲本田摩托制造工厂每年生产近百万辆摩托，50% 出口海外市场。以前，出口的摩托要通过集卡从太仓运到上海港出口报关。现在，企业在太仓就可完成出口申报，然后通过水上穿梭巴士把摩托运到自贸区内的洋山港出口，这种通关一体化的制度创新在全国还是首例，为企业提供了极大的便利，也为企业节省了大量物流资金。

一个案例是浙江自贸试验区舟山片区联手上海自贸试验区解决油气定价权所取得的成果。

"实探"对这 3 个案例的叙事，要素交代简练清楚，各种场景衔接到位，相关企业负责人在镜头前的介绍真实可信，这不仅体现出报道的专业性，也增添了报道的生动性和可看性，从而有助于扩大传播力。

上海自贸试验区的报道从来不缺数量，在铺天盖地的报道声浪中，"实探"以短视频现场报道的方式，选定典型案例凸显上海自贸试验区创新走新路的姿态，无疑给受众带来清晰、具体而又深刻的印象，获得传播效果胜于一些大体量平铺直叙或是"点水"式的专题报道。

值得一提的还有"实探"推出的时间背景。2013 年 9 月，我国首个自贸试验区——上海自贸试验区正式挂牌。在过去的十年中，作为市场主体，企业的获得感是否增强了、是否感受到了各种创新给他们带来了便利高效的服务？正是在这个时间节点上，"实探"以 3 个分别代表不同领域创新的案例，回答了上海自贸区是如何通过创新来服务企业的问题，同时也很好地体现了自贸区的建立价值。同时，"实探"推出的时点，也是新冠疫情后我国内外向经济逐步趋于稳定回升的时期，通过讲述上海自贸试验区有说服力的故事，对于坚定我国将继续深化改革扩大开放的信心起着良好的展示作用。

《记者实探上海自贸区：看创新中
如何创出一条新路》创作体会

《第一财经》视频采访部记者　丁玎

2023 年是上海自贸试验区成立十周年。自由贸易试验区是我国发展高水平对外开放经济的重要支点，为我国对外开放政策的制定和实施起到了先行先试的关键作用。作为我国首个自贸试验区，在成立十年后的今天，发展情况究竟如何？制度创新、可复制、可推广这些十年前提出的发展目标，是否达到了预期呢？作为市场主体，企业的获得感是否增强了？他们感受到了各种创新给他们带来的高效、便利和快捷吗？上海自贸区闯出的一系列创新成果，能否在全国其他自贸区复制、推广？

带着一连串的问题，我们开始策划。我们希望拍摄制作一个与众不同的"上海自贸十周年调查"。与众不同如何做到？作为《第一财经》的记者，我们从策划之初就明确，选择报道的故事一定要有强财经属性。于是，在事先走访调查的基础上，我们从众多线索中，筛选出了这样三个故事："跨国公司资金调拨""商品出口通关更方便"及"低硫成品油价格发现"。

第一个故事讲述的是金融创新助力企业发展。跨国公司立邦在金融机构的帮助下，及时搭建了跨境资金池，实现了境内外资金的随时调拨和资金水位的平衡。由于资金的及时到位，在全球经济低迷的大背景下，中国区的业绩非但没有受到影响，反而一枝独秀。第二个故事讲述的是制度创新助力企业节省成本。本田新大洲摩托以往出口的商品，都必须运到洋山港才能完成报关，但监管部门进行了制度创新，在太仓当地就可以完成报关，这一小小的变化帮助企业节省了大量的运输成本和人力资源。第三个故事讲述的是提升中国价格的全球影响力。舟山是个"加油港"，低硫燃料油大部分都是中国企业生产的，当地企业和上海期交所联合推出了"舟山价格"，帮助企业更灵活地预判价格走势，降低企业成本。眼下，"舟山价格"还在继续迭代中，更多风险因子将被纳入价格体系。

在众多的媒体报道中，我们相信，很少有媒体会将笔墨全部聚焦在某一个故事的财经属性上。因为财经报道太专业，这种专业术语和表达方式没有可替换性，但报道又是给普通观众看的，记者需要用最接地气的语言，让他们看明白、能理解。这是一个非常大的挑战。以片中第一个故事为例，什么是跨境资金池、什么是离岸贸易，为什么搭建了跨境资金池，企业就可以缓解资金紧张的难题，这些专业性的解释工作，需要记者在讲述故事的时候，既不影响故事的连贯性，又能讲清楚。这或许也是这个报道得到大家认可的原因之一。

此外，除了财经属性，我们在挑选这三个故事的时候，也考虑到了地域因素。以往的报道都是"就自贸论自贸"，我们希望在突出上海自贸创新的基础上，也能强调这种创新对周围地区的辐射和带动作用。于是，才有了江苏太仓的制度创新和浙江舟山的中国价格这两个故事。他们的意义在于，告诉受众，上海的创新是一种牵引力，它能带动长三角乃至整个中国向前、向上拓展。

所有案例故事均为记者独家挖掘，叙事客观真实，表达灵动鲜活。其实，当记者身处一线，看到跨国企业忙碌的生产线、看到太仓一辆辆穿梭在工厂和码头的运输车，也看到了舟山巨大无比的储油罐的时候，我们自己也被震撼了。这就是自贸先行先试、大胆闯勇敢试带来的裂变效应。而这，也再一次验证了我们一直秉持的态度，那就是：去到一线，用财经的眼光解读眼前的现实，带给观众一个不一样的视频故事。

2023 年度上海广播电视奖
参评作品推荐表

专栏名称	快看上海	创办日期	2019 年 9 月 22 日
参评项目	新媒体品牌栏目		
发布单位	看看新闻客户端、《快看上海》视频号、《快看上海》抖音号	2023 年度发布总次数	看看新闻客户端：104 条 视频号：115 条 抖音号：289 条
发布平台	看看新闻客户端		
主创人员	集 体		
编 辑	集 体		
专栏简介	《快看上海》是上海广播电视台融媒体中心精心打造的一档聚焦上海市委主要领导和全市中心工作的时政新媒体专栏，开播于 2019 年 9 月，以融媒体中心时政报道部作为主要班底采访、拍摄、剪辑、制作，并进行日常运营维护，是国内较早探索时政新闻短视频表达的栏目之一。4 年多来，《快看上海》坚持以短视频方式，直击时政要闻现场、梳理新闻核心脉络、传递市委部署要求、讲好上海发展故事。 作为上海一个重要的时政新媒体账号，《快看上海》栏目最核心的内容就是做好上海市委主要领导相关新闻的短视频，以及涉沪重大时政活动的新媒体，目前在微信视频号和抖音两个平台均设有账号。 用好时政独家资源，是《快看上海》栏目的一大优势。视频号方面，2023 年《快看上海》流量最高的五条片子中，有两条与市委主要领导当天参加的重要时政活动相关，一条是 8 月 28 日发布的《从东海之滨到万里之外帕米尔高原　市委书记陈吉宁率上海代表团赴喀什地区学习考察　一路马不停蹄看了哪些援疆项目》，一条是 3 月 16 日发布的《携手推动长三角更高质量一体化发展　上海市党政代表团赴苏浙皖考察　第一站来到江苏省》；抖音方面，2023 年上海两会期间，《快看上海》紧扣"换届年"，全网第一时间发布陈吉宁书记与新当选的上海市市长、市人大主任、市政协主席握手祝贺，		

专栏简介	以及新一届市人大、市政府、市政协班子领导集体亮相的短视频，相关平台总点击量达 1360 万，点赞 4.7 万。
	值得一提的是，《快看上海》也是全国地方电视媒体中，率先探索全国两会时政新媒体报道的栏目，已连续多年在两会期间推出"两会驻会日记""全国两会工作间""全国两会'说'新闻"等系列新媒体产品，每年都能为账号贡献超千万的点击量。
	时政 Vlog 是《快看上海》的另一大特色。栏目的几位 95 后记者或是紧扣市委主要领导所作的调研，或是结合领导们当下最为关心的话题，深入第一现场，以年轻人的视角加以呈现和讲述，力求让网友轻松看懂时政新闻。
	2023 年是新冠疫情平稳转段后经济加快复苏的关键年，市委、市政府将改善营商环境作为工作的重中之重，推出了重点企业"服务包"制度。获悉消息后，栏目记者第一时间联系采访，独家记录了"服务包"里有什么，政府部门是如何送"包"上门，又是如何把个性化的服务推动落地成为普惠性政策的。《快看上海》也由此成为全上海首个解读"服务包"政策的新闻媒体。临近年底，市主要领导又在全市大小会议上多次提到"莫德纳"速度这个词。栏目记者再次敏锐抓住了这个"新词"，深入全球知名药企莫德纳所落户的闵行莘庄工业园，探究这家药企从决定落户到开工拿地仅用 3 个月、比当年特斯拉还要快 1 个月，其背后的奥秘所在。该片在新媒体端推出后，又在上海市委全会召开当天，结合这次全会的"关键词"，于上视新闻综合频道《新闻夜线》栏目完整播出，大小屏融合互动，引起不小的反响，并受到上级部门的表扬。
	应该说，经过多年深耕，《快看上海》在时政 Vlog 这一领域已创作出一批具有独特风格和一定辨识度的作品，去年贵州台、云南台等外省市同行与上海广播电视台融媒体中心交流经验时，都表达了对《快看上海》栏目的赞赏，并为几位 95 后年轻记者点赞。
	除了聚焦市委关注，《快看上海》还围绕社会热点，创新新媒体表达方式。2023 年夏天，上海高校毕业生人数再创新高，毕业生们能否如愿就业是市委、市政府关心的头等大事。在毕业季来临之际，栏目记者海采了七所高校的十多位应届毕业生，以访谈的形式，将 100 多分钟素材浓缩在一条 5 分多钟的短视频里，不仅生动刻画了首届 00 后毕业生求职就业的群像，也展现了上海方方面面为他们提供的无微不至的关怀。新媒体平台一经推出，点击量就破万。
	此外，《快看上海》还十分注重在"市委关注"和"百姓关心"之间架起桥梁，在抖音平台及时发布各类政务服务信息，与粉丝形成良性互动，保持粉丝的黏性和活跃度。
	自栏目创办以来，已有多条新媒体作品获得了包括上海新闻奖一等奖等在内的多个重要新闻奖项。2023 年，《快看上海》在视频

专栏简介	号端共发片 115 条,总点击量 47.4 万;抖音端共发片 289 条,总流量 6 995 万。目前,新媒体矩阵粉丝总量超过 34 万。 　　未来,栏目还将继续围绕市委中心工作,充分用足用好时政独家资源,积极守正创新,努力让时政"硬主题"实现"软着陆",力争把《快看上海》打造成为全上海乃至长三角最具影响力的短视频类时政新媒体品牌。
推荐理由	《快看上海》栏目成立 4 年多来,始终坚持政治正确,在紧扣时政主基调的同时,不唯"流量网红"至上;始终坚持守正创新,在创新新媒体表达方式上不懈探索。2023 年,账号紧抓市委中心工作和社会热点,创作了一大批形式多样、内容丰富,有时效、有深度的时政新媒体产品,不少作品还获得了市主要领导和上级部门的表扬。作为时政类账号,《快看上海》发布的内容和普通新闻账号相比会有一定局限性,但团队始终坚守账号定位和原创底线,坚持用通俗易懂的语言,及时、准确地传递最权威的时政报道,凸显了团队成员的政治责任心、新闻敏感性和新媒体创造力,对推动新时代时政新闻的融合传播报道起到了积极作用。

快看上海

上半年代表作链接：

https://www.kankanews.com/detail/g4QZDk6LE2Y

下半年代表作链接：

https://www.kankanews.com/detail/BzwA4l6rXQJ

不失风口，不失主流

——简评新媒体专栏《快看上海》
用短视频讲好上海故事

市委宣传部新媒体阅评组副组长　袁夏良

《快看上海》是上海广播电视台融媒体中心倾力打造的时政报道新媒体专栏。自 2019 年 9 月开栏以来，影响力逐渐提升，已形成了有一定辨识度的传播品牌。

先从网络传播的角度看。

以时政报道为内涵的《快看上海》，在传播形式上主打的是短视频，在微信视频号和抖音上均开设账号。以短视频作为表达方式来呈现时政新闻的内核，无疑是传统媒体紧跟网络时代传播格局变化的创新举措。当下，网络传播已成主流媒体扩大影响力不可忽视的重要渠道，而短视频因其形式生动、内容可视、阅看轻松、便于分享等特点，迅速成为网络传播的风口，也为主流媒体增强报道的传播效果提供了重要手段。

《快看上海》抓住风口，以短视频形式，坚持在视频号、抖音等平台高频率推送有关上海方方面面的时政新闻，2023 年，《快看上海》在视频号推送短视频 115 条，点击量 47.4 万；在抖音上发布了 289 条，总流量达 6 995 万。目前，在新媒体矩阵中粉丝总量超过 34 万。可见，《快看上海》对短视频的坚持，增强了报道的传播效果，在吸引受众眼球的同时也扩大了自身的影响力。

《快看上海》的短视频在制作上也考虑到移动端传播的特性，时长基本上都控制在 1～3 分钟（也有少部分因内容关系时长为 4～5 分钟）。对于短视频的时间长度虽然没有绝对的标准，但在生活节奏加快、网络阅读碎片化的背景下，1～3 分钟的时长，适合当今用户在移动端阅看，而移动端阅看正是时下网络传播的主场。综观《快看上海》的短视频，镜头感强、场景丰富、要素清楚，在时长这么短的视频中能做到这一点，也显示出采编人员在采访拍摄的基础上，花了功夫用心剪辑制作。

再从《快看上海》的传播内容来看。

主流媒体的报道，除了形式上需要贴近网络传播的规律，最根本的还是在于传播内容。

《快看上海》善于用好独家资源，其制作推送的短视频，既有上海党政领导活动的现场报道，也有对新闻事件的及时追踪；既有对社会热点的关注，也有记者在重要采访场合拍摄的 Vlog。如在微信视频号上，2023 年流量最高的 5 条短视频中，有两条与市委主要领导的重要时政活动相关，一条是《从东海之滨到万里之外的帕米尔高原　市委书记陈吉宁率上海代表团赴喀什地区学习考察　一路马不停蹄看了哪些援疆项目》，一条是《携手推动长三角更高质量一体化发展　上海市党政代表团赴苏浙皖考察　第一站来到江苏省》。2023 年，上海高校毕业生人数再创历史新高，记者采访了十多位应届毕业生，将访谈的 100 多分钟素材浓缩到 5 分多钟的短视频中，展现了上海方方面面对他们的关怀，一经推送点击量就破万。落户上海闵行莘庄工业园的全球知名药企莫德纳，从决策到开工拿地仅仅用了 3 个月时间，比当年特斯拉落户上海自贸试验区临港新片区的速度还要快 1 个月，抓住这条颇有价值的新闻，记者前往探寻奥秘，第一时间推出

"揭秘"短视频,反响强烈。

由此可见,《快看上海》不失风口、不失主流,既追求传播形式的创新,又能守住主流媒体的内容底线,形式与内容的完美结合,构成了《快看上海》的独特风格。

用镜头记录　用脚步丈量
用心来观察
——《快看上海》让我爱上上海这座城

上海广播电视台融媒体中心《快看上海》
主创人员　沈姝艳

2018年9月5日,上海广播电视台融媒体中心时政报道组推出第一条与市委主要领导重要时政活动相关的、以新媒体方式呈现的短视频配合报道。

2018年9月13日,时政报道组推出第一条将市委主要领导5分多钟的电视新闻,浓缩成1分多钟短视频的时政新媒体。

2019年2月19日,时政报道组推出的市委主要领导短视频,全网流量首次破千万。

2019年3月2日,时政报道组首次聚焦全国两会,推出与两会相关的新媒体短视频。

2019年9月21日,《快看上海》栏目正式创立,推出第一条"说新闻"短视频,解读市委主要领导参加的时政活动。

2019年10月29日,《快看上海》栏目记者第一次走进市委主要领导参加的时政活动现场,推出第一条时政Vlog。

2020年1月14日,《快看上海》栏目首次在上海两会期间,推出两会Vlog,并于同年5月20日,首次在全国两会期间,推出"驻会日记"Vlog。

2020年7月5日,《快看上海》在微信视频号、抖音等平台设立同名账号,并第一次发布带有市委主要领导调研活动实况声的Vlog。

⋯⋯

以上这条时间线,记录了《快看上海》栏目从无到有、从初创到逐步发展的过程,也是作为主创人员的我,从一个新闻"小白",成长为栏目骨干记者的一段重要经历。

从时间线上可以看到，作为一档聚焦上海市委主要领导和全市中心工作的时政新媒体专栏，《快看上海》虽然成立于 2019 年 9 月，但在这之前，我们对时政新闻的新媒体表达已经做了一年多的尝试和探索，有令人满意的成片，我们就不定期推出；如果成片效果不佳，我们就"束之高阁"。至今，我手头还保留着两个移动硬盘，都有一个名叫"未播出"的文件夹，里面存有上百条从未播出过的短视频，都是我们根据不同时政活动的视频素材，打磨出的各种版本短视频——有竖屏的、有横屏的，有仅几秒钟的短版、也有一两分钟的长版。最多时，同一段视频素材，我们制作过 20 多条不同样式的版本。

5 年来，《快看上海》坚持以短视频方式，直击时政要闻现场、梳理新闻核心脉络、传递市委部署要求、讲好上海发展故事，守正创新做好时政新闻的报道工作。而在这个过程中，我个人也因为采访的关系，不断地蜕变、成长，对上海这座城市也更有认同感和归属感。

至今还记得 2020 年夏天，市委主要领导到上海历史最悠久的二级以下旧里之一——宝兴里，调研旧改工作，我也随之来到这条里弄拍摄。让我印象深刻的是，虽然宝兴里紧邻外滩黄金地段，但走进其中却是另一番景象，楼道阴暗逼仄、潮湿发霉、蚊虫肆虐，还没拍完，自己已经满脸满腿全是"包"。如何回应居民们对于改善生活环境的迫切愿望？实地采访中我发现，这里的社区干部和基层党员都有这样一份信念：只要心里装着群众、多到群众中去，办法总比困难多。也正是这份信念，转化成了战斗力，他们一次次挨家挨户上门做大量的解释工作，最终得到了居民群众的全力支持配合。宝兴里用短短 172 天，实现了居民 100％自主签约、100％自主搬离的旧改"加速度"。在这速度的背后，我看到的是"人民城市人民建，人民城市为人民"的温度。从那一刻起，作为一个新上海人，我爱上了上海这座城！

近年来，以第一人称视角，将看似严肃的时政新闻、公文范式的时政新闻稿，用老百姓听得懂、易接受的方式在《快看上海》栏目中加以呈现，让大家看懂时政新闻和其背后的故事，这是我们栏目主创人员的责任和使命，也是这个栏目创立时的初心。

由于主创人员中有几位跑时政条线多年的"老兵"，他们对时政题材的把握、判断及呈现方式，有着十分丰富的经验，常常能为我们几位"新兵"支招、"喂料"，也因此，我们的一些短视频经常会成为"首发"和独家。

以 2023 年为例，年初上海两会期间，我们紧扣"换届年"，全网第一时间推送与换届选举结果相关的短视频，平台总点击量超千万；年中，上海推出重点企业"服务包"制度，我们第一时间联系采访，独家记录了"服务包"里有什么，政府部门如何送"包"上门，又是如何把个性化服务推动为普惠性政策的，《快看上海》也由此成为全上海首个解读"服务包"制度的新闻栏目；临近年底，市委主要领导又在全市大小会议上多次提到"莫德纳速度"这个词，我们再次敏锐抓住了这个"新词"，深入莫德纳这家药企所落户的闵行莘庄工业园，探究何为"莫德纳速度"，及其背后的奥秘所在……因为定位于时政，再加上新闻点抓得准、表现形式创新多样，我们的新媒体报道常常受到上级部门的表扬，甚至一些外省市同行在与我们交流经验时，也经常不吝赞美之词，这些都让作为栏目骨干记者的我感到无比自豪！

从最初的不定期推送，到现在的每周更新，尽管《快看上海》的每条视频只有短短两三分钟，但在这里，可以听见这座城市的心跳，触摸到这座城市的脉搏，感受到这座城市与人民相连的温热。也因为这个栏目，让我这些年走过上海不少地方、采访过不同的人群、感受到不一样的风景。

用镜头记录，用脚步丈量，用心来观察。采访的过程，是自身学习和积累的过程，更是我对上海这座城市，从陌生、到熟悉，再到热爱的过程。

《快看上海》，讲述的是你的上海，我的上海，我们的上海！

2023 年度上海广播电视奖
参评作品推荐表

作品标题	家门口的最佳片场	参评项目	短视频新闻专题
作品网址			

<table>
<tr><td>作品标题</td><td colspan="2">家门口的最佳片场</td><td>参评项目</td><td>短视频新闻专题</td></tr>
<tr><td>作品网址</td><td colspan="4">http://fro.news1296.com/#/specialColumn?key＝eyJjb250ZW50
SWQiOiIxODUxMzAiLCJjb21tZW50X2hpZGUiOiIxIn0＝</td></tr>
<tr><td>主创人员</td><td colspan="4">向晓薇、王世雄、严萍、李彦豪、卜晓晓、杨叶超</td></tr>
<tr><td>编　辑</td><td colspan="4">杨叶超</td></tr>
<tr><td>主管单位</td><td colspan="2">上海广播电视台
东方广播中心</td><td>发布日期</td><td>2023 年 6 月 18 日
22:59
2023 年 6 月 22 日
13:32
2023 年 6 月 23 日
18:45</td></tr>
<tr><td>发布平台</td><td colspan="2">话匣子 FM 新闻客户端</td><td>作品时长</td><td>3 分 21 秒
3 分 39 秒
3 分 5 秒</td></tr>
<tr><td>作品简介</td><td colspan="4">　　在上海国际电影电视节期间,话匣子新媒体矩阵推出《家门口的最佳片场》系列短视频,挑选愚园路、河滨大楼和张园这三个典型的上海取景地,通过影视画面和现实画面的穿插,以及当地居民的讲述、游客的街采,把家门口的好去处与影视作品中的精彩片段相结合,解锁城市的历史变迁和当代风貌,立体呈现一江一河焕发活力、城市更新古今结合、消费业态潮流涌动等上海崭新面貌,真正实现了"在光影里,我们看见岁月流淌,更触摸身边城市美好"的愿景。作品在话匣子等新媒体矩阵总点击量近 20 万。《家门口的最佳片</td></tr>
</table>

作品简介	场》画面优美富有质感,采访生动、表现力强,获得业内人士、普通市民和网友的一致好评。经专家推荐评议,该系列短视频被评为第四届中国短视频大会·2023 年度全国微视频短片推优展播活动短视频单元新闻资讯类二等奖。
推荐理由	《家门口的最佳片场》从"取景地"这一小切口入手,不停留于"打卡介绍",而是通过采访,讲述愚园路、河滨大楼、张园这些地标建筑所在地的日新月异,以及地标背后普通市民的精彩人生故事。画风具有电影质感,结构精巧,人物生动且烟火气十足,引发受众对上海多元城市魅力的向往,是一组感受城市脉动、捕捉时代风向、讲述山河岁月、记录平凡面孔的好作品。

家门口的最佳片场

视频1：家门口的最佳片场·摩登百年愚园路

【电视剧片段】

居民姚女士：（上海话）这里以前拍过很多电视剧。

居民陈先生：《流金岁月》在我们这边拍了6天，让我们也饱了眼福。

卖花阿姨：那里是网红打卡点，对的，因为他们在那拍电视剧，我是经常看到的。

裁缝夫妻：来来回回，都要从我们这个门口走过去的呀！

居民姚女士：导演能选中这个地方取景，自己感觉很骄傲。因为住在这边（愚园路），毕竟是闹中取静，（这里是）历史名人和文化名人聚集的地方。

记者：平时的时候，以前的时候有这种店吗？

居民姚女士：这个店以前没有的，因为后来是为了地铁拓宽，把这条路就打过来了。原先这边都是围墙，沿路都是花园洋房，都带一个空间的，随后这边就开店了。所以现在烟火气，倒反而我感觉增加了一些，但是比较特色、比较时尚，不像过去的烟火气，是比较陈旧了一些，对吧！

居民陈先生：愚园路好在就是说这么多年，它的老房子基本上没有消失，然后我们现在新的高楼再建起来，这个是蛮不错的一个现象。一个是愚园路的建筑要传承,还有一个人文要传承。

居民钟先生:特别是要慢慢地把这个(愚园路)搞成一条比较幽雅、比较适合于上海人的那种味道,在这个社会不断前进的时候,审美很重要,因为第一眼就是看这个人看的东西,就是看美不美,是吧?

居民钟先生:(愚园路)每次变化我都去看,我都会去,一个星期一个新的门面,一个星期一个店我都会去。

居民陈先生:去过愚园路一看都是年轻人,不是我们这种,但是还是想去走一走吧。

居民姚女士:创新啊、时髦啊,就让这个愚园路火起来了,所以跟小青年在一起,我就感觉自己也有活力。

年轻顾客:可能每个礼拜或者隔一个礼拜,每周小的聚会都会到这边。我们也非常喜欢,我也觉得它是结合在一起的这种感觉。就是老的这种东西如果没有了,其实就好像少了一点点文化的感觉。觉得上海跟其他地域还是有很大的差别,就是因为有老上海的文化被沉淀在这条街上。

结尾字幕:在光影里看见岁月流淌,触摸身边更多的城市美好。

视频2:家门口的最佳片场·开门就见苏州河

【电视剧片段】
欢迎来到河滨大楼。

河滨大楼居民唐先生:最早来的应该说是《姨妈的后现代生活》。他们制片组的一个导演来找我,就是说要借我的房子来拍电影,每年都是有不下有十几个剧组要来拍。

河滨大楼居民王先生:《三十而已》《何以笙箫默》里黄晓明那个片段,很多的影片都在我这里拍的。因为这其实也是河滨大楼主楼下面的商铺。从一开始的国际电影节、电视节都是我们的花,插花都是。像这种的,成龙来啊,这些都是我们的(花)。以前的哥伦比亚影视公司、米高美都是驻扎在这里的摄影基地,办公室都在这里。(在这里拍)电影对我们来说,是已经很习惯了。

河滨大楼居民姜阿姨:我住在河滨大楼79年,我妈妈在英国人家做保姆的,后来解放了,这里给保姆了。

河滨大楼居民唐先生:我已经在这里住了整整43年了。河滨大楼真的是从设计的理念来说,它很超前,你想想20世纪30年代初的时候它就有煤气,卫生设备就很好;第二个它的层高就很高,它三米三。

河滨大楼居民王先生：从大楼的结构来看，大家都是一条走廊，都（是）隔壁邻居，跟新的公房不一样。那么从感情上来说，还有一点老上海的气息。

河滨大楼居民姜阿姨：下面不是花店吗？教我们插花，还有手工劳动，样样有的，这里真挺好的。

河滨大楼居民唐先生：这是所谓"河景房"吧，推门出去就是苏州河。（我）刚结婚的时候，由于工业治理不好，水是黑臭黑臭的，像墨汁一样一点不为过。现在苏州河的水彻底的是清澈。

河滨大楼居民王先生：经过这几十年对历保建筑的保护，步行道的建设，特别是苏州河的改造，"一江一河"这样美丽的风景和新的城市面貌，人对美好的向往是一样的。

南天潼居委会工作人员丁女士：我觉得在这边工作特别幸福，能够看到东方明珠，然后出门就是苏州河。平时我从二楼的会客厅望下来的时候，经常会看到有很多的游客在这边打卡拍照。

游客：我是从南京过来的，路过这里。（苏州河两岸）还不错嘛，比较现代化，比较浓一点。

游客：我们今天正好来上海玩，然后就专门来这边看看。之前看过《情深深雨濛濛》是在这边，就是那个外白渡桥。

新人与摄影师：觉得苏州河这个地方也是比较漂亮吧，所以就来（拍婚纱照）了。

泰国游客：（英文）我来自泰国。因为我喜欢拍照和自拍，来这里就是因为这里很美。（中文）喜欢这个地方。

结尾字幕：在光影里看见岁月流淌，触摸身边更多的城市美好。

视频3：家门口的最佳片场·华丽归来的张园

【电影片段】

上海静安城市更新建设发展有限公司总经理孙菲：张园从 1882 年张叔和购置私家园林的时代，到后面 19 世纪末期的时候它变成上海的一个最大的公共空间，再到后面的这个石库门，一代又一代人的这样一个居住的记忆，事实上它一直是和很多电影的情节有紧密的挂钩。

【电影片段】

上海静安城市更新建设发展有限公司总经理孙菲：就和我们现在走到的这个石库门这样的一个里弄的尺度差不多，桌椅板凳，回归到当时的生活的场景当中,让我们在看这个电影的同时,也是对石库门有了一个情怀和记忆。

我们现在看到的呢,是已经修缮一新的、修旧如旧的一个石库门建筑的风格,像这个一砖一瓦啊。

张园从12月1号正式对公众开放以来,实际上它也是成为了大家争相打卡的一个新地标。我们现在基本上日均的客流量在25 000人次,最高峰能够达到4.5万人次。

游客:改造过以后,这一片弄堂、建筑都修得很好,老上海的味道。

游客:其实这块地方很特殊的,有很多老的历史沉淀在这里,所以拍一些红色电影,或者是那些历史剧都可以。不过现在也在改造嘛,城市在变迁,很多新的非常 fashion 的元素也进来了。拍那个情景剧啊,或者说是那些年轻人比较喜欢的偶像剧什么也可以。

游客:我就住在这对面,我老早住在这里的,我想再来看一看。很好,区别很大。以前都是这个石库门房子,有的马路不通的,这家跟这家不通的,现在都通了。里边开了好多商店,以前没有这么好看,现在布置得很好看。

游客:现在这个开放给大家走路,我觉得还挺好的,这样老年人可以过来看看,回忆回忆。年轻人们也可以拍拍照片什么的,宣传一下文化吧,我觉得挺好的。

游客:就比较适合拍照,然后就过来,周末有时间就过来玩一下。感觉有很多设计感的东西,或者什么比较新潮的东西也都有。又有这种上海老建筑的文化感和历史感,然后又有这种很新潮的、很国际的东西。

上海静安城市更新建设发展有限公司总经理孙菲:张园是独一无二的,它的历史特性赋予了我们一定要把它的历史和文化的传承让它继续延续,这样才是对这个历史建筑最大的保护和尊重。

结尾字幕:在光影里看见岁月流淌,触摸身边更多的城市美好。

在世界影视窗口展现"上海风情"
——简评短视频《家门口的最佳片场》

市委宣传部新媒体阅评组成员　方颂先

2023年的6月间,话匣子新媒体矩阵推出了系列短视频《家门口的最佳片场》,该系列短视频以重访影视作品在上海的拍摄地点(片场)为由头,运用影视资料画面和现实拍摄画面相结合来展现上海城市的三个典型网红打卡地：愚园路、张园和河滨大楼的现代风貌与历史变迁。

《话匣子》作为东方广播公司旗下的新媒体微信公众号，原先主要内容仅以音频与文字为主。近年来，《话匣子》在融媒体与全媒体的发展路上自强不息，开始涉猎视频创作。从最初的视频直播广播演播室起步，话匣子的视频创作不断丰富，手法也日益娴熟，广播新媒体矩阵迈向全媒体已悄然成型。《家门口的最佳片场》这组短视频系列的创意与策划，可以看作是《话匣子》对 2023 年上海电视节和上海国际电影众多参赛优秀影视作品的致敬，同时也体现了向全国和世界宣传上海城市生态与城市更新主题的媒体担当。具体来说，《家门口的最佳片场》有如下亮点：

一是抓住时机引发共鸣。一年一度的上海国际电影节与上海国际电视节一般都在 6 月举行。2023 年的第 25 届上海国际电影节与第 28 届上海电视节是新冠疫情后第一次全面回归线下，社会各方尤为期待。第 25 届上海国际电影节，于 2023 年 6 月 9 日至 18 日在上海举行，有 128 个国家和地区的近 8 800 部作品参加上海国际电影节的金爵奖等各个奖项的角逐。第 28 届上海电视节 6 月 19 日至 23 日在上海举行，来自全球五大洲的 49 个国家和地区近 1 900 部电视作品参加白玉兰奖等各个奖项的评比。《话匣子》融媒体采编部抓住上海国际电影节和上海电视节 6 月在上海举行的契机，及早细心策划与精心制作了《家门口的最佳片场》系列短视频并集中于 6 月 18 日、22 日、23 日播出，这也算是电视电影节的"轧闹猛""凑热闹"之作，由此成功引流，吸引到业内人士，普通市民和广大网友的眼球，收获了较高的点击量。

二是抓住特点展现风情。《家门口的最佳片场》选择了愚园路、张园、河滨大楼这三处上海知名的网红打卡点及影视作品取景地，运用影视作品的镜头，从"戏里"引申到"戏外"来展开"时空横截面"，再运用现场拍摄、采访发掘等进一步展现"历史纵深"。受众跟随着镜头从这三处"片场"的环境外貌一步步感知到生活在这里"人"与历史上发生的"事"，一图胜千言，每集短短的 3～4 分钟的节目，蕴含着很大的信息量。

三集短视频的结构相似，但内容表现却各有侧重。《摩登百年愚园路》抓住的是"环境空间"。这里曾是历史名人与文化名人的聚居地，如今老房子并没消失，建筑文化得以延续，而街区更新后新开的时尚小店则相映成趣，时髦带来新的活力，"新旧并存"的空间，吸引了更多年轻人涌入，来打卡、聚会、闲逛。《开门就见苏州河》抓住的是"历史印记"。一幢河滨大楼，由于其独特的地理位置，不仅见证了上海老建筑的保护史，同时还见证了苏州河污水治理史，以小见大，感人至深。

《华丽归来的张园》则抓住了"传承保护"。一个半世纪以来,张园从一座私家园林到石窟门住宅再到商业新地标。张园的变迁史,既有一代又一代人的居住记忆,又包含了社会各方的用心呵护,新址的设计感造就了历史感,"修旧如旧"的背后包含了多少人、多少部门的心血。正是对这座城市的爱,才会打造出这么多影视作品的"最佳片场"和人人喜爱的"网红打卡地"。

三是抓住细节再现"片场"。三集短视频的主题都紧紧围绕"片场"这个概念,摄制现场必须与影视作品"互动",所以整体制作与处理上要求很高,不能在影视作品面前"相形见绌",整个系列的现场拍摄与后期剪辑技巧水准很高,注重以细节体现电影般的质感。比如现场采访中大量插入影视作品的资料画面,形成声画对位的效果。在《张园》一片中,运用了现场画面与历史画面的同景别对比。在《河滨大楼》一片中,还多处运用航拍来展河滨大楼独特的外貌和环境。在《愚园》一片中,特地在现场采访的同期声中混入了歌声来烘托出欢乐的气氛。在《河滨大楼》一片的采访中,选择了一位居住了 79 年的大妈,大妈说她母亲曾经是居住在大楼中的英国人的保姆,寥寥数语就道出了厚重的历史。类似的细节处理还很多,可见制作者的匠心独运。

三集短视频《家门口的最佳片场》还在每集片尾特地打出了字幕:"在光影里看见岁月流淌,触摸身边更多的城市美好⋯⋯"诚哉斯言!

为作品注入饱满又有趣的灵魂
——《家门口的最佳片场》创作手记

东方广播中心记者　　向晓薇

在上海国际电影电视节期间,话匣子新媒体矩阵推出《家门口的最佳片场》系列短视频,挑选愚园路、河滨大楼和张园这三个典型的上海取景地,通过影视画面和现实画面的穿插,以及当地居民的讲述、游客的街采,把家门口的好去处与影视作品中的精彩片段结合起来,解锁城市的历史变迁和当代风貌,立体呈现一江一河焕发活力、城市更新古今结合、消费业态潮流涌动等上海崭新面貌,真正实现了"在光影里我们看见岁月流淌,更触摸身边的城市美好"的愿景。

一、地点的选择:典型又新鲜,古老又青春

在上海取景的影视剧多到数不过来,哪些才是我们想要呈现的"家门口的最

佳片场"？我们的第一原则是：典型又有新鲜感，于是我们刷掉了东方明珠、金茂大厦这些太过耳熟能详的地标。

其次，我们心中"家门口的最佳片场"兼具了网红打卡点和城市地标的意义，不仅是对城市内涵和生活美学的挖掘，还见证了城市的繁荣变迁、市民生活的日益丰富多彩。于是，我们在千挑万选中，戳中了愚园路、河滨大楼和张园，就是被它们饱含的老上海风情，以及背后折射出的城市更新活力所打动。

二、鲜活的人物：为作品注入饱满又有趣的灵魂

在策划的最初，这组作品就是一个打卡式的小片子，但团队在踩点的过程中，不仅被愚园路、河滨大楼和张园的美貌打动，更被居民所打动。他们对居住地的自豪感发自肺腑，对所在街区如数家珍。

拍摄《摩登百年愚园路》时，居民钟先生和我们第一次碰头，就让人"哇塞"了一下。50 多岁，带着草编小礼帽、穿着橘色裤子、戴一副太阳镜，全身上下透着讲究的调调，和他打理的小院子一模一样。号称"我就是那么帅"的钟先生在接受采访中，一直强调"美"，喜欢变化的"美"，所以愚园路每次变化、每次有新店开出，他都去看。

在拍摄《开门就见苏州河》时，最吸引我们的不是建筑本身，而是街角的一家花店，它被称作"河滨大楼下的法式浪漫"。花店老板说，生活再难，也需要鲜花和阳光。他很得意地让我们猜，花店的咖啡桌面板是什么材料做的？"是上海一江一河改造时，河边步行道废弃的老木料。"他更得意的是，多年前租下了河滨大楼地下游泳池区域，作为花店的仓库，一直守护至今。"长 15.5 米、宽 9 米、深 2.1 米，原来是室内游泳池，这里的每一块瓷砖、每一根管道、每一个把手都保持最原始的样子。"

居民对历史的守护、对岁月的珍视、对城市焕新的欣喜，每一分情绪都成为打动我们、打动受众的加分项。

三、唯美的呈现：力求电影质感

有人曾说，这几部片子里的被采访者都那么赏心悦目。其实不止是人物，还包括街道、建筑……《家门口的最佳片场》的每一帧画面，都希望呈现出电影的质感。真正让人体会到片尾那句"在光影里看见岁月流淌，触摸身边更多的城市美好"。

我们希望用四个词形容自己的这组作品：感受城市脉动、捕捉时代风向、讲述山河岁月、记录平凡面孔。而核心，依旧是鲜活的人和故事。

2023 年度上海广播电视奖
参评作品推荐表

作品标题	每天凌晨四点　这个"零工早市"就会热闹开场	参评项目	短视频新闻专题
作品网址	https://www.kankanews.com/detail/6awWmGoEeyX		
主创人员	李晓建		
编　辑	卢梅、陈瑞霖、邢维		
主管单位	上海广播电视台	发布日期	2023 年 12 月 17 日 9 时 55 分
发布平台	看看新闻客户端	作品时长	5 分 04 秒
作品简介	2023 年 11 月，习近平总书记在上海考察时强调，城市不仅要有高度，更要有温度，外来务工人员来上海做贡献，同样是城市的主人。该作品记录的上海松江新桥镇的"零工早市"就是这些"城市主人"在上海工作生活的缩影。 为了蹲点寒冬里的"零工早市"，记者冒着严寒凌晨出动，记录了该劳务市场从深夜两点到早晨 8 点的实况。通过镜头，记者反映了这些外来务工人员努力生活的人生态度和他们乐观的心态，同时也通过他们的讲述，反映了劳务市场上大龄务工人员求职难、遭遇恶意欠薪等问题。 报道播出后，人民网、光明网、东方网等媒体纷纷转载，话题＃蹲点上海零工早市＃迅速登上微博热搜榜第四位，相关微信推文的浏览量两小时内突破"10 万＋"。 该报道深入践行了人民城市理念，贴近实际、贴近生活、贴近群众，以温暖的基调和平视的语态，收获了大众的好评与关注，具有很强的社会价值和时代价值。有网友留言表示："每一位靠自己双手劳动取得正当收入的人都值得尊重。"还有网友建议："能不能开发一个打零工软件，让大家不用在寒风里等待？"报道引发了全社会对外来务工人员的关心和关注，彰显了主流媒体站稳人民立场、深入基层、关注现实、聆听民意的责任和担当。		
推荐理由	作品通过纪实的手法，向公众展现了在上海的外来务工人员的群像，反映了中国人坚忍不拔、乐观向上的精神面貌，也体现了上海这座城市的包容性和人文关怀。		

每天凌晨四点 这个"零工早市"就会热闹开场

长按扫码看详情

真实真情是短视频的最大魅力

——简评短视频专题《每天凌晨四点
这个"零工早市"就会热闹开场》

市委宣传部新媒体阅评组成员 方颂先

2023 年 12 月 17 日，看看新闻网推出短视频专题报道《每日凌晨四点 这个零工早市就会热闹开场》。该短视频记录了上海松江区新桥镇华兴小区门口自发形成的一个零工劳务市场凌晨的实况，镜头所展示的真实画面引发了社会广泛的共情与感慨，报道播出后，各媒体纷纷转发，引发了全社会对外来务工人的关心和关怀，彰显了主流媒体深入基层、关注现实，聆听民意的责任和担当。

一、视频纪实有章法

《每日凌晨四点 这个"零工早市"就会热闹开场》，这是一则融媒体人践行新闻真实性原则并展现自身新闻敏感与人文情怀的力作。整个报道仅长约5分钟,通篇采用纪实拍摄手法,不使用旁白解说,所有的信息通过镜头、现场声响、人物对白及少量字幕来呈现。报道按纪实的要求,严格按时间轴顺序剪辑,在记者蹲点的数个小时里,截取了凌晨2点半、3点半、4点半、6点半、8点等时间截面来展现零工市场上发生的人与事。从镜头拍摄手法上看,主要运用全景与中景等平实视角,且固定镜头多,摇移镜头少。虽然短视频多处有同景别剪辑的瑕疵,但给人的感觉却是更客观、更全面地再现了现场,更具真实感。从采访方式上看,记者采用与农民工询问交谈的方式,记者的话语很少,并不做大段的追问,更没有自发议论,着重于引导农民工用自己的话语来直抒胸臆,坦陈他们的身世、感受与诉求,造成一种媒体受众与报道中人直面交流的效果。

二、塑造农民工群像

记者冒着严寒凌晨出动,在寒冬里蹲点、记录了零工劳务市场从凌晨2点到早晨8点实况。该短视频没有就事论事记录流水账,而是在各个时间点上精心挑选和采访了几个农民工,以此重现零工市场中"找(工作)""等(招工)""接(工作)"乃至"(找不到工作)明天再来"等整个完整的流程,从中塑造出农民工的群像。比如曾在河南的一家煤矿厂当矿工,背井离乡打工二十多年的安徽人毛师傅;几位边吃早饭边结伴闲聊,今天的活儿要现等的几位阿姨;处于"大龄劣势"的57岁、70岁的两位老伯等,他们的寥寥数语或朗朗笑声,便勾画出鲜明的人物形象。

三、直面零工市场的困局

通过零工市场上众多农民工的叙述,短视频在"找工作"的主线之外,还反映出那些农民工的更多困难,增强了整个报道的厚度。这些困难有:一是在老家赚不到钱,遇到天灾还赔钱的困境。二是在城市又因年龄大难找到工作的困境。三是找到了工作,遭遇恶意欠薪拿不到钱的困境等。清晨的零工市场上,农民工的生活不分严寒酷暑,区别仅在于有活干或没活干,为了生活和打拼,他们没有办法退缩。通过镜头,能看到这些农民工努力拼搏的人生态度,从他们的笑声中能感受到他们乐观的心态。

值得注意的是,这些困境都是农民工的大段叙说中不经意流露出来的,在似乎平静的叙述中,能感受到记者创作逻辑中深厚的人文关怀。在短视频的后半段,记者将视角与思考逐渐引向深入,而将自身的态度隐没在镜头之后,给人"言已尽而意未穷"之感,由此,大大扩展了报道的信息量与报道深度。

影像诠释生活,镜头记录感动。捷克摄影大师约瑟夫·寇德卡曾说:"纪实摄影的魅力在于它的真实和生动，它能够打动人心，引发共鸣。"短视频专题《每天凌晨四点　这个"零工早市"就会热闹开场》以鲜明的现实主义风格与严格纪实的手法，给我们留下深刻的印象，也再次展示了短视频真实真情的巨大魅力。当前短视频已俨然成为网络上最热门的传播形式，但毋庸讳言，网络短视频拍摄中各种造假、煽情的做法比比皆是，为博取流量而不惜误导受众。今天我们重温现实主义纪实创作原则，有助于澄清在短视频创作中的各种误区，愿短视频创作健康发展，让真实真情重回广大受众的视界。

主动贴近　做老百姓的知心人

——《每天凌晨四点这个"零工早市"就会热闹开场》创作手记

上海广播电视台融媒体中心深度报道部
《1/7》栏目编导　李晓建

2023 年 11 月，习近平总书记在上海考察时强调，城市不仅要有高度，更要有温度，外来务工人员来上海做贡献，同样是城市的主人。该作品记录的上海松江新桥镇的"零工早市"就是这些"城市主人"在上海这个特大型城市工作、生活的缩影。该作品用时两天采访拍摄完成，其背后的过程值得细细回味。

一、寻找，就会有故事

作为深度报道部的一名编导，我始终认为最鲜活的故事在基层，永远期待从普通老百姓的生活中找到一手的好故事。

2023 年 12 月，社交媒体上一个大叔随手拍的短视频引起了我的注意：清晨，数百名务工人员扛着铁锹、铲子，聚集在上海一个小区的门口和道路两旁，现场十分热闹。为什么会有这么多务工人员？他们是在等谁？又要去哪里？这样的场面属实让我觉得好奇。后来，在和他的私信交流中，我得知他们都是打零工的，视频里的他们确实在等人，等一个前来招工的老板。我心里一酸，原来在这座国际化大都市里，还有一群人在以这样一种方式讨生活。

"人民城市人民建，人民城市为人民。"近年来，上海始终在人民城市建设的道路上不断求索。作为主流媒体，我们有责任和义务给予外来务工人员更多的关注，应该主动深入群众，厚植为民情怀，把镜头对准这群默默奉献的人。

二、出发，就会有收获

第一天的蹲点开始于清晨 5 点，这是因为那位大叔告诉我，"你六七点来就行了，会有很多人"。然而，当我提前一小时到达现场，那里早已挤满了人。虽然此前在视频里看到过这个景象，但当我在现场亲眼目睹这么多外来务工人员时，还是感到无比震惊。"你有啥活儿啊？"下车后，我被误认为来招工的老板，意外成了现场的焦点，不少外来务工人员热情地向我涌过来。

误会解开后，我先是以初来乍到的务工者的身份向他们请教该如何接活儿，这个过程中也了解到了不少情况：他们来自各个省份，保洁、绿化、水电工、刷墙、电焊等五花八门的活儿都干，日结工资从几十元到两三百元不等。叔叔阿姨们很好相处，如果就这样与他们交流，我没有任何的压力。然而，棘手的问题在于，我一旦开机就必须经过他们的同意。"记者怎么会到我们这里来？""我可不想上电视，我就是打工的。"在向他们表明了我的身份后，大多数人的反应是闪躲。好在没过多久，人群中有个安徽阜阳的大叔站出来替我说了句话："人家记者是来看看我们有没有什么困难，帮我们报道报道。"他先接受了我的采访，而后其他人也渐渐地跟了上来。采访后，有人笑着跟我调侃："你采访我，能帮我找到工作吗？"还有人悄悄把我拉到一边问："我有两孩子在上大学，你知道现在大学有什么学费减免的政策吗？"这样看来，他们确实是信任我的。

采访中我得知，他们中的很多人凌晨三四点就来了，还有人甚至深夜一两点就出门了。因此，我决定第二天的蹲点从深夜一点开始。正所谓星光不负赶路人，这一次我遇到的故事更多。

作为主流媒体，我们的报道除了要讲述这些外来务工人员的艰辛与不易，更要通过深入的观察，呈现他们所面临的困境和背后所隐藏的社会问题。当时正值寒冬，我原本以为他们最直接的诉求是希望有一个可以挡风的场所。然而，有人却表示："天气冷没关系，刮风下雨我们都不怕，只要有活儿干。"此外，让他们发愁的还有劳务市场上的"大龄劣势"，以及不少人都曾遭遇过的欠薪。这些问题，如果不去现场，我不会知道。

三、用心，就会有关注

事实上，这则报道没有经过特别策划，原本只是记者前期踩点的准备工作，所有画面也都是由手机拍摄完成的，制作相对简单，可以说是用了"最朴素的烹饪方式"。虽然全片只有 5 分 04 秒，但拍摄素材长达三个多小时。正是由于长时间开机记录，许多不经意的瞬间成了作品的闪光点。

从以往的采访经验来看，许多老百姓会对专业采访设备存在畏惧心理，而本片的采访对象均为普通外来务工人员，持手机拍摄在一定程度上可以减少外界因素对他们的心理干扰，从而保证了更好的采访效果。此外，该作品创作手法朴实，时间线就是叙事线，主要通过深夜两点半至早晨 8 点记者在"零工早市"的见闻拉开全片，在平实的记录中，将视角和思考逐渐引向深入。我认为，该作品很大程度上是以实况打动观众的：叔叔阿姨们的生活虽然并不轻松，但他们表现出的却是一种乐观的态度。

"新闻的底色其实就是生活的底色。""这才是新闻媒体啊，关注底层人民真实生活，将最真实的一面展示出来了。"从网友的反馈来看，他们真正喜欢的还是把老百姓放在心上的新闻报道。

该报道在新媒体和电视端"大小屏联动"播出后，当天就登上了微博同城热搜，相关微信推文的浏览量在两小时内突破"10 万＋"。它的受欢迎程度，在我们的意料之外，但似乎又在情理之中。

二 等 奖

2023 年度上海广播电视奖
参评作品推荐表

作品标题	了不起的宝藏·探宝上博（第二季）	参评项目	融合报道
作品网址	专题链接： https://www.kankanews.com/special/ebyjZOeqYy3 代表作： https://www.kankanews.com/detail/7Y2zD06oYQo 第 11 集《仕女图》		
主创人员	王琳琳、邢维		
编　辑	邢维、王琳琳		
主管单位	上海广播电视台	发布日期	2023 年 5 月 18 日至 11 月 17 日代表作 2023 年 7 月 27 日 7 时 43 分
发布平台	看看新闻客户端	作品时长	每集约 5 分钟
作品简介	25 集文物微纪录片《了不起的宝藏·探宝上博》(第二季)全新升级,以每集 5 分钟的轻体量,聚焦上海博物馆的珍贵文物,介绍文物背后的中国精神、中国审美和中国价值观,全方位展示古代的技艺、审美、文化和生活方式。 　　节目依靠上博专家团队作为学术支持,在专业严谨的基础上大胆求索。主创人员查阅了大量文物资料,每期整理几万字的访谈内容,深度挖掘背景知识与幕后彩蛋,用年轻语态讲述文物故事,贴合当下观众观看习惯与审美偏好创新演绎;摄制组从上博库房提取大量文物真迹,精心拍摄,潜心制作,为每一件文物量身打造兼具美感与趣味的传播方案。 　　区别于传统文物纪录片厚重的历史感,节目采用轻量化传播方式,深入浅出地展示了文物承载的厚重文化。节目充分运用三维动画、X－CT、微痕提取技术、多光影采录技术等丰富的特效技术与多媒体手段,对文物进行多角度立体呈现,让古老文物突破次元壁,与观众跨时空对话,激起文化认同与情感共鸣。		

作品简介	截至目前，第二季 25 集在看看新闻客户端点击量超 300 万（其中，第 11 集《仕女图》、第 22 集《伊犁将军印》单集就超 35 万点击量）；综合视频号、微博等全网总播放量超 2 000 万，联合百视通、移动电视、公众号、微博等传播渠道，全网传播量预计超 5 000 万。 　　《了不起的宝藏·探宝上博》第二季已获得 2024 年 1 月揭晓的第 28 届亚洲电视大奖"最佳短视频奖"，2023 年上海市"银鸽奖"优胜奖（视频类），国家广电总局 2023 年第四季度优秀网络视听作品。该系列第一季曾获得 2022 年度"中华文物全媒体传播精品"十大推介项目、上海市文创发展扶持基金、"文物好新闻"、上海电视艺术家协会短视频大赛"最佳系列奖"等多个业内重量级奖项。 　　该系列节目通过移动电视，覆盖上海 1～13 号地铁线路，以及全市 98％的公交线路、1 000 栋楼宇电视平台，在公共区域户外大屏滚动播映。节目在外宣领域也获得了出色成绩，节目在 Shanghai Eye 魔都眼 YouTube 账号上线，该账号海外总用户数逾 295 万，覆盖近 20 个国家地区，总播放量超 200 万。 　　此外，节目还在美国城市卫视、美国城市新闻网和哥伦比亚广播电台 CBS570 官网上线，并通过国际视频通讯社、欧洲电视联盟等渠道进行海外传播。 　　系列片还从线上走向线下，与上海博物馆"高山景行"受赠文物展进行联动，并亮相陆家嘴外滩之窗，向广大市民游客生动展现了上海的历史文化遗产。 　　第二季在 2023 年 5 月 18 日"国际博物馆日"推出，立刻引发了业内关注，文博圈频繁转发，在微博、视频号、乐游上海、B 站等平台发布，并在东方卫视、上视新闻综合频道黄金时段滚动播出，进行多样态的融合传播。 　　目前，该系列节目英文版已由国家广电总局国际合作司推荐，将在驻外使领馆、海外中国文化中心、驻外旅游办事处等机构社交媒体平台进行节目展映，以国际叙事讲好中国故事，继续保持海外传播的辐射力度，向世界展示中国悠久灿烂的历史文化，以及上海在文物保护方面做出的杰出贡献。
推荐理由	《了不起的宝藏·探宝上博》第二季坚持以匠心打磨，制作上全新升级，利用多种传播手段，展开创意想象空间，以细腻唯美又不失活泼的年轻语态，呈现态度严谨的专业解读，让古老的文物与今天的观众跨时空对话；展现文物之美，探寻文明之源，以文物传播文化、解读历史，介绍文物背后的中国精神和中国文化，展现文化自信，创新中华文化的国际叙事。 　　文博类节目的"破圈"传播需要在专业严谨的基础上大胆求索。节目通过网络短视频的形式，解读古代文物，探寻中华文化，"微纪录片"的轻量化传播可以更好地适应媒体融合传播和当今受众的审美需求。

推荐理由	解读古代文物的 DNA 密码,就是传承中华文明的精神气韵。作为一档具有开创性的上海本土文博网络视听节目,节目在普及文物知识、开展公众教育、讲述中国故事、弘扬民族自信等方面,都取得了"破圈传播"的积极效果,成为"让文物活起来"的生动案例。 　　作为融合创新的优秀传播案例,《了不起的宝藏·探宝上博》系列片借助上海电视台、上海博物馆强强联合的影响力,已形成持续的品牌效应,力争以独树一帜的风格类型,打造网络视听精品项目,培育和塑造具有鲜明中国文化特色的原创 IP,为促进中华优秀传统文化的创造性转化、创新性发展,推动中华文化走出去,贡献文博新力量。

了不起的宝藏·探宝上博(第二季)

2023 年度上海广播电视奖
参评作品推荐表

作品标题	2023 年终讲：心中有光，坚韧生长	参评项目	融合报道
作品网址	https://www.yicai.com/topic/101929786 https://yicai.smgbb.cn/live/101938374.html？code＝101929786		
主创人员	集　体		
编　　辑	集　体		
主管单位	第一财经传媒有限公司	发布日期	12 月 26 日 22 时 00 分
发布平台	东方卫视、第一财经 App、百视通	作品时长	97 分钟
作品简介	1. 价值观鲜明，营造时代与个体的主流舆论场 　　年度财经人文新知秀《2023 年终讲》作为一档有态度、有温度、有深度的年度分享，以中央经济工作会议的精神为遵循，以"公转和自转"的社会哲学逻辑，观察思考当今时代社会生活和其中个体的相互关系，即身处百年未遇大变局震荡演进加剧的时代中，2023 年的中国经济社会处在一个艰难爬坡过坎的关键期，个体在受到冲击时如何与国家发展同呼吸共命运？"心中有光，坚韧生长"的主题贯穿"讲新知"和"致无限"两大篇章，不同领域的 9 位嘉宾从不同视角对国家的发展和未来予以思考；节目以财经媒体的独特视角审视国家经济社会的发展之道，探讨每个个体和国家同频共振的价值追求之正道。看当下，思未来，思想激荡，客观真实；鼓信心、有期待，基调昂扬、恰当；站位高，看得远，营造了时代与个体对话的主流舆论场。		

作品简介	2. 呈现效果别具一格,构建年轻态财经氛围 "讲新知"环节邀请了北大国发院院长姚洋、中国工程院院士杜祥琬、资深财经自媒体人香帅围绕宏观经济、个人成长、商业洞察为主题做了三个演讲。为了调动每个嘉宾最舒适的分享状态,节目组摒弃了演播室录制的方案,让每位嘉宾处于他们平时最为熟悉的工作生活环境中来演讲,例如在北大国发院报告厅里,团队根据六台摄影机的取景范围和运行轨迹,在椅子上布置了 20 多根橘黄色灯管,通过灯光造型上冷暖色调和明暗对比的处理,辅以各个机位的景深控制,运动轨迹设计,加上后期的多机位剪辑,影调色彩处理,让姚洋教授的演讲呈现出剧院舞台剧般的典雅和庄重感;在 85 岁高龄的杜祥琬院士工作了近 60 年的北京九所里,团队以"两弹一星"勋奖章获得者邓稼先的陈列室为演讲场地,营造了杜院士与当代年轻人隔空对话的交流形式,以独特的视听设计呈现了两代人之间关于成长与选择的对话;而香帅的拍摄方案更具有设计感,导演组在一个演讲中贯穿了三个场景的拍摄,跨越了室内室外实景和早晚晨昏时间的区隔,以上海商业新地标徐汇滨江和网红书店为背景让香帅讲述 2023 年的商业洞察,使得实景演讲氛围感拉满。 "致无限"采用时下热门的露营风格,在演播室里打造聚会派对气氛的"围炉夜话"场景,利用 220 弧度 XR 虚拟大屏演播室,结合现场草坪、植被、帐篷、彩灯、旗帜、美食、露营道具的布置搭建,以及机位、景别、角度和运动轨迹镜头等作用,使虚实景之间过渡自然,以假乱真,塑造出"远山暮雪、溪水潺潺、星空篝火、炊烟袅袅"的诗意场景,营造温馨惬意的谈话氛围,节目呈现出近年来不可多得的温暖治愈系视听享受。 3. 视角敏锐,捕捉专业与热议并存的共性话题 2023 年是中国社会调整疫情防控策略,全面推进经济社会高质量发展的转型之年,困难和希望同在,焦虑和期盼并行。节目组精心挑选三个不同领域的"时代面孔",用独白分享的蒙太奇手法挖掘嘉宾的特别之处——北京大学国家发展研究院院长姚洋、"跨界科学家"杜祥琬院士和知名经济学者香帅这 3 位高端嘉宾从宏观和微观层面梳理与阐述中国经济在 2023 年的爬坡过坎及发展韧劲。而在"致无限"部分的围炉夜话,则破天荒地将身份领域各不相同的 6 位跨龄嘉宾聚在一起,带着 2023 的独家故事与自转心得,共话赚钱的难度、工作的卷度、抗风险的程度、情绪的尺度、AI 的速度、生活的宽度等,一起探寻通往新境界的途径。在人员的配置与话题的选择上,都具有财经媒体的独家特征。
推荐理由	2023 年度的财经人文新知秀《2023 年终讲》以"公转和自转"的社会哲学逻辑,观察思考当今时代社会生活和其中个体的相互关系。来自不同领域的 9 位嘉宾在"讲新知"和"致无限"两个篇章,从

推荐理由	不同视角对国家的发展和未来予以思考。节目当晚全网直播，并于元旦在网络端加推 3 小时"围炉夜话"完整版，项目全网话题阅读量 6 500 万＋，短视频总流量近 800 万。线上线下总曝光量、直播流量数据创新高。 节目在网络传播上打出"组合拳"。首次联动节目嘉宾自媒体账号参与共创直播，尝试互联网矩阵式打法，四场直播观看总量超过 370 万。在微博、知乎和小宇宙等平台构建话题场。微博共提列 30 多个话题点，总阅读达 3 712.9 万；知乎站内创建＃2023 年终讲＃话题，总浏览量达 253 万，三条提问登上知乎热榜，最高登上知乎热榜第二，单条被浏览量 100 万＋，在榜时长近 13 个小时。首次在小宇宙等平台发布的相关音频，并取得较好传播效果。

2023 年终讲：心中有光，坚韧生长

2023 年度上海广播电视奖
参评作品推荐表

作品标题	《2023 日出东方 科技追光》12 小时融媒直播	参评项目	融合报道
作品网址	https://www.kankanews.com/detail/LMwVene6zQz 		
主创人员	集 体		
编 辑	集 体		
主管单位	上海广播电视台	发布日期	2023 年 1 月 1 日 6:00 至 2023 年 1 月 1 日 18:00
发布平台	看看新闻 Knews	作品时长	12 小时
作品简介	2023 年 1 月 1 日 6:00～18:00,由中华人民共和国科学技术部指导,上海市科学技术委员会、上海广播电视台融媒体中心联合策划推出《2023 日出东方 科技追光》大型融媒体直播。直播紧扣党的二十大精神,以时间为线、科技为轴,追逐新年第一缕阳光走遍 50 余处中国科技地标,并深度探访和打卡了全国十个鲜为人知的科学秘境,邀请科学大咖对话未来科技。同时融合科普首发、科学秘宝等互动概念,以五大篇章全方位、多角度、立体化地展现中国科技创新的全景画卷。 《2023 日出东方 科技追光》大型融媒体直播是融媒体中心精心打造的"追光"系列直播品牌,也是继 2022 年推出《追光 2022》24 小时全球跨年直播之后,中心进一步提升主题立意和格局,以"科技"为引擎、以"科普"为题眼,策划推出的科技科普迎新融媒大直播。 通过 12 小时大体量、伴随式、强互动的融媒直播形式,联动全国各地七十个点位、近百位科技工作第一线的权威大咖和科研工作		

作品简介	者生动演绎,充分发挥遍布全国超过 60 路记者和视频拍客的力量,多维度纵览中国科技发展日新月异的图景,全景式展现中华民族不懈奋斗的不凡历程,带给广大观众和网友全新的科技迎新体验。 整个直播在多个平台分发:看看新闻 Knews 于 6:00～18:00、东方卫视于 10:03～11:55、上海电视台新闻综合频道于 10:03～13:45 并机同步直播,快手、微信视频号平台、"上海科技/上海科普"国内科普矩阵同步上线,并通过公交地铁线路移动电视屏,直接触达上海市民和来沪游客等社会流动人群,"ShanghaiEye 魔都眼"外宣新媒体矩阵面向全球进行转播。截至 1 月 2 日 12 时统计数据显示,12 小时大直播及相关短视频的全网传播量已超 3 000 万,海外覆盖数 8 万,同时还获得杜文龙、张彬、苏晓辉、吴学兰等专家学者大 V 账号积极关注转发,在全网产生广泛持续影响,线上线下全网覆盖量达到 1.2 亿人次。
推荐理由	2023 年是全面贯彻落实党的二十大精神的开局之年,《2023 日出东方　科技追光》大型融媒体直播和万千观众网友一起,共同守候在华夏大地的一个个科技地标和国家重点实验室,迎接新年第一缕阳光的到来,意义非凡。整场直播有以下三个特点:(一)主题新、立意深,以时间为线、科技为轴,光启东方、光至秘境、光耀未来、光予你我、光聚时代五大篇章全景展现中国科技丰硕成果;(二)表达炫、语态活,科技知识"破圈"传播,吸引不同圈层受众在科技维度中共鸣;(三)创意新、互动强,打造首发窗口和互动版块,积极探索"海派科普"融合传播新样态。 这场别开生面、主题鲜明、立意深刻、内涵丰富的"科技追光"新年直播,在 2023 年新年伊始,把人们对真理的求索、对祖国的热爱、对生活的热情都融入其中。在科技追光中凝聚奋力前行的温暖力量,也是媒体融合报道的用心之作。

2023 日出东方　科技追光（12 小时融媒体直播）

2023 年度上海广播电视奖
参评作品推荐表

作品标题	《跟着校友记者云探校》系列直播	参评项目	移动直播
作品网址			
主创人员	集　体		
编　辑	姚赟勤、金山、杨扬		
主管单位	上海教育电视台	发布日期	2023 年 6 月 13 日—6 月 20 日
发布平台	上海教育电视台 微信视频号	作品时长	120 分钟（5 场直播平均时长）
作品简介	为了进一步拉近高校和考生、家长之间的距离，上海教育电视台利用高考结束、出分前的这段时间，从 2023 年 6 月 13 日至 20 日推出特别策划——《跟着校友记者云探校》系列直播。 　　上海教育电视台的校友记者分别走进上海交通大学、复旦大学、同济大学、华东师范大学、上海大学等"双一流"高校，对学校的专业前景和师资，食堂、宿舍、文体场馆、教室图书馆进行全方位的探访，帮助考生志愿填报，选择心仪的学校。 　　此次系列直播拥有独家直播互动平台百视 TV、上海市教育考试院官方微信公众号"上海国子监发布"全程同步直播。各平台共收获超 15 万人次观看。		
推荐理由	上海教育电视台长期关注招生考试方面的资讯服务。《跟着校友记者云探校》系列直播是对本台品牌项目《我们一起填志愿——高考咨询大直播》的全新融媒体升级打造，以进一步满足广大考生家长移动端观看的需求。同时校友记者云探校的形式，也更能言之有物，助力考生。		

《跟着校友记者云探校》系列直播

上海交通大学
https://weixin.qq.com/
sph/Ar0VTZfLi

上海教育电视台

扫一扫，观看视频

复旦大学
https://weixin.qq.com/
sph/AmrCW7EOh

上海教育电视台

扫一扫，观看视频

同济大学
https://weixin.qq.com/
sph/ApDdVmHoh

上海教育电视台

扫一扫，观看视频

华东师范大学
https://weixin.qq.com/
sph/AZK3Uyh2j

上海教育电视台

扫一扫，观看视频

上海大学
https://weixin.qq.com/
sph/Ao6X8kBF5

上海教育电视台

扫一扫，观看视频

2023 年度上海广播电视奖
参评作品推荐表

作品标题	绿色生态梦,百姓来书写!奉贤市民和"古爷爷"的"陪伴日记"	参评项目	融合报道
作品网址			
主创人员	孙燕、王东、石浩南、龚志斌		
编 辑	王 鹏		
主管单位	上海市奉贤区融媒体中心	发布日期	3月13日15时
发布平台	上海奉贤微信公众号	作品时长	
作品简介	奉贤,成功入围国家森林城市创建名单,完成中国气候宜居城市技术评审,成为最具生态竞争力城市,是上海生态环境建设的佼佼者。 立足生态优势,记者结合植树节这一全球性节日,走进"江南第一牡丹""江南第一梅"及百年老宅沈家花园,把市民比作"守护者",把树比作"古爷爷",通过文字、视频、声音、画面等形式,深度采写了普通市民"离村不离古树"、宁不要南桥一套房也要留住古树及一代又一代人不断加入到保护"古爷爷"队伍中的故事,全面阐释了奉贤坚持以党建引领、不断赋能圆梦行动、持续筑牢奉贤生态优势的内在原因,全面展现了奉贤全民围绕"绿色生态梦",共创、共建、共享森林城市的生动局面。近期,上海首批"上海市森林乡村"47个行政村中,有14个来自奉贤区,居全市第一。 该文在上海奉贤公众微信号发布后,被央视频、中央新闻客户端转发,入选地方总站央视号优质稿件TOP10。《解放日报》、上观新闻相继转载。守护"江南第一牡丹"的市民,还荣登2023年第二季度"中国好人榜"。		

推荐理由	习近平总书记提出要坚定不移走生态优先、绿色发展的现代化道路,奉贤提出要争创全市首个国家森林城市,文稿立意高远、高屋建瓴,上接天线、下接地气。作品写法活,聚焦奉贤知名"古树名木",既讲述了三个普通家庭默默守护古树的故事,更展现了奉贤130万人民对生态环境的爱护之心,情感张力大、共鸣感强。该作品发布时间准,结合植树节这样一个呼吁大家植绿、护绿、兴绿的节日,进一步加大了对绿化认建认养的力度,让"市民出情出资出力、养护花草树木健康成长"成为了城市最美的底色,为奉贤创造"宜业、宜居、宜乐、宜游"的良好城市环境贡献力量。

绿色生态梦，百姓来书写！奉贤市民和"古爷爷"的"陪伴日记"

2023 年度上海广播电视奖
参评作品推荐表

作品标题	"罕见"的困境："黏宝宝"的断药危机	参评项目	短视频新闻专题
作品网址	https://www.kankanews.com/detail/djQKKbd0MQO 长按扫码查看详情		
主创人员	周智敏、徐玮、陶余鑫、卢梅		
编　辑	陈瑞霖、邢维		
主管单位	上海广播电视台	发布日期	8 月 13 日 22 时 30 分
发布平台	看看新闻网	作品时长	16 分 52 秒
作品简介	2021 年，"每一个小群体都不应该被放弃"的呼吁让罕见病群体看到了用药的希望。2023 年，一款罕见病高值药决定离开中国大陆市场的消息，又让人们陷入深思。 黏多糖贮积症 IVA 型是一种罕见病，"唯铭赞"是目前世界上唯一获批用于治疗黏多糖贮积症 IVA 型的特效药。2023 年 6 月，这款药的生产商——美国百傲万里制药公司决定，不对"唯铭赞"在中国大陆的进口药品注册证进行再注册。这意味着，2024 年 5 月注册证到期之后，国内的黏多糖贮积症 IVA 型患者都将面临无药可用的困境。 进入中国大陆市场 5 年来，"唯铭赞"的出现给 100 多位身陷绝望的患者带来了生的希望。如今，"唯铭赞"为何决定离开中国大陆市场？罕见病高值药在药物可及性方面还面临哪些困难？国家医疗保障体系应该如何兼顾到少数群体的就医需要？记者辗转沪苏浙三地，走访了三个患儿家庭，通过了解他们的用药花费和感受，呈现了三地医疗保障体系对罕见病群体的帮扶，以及这其中的地域差别。片中采访的多位专家给出了建设性意见，期待我们国家的医疗保障制度能为罕见病患者用药打上"补丁"。		

作品简介	视频发布后,引发强烈反响,被新浪热点、网易新闻等转载,全网传播量近百万。"建立罕见病专门保障金"的话题迅速引发数万网友关注和评论。一条点赞量超过一千的评论这样写道:"我支持建立罕见病专门保障金,让每一位患者都有生存下去的权利。"来自四面八方的支持与鼓励让患者家庭备受鼓舞。更重要的是,报道发布之后,黏多糖贮积症 IVA 型患者的用药诉求受到了国家医保局、卫健委、国内相关药企等各方面的密切关注,他们用各自的实际行动来帮助这个群体,携手渡过难关。2024 年年初,中国罕见病联盟经与唯铭赞的生产商协商,计划在唯铭赞的 IDL 到期后将其以特殊药物进口的方式重新引入国内市场,"届时药价将相比此前要低"。
推荐理由	本片关注少数群体,彰显社会关怀。共享经济发展成果,每一个生命都值得被全力以赴。中国有大约 2 000 万罕见病患者,截至目前,在我国获批上市的 75 种罕见病用药已有 50 余种纳入医保药品目录。为什么剩余 20 种左右的罕见病用药没有被纳入医保药品目录? 难在哪儿? 记者通过调查报道,让观众看到问题背后的复杂原因。 　　本片通过独家深入的采访,用生动的细节和极富感染力的实况,真实地呈现了患儿确诊罕见病后,家人团结一致、倾尽所有、坚强面对的感人故事。在此基础上,作品结合多个案例了解这种病在国内不同地区的医保政策的差异,并结合专家论述,提出了建设性的意见,有望推动政策完善。报道采写扎实,有问题意识,体现了党的新闻工作者深入一线调查研究的优良作风。

"罕见"的困境:"黏宝宝"的断药危机

2023 年度上海广播电视奖
参评作品推荐表

作品标题	城事晚高峰："老字号" 千万别"啃老"！	参评项目	短视频现场新闻
作品网址			
主创人员			
编　　辑			
主管单位	上海广播电视台	发布日期	2023 年 11 月 14 日 17 时 58 分
发布平台	新闻综合频道 《新闻坊》公众号	作品时长	11 分 14 秒
作品简介			
推荐理由			

作品网址：https://m.kankanews.com/detail/xMwLGJWGrQD

主创人员：李德翔

作品简介：　　由于事涉区内知名老字号企业，采写这样的报道可能会让人有所顾虑，但记者并不回避，而是第一时间深入到现场，提出疑问，整篇报道具有极强的时效性和现场感，更加鲜活。该作品经过新闻坊栏目的包装后，引入了对老字号啃老的思考，立意得到了升华。

推荐理由：　　该作品关注老字号发展命题，提出了善意的批评，鼓励老字号品牌不忘初心再出发，思想性强，发人警醒，同意推荐。

城事晚高峰："老字号"千万别"啃老"！

老半斋被移除中华老字号名录
沪上消费者反应不一

[导语]

　　琰：进入今天的城事晚高峰：这两天，老字号如何不啃老，又成为热议话题。起因是，11 月 8 日，商务部公布中华老字号复核结果，将长期经营不善，甚至已经破产、注销、倒闭，或者丧失老字号注册商标所有权、使用权的 55 个品牌，移出中华老字号名录，这其中上海就有 17 个品牌，包括老半斋、飞马、集成、奇美、利男居等。

　　舒：这些被移出中华老字号名录的品牌，最让沪上老吃客大吃一惊的，莫过于位于福州路浙江路路口的"老半斋"。要知道，这家店每天中午座无虚席，而每年春天，上海的阿姨爷叔还会为了一碗刀鱼面大排长队。

　　琰：说起老半斋的刀鱼汁面，那可是从解放前延续至今。虽然至今，没有人能说出是在哪一年、由哪一位师傅开始制作的。但这碗面却是口口相传，成为老上海们的心头好。而这份汤汁的制作也很有讲究，除了刀鱼松，还有老母鸡、蹄髈、猪筒骨、猪爪等食材，熬制需要五六小时炒鱼松、四五小时吊汤，差不多得 10 个小时。

　　舒：为了这碗"鲜掉眉毛"的汤汁，老半斋的大厨可以说是琢磨熬制了一辈子。据说，以这种技法吊刀鱼汁的餐饮企业，目前在上海滩还没有第二家。可为什么这次就被除名了，对此您觉得可惜吗？

　　早上 8 点，记者在老半斋看到，一些老吃客们吃完早点，依然不愿离去，围桌在一起，你一言我一语，他们可是从小吃老半斋长大的，即便退休搬远了，还是念念不忘，每月甚至每周都要到这里来相聚。

（采访　市民：价钱适中，适应工薪阶层，适应退休工人，味道也蛮正，扬帮味道，有点看肉，看肉面、刀鱼面、蟹粉小笼。）

（采访　市民：我吃了几十年，我觉得这块牌子不应该倒，阿拉今天就为这事情来讨论的，它的东西做得一点没有变化，做得蛮好，应该发扬光大，新的店家没它做得好，我这样认为这种牌子应该做下去。）

（采访　市民：我晓得，昨天手机上看到，居民实惠就可以，我们两个 50 元吃这面，蛮好吃的。）

（采访　市民：这属于餐饮业的百年老店，这事怎么会没牢骚，啥个原因？正常的经营，生意很好，啥道理突然取消老字号，这个要问原因。）

但是也有些市民觉得是意料之中，老味道早已不香了！

［黑色帽子阿姨：中华老字号最关键的就是味道，但是现在味道比过去确实有差异，差一点，服务态度还好。现在许多老师傅退休了，新的人手艺接不上，关键是新老代替，没有传承接手艺嘛，他们 100 多年的历史肯定在（烹饪）方面肯定是有精华的，关键现在的小年轻都不喜欢去接这一棒，所以它的味道就做不好。］

（戴卡其色帽子男士：口味这方面与时俱进是挺好的，没有必要太去惋惜。）

［戴眼镜阿姨：（老半斋被）移除我感到也是好事，叫他们还要努力一点，不然不行的，现在是不好吃的，我就住在上面，家就住在上面，以前是可以的，现在不行。］

［导语］
琰：看得出，老吃客们动了情，百年老店，牌子不能倒？但也有人爱之深责之切，提出了批评。那么，老半斋为何从中华老字号目录中移除，原因需要追问！

舒：记者从上海市商务委获悉，被移出中华老字号名录的品牌，各有各的原因。比如，老半斋品牌虽然属于上海杏花楼（集团）有限公司，但是为了安置国企员工等原因，早已承包给了上海国权餐饮有限公司经营，按照中华老字号的复核要求，企业要上报近年来经营数据。而老半斋的报表，经营数据居然填报的是

"0"，报表极不规范。

　　琰：老半斋也说冤枉，自称每年报表都是这么填的，没想到今年就没能通过。事实上，在这次复核过程中，商务部是把经营数据作为复核工作的一项"硬指标"。可老半斋填报表格如此随性，以为自己资格足够老，并没有认真对待，结果就此被移除。从某种角度而言，是不是也说明企业的经营管理存在问题，没有珍惜"中华老字号"给予百年老店的肯定和荣誉！不放在心上，那再好的金饭碗，也会沦为泥饭碗呀！

　　舒：好在，这类品牌在厘清无形资产归属和品牌经营主体之后，还有重新申报的机会的，也来听听管理方的表态。

　　（采访　朱翠华　老半斋大堂经理：最近老半斋中华老字号被移出这问题讲的人很多，有讲好的，也有讲不好的，还有讲阿拉倒闭的，我心里很难过的，因为我们的财务报表，老半斋的财务报表为零，所以被移出了。因为 2004 年我们就改制了，2006 年，我们首批被评为中华老字号，随后多次评审也是以这个方式评审的，都通过了的，我也不知道为啥道理，到了今年，就没被评审通过，被移出了，出现这种情况，职工情绪波动很大的，我们现在还保质保量，正常经营，争取复评。）

2023 年度上海广播电视奖
参评作品推荐表

作品标题	跨界连麦丨仅仅 2 天,美国硅谷银行宣告破产!它的倒下会是冰山一角吗?	参评项目	移动直播
作品网址	https://yicai.smgbb.cn/live/m/101698873.html		
主创人员	陈卫亮、时晔、尹凡、潘俐敏、王雯、明智、颜静洁、高远		
编 辑	陈思彤、沈清晖、丁源		
主管单位	第一财经传媒有限公司	发布日期	2023 年 3 月 11 日 20 时
发布平台	第一财经 App	作品时长	127 分钟
作品简介	2023 年 3 月 10 日(美国当地时间周五),美国硅谷银行突然宣布破产,成为美国历史上第二大规模的银行倒闭事件。其股价暴跌,引发客户挤兑,全球金融圈极度震惊。硅谷银行曾经是银行业的宠儿,为何会在短短 48 小时里宣布破产?是否会成为美国的科技金融圈"雷曼兄弟"?美国银行倒闭潮会否就此开启?对硅谷创业企业带来怎样影响? 　　《第一财经》内容团队敏锐地意识到该事件的严重性,发挥硅谷记者的优势,迅即抢先发布相关的报道,在国内引发该事件的极度关注和议论。事件当天恰逢周六休息日,各部门迅速行动,在梳理文字报道的同时,邀请国内外多位专家展开解读,并连线多位美国硅谷人士带来第一线的最新情况,直播信息丰富权威。 　　1.《第一财经》是当天唯一一家就美国硅谷银行倒闭进行直播的媒体,距离事件发生 48 小时内迅速直播,前后连线嘉宾 11 位,其中 3 位身处硅谷现场,并到硅谷银行现场进行拍摄采访。		

作品简介	2. 本场直播从宏观政策面、市场关注热点等多方面分析背后的原因,同时结合全球市场的比较,厘清具体影响和后续走势,让投资者在接下去的投资布局中做到有的放矢,更有布局信心。 3. 迅速策划的信息图,以时间线形式为读者梳理事件发展的关键节点,此后对该事件持续跟进,从储户、监管、子公司、买家等不同角度制作系列图解。 本场直播反响热烈,仅抖音平台流量就达 128 万,最终直播流量超过 200 万,并打造微博话题+原创报道+视频组合拳传播,连续两天霸榜热搜榜。硅谷银行系列报道共 12 个话题登上微博热搜,其中热搜第一话题在榜时间长达 11.7 小时,话题阅读量 2.2 亿。全平台视频播放量超 7 000 万,产生 4 条千万+视频,22 条百万+视频。
推荐理由	1. 硅谷银行突然破产一事,是全球金融界、创投界的重大事情,不仅只是对硅谷银行储户的影响,同时影响波及到硅谷创业公司甚至包括中国创业公司在内的全球创投企业的融资情况,甚至引发了大家对新一轮全球金融危机的担心,全球的创业者、投资人、银行家在这个周末都是极度关注该事件的进展。《第一财经》作为专业媒体,嗅觉敏锐、反应迅速,充分发挥其在全球经济报道领域的专业资源、全景视野,运用多种媒体报道形态快速持续地"链接"用户,在这一重大财经事件的报道上遥遥领先其他媒体。 2. 事件突发在周末,《第一财经》响应迅速,利用网络技术快速组织起一场直播,并找到离事件最近的当事人和最权威的圈内专家,内容上既有事件的最新动态播报,也有来自现场的鲜活采访,更找到了当地最熟悉硅谷情况的圈内人士和权威金融专家,解读非常及时、专业、全面、解渴。

跨界连麦 | 仅仅 2 天, 美国硅谷银行宣告破产! 它的倒下会是冰山一角吗?

2023 年度上海广播电视奖
参评作品推荐表

作品标题	星舰首飞炸了，现场为何一片欢腾？	参评项目	短视频新闻专题
作品网址	https://video.weibo.com/show? fid=1034:4892769064517676		
主创人员	傅昇崇、沈颖婕		
编　辑	孟诚洁		
主管单位	上海广播电视台东方广播中心	发布日期	2023 年 4 月 21 日 01 时 13 分
发布平台	《话匣子》微信视频号	作品时长	2 分 44 秒
作品简介	4 月 20 日深夜，人类史上最大、最重、最强的运载火箭"星舰"首次"组合体飞行测试"在火箭点火升空仅 4 分钟后宣布失败。作者第一时间视频连线专家达人，迅速将访谈精华内容制作成短视频、短音频进行互联网分发。短视频节奏明快生动、观点理性开放、科普通俗易懂，"你只有犯了错误，才能不犯错误；在失败中吸取教训，失败也就有了意义"等观点令人印象深刻。采访片段和观点也成为次日 7 点档 990 早新闻《晨间快评》和 8 点档《早间点击》版块的内容基础，而完整版访谈则在《FM 十万个为什么》节目中播出。让相关优质内容实现了多轮次、多层次的融合传播，在保证广播融媒内容时效与网感的同时，也兼顾优质素材的深度挖掘。 　　音视频内容借助上海新闻广播、话匣子、阿基米德网络传播矩阵，引起了较高的点赞及转发量，网友纷纷留言对内容予以肯定。音频内容则借助《990 早新闻》《FM 十万个为什么》的广播端影响力，进一步放大了本次访谈的传播效果。		

推荐理由	在新闻发生后数小时内，连线专业人士进行访谈，并迅速提炼内容，根据不同渠道的传播特点，针对性地制作音视频新闻访谈内容产品，牢牢抓住新闻作品的时效性。与此同时，透过科技新闻事件的表象，洞察其背后的深层次含义，尤其对于如何从失败中学习和进步的深度解析，不仅在科技层面上引发深思，也在人文层面上给予启示，鼓励公众以开放的态度接受科技发展中的挑战和失败，彰显了科技和人文的融合魅力。

星舰首飞炸了，现场为何一片欢腾？

【实况画面】

瘦陀：发射火箭，不再把不炸当成最大的 KPI 了，而是把"让下一次变得更好"这个可能变成了一个更大的 KPI。

旭岽：导致失败可能的原因是什么呢？因为好像从直播画面上也能看到有一些发动机是没有成功点火。

瘦陀：最大的原因可能还是因为技术的复杂程度，它是我们人类曾经发射过的最大的航天器。有 40 层楼高，然后 5 000 多吨的一个大家伙飞到了 4 万多米。什么东西都是新的，发射台很奇怪，新的没见过，然后火箭的造型很奇怪，也没见过，甚至火箭本身的材料用不锈钢的，我之前都没有见过。用了 33 台的猛禽发动机，这个是打破了人类历史上在一次航天发射当中同时点火火箭发动机数量的一个纪录。

一台发动机比如说它的可靠性是 90％，那么两台发动机的可靠性是不是变成了 95％了？不是吧？其实是这可靠性降低了。看到这个火箭我是很替它挣扎的，因为从火箭出现状况，你就明显地看着不对了，到火箭最后自毁，它经历了一个很漫长的过程。火箭技术本身的变化没有那么大，但是哪些东西发生了变化呢？是在航天系统之外，大家每个人手里拿着一个手机，却远远超出了当年阿波罗登月的时候全球所有的电子计算机加起来的运算能力和信息的储存能力。

马斯克选的方案就是这样的，虽然说我可能没有办法让这些火箭发动机万无一失地去工作。但是，我们可以用算力来弥补这样的缺憾。那么，在这一次的航天发射当中也会收集大量的数据，让这些数据在下一次航天发射当中（起作用），一定会和这次变得非常不一样。

对航天发射来说，最大的目标就是不能炸。不能失败是一个沉重的包袱，他给全球的航天的业者深深地卸下了一部分的压力。只有犯了错误，你才能不犯错误。尤其对航天来说，因为过去是积累的量不够，所以说很多错误都是新错误。我相信他们看到这次发射之后，一定会在心里面先要为马斯克鼓鼓掌。

旭岽：从关注航天的这些爱好者的角度，这样的包容度，或者说是一个更宽容的心态也是很重要的。

三 等 奖

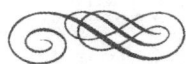

2023 年度上海广播电视奖
参评作品推荐表

作品标题	稳进·迭变——2023下半年经济展望	参评项目	融合报道
作品网址	1. 消费是否归来,内需如何走出荆棘(2023 年 7 月 10 日) https://m.yicai.com/video/101807261.html 2. 以制度型开放创造新机(2023 年 7 月 11 日) https://m.yicai.com/video/101806076.html 3. 从不平衡中挖掘新动能(2023 年 7 月 12 日) https://m.yicai.com/video/101807251.html 4. 助内需,逆周期政策或在三季度加力?(2023 年 7 月 21 日) https://www.yicai.com/video/101814776.html 5. 解决民生短板,内需方能蓬勃?(2023 年 7 月 28 日) https://www.yicai.com/video/101821458.html 6. 如何用好人民币国际化"双刃剑"?(2023 年 8 月 4 日) https://www.yicai.com/video/101827883.html 7. 专访连平:让金融活水更多流向民营经济(2023 年 8 月 10 日) https://www.yicai.com/video/101832129.html 8. 专访贾康:要处理好有效市场和有为政府的关系(2023 年 8 月 17 日) https://www.yicai.com/video/101837633.html		

主创人员	吴煜、张言、尹淑荣、芮晓煜、官悦、张丹丹		
编　辑	集　体		
主管单位	第一财经传媒有限公司	发布日期	2023 年 7 月 10 日—7 月 12 日
发布平台	第一财经频道、App、网站	作品时长	20 分钟
作品简介	经历 3 年疫情后，无论从经济本身的运行，还是人们对美好生活的心理预期，经济复苏话题都是观众关注的焦点。《2023 下半年经济展望》系列专题，正是从 2023 年年中宏观经济实际出发，梳理出经济领域中内需、开放和新动能等关键词，力邀多位权威重磅嘉宾进行趋势研判和政策建议，通过多维思考，求解现实问题，为市场主体指明方向，提振信心。 　　1. 嘉宾权威，阵容强大 　　为了让采访和把脉更具权威性，节目组在嘉宾的选择方面煞费苦心，阅读了大量文章，最终筛选了 9 位经济学家。这其中既有老一辈经济界权威，如樊纲、王小鲁、贾康；也有新生代国家智库明星学者，如全国政协委员、中国社会科学院世界经济与政治研究所副所长张斌；还有市场化金融机构首席经济学家，如中国经济最高奖"孙冶方经济科学奖"得主伍戈。这些顶级专家针对以上问题，展开真知灼见的争论，给出真情实感的建议。 　　2. 直击现实问题，回应社会关切 　　节目组选择了当时中国经济最受关注的内需消费、对外开放、投资和结构性改革等领域进行分析，研判当前及国际面临的现实问题，并请嘉宾有针对性地建言献策。为了有理有据地剖析内生动力的状态，节目组引用了一些核心宏观数据、论据，如五一和端午微观数据论据、消费与就业的事实论据等，针对当时市场上争论不休的几个重点问题进行辨析讨论。 　　3. 鼓励市场信心，表达理性乐观精神 　　2023 年中，经济复苏虽遇到一定压力，但在不平衡、不充分的发展状态中，也蕴含着大量的潜力和机会，如何用好这一时机深化和加快改革，进一步释放增长潜力？如何因势利导、发掘中长期高质量发展的内生驱动力？学者们一方面实事求是、理性地分析中国经济面临的挑战和困难；另一方面，也看到中国经济的机遇和希望，并给出了许多中肯的建议，鼓励市场信心，表达理性乐观精神。 　　4. 先网后台，融合传播 　　节目组从策划阶段就考虑到先网后台，进行长视频、短视频再加深度图文报道的立体传播模式。在拟定 9 位嘉宾的采访提纲过

作品简介	程中,特别考虑到网端受众关注的热点经济话题。涉及的问题非常有针对性,采访一结束第一时间在抖音号、微信视频号及《第一财经》网端推出,做到先声夺人。
推荐理由	《第一财经》发挥财经媒体专业优势,在 2023 年年中经济复苏最吃劲的阶段,及时制作《2023 下半年经济展望》系列专题,紧扣经济领域中内需、开放和新动能等关键词,邀请多位权威重磅嘉宾进行趋势研判和政策建议,通过多维思考,求解现实问题,消解市场对消费动力不足的担忧,鼓励市场信心,表达理性乐观精神,有效地引导正面舆论传播。节目中权威专家的预判与后续经济复苏趋势相吻合。统计数据显示,2023 年 7—8 月开始,多项经济数据更加有力的复苏反弹,并推动全年经济增长实现总体目标。 　　作为财经主流媒体,节目就高质量发展进行观察、记录和采访式调研,提出真问题,回答真问题,给出真方法,破解经济复苏的难题。节目以视频专题和视频访谈形式呈现,先网后台,进行长视频、短视频、电视节目再加深度图文的融合传播模式,传播效果良好。 　　《2023 下半年经济展望》节目调研并回应了当时社会关切的经济问题,取得了良好的社会影响和传播效果。无论从精准传播量还是行业影响力,具备宏观经济领域的"视频调研拳头产品"的雏形,通过链接影响力人群,在更广泛人群中再塑影响力。节目受到市委宣传部新闻阅评督查组的关注,新闻阅评发文《经济复苏关键时刻发声　一财〈下半年经济展望〉系列专题效果好》予以表扬。

2023 年度上海广播电视奖
参评作品推荐表

作品标题	文物里的长江——十三省区市文明探源全媒行动		参评项目	融合报道
			体 裁	
			语 种	中 文
作 者 （主创人员）	集 体	编 辑	集 体	
原创单位	上海广播电视台融媒体 中心国内新闻部等	刊播单位	看看新闻等全国广电新 媒体联盟近百家成员单 位的新闻客户端及微博、 抖音、视频号等官方 矩阵号	
刊播版面 （名称和版次）	看看新闻、微博、抖音、 视频号等官方矩阵号	刊播日期	2023 年 11 月 14 日—— 20 日每天 14：00	
新媒体作品 填报网址	https://www.kankanews.com/special/6ryd8vGpEyK（专题页网址） https://live.kankanews.com/live/Z5wgDBERb2D（11 月 20 日直播网址）			
采编过程 （作品简介）	"文物里的长江——十三省区市文明探源全媒行动"融媒体联动直播，通过新媒体移动直播、慢直播、短视频、电视新闻报道等多种表现样态，大小屏联动，深入探寻长江文脉的历史底蕴，与习近平总书记"继续深化中华文明探源工程"的重要指示精神一脉相承。系列直播以广电媒体省际合作为基础，全方位、多层次、全景式地阐释主题，站位高、格局大，形式与内容形成合力，激发了观众强烈的家国情怀。 　　全媒行动分成青藏、巴蜀、滇黔、荆楚、湖湘、赣皖、吴越七大篇章，以区域地缘文化特色为横轴，联动周边地区，"纵横"交错形成整体框架和脉络。在每天下午 14：00 整点推出的移动直播中，各地媒体记者、主持人沿江而下，在实时行进中进行接力串联。通过"户外大型野外文物＋文物遗址考古现场＋室内博物馆珍稀馆藏"相结合的方式进行探访，里外多线交织，"水陆空"全方位展现不同区域各具特色的文化亮点。			

（作品简介）采编过程	推出移动直播同时,"文物里的长江"还在看看新闻 Knews 和直播参与台客户端开辟"慢直播"网络直播流,每天早上 9 点至晚上 7 点推送,全天伴随式与网友们共赏长江文化风貌。此外,看看新闻 Knews 还在首屏首页推出"文物里的长江"专区,并根据直播内容及时拆条推出 16 条精华短视频,全网浏览量 112 万。
社会效果	截至 11 月 22 日,"文物里的长江"全媒行动相关话题♯文物里的长江♯、♯长江流域文明探源♯在微博阅读量突破 4 600 万,并两度冲至热搜榜第三位。在直播各参与台的客户端、平台矩阵及分发媒体的浏览总量近 2 000 万,其中看看新闻 Knews 全网总浏览量 490 万。

2023 年度上海广播电视奖
参评作品推荐表

作品标题	陆家嘴水环	参评项目	短视频现场新闻
作品网址			
主创人员	乐怡、徐晨、杜昊杰、韩娜菲莎		
编辑	郭德进、何平、沈佳		
主管单位	浦东新区融媒体中心	发布日期	4 月 25 日 12 时 42 分
发布平台	浦东发布视频号	作品时长	6 分 48 秒
作品简介	为了践行"人民城市人民建 人民城市为人民"重要理念，浦东执行落实了几年的一项重要民生实事工程——陆家嘴"焕彩水环"品质提升工程(一期)于 2022 年年底基本贯通，2023 年 4 月 25 日陆家嘴水环(一期)正式对公众开放。记者得知该信息后，第一时间联系并实地走访了两遍现场，踩点确定拍摄点位。整个短视频开头用多媒体的动态图及大量航拍镜头展现了陆家嘴水环的整体线路，随着记者的出镜，为大家讲述了水环建设中一个个真实故事，有帮助居民搭建便道的、有为了不影响小区搭建水上浮桥的，一个个生动的案例串起了这项惠民工程，体现了浦东更高品质的滨水公共空间亮相，特别是该作品采访了近十位老百姓，都表达出了浦东是一个充满获得感、幸福感、安全感的最佳居住地。短视频在浦东发布视频号全市首发发布后，产生了较好的反响，后被上海电视台《六点半新闻报道》、看看新闻网、《浦东发布》微信公众号、《浦东观察》《学习强国》、浦东电视新闻等平台转播转载。全网阅读量超 100 万，转赞评超 1 万。		
推荐理由	1. 全市首发：该视频是关于陆家嘴水环实事工程的独家报道，市级媒体都还没有涉及此内容，且该内容新颖又具有很高的新闻价值。通过这个视频，观众可以了解到这个重大工程的全貌和最新进展，感受到城市基础设施建设的蓬勃发展。		

推荐理由	2. 特效加持：视频制作精良，采用了先进的特效技术，让观众仿佛身临其境，能够更加直观地了解和体验到陆家嘴水环实事工程的宏伟与壮观。特效的运用也使得视频内容更加生动有趣，提高了观众的观看体验。 3. 采访翔实：视频中采访了多位相关人士，包括项目负责人、工程师、社区居民等，从多个角度对陆家嘴水环实事工程进行了深入的剖析和解读。特别是一对 80 多岁的老夫妻的接地气的采访，当水环打通后，他们出门就能亲水和健身，这发自肺腑的爽朗的笑声让人印象深刻，通过这些扎实的采访，观众可以更加全面地了解这个工程的意义和价值，增加对这个工程的认识和了解。

2023 年度上海广播电视奖
参评作品推荐表

作品标题	向光而行	参评项目	短视频新闻专题
作品网址	\ 嘉视频JCMC 扫一扫，观看视频		
主创人员	陈皓珺、陈斐、孙经纬、卢靓慧		
编　　辑	邵晓明、薛松		
主管单位	上海市嘉定区 融媒体中心	发布日期	2023 年 10 月 18 日 8 时 30 分
发布平台	微信视频号 "嘉视频 JCMC"	作品时长	4 分 38 秒
作品简介	久治地处雪域高原,平均海拔超过 3 600 米,空气稀薄,紫外线辐射强烈,当地藏族居民的白内障发病率居高不下,不少人因此丧失了劳动能力,生活困难。2023 年 8 月 5—12 日,第二十批嘉定·久治光明行医疗团队 20 人,远赴青海省果洛藏族自治州久治县开展眼科手术和医疗帮扶工作。2023 年是嘉定·久治光明行的第十年,10 年来,医疗队员们克服高原缺氧、水土不服和语言不通等困难及挑战,在久治县委、县政府和历届援青干部的全力保障下,以"缺氧不缺精神"的工作态度,为雪域高原的老百姓带去光明和希望。 　　摄制团队前期经过近两个月的通联和策划,梳理历年治疗中的典型病例,查阅 10 年来积累的视频资料,形成初步的拍摄脚本和框架。8 月,摄制团队克服强烈的高原反应,每天近 12 小时高强度全		

作品简介	程跟拍医疗团队工作和生活场景。其间辗转久治县城、牧民家、乡镇卫生院、山区等多地拍摄,用镜头真实地记录当地病人、医疗卫生状况及嘉定"光明行"团队帮扶工作的艰辛。该视频全程以医疗人员第一人称讲述的方式展开,佐以特殊病人治愈的案例和真实讲述,让观众对 10 年医疗帮扶的不易感同身受,引发共鸣。该视频被市级媒体转发,阅读量超过 7 万,视频中"光明行"团队的事迹深深感动了上海和青海两地人民。
推荐理由	该视频画面冲击力强,情感充沛,当地藏族人民的采访和医生对 10 年帮扶的讲述富有感染力。视频选取生动典型的个案,充分展现了上海嘉定与青海久治携手推进乡村振兴和民族团结示范工程的生动实践。视频中有温度的细节、场景和故事,让受众更直观、深入地了解沪青对口支援工作和西部少数民族地区巩固脱贫攻坚的成果,营造了良好的舆论氛围。

向光而行

【配音】（藏语）美丽的年宝玉则/世世代代保护着我们/黑夜总会过去/黎明一定会到来。

【同期声】嘉定区中心医院眼科主任　曹文捷：久治这个地方，高原紫外线强烈，白内障发病率特别高，当地的医院没有医疗条件，很多老百姓有可能就不治了。

【同期声】嘉定区中心医院党委书记　谢岳林：2012 年，我们来这边了解整个卫生的一些情况，谈到了我们是不是有可能来这边支持。后来我们在研究以后，2013 年进行准备，2014 年光明行的行动开始。

【同期声】嘉定区中心医院副主任护师　童践平：第一年我们来的时候，没有任何的手术条件，只有一间简陋的手术室跟一张铁皮床。

【同期声】嘉定区中心医院眼科主任　曹文捷：所有的设备物资从零起步，全部都自己带，所以我们第一年打包了大概有 50 箱物资。

【同期声】嘉定区中心医院副主任护师　童践平：看到了整个久治县人民医院，全是藏族同胞期待等待的目光。我觉得我有责任去帮他们。

【现场声】开刀，开哪一个眼睛？

好，不要动。

眼睛往下面看。

叫他下巴抬一下。

先不要接管子，先把水给我。

【同期声】嘉定区中心医院眼科主任　曹文捷：作为医生，我们看这些病人，总是觉得看看是不是有一线希望，有一线希望我们都不能放弃。

【现场声】结束了，不用谢。

【同期声】嘉定区中心医院眼科主任　曹文捷：我们第一年做了 25 台，取得不错的效果，后来还是决定第二年继续开展，想不到一坚持就到现在 10 年了。过去以后完全是睡眠状态非常差，在缺氧的状态下你睡不好，第二天可能就会出现头痛、心慌，我们配台护士就在两个手术室之间，一天走了两万多步、将近三万步。真正做起来有时候慢不下来。

【同期声】嘉定区中心医院党委书记　谢岳林：我们有门诊筛查、手术的团队，中间还有病房的管理，以及我们可能要下乡去进行一些巡诊。整个 10 年应该说，还是要非常大的坚持才能走下来的。

【同期声】嘉定区中心医院眼科主任　曹文捷：前年，有一个小姑娘叫加毛。她是一个聋哑人，而且双目失明。做完手术以后，坐在地上哭闹，打人踢人，我们当时认为她可能有精神障碍。但是，第二天来的时候，我们把纱布打开以后，就像换了个人，她的笑容太灿烂了。

【同期声】加毛妹妹：（藏语）加毛做完眼睛的手术后，就像变了个人，心情特别好，也能够帮助家人放牧、挤牛奶了，对美好生活充满了希望。

【同期声】嘉定区中心医院眼科主任　曹文捷：这么多年，让当地老百姓能够就近医疗，就近复明。

我们通常说，一个人除了生命就是光明。这么多人能够重新看到蓝天白云、草原牛群，能够重返岗位、重新劳动，这个应该是给当地很多家庭带来了希望。

2023 年度上海广播电视奖
参评作品推荐表

作品标题	再见，一伞巷！ 你好，新生活！	参评项目	短视频新闻专题
作品网址	https://mp.weixin.qq.com/s/IDcyTuaYMSOBIAiIDrwc1A		
主创人员	蒋文婕、魏宇涵		
编　辑	宋杰、钱隆、魏宇涵		
主管单位	静安区融媒体中心	发布日期	10 月 23 日 15 时 53 分
发布平台	"上海静安"微信公众号	作品时长	4 分 14 秒
作品简介	这组报道用图文视频融合的方式，挖掘静安区 2023 年体量最大的零星旧改项目背后温馨动人的故事。四条撑不开一把伞的弄堂，是静安区芷江西路街道 238 街坊地块旧城区的"特色"，签约生效后，在居民集中搬场前夕，记者多次深入"一伞巷"，挖掘旧改背后的故事。 　　微纪录片以居民的视角看旧改项目带来的民生福祉。镜头中，记者抓住了能够体现居民们生活变迁的细节，用居民们的讲述带来一个个温馨的故事，既有上海特色的弄堂邻里情，也有居民所见的时代变化，还有居民们眼中的旧改工作背后基层工作人员的努力。蜗居之困和迎来旧改后发自内心喜悦的前后对比，让观众感受到，即将消失的"一伞巷"里最后绵延出的是对新生活的期待。 　　该组报道在"上海静安"首发后，视频转发量近 500，转、赞、评共计 864，获得新华社、澎湃新闻、上观新闻等多家媒体平台转发。		
推荐理由	即将消失的"一伞巷"里，一户户家庭迁新居的背后，是基层工作人员"啃下难题"的工作探索，是对美好生活愿景的生动实现，是对人民城市理念的贯彻落实。 　　记者通过多次在现场与居民充分沟通，用镜头捕捉住了居民常年忍受蜗居之困的生活细节，和走出窄巷自然流露出的喜悦之情。 　　从小切口破题，有故事、有细节、有温情，微纪录片搭配图文的融合报道方式展现了旧改工作多个阶段，体现工作成果的来之不易。 　　作品画面中，一伞巷中的生活细节直观而震撼人心，窄巷居民中发自肺腑的喜悦与期待能够充分引发观众的共情和共鸣。		

再见,一伞巷! 你好,新生活!

夏秋之际多雨水的台风天也算一个东部沿海地区的特色,对于芷江西路街道新赵家宅的居民们来说,这样的天气意味着种种不便——地面返潮、雨水倒灌是家常便饭,四条逼仄狭窄弄堂里更是只能撑起一把伞,再多便寸步难行,经年累月,便有了"一伞巷"的说法。

2023年台风季节,在当地街道、居委会和居民们的共同努力下,作为静安区今年体量最大的零星旧城区改建项目,静安区238街坊零星旧城区改建地块项目实现了百分百签约率。如今,新赵家宅居民们已陆续搬离生活了大半辈子的窄弄堂,告别了居行不便、麻烦频频的生活。

狭窄的"一伞巷"即将从地图上消失,窄弄堂里最后绵延出的,是居民们对新生活的憧憬和期盼。

撑不直一把伞的弄堂,常年照不进阳光

新赵家宅最窄的一条弄堂,宽度不足50厘米,最窄处撑不直一把伞,对门两家无法一起开门,但站在屋里,就能和对门的邻居握个手。自行车穿过弄堂,一路叮叮当当,时不时要停下等着行人贴着墙避让。

几位爷叔阿姨站在家门口"嘎讪胡",话题总是离不开搬家和收拾行李,一位爷叔说起家里电视机坏了该换了,屋里的阿姨回了一句:"侬现在伐用搞了,再撑一撑,阿拉就搬家了。"空间狭窄逼仄,但"一伞巷"里的居民们大多知足常乐,街坊邻里乐乐呵呵的日子里,把生活的逼仄延展出充满烟火气的人情味。

今年65岁的曹叔叔自出生起就一直住在新赵家宅的弄堂里,见证了这里从新房沦为"捉襟见肘"的"老破小"的整个过程。"起初这弄堂能有3米宽,5吨的

卡车都能开进来,后来家家户户人越来越多,住不下,房子只能往外搭,渐渐地就成了窄弄堂。"

走进曹叔叔的家,朝北的一楼光线昏暗,刚下过雨,地砖泛着潮气。沿着狭窄的楼梯爬上阁楼,只能从弄堂两排家家户户的雨棚缝隙间勉强瞥见"一伞巷"的"一线天"。

哪怕是大晴天,屋里光线好,对于曹叔叔来说也是一种奢望,"快 70 岁了,都没在自己家里晒过一天太阳,现在要去住楼房了,终于晒到太阳了"。

挤挤挨挨的生活里,乐乐呵呵的人情味

23 平方米的小屋曾经蜗居着曹叔叔的父母和他们兄弟五个,年岁渐长,其他兄弟都陆陆续续搬离了"一伞巷"。儿子成家立业后,曹叔叔和爱人却迟迟没有搬走。"住习惯了,谈不上好坏,主要是弄堂里老故事太多了,割舍不下这些好邻居,侬晓得伐,这就是阿拉的弄堂文化。"

20 世纪 80 年代弄堂里没通煤气前,家家户户都烧蜂窝煤,那时候曹叔叔每天早上都是被起炉子的烟呛醒;弄堂狭窄不通风,每到做饭的高峰时间,谁家烧了什么菜邻里之间闻一闻就知道,遇上谁家中午烧了辣椒,走进巷子便忍不住要打个喷嚏……

弄堂的生活虽然挤挤挨挨,但浓浓的人情味却带来大家庭一样的温暖。"晒衣服你占了我的地方,我占了你的地方,但是今天吵架明天就和好。"在曹叔叔的回忆里,今天谁家包了馄饨,大家都有口福;明天不想做饭了,弄堂里走一走,随便哪家都能吃一口。

渐渐地,随着生活条件不断改善,家家户户陆续装了抽油烟机和空调,但大家都很有默契地在排气口放了一块板子,让油烟和热气不会直接窜进对门邻居家里。

讲述"一伞巷"里拥挤的生活时,曹叔叔临了总会加上一句"习惯了,但肯定也会留恋"。集体搬家的那一天,曹叔叔特地将家门口的门牌号摘下,一起奔赴去能晒到暖洋洋阳光的新生活。

旧改的阳光照进"一伞巷",告别慌乱的下雨天

每逢下雨天,"一伞巷"里的生活总会伴随着手忙脚乱——地势低洼,排水系统又老旧,在梅雨、台风季节,"一伞巷"总是会伴随着严重的内涝,弄堂里一片汪

洋，居民家里也会倒灌进水。家家户户都在门前备了一块挡布，一到下雨天就盖上，反应慢点，家里经常会变成水漫到小腿的池塘。

遇见陈阿姨时，一场大雨刚停，她正准备取下家门口的挡布，"以后再也用不上这个东西了"，陈阿姨乐呵呵地说。1978 年，嫁进"一伞巷"以来，长达 45 年的生活，陈阿姨几乎每逢下雨天就要头疼。"一下雨，上面楼顶漏水，下面返潮往上冒水，外面的积水漫进来，女儿小时候坐在洗澡盆里，能在屋里'划船'。"

"以前每过几年就要把屋子翻修一次，后来年纪大了，补不动了，索性就不补了。"看着天花板和墙角依稀留着的受潮脱落的痕迹，陈阿姨回忆起了 45 年来的点点滴滴。20 世纪 70 年代嫁进来时，车子还能开进弄堂，后来弄堂越变越窄，到了家家户户弄堂里出生的小孩成家时，车子就只能停在路口，邻居们只能去弄堂口沾沾喜气。

"刚嫁过来头几年，还是会叫朋友来家里聚会，后来亲戚朋友都住了新房子，这里越来越老旧，阿拉就不太邀请朋友来家里坐坐了。"陈阿姨感叹着时代和命运的际遇，不过随着旧改项目的启动，她又开始兴致勃勃地和女儿描绘起新生活。

几十年的逼仄狭窄，用"百分百"谢幕

旧改的消息传来时，陈阿姨惊喜的同时，又有些没底。她时常跑去居委会打听目前的工作进度："阿拉心里肯定都是急的，但是也理解大家都有难处。"旧改集中签约是 9 月的事，但陈阿姨看到的是从 4 月开始，当地街道、居委的工作人员就不厌其烦地为居民讲解旧改搬迁的好处，倾听居民心里的"疙瘩"，解答居民的疑问。有时候陈阿姨看到居委会的工作人员晚上 11 点还在一户住户家里聊签约，一问才知道，他们是从上午聊到了深夜。

一开始好消息不断，今年 5 月 13 日，芷江西路街道对该地块进行首轮意愿征询时，即以 99.48% 的高同意率顺利通过；9 月 16 日集中签约第一天，便以签约率 99.36% 高比例生效。"签约那天本来抱着手机一直盯着看，后来家里坐不住了，手机也不看了，跑到外面盯着大屏幕看，达到了那个合法生效的数字之后悬着的心就放下来了，后面不断升高，到了 99% 还多的时候，哎呀，太开心了！"

回忆起集中签约的那一天，陈阿姨说着说着就忍不住挥舞起双手，欢喜的心情溢于言表："大家敲锣打鼓的，多开心呀，活了大半辈子还有机会住新房子，我那天也跑去举旗子了！"

签约率从 99.48% 升到 100% 的过程也时时牵动着住户们的心。截至 9 月

19 日 18 点,随着最后一证居民完成签约,静安区 238 街坊零星旧城区改建地块项目签约率达到 100％,陈阿姨和邻居们纷纷跑去大屏幕下合影留念,记录下这来之不易的一刻:"阿拉自己也没想到,三四天时间就到 100％,你说说居委会他们有多不容易。"采访间隙,陈阿姨遇到了居委会的工作人员前来询问搬家有没有困难。工作人员挨家挨户问过去,一路总是能听到住户们一句句的"辛苦了"。

雨后天晴,陈阿姨也收拾起搬新家的行李:"侬看呀,出太阳了!"阳光照进窄弄堂,"一伞巷"里的住户们脸上挂着喜气洋洋的笑。

几十年的逼仄狭窄,几十年的潮湿阴濛,都在这个夏秋交接的台风季里,一去不复返;搬上车的一箱箱行李将过往的回忆一一保留封存,是奔向新生活时的无限向往和勇气。

附:

⊙ 上海静安

扫一扫,观看视频

2023 年度上海广播电视奖
参评作品推荐表

专栏名称	《商业就是这样》	创办日期	2021 年 2 月 9 日
参评项目	新媒体品牌栏目		
发布单位	第一财经杂志	2023 年度 发布总次数	
发布平台	第一财经杂志 App、小宇宙、 喜马拉雅、苹果播客等音频内容平台		
主创人员	肖文杰、邢梦妮		
编　辑	肖文杰		
专栏简介	半小时左右时长，两人对谈的形式，每期讲一个商业故事。一经推出，迅速成为商业类播客的头部品牌。目前，全网粉丝数超过 70 万，单集平均播放量超过 10 万，连续两年获选喜马拉雅百大播客、小宇宙 2022 年和 2023 年年度热门播客、2022 年苹果播客的年度精选等多项荣誉。		
推荐理由	《商业就是这样》第 100 期特别节目，本期内容回顾了《第一财经》杂志 15 年历程，中文商业报道市场的发展，以及这 15 年来的商业大事件、失落大公司和过去 15 年冒出的、对未来生活影响巨大的新名词。		

商业就是这样

第 100 期：十五年中国商业极简史

《商业就是这样》第 100 期之际，也是《第一财经》杂志 15 周年。这期播客穿越 15 年光阴，深入浅出地剖析当年那些商业风云背后的故事和人物，带领听众探索明亮的商业世界，更好地理解商业运作的本质。

本期节目唤醒了杂志与读者之间 15 年的情谊，贯彻了《第一财经》"专业创造价值"的"商业文明见证者"精神，并在小宇宙 App 上取得了 13.3 万播放量，成为 2023 年《商业就是这样》最受欢迎的单集节目。

2023年度上海广播电视奖
参评作品推荐表

作品标题	毕业季·求职记	参评项目	短视频新闻专题
作品网址	https://www.kankanews.com/detail/m9wB6BOEmwn		
主创人员	集体（陈瑞霖、郝思舜、刘黎明、王琦、张凯、刘宽漾、李维潇、吕心泉、王岑峰、刘奕达、刘宁）		
编 辑	陈瑞霖、李姬芸		
主管单位	上海广播电视台	发布日期	2023年6月18日 22：30：35
发布平台	看看新闻客户端	作品时长	16分31秒
作品简介	本片将目光聚焦在2023年6月毕业的三位应届生身上。2023年，全国高校毕业生达到1 158万人，再创新高。在这样的大背景下，作品讲述了他们的求职故事和心路历程，展现"Z世代"青年站在人生岔路口时最真实的想法和状态。主人公"虾米"在自媒体上记录求职坎坷，吸引众多粉丝，最后找准自我定位，得到了一份满意的工作；小镇姑娘王芸萍本科毕业于一所"双非"院校，"985"研究生毕业后没能在大城市找到工作，但她并不气馁，决定回到家乡沉淀一段时间，好好规划自己的未来；"网红"范建国在大学阶段不断地实习历练，毕业前已然决定创业做自己的"老板"。他们的经历看似充满戏剧性，但本质上却有广泛的代表性，反映了年轻人在面临同一社会议题时的种种心态。该作品探讨了"大学生就业难"背后的原因和社会心态，在试图引发年轻人共情并给予他们慰藉的同时，也希望能够引发全社会更多的关切和思考。 　　报道敏锐地关注到了当下高校应届生的就业问题，能够切中社会热点，关注年轻人的生存发展问题。在长视频之外，该视频切分为三个人物故事，以"轻量化短视频＋海报"的形式，辅以更具"网		

作品简介	感"的表现手法,取得了不错的传播效果,在年轻人,特别是应届生群体中引发了共鸣。不少网友在视频下方积极留言互动,有人加油鼓劲,也有人出谋划策,实现了新闻报道社会价值的延伸。
推荐理由	报道主题鲜明,选材典型,语态年轻化,具有较强的感染力。该报道的可贵之处在于真实和真诚。在带教老师的指导下,三位见习记者与同龄人展开对话,同理心贯穿始终,使得受访者内心的真实想法能够很好地被传达给受众,让公众能够看到应届生站在人生岔路口最为真实可爱的青春影像,也让社会能够听到他们最真实的心声。

毕业季·求职记

2023 年度上海广播电视奖
参评作品推荐表

作品标题	黄金位置 日租百元 上海青年旅舍里的他们在干嘛？	参评项目	短视频新闻专题
作品网址	https://www.kankanews.com/detail/lm2Xq3qJqyr		
主创人员	郝思舜、李维潇、吕心泉、刘宽漾、张凯、王卫		
编　辑	楚华、陈瑞霖、邢维		
主管单位	上海广播电视台	发布日期	2023 年 8 月 7 日 14 时 52 分
发布平台	看看新闻客户端	作品时长	9 分 21 秒
作品简介	本片讲述了住在上海市中心青年旅舍中的年轻人的生活及求职故事，反映了当代年轻人在大城市中奋斗的群像。作品中拍摄的几位主人公特色鲜明、情况典型。该作品播出后，在全网获得了较高的关注度和传播度。以看看新闻 Knews 在哔哩哔哩平台的官方账号为例，该片迄今已获得了近 40 万的播放量，评论过千，被点赞近万次，不少网友在评论区有感而发，分享自己的青旅体验和在上海奋斗的故事，同时对片中的主人公给予了鼓励和祝福。本片也成为了该平台以"青旅"为关键词进行搜索的推荐作品。 　　该作品在记录青旅众生相的同时，也聚焦当代年轻人在成长过程中普遍面临的一些问题，切中社会关注的热点。编导通过对青年旅舍中群像的描摹，打破了公众印象中"青旅只有背包客"的偏见，展现了新一代"沪漂"青年率真的个性和多元的精彩，也表现了上海这座城市的开放和包容。		
推荐理由	作品以编导的第一视角切入，角度新颖，语态年轻活泼。主创在青年旅舍有限的空间内灵活调度场景，通过性格迥异的人物故事		

| 推荐理由 | 呈现了真实的、生活化的青年旅舍生活，并通过这些故事反映了当代年轻人的个性和梦想，也从另一个角度表现了上海的城市精神和气质。此外，年轻化的表达也让本片在传播效果上有较为突出的表现，多个新媒体平台上的播放量、点赞量及网友评论互动的质量，都体现了本片在受众群体中产生的巨大共鸣。 |

黄金位置　日租百元　上海青年旅舍里的他们在干嘛？

2023年度上海广播电视奖
参评作品推荐表

作品标题	豆蔻之年遭人拐卖　35年后她们的人生该如何抉择？	参评项目	短视频新闻专题
作品网址	https://www.kankanews.com/detail/ZGwkjZ3RAQx		
主创人员	楚华、朱厚真、李响、陶余鑫		
编　辑	陈瑞霖、邢维、李姬芸		
主管单位	上海广播电视台	发布日期	2023年5月28日 16时27分
发布平台	看看新闻客户端	作品时长	18分43秒
作品简介	从2022年2月开始，主创团队用时一年，走访了贵州、四川、重庆、广西等地，与一个个被拐女性及其被"撕裂"的家庭近距离对话，最终完成了震撼人心的"拐"三部曲。 　　在完结篇《豆蔻之年遭人拐卖，35年后她们的人生该如何抉择？》中，记者探访了两位被拐卖的女性，并记录了她们做出的两种完全不同的选择：隐忍、认命，或是反抗、追责，展现了拐卖犯罪对受害女性本身造成的伤害，以及不同环境、不同性格对她们人生方向的改变。人的意识的觉醒，与自身的性格不无关联，但社会环境对人的塑造和改变同样深入骨髓。 　　有人寻亲数十年杳无音信，有人久别重逢却已形同陌路，在前两集故事讲述的基础之上，完结篇的追问和反思水到渠成。该系列作品每一集表达的内容各有侧重而又一脉相承，从不同角度展现了拐卖犯罪对受害人及其家庭带来的伤害。 　　报道以多名被拐女性的故事为切入点，用打动人心的细节、真诚的采访，深度剖析了拐卖犯罪对被害女性及其家庭所带来的伤害，以及他们在寻亲、生活、追责中所面临的现实困境。		

推荐理由	报道在看看新闻客户端、视频号、B站等平台发布后,通过社交媒体的传播,迅速成为互联网上的热门话题,并引发了更加深入的探讨。 　　拐卖一旦发生,悲剧便再不能挽回。司法的介入、志愿者的援助及媒体的报道,都无法彻底抚平这段经历给个体及其家庭造成的伤害。作品视角独特,内容翔实,人物刻画细节丰富,思考和追问直击议题的内核,充满了感情与张力。

豆蔻之年遭人拐卖　35 年后她们的人生该如何抉择?

2023 年度上海广播电视奖
作品参评推荐表

作品标题	寒潮来袭，虹口救助在行动	参评项目	短视频现场新闻
作品网址	 上海虹口 扫一扫，观看视频		
主创人员	曲姗姗、刘洋		
编　辑	曲姗姗		
主管单位	虹口区融媒体中心	发布日期	2023 年 12 月 16 日 16 时 13 分
发布平台	上海虹口微信视频号	作品时长	2 分 14 秒
作品简介	2023 年 12 月 16 日，上海入冬后首场寒潮来袭，记者第一时间联系虹口区救助站采访拍摄对流浪乞讨救助情况。2023 年，虹口区救助站在全市首创 1＋3＋x 街面发现救助机制，除救助站上街巡查发现需救助人员外，公安、城管、城运中心以及八个街道和城发公司都加入到街面救助巡查队伍中来，本条短视频中救助的老人就是当天城发公司巡查人员在街面作业时发现的。记者第一时间完整记录整个发现和救助过程，体现救助部门应对严寒天气的迅速反应机制。该视频在上海虹口微信视频号播出，并受到新华社新华视频，上海电视台《新闻坊》微信公众号、看看新闻、澎湃新闻等媒体转发。		
推荐理由	2023 年，虹口区在全市首创 1＋3＋x 街面发现救助机制，该视频从第一现场视角详细记录了该救助发现机制发挥的重要作用，反映了该机制建立后，救助工作的有效性和及时性，具有典型推广价值。同意推荐！		

2023年度上海广播电视奖
参评作品推荐表

作品标题	暖！零下5℃，他跳河救人！闵行送餐小哥杨金全："这只是一件小事"	参评项目	融合报道
作品网址	https://mp.weixin.qq.com/s/cvOLTG4fTadp7mch4hkx9A		
主创人员	陈美玲、许鹏		
编　辑	集体（茅杰、徐雷冰、孙立、刘垦博、薛唯侃、方雨斌、汤婧娴）		
主管单位	闵行区融媒体中心	发布日期	2023年12月23日 18时25分
发布平台	《今日闵行》微信公众号	作品时长	
作品简介	12月22日，上海全天气温都在0℃以下，送餐小哥杨金全不顾极寒跳入河中救人，把人救上岸后，连名字都不留就匆忙离去。记者获知消息后当天率先发布"最冷的一天，义无反顾跳河救人"，引起较大反响。第二天，两位记者持续跟进热点，来到杨金全住处，与他面对面交谈，并找到两位目击者及小哥的邻居，通过文字和视频再次生动还原了超级低温之下，小哥不顾寒冷和个人安危，跳入河中救人的一幕幕，并通过邻居的口述，展示了小哥乐于助人的生活状态，平平淡淡的文字中满满的社会正能量。报道中，小哥义无反顾"就想把他救活"，上岸后，"该做的事都做了，还留在那做什么"，朴素的话语更是直抵人心，从另一个角度体现了平凡个体的不平凡之处，产生了正向的社会影响。		
推荐理由	该报道在"今日闵行"微信公众号阅读数22 717，点赞232，点亮在看42，网友留言39，获得上海市2023年12月暖新闻稿件传播影		

推荐理由	响力十佳。视频在"今日闵行"视频号中得到 600 点赞、179 转发及 265 小火苗，观看量 9 182 次。报道发布后，《文汇报》《澎湃新闻》《新闻坊》等上海市多家媒体跟进或转发，产生了良好的社会效应。1 月 10 日，杨金全本人获得了上海市见义勇为先进荣誉称号，目前正在申报"中国好人"。

2023 年度上海广播电视奖
参评作品推荐表

作品标题	宝藏爷叔的修理日记	参评项目	短视频现场新闻
作品网址			
主创人员	吴友康、李毓丹		
编　辑			
主管单位	上海市长宁区融媒体中心	发布日期	2023 年 9 月 14 日
发布平台	《上海长宁》视频号	作品时长	1 分 48 秒
作品简介	该作品介绍了新华路街道红庄居民区老爷叔李传俊，坚持免费为邻居们修理家电，电风扇、电饭锅、吸尘器……他自己积攒各种零件，只要他能帮着修的都义务帮忙，被邻居们称为"宝藏大爷"。报道平实而细腻，在一些细节处呈现出温情邻里情。从居民的叙述，令人感受到了爷叔的温暖坚守和热心奉献。报道的主体虽不是社会大事件，只是一位大爷坚持了十余年的善事，但从中体现了邻里温情和助人情怀。		
推荐理由	作品获《学习强国》全国平台转发，该短视频从一件居民坚持了十余年的小事，展现了社会邻里间良好氛围和温暖互动。该作品写实性较强，具有一定的故事性、感染力。尤其是作者将"以后我还会做，会做到我做不动，在有生之年，能做多久做多久"的话作为收尾，让人感受到了可贵的真诚和善良，充满了感动和温馨，给予人们积极向上的力量。		

宝藏爷叔的修理日记

李传俊（爷叔）：我发现很多东西扔掉太可惜了，去修理部修，基本上比我修所花的代价，最起码翻十倍。很多家用电器的零件攒下来，我觉得能拆的我都拆了，这么多零件，逐渐逐渐……

李传俊：给大家修不可能考虑报酬的，考虑报酬我不干这个事，我不赚这个钱，纯粹是帮人图快乐，不要浪费。

（画面：李传俊在楼道工作间维修家电）

李传俊：这个零件你别看它平时放着起不了作用，但是一旦要维修的话，你碰到需求的时候，再去找就可能找不到，所以现在我只要看到能用的包括今后能用的，我都备着，多备一点。

陈阿姨（邻居）：我们楼道里面有什么老的东西坏掉了，我就拿上来找他修。他很热心的，无论是全自动洗衣机，我介绍给他很快就修好的。后面还有两部自行车、一个电饭煲……反正有什么事找他，都是有求必应的。

（画面：李传俊在居委会办公室帮大家检查家电故障）

李传俊：我还会做，会做到我做不动。在有生之年，能够做多久就做多久，尽力嘛。

（画面：李传俊继续为大家维修家电）

2023 年度上海广播电视奖
参评作品推荐表

作品标题	2023 上海中心垂直马拉松现场直播	参评项目	创新应用
作品网址	https://weibo.com/1797246290/Ntfey8XKW https://weibo.com/1797246290/Nthovwvpc		
主创人员	陈圣音、于骏、左胜男、王征、杨时仪		
编　　辑	许勤、施如顺、龚稼轩、许玥、鲁诗文、周俊磊、沈元源、黄雷、陈灏辉、周丽韵、顾昱、陈玮、裘文祥、张远、王文颖		
主管单位	上海广播电视台	发布日期	11 月 19 日 8 时 07 分
发布平台	五星体育	作品时长	8 小时
作品简介	面对如此重要且复杂的赛事,团队从转播技术、流程、赛事包装上都实现了从无到有的创新,从转播上来说,考虑到上海中心 119 楼的复杂性,制作团队融合五星体育自有轻量化设备与 SMT 最新的移动导播设备,将副转播系统搭建在上海中心 1 层,主转播系统搭建在上海中心 119 层景观台,实现多达超过 20 个机位的画面切换;此外,配合 8 台可以上下楼层走动的游机,给观众以感觉超过 30 个视角的内容呈现,并且全程安全播出。同时,面对全天 3 场不同节奏的垂直竞速比赛,责编设计了 3 套适应播出平台与品牌调性的节目串联单,力求带给观众最好的观赛感受。而在赛事包装上,为了解决比赛通道封闭跟随运动员拍摄困难的问题,团队运用 AI 算法,实现所有参赛运动员实时点位呈现,同时,团队效仿 F1 赛事,带来了即时区间成绩的呈现,以及可以跟随时间变化天气情况的上海中心三维建模,让观众在一个屏内看到尽可能丰富的赛事内容。		
推荐理由	《上海市体育发展"十四五"规划》中提出,要将上海建成全球著名的体育城市。体育社会化、生活化、产业化是体育城市建设的根本支撑。本次赛事的直播得到了主办方的高度认可,该赛事包装的成功代表着五星体育又一次从无到有地创造了一种新的赛事直播模式,这套赛事包装已经成为高端垂马赛事转播的标杆。垂马直播的模式,具有很强的可复制性,以点带面,拓展到商圈楼宇,并积极破圈,将形成巨大的经济效益和社会效益,有望成为上海城市景观体育一张新的名片。		

2023 上海中心垂直马拉松现场直播

作品二维码

上午场直播：

下午场直播：

专　门　类

一　等　奖

2023 年度上海广播电视奖
参评作品推荐表

作品标题	思想耀征程	参评项目	专门类
		体　裁	重大主题报道
		语　种	中　文
作　者 （主创人员）	集体	编　辑	周炜、王宁、赵慧侠
刊播单位	上海广播电视台 融媒体中心	刊播日期	2023 年 11 月 27 日—12 月 2 日
刊播版面 （名称和版次）	东方卫视晚间黄金档	作品字数 （时长）	50 分钟/集

（作品简介） 采编过程	《思想耀征程》作为国家广电总局"创新理论传播工程"重点项目的大型融媒体理论节目，围绕党的二十大报告提出的"六个必须坚持"，共分为 6 集，每集 50 分钟的体量，围绕一个"必须坚持"，深入阐释习近平新时代中国特色主义思想的世界观、方法论，以"典耀新征程""闪耀开放麦""闪耀学习说""思想共振场"四大版块创新理论节目通俗化表达。 　　"典耀新征程"以习近平总书记引用过的一则史籍典故开篇，借古喻今，以史明义，在两分钟内言简意赅、凝练精准地引出每集的理论主题，凸显党的创新理论以中华优秀传统文化为"根"的独特性；"闪耀开放麦"则是将实体麦克风带到新思想的发源实践样板地，把它放置在大江南北、城市乡村，深入居民社区、企业工厂等一线场景，鼓励普通群众站到镜头前，用"众口"的方式讲述自己的故事与感受。节目组从几百个案例中精心挑选了近 20 个兼具新闻性、典型性、鲜见性的极致案例，即"闪耀开放麦"录制点，邀请成百上千的普通人，站在麦克风前讲述、表达，然后通过高度浓缩、精心提炼、极富节奏感的剪辑，将节目主旨、寓意和格局蕴含在"众口"表达中，形成"闪耀开放麦"环节；而从"闪耀开放麦"中脱颖而出，最有故事的普通讲述者则被邀请进入演播室，以第一人称口述方式动情动感讲述亲身经历的故事，构成"闪耀学习说"版块。这个带着感情，带有乡音的

（作品简介） 采编过程	个人讲述环节,以一种不同寻常的"低姿态"的叙事方式,凸显出伟大思想指导伟大实践的深刻意义;宣讲结束后,主持人、宣讲人、现场大学生和理论专家还会进行多元视角的互动交流,在对话碰撞中共同探索典型案例背后的理论支撑和实践探索,打造出一个激情四溢的"思想共振场"。
社会效果	据中国视听大数据统计显示,该节目在东方卫视首播时,收视率位列同期省级卫视专题节目第一,累计收看观众超 3 000 万人次。制作的相关短视频全网访问量达 8 300 万,微博话题♯思想耀征程♯总阅读量 1 191 万,互动量 1.3 万,其中 11 条获全国广电新媒体联盟推荐,大小屏融合传播效果亮眼。 　　节目以"开放麦"等青年人喜爱的时尚表达方式,让普通人成为理论舞台上的主角,鲜活又接地气的节目模式也让这档理论节目吸引了年轻群体的关注。收视数据显示,节目大学以上观众比例超过 1/3,年轻观众比例占超五成,70 后、90 后观众比例最高,90 后观众比例近 20%。节目播出后被国家广电总局作为优秀节目推荐,从 2024 年 1 月开始,连续两月在全国卫视进行分期完整展播。

思想耀征程

第一集：幸福路上一个不能少

【引子："典"耀新征程】

今天讲的故事，出自西汉经学家刘向的《说苑·政理》。

西周初年，刚刚灭掉商朝建立周朝的周武王，向姜太公询问治理国家的方法，姜太公回答说："不过是爱民而已。"周武王又问："那么怎样爱民呢?"姜太公答道："善为国者，遇民如父母之爱子，兄之爱弟，闻其饥寒为之哀，见其劳苦为之悲。"

1990年5月，即将离开福建宁德的习近平，把这句话送给了地直机关领导干部。他说，"爱民如子"，古人尚知如此，何况我们共产党人?

25年后，在减贫与发展高层论坛主旨演讲中，习近平再度深情地提到这个"爱民如子"的典故，他说，至今，这句话依然在我心中。

党的二十大报告提出"六个必须坚持"，居于首位的就是"必须坚持人民至上"。

我们党来自人民、植根人民、服务人民。幸福路上，一个不能少，人民至上，是我们的事业不断向前的力量源泉。

【演播室】

主持人：各位观众，大家好，这里是大型融媒体理论节目《思想耀征程》。我是何婕。

民者，国之根也。习近平总书记说，江山就是人民，人民就是江山，中国共产党根基在人民、血脉在人民、力量在人民。人民至上，幸福加温，一个民族、一个家庭、一个人都不能少。

幸福路上一个不能少，正是我们系列节目第一集的主题。我们将会带上"开放麦"，前往大江南北、城市乡村，一起去听人们的感悟和心声。他们当中最有故事的人，也将会来到我们的节目现场，一起来分享幸福路上的奋斗经历和真情点滴。

今天的"闪耀开放麦"第一站要去的，是云南怒江大峡谷，我们要去那里东侧海拔 2 000 米山腰上的一个小村庄。

【闪耀开放麦　地点：云南沙瓦村】
字幕：
2020 年，沙瓦村实现整村脱贫。
2023 年 6 月，这里举办了一场前所未有的电影放映会。

记者：姑娘你好，打扰一下。我们是东方卫视《思想耀征程》栏目组，我们在做一个"幸福时刻"的话题征集。你愿意参加一下我们这个活动吗？

陆春花云南沙瓦村幼教志愿者：我觉得最幸福的时刻就是坐着车回家，不用再走路了。

坡罗云南沙瓦村村民：我买了车子，拖拉机一台，三轮车一台。

阿四妹云南沙瓦村村民：买了三轮车，买东西方便好多了。

斯春梅云南沙瓦村党总支书记、主任：老百姓的话就是，幸福指数这方面也是越来越高了，他们开心了，我就开心了。

王卓云南沙瓦村村民：我妈妈给我买的，我们怒族的衣服。

阿四妹云南沙瓦村村民：让他们好好读书。

李苏珊拉云南沙瓦村村民：能学到知识。六一儿童节，六一儿童节最幸福。

柴红芳纪录电影《落地生根》导演：沙瓦的山靠着天，沙瓦的云"骑"着山。

段黎华　时任匹河乡驻村扶贫工作队副队长：过去爬最高的山、走最远的路、吃最大的苦，现在的话，做工作也方便多了。

李建华云南沙瓦村二组组长：翻天覆地的变化，此时最幸福的是通了路了，现在就在这个通了（的）公路上，我们在看我们的片子，这个时刻是最幸福的。

柴红芳纪录电影《落地生根》导演：他们很喜悦、很幸福，也很害羞。

【演播室】
主持人：今天来到我们节目现场的有北京师范大学马克思主义学院的教授王炳林，欢迎王教授。同时，我们也请到了中国人民大学国家发展与战略研究院研究员、公共管理学院教授马亮，欢迎马教授。来到节目现场的还有来自全国各地的大学生朋友们，同样欢迎大家。

　　主持人：看了这段"开放麦"，大家可能会很好奇，为什么在怒江大峡谷的深处，会有这样一个电影放映会？ 这个问题的答案，恐怕要去问这场电影放映会的组织者，也是导演。接下来，我们就要把这位导演作为"闪耀宣讲人"请进演播室，来跟我们一起分享互动。

　　各位"闪耀观察团"的同学，在聆听分享的过程当中，也可以用你们手上的"热力发送器"，来表达对主讲人点赞，好不好？ 到时候我们在大屏幕上，都可以看到大家的热力点赞，会以星星的形式出现。

　　接下来让我们欢迎"闪耀宣讲人"柴红芳导演。

　　【闪耀宣讲人：柴红芳　纪录电影《落地生根》导演】

　　大家好，我是电影《落地生根》的导演柴红芳。我们这次回怒江的沙瓦村，我给村民们放映了他们的故事。看着这样的场景，我的思绪回到了 6 年前。2017 年，当时我们策划了关于精准扶贫的纪录片项目，之后我基本上把云南所有的边远地区和贫困地区跑遍了，最终我选择了怒江傈僳族自治州沙瓦村。

　　这个沙瓦怒族村特别"极致"。因为它有极致的美，它也有极致的穷。这里是中国最贫困的三区三州之一，村里的扶贫工作也是刚刚开始。因为之前，这里的村庄它没有（公）路，没有桥，它仅有的这样一个，就是有三尺宽的一个小路。我是一个当过 17 年兵的老兵，我第一次爬，没有爬到山上，太陡了，大汗淋漓，非常绝望。第二次，我爬了 6 个多小时，终于到了山顶，我到了那个村庄，村民们特别热情，我当时很激动。（掌声）谢谢大家。

　　这里请大家看两个片段。这个背冰箱的，叫坡罗，他是村里少有的家里有冰箱的人家，在村里开了间小卖部，但是冰箱坏了以后，修冰箱的师傅怎么都不愿意来村里修，因为路太难走了，坡罗就花了一天的时间把冰箱背下山。他舍不得雇人，就一个人（背），把脊背都背破了。

　　这是小二哥 66 岁的母亲病了，全村的男劳力要过来，然后他们轮流着，不停地轮流着（背），要冲下山，我们摄制组两个团队去跟踪拍摄，全部都受伤了。

　　所以大家从我们纪实到的片段里，可以感受到这条路是横在沙瓦村民面前一道无法跨越的鸿沟。他们在这个时代到底要如何跨越和改变呢？ 当时在精准扶贫的政策、在我们的干部、在我们的村民的共同努力下，沙瓦村 2017 年决定要修一条路。

　　那一天的时候，我记得我哭得比他们还厉害，因为当时那一铲子下去以后，村民站在那里那种笑容，恍如隔世。真的，我们在这个村里边，有 4 年半的拍摄，我们记录和见证了贫困地区"一步千年"的那种变化，我为之而骄傲，为他们而觉得幸福，因为他们之后的生产生活，真的可以有所改变了。

　　这 23 公里的路，如果要算账的话，要花 1 000 多万元。这个村庄一共有 700

多人,有一部分人说我要搬迁,就是年轻人。有一部分人说我不搬迁,我要留在山上。留在山上的 300 多人怎么办? 如果没有这条路,他们未来的生产生活依然会倒退,会返贫。这条路,不仅是当时解决了他们生产生活的路,也是未来,依借着青山绿水发展旅游的一条路。

大家看看路通了以后,沙瓦村人民现在的生活怎么样? 请看大屏幕。

【VCR】

清晨 6 点半,坡罗出门养护公路。他要抓紧阳光不那么强烈的几个小时,把公路上的落石、杂草清理掉。

这份养路的工作,每月能给他增加 1 500 元的收入。但路带给他的,还远不止这些。

(坡罗　云南沙瓦村村民:生活改变了好多好多,以前都是背。路一通,我就去买拖拉机了。)

坡罗脑子转得快,路一通,他就买了农用车,之前全靠肩挑人抬的货品,现在转眼就能运到家。

(坡罗　云南沙瓦村村民:有活的话,一个月赚七八千块钱。)

路通,一通百通。

小学三年级的腊八,比姐姐幸运,他上学时,路已经通了,他们现在坐着爸爸开的三轮摩托车,半个小时就能到校门口。

这天进校前,爸爸给腊八买了双新球鞋。

(记者 vs 腊八:一会儿穿着新鞋去上课吗? 对。)

路通了之后,腊八离开家最远到过北京。他并不清楚家距离北京到底有多远,但不知不觉间,他已经走上了与父辈完全不同的路。

【演播室】

柴红芳:大家也看到了,之前背冰箱的坡罗,他现在已经买了车,而且有 3 辆。我跟踪拍摄的小腊八,已经是小学三年级的学生了,而且他还曾经去过北京,我当时是比他们都还要骄傲和开心。因为所有的人,是不能想象,我们 4 年多的拍摄,见证了他们"一步千年"的变化。(流泪)

那么我和沙瓦人,我们现在都成了家人,我也学了一些怒语。在我们《落地生根》这部电影里,我们的 13 首乐曲,全部用当地的民歌去改编。我们创作的其中一个《怒族小夜曲》,表述我们对这个时代、对我们那一段日子的倾诉。

今天也特别开心,把我们电影音乐的创作人江晓春先生,以及我们影片里的小腊八请到了现场。

柴红芳：晓春好，腊八，你好，嘎赤勒（怒语）。

腊八：嘎赤（怒语）。

柴红芳：我问他嘎赤勒是怒语说你开心吗？他说他开心，嘎赤就是开心的意思。

江晓春 音乐创作人：一首《怒族小夜曲》献给大家，谢谢。

现场演唱：

怒江悠悠地流向远方，

多少的话儿还没有讲。

等到山风传来你口弦声响，

踩着那月光我就到你身旁。

哦嘞嘞，哦嘞嘞。

（怒语）想你想得不行，

（怒语）思念已成一个坑。

（怒语）念你念得不行，

（怒语）念想已成一个眼。

主持人：谢谢柴导带来这么精彩的沙瓦村的脱贫攻坚的故事。

主持人：腊八，我先问你个问题好不好？你今天穿的这个衣服特别漂亮，能跟我们做个介绍吗？

腊八：怒族衣服。

主持人：这是怒族衣服，很有民族特色。那是不是节日的时候穿？

腊八：是的。

主持人：刚才柴导告诉我们，沙瓦村通了路之后，大家出去很方便了。小腊八跟我们介绍一下，你到过哪些地方了？

腊八：北京、上海、昆明、保山、六库、福贡。

主持人：远远近近好多地方，以后还想不想去更多的地方？

腊八：想。

主持人：希望你可以去任何你想去的远方，好不好？

腊八：好。

主持人：我们请晓春老师和腊八，先入场休息好不好？柴导要再留一会儿，好。掌声送给他们。

主持人：这个音乐响起的时候，就是那样的恋恋不舍。我注意到大屏上的热力值很高，现场有好多年轻的朋友，他们也被深深地打动，一直在点头。我们请大家举手示意，告诉我哪位想要交流的，或者有问题想要问柴导的。

吴志豪 上海交通大学药学院研究生：没有想到现在还有这样一个难以抵

达的村庄,也了解到其实为了修这条脱贫路,花了很大的人力、物力和财力。那么想请问一下,当时有没有比如说把村民集体搬迁到山脚下,或者是其他更有效的一些解决方法呢?

柴红芳:因为有一部分人要搬,有一部分人不搬。不搬的他就告诉我,说他不会说汉语,说他的家在山上,他的小小的田间在村里,他告诉我如果搬到山底下,他无法生存。300 多人在村里,不是说一刀切地全都要走的,我们还是以人为本,来实事求是地进行帮扶的一个政策。

主持人:未来把他们引领向更富裕的状态,有没有做一些规划?

柴红芳:现阶段脱贫真的只是第一步,不是修一条路就完了。这个村庄要规划,依借着高黎贡山、碧罗雪山和怒江,依借着它的特别美,一个是要保留它的建筑的东西、文化的东西。第二个在原有的基础上,真正把旅游产业发展起来。

主持人:好,也再次感谢柴导,柴导请入座。

柴红芳:谢谢大家。

主持人:我们现场有两位嘉宾,我们也跟嘉宾来进行讨论。柴导在讲述中说沙瓦村有几百个人,但是您看,修一条路要 1 000 多万元,我们怎么来看这两个数字?

王炳林　北京师范大学马克思主义学院教授:沙瓦村脱贫攻坚的故事,实际上就是我们中国实现脱贫攻坚的一个缩影。看起来修 23 公里的路,花 1 000 万元,这个数字是很大,实际上这正是我们党人民至上这样一种理念的体现。习近平总书记指出,人民对美好生活的向往就是我们的奋斗目标。可能有的人是愿意走向远方,有的人故土难离,这个时候,尊重人民群众的意愿,就是我们需要把握的问题。

马亮　中国人民大学公共管理学院教授:对,在这个沙瓦村的案例中,非常明显地就反映出来,我们当地政府非常尊重当地老百姓的意愿和需求,有差别地去区别对待,去定制化地提供这样一些脱贫攻坚的支持和服务,我觉得也能体现出我们讲的人民至上的理念。当然在这个过程之中,像沙瓦村这样一些有非常鲜明的,少数民族文化特色的传统村落,其实保留它的这样一种原汁原味的特色,去发展相关的乡村旅游,可能是更加长远的一个发展。

主持人:后面我们还要走向产业发展,我们还要共同富裕。就像我们讲的,中国式现代化是共同富裕的现代化,我们一起来努力、一起来建设。再次感谢柴导带来的沙瓦村的故事,也谢谢大家的讨论。

【演播室】

主持人:欢迎回到大型融媒体理论节目《思想耀征程》。幸福路上一个都不能少，不仅是大山深处的老百姓，即便在繁华都市当中，我们看到也有一些亟待改变、需要助力发展的人群。今天"闪耀开放麦"的第二站，我们要去山城重庆，那儿有个民主村，是当地著名的"火锅村"。当下，它正在经历一场目前全国体量最大的城市更新过程。

【闪耀开放麦地点：重庆民主村】

记者：您好，打扰一下，我们是东方卫视《思想耀征程》栏目组，"幸福一刻"的话题征集，我们到那边。

陈代容　重庆民主村社区居民：那个时候脏乱差，道路都是坑坑洼洼的。

何自力　重庆民主村社区居民：以前这儿可以说是脏乱差。

周云江　重庆九龙坡城市更新建设有限公司董事长：是我们城市的一块"伤疤"，也是我的一块"心病"。

余水　重庆市设计院有限公司建筑一院副院长：开街的那一刻，当地居民拄着拐棍的，还到街道上来感受，原来的民主村变成了一种怎样的面貌。

李艳新　重庆民主村社区党委副书记：新面貌，新环境。

彭其碧　重庆民主村社区居民：更新以后，给我们带来了方便。

刘航　咖啡店咖啡师：一些博主拍的那个照片。

朱莺　咖啡店主理人：时尚的感觉。

周云江　重庆九龙坡城市更新建设有限公司董事长：释怀的感觉。

王博　重庆九龙坡城市更新建设有限公司规划建设部负责人：老百姓觉得建设得好，他一见到我们就像亲人一样。

余水　重庆市设计院有限公司建筑一院副院长：年轻人到这个片区来，比如说树下喝一杯咖啡。

朱莺　咖啡店主理人：就是比较喜欢咖啡，也比较喜欢茶，就融合在我们这个点里面，真的有幸福生活的这种感觉。

周菊　重庆民主村社区居民：小朋友可以在这里玩耍，老年人可以在这聊聊天。

邓志学　重庆民主村社区食堂后厨工作人员：人气挺旺的现在。

何自力　重庆民主村社区居民：成为九龙坡这个"网红打卡"地方，大家都来旅游，都赚到了钱。

【演播室】

主持人：在刚才的这段"开放麦"当中，当大家都在感叹民主村发生翻天覆地变化的时候，有一个人却说，民主村是他的一块"心病"。大家可能也很好奇，他和民主村之间会有怎样的故事，我们接下来就把他请进演播室。让我们欢迎"闪耀宣讲人"周云江先生。

【闪耀宣讲人：周云江　重庆九龙坡城市更新建设有限公司董事长】

大家好，各位专家好，我叫周云江，一直在城市建设管理的系统岗位上工作，在这里工作和生活得越久，民主村就越让我就是牵肠挂肚。

重庆有句老话叫"一座建设厂，半个杨家坪"。民主村就是我们建设厂最大的一个职工家属区。这个建设厂前身是大名鼎鼎的汉阳兵工厂，民主村应该说也曾经是环绕在荣光和辉煌里。但是随着城市的发展，特别是厂区的搬迁，我们的民主村逐渐衰败了、老旧了，甚至是"落寞"了。

民主村要改，但是怎么改？说实话，我们前后做了两个截然不同的方案。最开始是大拆大建，全部推倒了重来。我记得有些居民拉着我说，这棵老树不能砍，这个红砖房是我从小长大的地方，能否保留下来？这些我们都把它充分吸纳进来，融入到我们的更新改造当中，后来调整了发展的思路，转变为了"留、改、拆、增"的一个城市更新的模式，把"留"放在了第一位。这样变化的原因，还是老百姓的呼声。同时，大部分的居民要留下来，这也意味着我们的整个更新工作，得全部置于群众的眼皮下，在群众的监督下进行，对比简单粗暴的大拆大建，可能更复杂、更困难。但是，再难也得做，因为这是我们给居民群众的承诺。

困难和挑战就来自这些房屋的搬迁及空间的腾退。我最记得有一个叫周永平的老职工，他从一出生就生活在民主村，对这里十分的熟悉，而且他在居民中还有一些威望。最初他是不同意搬迁的，我们是锲而不舍，多次上门跟他拉家常、算补偿，甚至是谈感情，最终道尽了千言万语，磨破了嘴皮，说服他第一个带头签订了搬迁协议。为此我们还创新了"协议搬迁"的一个工作模式，就是和老百姓进行公平的、市场化的谈判，略高于我们城市房屋征收拆迁的一个标准，尽可能地把最多的利益让给老百姓。

城市更新不只是空间形态的一个更新，我们也十分注重内部生态活力的更新。比如画面中看到的一间咖啡馆，它是我们"三师"（规划师　设计师　工程师）进社区的一个工作站。咖啡馆的几个主理人也是年轻的设计师，他们运用专业的知识来服务社区、服务老百姓。此外，城市更新也要守好底线，有些不能拆、不能搬的，还坚决地要把它留下来提升、改造，这其中就有我们的菜市场。现在这里焕然一新，不仅卖菜的商铺增多了，菜品更丰富了，还引入了面包店、早餐铺、咖啡馆等新业态，现在连周边的一些社区居民也喜欢到这里来买菜。

现在应该说我们每一个居民，都逐渐见证自己的宜居梦，一步步地照进了现实。

【VCR】

何跃　重庆民主村社区居民：环境改变好了。

李莉　重庆民主村社区居民：老百姓也高兴了。

李忠玲　重庆民主村社区居民：快乐，幸福。

【演播室】

主持人：非常感谢周云江先生刚才来做这段分享。我这里补充一下，周云江先生所在的重庆九龙坡城市更新建设有限公司，是隶属九龙坡区政府的国有独资公司，也是民主村改造的建设单位。他在"开放麦"的时候说，民主村的改造是他的一块"心病"，所以现在这个"心病"您算放下了吗？

周云江：坦率地说，民主村太大了，更新也不可能一蹴而就，它是一个持续的过程。（改造）二期的面积会更大，住户会更多。

主持人：所以其实我们现在看到民主村选择的这条更新的道路，它是工作量更大的、难度更大的。但是这样可以更大程度、最大限度地照顾好大家的诉求，听到大家的心声。接下来也把时间留给我们的"闪耀观察团"，请你们提问。

方峥　华东师范大学法学院学生：其实我自己未来也有想要打算回到基层，为城市、为乡村、为家乡的建设，贡献出自己的一份力量。您能不能分享一下，您是通过怎么样的一种方式去说服他们（居民）、打动他们的？

主持人：请坐，我听出来了，这是一位有志于成为基层工作者的学生朋友，来现场取经来了。

周云江：首先确实还是要有耐心，然后要有真心。其实居民的诉求，都还是有他的客观的、现实的需要的。真正地以心换心、换位思考，把所有的政策也好、道理也好，还有他关注的点也好，讲清楚、讲透，总会找到那把解决问题的钥匙。

主持人：好，再次感谢您的用心，谢谢，我们也希望民主村的二期顺利推进。

周云江：好，谢谢。

主持人：请入座。也跟我们现场的两位嘉宾再来讨论。问一下马教授，您看刚才周云江先生说，一开始要大拆大建，但最后他们觉得要改为"留、改、拆、增"，人民的事情人民商量着办，就是要让老百姓满意。您觉得这样的一种改变，怎么来体现人民至上的立场？

马亮　中国人民大学公共管理学院教授：我们在城市更新的过程中，不是说政府单方面地拿出一套方案，让老百姓来接受，而说是一个双向的互动、反复的沟通，直到大家能够有一个共识。而且我们其实在做城市更新，它的最终的归宿，是要让老百姓有一个比较宜居的环境。所以这个时候的话，真正有发言权的毫无疑问也是广大的市民。我们经常讲这个城市是一个生命体，而生命体的最核心是人。能够让他们更好地找到他们记忆之中的、向往之中的城市。

王炳林　北京师范大学马克思主义学院教授：民主村这个名字确实很有意思，它体现了人民群众多样的一种诉求，也体现了一种智慧。我们讲人民至上，这就需要我们认真去做好群众工作。我们说坚持人民至上，当然要尊重人民的意愿，同时还要尊重人民的创造，还要汇聚人民的智慧。刚才周董在讲的时候，有"两心"我印象特别深，一个是有耐心，一个是有真心。也就是说体现了我们基层干部，真正为老百姓着想，体现了我们党为人民服务这样一种宗旨。

主持人：一切以老百姓的意愿、立场出发去造福，这才是有生命力的事情。非常感谢两位的观点，也再次感谢周董刚才给我们介绍民主村的整个更新过程。

【演播室】

主持人：欢迎回到大型融媒体理论节目《思想耀征程》。告别了重庆的"火锅村"，"闪耀开放麦"第三站，我们要去上海虹桥街道的古北市民中心，那儿是全过程人民民主重要理念的首提地。

【闪耀开放麦　地点：上海虹桥街道】

记者：觉得什么时候感觉到很幸福？

蒋媚吉　上海虹桥街道社区居民：现在就很幸福。

记者：设立了一个"闪耀开放麦"，能不能跟我们分享一下自己的幸福感受。

安大地　上海虹桥街道社区居民、华东理工大学副教授：我看镜头吗？最幸福的时刻就像刚才那句话一样，"我的街区我做主"。我当时就是考虑在主要入口放一些隔离的设施，最后在我们的街区真的实现出来。

盛弘　上海市长宁区虹桥街道荣华居民区党总支第一书记：众人的事情众人来商量，就是因为这个参与，大家的微笑才更加真切、美好。

夏云龙　上海虹桥街道社区居民：我今年 83 岁了。请大家看，7 年来提出建议上百条，有两条，全国人大真的是通过了。你说高兴不高兴。

余月玫　上海虹桥街道社区居民：社区的活动很多，每天早上到这里打拳、参加合唱，生活就比较充实。

李昌善　上海虹桥街道基层立法联系点信息员：做业委会主任一年了，我没被别人骂，得到的是他们的赞扬，我觉得很幸福。

蒋媚吉　上海虹桥街道社区居民：最幸福的时刻，就是家人全都身体健康，然后小朋友认真学习，老公努力上班。很满意，真的很满意。

诺扬·罗拿　上海虹桥街道基层立法联系点信息员：跟居民有关系的一些

改造,都争取居民的意见。在这里碰到我,因为我也是周边的一个居民。

吴新慧 上海虹桥街道基层立法联系点信息员:最幸福的时刻,我觉得"全过程人民民主"的这个论述,现在在我们很多的民生实事当中,也有了进一步地拓展。

徐成珺 参观者、华东师范大学传播学院学生:以前觉得立法离我们是比较遥远的,来了之后就会发现,民主实践就在我们身边。

李云 上海虹桥街道社区居民:闹中取静,回到这里居住的时候,你会慢下来,幸福指数挺高的一个社区。

林筱彤(2 岁) 上海虹桥街道社区居民:谢谢。

众人:美好社区,先锋行动。

【演播室】

主持人:在这组"开放麦"里,大家可能已经注意到了里面有一位外国朋友,但是他的汉语讲得非常流利,他也在向社区提意见,在表达自己的观点。接下来我们就要请出下一位"闪耀宣讲人"。

【闪耀宣讲人:诺扬·罗拿(土耳其)】

大家好,我叫诺扬·罗拿,就是许诺的诺、表扬的扬。我是土耳其人,来华已经 41 年了。因为土耳其驻上海总领馆的设立,他们派我到上海来,所以一来我就不走了。以后就转行,到一家外资银行(担任)驻上海代表处的首席代表。那就等于说我"下海"了,就一直到今天。上个月(5 月)我已经退休了,光荣退休了。我在中国的时间远远超过住在土耳其的时间,算一个上海人吧,对吧? 我上海话学得还可以,我上海话也讲得蛮好的,我也是上海人。

我在上海的时间,有一个外号,人家说我是"洋啄木鸟",就引起我注意了。实际上它是挑刺,因为这个是一种我生活的方式。那我是怎么挑毛病、提建议的呢? 中国有一句话叫"没有调查就没有发言权",跟着我实地感受一下吧!

【VCR】

诺扬·罗拿 vs 路人:

可以占用你一分钟时间吗? 回答:我赶时间。

可以占用你一分钟时间吗? 回答:一分钟,我听不懂。

我们想改造这个广场,所以就争取周边的人的意见和建议。

回答:因为我们自己有小孩,我们非常希望这里能够有可以玩的这样一些设施。

回答：就缺少绿地，你看这一片都缺少。

回答：还以为他是这里的物业什么的人。

回答：还是开发的老板。

回答：他中文说得好好。

【演播室】

诺扬·罗拿：这个是虹桥街道万科广场。我刚刚到（上海）古北来的时候，这个广场和周边非常繁华、非常漂亮、非常现代化。现在 20 年、30 年过了，所以这个地方变得比较旧了。所以我们收集大家对改造的意见和建议，希望广场我们这边改造是怎么样的样子。

还有一个是比较严肃的事情。这个是《中华人民共和国个人所得税法》，2018 年的时候，要修正个人所得税法的时候，有一些意见征集。针对修正法案的第一条，对纳税人有一个规定。我提议的是，将原来由中国境内居住满 183 天的外国人，改称为累计满 183 天的外国人，就要纳税，这样的话就避免偷税漏税。正式出台的法律，直接采纳了我的建议，我当然很高兴了。

因为一个平台，大家都可以（提建议），不是外国人中国人的事情了，都可以提出来建议，发出声音，甚至影响立法。这个就是 2015 年，全国人大常委会法工委，第一个设立（在）街道（的）基层立法联系点，（上海）虹桥街道基层立法联系点。

之前我还说到，我刚退休了，虽然心里还没准备，但是确实退休了。所以我在中国的生活，在上海、在中国可能即将要告一段落了。我现在正在写一本书，《亲历中国基层民主发展 40 年》，我想向土耳其、向全世界介绍中国，以及中国对民主的理解和实施的做法。这是中文写的。

主持人：多少万字的一部作品？

诺扬·罗拿：先 7 万多字，但是大概要超过 10 万字。

主持人：大大点赞，大大点赞。我们现场也有很多青年朋友，我们一起来听听他们的观点。

菲利蒲（塞尔维亚）　复旦大学国际关系与公共事务学院硕士研究生：我是复旦大学的菲利蒲，来自塞尔维亚。跟您一样，我在上海 18 年了，所以上海是我的第二故乡。刚刚听您的分享非常亲切，因为首先我是一个在长宁区长大的孩子，刚刚那个广场也是我童年的一部分，非常近，每次去完家乐福就会过去逛一圈。

主持人：所以您是不是跟刚才被采访的人感受一样，希望这个地方有更多的儿童设施、更多的绿化。

菲利蒲：是的，我记得刚来的时候也是那样，现在还是那样，是该改一改了。

主持人：好，这条意见我们也听到了。

菲利蒲：还有一个点很亲切，就是这么多年以来，您有没有担心过自己被误解，或者有没有想过作为一个外国人，这样参与进来是否合适，或者是否能够被接纳？

诺扬·罗拿：对，有一些那个（误解）。他们都说我是不是管这个闲事？因为中国有一个歇后语叫作"狗抓耗子——多管闲事"。我觉得不是这样，我认为我不是一个外人，是（和）中国老百姓没有什么两样的，参加立法也没有什么区别，就有一种归属感，这个社会的包容度还是很高的。

陈沅彤　中国香港青年：诺扬老师您好，在您的建议中间，被采纳成功的有多少的？

诺扬·罗拿：被他们采纳的，我估计大概（100 个中）30、40 个的样子，但是我并不是看这 40% 的成功率，我不是这么看的。有的原因并不是我的建议不好，有的是因为时间还没到。比如说 20 年前，我跟交警讨论，车辆右拐弯的时候，先让行人过马路，他说现在我们条件不成熟，因为一停后面是一大堆车辆，就我们路会堵了，路不够宽，所以我们现在做不到。现在呢？做到了。如果是这样看，20 年前我提出来的建议是失败的，但现在看还是对的。所以有一些事情是，我不是（在意）多少被采纳、多少被拒绝，我不是这么看，但是我提建议的精神还在。

主持人：谢谢诺扬·罗拿先生，谢谢他的分享，也期待您回来，再次感谢。

主持人：刚才诺扬先生让我们看到了全过程人民民主实践当中的一个缩影，一个非常典型的案例。我也来跟两位专家来进行交流，光是来自于虹桥街道基层立法联系点的数据，成立 7 年多来，有 67 部法律草案的 101 条建议被采纳了，有 19 部地方性法规草案的 18 条建议被采纳了。您看这个采纳的比例还是很高的，所以听一下您的观点，您觉得从哪些角度体现了全过程人民民主的有效性、真实性？

马亮　中国人民大学公共管理学院教授：我们讲全过程人民民主，它不仅仅是一种思想观念、制度设计，而且反过来是一种对老百姓、对公民的一种期望。也就说我们期望，更多的人成为"啄木鸟"，更多的人参与到我们对城市治理各个方面，提出相关的建议和意见。这样一组数据，这样一些参与是真实的，它不是我们讲虚假的，或者说走形式的，非常真切地反映出来老百姓的诉求，以及这样一些诉求真正落实到我们相关的法律和法规之中。

主持人：在党的二十大报告当中还有一句话，发展全过程人民民主，是中国式现代化的本质要求之一。您怎么来理解这两者之间的关系？

王炳林　北京师范大学马克思主义学院教授：中国式的现代化，本质上是人的现代化，包括人的民主权利、人的这种精神状态等。在这个过程当中，保障人民的这种民主权利，充分调动人民群众的积极性，汇聚起我们这个民族的力量来，也是我们推动现代化的一个重要力量。

主持人：在党的二十大的报告当中说到，必须坚持人民至上，第一句话是，站稳人民立场、把握人民意愿、尊重人民创造、集中人民智慧。您看我们今天在详细地讨论全过程人民民主，它就是在尊重人民的创造，在集中人民的智慧。好，非常感谢两位提供的观念，也谢谢诺扬·罗拿先生的分享。

【演播室】

主持人：坚持人民至上，成为了我们当前一切工作的出发点和落脚点，近年来，我们的影视文艺作品中，也有很多以此为主题的创作，生动阐释了什么叫作"为人民谋幸福"。

主持人：在第 28 届上海电视节"白玉兰盛放"颁奖典礼上，摘得"最佳中国电视剧"大奖的《县委大院》，就是其中之一。作品讲述了县委书记梅晓歌和他的同事们在新时代之下一路前行、艰苦奋斗、实现理想的故事。梅晓歌的扮演者胡歌，在演绎一位基层干部时，对于人民至上又有什么感悟呢？

【VCR】

电视剧《县委大院》片段：群众在干部的心里面有多重，干部在群众的心里面就有多重。

胡歌　演员：他们很熟悉老百姓的生活，他们也知道他们的需求是什么、他们的烦恼是什么。所以在工作的过程中，他们都够将心比心，这也是我们在剧中讲得最多的一句台词。

电视剧《县委大院》片段：只要你干的一件事能被老百姓记住，那就不容易了，那就是最高的评价（举大拇指）。

胡歌　演员：讲到这句台词，我其实也是在拍摄的过程中，慢慢地感悟到了梅晓歌他在开展工作、他在解决难题、在化解矛盾的过程中，其实人民至上这个理念一直是他精神的支撑。那么我们在《县委大院》之外，在更多的岗位上，可以看到千千万万个像梅晓歌一样的，在为人民服务的这些基层干部，才能够让我们看到，今天整个中国的面貌也在进行着改变。

【演播室】

主持人：我也想听听两位专家的观点。在新时代我们要进行中国式现代化的建设,我们怎么用人民至上这样一个理念,更好地引领我们的建设、引领高质量的发展?

马亮　中国人民大学公共管理学院教授:时代是非常不同的,我们现在新时代所面临的这样一些任务和要求是非常不同的,但是我觉得一种精神它是贯穿始终的,也是对于我们进一步推进中国式现代化所不可或缺的,也就是说我们要更多地去提升党员和领导干部的执政本领与执政能力,去让老百姓能够真正过上比较好的生活。

王炳林　北京师范大学马克思主义学院教授:就是要心里装着群众,要满怀激情地怀着真心爱护群众、关心群众,增进对群众的感情。坚持人民至上,人民才永远不会忘了你。

主持人:好,非常感谢两位专家的精彩点评,也再一次感谢我们今天来到节目现场的各位宣讲人的分享,以及我们现场的青年观众们。

把人民挂在心头、念在心里,习近平新时代中国特色社会主义思想的核心要义,包含"人民至上论""人民幸福论"。答好新时代、新征程人民至上考题,让改革发展成果更多、更公平地惠及全体人民,也朝着实现全体人民共同富裕不断地迈进。

再次感谢大家的参加,谢谢大家的收看,再见。

让理论有温度,让思想有色彩
——简评重大主题报道《思想耀征程》

上海广播电视台融媒体中心主任　吴茜

习近平总书记在党的二十大报告中指出,"继续推进实践基础上的理论创新,首先要把握好新时代中国特色社会主义思想的世界观和方法论,坚持好、运用好贯穿其中的立场观点方法",并从哲学高度和全新视野科学概括和精辟论述了"六个必须坚持":必须坚持人民至上、必须坚持自信自立、必须坚持守正创新、必须坚持问题导向、必须坚持系统观念、必须坚持胸怀天下。在国家广播电视总局的策划指导下,上海广播电视台融媒体中心制作的6集大型融媒体理论节目《思想耀征程》,以"六个必须坚持"为立意框架,以小切口解析大主题,以广视角讲好新思想,将深刻的理论变成人人能够理解的朴素表达,打造出一卷习近平新时代中国特色社会主义思想世界观和方法论的"全媒体读本",完成了一次重大理论节目模式和传播样态的创新探索。

一、重创新——理论阐释力求"通俗化"

党的创新理论是生动鲜活的，是富有强大生命力的。习近平新时代中国特色社会主义思想一旦被群众掌握，就会对实践产生巨大影响。《思想耀征程》就以生动鲜活的表达方式，将习近平新时代中国特色社会主义思想阐释好、阐释透，让每一位普通老百姓都能听得懂、听得明白。

分集标题开宗明义。《思想耀征程》把"六个必须坚持"分成了6集，每一集阐释一个"必须坚持"。每集节目分集标题均将理论用语转化成一句通俗的话语，把深刻的理论变成普通人也能理解的直白表达，高度凝练，贴合主题，为节目定下了通俗化表达的基调。

90秒引子别具匠心。每集开篇邀请一位表演艺术家在一个虚拟现实技术渲染的中国古风背景里，结合手绘动画，讲述一个习近平总书记引用过的，与本集内容高度契合的中国典故，并引申到当前实践，通过高度凝练的内容、新颖的讲述角度、传统精致的场景，提拎出本集节目的核心内涵，进一步实现理论的"故事化"表达。6集的引子，也形成了一组独立的新媒体产品，于电视播出前进行先期的网络传播，收到良好的传播效果。

二、精提炼——内容创作追求"极致化"

"六个必须坚持"是极其具有思想深度的理论创新，《思想耀征程》节目通过寻找到最恰当、最典型、最生动的思想起源地、实践样板地的案例，反映思想的高度，理论的深度。

视野开阔、案例扎实。节目内容没有局限于上海，而是放眼全国乃至全球，以纪实性、新闻性兼具的方式，展现最极致的案例。近20个"闪耀开放麦"拍摄地，成百上千的讲述者，通过高度浓缩、精心提炼，极富节奏感的剪辑，如同万条小溪汇成大江大河，让节目主旨、寓意和格局，自然地"流淌"向受众的心中。

表达亲切、细节生动。节目中的"闪耀宣讲人"，突破了原有电视演讲类节目的传统形式，没有华丽的辞藻，也没有设计的套句，偶尔带出的一两句乡音，让整个宣讲过程散发出亲身讲述的真实感及朋友聊天般的亲近感。带着感情讲、带着"土味"讲，以"低姿态"的叙事方式，让人民的智慧、中国的发展"闪耀"出思想的光芒。

三、广参与——节目模式注重"鲜活化"

《思想耀征程》节目通过"闪耀开放麦"和"全民学习说"两大节目创新模式，

让普通人成为理论舞台上的主角,打造出一场全民燃情的"思想共振场"。这些鲜活又接地气的节目模式设计,也成了《思想耀征程》区别于其他理论节目的一个鲜明特色。

真情实感、话语平权。"闪耀开放麦"环节,引入青年人喜爱的脱口秀表达方式,把实物麦克风,带到设置在祖国大地的一个个"舞台"。在这些新思想产生发源地、践行样板地等思想地标上打造一个流动的"互动场",鼓励每一个普通人加入到新思想的学习思考中,让一个个普通人成为新思想的讲述者,聆听新思想在全国各地引领新征程的回响。

学思用贯通,知信行统一。"全民学习说"环节,则是邀请"闪耀开放麦"中脱颖而出的讲述者们从全国各地走进演播室,成为"闪耀宣讲人"。多种身份、多元视角、多重维度的嘉宾以第一人称口述的方式讲述亲身经历的故事,娓娓道来、言之有物,与理论专家、领域专家,以及来自全国高校的青年学生对话,打造一个真诚倾听、平等交流的平台,让党的创新理论成果直抵群众。

2023年11月底,《思想耀征程》在东方卫视、看看新闻 Knews 大小屏联动首播,并于2024年3月全国两会前后,在全国各地卫视轮播,取得了良好的播出效果。在通俗化、鲜活化、大众化宣传阐释党的创新理论上,《思想耀征程》的创制是一次非常有益的创新尝试,虽然还有诸多局限性和不足之处,但节目制作的经验,值得进一步总结,并在今后持续对理论节目形式的多元融合、话语的生动丰富、媒介的多样协同狠下功夫、大力创新,以通俗化鲜活化大众化为引领,推动党的创新理论"飞入寻常百姓家"。

这个理论节目有点不一样

——重大主题报道《思想耀征程》创作体会

《思想耀征程》总导演　赵慧侠

《思想耀征程》是国家广电总局策划指导的一个项目,要求围绕党的创新理论做一档多集的理论节目,为学习贯彻习近平新时代中国特色社会主义思想的主题教育营造良好的舆论氛围。这是一个意义重大但十分艰巨的"政治任务",节目团队接到时既兴奋又忐忑。近年来,各大卫视都相继推出了许多优秀的理论节目,包括总局之前推出的两期"思想"系列已经珠玉在前,这档节目怎么做到求新求变呢?回望100多天的创制过程,如果用一句话概括话,这是一次"上天入地"的理论节目探索。

所谓"上天"，即节目的立意框架向难而行，选择了党的二十大报告提出的"六个必须坚持"。"六个必须坚持"是党的创新理论最新成果的精髓和灵魂，是准确理解新思想最新成果的基本点，是理解新思想指导新实践的"金钥匙"，但也正因为如此，代表着新思想世界观方法论的"六个必须坚持"，其表达极其精炼、概括、抽象，每个"必须坚持"核心只有四个字，文字虽直白易懂，但内涵丰富多维，在把握上很容易望文生义、管中窥豹、走偏走窄。为此，节目团队前期进行了一个多月的理论学习，并多次赴北京与中央党校、北京师范大学、北京大学等十多位资深理论专家进行深入交流探讨。其中有位专家说，"你们做的是前无古人的事，蛮难的"。不过，也许正是因为难，鲜少有人做，这些专家们表现出极大的参与热情，提出了很多宝贵的意见。比如如何正确理解"必须坚持守正创新"，多个专家都着重提出，这里的"创新"不同于实践领域的创新，主要指理论、制度上的创新；又比如"必须坚持胸怀天下"，专家提醒，不能仅仅局限在开放合作、对外援建上，"双碳承诺"是更高层次的"胸怀天下"，更能体现我们中华民族绵延至今的"达则兼济天下"的伟大胸襟；等等。经过与这些外脑专家的多次深入沟通，节目组逐步将"六个必须坚持"的准确内涵慢慢厘清，"意译"成一句通俗易懂的大白话，作为每集节目的标题，以此开门见山，开宗明义，让受众一看就懂。比如以"幸福路上一个不能少"阐释"必须坚持人民至上"，以"复兴路上我们一定行"阐释"必须坚持自信自立"，以"发展路上下好一盘棋"阐释"必须坚持系统观念"，等等。

完成了"上天"的这一步，"入地"怎么办？节目主创团队在策划初期走过一些弯路，主要还是脱不开理为主、事为辅的窠臼，任何形式的变化到最后仍然回到灌输式说理的套路。方案做来做去始终没有突破，怎么办？只能沉下心，回到原点去寻找。那段时间的头脑风暴会，主创团队人手一册关于"六个必须坚持"的理论读物，130 来页的小册子被反复咀嚼，从厚到薄，从薄到厚，突破也正从此而来。在研读中，主创团队有个共同体会，那就是习近平新时代中国特色社会主义思想不是凭空而来的，它的起源发展成熟紧跟习近平同志从基层干部到一国领袖的理政经历，它来自人民、源自实践，其中的立场方法观点，都可以从实践中找到现实映照，那么寻找到最恰当、最典型、最生动的思想起源地、实践样板地的案例，通过鲜活的人物、故事、细节，以事带理，以情动人，是不是能走出理论节目的一条新路？

沿着这个思路，主创团队首先制定了案例选择的金标准——必须是兼具"典型"和"鲜见"两大特点的"极致"案例。所谓"典型"，即在理论阐释的维度上，案例要具有"极致"的典型性；所谓"鲜见"，是指在表现维度上，从案例到主要人物到表述的角度,至少要有一个方面"极致"鲜见。比如"必须坚持人民至上"这一集的主题是"幸福路上一个都不能少",脱贫攻坚是个绕不开的话题,但历年来报道的典型案例那么多,选择谁呢?节目组没有走老路,选择已经被媒体屡次报道的脱贫点,而是因为一部刚刚上映的脱贫纪录片《落地生根》,看中了一个云南山区的怒族山村,用纪录片导演的话说,那里有"极致的穷",也有"极致的美",而且在此之前它几乎没有被外界报道过。定下案例后,主创团队也没有选取扶贫干部或村民作为主要讲述者,而是以纪录片导演的角度,观察这个"直过民族"从原始社会过渡到社会主义社会,"一步千年"的变化,从选题到讲述角度都很"鲜见"。事实证明现场效果也非常好,导演柴红芳作为一位见证者,她的描述不仅客观、可信,而且情感充沛,表达富有感染力,让山村的脱贫实践跃然"屏"上。

类似这样的例子还有很多,6集节目,一共24个案例,大部分案例和核心人物很少是直接从互联网上搜索得来,而是通过主创团队深入一线,去问、去采、去摸回来的。比如第五集的"发展路上下好一盘棋"中的鼓浪屿保护案例,就是团队从《中国改革2022年度地方全面深化改革典型案例》中的200个实例中,一个个看、一个个分析,然后择精要一个个筛选而来。最初选择这个案例,是因为习近平在20世纪80年代在当地任职时就提出亟须一个系统规划保护这个"国之瑰宝",但最终确认,却是因为团队赶赴厦门,与保护部门深入交谈后才敲定下来。当地的同志告诉编导,鼓浪屿的保护在世纪之交走过一段弯路,后来就是因为坚持以系统观念解决发展矛盾后,才重现焕发出光彩。最终这个案例的呈现非常丰满,以历史钩沉,小中见大,将"发展路上一盘棋"的考量通过两平方公里的一座小岛深刻展现了出来。

"入地"探索的另一个重要方面,就是要以极致的手法把案例的魅力最大限度地发挥出来。前期头脑风暴中,时下正处热潮的脱口秀"开放麦"的形式,进入主创团队的视野,这种形式的内核就是让人人都有表达的机会,而这与节目立意中让普通人成为讲述的主角不谋而合,"闪耀开放麦"和"闪耀学习说"两个环节应运而生。

所谓"闪耀开放麦",就是摄制组把实物麦克风,带到设置在祖国大地的一个个"舞台",在这些新思想产生发源地、践行样板地等思想地标上打造一个流动的"互动场",鼓励每一个普通人加入到新思想的学习思考中,邀请最具人气和代表性的讲述者,作为践行新思想的"闪耀宣讲人"来到演播室进行个人及团队实践故事的宣讲,进入"闪耀学习说"环节。8个拍摄小分队带着精心设计的"闪耀开放麦"LOGO指示牌,先后奔赴革命圣地延安、安徽凤阳小岗村、厦门鼓浪屿、湖北宜昌、浙江义乌、四川凉山白鹤滩、云南沙瓦村、云南丽江华坪县、柬埔寨等国内外近20个地点,通过数百人的海采,让一个个普通人成为新思想的讲述者。

在拍摄过程中，百姓的纯朴、人民的智慧给摄制组成员留下了印象深刻，他们深刻感受到新思想的现实内涵，把采制回来的群访精心提炼，通过强烈的视觉符号、极富节奏感的剪辑，以"众口"的形式说出人民的感悟与心声，凸显节目主旨、寓意和格局。

而"闪耀学习说"这一环节则是从"闪耀开放麦"中选出最有故事的人，进入演播室现场进行宣讲。虽是宣讲，但打破了电视演讲类节目的传统形式，吸取了网络语言类节目的特点，主讲人的讲述没有华丽的辞藻，没有设计的套句，甚至带着乡音土味在讲，整个演讲过程散发着亲身讲述的真实感及朋友聊天般的亲近感，以这种"低姿态"的叙事方式，让理论有了温度、思想有了色彩。节目录制前，主创团队最担心的是这些毫无演讲经验的普通人，真正的素人能否"扛得住"舞台的强光。事实证明，这些担心有点多余。这些真正参与思想实践，书写新时代历史的普通人，他就应该是舞台上最亮的星！他们的奋斗故事和人生经历，不管平凡或伟大，都真实不做作；他们所表露的情感，无论浓烈奔放或深沉内敛，都朴素而真挚，都能够引发强烈的情感和思想的共振。就像鼓浪屿案例中，宣讲者是一位文化遗产保护部门的公务员，说到鼓浪屿被人叫作"烧烤岛"时的那种难受，说到做规划，减少上岛人数时，"居民嫌人多，商家嫌人少"的那种纠结，到最后，经过系统思维指导下的保护，鼓浪屿重焕光彩时，赋诗一首的真情流露，都让聆听者心情跟着起伏动荡，体会到小到一件事，大到一个国家，用系统思维处理问题，引领发展的重要性；还有"复兴路上我们一定行"这一集，当一脸黝黑的台盘村篮球赛负责人岑江龙，穿着篮球背心，在热烈的音乐中拍着篮球上场，技不惊人，但情绪感人。他说自己为了打篮球辞职了 4 次，现在怎么借着篮球赛的东风从脱贫到乡村振兴，让聆听者油然而生自信者自立之感；又比如"创新路上根基不动摇"中的讲述者之一，四川凉山布拖换电站的 00 后员工次尔杜吉，他有一段形容西电东输效率的话，他说"0.007 秒，也就是 7 毫秒，一个人眨眼最快的时间是 0.2 秒，也就是说，在一眨眼的工夫，这个电流从大凉山深处送到东部的沿海城市，可以穿梭 14 个来回。"这种质朴的描述，让人一听就懂，引发强烈的情感和思想的共振。

11 月 27 日起节目连续 5 天在东方卫视黄金时间段播出，反响热烈，有观众给节目组留言说"这样的理论节目深入浅出，让人观而不腻，听而不倦，现在'六个必须坚持'搞清楚了"。根据国家广电总局大数据研究中心收视大数据显示，节目播出期间，每集 50 分钟的《思想耀征程》收视位列同期省级卫视专题节目第一，累计收看观众超 3 000 万人次，最高一集《幸福路上一个不能少》收看近 600 万人。让普通人成为理论舞台上的主角，鲜活又接地气的节目模式也让这档理论节目吸引了年轻群体的关注。数据显示，节目大学以上观众比例超过 1/3，年轻观众比例占超五成,70 后、90 后观众比例最高,90 后观众比例近 20％。除传统电视大屏端,节目还在看看新闻 Knews 首屏首页推出 1 个"思想耀征程"专题页面、6 场直播、60 余条短视频、全网分发近千条,截至 12 月 6 日,总访问量达 5 284万。其中 11 条短视频获全国广电新媒体联盟推送,《四次辞职就为回村打球拒绝企业重金买冠名"村 BA"必须得姓"村"!》单条浏览量达 252 万,微博话题♯思想耀征程♯总阅读达 1 232.6 万、互动 1.3 万,大小屏融合传播效果亮眼。

　　让党的创新理论落地生根,最好的方法就是通过真实的案例、感人的细节,用普通人的奋斗故事和生活体验来展现新思想的真理与实践力量。从高屋建瓴,指导新征程的党的创新理论,到极致的实践案例、普通民众发自肺腑的心声,节目通过全面创新重大理论节目的模式和传播样态,以小切口解析大主题,以广视角讲好新思想,完成了一次"上天入地"的理论节目重大探索,为党的创新理论成果抵达群众,凝心聚力奔赴新征程做出了主流媒体应有的努力与贡献。

2023 年度上海广播电视奖
参评作品推荐表

作品标题	独家：美国疫苗厂商 Moderna 将宣布对华首次投资，规模或达 10 亿美元	参评项目	专门类
		体　裁	国际传播
		语　种	中文、英文
作　者 （主创人员）	钱童心	编　辑	陈姗姗、陈娟、朱立明、Futura Costaglione
刊播单位	第一财经传媒有限公司	刊播日期	2023 年 7 月 4 日—7 月 5 日
刊播版面 （名称和版次）	第一财经频道	作品字数 （时长）	中文：646 秒；英文：126 秒
采编过程 （作品简介）	作为扎根于上海的专业财经媒体，第一财经长期以来关注外资企业在华发展战略以及最新动态，在大型外资企业积累了良好的人脉关系，成为传递企业在华重要信息的首选渠道。 　　2023 年 7 月，第一财经发布独家报道《美国疫苗厂商 Moderna 将宣布对华首次投资，规模或达 10 亿美元》，透露美国疫苗巨头莫德纳（Moderna）将在上海正式宣布对华投资项目。报道引述多个知情人士透露，项目总投资规模有望达到 10 亿美元。莫德纳 CEO 斯蒂芬班塞尔也已经抵达上海，将出席投资签约仪式。第一财经中英文平台同步发布了相关稿件。		
社会效果	2023 年，美国政府采取了一系列限制外国投资的措施。与此同时，中国政府持续发布对外开放利好政策，外资准入限制从"不断放宽"迈向"全面取消"。双方形成鲜明对比。 　　《美国疫苗厂商 Moderna 将宣布对华首次投资，规模或达 10 亿美元》报道充分体现了中国持续推进高水平对外开放，制度型开放对跨国公司的吸引力也在显著上升。值得注意的是，报道发布时点恰逢美国财长耶伦访华前夕。报道发布后，立刻引发外部广泛关注，陆续被路透社、彭博社、《金融时报》、CNBC、CNN、《日本时报》在内的超过 500 家海外媒体援引。彭博社在报道中强调尽管美国政府不断推出针对中国的政策，但是中国政府却对来自全球的跨国企业高管展开红毯。《第一财经》本篇报道有力地驳斥了西方媒体抹黑我国经济发展现状的报道，是"讲好中国财经故事"的典型案例。		

独家｜美国疫苗厂商 Moderna 将宣布对华首次投资，规模或达 10 亿美元

《第一财经》记者日前从多名消息人士处证实，美国疫苗厂商 Moderna 公司将最早于本周三在上海正式宣布对华投资项目。

这将是 Moderna 公司对中国的首次投资。据《第一财经》记者了解，Moderna 在中国的投资规模有望创下上海近期外商投资新高。有知情人士向《第一财经》记者透露，Moderna 将有多个项目落地中国，总投资规模有望达到 10 亿美元量级，具体以签约当天公布消息为准。

《第一财经》记者还了解到，Moderna 公司 CEO 斯蒂芬·班塞尔（Stéphane Bancel）已经抵达上海，将出席投资签约仪式。

2023 年 4 月，班塞尔在访问上海时表示，将加快在沪投资布局，携手中国合作伙伴开展研发生产，以制药新技术、新产品更好造福广大患者。

2023 年 5 月，Moderna 在中国注册了一家生物科技公司，注册资本 1 亿美元，由 Moderna Biotech 英国公司控股，注册地为上海闵行区。Moderna 当时回应媒体称："我们正在探索参与市场的机会，并希望将 mRNA 的平台带给中国。"

截至 7 月 4 日的最新公开信息显示，这家名为美德纳（中国）的生物科技公司至少拥有 4 名人员，包括 1 名执行董事 Christoph Brackmann，两名监事及另外 1 名工作人员。

Moderna 的 mRNA 生物技术在新冠疫情中发挥了重要作用，该公司和德国疫苗厂商 BioNTech 成为全球率先推出 mRNA 疫苗的企业，这种技术未来有望在肿瘤、心脏病等治疗等领域发挥作用。

不过，由于新冠疫苗的需求大幅下滑，Moderna 今年 2 月曾预测 2023 年业绩可能出现亏损。在这一背景下，包括 Moderna 在内的厂商都在寻求下一阶段的增长点，对中国市场的投资将成为其战略发展的重要布局。

目前，Moderna 正在积极开发基于 mRNA 平台的呼吸道合胞病毒（RSV）和流感实验疫苗，但仍有待提交监管部门批准。据《第一财经》记者了解，Moderna 也在积极寻求与中国监管部门沟通。

一篇独占先机的独家报道

——评国际传播新闻《独家：美国疫苗厂商 Moderna 将宣布对华首次投资，规模或达 10 亿美元》

复旦大学新闻学院博士生导师　黄芝晓

《第一财经》中英文平台同步发布的消息《独家：美国疫苗厂商 Moderna 将宣布对华首次投资，规模或达 10 亿美元》，是一条时效把握准确、针对性强、用事实说话、政治经济意义重大、效果明显的国际传播新闻稿。

时机把握准，政治站位高

受各种复杂因素综合作用，近年来，全球经济衰退势头未能有效改变，美西方政客及某些媒体、智库还不时地散布唱衰中国经济的悲观论调。2022 年年底召开的中共中央经济工作会议分析了全球经济形势，指出我国经济运行虽面临新的困难挑战，但仍具有巨大的发展韧性和潜力，长期向好的基本面没有改变；外部环境复杂严峻，发达国家和新兴经济体都把吸引和利用外资作为重大国策，招商引资国际竞争更加激烈。会议提出，一定要"推进高水平对外开放，依托我国超大规模市场优势，以国内大循环吸引全球资源要素，既要把优质存量外资留下来，还要把更多高质量外资吸引过来，提升贸易投资合作质量和水平"。《第一财经》记者以中央经济工作会议精神为指导，正确认识复杂国际背景，敏锐地捕捉到美国疫苗厂商 Moderna 将有总投资 10 亿美元的多个项目落地中国，并于最近将在上海正式宣布的信息，第一时间用中英文两个版本发布了这一独家新闻，传递了中国政府对外资准入限制从"不断放宽"到"全面取消"的积极开放态度，以事实体现了我国制度性开放对外国投资的强大吸引力，与美国政府采取一系列措施限制外国投资、不断打压中国企业的表现形成鲜明对比。此时正值美国财长耶伦访华前夕，彭博社、路透社、《金融时报》、CNBC、CNN、《日本时报》等 500 家海外媒体先后转载，产生了广泛的国际影响。

寓理于事实,朴素讲故事

《第一财经》这篇报道的难写之处有二,但记者处理得当,恰恰成为稿件出彩之处。

一是明确的针对性观点隐藏于白描的事实之中。如前所述,这篇报道有着强烈的针对性。近年来,美西方唱衰中国的陈词老调又沉渣泛起,"中国经济衰败论""中国经济见顶论"等见诸各类媒体。作为国际传播的新闻稿,驳斥谬论最有效的办法就是如实报道事实。这篇报道讲了三个事实:

美国疫苗厂商 Moderna 公司将最早于本周三在上海正式宣布首次对华投资项目,多个项目总投资规模有望达到 10 亿美元量级,有望创下上海近期外商投资新高。

2023 年 4 月,Moderna 公司 CEO 斯蒂芬·班塞尔访问上海时表示,将加快在沪投资布局,携手中国合作伙伴开展研发生产,以制药新技术、新产品更好造福广大患者。5 月,Moderna 在中国注册了一家生物科技公司,注册资本 1 亿美元,注册地为上海闵行区。斯蒂芬·班塞尔现已经抵达上海,将出席投资签约仪式。

Moderna 的 mRNA 生物技术在新冠疫情中发挥了重要作用,未来有望在肿瘤、心脏病等治疗等领域发挥作用。由于新冠疫苗需求大幅下滑,Moderna2023 年 2 月曾预测 2023 当年业绩可能出现亏损,在寻求下一阶段的增长点,对中国市场的投资将成为其战略发展的重要布局。

这里没有一句是说理的语调,但是三个事实无可辩驳地说明,中国市场有着强大的吸引力、中国经济有巨大的韧劲和发展潜力,一切唱衰中国经济的论调注定要破灭。而且,新闻通篇都用最朴素的白描手法,给受众的第一感觉近乎"流水账"的"纯客观"报道,正是这种没有态度的态度,最能让国外受众从事实的客观叙述中得出自己的判断,从而产生应有的影响力。

二是多信源相互印证增强信息的可信性,准确地遣词造句,为抢占"先机"提供了事实基础。值得指出的是,记者没有因抢先发表而刻意回避一些重要事实有待确定的真实情况,标题和导语部分实事求是地讲清:"《第一财经》记者日前从多名消息人士处证实,美国疫苗厂商 Moderna 公司将最早于本周三在上海正式宣布对华投资项目。"一个"将"字让人初听起来很有"预告新闻"的感觉,但仔细听去,稿件报道的不是"宣布对华投资项目"仪式本身,而是宣布仪式的日期、地点——"将最早于本周三在上海"。这里的每一个字,都经过仔细斟酌,从文字上妥善解决了新闻中某些事实的"预告性"与准确性一致的问题。

同时,由于仪式尚未举行,这条新闻报道的主要内容带有预告性,记者特意从多位知情者处了解、核对信息，并以整个事件发展全过程中已经发生的、与预告性内容有着紧密联系的相关既成事实，佐证预告性事实的准确性。这样的多信源采访、核对、佐证的方法，保证了这条新闻能打破常规，抢先发表，占了"独家"先机。这样采写、编发的传播效果很好，尤其在注重强调时效的国际传播中有利于占领传播制高点，发挥更好的作用。

关注热点　抢占先机
——《独家：美国疫苗厂商 Moderna 将宣布对华首次投资，规模或达 10 亿美元》创作体会

第一财经记者　钱童心

在全球疫情蔓延的背景下，2023 年 7 月，美国生物技术公司 Moderna 首次宣布对华投资。这篇独家新闻报道引发了全球市场和海外媒体的高度关注，既反映了中国市场对于全球生物技术公司的重要性，也彰显了中美两国在公共卫生领域的合作潜力。

这篇报道的消息来源熟悉 Moderna 的可靠信源。7 月 4 日，记者率先得知 Moderna 公司 CEO 班塞尔到访中国并将与上海闵行政府签署投资协议的消息，并在协议签署前一日以独家的形式抢先发布了该新闻。7 月 5 日，Moderna 与闵行政府宣布签署协议，首次在华投资建厂。

在创作这篇稿件时，记者充分考虑到新冠疫情之后，上海积极吸引外商投资的大环境，尤其是我国对生物医药领域的大力推动。

Moderna 落户上海是去年上海招商引资方面最重大的项目之一，其影响力堪比特斯拉，也将为上海吸引外资提振信心，尤其是对上海在生物医药方面的创新发展是重大信号。

在新冠疫情期间，记者就对 Moderna 公司有深入全面的跟踪了解，并对其新冠疫苗及其他药品管线做过充分调研。早在去年 5 月，第一财经还独家报道了 Moderna 在中国注册了一家名为美德纳（中国）的生物科技公司，注册资本 1 亿美元。

记者也关注到，全球媒体和资本市场都高度关注 Moderna 等在新冠疫情期间"一夜爆红"的明星企业未来的市场走向，以及中国市场能否成为 Moderna 提振投资者信心的驱动力。

基于以上这些大背景，这篇独家稿件的思路和脉络也较为清晰，一方面强调了 Moderna 的 mRNA 生物技术在新冠疫情中发挥的重要作用；另一方面也阐述了新冠疫苗需求下降的趋势下，该公司现阶段面临的商业挑战。

从这篇报道刊发的效果来看，也印证了记者创作前的设想，产生了广泛的全球影响力，被包括彭博社、路透社、《金融时报》、CNBC、BBC、CNN 等国际主流媒体引用转发。

在国内，该报道获得了市药监、闵行区政府、Moderna 公司高管及行业人士的广泛转发与好评。在国外，该报道也引发了美国议员的高度关注，甚至有议员在给政府部门的信中援引了第一财经的这篇独家报道。

由此可见，这一报道也引发了关于中美两国在公共卫生领域合作的深入思考。作为两个全球最大的经济体，中美在公共卫生领域的合作具有重要意义。通过加强合作、分享技术和资源，中美两国可以共同应对全球公共卫生挑战，促进世界各国的健康与安全。

总的来说，Moderna 对华首次投资的独家报道，不仅展现了企业在中国市场的战略布局，也凸显了中美两国在公共卫生领域合作的广阔前景。这一举措将为全球抗击疫情、促进全球公共卫生事业的发展贡献力量，值得全球关注和期待。

2023年度上海广播电视奖
参评作品推荐表

作品标题	"困"在虹桥		参评项目	专门类
			体　裁	舆论监督
			语　种	中　文
作　者 （主创人员）	李晓建、朱晓荣、 楚华、陶余鑫	编　辑	陈瑞霖、邢维	
刊播单位	上海广播电视台	刊播日期	2023年7月23日 22时30分	
刊播版面 （名称和版次）	上海电视台新闻 综合频道 《1/7》栏目	作品字数 （时长）	7分24秒	
采编过程 （作品简介）	城市的综合交通枢纽，是迎接八方来客的门面，体现了城市的服务水平。然而，记者在社交媒体上关注到，有不少乘客"吐槽"上海虹桥枢纽夜间公共交通不便，抵达之后需要等待很长时间才能离开。为此，记者展开了蹲点调查。 　　2023年7月，记者多次深夜前往上海虹桥枢纽，实地记录了地铁定点加班车结束运营后，虹桥枢纽公交夜宵线发车间隔时间过长，站内出租车大排长队，线上网约车司机任性挑单、拒载短途乘客，线下黑车司机坐地起价，站外人车混行、现场混乱等现象。上述情况直接或间接地造成夜间抵达的旅客无法在短时间内离开虹桥枢纽，让深夜来沪返沪乘客的体验大打折扣。			
社会效果	节目播出后，话题♯深夜离开上海虹桥枢纽有多难♯迅速登上微博、抖音热搜榜，其中抖音热搜榜点击量超400万。报道还在新浪微博、视频号、微信公众号、哔哩哔哩等新媒体平台同步发布。光明网、澎湃新闻、《文汇报》《新民晚报》上观新闻、极目新闻、广东台"触电新闻"等众多主流媒体也纷纷转载。			

| 社会效果 | 对此,上海市委、市政府高度重视,市交通委第一时间会同市区两级交通执法、公安部门、上海地铁、上海公交等相关部门和单位制订了专项整治方案,开展联合行动。闵行区启动了虹桥枢纽交通运营秩序保障"百日行动","上海发布"官微对此事也进行了持续关注,并多次发文回应市民关切。深夜离开上海虹桥枢纽难的问题,得到部分缓解。 |

"困"在虹桥

（片花，非正常拍摄）

【实况】乘客：帮帮忙，让孩子上去。

【实况】公交车司机：我开下后门，当心啊！

【实况】乘客：公交还要等 40 分钟。

【实况】黑车司机：100 块钱，不可以打表。

【实况】黑车司机：那你想正常价还想快点走，哪有那么快？

（正片）

【字幕】

2023 年 7 月 16 日 23 时 28 分

【解说】

这是虹桥火车站开往市区的最后一班地铁列车。

【实况】志愿者

快点快点，2 号线还有两分钟了，你来不及的。

【实况】乘客：麻烦您帮我拎个箱子下去好吗？谢谢。

【实况】地铁广播：本次列车为最后一辆加开列车，请乘客们抓紧时间上车。

【解说】

周一到周日，上海地铁2号线在常规运营结束后，会开行两列定点加班车，在23点04分和23点30分停靠虹桥火车站，将乘客接驳至中山公园、静安寺、人民广场等市中心商圈。

【实况】地铁广播：乘客您好，今天2号线往市区方向的运营全部结束，请乘客们换乘其他地面交通。

【解说】

地铁末班车停运后，记者查询到，当天还有4班列车抵达虹桥火车站，有近50架次航班落地虹桥2号航站楼。

地铁开行定点加班车、末班车延时运营的措施，能够在一定程度上纾解虹桥枢纽夜间的交通压力。但是，地铁线路在夜间有着大量的维保工作，还要保障第二天早高峰正常运营，无法覆盖到虹桥枢纽的最后一班列车、最后一个航班。

夜宵公交线是深夜里唯一可选择的公共交通方式。

【字幕】
虹桥西交通中心 23时47分

【解说】

23点47分，虹桥西交通中心，夜宵线320路的站台上排起了长队。

【实况】乘客：帮帮忙，让孩子上去。你把后门开开。

【实况】公交车司机：我开一下后门，当心啊！

【解说】

原本计划23点50分发车的320路夜宵线，因为不断拥挤而上的乘客，推迟了两分钟才出发，站台上仍滞留了很多没能上车的人。要坐上下一班车，还需要再等50分钟。

【实况】乘客：就是地铁赶不上了呀，公交还要等 40 分钟。

【字幕】
虹桥火车站出租车上客点

【解说】
此时，虹桥火车站的出租车上客点也已排起了长队。电子屏提示，4 个上客点均须等候一小时以上。

记者预约了一辆网约车。从虹桥枢纽出发，前往水城路地铁站，预估车费约 40 元。在线等待 10 分钟之后，平台显示记者还需要等待 175 位，而附近同一时刻在排队等待用车的乘客已经超过了 500 人。

人群中开始有人吆喝揽客。

【实况】黑车司机：一个人 200 元，兄弟，你这样算，这个点这么多人，我随便带两个人就 200 元了，随便带，最低价也 200 元。

【实况】黑车司机 vs 记者
黑车司机：150 元，没办法便宜。
记者：打车才三四十（元）啊！
黑车司机：那你想正常价还想快点走，哪有那么快？这么多人，又不是说没人。

【实况】黑车司机：我天天熬这个点，我说实在的，也都是拿自己的青春去熬这个点，天天如此。

【解说】
记者发现，这些"黑车"司机，不少自称是网约车、出租车。

【实况】黑车司机 vs 记者
记者：你这是什么车啊？
黑车司机：我们是网约车，不是出租车。
记者：网约车能手机上约吗？
黑车司机：我们不接单，我们下来喊，我就不（线上）接单了。

【实况】黑车司机 vs 记者

黑车司机：100 块钱，你要发票给你发票。

记者：是出租车的发票吗？

黑车司机：对。

黑车司机：不可以打表，我们谈价格的。因为这个点，我们打表不划算。

【实况】黑车司机：哪个（司机）愿意在这边等，等几个小时，排两三个小时，排到一个起步价。

【解说】

一边是大量乘客等待着离开虹桥枢纽，一边是车辆排几个小时才能等到乘客上车，这到底是为什么呢？

在 P9、P10 停车场的入口，等待进入的车辆排起了长龙。始建于十几年前的停车库，存在一些"硬伤"。进、出口的设计上有先天的不足，车辆无法高效动起来，乘客也就无法离开。

就在线上打车大排长队的时候，还有一些网约车司机停在路边挑单。

【实况】网约车司机 vs 记者

网约车司机：你看这些单子，他们打不到车，停车场里面的（乘客）。

记者：你刷上去我看一下，有多少单？

网约车司机：几百个（订单）肯定有。我要找一个很"合适"也很"合理"的订单，现在可以挑单，为什么不挑？

【解说】

终于，有网约车司机接了记者的单，但很快平台消息提示，"司机因故不能赶来，已重新叫车"。这样的情况在虹桥枢纽区域内并不少见。

【采访】旅客 vs 记者

旅客：刚才我打到一辆车，然后他打电话过来说，100 元走不走？我说我不走。

记者：你用滴滴打的，他还能给你还价吗？

旅客：对啊，所以说我也很纳闷，他也接了我的单，然后他现在就直接（取消订单）走了。

【实况】网约车司机 vs 记者

记者：你们能取消那么多次吗？

网约车司机：取消啊，随便，无限次取消，取消只是扣分而已。有的人他不只跑这一个平台，他无所谓。我们是可以设置区域的，有的人是挑单子做的，他们一般都是喜欢往浦东那边跑，那些单子的话都是在二十公里以上的，价格高。

【解说】

夜宵线公交车发车间隔时间长，出租车、网约车排队时间久，一些旅客选择相信网络上一些所谓的打车攻略，徒步走出虹桥火车站，到站外碰碰运气。

【采访】

旅客：这边我好像没注意有没有人行道，好像那边天桥上有人行道吧？

记者：那您是从哪边（过来）的？

旅客：我是从这边（横穿马路）过来的，因为我看好多人都是从这边过来的。

【解说】

提着行李箱，旅客穿过行人禁止通行的车道走到站外。车人混行，现场混乱，存在严重的安全隐患。即便如此，冒着风险转移到站外的旅客，也无法"说走就走"。

【采访】旅客：因为我经常来上海出差的，以前那（出租车）师傅指点我说，从（车站）那边走出来（打车）会快点，但其实也不会快的。很不爽，尤其是夏天，天这么热，蚊子又多。

【采访】

旅客：打了一个多小时了。

记者：现在还没打到？

旅客：对，明天（孩子）还要上学，我还要上班。

【采访】旅客：第一次来虹桥站，这么晚遇到这种情况真的很头疼。打的，人家都不接单。加价，一直加。

【采访】旅客：打不到，很久的，现在在这里等了一个半小时吧。

【解说】

次日 0 点 50 分，在等待了近一个半小时后，记者终于等到了接单的网约车司机。

【实况】出租车司机：我刚才（高架）下来，在地面接了两个乘客（跑了一单），我刚才跑到安亭 30 多公里，我又跑回来（继续接单）了，我们出租车不能下地下停车库的。

【解说】

在地铁末班车停运后，在夜间旅客抵达的高峰时段，如果能根据实际情况提高其他公共交通工具的运力，同时对网约车和出租车进行更加人性化的管理和调度，虹桥枢纽的夜间之"困"，也许能有一个答案。

关注民生　高于民生
——评舆论监督电视节目《"困"在虹桥》

复旦大学新闻学院博士生导师　黄芝晓

上海广播电视台新闻综合频道"1/7"栏目播出的《"困"在虹桥》，着力运用现场感染力强的传播手段，提出问题、分析问题，直至推动问题解决，充分体现了主流媒体的社会责任感，是主题深刻、采访深入、角度准确、态度鲜明、分析辩证、语言生动、监督有效的舆论监督电视节目。

采访深入，立意较高，引发关注而不哗众取宠。上海虹桥枢纽客流量大、运营高度繁忙全国有名，然而也常常成为网民"吐槽"重点——深夜到达的旅客想要顺利前往上海市区甚是困难，碰上探亲、旅游、返校等多客流会聚时更是难上加难，不但直接影广大群众的生活满足感，也给上海形象造成不小的负面影响，很容易引发社会共鸣。记者不是只到现场拍摄一些群众坐不上车、离不了站的"吐槽"场景，简单"曝光"就算"完成"任务，而是多次到现场蹲点，深入采访，向事实的深层找寻问题，指出根本原因是当年建设标准尚属先进的虹桥枢纽基础设施，已经跟不上近年来社会经济发展、旅客急速增长的需求，管理制度与手段也没能及时调整以适应铁路、民航运输的发展。这种关注民生又高于一般现象曝光、简单"追究责任"的舆论监督，使立意从一般反映旅客困难上升到新时代中国特色社会主义的主要矛盾——人民日益增长的美好生活需要和不平衡不充分的发展之间的矛盾的高度，因而具有高屋建瓴的气势与力度，引发社会共鸣而不哗众取宠，防止民粹意识泛起。

思维辩证，分析理性，指向明确而不棍打一片。节目很注意舆论监督艺术的运用。在深入采访后，记者观点"亮相"：解决深夜到达的高铁和航空旅客离站难问题，不是简单的与公共交通接轨的问题，而是社会发展过程中城市管理必然要面对的深层问题，具有系统思维的典型意义。记者通过画面展现：最后一班地铁开走后，大多数旅客唯一可选的公交夜宵线却要间隔 50 分钟一趟；4 个出租车上客点电子屏都显示等候一小时以上，而 P9、P10 停车场的入口，等待进入的车辆却排着长龙；规定不能进场的网约车司机线上任性挑单，黑车司机则坐地起价……大量乘客等待着离开虹桥枢纽，而车辆却要排几个小时才能等到乘客上车。两次出现的字幕"2023 年 7 月 16 日 23 时 28 分""虹桥西交通中心 23 点47 分"强化了旅客被"困"在虹桥的现场感与焦虑感。在此基础上，节目进入理性分析，指出：始建于十几年前的停车库，进、出口设计原本就有一些"硬伤"，现在更不适应时代的发展了，车辆无法高效流动，乘客也就无法快速离开；地铁开行定点加班车、末班车延时运营的措施，能够在一定程度上纾解虹桥枢纽夜间的交通压力，但地铁线路在夜间有着大量的维保工作，还要保障第二天早高峰正常运营，无法覆盖到虹桥枢纽的最后一班列车、最后一个航班；深夜里唯一可选择的公共交通方式是夜宵公交线。最后记者建议："在地铁末班车停运后，夜间旅客抵达的高峰时段，如果能根据实际情况提高其他公共交通工具的运力，同时对网约车和出租车进行更加人性化的管理和调度，虹桥枢纽的夜间之'困'，也许能有一个答案。"

《"困"在虹桥》实事求是站位高，分析辩证切中要害，态度中肯建议积极，形成很大社会反响。节目播出后，立即被光明网、澎湃新闻、上观新闻、《文汇报》《新民晚报》、广东台"触电新闻"等主流媒体转载，在新浪微博、视频号、微信公众号、哔哩哔哩等新媒体平台同步发布，话题"深夜离开虹桥枢纽有多难"迅速登上微博、抖音热搜榜，增强了监督力度。上海市委、市政府高度重视节目提出的问题，市交通委立即会同市、区两级交通执法、公安部门及上海地铁、上海公交，制订专项整治方案，开展联合行动，闵行区启动虹桥枢纽交通运营秩序保障"百日行动"，问题得到部分缓解。节目充分运用电视手段，具体而生动地演绎了怎么认识和处理日常生活中人民群众不断提高的对美好生活的要求与社会经济发展不平衡不充分的矛盾，是在党的二十大精神指导下，关注民生、高于民生的好新闻。

用新闻的力量推动社会进步

——《"困"在虹桥》创作手记

上海广播电视台融媒体中心《1/7》栏目编导　李晓建

虹桥枢纽,是上海这座国际大都市迎接八方来客的门面。然而,在互联网社交媒体上,乘客对于其夜间公共交通的"吐槽"却不少。2023年7月,我们多次在深夜前往虹桥枢纽进行蹲点调查,见证了许多抵沪旅客的无奈:地铁定点加班车结束运营后,公交夜宵线发车间隔时间过长,站内出租车大排长队,线上网约车司机任性挑单、拒载短途乘客,线下"黑车"司机坐地起价,站外人车混行、现场混乱。这是我去年参加工作之后完成的第一篇舆论监督类报道,幸运的是它所反映的问题真的得到了社会的广泛关注及有关部门的重视。作品诞生的背后,有三点心得可以和大家分享。

首先,舆论监督要说真话、攻难点、办实事。多年来,社交媒体上关于虹桥枢纽夜间公共交通的批评声音不在少数,但很少有主流媒体以此为线索展开深度调查。毫无疑问,《"困"在虹桥》"出圈"的关键,在于我们一针见血地把老百姓真正关心的问题搬上了台面,不逃避、不无视,想群众之所想、急群众之所急。该报道的新闻线索是从群众中来的,其中所涉及的社会问题是群体性的,具有广泛的民意基础,自然也就更容易引发公众的关注。"地铁赶不上了呀,公交还要等40分钟。""第一次来虹桥站,这么晚遇到这种情况真的很头疼。""很不爽,尤其是夏天,天这么热,蚊子又多。"该报道聆听民意、敢于说真话,支撑起报道的正是群众的心声。在采访过程中,我们也能切身感受到他们对新闻媒体对这一问题进行舆论监督的渴望。

其次,舆论监督要扎实开展调查,确保信息准确、证据有力。虹桥枢纽地区集机场、高铁站、地铁站、长途客运中心、高速公路、快速路和商务区于一体,是全国要素最全的交通枢纽之一。在调查过程中,最大的难点便是兼顾调查各种交通方式在夜间的运行情况。为此,我们进行了多次前期踩点,做了全面的准备工作,对虹桥枢纽的功能区分布、各种交通方式的运行时间等关键信息做了充分的梳理。在叙事方面,为了使报道更加可靠、可信、有说服力,作品尽可能多地选用现场实况,用事实来说话。本片着重拍摄了大量含有关键信息的视频画面,如出租车4个上客点的电子屏均显示乘客需等候一小时以上、网约车平台显示共有

500 余位乘客正在打车等。在新闻事实面前，观点和结论必然经得起推敲。

最后，舆论监督不是情绪发泄，要理性分析，体现报道的建设性。编辑老师曾提醒，报道的意义不仅在于给有关部门提个醒，还在于通过媒体的视角实地观察、采访、记录、思考、分析，为他们提供一手素材，供其进一步发现和解决问题。因此，该报道的最终目的不在于指责相关各方，而是通过对事实的具体呈现，反映相关各方存在的问题和面临的困难，并提出了相应的建议。"地铁线路在夜间有大量的维保工作，还要保障第二天早高峰的正常运营，无法覆盖到虹桥枢纽的最后一班列车和最后一个航班。此外，始建于十几年前的停车库在设计上有先天的不足。在这样的情况下，在夜间旅客抵达的高峰时段，如果能根据实际情况提高其他公共交通工具的运力，同时对网约车和出租车进行更加人性化的管理和调度，虹桥枢纽的夜间之'困'，也许能有一个答案。"

节目播出后，上海市委、市政府高度重视，市交通委第一时间会同市区两级交通执法、公安部门、上海地铁、上海公交等相关部门和单位制订了专项整治方案，开展联合行动，闵行区启动了虹桥枢纽交通运营秩序保障的"百日行动"，"上海发布"官微对此事也进行了持续关注。随着虹桥之"困"被看到、被纾解，我们也得到了许多网友的肯定。作为一名新闻"新兵"，在这一刻，我看到了新闻的力量，也感受到了记者这个职业的价值。

二　等　奖

2023 年度上海广播电视奖
参评作品推荐表

作品标题	高质量发展，上海怎么干？ ——对话区委书记		参评项目	专门类
			体 裁	重大主题 报道
			语 种	中 文
作 者 （主创人员）	集体（秦畅、崔翔、高嵩、朱应、沈颖婕、张喆、李虹剑、王佐宇、葛婧晶、马锐、王世雄、李德政、李彦豪、盛陈衔、赵宏辉、严萍、周依宁、楼家寅、顾隽契）	编 辑	孟诚洁	
刊播单位	上海广播电视台 东方广播中心	刊播日期	2023 年 12 月 11 日	
刊播版面 （名称和版次）	阿基米德 App	作品字数 （时长）	短视频约 5 分钟/集 广播和长视频约 50 分钟/集	
作品链接	https://m.ajmide.com/m/plugins/template？zid=13555			
采编过程 （作品简介）	11 月底、12 月初习近平总书记在上海考察时提出：上海要在推进中国式现代化中充分发挥龙头带动和示范引领作用。在第二批主题教育临近收官之际，上海人民广播电台推出《2023 对话区委书记》系列融媒访谈，深入践行第二批主题教育中强调的"走四百"精神，采用调研纪实的方式，进百家门、访百家情、解百家难、暖百家心。 　　节目以一场场 City Walk（城市漫步）展开，主持人跟随区委书记，深入调研社区基层、企业、院所、园区，观众可以看到主持人与上海各区的主政者们议重点、析堵点，实地找问题、谈差距，谋思路、抓发展。节目也在走走停停中，广泛听取人民群众和市场主体的意见建议。主持人和书记			

（作品简介）采编过程	逛菜场、进工地、探实验室,走访文化人才、工程师、科学家,以轻松的对话和互动,打造了一场行走中的大讨论。 比如汽车产业重镇嘉定正面临"大象转身"难题,如何迎头赶上? 区委书记陆方舟带着主持人相继走进上海汽车芯谷产业园、半导体、车载激光雷达企业,了解项目最新进展,询问企业生产进度,宣介人才政策,助力汽车城跑出"加速度"。除广播节目之外,节目通过阿基米德 App、微信视频号、澎湃新闻同步进行 14 场视频直播,累计观看超 500 万人次,制作短视频 28 条,播放量超过 180 万次;广播线上露出 570 次,累计触达千万人次。
社会效果	央媒、市政府新闻办、网信办、市级媒体和区级媒体携手联动,把这一系列节目变为一次"走转改"新闻行动,把广播访谈扩展为涵盖图、文、音、视的系列化融媒产品。上海发布、上海大调研公众号、新华社上海分社"解码魔都"工作室(新华社 App)、澎湃新闻 App、各区融媒体中心发布短视频、海报、微信推文、微博,阅读、播放量超过千万,着力展现出上海各区推动高质量发展的新气象新作为,向社会传递出攻坚克难的决心、爬坡过坎的信心。

高质量发展，上海怎么干？

——对话区委书记

对话杨浦区委书记薛侃
（短视频代表作文稿）

主持人：今天的"难"，和这20年走过来的"难"不一样吗？

杨浦区委书记 薛侃：今天的创新遇到三个不匹配的问题，如果跨越不过去、解决不了，新一轮的创新还会遇到很大的问题。

香港中文大学商学院上海校友会会长 陈立民：希望大学路多一点好吃的。

杨浦区委书记 薛侃：烟火气更足一点是吧？

香港中文大学校友 李思瑶：多让我们的学弟学妹过来，提供实习机会。

B站员工 席冲：希望有一些新的面貌，像我选择住在创寓，就是因为这边的环境可能更加温馨。

主持人：但是这个改造太难了。

主持人：杨浦能不能长出一家"商汤"来？

杨浦区委书记 薛侃：杨浦已经有很多这样的苗子，现在就缺的那一把火，再点燃它、点旺它，就需要更多的像这种创新生态的，给他们赋能。我相信这个指日可待。

香港中文大学校友 张译方：协会的成员都是注册会计师、建筑师、医生等，希望以后能在这边有更多的机会和创业企业交流。

杨浦区委书记 薛侃：我们希望更多的专业人士、专业机构进来，为我们的创新主体提供专业化的服务，生态就是来自这些专业性的服务。

我们还在这个园区里引入了很高端的新型的研发机构，比如说你所在的这个"小黑楼"，两万多平方米，已经引进了丘成桐先生的应用数学的研究院。

主持人：产业的集聚好像是这一轮科技革命非常重要的一个特征。抖音、B站、美团，它们在杨浦滨江也一字排开了。

杨浦区委书记　薛侃：大科学的时代，它是一个集成化的工程，所以我们希望通过这个钻石连廊，把这些科技创新的主体都紧密地抱团连接，都能找到它们需要的互相支撑的要素资源。

主持人：做这种产业集聚的解难题的事情，你们的作用是什么？

杨浦区委书记　薛侃：把这个生态做好，把这个环境造优，使更多的人才、更多的产业愿意来这里落地。

主持人：老城要引入一些新企业，这些新企业会给年轻人带来机会。

杨浦区委书记　薛侃：我们也要问清楚他们想要什么，我们杨浦缺什么，根据他们的需要，我们尽可能地改造、尽可能地优化。

杨浦区委书记　薛侃：即使到今天这个投入，我们也是完全可以做到平衡的。以后规模效应铺开来，它的这个成本各方面都是能够很好地、有效地克服和解决的。

主持人：228 街坊其实就是未来整个杨浦这样的一个老城区的方向。

杨浦区委书记　薛侃：我们希望通过城市更新这个有机的载体，把更多的创新动能集聚起来，把更多人民群众需要的生活环境、工作场景，更多地给他们提供出来，使我们这个城市始终充满勃勃生机、充满动力和活力。

主持人：每次来的时候，历任干部都会跟我讲，杨浦有一股劲。

杨浦区委书记　薛侃：我们今天要弘扬的更多是一种科学的精神、韧性的精神、执着的精神，使我们的干部不仅有干劲，还要有巧劲、还要有耐心。

2023年度上海广播电视奖
参评作品推荐表

作品标题	看得见的力量2——兴农方法论		参评项目	专门类
			体　裁	重大主题报道
			语　种	中　文
作　者（主创人员）	宣继涛、王建爱、王双阳、赵新艳、吴煜	编　辑	集体	
刊播单位	第一财经传媒有限公司	刊播日期	2023年12月25日—12月29日	
刊播版面（名称和版次）	第一财经频道、App、网站	作品字数（时长）	11分钟	
采编过程（作品简介）	2023年是党中央推进实施乡村振兴战略第五年，该系列节目从经济视角全面观察5年来的乡村振兴之路。节目是2020年《看得见的力量1》之"扶贫"系列节目的延展，2023年推出了《看得见的力量2》之"兴农方法论"乡村振兴系列节目。 　　1.关键时点，紧扣国家政策导向。2023年是巩固拓展脱贫攻坚成果同乡村振兴有效衔接的关键之年。回眸5年，中国乡村发生了怎样的变化，脱贫之后成果巩固如何，产业结构是否优化，乡村治理怎样落点宜居宜业宜美。系列节目从多维视角观察、调研、思考当下农村的发展变化——科技力量，如何提高生产力，优化生产结构；金融力量，如何滴灌产业，助力"血液"畅通；硬件力量，如何实现乡村治理，贡献公共服务；新农人，带着怎样的时代烙印，创业立业、建设美丽乡村。 　　2.深入"走转改"，捕捉乡土气。西至新疆和田荒漠，东临上海金山镇滩涂，北赴甘肃会宁林场，南走广西金陵水田……节目组走进田间地头，与广大农户广泛交流，用心感受乡村变化、用情感知农人心声；大量篇幅均是用镜头记录下农村现实风貌，编导多角度设计调研，采访到最鲜活的原生态风土人情。成片中有实地走访、有案例呈现、有专家解读、有深度思辨、有媒体观察。			

采编过程（作品简介）	3. 聚焦"三农"关键问题，提供可视化实操样本。系列节目聚焦"三农"关键问题，展现成功案例，论述解决方案，例如上海郊区的农民，如何通过土地流转获得股金、租金等成为"新五金农民"；浙江农村撂荒土地，如何通过集体经济力量进行生态文旅转化；干旱贫瘠的西北山区，如何通过植树造林进行碳汇交易、造福百姓；荒漠占比大的新疆，如何通过科技手段建造柔性保温大棚，种上瓜果蔬菜；遭受自然灾害的三江平原，如何通过"期货＋保险"模式，达到旱涝保收的效果；多地畜牧业养殖户的融资困局，如何通过"投租联动"巧妙化解…… 节目组走过 3 季，跨越 14 个省市、记录 15 个案例、总结出 8 种助农模式，向观众呈现乡村振兴路上的《兴农方法论》。例如"新五金农民""乡村特派员"等模式有效提升了乡村人才技能优势，发挥土地有效流转支撑乡村产业发展，推动金融机构参与乡村振兴创新引领；"期货＋保险""投租联动""林业碳汇"等模式为"三农"发展存在的历史难题提供了解决方案。《兴农方法论》是一份高质量且具有实际操作参考意义的乡村振兴解题样本。
社会效果	节目播出后，受到采访嘉宾的一致好评。他们表示节目叙事生动、画面到位、剪辑清晰、助农模式新颖，有参考价值；多期节目引发行业监管机构关注和行业媒体的转发。中国期货业协会、中信期货、上海融资租赁协会、青海银行业协会、中粮集团旗下中茶公司视频号、中国农村杂志社主办的农业农村投资微信公众号、红薯网、中国共产党永顺县委员会统一战线工作部视频号、青海乌兰县融媒体、甘肃会宁县融媒体、国家电网浙江电力系统内渠道等均有转发。

看得见的力量2

——兴农方法论

看"投租联动"破"三农"融资困局

出镜人员：

浙银金租董事长　汪国平

浙银金租农牧部负责人　邱翔

浙江乡村振兴基金负责人　金琼琼

青莲食品副总裁　方昉

青莲食品员工

清华大学公共管理学院教授、博士生导师　邓国胜

出镜1："一块猪肉"未来要实现百亿级全产业链共富的目标，这是我们在浙江调研一家肉食品企业时看见的标语，这是一家什么样的企业？真的如他所说带动了当地相关全产业链的创富吗？可当这家国家级农业产业化重点龙头企业想要再建几个现代化养殖场的时候，却犯了难，他们又遇见了什么问题？

小片1：位于浙江嘉兴市海盐县的青莲食品所生产的猪肉包子早已远近闻名，不仅多家大型连锁商超前来购货，就连公司开在厂区门口的包子店也总是被抢购一空，就这一个小小的包子，串联起了一个近百亿级全产业链共富生态的目标。

（同期　青莲食品副总裁　方昉：围绕生猪产业，我们从饲料育种、商品猪

的养殖、生鲜、屠宰加工、冷链物流配送，再到肉制品的深加工以及渠道商业，形成了从前端一直到后端的消费终端这样的一个全产业链条。青莲所有员工有 2 400 多名。目前产值过 50 亿元，未来 3 年我们的目标是要过百亿元。）

出镜 2：企业负责人告诉我们，他们牵头成立的养猪合作社，已经联结带动农户 6 500 余户，通过终端销售的品牌溢价反哺饲养的利润，仅在嘉兴一地 2022 年就可为当地农民增收 1 500 多万元。像这样一家一二三产业早已融合的现代化食品企业，想要再建几个现代化生猪养殖场，却依然很难找到投资方。

［同期　青莲食品副总裁　方昉：农业企业，尤其是生猪的养殖企业融资的确难。第一个，生猪的养殖企业，一般投一个养殖场，它的投资规模是比较大的，而且现在都是高标准的，高环保要求、高生物安全要求，高智能化、数字化、自动化设备的要求。第二个，因为土地流转的问题、生物资产的问题，没有办法像工业企业那样抵押贷款，这个渠道就比较难。第（三）个，它的投资建设周期到运营周期是较长的。第（四）个，投资投完了以后，也就是从投资到运营，再到真正实现产能，开始往外出栏的这个周期很长。］

现代化养殖场融资的障碍：
1. 整体投资规模较大。
2. 无常规适格抵押品。
3. 项目建设周期较长。
4. 投资回收周期较长。

［同期　专家邓国胜：农产品的特征就是成本高、投入大，而且回报的周期特别长，风险还高，而且很多农产品它没有品牌、没有规模化，所以它要挣钱真的是非常难。而且有时候经常受天气的影响，它的不确定性、风险真的非常高，所以很多商业资本其实不太愿意进入农村领域。再加上农村也还会面临一些其他的（问题），比如交易成本比较高，它的营商环境没有那么完善，所以它的交易成本高、信息成本高，其实它会面临很多的挑战和困境。包括信用体系，农村的信用体系也不是那么完善，这就会导致很多的工商资本有时候不太愿意下乡。］

出镜 3：虽然当下社会资本还是不太愿意下乡，但是我们在青莲食品发展过程中却看见了一些值得"放大"和"借鉴"的地方。这里不得不提及一家浙江当地的金融机构——浙银金租，这家金融租赁公司很有意思，在其他金融机构纷纷远离"三农"投资的时候,它却躬身入局,并将现代农牧板块作为其战略板块之一长期深耕,这又是为什么?

[同期 浙银金租董事长 汪国平:生猪养殖这个行业实际上也是关系到国计民生的大行业,你看中国 14 亿人要吃肉,(每年)7 亿头猪,人均每人半头猪,是个大行业。第二个,发现这个行业,银行的金融力度支持很不够,你别看生猪养殖,它的资产,包括猪圈的建造、包括设备的投入,都是一个重资产投入行业,虽然这个回报周期比较长,但它相对来讲还是会比较稳定一些。所以我们把生猪养殖行业或者现代农牧这块,也定位为我们一个战略性板块业务。我们整体三农(业务),已经占到浙银金租的资产总体 15% 以上。]

小片 2:浙银金租从 2016 年开始扎根生猪养殖产业链,累计投放超过 138 亿元,服务农牧客户超过 150 家,农牧团队跑遍了全国大大小小生猪养殖企业,这也让他们成为金融行业里的"养猪专家"。看见浙银金租在涉农业务上做得有声有色,许多金融机构纷纷来访学习,但是最终受限于这些机构决策者对农业的认知和体制机制的约束,最终能真正进入农业的金融机构还是少数。

(同期 浙银金租董事长 汪国平:现在我们生猪养殖做得比较好,其他租赁公司来学习的也不少,但实事求是讲,这块真正做的也不多,因为要求各方面还是不一样的,刚才我讲整体专业化要求还是比较高的。第二个就是说,这块行业很多人一开始从风控的角度,或者从行业的角度,不太会特别看好这个行业。)

(同期 浙江乡村振兴基金负责人 金琼琼:我们基金属于政策性支持,我们基金有投资期限,目前按照政策目标完成的话,是 4 年内让利退出。像农业的一些资产,其实它没有办法做社会化的融资。导致很多资本投进去以后,没有很好的一个退出渠道,所以导致了对于"三农"产业的支持,没有长远、持续做支持,银行、投资基金其实对农业这一块,还是有所顾虑的。)

(同期 邓国胜:对一些到农村的金融资本,可以给它一些更宽松的环境,比如利息的优惠,只有这样,它才会有动力,即使哪怕是国有银行,它现在也是要绩效考核的,所以它还是要以盈利为主要的目的的。另外一个,除了政策层面的优惠以外,比如说怎么去培育农村的这种信用体系建设,怎么去降低信用的违约成本,提高信用度,这个也是长期的,就是怎么去构建一个有诚信体系的乡土中国。)

出镜 4：正当大家对包括生猪产业在内的众多涉农投资存在观望态度的时候，2019 年中国遭遇了严重的非洲猪瘟，猪肉供给大幅减少，浙江省农业农村厅提出了 3 年增产保供要求，全省新批新建 100 多个现代化养殖场项目，但是问题又来了，谁来出钱建设？就在这时，浙银金租创新提出了"投租联动"金融方案，解决了诸多项目从 0 到 1 的问题。

小片 3：所谓"投租联动"，即先由股权基金同企业一起出资本金建设养殖场，建成验收后，由浙银金租通过售后回租向企业放款，为企业提供持续流动资金支持，在这个过程中种浙银金租全程对项目及资产进行跟踪管理。其实是浙银金租为了打消投资基金对涉农投资风控和退出顾虑的一种风险共担模式。

（同期　浙江乡村振兴基金负责人　金琼琼：由基金出资，先跟企业方合作，先建设相应的养殖场，先建设相应的生产线，建成以后，由租赁这边根据建成的资产再进行一个融资，保障我们项目后续经营现金流的充沛，也是为基金的退出提供了相应的支持。）

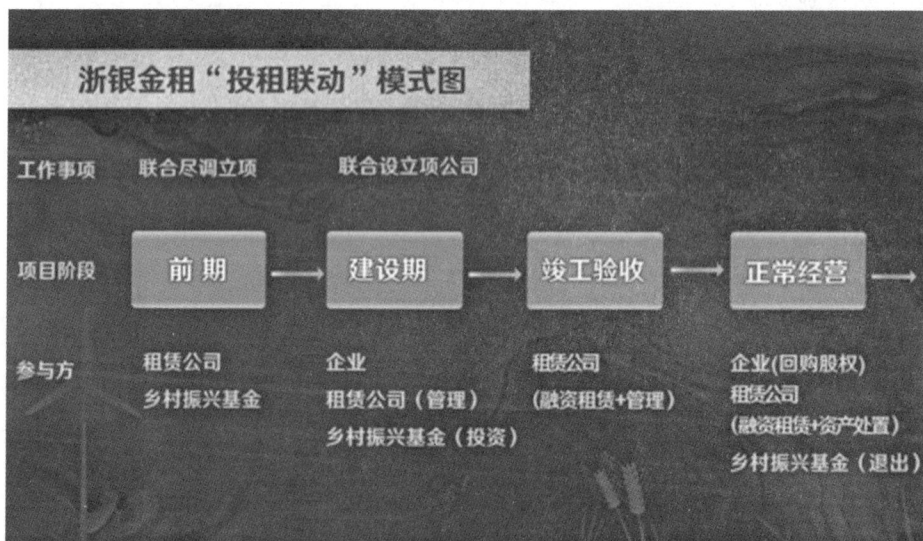

浙银金租"投租联动"模式图

工作事项	联合尽调立项	联合设立项公司		
项目阶段	前期 →	建设期 →	竣工验收 →	正常经营 →
参与方	租赁公司 乡村振兴基金	企业 租赁公司（管理） 乡村振兴基金（投资）	租赁公司 （融资租赁+管理）	企业（回购股权） 租赁公司 （融资租赁+资产处置） 乡村振兴基金（退出）

（同期　浙银金租农牧部负责人　邱翔：企业刚刚新建的时候需要资本金，那我们通过投租联动，然后到了项目的建设期，他需要采购设备的时候，我们可以通过一些厂商供应链的产品去解决。到了企业需要引母猪的阶段，那我们可以通过种猪租赁去解决种猪需要的资金问题。到了运营阶段，我们可以通过我们的售后回租及我们的分层租赁等去解决他的流动资金的问题。）

（同期　青莲食品副总裁　方昉：产业基金给予我们很大的支持，再加上部分的融资租赁，这样结合起来，我们的养殖场，我们在养殖端扩产能才得以顺利进行。）

（同期　浙江乡村振兴基金负责人　金琼琼：这一次的投租联动是打破了原来整个租赁的惯例，它通过对于后续形成的资产提前做了一个授信和审批。在整个租赁物还没有形成之前，浙银金租就进入到整个投租联动的环节中，他们也是创新地做出了一个远期租赁这样的方式，更早地介入到生猪养殖建设的环节中，他可以监督整个养殖场建设的过程，他对养殖场的情况会更加了解，更加有利于他们对后续业务的风险。）

小片 4："投租联动"这一金融创新模式的提出，为诸多新建农业设施项目融资提供了新的思路，但浙银金租这种类似"风险共担"的金融创新，创新底气又来自哪里？

（同期　浙银金租农牧部负责人　邱翔：经过了 6 年多，确实在这个行业里面，我们把生猪养殖的前 50 强客户基本上已经覆盖了，包括很多的地区龙头企业。我们会拿养殖场的完整的这个养殖场的资产，包括它的构筑物加设备都作为我的租赁物，这个也是我们控制风险的手段，然后包括项目公司的股权我们也质押。将来如果出现风险的话，我们也会帮助企业去一起做项目公司的股权的转让，或者说是租赁。）

（同期　浙银金租董事长　汪国平：租赁的整个行业做的可能比较小众，但事实上在乡村振兴类别上还是可以发挥比较大的作用。通过生猪养殖，我们不断地向上下游进行延伸，像饲料养殖、食品加工，或者冷链物流，慢慢地延伸，这部分做成熟了之后，我们现在又向奶牛产业链、养殖产业链、设施种植方面来再不断地进行细分行业的拓展。）

（同期　邓国胜：我们现在不仅农村的金融主体少，主要还是靠政府的信用社，一方面是我们这个主体不是那么多元；另一方面，适合农村生产、发展、生活的一些金融产品本身也是比较单一的，也还是需要不断丰富，要创新各种金融的产品，更好地去满足乡村生产生活的这种需要。我们也要遵守商业的逻辑，在这个过程之中，你也要避免过多的行政干预，如果资本下乡不能盈利，而是这个指定、那个要求，过度地行政化的干预，使得他投资得不到很好的回报，他就没有动力持续投入。）

出镜 5："投租联动"这一模式，在涉农投资中的成功落地，让我们看见了符合商业逻辑的金融创新，也可以在乡村振兴中大有作为，浙银金租通过自身在农业领域的专业性，努力链接更多的金融主体参与到乡村产业投资和建设中，这是这个案例最值得关注的地方。

2023 年度上海广播电视奖
参评作品推荐表

作品标题	告别城中村	参评项目	专门类
		体　裁	重大主题报道
		语　种	中　文
作　者（主创人员）	陈慧莹、戴晶磊、屠佳运、师玉诚、夏祺、顾克军、刘桂强、陶余鑫	编　辑	瞿轶羿、虞之青、王岑峰
刊播单位	上海广播电视台	刊播日期	2023 年 1 月 22 日 19 点 02 分 2023 年 1 月 23 日 19 点 02 分 2023 年 1 月 24 日 19 点 02 分
刊播版面（名称和版次）	新闻综合频道《新闻透视》	作品字数（时长）	

采编过程（作品简介）

　　实施城市更新行动,是贯彻党的二十大精神、加快转变超大城市发展方式的重要举措。上海将推进"两旧一村"改造,定为继全面消灭成片二级以下旧里之后最为重大的民生工程之一,既解决今天的问题,又为明天的发展腾出空间。2022 年上半年的上海疫情中,浦东北蔡的多个城中村成了感染的风暴中心,人口密度高、居住环境差,基层治理困难重重,人们希望改善住房条件的呼声很高。党的二十大报告中提出,要增进民生福祉,提高人民生活品质,全面推进"两旧一村"改造也被写入了上海市政府工作报告中。

　　2022 年下半年,浦东史上占地规模最大的城中村改造项目、北蔡楔形绿地城中村土地储备项目迅速启动,记者也在第一时间展开蹲点记录。和国有土地上的房屋征收相比,城中村征地房屋补偿更为复杂,既要靠"内查外调"收集围绕"一张产证"的所有产权户籍信息;也要引入一套

采编过程 （作品简介）	套复杂的"算法"来确保"底账弄清楚、算法有温度"；还要正视城中村历史遗留的种种因素，为少数特殊群体打开解决问题的通道。浦东要如何完成这一大体量、高难度的民生改造项目？ 　　从 2022 年 8 月到 2023 年 1 月，这一项目最后以 99.8％高比例完成签约，创下单个征收项目"浦东速度"的纪录。这和大家不计得失的付出、征收工作的细致、不怕麻烦的探索，密不可分。 　　而在这近半年时间，采访小组和征收小组一起，历经台风、酷暑、寒潮、感染；守候黄昏、深夜、公示、票选；记录争吵、走访、吐槽、协调，一环环、一步步，用电视镜头扎扎实实记录，最后从"速度""算法""疑难杂症"三个维度，既体现为尽快改善百姓住房条件的全力以赴；又展现先行先试探索、为特殊家庭破解"超纲题"，尽最大努力保障公平的温度。
社会效果	这一系列报道将半年的蹲点记录制作成 3 集系列片，在春节期间的电视黄金时段、新媒体平台同步呈现，引起广泛关注，后台观众纷纷为城中村改造背后的探索付出、直面历史遗留问题的勇气点赞。

告别城中村

一、来之不易的加速度

春节前一周,浦东新区北蔡镇中界、南新等 1 000 多户村民,开开心心地为自己选好了未来的新家,开始憧憬告别城中村的新生活;北蔡楔形绿地城中村改造项目,也完成了 99.8% 的签约率。这个浦东有史以来占地规模最大的城中村改造项目,是如何以最短的时间、最快的速度,跑完法定流程的? 跟随镜头,一起回顾一下村里村外共同冲刺的 5 个月。

(村民手举号牌对着镜头:发发发,要发要发,六六大顺)

经过 4 个多月的征收冲刺,基地里迎来了人最多的一天。北蔡镇楔形绿地"城中村"改造项目,正式启动选房签约工作。

(吴阿姨　浦东新区北蔡镇楔形绿地"城中村"改造项目　被征收村民:我们家 100 岁的老人可以住新房,对不对,100 岁老人开心呀!)

此次改造共涉及北蔡 12 个地块、4 个村、1415 户村民。其中,涉及 8 个地块、近 900 户的中界村,是大头。

(黄明杰　浦东新区北蔡镇中界村　原党总支书记:周边一直在动迁,他们心里面一直盼望这个地块早点动迁,特别是这次疫情之后。)

2022 年 4 月，北蔡陷入疫情"风暴眼"，最高峰时，日增 2637 例阳性感染者，包括中界村在内的多个"城中村"，村村"沦陷"。

没有独立卫生设施、外来人口严重倒挂……回首那两个月，中界村党总支书记苏建平只记得"苦"。

（实况：这里全部出租掉的，都是一间间小房子。）

[苏建平　浦东新区北蔡镇中界村　党总支书记：没有卫生设备的全部发马桶，安排专人每天来收集，那时候我们整个村发掉了 4 700 个（马桶），真的是哭都哭得出来，我那时候瘦了大概有 15 斤，最起码 15 斤。]

挺过去后，村民们改变居住环境的意愿越发强烈。

[黄松奇　浦东新区北蔡镇楔形绿地"城中村"改造项目　被征收村民：加速加快，把房子（安置房）造好，把我们请进新居。]

民有所呼，改造，势在必行。常规来说，走完一个"城中村"改造项目需要历经十余道法定程序，7 个公示期，通常来说，一个 150 产的中型基地，从要启动到签约，至少需要 6 个月时间，而这一次，北蔡要挑战的是"不可能完成的任务"，用同样的时间，做完六倍于 150 产的大型基地。

（尚怿　浦东新区北蔡镇　镇长：修修补补不能完全改变老百姓的居住环境，所以我们下定决心，在最短的时间、以最快的速度，能够启动这个项目。）

要提速，就要变串联为并联。张贴征地预公告、票选评估机构，该走的流程步步推进。与此同时，工作量最大的"内查外调"也同步铺开：围绕"一张产证"的所有产权户籍信息，都要收集放入一个件袋，一个件袋就是一户人家数十年家庭史。

（施峰　浦东新区第五房屋征收事务所　项目经理：像产证的话，我们现在已经是去了三个地方了——北蔡镇政府、北蔡的城建中心，还有我们浦东新区档案馆，接下来要收集户籍轨迹材料的话，那就天南地北了，整个上海市都要跑。）

前方一个件袋收集完毕,基地大后方,由城建中心工作人员组成的面积人口认定"初审小分队",立马跟进。

〔一堆审核实况:这个外地人是 2010 年 3 月和这个人结婚的,两个人都认(安置人口)吗? 再婚满三年,必须要认的。〕

(实况采访 顾娇娇 浦东新区北蔡镇城建中心 工作人员:以前的话,大部分都是我们认定好之后,我们人口面积小组认定好,然后交到审计这边统一进行认定,现在不是,现在是我们好了一批交一批、好了一批交一批,等于是大家都是同步在做。)

指挥部内还每周雷打不动,城建、事务所、村委会现场联合办公,共同解决疑难问题。

(讨论实况一点:三口人当时 1993 年是农民还是居民,予以认可的话怎么认? 不认可的话是什么理由。)

经过反复推敲、核查,一个个完成认定的件袋被送入审计室。

(张菁 浦东新区北蔡镇楔形绿地"城中村"改造项目 审计人员:标注了黄色的我们基本已经看过,没什么大问题的,如果标了红色的,就说明我们还是觉得有点缺资料。这个和居民利益密切相关的,不能掉以轻心。)

(魏任泳 北蔡城建事务管理中心主任:第一,要确保他们的合法的利益不受损;第二,面上的政策不能破。)

1 月 5 日,签约正式启动,但中界村仍有 15 户村民还未下定决心。

(实况:反正就是一家家攻克)
(实况:老周,开门)
(实况:这户也不在家)

中界村村支书苏建平,依然没有放弃。

（苏建平　浦东新区北蔡镇中界村　党总支书记：争取到 1 月 16 日，做到 100％。）

不负努力，17 日晚上 12 点，北蔡楔形绿地"城中村"改造项目签约收官，最终的整体签约率定格在 99.8％，"中界村"更是实现了"百分百"的目标。

（苏建平　浦东新区北蔡镇中界村　党总支书记：苦尽甘来了，疫情期间说实在话酸甜苦辣我只感觉到苦，那么到现在我们签约全部签掉结束了，达到 100％了，我真的现在感到甜了，跟这个蛋糕一样甜、一样香。）

城中村改造关乎百姓切身利益，面对如此体量规模的改造，如何做到快中有细、兼顾公平？

二、算法的温度

为了尽快改善村民居住环境，北蔡楔形绿地"城中村"改造，用 5 个月时间完成启动到签约，创造了单个征收项目"浦东速度"的纪录。集体土地征收的补偿标准，既看土地证等"砖头"，同时还要考量一张产证下的"人口面积"，一个人到底可否被认定为可安置人口？安置房源这块"蛋糕"又该如何切分？"城中村"改造流程中，涉及到一套套复杂的"算法"。

（报号：68 号，91 号，4 号）

北蔡楔形绿地"城中村"改造项目基地的 2023 年，从 12 场摇号会开始。项目的安置房源，基本确定在北蔡区域，涉及 7 个期房地块、7 个现房小区。村民依次上台抽签，乒乓球上的数字，决定着正式签约当日，选房的先后顺序。

（南新抽到一号居民：1 号、1 号）

（浦东新区北蔡镇楔形绿地"城中村"改造项目　被征收村民：手气蛮好的）
（浦东新区北蔡镇楔形绿地"城中村"改造项目　被征收村民：岁数大的人最好有一套现房，你说是吗？）

征收工作组委托第三方技术公司,专门开发了一套模拟选房程序。3 929套、面积 31 万方,将 12 个地块被征收村民"拟安置面积"导入后,首轮模拟初步做出了一块"大蛋糕",随后还要再推算每产最优的配房清单,来确保这块蛋糕能最大限度地分得公平。

[实况:调拨的房源是有好差楼层的,如果是一套的话,所有都能选,两套的话,一套指定(楼层)其他再非指定。]

家庭结构、选房顺序、货币补偿比例等,各种参数,被一一导入系统,进行二轮模拟,和第一轮相比,这一轮,会考虑更多"人"的因素。

(尹一珉 浦东新区房屋征收中心 前期事务科科长:最大限度地考虑到各类居民家庭户的各种选房需求,能够让高龄老人、行动不便的一些居民,能够提前进入到我们的安置房源当中去居住。)

而具体到每个产证背后的补偿总面积,还要涉及到另一套算法。

(导航实况:准备出发,全程 20 公里。)

朝九晚九,满上海跑,经办员沈恩庭这天计划调查 3 户人家的户籍迁移轨迹。他需要尽一切办法,用证据说话。

(开车实况采访 沈恩庭 浦东新区第四房屋征收事务所 工作人员:今天先要去他的老宅,去调下当初的配房单,里面是否有居民的姓名在里面。从报出生开始一路查,查到何时何地迁往中界村。说实话,我心里也是挺没底的。)

相较国有土地上的房屋征收,城中村征地房屋补偿更为复杂,因为村民享有在宅基地上建房的权利,不仅需要考量土地证等这些"砖头",还要看一张产证下的可安置人口。根据规定,如果享受过旧改征收或福利分房的,就不认定为可安置人口。因此要搞清楚户口本上的每个人,到底符不符合补偿标准? 于是,内查外调,开始了。

(物业实况:你要找老房子资料? 对,我要找。这哪里去找?)

第一个点位就卡住了，这户人家户口上曾出现过的北京西路地址，早在 20 世纪 90 年代动迁后便改造为了托儿所。

［开车实况：变成幼儿园（托儿所）之前是什么情况，我们现在就去黄浦一所探究一下。］

然而，这家事务所也并未操刀这个地址 30 年前的动迁。

［黄浦第一房屋征收事务所实况：（这是 20 世纪）90 年代的项目，老卢湾还没有并进黄浦区。你这个最好去问二所。］

时代久远，每一步考证都困难重重，一个上午跑下来，只有一个户口有点眉目。

（离开事务所边走变实况采访　沈恩庭　浦东新区第四房屋征收事务所工作人员：虽然没有直接调到资料那么方便，但起码也算是一个好的开始，也算是稍微有一点头绪了。）

小沈所在的工作小组，两人负责 5 个地块的 58 个件袋，几乎每个件袋里，都存在户口外迁情况。走访、询问是常态。

（询问实况一点：兄弟，你知道物业在哪里吗?）

有时难免会吃闭门羹。

（你证件拿出来。这东西没用的，这东西我有一卡车。）

还好总有满载而归之时。

（查到老资料实况：证明这房子跟我需要调查的人没有关系，这是我 58 户里的最后一户外调资料。）

整整 3 个月，这个 28 岁的小伙儿，完全没有了双休日，仅仅因为举办婚礼，请过一天假。为的就是认定表上的每一个记号，都要清清楚楚，让村民信服。

（实况采访 沈恩庭 浦东新区第四房屋征收事务所 工作人员：其实在我们人口认定表上只是简简单单一个"勾"或者"叉"，但其实这个"勾"里面代表着他从出生到现在所有的轨迹，都是一条条需要我们去探寻出来的。其实我们把这件衣服脱下来的那一刻我们也是居民，是没有任何区别的。）

12 月 15 日晚 10 点，北蔡镇楔形绿地"城中村"改造项目二的补偿面积公示单，终于张贴公示，墙上的每个数字，几乎都是经办人员一步一步"跑"出来的。而紧接着，等待"沈恩庭们"的，又将是新的挑战。

（徐文杰 浦东新区第四房屋征收事务所 工作人员：现在就是心情特别紧张，因为明天大规模居民就会来到我们的基地，跟我们反映各种各样的问题，但是我们已经做好了充足准备。做了一切努力，为最后的终点冲刺。）

底账弄清楚、算法有温度，才能最大限度地保障更多人的利益。在 5 个月的记录中，我们发现城中村中还有一些比较特殊的群体，他们因不可抗拒的历史遗留问题，在计算可安置面积时明显吃亏。回避问题还是迎难而上？

三、破解超纲题

在北蔡楔形绿地"城中村"改造中，有两个最牵扯人心的特殊群体——易地新建人家、高压线下人家，因历史遗留的种种因素，这些家庭在补偿计算中显而易见地吃了"哑巴亏"，是套用面上政策"一刀切"，还是迎难而上，为这少数人打开一个解决问题的通道呢？

（实况：所有资料一起给我，从今以后不谈了，我不拆了，我拿走。）

蔡阿姨夫妇与工作人员的碰面，又一次不欢而散。

（蔡阿姨的丈夫走出办公室实况：你们别和我谈了，人头人头要克扣我，平方平方又克扣我）

去年 9 月，蔡阿姨家所在的北蔡城中村——南新村赵家库，贴出了第一次补偿调查结果。征收口径还未明朗，可盯着家门口的这张公示，蔡阿姨越算越觉得

"亏了"。

［实况：户口不过来没（安置补偿）的吗？没有的。］

蔡阿姨家在 1987 年立基,之后左右两侧陆续架起高压铁塔,又在房子头顶上拉起了电缆,此后,这栋产证上 208 平方米的二层小楼便停止"生长",即便日后子孙出生,也没法批建加层。

［蔡芳　浦东新区北蔡镇楔形绿地"城中村"改造项目　被征收村民：（当初)说高压线有影响的,不能加层,当初他们也讲过的,可以把平方补给我们,现在平方问题不知道怎么解决。］

而像蔡芳这样的"高压线下人家",并非"个案",大家担忧的是,那些早年因头顶电缆而应建未建的"平方",是否真会就此落了空？

（浦东新区北蔡镇楔形绿地"城中村"改造项目　被征收村民：东面的村庄和西面的村庄在不在高压线下,差 100 多平方,那边三层楼,我们加层加不出,关键是缺平方。）

（浦东新区北蔡镇楔形绿地"城中村"改造项目　被征收村民：我们是先有房子再有高压线,我们这块要补的,要补偿给我们的。）

《公示》的上墙,还搅乱了另一波人的心绪,黑字白纸上,他们的建房批文、建筑面积等信息空空如也,取而代之的只有四个字：易地建房。

（实况　黄金坤　浦东新区北蔡镇楔形绿地"城中村"改造项目　被征收村民：这是老的产证,不是现在房子的产证？不是,唯一的一本产证,新的土地证没做出来。）

村民黄金坤家里收着的"红本本",还是老房子的房产证,登记面积 191 平方米；1994 年,为配合市政工程建设,黄金坤一家在距离老房几百米的地方,重新拿地新建房子,面积超过 380 平方米,但因已过 1991 年确权期,新建房至今未办房产证。

（魏任泳　浦东新区北蔡镇城建中心　主任：早期的动迁不像今天,有非常严密的逻辑关系。当时条件是有限的,所以老百姓也没有及时拿到安置房。当时是另外找了一块地让他们造房子,又没有留下什么有效的文字记录。)

雪上加霜的是,老房子在 1981 年立基时,黄金坤正在甘肃支内,因其户口不在沪,没有作为立基人,意味着,即便按"人头"计算,也少了一个人的面积。

(黄金坤 浦东新区北蔡镇楔形绿地"城中村"改造项目 被征收村民:这个房子是"黑户",等于我自己也是"黑户"。这个人不存在,想不通,我一整个晚上没睡,也睡不着。)

面对历史遗留,不能让老百姓吃了哑巴亏,必须迎难而上,解决这道"超纲题"。

(讨论实况:易地新建时户籍在册且符合建房政策的人员应该确定为立基人。好事一定要做好。)

2022 年 12 月 15 日,在反复调研、商讨的基础上,北蔡镇党委会最终通过了高压线下建房、易地新建等特殊情形人口面积认定口径。

(实况采访 黄英 浦东新区第四房屋征收事务所 工作人员:黄金坤这个户籍是 1993 年 4 月 19 日就从甘肃过来了,说明什么呢? 说明 1994 年易地新建的时候,他户口已经在中界村了。)

易地新建时户籍在册,按照新增的认定口径,黄金坤脱离了"黑户"身份,重新进行人口面积认定后,他们家的应补偿面积,从 225 平方米增至 280 平方米。

[实况 黄英 浦东新区第四房屋征收事务所 工作人员:55 个(平方米)乘以 63 800 块(安置房单价),(多出)350 万元,350 万元啊!]

而按照"以高压线项目设立时户籍在册且符合建房政策的人员为立基人"的最新口径,高压线下的蔡阿姨家,也"救"回了应得的人员面积。

[经办人跟蔡阿姨讲解选房方案实况 傅宏伟 浦东新区第五房屋征收事务所 工作人员:你就拿 4 套(安置房),以后你儿子还可以用来置换,小房型

好卖。]

31 岁的儿子因其出生早于高压线架设年份，此次改造中，被增补为"立基人"。再按照"往下照顾一代"的原则，蔡阿姨的孙子也可以作为安置人口，最后算下来，统共可补回 60 平方米的"人头面积"。四代同堂的家庭，有了更大的选房余地。

1 月 11 日，南新村赵家库正式启动签约，蔡阿姨一家将两套中户型、两套小户型"收入囊中"。

（赵德平　蔡芳丈夫：我们家一共四代人，一代人住一套房，总归稍许改善了。）

（选房实况一点：1602 室对吗？对的，就选这个。）

抽签顺位靠后的黄金坤也早早到达基地，最终选择了 3 套期房。

（黄金坤　浦东新区北蔡镇楔形绿地"城中村"改造项目　被征收村民：3 年以后我搬到新房子去了。原来"黑户"现在不是"黑户"了，这个房产属于我自己的了，我心里非常满意，谢谢。）

（女儿给拿着土地证的黄金坤合影实况：再见了，再见了，我的老家。）

告别"黑户"、告别"高压线"、北蔡 1 415 户老百姓的新生活，将从走出城中村的那一天，正式开启。

这是北蔡这几个城中村里的 1 400 多户村民，在老房子里度过的最后一个春节了，很快，他们就将陆续搬入新家，融入城市化的进程中。而对浦东新区来说，这一项目的完成来之不易，却也以领先一步的探索，为全市新一轮城中村改造累积了新的经验：怎样用规则保障公平？如何平衡好制度刚性与治理柔性的关系？在推动民生改善的桩桩件件中，上海，一直在前行中进步、在进步中成长。

		参评项目	专门类
作品标题	"莫德纳速度"背后的 上海营商环境	体　裁	典型报道
		语　种	中　文
作　者	集　体	编　辑	集　体
刊播单位	上海广播电视台	刊播日期	12 月 15 日至 12 月 19 日
刊播版面 （名称和版次）	《快看上海》视频号 新闻综合频道 《新闻夜线》 《新闻报道》	作品字数 （时长）	3 分 22 秒
采编过程 （作品简介）	\

从战略签约到拿地开工，耗时仅 3 个多月的"莫德纳速度"，超越"特斯拉速度"，刷新上海重点项目落地纪录。12 月 18 日，上海十二届市委四次全会召开。当晚的《新闻夜线》采用生动的现场探访报道，并主动联系、连线莘庄工业区招商引资部部长谢婷妍，请她介绍"莫德纳速度"背后的创新工作机制并总结经验，强化典型案例的引领示范作用。

值得一提的是，节目中引用的现场探访报道《你知道为了引进这些企业，这群人有多拼吗》由上海广播电视台新媒体视频号《快看上海》在 12 月 15 日首发，为全市最早关注并报道该项目的视频媒体。记者在"莫德纳"落户的闵行莘庄工业区，采访了全程跟进该项目的专班工作人员及施工方，不仅呈现了如火如荼的施工现场，还发掘了项目落地前鲜为人知的故事，展现了专班工作人员剑及履及、只争朝夕的工作状态。

而在市委全会召开次日，为进一步宣传报道好"莫德纳速度"背后的好经验、好做法，上海广播电视台在本地频道主新闻《新闻报道》栏目及时推出主题报道，聚焦从围墙修建到"零时差办公"，再到"2 小时推进，4 小时落实工作机制"，进一步呈现抢时间、拼速度、抓落实的工作细节，紧紧扣住了"速度背后是上海不断优化的营商环境"这一鲜明主题。

社会效果	《快看上海》视频号的现场报道与《新闻夜线》的连线报道，先小屏再大屏相继推出、相辅相成，既在第一时间以生动现场，直观呈现了"莫德纳速度"火热推进的场景，又通过深入采访生动展现专班工作人员的精气神，和速度背后上海不断优化营商环境、加快打造改革开放新高地的坚定决心和强劲内驱力。《新闻报道》紧随其后推出主题报道，与短视频和连线访谈相互呼应，不仅形成大小屏有效联动、层次递进的系列报道，更进一步放大了"莫德纳"案例的启示和效应，让市委全会相关精神得以生动传达、有效落地。系列报道获得了上海市委宣传部和中宣部的表扬。

"莫德纳速度"背后的上海营商环境

主持人王兆阳：莫德纳项目落地速度刷新了上海纪录，在这背后还有哪些故事？下面，我们连线莘庄工业区招商引资部部长谢婷妍，谢部长，你好。我们前面提到了莫德纳落户上海从战略签约到拿地开工，只用了 3 个月的时间，咱们的工作专班具体在这其中做了哪些工作呢？

莘庄工业区招商引资部部长谢婷妍：首先，我们实行了及时对接，"2 小时内回复＋4 小时内落实"的工作机制。我们工业区从用户视角出发，特别派了一名专员来对接全部的诉求。这名同志因为有留学的经历，英文很好，所以他就负责一口受理所有的诉求，然后流转到相关部门。当然他不是一个人在战斗，他背后有一整个团队。对于工业区层面能够回复的问题，我们基本上都是在两个小时之内进行回复。对于需要咨询市区两级审批部门才能回复的问题，我们会在工作群内直接@他们。那么，在他们的及时响应及支持下，基本上我们都能够在 4 小时内落实。

其次，我们创建了一个叫作"辅导＋预审＋审批"的方案征询工作机制。专班在方案征询前，先后两次召集了方案预审会，区级审批部门提前介入辅导，同时需要咨询市级部门审批的事项，我们进行事先沟通，在方案提交之前把矛盾和问题都解决，为后续争取更多的时间。

主持人王兆阳：确实，听了您介绍，感觉响应是非常及时。那么，在推进项目的过程中，有没有遇到过什么样的瓶颈，咱们又是怎么去解决的？

莘庄工业区招商引资部部长谢婷妍：我记得在土地合同签订的关头，为了能够在 24 小时内签订土地合同，上传、办理土地规划许可证，工业区规土所与区规资局一起抢抓时间，实施"临时差办公"，通过总代理和项目方一次次的沟通确认，最终我们在当天晚上 12 点的时候，成功获得了美国总部的授权，完成了合同的签订。

主持人王兆阳：这次莫德纳项目成功推进落实，给之后的工作有没有带来一些启示？未来，我们还将会如何持续打造优化营商环境的品牌呢？

莘庄工业区招商引资部部长谢婷妍：莫德纳项目成功推进的背后，其实为我们今后如何服务保障重点产业项目，做到跨前一步、主动服务，提供了很好的样板。这个项目的落地，不仅是成功引进了一个重大产业项目，更是引进了一个产业生态圈。所以对工业区而言，我们是位于闵行地理位置的中部，在空间规划上，我们已经腾挪出了将近千亩的土地和将近 20 万平方米的楼宇厂房资源，用于承载产业上下游的企业。同时，我们还计划设立核酸药物的产业联盟，通过集聚一批有发展潜力的创新型企业，来打造一个创新联合体。未来，我们还将联动"大零号湾"的环高校科创资源，加强人才和技术的合作，从而更好地赋能产业链的发展。

主持人王兆阳：好的，非常感谢谢部长为我们带来的分享。这里是正在直播的《新闻夜线》，广告之后新闻继续。

2023 年度上海广播电视奖
参评作品推荐表

作品标题	一根保险丝的长三角之旅		参评项目	专门类
			体　裁	典型报道
			语　种	中文
作　者 （主创人员）	张平、杨晶、缪文犀、 万应、杨帆、虞钧栋	编　辑	房海萍、倪臻淏、李莉	
刊播单位	东方财经·浦东频道	刊播日期	2023 年 5 月 20 日 19:30	
刊播版面 （名称和版次）	《聚焦自贸区》	作品字数 （时长）	7 分 55 秒	
采编过程 （作品简介）	本作品通过发掘浦东新区 3C 免办"便捷通道"立法项目创新试点，抓住制度引领这一环节，以小见大，通过一个保险丝的进口通关实例，反映了上海在改善营商环境中做出了怎样努力的新闻专题报道。3C 认证，即中国强制性产品认证制度（China Compulsory Certification），是其他国家产品进入中国市场必须经过的认证程序，这一流程耗时较长，对部分追求时效性的企业而言，无疑会对生产效率造成一定影响。3C 免办"便捷通道"就是在这一困境下，在长三角一体化大背景下进行的制度探索。为什么要实行 3C 免办、3C 免办的"便捷通道"又为何亟须出现？从创新试点到立法保障的意义在哪里？本片表现出这一堵点问题的产生、解决过程，充分阐述了制度创新的巨大影响力和生命力，从而表现出上海以制度创新为核心的发展策略，对于推动经济持续健康发展的重要性。 　　节目以实录方式，通过在保险丝的包装盒上安装一台运动便携摄像机，实时跟踪记录这根保险丝如何一路从机场卸货、搬运扫码货架安放、快速通关、通过 3C 免办"便捷通道"、途中运输、10 小时就到达长三角一台集成电路机台的全过程。生动展现 3C 免办"便捷通道"这个创新需求是如何产生，而又如何被主管部门所获知，从试点、推广，到积极推动立法的。同时，记者走访了企业用户、链长企业、行业协会、浦东相关管理部门，调研拜访上海市人大立法机关等多个层面，一方面展现企业需要制度			

采编过程 （作品简介）	创新的迫切需求，一方面展现管理部门如何回应企业所呼，积极推动制度创新试点落地。报道把制度创新落实到观众都能理解的"一根保险丝"的方法，用时间线、动画等多种特效方式诠释工业生产领域的信息，专业严谨规范、内容深入浅出，形成诠释制度创新的独特报道风格。 　　上海在打造社会主义现代化建设引领区的过程中，制度引领是非常重要的一环。而如何通俗易懂地让普通观众理解这种引领作用，则需要寻找生动的案例、具象化这个内容。本片在采编过程中，发掘了浦东新区的 3C 免办"便捷通道"立法项目创新试点这一抓手。本片充分表现了由于 3C 免办"便捷通道"的实施，有效地节约进出口企业在认证和通关过程中所需的时间成本与费用成本，提高企业的运营效率和市场竞争力。同时，充分体现了相关政府部门在推动跨境贸易便利化改革，优化营商环境，增强企业获得感方面的积极努力。	
社会效果	本作品是电视媒体中首家聚焦该政策的专题片，通过一根保险丝进口通关，生动地展现了上海作为社会主义现代化引领区，为打造优质营商环境所做出的制度贡献。作品构思精巧，以小见大，社会反响良好。获得国家市场监督管理总局和上海市人大相关领导好评，上海集成电路协会、浦东区委宣传部、浦东新区工商联也给予本片高度评价。 　　本片在《第一财经》App 及频道新媒体平台"浦东 time"同步推出，被央广网等其他媒体转发，不完全统计显示，全网点击量突破 300 万。自试点以来，浦东共发放 3C 免办证明 6.5 万余张，约占全国的 1/3，让进口集成电路零部件到货时间平均缩短了两天，加快了"中国芯"的发展。在节目播出后不久，2023 年 6 月，浦东新区在全国率先探索的 3C 免办"便捷通道"创新试点上升为地方性法规。通过引领区的立法制度性安排，进一步固化了改革试点成效，填补了国内相关配套政策空白。这既是又一个引领区立法落地的最新的案例，也是上海作为引领区积极改善营商环境提高企业生产效率的积极举措。以 3C 免办"便捷通道"创新试点为焦点，上海浦东再次成为现代化建设引领区的典范，由此带来的长三角"五市一区"试点 3C 免办互认，加速了长三角一体化进程。	

一根保险丝的长三角之旅

简介：2023 年 6 月，上海浦东新区在全国率先探索的 3C 免办"便捷通道"创新试点上升为地方性法规。本片以一根保险丝在长三角地区的通关、快速通过 3C 免办"快捷通道"认证、物流递送，及时到位的故事为例，全面展示了 3C 免办"便捷通道"的需求背景、试点过程及落地效果。本片在立法试点时进行了深入采访，在政策落地前就策划播出该报道，充分展现了上海相关部门是如何为生物医药、智能制造等领域的企业，营造更为优质的营商环境而进行的多方努力。由此，以 3C 免办"便捷通道"创新试点为焦点，上海浦东再次成为现代化建设引领区的典范，还促进了长三角"五市一区"的 3C 免办互认，加速了区域一体化进程。

【打字机音效　字幕】：2023 年 4 月 13 日凌晨 4 点，一批集成电路元器件卸货、理货、报关。
供应链卡车在路上行驶，仓库门打开，保管员将货物入库，理货员用扫码枪对保险丝的二维码扫码。

【记者出镜】杨帆：这是集成电路生产当中的一根保险丝，别看它小，但是作用可不小，如果它不能够及时到位，可能整个生产线都会停产，那么如何给这根争分夺秒的保险丝再加上一个保险呢？来自浦东的 3C 免办制度创新给出了答案。

【配音】依据《强制性产品认证管理规定》，我国对涉及人身健康安全的产品依法实施强制性产品认证制度，简称 3C 认证制度。凡列入强制性产品认证目录内的产品必须获得认证标志后方能进口、出厂和销售，这个前置许可需要企业提供一系列材料去获得机构认证,3C 认证在给消费者带来安全保障的同时也影响了企业经营效率,2019 年 8 月,上海浦东新区市场监管局在全国范围内率先落地 3C 免办快捷通道政策。

【采访】上海浦东新区市场监管局质量处副处长　张海峰:3C 免办政策是符合国际惯例的一项特殊性的制度安排,也就是说对于国内特殊需要特殊的用途所开设的一套便利化的贸易举措,在 2019 年的 8 月,我们浦东率先创新性地,设立了 3C 免办"便捷通道"的政策。

【配音】重点行业特殊零件,安全风险低的、非消费类的可以免予 3C 认证,上海浦东新区的改革试点已经往前进了一大步,但是对于某些特殊行业在实践中出现了新的问题,比如记者手里这根保险丝的进口,不用 3C 认证,但是要申请免 3C 还需要时间,这家供应链企业的客服孙经理,曾经经历过这么一件事,两年前的一个周末,一个集成电路客户机台上的保险丝坏了,客户要求在 24 小时内零件要更换到位。

【采访】上海泓明客服高级经理　孙敏敏:我们这边恰巧是有库存,但是我们在出货前发现这个货物其实是需要申请 3C 免办的,这个时候如果按正常手续等到周一进行 3C 免办的话,会影响到客户用料的时效,我们和相关监管部门进行一个备案与沟通之后,也是非常好地处理了这一次的紧急出货任务,(未来)我们需要(相关部门)针对 3C 免办给出一个根本性的解决方案。

【配音】2021 年 8 月,上海市集成电路行业协会致函上海浦东新区市场监管局反映,部分集成电路企业申请 3C 免办时间较长,导致短时间内部分 3C 零部件无法进口,下游半导体企业设备无法得到及时维修。

【现场采访】
上海集成电路行业协会副秘书长　石建宾:函件里面,主要就是针对企业遇到的 3C 免办时效性的问题,提了一个建议。
记者杨帆:如果要走这个程序的话会非常复杂,有多复杂?
上海集成电路行业协会副秘书长石建宾:我这里正好有一票单子,如果你要想申请免 3C,那么你需要准备这么多材料。顺利的情况下应该是至少需要两周时间。
记者杨帆:需要两周时间?

上海集成电路行业协会副秘书长石建宾：对，但是企业等不起啊！我们集成电路企业是 7×24 小时，我是不可能停机的，但是缺了这个东西我可能就有停机的风险。

【记者出镜】杨帆：要申请 3C 免办就需要提供证明，证明这些零件没有外流，然而提供证明需要时间，企业和产业链都等不及，那么这样的矛盾怎么解决呢？

【配音】如果把它（市场监管局）对单个企业的监管转化成通过对链长的监管，是否就抓住了"牛鼻子"，通过精准监管，能否既保证了安全又提升了效率。作为集成电路产业链的链长，上海泓明供应链有限公司在新一轮改革中成为全国首个供应链 3C 免办"便捷通道"企业。

【现场采访】
上海泓明供应链执行董事　沈翙：每一个料号，它都有一个唯一码，所以它们从海外到国内市场到最终用户，它所有的这个系统都是数字化监管的。我们举个例子，一个小零部件，到了哪一个机台、到了哪一个工程师手上，然后我们就可以把这些数据、维修工单，实时地传递给市场监管局。
记者杨帆：要跟您验证一下，在早上 10 点的时候，我们已经拍摄到了一根保险丝，从浦东机场到了泓明供应链的仓库，那么这根保险丝什么时候能够到终端客户的手中？
上海泓明供应链执行董事　沈翙：大概是在 12 点 38 分的时候从我们普洛斯的保税仓出发，以我们的这个经验，几乎应该是在下午 4 点之前，可以交到我们最终用户的手上。整个流程都是我们数字化进行整体监管的。

【字幕】15 点 55 分，该零件已经到达杭州用户的工厂，上海浦东新区市场监管局在第二天就接收到该零件的送货单，并掌握该零件的实时位置。

【采访】上海浦东新区市场监管局质量处副处长　张海峰：通过数字化监管创新，我们推动国家市场监督管理总局，开放 3C 免办系统的数据接口，我们不再进行人工审核，在长三角地区实现了"一处认证，处处认可"的一体化的监管模式。

【配音】2023 年 3 月 17 日，国家市场监督管理总局已复函同意上海浦东新区,开展免予办理强制性产品认证制度创新,由浦东率先探索的 3C 免办"便捷通道"创新试点将上升为立法项目,特别管理措施草案已基本完成,目前正在公开征求意见,计划于 2023 年 6 月正式发布。

【采访】上海财经大学电商研究中心主任　劳帼龄:浦东新区作为一个引领区,它具有相应的立法权。可以说从创新试点当中,对一个重要产业(进行)支持。尤其是以我们的集成电路产业,包括我们还有生物医药等的推广,也就由我们的先行先试变成将来在法律制度保障下,我们的可复制、可推广。

【配音】在总结前期试点经验的基础上,上海浦东新区将加快复制推广集成电路供应链企业试点成效,除集成电路行业外,生物医药、航空航天等重点产业的供应链企业,也纳入 3C 免办申请通道,压缩重要零部件进口所需时间,营造更为优质的营商环境。

【字幕】上海浦东新区是全国 3C 免办业务最大的地区。截至 2023 年 2 月,浦东新区共发放免办证明 6.5 万余张,约占全国的三分之一,惠及企业 400 家。经过 3 年试点,"零等待"放行进口集成电路零部件 1.2 万批,总货值约 2.3 亿元。进口集成电路零部件平均时间缩短了两天。

2023 年度上海广播电视奖
参评作品推荐表

作品标题	上海书展门票全部线上购买,难住了谁?	参评项目	专门类
		体　裁	舆论监督
		语　种	中　文
作　者 (主创人员)	杨柳依、龚海韵、汪鑫、金狄、孙佳逊	编　辑	王卫
刊播单位	上海广播电视台融媒体中心	刊播日期	2023 年 8 月 17 日 19 时 02 分
刊播版面 (名称和版次)	新闻综合频道 《新闻透视》	作品字数 (时长)	4 分 30 秒
采编过程 (作品简介)	在书展正式开始前的一周,记者在书展的预热报道中,已经发现了此次书展和以往相比,在购票方式上有非常明显的调整,购票全部要通过线上途径,仅在一些书店内设置了由店员帮忙进行线上购票的线下服务点。而在书展正式开幕后,记者再次敏锐地发现,此次书展,因为要求全部线上购票,而且有严格的购票时间等限制,让不少没有仔细研究购票规则,直接兴冲冲赶到现场的书迷,不得不败兴而归,这其中,不擅长使用手机线上购票的老年人群遇阻的情况尤其突出。 　　记者随即兵分两路,在书展开幕后,连续两日分别前往书展现场及官方设置的线下服务点等进行蹲点观察,用真实的记录和鲜活的现场采访,提出本届书展在实行全线上购票后,给读者们带来的购票难问题,传达了一些老年人群和读者们迫切的多渠道购票呼声,展现在逐步迈入信息时代的当下,老人对于数字鸿沟的无奈。同时,也通过专家和市民的建议,对问题的解决提出了合理方案。		
社会效果	此篇独家报道播出后,引起了巨大的社会反响,仅"看呀 STV"视频号的内容点赞就超过 3 500,观看超过 26 万。报道还直接推动了主办方对书展购票流程进行优化,两日后,书展在现场设置了"老年读者便民服务点",60 岁以上老人凭证件就可在现场购票入场,明显优化了书展的购票体验,也体现了主办方虚心接受批评的胸怀和闻过即改的行动力。		

上海书展门票全部线上购买，难住了谁？

［导语］

上海书展开幕第二天，不少人到了展览中心才发现，现场无法买票进入。因为，今年书展只能线上购票，且必须要参观前一天中午 12 点前完成购票，这让不少兴冲冲赶去的老人和闻讯前往的游客，被拦在了门外。来看报道。

（实况）"人家都那么远赶来，又不晓得要先买票，哪里去买票呢？"

上海书展已热闹开幕，可在展览中心门口，几位老人却被门票给难住了。

（老人采访）"又是扫码，当场票又没了，不给我们买。"

（老人采访）"哎呀这个搞得太复杂了，如果能在门口买票就好了嘛。事先都不知道，很远过来，多不方便。"

原来，今年上海书展现场不设置售票点，均采用实名制线上购票方式，购买渠道是大麦网。仔细阅读密密麻麻的小字还会发现，日场票必须提前一天购买，夜场票必须在当天 10 点前完成购票。这让不太上网的老人们，到了现场后直接傻了眼。

（老人采访）"现场想买票怎么买啊，买不到，对老年人实在太不友好了。"

志愿者一遍一遍地做着解释，但并不能解决老人们想现场买票进入的诉求。

（志愿者采访）"已经有十几个了，他们不知道要提前一天买票就会遇到这问题。"

（老人采访）"那么远的路来，我这样的年纪，70多岁的人，我既然来了就想进去。"

还有慕名而来的海内外游客，也因此只能遗憾地离开。

（年轻人采访）"我还带了两个外国友人来。"

（年轻人采访）"只有今天有空，那我明天来不了，后天也来不了，怎么办呢？来这里又进不去。"

（成都游客采访）"感觉还是挺遗憾的，其实我觉得这种大型书展能不能留一点，给我们这种临时知道又很渴望进去看一看的观众。"

现场取消了售票点，黄牛却闻风而动，10元的当天日场门票，开价卖70元。

（暗访画面）"不用身份证也可以的，凭这个码就可以进去，最主要你们现在没约到。70，70元一张。"

开幕前，书展主办方也曾公布过，在本市30家新华书店门店设置线下购票服务点，会有工作人员帮忙进行线上购票操作。一家店的店员表示，每天来扫码买票的老人仅个位数。有的老人还连手机都没有，票还得店员用自己的账号帮忙买。

（新华书店七宝店店员采访）"我就（帮）买了3张，没有手机，实在不行我们这边可以帮买的。"

这30家门店中，只有10家店支持现金购票，付钱后，可以要求获得一张手写日期的凭证。

（老人采访）"原来我是现场买的，排个队就买好了。"

（新华书店逆光226店店长采访）"一上午，我们大概陆陆续续接待了十几位老人。"

（鲁迅与内山纪念书局店员采访）"当天的话只能买后面几天的票子，很多老年人还会觉得必须要有实体票，专门为了这个凭证，我帮他手写了一下。"

上海书展本身是一个爱书人买书、阅读、交流的大型线下活动，一直很受中老年"书友"的欢迎，但今年书展复杂的购票方式，却让他们望而却步。

（老人采访）"如果实在不行，我今年就不去了。"

（老人采访）"弄不来，我们也弄不来，（应该）就当场买个票很方便的对不对。"

购票全"数字化"的初衷，也许是为了控制客流，方便部分群体，但绝不应该一刀切，让这场线下书展，成为横亘在一些不会用手机的老年人面前的数字鸿沟。

（采访）复旦大学数字与移动治理实验室主任郑磊："为什么不能一站式的买票和进场馆，把它们放在一起？对老人来说，本来看一次书展跑到市中心已经挺不容易的，他还要再多折腾一次，数字化的目的应该是增加便利、增加一种渠道，但不能增加一个渠道，把另外一个渠道堵住了，而这个渠道是大家更熟悉的、更习惯的。"

［编后］

上海书展是爱书人之间零距离交流的盛会，而因电子门票购买不便，却将部分爱书人挡在门外，这不免令人感到遗憾。线上购票可以有，但也请在书展进口处，保留一个人工售票的通道，为那些热爱读书、却又不太擅长使用手机的老人，开一道方便之门。另外，专家也表示，不能仅从技术是否先进、管理是否方便，来判断市民的感受度，如果市民认为传统购票渠道更方便、更习惯，那么这一渠道就应该保留，方便包括老人在内的更广大群体。感谢收看今天的《新闻透视》。

2023 年度上海广播电视奖
参评作品推荐表

作品标题	永远的行走：与中国相遇(第二季)	参评项目	专门类
		体 裁	国际传播
		语 种	中英双语

作 者 (主创人员)	朱晓茜、王向韬、王芳、Vicki Lin、马天珺、江宁、马嘉诚	编 辑	王立俊、朱晓茜
刊播单位	国家地理频道、欧洲卫视（法语版）、俄罗斯 SPB TV(俄语版)、东方卫视、纪实人文频道等	刊播日期	国家地理频道海外首播 2023 年 12 月 28 日；欧洲卫视首播 2023 年 12 月 2 日；俄罗斯 SPB TV 首播 2023 年 11 月 2 日；东方卫视首播 2023 年 9 月 12 日；纪实人文频道首播 2023 年 10 月 16 日
刊播版面 (名称和版次)	国家地理频道特别版面、欧洲卫视、俄罗斯 SPB TV 特别版面、东方卫视"新纪实"等	作品字数 (时长)	22 分钟×2 集

采编过程 （作品简介）	《永远的行走：与中国相遇》是上海广播电视台纪录片中心与国家地理共同打造的外宣纪实融媒体项目，含系列纪录片和海外社交平台发布。该项目以知名旅行作家、国家地理探险家保罗·萨洛佩科徒步穿越中国的行程为主轴，围绕历史、文化、生态等主题，通过他的徒步行走和独特观察向世界展现可信、可爱、可敬的中国形象。该项目入选国家广播电视总局"十四五"纪录片重点选题规划，为国家广电总局年度中外电视合拍项目，并获得总局重点国际交流合作项目扶持。系列纪录片第二季讲述保罗·萨洛佩科及其中国伙伴徒步从四川经陕西至山西的故事。摄制组克服重重困难，徒步跟随他们在炎炎酷暑中穿越成都平原，在大雪纷飞之际

采编过程（作品简介）	走过黄土高原,横渡黄河进入山西。该片通过保罗及徒步伙伴所看到的三星堆、都江堰、秦直道,对外传播璀璨辉煌的中华文明,促进文明交流互鉴,亦通过他们遇到的考古工作者、传统文化传承者与保护者、沿途普通民众,讲述鲜活生动的故事,向世界观众展示真实可信的中国人面貌,展现中国人纯朴可爱的善意,呈现中国人对于生活和传统的可敬坚持。
社会效果	《永远的行走：与中国相遇》(第二季)于 2023 年 9 月 12 日起在东方卫视、纪实人文频道播出,被评为 2023 年第三季度国家广电总局优秀国产纪录片。俄语版于 2023 年 11 月 2 日上线俄罗斯最大网络电视运营商平台 SPB TV,法语版于 2023 年 12 月 2—5 日通过欧洲卫视播出,覆盖欧洲全境 1.35 亿家庭,英语版于 2023 年 12 月 28 日在国家地理亚洲区主要频道播出,后续将面向国家地理全球覆盖的 170 多个国家和地区的数亿家庭户数播出,并将上线迪士尼流媒体平台 Disney＋。该片也通过国家地理、上海广播电视台纪录片中心及保罗的 14 个海外社交媒体账号同步在海外社交媒体发布徒步内容,已发出近 4 000 条推文,收获超 680 万互动和浏览量,触达数亿海外用户,来自世界各地的反馈亦表达了对保罗以全新角度发现中国的赞叹。2023 年 5 月,该项目与上海纽约大学联合举办线下多媒体展"永远的行走：未曾讲述的故事";2023 年 9 月,项目受邀参加中国公共外交协会"临甲七号沙龙",获得《人民日报》、新华社、中央广播电视总台、《中国日报》等主流媒体的广泛报道。

永远的行走：与中国相遇

引　子

【解说词】

有的人认为我疯了，有道理。我的名字叫保罗·萨洛佩科，我受过专业的生物学训练，我曾是一名经验丰富的驻外记者，现在是《国家地理》的撰稿人和探险家。我不断地在行走，从非洲出发，徒步走向南美洲的最南端——火地岛。我的项目叫"永远的行走"，是一个有关"慢下来"的旅程，花时间去倾听、去学习，全情投入地去和人们交流。

我的目的是与人相遇。无论我遇见谁，这些沿途人们的日常生活，让我窥见我们这个时代的重要议题。他们的故事构成一个意义丰富的镶嵌艺术品，连接着我们所有人。

现在，我的旅程带着我和我的当地徒步伙伴深入中国。我们将遇见谁？他们从哪里来？他们将到哪里去？一如既往，答案随着我的步伐慢慢揭晓。

【实况】

保罗：景色太美了，很少人能看到这样的美景吧！

岷江邂逅

【解说词】

我在徒步中学到了很多，其中之一是你无法轻视河流对于人类故事的重要性。从古代文明，到新文明，河流就像静脉，承载着我们赖以生存的物质——水。就像时间，河流将我们的过去和现在带入未知但共同的未来。

【解说词】

自从踏入中国，我沿着胡焕庸线行走，它是一条穿越中国东部和西部的假想分界线，它将引导我跨越 10 个省市、行程 6 000 多公里。现在，它带我来到了四川省中部。

【实况】

保罗·萨洛佩科 PAUL SALOPEK（《国家地理》探险家、撰稿人 National Geographic Explorer and Writer）：眼睛闭起来，准备好了吗？

李惠普：天啊！

保罗：你应该说"啊"！

李惠普：要喘口气。

保罗：把这个（毛巾）也弄湿。

李惠普：真的吗？

保罗：是的，把这个（毛巾）弄湿，像这样放在头上，再把帽子戴上，阿拉伯人就是这么做的。这就像空调，一瞬间，你就感觉自己好像身处 500 美元一晚的高级酒店顶级套房里。

李惠普：但你知道，在中医里……

保罗：这样不好吗？

李惠普：是的，不好。

李惠普：湿的头发，然后你盖着它，这样会让你头疼。

保罗：真的吗？

李惠普：你可能应该让头发干一点，再盖上去。

【解说词】

加入此次行走的是一位新的徒步伙伴，32 岁的教育工作者，李惠普。

采访 李惠普 LI HUIPU（徒步伙伴，教育工作者 Walking Partner and Educator）

徒步提供我去了解自己的家乡和周边地区的机会。

我并不是一个热衷运动的人，但自从去年，我认识了保罗，我们探讨了一起徒步的可能性，我就一直在锻炼，锻炼更多地行走，但从来没有像现在这样一天徒步 20 公里。我感觉找到了自己的运动方式，我也擅长。

保罗：是的，你很擅长。

李惠普：我很擅长。

保罗：你很棒。

李惠普：我对此也非常惊讶。

三　星　堆

【解说词】

我们来到了古老岷江的河岸，它是长江最大的支流。1929 年，一位农民在挖掘灌溉沟渠时挖出了一堆玉器。

【三星堆考古现场　解说词】

他并不知道这些珍宝属于三星堆，一个消失了的古文明，它大约与埃及法老图坦卡蒙时代同时期兴盛，长期以来，人们并不清楚它的起源、历史和文化，现在不同了。

【解说词】

赵昊博士是一位考古学者，带领挖掘。他向我们介绍了至今一些最重要的考古发现。

【实况】

赵昊 DR. ZHAO HAO（北京大学考古文博学院副教授 Archaeologist School of Archaeology and Museology, Peking University）：你可以看到这些深色的长的东西是象牙，它们被燃烧过了。

赵昊：当挖掘出所有的象牙，我们看到了一些陶瓷，我们认为它可能是陶瓷的容器，或者曾经是完整的容器，但被象牙压碎成小块了。还有一些玉器和青铜器，这三者都是非常重要和有趣的。所以，这里就是这些东西。这是小的人物形象。

保罗：这个看上去有多高？你觉得有多少厘米？

赵昊：大概 30 厘米，我指的是头发。

保罗：仅仅是头发。

赵昊：头发是有作用的，因为两只手之间有个空隙。

保罗：拿东西的？

李惠普：是的。

赵昊：这个人物很小，但你可以看到很多细节。

保罗：是的，很漂亮。

赵昊：像是指甲。

赵昊：你还可以看到这些。

保罗：关节。

赵昊：这些关节、指甲还有这个地方。

保罗：还有腕骨。

【解说词】

这是一个令人眼花缭乱的青铜时代文物宝库，与以前在中国发现的任何文物都不同，也与以往任何时候看到的都不同，这些大多是从祭祀坑里挖掘出来的，它们分布在有伦敦希思罗机场那么大的古老城区里。

【采访保罗·萨洛佩科 PAUL SALOPEK（国家地理 探险家 撰稿人 National Geographic Explorer and Writer）】

亲眼、实时看到考古学家把文物从地下挖出来，是非常难得的机会。它就像带你搭上时光机，你的想象力被打开，你在想，天哪，他们是怎么生活在这里的。他们穿什么？吃什么？是什么让他们心疼？什么使他们欢笑？他们完全就像我们一样。你可以让他们坐在这个房间，我们没有任何不同，唯一的问题可能是我们要努力去理解他们说了什么，但他们有着和我们一样的情感。

【解说词】

我希望研究员何晓歌能够和我们分享她的一些挖掘经历与见解，让我们对这些发现有更好的理解。

【实况】

保罗：当你拿起这些器物时，会有一些共鸣感吗？有一种（古物在与你）低声耳语的感觉吗？

何晓歌 HE XIAOGE（北京大学考古文博学院博士生 Doctoral Student School of Archaeology and Museology, Peking University）：每次我们提取出来一个人头，我们都会先把他抱起来，然后对着他的眼睛先看一下，就感觉在与古人对视，就感觉特别想问他三个终极问题：你是谁？你从哪里来？你到哪里去了？

保罗：天啊！这也是我会问的三个问题。

何晓歌：三星堆城可以分为几个部分，其中城北发现了大型的建筑，可能是当时高级人的宫殿，然后还有一些治玉石器作坊，可能是当时人世俗活动区。在那条马目河之南，大多数学者都认为这是一个专门开辟的祭祀区。它应该是中间集中，会有这几个大坑，祭祀坑附近应该会有一座神庙，因为我们坑里发现了一些建筑遗存，学者就认为是神庙的遗存，这个神庙里面就陈列着我们坑里现在看到的所有的器物。

保罗：他们甚至会用寺庙的一部分来焚烧？

何晓歌：对，烧神庙那天应该是三星堆人最特别的一天吧！

三星堆博物馆

【解说词】

在此之后，三星堆的所有迹象很快就消失了，尽管经过几十年的挖掘、研究和资金投入，这些不同寻常的文物加深了制造这种精妙艺术的古人的神秘感。

【实况】

保罗：某个艺术家很好地把握了动物的精髓，有人一直在观察这些鸟。非常棒的作品。

【解说词】

他们为什么会抛弃这一切？一种假设是一场地震可能引发了灾难性的山体滑坡，切断了他们的主要水源——岷江的通道，并将其转移到一个新的地方，这可能促使人们放弃他们的城市，沿着这条河走到新的方向。

【采访保罗】

三星堆（文明）的消失很好地提醒了我，当我们需要生存时，用腿移动是最古老的生存方法之一。迁移不是问题，这可能是一个解决方案。

四 川

【解说词】

我在四川中部，与我的徒步伙伴们一起穿越郁郁葱葱的农田，他们勇敢地面对着这里令人窒息的热浪。

【实况】

女士1：你们要不要生黄瓜？

李惠普：一人一根。

罗新：一人一根。

保罗：一根就够了，这个很重。

保罗：一个。

李惠普：保罗，拿一根。

保罗：谢谢。

保罗：再拿一根，谢谢，谢谢你。

罗新：谢谢你。

李惠普：谢谢。

女士 2：不用谢。

【解说词】

时不时地会有专家加入我的旅程，他们为我的故事带来的深度思考和历史背景，从而充实了我的故事内容。北京大学的罗新教授就是其中之一。

【采访保罗】

我的这一段徒步非常特殊的一点，相比之前在中国、在全世界的徒步，是能和一个世界级的历史学者一起行走。罗新教授仿佛是一本中国历史的百科全书，难能可贵的是他既是知识分子、学者和深刻的思考者，而且拥有强健的体魄。他完全能跟上徒步的节奏，事实上，他经常整天都走在最前面。

【实况】

罗新：乡村小道让你的鞋子很烫对吗？

保罗：是的，你的脚也很热，然后你就会起水泡。

【采访罗新 Prof. LUO XIN（作家、历史学家、北京大学中国古代史研究中心 Author and Historian Research Center of Ancient Chinese History, Peking University）】

我当然得有好多期待才会来。我虽然知道他开始这段旅程，我知道已经有差不多 8 年时间了，他一出发不久我就知道了，而且我也在自己写的书里面介绍他，而且他的旅行也是我自己曾经长途旅行的一个动力。我从北京走到（内蒙古）正蓝旗，跟他的旅行比起来，就像后花园里的闲庭信步，但是我用我这一段信步向他致敬，我在书里面就这样写的。

【解说词】

沿着岷江行走，我发现纵观中国历史，河流承载着一种近乎神话的特质，介于人与神话想象之间，它们是几个世纪以来中国诗歌、艺术、文学、民间传说和哲学的主题。

【实况】

罗新：非常舒服，试一下。

【采访罗新】

我们作为现代人，因为我们打开水龙头就有水，我们总是意识不到水是很有限的，也意识不到水的重要性。我觉得跟着保罗这样走路，跟他一起聊天，讨论今天我们看到的世界，以及遥远的古代人。在这个时候，我们才会比较真切地意识到人类所面对的那些水的问题。

【解说词】

水是有限的资源，只有合理地利用才能够再生。沿着先人的足迹，我们很快就发现了一个非常棒的案例。

许多古老的寺庙在河流的两岸扎根，过去很多人都会去祈祷频繁的洪水不要破坏四川盆地上的这块土地。但这些困扰他们的水，其实同样也造福他们。

四川都江堰

【解说词】

都江堰是四川省的一个城市，以这里的一个地标命名，一个在公元前 3 世纪建造的灌溉系统，至今仍在使用。

伏 龙 观

【实况】

李惠普：这个向你展示了整个灌溉系统的结构。

罗新：是的，这个很棒。这里有个结构点。

保罗：这是什么？

李惠普：这个叫鱼嘴。

李惠普：这个是外河，这个是内河，内河通往成都。

李惠普：所以原理就是分流河流，不让所有的水都流入成都。这是第一个改道装置。一路过去，你会看到飞沙堰。因为这里有一个小的角度，就可以把河流里的沙土和石头过滤到外河。

李惠普：这里就是宝瓶口了。

保罗：非常漂亮。

李惠普：是的。

李惠普：一旦有大量的水涌入，漩涡会帮助启动过滤的功能，因为这样就能够过滤掉。

保罗：泥沙。

罗新：清理泥沙。

李惠普：因为是像这样运作的。

【解说词】

这个庞大的早期水利工程不仅在地形利用上令人印象深刻，而且在巧妙的建造上也令人惊叹。

【实况】

罗新：过去，他们把竹篮里装满石块，并把一个个竹篮排在一起建造了这个。在中国南部其他地方，你还能看见这样的结构。和你在某一篇文章里提到的技术一样，中亚的百姓引导羚羊朝着他们想要的方向，进入陷阱。

李惠普：是的。

保罗：那是一种柔性解决方法。

李惠普和罗新：是的。

【解说词】

它很好地诠释了中国的一句格言：天下莫柔弱于水，而攻坚强者莫之能先。柔软战胜坚硬，温和战胜刚强。

引水入田，都江堰不仅阻止了洪水，而且为粮食的生产提供源源不断的灌溉，逐渐打开了黄金时代的大门。

【采访罗新】

我们已经一直都在河边上，无论怎么绕来绕去都是总会走到一条大水渠边上。这些水渠我们也都去摸过了、碰过了。岷江来的这些水都像雪水一样，都是冰的。水流这么急，因为饥渴的成都平原在呼唤它们，它们都在往那边冲过去，对吧？从西向东冲过去。没有它们，就没有我们今天所知的成都平原。所以这个重要性真的是不容易夸大，怎么说都不容易夸大。

【采访保罗】

我穿越过许多河流，也沿着许多河流行走，我发现河流仿佛是自然景观的传记作家。岷江，从时间的纬度上来看仿佛一条美丽的时间河流，时间也如河流一般流淌。石器时代第一批走过这里的人，一直到现在拥有 2 000 多万人口、高楼林立的现代都市——成都。河流讲述着发生在中国四川盆地这片区域人类绵延发展的故事。

2023 年度上海广播电视奖
参评作品推荐表

		参评项目	专门类
作品标题	Chinese Puzzle—— 我在美国学中文	体 裁	国际传播
		语 种	中文、英文
作 者 （主创人员）	王涛峰、王勇、李源清、 楼崇星、应鋐	编 辑	葛奇函、杨颖杰
刊播单位	上海广播电视台 融媒体中心	刊播日期	2023 年 2 月 5 日 08:14
刊播版面 （名称和版次）	东方卫视（含海外版） 看看新闻客户端 微信视频号 B 站/抖音 YouTube 频道 AP 美联社 ENEX 欧洲电视联盟	作品字数 （时长）	94 分 20 秒
（作品简介） 采编过程	_		

　　Chinese Puzzle——"中国的谜题"，是西方对中国传统益智玩具的统称。七巧板、九连环、孔明锁……和这些玩具一样，学习中文这门被称为"世界上最难的语言"，何尝不是一道"中国谜题"？ 2023 年 2 月 5 日元宵节，纪录片《Chinese Puzzle——我在美国学中文》在东方卫视播出。

　　五千年中华文明，汉字是其中最灿烂的篇章，将华夏民族的精彩传播到全世界。截至 2022 年年底，全球 180 多个国家和地区开展中文教育，81 个国家将中文纳入国民教育体系，海外近两亿人学习和使用中文。以全新视角观察中文和中国文化在美国传播成果，融媒体中心美国报道团队耗时半年多，行程超 10 万公里，前往美国 15 个州数十座城市，先后采访和拍摄了 40 多名深耕中文与中国文化的美国人，推出首部全景展现中文"教与学"在美发展历史及现状的纪录片。

　　纪录片以个体故事做串联，既有八九岁的小学生，也有致力于在全州推广中文双语教学的前参议员和教育部官员，甚至还有学习中文手语的

采编过程 （作品简介）	美国聋哑学生和老师,通过这一个个鲜活的美国白人学习中文的故事,系统地梳理了中美两国建交以来,中文在美国普及、推广、历史、现状和前景,以及学中文给个人、社区、学校、政府,乃至中美关系的方方面面带来的影响,展现东西方文化和文明交汇的经验、教训与启示,呈现出饱满的张力。
社会效果	感情是交流出来的,民间交流是中美交流的基石。这部纪录片让我们看到,中美两国民间和文化层面的交往,始终保持高度活跃。即使中美存在文化差异,两国人民彼此有诸多的困惑,但是,中美的民间交往从未停滞不前! 　　2023 年 10 月 17 日,纪录片在美国华盛顿我驻美大使馆内举办线下首映式,中国驻美大使谢锋及纪录片代表和亲属、华盛顿育英公立特许学校、西德威尔友谊学校、国家大教堂学校、圣奥尔本斯学校、兰顿学校、巴尔的摩国际学校、哈迪初中、百年高中、米德高中等美国中小学师生、家长及各界友好人士近 500 人参加活动。在现场,犹他州前参议员斯蒂芬森、俄亥俄州立大学中文系教授吴伟克、华美协进社原社长贺志明、歌手帅德等众多纪录片中的主角感谢此番活动和纪录片的拍摄,能和更多的人分享他们因学习中文而爱上中华文化的故事。他们说,仅掌握一门语言只会带来闭塞与危险,中文带给了他们更广阔的视野和更丰富的人生,也架起了美中之间文化交流的桥梁。12 月 8 日,该片又在美国俄亥俄州哥伦布市举行的全美中文学校协会年会和俄亥俄州立大学活动中再次播出。2024 年 4 月,该片还将在联合国"中文日"和中国驻纽约总领馆相关活动上播映。 　　本片在东方卫视、东方卫视海外版、新闻综合频道、看看新闻 Knews 同步播出。在东方卫视播出累计触达人次 1273 万,大学以上高学历观众群体占比达 31.9%,相较于去年同期提升 26%,在新闻综合频道深夜档播出,累计触达人次达 128.8 万。新媒体和海外社交媒体方面,纪录片及相关短视频的网端浏览量 133 万,海外覆盖量 30 万,海外播放时长超 1 000 小时。 　　同时,该片还获得《人民日报》、新华社、CGTN、总台四套、新华社海外版、《中国日报》China Daily、《上海日报》Shanghai Daily 等众多外宣媒体的中英文报道,在海内外取得广泛深入的反响。

Chinese Puzzle
——我在美国学中文

识 文 论 字

造纸术、指南针、火药、印刷术。

中国古代四大发明享誉世界。

而汉字,则被认为是改变世界的中国第五大发明。

(实况:汉字笔画英文歌:héng a line a horizontal line, shù a vertical line, piě a line, a left falling line, nà a line, a right falling line, diǎn a little little dot, tí a rising stroke, gōu, a hook, fishing hook , zhé, a turn, an angle turn, oh～

横,一条线,一条水平线;竖,一条垂直线;撇,一条线,一条左斜线;捺,一条右斜线;点,一个小小点;提,一个上扬笔画;勾,一个钩子,一个鱼钩;折,一个弯,一个直角弯。)

诞生于华夏大地的中国方块字,飞越一万公里,在大洋彼岸的美国,掀起一波又一波"中文热"。

【郝甜甜 得州国际领袖学区 学生:左手拉着我的美国好朋友,右手拉着我的中国好朋友,我们一起看熊猫。】

这个表演中文朗诵的小姑娘,有个好听的中文名字,叫郝甜甜。2022 年,她报名参加了"汉语桥"世界中文比赛。

汉语桥比赛始于 2002 年,来自世界各地的学生,用中文演讲、问答、表演才艺。最后的全球总决赛,在中国举行。

【郝甜甜　得州国际领袖学区　学生:他们宣布第二名得奖者时,我想,完了,这次没得奖,没能得到名次。但当他们宣布,获得第一名的是泰特·郝韦尔,我过了一秒钟才反应过来。我双手抱头,回头看了一眼,说了句"WOW",然后冲到台上。下台后,我看到爸爸眼里有泪,他说是因为眼睛过敏。】

郝甜甜拿到的,是得州赛区小学组的冠军。她学中文已经 3 年了。

(实况:今天我们做什么菜? 这些东西叫什么? 面条。)

在家里,她总是寻找一切机会练习中文。

(实况:eat 中文怎么说? 吃。)

甚至……连狗都不放过。

(驯狗实况:下! 坐! 你坐! 坐下……好狗狗。)

汉语是一门多声调语言。同一个发音,带上不同声调,立刻变得面目全非,这让很多初学中文的外国人,痛苦到面目全非。

【郝甜甜　得州国际领袖学区　学生:中文的发音 āáǎà,这是最难的部分。希望有一天,我能说得很流利,能顺利发出这些音,把每个字都说对,可以讲得很溜。】

特有的声调,赋予汉语特有的韵律,被誉为"形美如画,音美如歌"。

牙牙学语的孩童,就会跟着大人,背唐诗、念三字经、唱诵声律启蒙,虽不懂字词之意,却感受得到中文的声、音之美。

（声律启蒙实况：天对地，雨对风，大陆对长空，山花对海树，赤日对苍穹。）

再大一点的孩子，就会爱上绕口令。郝甜甜也不例外。

【郝甜甜　得州国际领袖学区　学生：相比儿歌，我更喜欢绕口令。因为我教家里人说绕口令，他们一开始总是说错，听起来完全不是本来的意思，然后大家就会哈哈大笑。】

（实况：爸爸学说绕口令：吃葡萄不吐葡萄皮儿，不吃葡萄倒吐葡萄皮儿。）

【郝甜甜　德州国际领袖学区　学生：我最喜欢的一个绕口令是——红鲤鱼与绿鲤鱼与驴】

最好的输入，就是输出。于是，郝甜甜成了老师，爸爸妈妈和妹妹，就成了她的学生。

（实况　看图说中文：姐姐，jiějie 什么意思，姐妹中年长的那个；橙子汁；茶，我喜欢茶）

【郝甜甜：有一次很好玩。在课上有事的话，我们要"举手"，说话做事之前要举手。那次我说"芝士"，结果大家都在举手。】
【妈妈：其实你说的是"芝士"。】
【郝甜甜：是的，我说的一直都是"芝士"，但同学们都以为我说的是"举手"。】
【爸爸：这是什么？我喜欢这个。】

学中文 3 年，他们的生活，也因此多了一抹异域色彩。

（实况：乔纳森，快过来，我们准备好了，生日快乐歌，生日快乐，爸爸。）
（实况对话：这是长寿面，我给你拿叉子，我和妈妈一起准备的，我帮着把肉糜这些东西放在了面上。很好吃，你做得很好，哪一个是白巧克力树莓味的。是这个，是这个吗？是的，完美。）

享受完美食，当然还有礼物。

（实况：写的这是什么？生日快乐，这是什么字？生、日、快、乐，这也是生日快乐，这是三层蛋糕，柠檬、草莓、巧克力，巧克来，我说得对吗？巧克力，哇，非常感谢。）

对郝甜甜而言，也有一桩喜事。

2022 年 11 月，她在"汉语桥"中文比赛中再次晋级，跻身全球 50 强，将前往中国，参加最后的全球总决赛。

终于，她要和她喜欢的中文，在中国来一次零距离的亲密接触。

（校园里的各种中文元素转场）

【艾迪·康格　得州国际学区创始人：自己能阅读一本外语书或是老师教你一门语言是一回事，但去亲身感受这门语言和文化，则是另一回事。】

康格是得州国际领袖学区的创始人。学区下辖得州四个县共 20 多所学校，郝甜甜就读的学校，也是其中之一。学区一大特色，就是提供英语、汉语和西语三语教学。

就连"校训"铭牌，也是用这三种语言同时悬挂的。

【康格　得州国际学区创始人：我们学区将迎来第 10 个年头。10 年前，我们只有 2 500 名学生，今年，学生人数大概有 22 000 人。在我们这里学中文的学生人数，超过美国任何一个其他的学区。】

达拉斯的加兰高中，也是一所得州国际领袖学区的学校。一走进教学楼，就撞见一股浓浓的中国风。

（康格走动着介绍：我们非常幸运，因为这所学校是最早设立孔子课堂的学校之一，得到了来自中国的支持和帮助，对此我们非常感激。最重要的帮助是，为我们学区找来 126 名中文教师。这太重要了。）

因为恰逢暑假，走廊空空荡荡；而平时，这里则是另一番景象。

（走廊挤满学生资料镜头）

每年，一些表现优秀的孩子，会得到去中国访学的奖励机会。

【康格走动介绍：我的孙女也在我们学区读书，在学中文，希望她们也能赢得去中国的机会，也许将来就在中国继续学习。】

校园里，处处可见用心的设计。

栏杆上方用中英西三种语言，写着学校希望孩子们养成的品质：耐心、勇气、热情、进取、正直……这些文字，每天看着孩子们来来往往，触手可及。

【康格　得州国际学区创始人：我们正想尽各种办法，希望 2023 年能送 100 个学生去北京语言大学，每周学习 4 天半，不仅会有密集的语言强化课，也会有文化课，并带他们参观遗迹，了解北京的传统和历史。周末，我们计划带他们去其他城市，让他们看看不同的城市风貌，了解中国的现代化程度，和当地人互动，品尝中国各地风格迥异的地道美食。这样孩子们才能真正掌握这门语言。】

去中国看看的想法，在孩子们心中埋下了一颗颗种子，就像墙上这一张张手绘旅行计划书，要去成都看熊猫，去哈尔滨赏冰灯，去领略北方的雄壮与巍峨，也去感受江南的静谧与秀美。

【康格　得州国际学区创始人：现在越来越多的家长，对学中文和了解中国文化，抱持一种积极态度。现在得州学中文的孩子大概是 22 000 人，我有充分理由相信，未来十年，整个得州学中文的孩子将超过 5 万人。】

就文字本身而言，中文被认为是世界上信息量最大的语言，因为汉字是单音节，每个汉字都承载了形、音、义三个方面的信息，表达同样意思，相比英文，中文要简洁得多。

比如，The United States of America，中文叫美利坚合众国，不仅长度只有英文的一半,音节更是只有英文的三分之一。

所以,联合国同一份文件的六种官方语言版本中,中文版通常总是最薄的那份。

简洁,不代表简单。恰恰相反,不少掌握多种语言的人都认为,中文是最难学的。

最难学,却也最有意思,因为汉字是迄今为止唯一仍在使用的象形文字。这让汉语学习,多了一份趣味。

人类最初的文字,由象形字发展而来。最古老的四大文字体系中,苏美尔人的楔形文字、古埃及的象形文字、玛雅文字,都已不再使用,唯有汉字,流淌过三千年的岁月长河,将中华文明延续至今。

从甲骨文到金文、从篆书到隶书、再到楷书。万物形状,借由横竖撇捺,跃然纸上。

英华学院成立于 2006 年,是美国第一所提供沉浸式中文教学的特许公立学校。

2022 年暑假,我们在明尼苏达州见到了苏珊校长。

【苏珊　明尼苏达州英华学院院长:我现在开车去学校,今天是我在英华工作的倒数第二天。大概一年前,我已通知教育委员会,我打算退休了。不久前刚过了 70 岁生日,我感觉还是浑身有劲儿,想到世界各地去看看。】

苏珊在英华工作了 10 年,此前有过 30 多年国际学校的管理经验,也曾两次到中国,参访学校、交流学习,也到各地旅游,感受中国。

【苏珊　明尼苏达州英华学院院长:我得给你看看这些照片,当时可太有趣了。看看这里,这是在丽江漂流,我们去了桂林还有阳朔,两人坐一张竹筏,大家排成一排,拍完这张照片,我们就歪倒掉进了河里。那次旅行太有意思了。】

这个盒子,是大家送给苏珊 70 岁的生日礼物,里面是学生给她的贺卡。盒子内外贴满了照片。

【苏珊　明尼苏达州英华学院院长：这里面都是生日贺卡。有龙舟赛，有各种照片，这些照片记录的都是一些特殊的时刻，是我在英华的时光。这张照片，是 2015 年学院获得"蓝带"称号，在华盛顿拍的。】

"蓝带学校"，是美国教育部授予的殊荣。当年，明尼苏达州 2 225 所学校，获得提名的只有 8 所。最终，英华学院脱颖而出。

【苏珊　明尼苏达州英华学院院长：我认为培养世界公民至关重要，这超越了学习语言和文化的范畴。对我而言，这是培养一种思维方式、一种看待世界的方式。当一个人很小的时候就开始学习这些，这种看世界的方式就会变得非常自然。】

英华学院 16 年前初创时，全校只有 79 名学生；2022 年，学生人数已经增加到 833 人。

和英华学院类似，提供中文沉浸式教学的学校，在全美超过 300 所，特别是近 20 年，数量增长明显。2017 年到 2018 年，新增 28 所；2018 年到 2019 年，新增 31 所；2019 年到 2020 年，虽然受疫情影响，但仍然新增 15 所。

学生的组成也很多样化，他们来自不同族裔，说着不同的母语，但都选择来这里学中文。

【苏珊　明尼苏达州英华学院院长：英华学院提供低龄沉浸式教学。幼儿园和一年级，我们采取 90-10 模式，学生 90％时间用中文，10％的时间用英文；实际上，直到二年级，学生才开始正式上英文课。】

中文和英文的使用比例，在二、三、四年级，变为 80％对 20％；五年级变为70％对 30％；六、七年级变为 60％对 40％，到最后一年八年级时，中英文使用比例对半开，变成 50％对 50％。

【苏珊　明尼苏达州英华学院院长：刚到英华学院时，我心中充满敬意，是对那些老师的敬意。某种程度上，他们是开路先锋。他们来到美国，穿越半个地

球,来教美国孩子们中文。当然,孩子们更让我印象深刻,他们很自在、很自然,对老师们也很热情。】

10年间,苏珊和英华师生们结下了深厚的情谊,也和中国文化结下了不解之缘。她的办公室里,有很多中国特色的物品,不少就出自学生之手。

(苏珊　明尼苏达州英华学院院长:我很喜欢这幅字,我要把它拿过来吗?这是我最喜欢的一幅,这是英华一个低年级学生写的。我喜欢这上面写的字:月圆人和。卢仁楷写这幅字的时候,应该是五年级。)

英华的学生,让苏珊深感骄傲。他们在音乐、体育、辩论等各项赛事中,屡创佳绩。在苏珊看来,学生成了学校最好的宣传大使,也成为中国语言和文化的最佳大使。

(苏珊　明尼苏达州英华学院院长:这是我和莱昂博士,我们在波士顿参加一个活动。我们看到了这本书——《西方遇见东方》。我们觉得书名太完美了,精准诠释了英华学院的目标。我们并不想成为一所在美国教中文的学校,我们的目标是成为一所美国学校,但是用中文和中国文化进行教学。)

苏珊很快将告别这所她工作了10年的学校。学期最后一天的郊游日,师生们给了她一个惊喜,邀请她的家人,一起把郊游日活动,变成了告别会,这让苏珊感动不已。

【苏珊　明尼苏达州英华学院院长:低年级孩子最容易敞开心扉。他们对你的爱很纯粹。内心怎么想,都会表现出来。有很多次我在操场上,他们就跑过来找我,说伯格太太,我不想你离开。我说,别担心,我会回来看你们的。还有的说,中国春节活动时您会邀请我吗?您可以让我参加学期会演吗?很多这样的事情。】

这里给她留下了太多美好的回忆。她熟悉这里的一桌一椅、一草一木,更不会忘记这里和她一起工作、学习的老师和孩子们。

【苏珊　明尼苏达州英华学院院长:我在英华工作的十多年,让我对中国文化格外尊重、着迷和好奇。我心怀敬意,因为我有一半同事都以中文为母语,和他们一起工作，我得以更好地理解中国文化。同样地，我也希望他们通过我，更深入地理解美国。超越笼统的中国人、美国人，归根到底都是人与人之间的关系，这一点已经在我的人生里被反复印证。】

退休后，苏珊说打算和丈夫一起，到世界各地去走走看看。虽然人生转换了角色，内心的牵挂却始终未变。她说，中美友好的任何事情，只要能出上力、帮上忙，她义不容辞。

三　等　奖

2023 年度上海广播电视奖
参评作品推荐表

作品标题	引领·更开放的中国	参评项目	专门类
		体 裁	重大主题报道
		语 种	中 文
作 者 （主创人员）	胡旻珏、赵宏辉	编 辑	杨叶超、向晓薇、李斌
刊播单位	上海广播电视台 东方广播中心	刊播日期	2023 年 9 月 20—29 日
刊播版面 （名称和版次）	上海新闻广播 《990 早新闻》	作品字数 （时长）	7 时 04 分 7 时 16 分 8 时 06 分
采编过程 （作品简介）	2023 年是上海自贸试验区建设 10 周年，上海新闻广播推出系列报道《引领·更开放的中国》。记者深入自贸区各片区，解读企业样本，观察自贸"排头兵""先行者"的生动实践。 　　在首篇报道中，记者以自贸区十二时辰为切入点，记录企业服务窗口、定制化妆品、沿海捎带业务 3 个场景，展现了自贸区建设 10 年来，政府职能转变、改革先行先试、制度创新突破这些自贸区建设之本。后续单篇报道，记者分别记录外高桥、陆家嘴、金桥、张江、世博、临港新片区在自贸区建设的前后对比，以一项业务突破展现改革成就。9 月 29 日当天，记者又以 3 位参与自贸区建设、改革的亲历者感受切入，引出自贸区未来的改革方向。		
社会效果	报道中的生动案例，均以"小切口"展现自贸区给上海带来的"大变化"，其中既有给企业、给市场带来的便利和活力，也有"飞入寻常百姓家"普通消费者的新感受，这些制度创新和改革举措，共同汇聚成了自贸区十年建设。报道以通俗易懂的案例，展现了一项国家战略的意义所在，通过广播、新媒体端同时刊播，取得了很好的社会反响。		

引领·更开放的中国

系列之一：上海自贸区十二时辰新风景

2023年是中国第一个自由贸易试验区上海自贸区设立10周年。10年间，自贸区这项国家战略从上海起步，不断扩容，迄今全国已有21个自贸区和海南自由贸易港，构建起了覆盖东西南北中的开放新格局。

把时钟拨回那个历史时刻，2013年9月29日，蒙蒙细雨中，人们在外高桥基隆路9号门前举行了一场简短的揭牌仪式，中国第一个自由贸易试验区诞生了。当天夜里，中国第一份外商投资准入负面清单如期落地。

随后的故事节奏越来越快，从28.78平方公里起步的这场改革试验，激起新一轮改革开放一池活水，各领域种下的"开放之苗"结出累累硕果——外商投资负面清单、国际贸易"单一窗口"、自由贸易账户、"证照分离""一业一证"等，累计有300多项改革经验在全国复制推广。

中国上海自由贸易试验区建设10周年主题论坛今天将在张江科学会堂举行，本台早新闻推出系列报道《引领·更开放的中国》，走进各大片区，解读企业样本，观察自贸"排头兵""先行者"的生动实践。第一篇来领略自贸区十二时辰新风景。请听记者赵宏辉、胡旻珏发来的报道：

【窗口：您网上已经提交了申请……】
上午9点，外高桥基隆路9号，保税区域行政服务中心准时开启。10年前，一场聚焦制度创新的"国家试验"，正是从这里起航的。

【业务咨询】
当时还是企业登记许可科办事员的王连凤至今清楚记得，从四面八方涌来的投资者挤满大厅,她坐在接待窗口前,队伍一眼望不到尽头。

【包括上海本地的,还有外地来的,每天大概有 3 000 多人,大家都很想了解一下,会有什么更多的机遇或者投资的机会】

企业,是各项改革最直接的感受者和最活跃的参与者。就在大厅二楼,浦东市场监管局保税区分局注册科副科长陈逸霏的办公桌上,始终放着一版最新的外商投资负面清单。10 年间,这张清单越来越短,开放的大门越开越大。

【比如说我们在外资准入方面,实行了负面清单外的内外资一致的市场准入规则,从最早的 190 项的"负面清单",现在已经缩减到最新一版的 27 项,开放度更大了】

小小办事窗口里见证着上海自贸区不断推动"政府职能转变"。仅准入环节,就出台了近百条优化措施,先后推出"先照后证""证照分离""一业一证"等改革举措。10 年来,上海自贸区累计新设企业超过 8.4 万户,是前 20 年同一区域的 2.35 倍。在浦东市场监管局注册许可分局副局长施文英看来,一照一证两张纸,透着高水平制度型开放带来的澎湃活力。

【比如说我们推出的确认制改革,它就是对标国际的一个通行规则,进一步理清了政府与企业之间的关系,也是我们政府职能转变的一个具体体现,最后惠及企业】

【帮您现场制作一瓶香水……】

临近傍晚,前滩太古里二楼的 LE LABO 香氛店,走进好几位年轻顾客。

【其他地方没有这个定制的,这个香味包括还有包装,在这里都可以定制的】

顾客现场选好香型,工作人员在透明密封实验室里调配香水,罐装后再选制标签,这是上海个性化化妆品定制的又一尝试,也是上海自贸区即非特殊用途化妆品审批改备案后,在"美丽产业"的又一个制度创新。

【店员:现场制作的话,大概 15 分钟到 20 分钟,有 6 种香味……】

如今已在全国复制推广的非特化妆品备案制,正是从上海先行先试。浦东市场监管局药品化妆品监管处处长王志闻常常以"一支口红"的故事,讲述如何让制度创新"飞入寻常百姓家"。要知道,过去化妆品企业每引进一款新品,哪怕只是一个新的色号,都要派人带着一拉杆箱的资料往返北京和上海。

【原来审批的时候,它的审批周期是比较长的,一般是要两个月,改成备案以后我们是当场办结,大大缩短了企业制度性的交易成本】

有了这个高速通道,进口化妆品可以在上海零时差上市。统计数据显示,目前上海进口化妆品数量和金额占到全国 60% 左右,30 多家头部跨国企业在上海设立中国或亚太总部,8 家布局研发中心。

上海在改革中积累下的大量宝贵经验,又争取来了更大程度上的压力测试。市药监局副局长赵燕君说,全国首家提供个性化定制服务的化妆品生产工厂已落地浦东。

【去年浦东新区的促进化妆品发展的法规当中,我们就把个性化服务的条款纳入进去,能够让更多的企业有可预期性,既有政策的加持,又有法规制度的保障】

【港口背景声】

午夜 11 点,洋山深水港冠东码头灯火通明。15 个装载着从荷兰进口的鲜花、猪肉等货物的集装箱,装上外资班轮公司马士基旗下的"美若马士基"号,启程前往大连港。这就是自贸区临港新片区在国际航运领域的探索创新——外资班轮公司沿海捎带业务。

【船舶鸣笛声】

从事水果进口的上海佳农是这项业务的受益者,公司从南美进口的香蕉中,有七成是要运往大连、天津、青岛这北方三港。此前香蕉从厄瓜多尔出发,明明先到上海港,但由于外资船舶不可以从事国内港口货物中转,香蕉有时不得不转到韩国釜山港,等待下一艘接驳船运往北方三港。海运部经理乐颖说:

【我们能接受的最长运输时间是 45 天到目的港,但是它到釜山以后已经 40 多天了,再到目的港就要再加 1～3 周的时间】

如今,香蕉运抵洋山港后,可以由每周固定的外资班轮捎带上,直接运往北方港口。马士基亚太运营中心船货运营总监张伟亮说:

【现在新的路径比之前在釜山中转缩短了 7～10 天,同时给货主也能够有更多的选择,可以在 A 港中转,也可以在 B 港中转。另外一个方面对船公司来讲,之前我们既有航线的船上有可用的仓位,也能充分利用起来,一举多得的事情】

目前,马士基已申请备案 66 条自有船舶开展沿海捎带业务,每周通过上海中转的进口货物捎带量超过 1 000 标箱。临港新片区管委会特殊综保处袁乾鹏还有更大期待:

【每年大概有 100 多万标箱流失在国外,未来将继续优化这种路径,扩大试点的范围,吸引越来越多的航线、货物资源,做大我们上海港的国际中转业务,提升我们上海港的航运枢纽能级】

时间过了零点,洋山自动化码头依旧运行不息,陆家嘴不少高楼里仍亮着灯,资金流、信息流直通海外市场。

时间是最忠实的记录者,也是最客观的见证者。十二时辰,周而复始,开放潮流,滚滚向前。10 年来,一项项制度创新,一条条改革举措,汇成了上海

自贸区的新风景。下一个 10 年的征程又将开启,这里还将继续引领更开放的
中国。

系列之二:在保税片区,推开一道"市场开放大门"

在杨高北路上穿过标志性的"海鸥门",就进入上海自由贸易试验区保税片
区,这片 28.78 平方公里的热土正是中国自贸区战略启航的地方。至今,已集聚
来自 123 个国家和地区的 10 000 多家外商投资企业,与全球 219 个国家和地区
有贸易往来,去年货物进出口额 1 643 亿美元,占全市比重超过四分之一。今天
的上海自贸区十周年系列报道《引领·更开放的中国》,跟随记者走进保税片区,
推开一道开放大门:

保税片区"境内关外"以铁丝网为界,在上海自贸区设立之前,门内门外,是
外高桥海关特殊监管区的内外有别;在上海自贸区设立之后,外高桥的"门"又有
了更深一层的寓意,它是中国向世界推开的一道市场开放大门。

【(游戏简介):万众瞩目的国产大作《仙剑奇侠传 7》,已经开放下载安装】

两个月前,国产游戏《仙剑奇侠传 7》正式登录微软 Xbox Game Pass,也叫
订阅服务,意味着全球玩家都可以下载这款游戏。

【全球应该是 400 多款游戏,但其中有中国的游戏,我们原先是做过统计,大
概是 2~3 款,也就是说 2‰、3‰能够进入 Xbox Game Pass】

在"海外产品引进来"的大部队中,与上海自贸区同年同月同日生的上海百
家合信息技术发展有限公司是第一个"吃螃蟹的"。作为上海自贸区"001 号"外
资备案企业,它的诞生得益于第一张外商投资准入负面清单,得益于外商投资和
境外投资备案管理模式,这是上海自贸区最基础,也是最重要的制度创新。公司
首席运营官朱颖参与了全过程:

【当时它的成立正好是借着中国上海自由贸易试验区的这样一个春风,负面
清单提到了"允许外资游戏企业在国内进行游戏游艺设备的销售和生产"。我们
也是当时在国家层面,第一个以文化制度创新为代表的企业在自贸区注册成立】

从审批改备案,一词之变见证中国迈出了与国际通行规则接轨的关键一步。
很快,开放的步伐越迈越大,2016 年 10 月,外商投资负面清单管理模式在全国
复制推广,紧接着"准入前国民待遇加负面清单管理制度"写进《外商投资法》,这
张"001 号"备案证完成了其历史使命。朱颖说,如今,一群中国的游戏制作者正
通过自贸区打开的新大门走向海外,让全球玩家认识中国游戏。

【我们一共累计发行了 116 款内容,包括我们扶持的本土的开发者,把他们

的内容推向海外,让全球更多的玩家能够体验到他的这款作品,被更多人看到】

生来就带有"开放"因子的保税片区,从来不缺这样的首创故事。不过,眼下,我们已经很少用"增加多少企业""放开多少行业"来评价或考量它,配置全球资源成为保税片区的新目标。

Gop 全称叫全球营运商计划,以政府集成式战略服务,助力企业成长为面向全球、运作全球、配置全球的高能级功能总部,迄今已有 183 家企业纳入培育计划。上海自贸区保税区管理局财金处处长梁翔以另一项首创的"离岸通"平台为例,目前离岸转手买卖收支金额已经占到全市的 90% 以上。

【离岸转手买卖业务的规模,是衡量这个国家在全球国际贸易领域里面是否先进的一个重要的指标,也是一个城市说它是国际金融中心,离岸这一部分的比重一定要达到一定的量,这就是真正的配置全球的资源】

当全球生意越做越大,今天的保税片区不再只有贸易物流等传统业态,上海三大先导产业之一的生物医药,在这里形成全产业链的服务供给;全球规模最大的艺术品保税仓库,让外高桥成为又一个艺术品进出境枢纽。上海自贸区保税区管理局副局长赵宇刚说,下一步要继续围绕高水平制度型开放破冰探路。

【这里面既有功能载体,也有政策创新的试点,还有我们的综合性的服务,传递出一个更加完整的、更加综合的区域发展的生态体系,把制度创新的红利和营商环境的便利,加起来是构成我们区域发展的高地和功能的突破与创新】

系列之三：在陆家嘴片区，感受金融开放"陆"先知

上海自贸试验区 2013 年 9 月挂牌,仅仅 1 年零 7 个月后升级到"2.0 版"。2015 年 4 月 27 日,上海自贸试验区拓展区域揭牌,陆家嘴、张江、金桥和世博 4 个片区正式纳入自贸试验版图,面积随之扩大到 120.72 平方公里。但扩区绝不仅是面积的增加,更是功能的扩展、能级的提升。结合不同片区特色,上海自贸试验区开启了业态更丰富的压力测试。今天(23 日)的上海自贸区十周年系列报道《引领·更开放的中国》,走进陆家嘴片区,感受金融开放"陆"先知:

陆家嘴鳞次栉比的摩天大楼,一栋楼就是一条"站立"的金融街,楼里不断新增的一家家公司、一个个机构,都是观察中国金融开放不停步的绝佳窗口。

【中国金融开放到哪一步,我们都是非常积极地参加】

施罗德投资管理上海有限公司总经理张兰,细数公司发展史。作为一家资产管理总值超过 9 000 亿美元的国际资管巨头,施罗德 1994 年在上海设立第一

个中国内地代表处,2005 年与交通银行联合成立交银施罗德基金,但那时,还只能以合资形式参与国内市场,数量和规模都不大,转机从上海自贸区设立开始:

【比如说在过去 10 年里,上海推出了一系列的跨境试点项目,包括沪港通、债券通及合格的境内有限合伙人 QFLP 的项目,对促进国际资本流动起了很大的作用,施罗德集团是参与了这些一系列的金融改革和开放的项目】

今年 6 月,施罗德正式获批外商独资公募牌照,成为继贝莱德、路博迈、富达之后,第 4 家获批在中国设立的外商独资公募基金,至此,全国前 4 家新设外商独资公募基金均落户在陆家嘴。上海自贸区陆家嘴管理局副局长梁庆形象地称之为:春江水暖鸭先知,金融开放"陆"先知。

【我们工作方式,开放的重点,正在不断地从机构准入向业务许可,甚至于向新金融的内外一致在进行转变。下一步在产品领域,包括在绿色金融,在数字化金融等等这些前沿应用和探索产品,我觉得也是值得期待的】

10 年来,伴随金融领域一系列首创性、引领性开放项目接连落地,外资高水平投资上海步伐不停。在富达基金投资策略总监孟峤看来,中国始终是国际市场热点。目前,国内公募基金资产总规模已超 27 万亿元,未来仍有数倍发展空间。在这样一个规模庞大、机遇无限的市场中,他们不仅要积极参与,更要共同成长。

【从最早外资的角度,我们投资中国是需要拿 QFLP 的批准及拿到 QFLP 的额度,2014 年到 2017 年我们相继成立了沪港通的机制,2020 年我们整个债券市场也向全球的市场上打开了,资本市场也是不断地在进步和开放的】

目前,陆家嘴已汇聚了银行、股票、债券、货币、保险、信托等各类金融机构,充分感知开放带来的活力与动力。

瑞士再保险集团旗下的瑞再企商保险有限公司,最近还体验了一把自贸区速度,增资申请在 10 个工作日内即获批准,高效、便利的审批让总经理潘韶辉下定决心,深耕本土市场。在他看来,金融开放"陆"先知,正是展业欲上时。

【我们还会不断地引进一些创新的模式,尤其数字化的、风险减量的平台,那些我们在国际上已经开始推广,希望能够同步地引进到中国来,为我们国内的企业进行服务】

2023 年度上海广播电视奖
参评作品推荐表

作品标题	潮涌长三角 奋进示范区系列短视频	参评项目	专门类-重大主题报道
作品网址			
主创人员	魏阜龙、顾舜丽、李双玖、徐哲、沈千慧、池舒悦、 周于成、丁全青、朱昇、王威溥华		
编辑	朱人杰、吕斌、沈逸清、李璨		
主管单位	青浦区融媒体中心	发布日期	2023 年 12 月 8 日 7 时 46 分
发布平台	《绿色青浦》微信公众号	作品时长	5 分 41 秒
作品简介	2023 年是长三角一体化发展上升为国家战略 5 周年,也是长三角生态绿色一体化发展示范区建设 4 周年,青浦携手吴江、嘉善在基础设施互联互通、科技和产业协同创新、生态环境联保共治、公共服务共建共享、市场统一开放等领域交出了一份"满意新答卷"。以"潮涌长三角　奋进示范区"为主题,青浦区融媒体中心策划推出系列短视频,从交通、医疗、生态治理、产业发展、一网通办、人才交流、科创、金融、文体旅深度融合等方面多维度展现了一体化示范区各扬所长、协同发力,坚定不移地将一体化发展引向更深入共写的一体化"新故事"。		
推荐理由	2018 年 11 月 5 日,习近平总书记在首届中国国际进口博览会上宣布,支持长江三角洲区域一体化发展并上升为国家战略。为深入学习贯彻党的二十大和习近平总书记关于推动长三角一体化发展的重要讲话精神,今年全国两会胜利闭幕后,上海市委、市党政代表团,赴江苏省、安徽省、浙江省学习考察,调研考察后,上海市委书记陈吉宁表示,要深化合作对接、提升合作能级,共同推动长三角区		

推荐理由	域在高质量发展上走在前列、在现代化建设中走在前列。党的二十大报告对推进长三角一体化发展提出明确要求,青浦是服务长三角一体化发展的桥头堡和长三角生态绿色一体化发展示范区建设的主阵地,携手吴江、嘉善,紧扣"一体化"和"高质量",持续深化制度创新和项目示范,推进长三角生态环境联保共治,打造江南文化样板间,建设长三角数字干线,引领幸福和谐长三角。一系列战略汇聚于此,青浦乘风而上,"展翅高飞",实现从"上海之源"向"上海之门"的跃迁。

2023 年度上海广播电视奖
参评作品推荐表

作品标题	G60 一路星光·松江篇（20 集）	参评项目	专门类-重大主题报道
作品网址	吴剑英：创新持剑　当勇者｜《G60 一路星光》 https://mp.weixin.qq.com/s/HdbYhPKribPjuvv2NzLAKQ 毛伟力：科创星火　燎原大地｜《G60 一路星光》 https://mp.weixin.qq.com/s/ItH0hV9KL78BFhnKDLrZoA 姚娟娟：我为医道行｜《G60 一路星光》 https://mp.weixin.qq.com/s/8dCrGPnNlJZEeNFrfFDkGQ		
主创人员	林华、周样波、陈亚利、张晋洲、母萌、沈一帆		
编　辑	母萌、沈一帆、树征宇		
主管单位	上海市松江区融媒体中心	发布日期	11 月 18 日—12 月 22 日
发布平台	《上海松江》微信公众号等	作品时长	每集约五分钟松江篇共 20 集

作品简介	2023 年是长三角一体化发展上升为国家战略的五周年,也是松江提出"G60 科创走廊"建设方案的第七年。《G60 一路星光》松江篇是由松江区融媒体中心出品的科创人才系列作品,该系列作品通过对 20 位行业标杆人才的介绍,深入挖掘和展现了松江区在长三角一体化背景下,新质生产力领域涌现出的科创人才和先进企业的故事。采编团队历时数月,深入松江区的科研院所、创新型企业和产业园区,通过实地对接、现场采访、场景还原和特效应用,创作了 20 集高质量的科创人物报道。 　　作品刊播后,在社会上引起了广泛关注,点击率迅速攀升,截至目前,全网浏览量突破千万次,点赞、转载量均为平台同期最高。观众对科创人才的故事产生了浓厚兴趣,对松江区乃至长三角地区的科技创新和产业升级有了更深入的了解。 　　在应用新技术方面,《G60 一路星光》松江篇采用了最新的视频制作技术和多媒体呈现方式,如 4K 高清拍摄、三维动画和虚拟现实(VR)技术,为观众提供了沉浸式的观看体验。同时,作品在"上海松江"全平台同步分发,实现了多平台覆盖和互动。 　　《G60 一路星光》松江篇在境外落地和转载方面也取得了显著成绩。《G60 一路星光》成片运用双语字幕,在"上海松江"境外媒体平台播发后,互动效果较好,不仅扩大了作品的国际影响力,也促进了中外文化交流和科技合作。
推荐理由	《G60 一路星光》松江篇是一部聚焦长三角一体化背景下,松江区在新质生产力领域所涌现出的科创人才和先进企业的系列作品。该系列由松江区融媒体中心精心打造,旨在通过系列视觉作品,深入挖掘和展现松江区在科技创新、产业升级、人才集聚等方面的成就与故事。 　　每集作品都将围绕一个特定的主题或人物展开,讲述他们在推动松江区乃至整个长三角地区经济发展中的贡献和成长历程。这些主题围绕智能制造、生物医药、新能源、新材料等领域,以及那些在推动产业升级、促进区域协同发展方面做出突出贡献的科创人才。 　　《G60 一路星光》松江篇不仅记录了松江区在新时代背景下的转型与升级,也展现了该区在吸引和培养高端人才、打造创新生态方面的积极探索与努力。通过这些生动的故事和案例,观众可以更直观地感受到松江区乃至整个长三角地区在新质生产力方面的活力与潜力。 　　该系列作品吸引观众群体广泛,包括对科技创新感兴趣的专业人士、寻求投资机会的投资者及持续关注长三角一体化进程的观众。我们希望通过这些故事,激励更多人才和企业加入到长三角一体化的伟大事业中,共同书写区域发展的新篇章。

2023 年度上海广播电视奖
参评作品推荐表

作品标题	人民城市　温暖瞬间		参评项目	专门类
			体　裁	典型报道
			语　种	中　文
作　者 （主创人员）	集　体	编　辑	魏　颖	
刊播单位	上海广播电视台 融媒体中心等	刊播日期	2023 年 6 月 28 日—7 月 7 日	
刊播版面 （名称和版次）	新闻坊全媒体平台、 《学习强国》上海学习 平台、"红途"平台、抖 音、"申音嘹亮"微信公 众号等	作品字数 （时长）	5 分钟	
采编过程 （作品简介）	为深入学习贯彻落实党的二十大精神，践行人民城市重要理念，深入开展社会主义核心价值观宣传教育，上海广播电视台融媒体中心通联部联合市委宣传部、市精神文明办、上海东方宣传教育服务中心、东方网政务管理中心，从 2022 年开始，以"人民城市　温暖瞬间"为主题，聚焦发生在上海市民群众身边的好人好事、凡人善举，讲述温暖故事、再现感动场景、传递鼓舞人心的力量。 　　2023 上半年度篇，从年初开始筹划，工作组面向上海市民发起征集，结合各区各条线单位提供的线索、新闻案例及市精神文明办等主办单位的推荐情况，经事实核实、专家投票、部领导审核等多轮筛选后，确定了 9 个案例。 　　坚持 3 年免费为老人送餐的"爱心饭店"老板、两度跳入冰河中破窗救人的村书记、翻 15 吨垃圾帮老人找回巨款的民警……记者重新走访这些人物故事，深入挖掘并呈现出"温暖瞬间"背后的精神内涵。 　　从 6 月起，系列"温暖瞬间"主题微视频和海报陆续完工，首播在上海广播电视台《新闻坊》节目，同时《新闻坊》多媒体渠道同时发力，微信公众			

采编过程 （作品简介）	号、视频号、抖音号同步发布系列推文、微视频、海报，并联合看看新闻制作了 H5 页面和宣传推送，截至目前，系列推文在《新闻坊》微信公众号的总阅读量超 50 万，系列短视频在视频号、抖音号的播放量过 20 万，市民纷纷转发、留言、参与互动。
社会效果	除了在《新闻坊》平台首推，获得市民热烈反响之外，系列视频也在《学习强国》上海学习平台、"红途"平台、"申音嘹亮"微信公众号等集中展映；本市主要媒体所属新媒体、各区融媒体、相关政务新媒体、主要商业网站同步推送；本市主要移动传媒渠道、重点街区大型 LED 屏等线下公益广告阵地滚动展播；各区、各条线利用所属新媒体和宣传阵地广泛传播。 　　2022 年冬天第一季首推至今，《温暖瞬间》系列受到群众一致好评，市民"催更"之下，又连续推出了 2023 年上半年和下半年两期，共包含 29 个温暖瞬间和两期快剪集锦。温暖的力量在申城的街头巷尾流动着，影响力逐渐扩大。相关话题、视频、海报大量被转发。这一系列报道从人民群众中来，又为人民群众带去新的力量，这正是对"上海，让城市温暖触手可及"这一主题的最好诠释。

人民城市　温暖瞬间

民警医护极限接力　开启新生命之路

【导语】

　　上海，城市的温暖触手可及。5月10日下午，孕妇高女士腹中的胎儿提前发动了，匆匆赶往医院的路上，偏偏又遇到了晚高峰堵车。眼看时间一分一秒过去，高女士又疼又怕，在出租车上哭喊着，婆婆何阿婆情急之下，决定下车求助。事情会如何发展，孩子能顺利降生吗？今天的温暖瞬间，让我们先回到一个多月前，这惊险的一刻。

　　【文字：2023年5月10日下午5点25分，志丹路甘泉路路口，晚高峰道路拥堵，市民何阿婆跳下出租车向民警求助】

　　【实况】能不能帮我开一下道，我车上有个人要生小孩，急死了。

　　【文字：民警护送出租车，与时间赛跑，几经周折，到达了最近的普陀区人民医院。】

　　【实况】（产妇叫喊声）

　　【文字：下班路过的医生折返回来，钻进车里。】

　　【婴儿啼哭声】

　　【文字：几分钟后，车内传来了一声婴儿啼哭，在众人呵护中一个新生命诞生了。】

　　孙敏耀便是那时为孕妇开道的民警。他直言，从警十几年来，第一次遇到这样的情况。

　　【采访】孙敏耀　上海市公安局普陀分局交警支队民警：我看她很着急，我作为人民警察，群众有困难，肯定要出手相助的。我都没有思考，就想着快点把她送到医院去。

产妇是提前发动，原定目的地是"一妇婴"，车程要 40 分钟。晚高峰路况复杂，孙敏耀注意到后车似乎跟丢了，又下车指挥车流让路。这时，新情况发生了。

【实况】这里附近哪里有医院？小孩马上要生出来了！

紧赶慢赶，出租车转去了最近的普陀区人民医院，孙敏耀跳下车冲去前台找医生。这时，刚下班的妇产科医生王莱娜恰巧路过。

【采访】王莱娜　普陀区人民医院妇产科医生：听到旁边的人说，好像小孩出来了！我一下子惊到了，没想什么就跑过去了，看看是什么情况，我刚好是妇产科医生，看能提供什么帮助也好。

王莱娜工作快满 3 年了，这个平日里腼腆羞涩的年轻姑娘，熟练地戴上手套，一头扎进车里。

【采访】王莱娜　普陀区人民医院妇产科医生：肯定是很紧张的，分娩短短几分钟内，情况会瞬息万变，打开一看，新生儿刚刚出来，也没怎么动。我想快点确认这个孩子到底好不好。

孩子已经娩出，胎盘还在体内。王莱娜迅速检查了婴儿口鼻，她轻轻一拍，新生儿的哭声终于传来。

【婴儿啼哭实况】

院内的值班医生也带着药品器械赶到了，母子平安入院。守在一旁的家属和民警，终于松了一口气。

【实况】真的，我很激动的！我非常感谢！（警：不需要谢的）感谢感谢！（生了孙子是吗？恭喜恭喜！）

【采访】孙敏耀　上海市公安局普陀分局交警支队民警：心里一块石头落地了。看到母子平安，心里还是很开心的，给了群众一个圆满的结局。尽了我自己最大的能力了。希望小朋友茁壮成长，以后成为祖国的栋梁。

不愿留名的爱心饭店

【导语】

上海，城市的温暖触手可及。今天的温暖瞬间，我们带您回忆一次特殊的"曝光"，今年的 2 月，市民施老伯向我们发来了一条特别的求助信息。求助内容，不是因为自己碰到了什么困难，而是，他想公开地向一家饭店道一声"谢谢"！

住在浦东航头的施老伯，已经年近七旬，本就疾病缠身，但他还有一位年迈体弱的母亲和一个身患喉癌的弟弟，住在 40 公里之外的徐汇长桥四村，几十公里的距离让老人难以照顾到两位至亲的日常，但就在此时，一家普普通通的饭店，默默解开了施老伯家的困局。

这家饭店在过去的 3 年里一直免费为周边 10 多户行动不便的重残老人上门送餐，一天两趟，3 年里风雨无阻，即便是疫情最严重的时候也从未中断！但店家明确表示，不愿意被报道、被表扬，只想安安静静在做好自己的事情，节目播出后，这份爱的暖流在申城瞬间传递开来。

3 年，1 000 多天，每天两顿免费的饭食，从未落下，就因为当初的一句简单承诺。

（饭店　马经理：只要我们开着，你们肯定有吃的，不管什么时候，冬天夏天。）

[施老伯：我母亲是 92 岁，我兄弟是（喉癌等），两个绝症大病，家里也没人烧饭。我就跟经理说了，他亲自到我家里了解，了解下来，我家里确实也很困难，对吧，他就说，你放心，你妈妈的事就是我们店的事，我们把它一切做好。从今天开始，你妈妈的饭，我们全部包掉。我说我要出钱。不要不要钱，3 年里面没有一次断过。]

就这样，跟施老伯无亲无故的饭店，每天都安排送餐上门，热气腾腾，可口暖心。

（饭店员工　小付：老施，来了来了。你好，你好，谢谢谢谢！餐到了，谢谢辛苦了，应该的，不客气，谢谢。）

然而，要向这家餐厅言谢的，并不止施老伯一家，目前徐汇长桥地区，还有 8 位重病或残疾老人在被他们温暖地照护着。

（108 号楼　阿姨：我们是最特殊的一个例子，我们两个不能走们吃饭成问题了。儿子不在身边。马经理，还有这个小付好得不得了，风雨无阻，下大雪下大雨打雷，这个 40 度高温天气，他们每一顿不拖时间的。疫情期间更加了，这个时间准得不得了。）

[施老伯：那疫情有一段时间，封控的话就送不了吧？也送！他就送到门口，就送到（小区）门口，叫我兄弟自己到门口去拿去取。]

事实上，那段日子里，饭店是特意留了部分员工住在店里，以防这群老人餐食无着。

（施老伯弟弟　喉癌患者：他们员工看老太太这么大年纪，送饭来，还不时有时候买点什么，自己掏腰包买点水果给她吃，我很感动的，太感动了。）

老人们希望通过媒体来表达感谢之情，但马经理却反复请求记者，希望饭店的名字不要曝光出去。

（饭店马经理：我们在长桥十几年了，也确实是长桥人民关心我们、照顾我们，我们才能够有这样的生意。有需要我们帮助的人，我们才去关心。只要我们开着，你们肯定有吃的。不管什么时候，冬天夏天。因为为什么你知道吗？因为我们家庭过得很好，员工过得很好，就做点这种事情是我们应该。）

虽然最后的报道中隐去了饭店的名字，但新闻播出后，还是有眼尖的网友一眼辨认出，纷纷转发点赞。在点评 App 中，从今年 2 月至今，主动打卡并留下好评的数量一直居高不下，出现了许多"自来粉"。

（大众点评工作人员：大部分是一些感激的、点赞的、鼓励的一些内容，等到线下堂食恢复之后，这个店的评论区又出现了很多那种，因为报道慕名而去的一些用户，很多用户吃完之后也表示说要办会员卡呀，默默地给他们好评呀，打气的这种内容，都非常暖心。）

距离上次报道 4 个月后，记者再次来到这家饭店，店家依旧婉拒了采访。当天突降大雨，好在记者又遇到了送餐员小付。

［店员　小付：小付，你等我一下，这个是几份（饭菜）？今天这个是 7 份，今天又开始送了吗？一直在送啊！今天总共是 7 份对吧？没有，还有别的地方（要送）。但是稍微再晚一点，因为今天下雨天，我们赶快把这些餐送掉，因为这下雨天的话，这个雨水要是滴了（饭）就容易凉，老人就吃起来就没那么好，我抓紧时间去送，赶快送掉。］

店员匆匆离开，记者没有再上前打扰。而通过街道老龄办，我们也欣喜地得知，在长桥地区，类似这样的敬老公益餐厅还有数十家之多。这种简单、本真、纯粹而不被打扰的爱，正在这片街区自由生长。

紧急"违停"　护送失明老人

【导语】

上海，城市的温暖触手可及。今年 65 岁的王先生，是一位盲人，5 月 9 日，他在过马路时，不小心误入机动车道，非常危险。好在，机动车驾驶员小罗，果断在路中间下车，上前搀扶，才化解了险情。

这一瞬间，被热心网友发布到网上，获得了大量留言和点赞，我们《新闻坊》也报道过此事。前不久，当事人王先生通过属地街道，联系到了我们，王先生回忆说，那一刻自己只知道被人搀扶了，后来看了报道才知道，当时是如此危险，对方是不惜违停来帮助自己的，因此，非常希望能够向恩人当面致谢。今天的温暖瞬间，就让我们一起见证这暖意融融的重逢。

【文字】5 月 9 日，金山区卫零路、龙胜路路口，盲人王先生不慎走偏，误入机动车道，驾驶员罗晟果断停车，跑上前去将王先生搀扶至安全位置。

当天短短几分钟的援助，把盲人王先生拽出了危险境地。王先生最近才得知，金山小伙罗晟当时是不惜"违停"来帮助自己，抱歉之余很想感谢。于是在采访王先生的这天，记者也联系了小罗。

[实况：这位就是罗晟。哦哟小伙子，真是对不起，对不起！（不要紧，不要紧的。）你受了委屈！你扣分扣了几分啊？（没罚款。）分扣了吗？（也没扣。）你这小伙子不错啊！谢谢。]

[实况　陈阿婆　王先生的母亲：我是在想，新闻记者同志是不是知道你的电话和地址，我想亲自去谢谢你。（不谢不谢，今天我不是来了吗？）我想不到你来呀。]

王先生十几年前患上眼疾，逐渐双目失明，与 90 多岁的老母亲相依为命。那天独自出门买文具，没想到路不熟，走歪了。

（采访　王先生　金山区石化街道居民：只知道有人搀我，他当时说，你走歪了，我想走歪了那我就麻烦了，路要找不到了。）

（采访　罗晟　助人小伙：一开始我是出于礼让行人，您走在靠北面，我想车子停下来，等您走过去了，我再车子往前开，但是我看您走着走着，走偏了。我一看，车子马上过来了，其他的车也要过来了，我就赶紧下车了。）

周边亲友看到报道，跟陈阿婆聊起，母子二人这才知道，原来王先生当时已经走到了机动车道上。

（采访　陈阿婆　王先生的母亲：我听人家说的，有个像你儿子，有个小伙子来搀你儿子。你儿子在过马路，如果不来搀他，出了事情不得了！我想到了眼泪要出来，救了我儿子一条命！　我听人家说，这个小伙子要扣分，罚掉 200 块，我想那我怎么对得起人家。）

小罗赶紧说，金山交警已经人性化执法，撤销了处罚，请阿婆放心。

（采访　罗晟　助人小伙：如果说我做了一件暖心的事，交警也让我很暖心，其实事情发生之后，我一直也想来看看王师傅，看看他最近过得怎么样，来了之后，看到王师傅和他的妈妈都过得很好，心里有股暖流涌上来吧。）

王先生中年失明，本是沉重的变故，但这十余年来，身边大大小小的帮助从未间断，令他们母子俩心中倍感温暖。借此机会，也想通过镜头，向所有好心人，说声谢谢。

　　（采访　王先生　金山区石化街道居民：我下去到倒垃圾，有人要帮我搀一把，还要主动帮我倒，我到对面去买菜，过马路也有人搀我一把。）

　　（陈阿婆　王先生的母亲：看我儿子去缴税费，摸来摸去摸不着，人家就不要我们去付水费了。免费服务，免费上门，自来水厂的周科长、小刘小朱、托儿所的园长，送了很多东西给我们，居委也很关心我们，样样事情都想到我们。想谢谢他们。）

2023 年度上海广播电视奖
参评作品推荐表

作品标题	"三所联动"处置"僵尸车"，这份攻略可收藏	参评项目	专门类
		体　裁	典型报道
		语　种	中　文
作　者（主创人员）	顾隽絜	编　辑	杨叶超
刊播单位	上海广播电视台东方广播中心	刊播日期	2023 年 7 月 10 日 7 点 13 分
刊播版面（名称和版次）	上海新闻广播《990 早新闻》	作品字数（时长）	3 分 21 秒
（作品简介）采编过程	"僵尸车"长期占据有限的道路资源，让许多原本就停车矛盾突出的社区，更加面临停车难题。如何解决"僵尸车"顽疾？记者发现，虹口凉城新村街道有着自己的一套方法。记者实地探访，采访相关部门，展现虹口相关部门试点将"僵尸机动车"处置问题纳入"三所联动"居委片区"一月一商"例会机制，由片区居委组长召集派出所、司法所、律师事务所、居委机关联络员、各居委负责人和调解员共商对策，情、理、法相结合，将这一顽疾化解。		
社会效果	"三所联动"始终聚焦多部门协同联动，汇集派出所、司法所、律师事务所三方合力，产生了"1+1+1＞3"的基层治理效能，在化解邻里、家庭等传统纠纷上获得了良好的效果。该报道体现的"三所联动"矛盾纠纷化解机制，从虹口起步，后又在全市推广，成为践行发展新时代"枫桥经验"的具体举措，也是上海在社区治理中探索多元解纷的新模式。		

"三所联动"处置"僵尸车"，这份攻略可收藏

　　长期停放在小区里的"僵尸车"，不仅占用紧张的公共停车位，影响环境整洁，更存在安全隐患。车主不主动配合，物业没有执法权？不少居民区都遇到这些共同的难题。虹口区凉城新村街道近日通过引入"三所联动"机制，不仅清理了一批"僵尸车"顽疾，还总结出了一份"挪车攻略"。请听报道：

　　记者跟随市民王女士来到凉城路中虹花园小区，她指着一处居民楼前的空地说，之前这里停着一辆机动车，车身破损，一停就是好多年，地面上甚至都留下了汽车底盘的轮廓。最近，通过多方努力，这辆"僵尸车"总算被车主移走。

　　【问题解决了，因为你现在资源共享了，大家都可以停车子。本来它占在这里，根本就没办法开了，影响这个环境，看上去很难看的。】

　　类似的"僵尸车"小区里共有 4 辆，之前都长期占据车位。不少居民都希望把这些车辆移走，物业、居委也几次介入，但是每次沟通，有的车主虽然口头答应，但始终没有实际行动，有的干脆声称车子不是自己的。真的拿他们没办法吗？至合律师事务所高级合伙人李莹晖说，对"僵尸车"并不是无计可施。

　　【僵尸车停在马路上，交警可以处理，城管可以处理。它如果停在绿地上破坏绿化了，绿化部门可以处理。停在小区里面，不付物业费长期占用，物业公司可以处理。】

　　当然，在实际操作中，物业公司处置小区内的"僵尸车"，成本高、难度大，常常不了了之。街道便试点将"僵尸机动车"处置问题纳入"三所联动"居委片区

"一月一商"例会机制，由片区居委组长召集派出所、司法所、律师事务所、居委机关联络员、各居委负责人和调解员共商对策。社区民警丁兴华说，在掌握线索后，他们联合交警一起锁定了车主信息。

【通过我们公安系统这个平台，对车主包括他的车辆信息进行一个查找，把信息掌握一下，那么物业再去联系。这 4 辆车当中实际上有两个人已经不在我们小区了。】

虹口区司法局凉城新村司法所副所长王惠军说，各方从自身职能出发，寻找法律依据，理顺法律关系，形成初步治理方案。通过"三所联动"平台约谈车主，律师对车主进行释法教育，调解员就车主欠缴的停车费开展调解，最终，几位车主都同意自行处置"僵尸车"，整个过程讲情理、明事理，又讲法理。

【因为车辆的物权是属于这个车主的，如果我们擅自去处理的话，可能会引发后续的一些纠纷矛盾。其实我们主要的就是破解这个难题，就是要在法治的轨道上。】

在积累了中虹花园的处置经验后，司法所总结了一张"僵尸机动车"处置流程图。王惠军说，通过"三所联动"平台，将如何约谈车主、通过哪些方式告知"僵尸车"的危害、怎样开展集中整治清理，以及遇到什么情况可以提起民事诉讼等步骤，进行梳理。

【这个问题并不是这个小区单独的一个问题，其实在我们其他居民区应该也存在这个问题。所以我们想运用"三所联动"这个机制，把它形成一种可以复制的、可供参考的，让居民区一看就懂的流程。】

2023 年度上海广播电视奖
参评作品推荐表

作品标题	全国最美教师张人利：书写"轻负担高质量"教育新篇让师生享受教与学的乐趣	参评项目	专门类
		体　裁	典型报道
		语　种	中　文

作　者（主创人员）	方云/潘韬志	编　辑	吴　竑

刊播单位	上海教育电视台	刊播日期	2023 年 9 月 10 日

刊播版面（名称和版次）	《教视新闻》	作品字数（时长）	5 分 31 秒

采编过程（作品简介）	2023 年教师节前夕，全国最美教师评选揭晓。上海市特级校长、上海市静安区教育学院附属学校校长张人利获得该荣誉。上海教育电视台记者第一时间赶往学校进行专题报道，通过现场采访，梳理资料，从新学期开学典礼切入，全景反映了张校长用 25 年的时间，将一所薄弱学校打造成沪上知名的跨越式发展优质校；用极具前瞻性的理念，率先开展"减负增效"改革，书写了"轻负担、高质量"的教育新篇章。
社会效果	教师节是尊师重教的日子，当天推出张人利校长的为人为师为学的感人故事，向全社会传递当代教育工作者的教育智慧和奉献精神。

全国最美教师张人利：书写"轻负担高质量"教育新篇　让师生享受教与学的乐趣

【导语】

用 25 年的时间，将一所薄弱学校打造成沪上知名的跨越式发展优质校；用极具前瞻性的理念，率先开展"减负增效"改革，书写了"轻负担、高质量"的教育新篇章。奇迹的背后，究竟有着怎样的故事？下面我们一起认识全国最美教师、上海市特级校长、上海市静安区教育学院附属学校校长——张人利。

【配音】

新学年的开学典礼如期而至，张人利校长无比熟悉地走上演讲台，送给学生和老师的寄语，也依旧保持着他最朴实的风格。

【身份】全国最美教师　上海市静安区教育学院附属学校校长　张人利

【同期】义务教育阶段应该成为我们教师享受的过程、学生享受的过程，这就是教与学的享受过程。

【配音】让学校成为师生享受其中的乐园，是张人利 25 年来坚守的理想。静教院附校的前身是海防中学，上海静安区内一所薄弱学校，1998 年，时任静安区教育学院院长的张人利临危受命，兼任校长。究竟是沿用旧法、维持现状，还是另辟蹊径开展课程教学改革、打造一个自己理想中的校园？他果断地选择了后者。在上海市二期课改大环境下，张人利提出了按学生"最佳发展期"设课、按"最近发展区"施教的课程与教学改革理念，并开创了后"茶馆式"教学样态，学生自己能学会的教师不讲，尽可能暴露潜意识，培养其自主发现和解决的能力。

【身份】全国最美教师　上海市静安区教育学院附属学校校长张人利

【采访】就要从过去的，是以教师认为的学科体系进行讲解，变成遵循学生认知规律，在教师的帮助下，让学生自己进行建构。

【配音】在张人利的整体规划下，课堂充满了师生之间的对话和生命跃动。全国模范教师，学校"元老级"语文教师陈美，正是从这样的教学新样态中成长起来，也是校长给予了她不断探索求变的灵感和勇气。

【身份】全国模范教师　上海市静安区教育学院附属学校语文教师陈美

【采访】张校长是普罗米修斯式的英雄，坚韧、勇敢，比如说学习的内容、学习的方式、教师提供的指导，等等，慢慢地去认同。

【配音】后"茶馆式"教学，变"教师的讲堂"为"学生的学堂"，倡导学生独立学习、合作学习，从书中学、在做中学。课上的学习效率提高了，课后的作业负担也减轻了。

【身份】上海市静安区教育学院附属学校学生　章维欢

【采访】学校里能够完成的作业就完成，除了是在电脑上做的作业，其他要在家里完成的，一般不会超过半个小时。

【配音】创新领跑课堂教学改革，彻底改变了原本的薄弱状况，静教院附校一跃成为沪上知名的九年一贯制学校。2008年起，张人利专任附校校长，他的目标是要进一步擦亮"轻负担、高质量"的名片，闯入教育改革深水区，构建绿色教育生态。一系列落到实处的课程安排和特色活动创设，激发起了学生的潜能，使其一边享受快乐，一边收获成长。

【身份】上海市静安区教育学院附属学校学生　徐子熹

【采访】我很喜欢张校长帮我们组织的"明星闪亮30分"活动，让我们自己想节目编排，像是有跳舞、唱歌、相声等。

【身份】上海市静安区教育学院附属学校学生　李文嘉

【采访】张校长经常跟我们说，多运动有利于身心健康，我现在每天的体育课加上大课间的时间，有将近两个多小时，让我感觉到精力非常充沛，能更好地投入到学习中去。

【配音】对照绿色教育指标，有一项数据让张人利特别自豪，那就是连续 5 年全校学生的近视率低于上海市平均值近 20%，今年还作为上海唯一的学校代表，在教育部防近工作会议上介绍经验。摘掉眼镜，告别题海，拥抱健康，就是减负增效最直观的反映。

【身份】全国最美教师　上海市静安区教育学院附属学校校长张人利

【采访】它实际是"小眼镜"发现"大问题"，包括睡眠、体育活动、艺术活动、回家作业，它是一个综合体现。

【配音】2021 年 7 月，义务教育"双减"政策实施，"减负""增效"引发社会广泛关注。张人利积极总结"轻负高质"和教育教学改革的创新经验，不断向上海乃至全国辐射输送。作为"上海市中小幼名师名校长培养工程"基地主持人、"高峰计划"导师，他领衔了"初中强校工程""集团化办学""课程领导力"等多项课题，带教的"徒弟"已遍布上海和全国各地。

【身份】全国优秀教师　上海市静安区教育学院附属学校数学教师李贞

【采访】张校长一直告诉我们，要用数据来说话，这些数据也让我们非常信服张校长的理念，按照张校长的这样一个思路继续前进，对我们老师来说也是一种成就感、满满的幸福感。

【配音】教师教得投入，学生学得起劲。张人利认为，教与学共生、共享，教学方式的全面优化，正是将党中央推进育人方式改革的决策要求落到实处，也是他耕耘基础教育沃土五十多年最深刻的心得，为人师者要用自己的生命改变脚下这方土地，成就孩子们多姿多彩的人生。

【身份】全国优秀教师　上海市静安区教育学院附属学校校长张人利

【采访】从某种程度来说，基础教育是一种"人学"，是对人研究的学问，也就是说你随时随刻，不但要关注学科，你更加要关注你的教学对象——学生。

2023 年度上海广播电视(地区)奖
参评作品推荐表

作品标题	这些年,在平凡中坚守	参评项目	专门类
		体 裁	典型报道
		语 种	中 文
作 者 (主创人员)	张淑慧、赵维杰	编 辑	张淑慧
刊播单位	宝山区融媒体中心	刊播日期	2023 年 7 月 9 日 20:00
刊播版面 (名称和版次)	宝山电视台	作品字数 (时长)	3 分 15 秒
采编过程 (作品简介)	"从工作第一天,我就下定决心,把它当作自己的家里一样打扫。20年了,我也一直是这样做的。"——宗国美 　　厕所晕倒的老大爷被她及时发现挽回生命、帮助走丢的女孩找到家人、帮助附近老人疏通马桶……作为申城市容环卫行业的一分子,宗国美把干一行爱一行体现得淋漓尽致,把对社会的爱心和责任心体现在日常工作中……她用汗水洗净城市,一如既往地守护这座城市的美丽。		
社会效果	视频以一名公厕保洁员的视角,讲述了她对"干一行爱一行"的执着与坚守、认真与负责。同时从她的故事中,带来了满满的正能量,传递了生活中存在的那些温暖和美好的瞬间,让观众感受到社会上处处存在着真善美。观众们留言表示,现在这种利他的人越来越少了,要多宣传这种正能量的代表。		

这些年，在平凡中坚守

我叫宗国美，是一名公厕保洁员。多年前和千千万万的打工人一样，来到了繁华的上海，找到这份工作，虽然是公厕保洁员，但是做工作必须要干一行爱一行。

从工作的第一天，我就下定决心，把它当作自己的家里一样打扫。

宗国美同期声：擦洗手盆跟擦水龙头、擦镜子，是要用不同的毛巾颜色来区分，你不能一条毛巾又擦桌子又擦台面再擦镜子，这条棕色的毛巾是专门擦镜子的，灰色的毛巾是清洁水龙头跟水池的，绿色的毛巾是最干净的，毛巾是消毒的，大家都可以用了就更放心一点。

我服务的公厕位置临近医院和学校，人流量很大，更要确保每一个角落的干净整洁。还记得刚开始工作的时候，每逢梅雨季节或阴雨天，打扫难度就会增加，一天下来手忙脚乱，不仅身体累，还老是觉得没有打扫到最满意。后来慢慢地我逐步摸索总结出了一套自己的保洁方法：比如早擦夜冲、九步打扫法、全效保洁法……

有一年夏天，一位老大爷进去如厕，我看他年纪很大了，就对他多留心了一下。后来过了好一会儿他还没出来，我就去敲门，敲了几次门都没有反应，我猜测可能出现了什么意外，于是我连忙搬起高脚板凳从门板上往下看，只见老人歪倒在一旁，呼喊也没有反应。我一边拨打120，一边请其他如厕的居民帮我一起将大爷扶到管理室的长凳上平躺着，拿出风油精等给大爷施救，终于在120到来之前大爷逐渐恢复了意识。

这些年，我和公厕附近的很多居民们都已经很熟悉了，就像自己的家人一样。我会去看望儿女都不在身边的老阿姨，也会用学来的技巧帮助过附近的居民疏通家里的马桶……能为附近的居民做点事情，我的心里总是甜甜的。

现在，我考取了公厕保洁中级技术等级，也会利用轮休时间，代表公司为兄弟单位公厕保洁员现场教学……作为一名在一线工作了快 20 年的环卫工人，我很开心能为环卫事业的建设贡献一份力量，也会一如既往地守护这座城市的美丽。

附微信推文文稿：

宗国美，上海海淞环境卫生服务有限公司的一名公厕保洁员，自 2005 年以来一直工作在公厕保洁的第一线，至今已有 18 年。18 年来，她坚守岗位，默默奉献，曾先后多次被评为宝山区绿化和市容管理局先进个人、先进生产者。2016 年获评"上海市最美公厕保洁员"和"上海市五一劳动奖章"，2018 年获"感动宝山人物"荣誉称号，2020 年获"上海市劳动模范"称号，2023 年获"全国五一巾帼标兵"称号。

宗国美，是上海海淞环境卫生服务有限公司的公厕保洁员。多年前和千千万万的打工人一样，来到了繁华的上海，找到了一份工作，虽然只是清洁管理一所公厕，但是做工作必须得干一行爱一行。公厕虽小，却和市民的日常生活息息相关，是城市服务的重要窗口和风景线，它能展示城市的基础形象，更是衡量整个城市文明程度的重要指标。正是这样的信念，让宗国美在环卫事业上不断学习、不断进取、精益求精，为上海的市容环卫建设、为打造出上海最美风景线而努力拼搏。

宗国美说，她要用一颗爱的责任心，把它当作自己的家里一样打理。公厕位置临近医院学校，人流量很大，更要确保每一个细节与角落的干净整洁，如遇阴雨天或梅雨季节都必须及时跟踪保洁，每天工作量因此成倍地增加。"勤、净、景"是她的工作质量的标准，逐步摸索总结出了一套高效清洁的标准化保洁方法：比如早擦夜冲、九步打扫法、全效保洁法。针对天花板、墙面、地面、管理室及门前 5 米范围内用自己专业的方式打扫，从上到下、从里到外，一点一点排除。

宗国美积极参加各项职工技能大赛，吸取经验，取长补短，并考取了公厕保洁中级技术等级，成为公厕保洁规范化能手。利用轮休时间，代表海淞公司为兄弟单位公厕保洁员现场教学，示范操作公厕保洁的技巧，从学通、做精，再到传帮带，为环卫事业的建设贡献一份力量。

作为申城市容环卫行业的一分子，宗国美以"耐心、细心、热心、虚心、微笑服务"要求自己，把对社会的爱心和责任心体现到日常工作中。"扶一把、问一声、望一下、送一程"，哪怕是对问路人的求助，她都会力所能及地给予帮助。有一年盛夏，有一位老大爷进去如厕，好一会儿几次敲门也没有动静，宗国美担心有事情，拿起高脚板凳从蹲位门板上往下看去，看见老人歪倒在一旁，呼喊也没有反应。于是宗国美忙请其他如厕的居民帮忙，一边拨打 120 求助，一边将老人扶到管理室的长凳上平躺着，从小药箱里拿出风油精等给老人，采取敷冷毛巾的办法等进行施救，并立马向班组汇报，终于在 120 到来之前老人逐渐恢复了意识。

公厕不仅是环境美化的产物，也让城市更具亲和力和文明魅力。春去秋来，宗国美以自己的爱心和热忱与附近的居民们建立了深厚的友谊，就像自己的家人一样。宗国美经常去看望过儿女都不在身边的老阿姨，用学来的技巧帮助过附近的老人疏通家里的马桶，帮助在公厕走丢的小女孩找到过家人……她说能帮附近的居民们做点事情，心里总是甜甜的。

作为一名在一线工作了快 20 年的环卫工人，宗国美说一定不辜负党和人民的期望，听党话、跟党走、讲团结、促和谐，发扬能吃苦、能奉献的环卫精神，更加努力地工作，用劳动圆梦、以奋斗启航，用汗水洗净城市的铅华，一如既往地守护这座城市的美丽，为打造城市服务、擦亮服务窗口而不断努力。

2023 年度上海广播电视奖
参评作品推荐表

作品标题	焦点对话：2.2 亿彩票大奖为何引发公众吐槽？	参评项目	专门类
		体　裁	舆论监督
		语　种	中　文
作　者（主创人员）	杨龙跃、杨臻	编　辑	集体
刊播单位	上海广播电视台融媒体中心	刊播日期	2023 年 12 月 7 日 21 时 46 分 55 秒
刊播版面（名称和版次）	东方卫视《今晚》	作品字数（时长）	11 分 08 秒
采编过程（作品简介）	2023 年 12 月，江西南昌一彩民独中 2.2 亿元彩票大奖，且无需缴税，引发广泛关注。随着中奖彩民现身领奖，事件发酵至高潮，网友质疑声不断，相关话题登上多个热搜。《今晚》栏目紧扣舆情热点，快速组织电视版面，以"独家采访＋疑点梳理"呈现事件来龙去脉，以及事件中引发网友质疑的几大环节。同时，结合福彩近年来屡次出现争议、违规事件的背景，引入舆论呼声很高的"彩票实名制"建议。同时，节目还梳理了部分国家对于彩票实名制的做法，引入他山之石，给观众思考这一问题提供了更多的维度。 　　通过这一套"组合拳"，当期节目旗帜鲜明地亮出"公信力是福彩事业生命线"的立场，抓住舆论质疑关键，督促当地和相关部门启动调查，及时回应公众关切。		
社会效果	该节目坚持"台网并重"的原则，除了在电视端播出外，7 日当晚，电视节目播出片段及嘉宾评论还被拆分成了多个短视频，在抖音、看看新闻、快手等平台推出，全网点击量近千万。其中，仅抖音平台的点击量就超过 600 万，网友点赞、评论热烈。不少网友认为该节目"点评到了点子上"。		

社会效果	节目相关视频被媒体大量引用带动"广场效应"升级，也推动了事件进展。江西税务 8 日回应称，对于该彩民是否需要纳税存有疑虑，须进行评估。11 日，江西某律师事务所专门给江西省民政厅发了一封律师函，希望就彩民中奖 2.2 亿元一事相关问题给予回复和信息公开。

焦点对话：2.2 亿彩票大奖为何引发公众吐槽？

【导语】

尹凡：近日，江西一彩民花 10 万元买彩票中了 2.2 亿元的事件，引发众多网友的关注。对此江西省民政厅今天回应媒体称，目前正对此事进行调查，不过中国福彩今天在接受《今晚》栏目采访的时候，却给出了另外的说法。中国福彩表示，2.2 亿元中奖行为没有内幕，也没有接到有关调查通知，中奖人的身份及购买记录不便公开。

【片子】

中国福彩工作人员：这个福彩的开奖它都是有现场的公证人员进行现场公证的，（现场）进行监督，没有内幕，开奖都是公开、公正、透明，摇奖机随机摇出来的。

东方卫视记者杨臻：江西民政这边说会进行调查，那还会再去调查这个事情吗？

中国福彩工作人员：没有收到相关的这个通知。

【导语】

尹凡：这位中奖彩民购买的是快乐 8 游戏，指的是从 1～80 共 80 个号码中，任意选择 1～10 个号码进行投注，每注的金额人民币 2 元，这个游戏每天销售一期、开奖一次，采用专用的设备来摇奖，共摇出 20 个号码。这位中奖的彩民所选的 7 个号码全部押中。12 月 5 日，这名独中 2.2 亿元的彩民已经兑奖，而围绕该事件的诸多质疑也屡次登上热搜。

【片子】

江西福利彩票网披露，5 日中奖彩民已来到江西省福彩中心兑奖。12 月 2

日，该彩民在南昌市福彩站点共购买了 5 万注号码相同的快乐 8 游戏"选七"玩法的彩票。当晚他所购彩票均中得快乐 8"选七中七"奖项，总奖金达 2 亿多元。

这位大奖得主表示，自己购买彩票已超 5 年，家庭经济条件不错，每周会购买彩票三四次，每次购彩资金在数千元到数万元不等。前几天也曾连续多次购买了同样号码的彩票。

不过有网友表示，以约 10 万元的金额连续投注同一号码的做法十分罕见，相当于精准投注，怀疑是否存在内幕消息。此外，"选七中七"的单注中奖金额为 1 万元，根据我国福彩相关规定，单注中奖金额在 1 万元以上，须缴纳个人所得税。而由于该彩民中奖金额触发了限赔额度，单注奖金只能达到 4 475 元，成功规避了 4 000 多万元的税金，或成为中国彩票史上首位奖金过亿且不必缴税的彩民。

而开出大奖的彩票站点也受到了质疑。有媒体实探发现，该站点今年国庆节才开业，到现在只有两个多月。店主称中奖彩民此前也曾来买过彩票，但数额不大，只有几百元。

【访谈】

尹凡：好的，这个话题我们来连线中国人民大学公共管理学院的教授马亮。马教授，这件事情曝光之后，舆论热议一直不退，那么在您看来，这件事情为什么引发了如此持续广泛的关注？而面对这样的关注，相关的管理部门应该如何应对、如何处置？

马亮：谢谢主持人。这个问题我也是非常关注，因为这样一个彩民，他花了 10 万元，买彩票中了 2.2 亿元，而且是买法非常巧妙，也不用去支付个人所得税，所以这个情节非常巧合和离奇，我觉得一个正常人都会去怀疑这其中是不是有问题。因为你知道彩票中奖概率很小，中大奖的概率微乎其微，像这样中超大奖而且不用交税，几乎是你想不到的。所以我觉得公众是有理由去怀疑这个过程之中有没有一些内幕交易、暗箱操作（等）问题。因为大家知道福利彩票是一个公益事业，是我们所有的彩民托举起来的公共事业。那这个时候的话其实我们非常要关注到大家的关切，去考虑怎么样让大家去看到这个问题，或者说让大家能够认识到这样一些方面的情况。所以我觉得非常重要，就是要启动相关的调查机制，去调查这样一个事件，让大家能够看到这样一个问题是否存在，或者说是能够赢得公众的信任。特别是如果是福彩自己去调查的话，可能会有自说自话这样一个嫌疑，所以非常重要的就是怎么样能够引入一些第三方的独立调查，对这样一个事件进行澄清。如果不存在这样一些问题的话，我觉得可以还中奖人和福彩机构一个公道；如果存在这样一些问题的话，我也觉得也需要去严惩不贷，让大家能够放心。

尹凡：好，马教授我们稍后再来（聊）。何婕，就像马教授刚才所说的这件事情如此之巧，以至于运气根本就无法解释这件事情。

【导语】
何婕：对，其实马教授已经说了，疑点很多，那疑点提出来之后，问题是这疑点能不能得到回应？并且如果有问题的话是不是可以被解决？我们稍后继续来讨论。公众的担忧确实不无道理，事实上自从彩票发行以来，有关作弊、暗箱操作等传言就没有停过，而不时曝出的舞弊事件和负面新闻，也在消解着彩民对彩票事业的信任与信心。

【片子】
说起彩票舞弊事件，很多人对于当年的宝马案还记忆犹新。2004 年 3 月，西安小伙刘亮中了一等奖宝马轿车，但事后主办方称其彩票是假的。后经调查，该案竟然是由陕西体彩中心主任、副主任、经销商、全程公证的公证员一条龙串通进行造假，涉案人员也相继被捕。

2006 年，国内又爆出首例彩票销售员利用监管漏洞，空投套购巨额福利彩票案。2009 年，深圳出现软件工程师利用与福彩中心合作植入木马程序获利案件。这一系列舞弊案的出现引发了彩票公信力的严重危机。

除此之外，彩票资金支出不明，也曾成为舆论质疑的焦点。2014 年，在审计署针对彩票资金展开的大范围审计中，挪用体彩资金炒股、侵占福彩公益金建宾馆等违规违法行为陆续曝光。多地彩票中心的多位负责人先后落马，据中央纪委国家监委网站披露，党的十八大以来，中国福利彩票发行管理中心原主任鲍学全、王素英，原副主任王云戈、冯立志等 14 名局处级领导干部因违纪违法被查处。

【导语】
何婕：在彩票史上，神奇彩民一举清空奖池的事件往往会引发争议，因此在江西这次彩票风波发生之后，也有舆论在呼吁，应该以实名来购彩，公开实名领奖等方式来消除社会的质疑。

【片子】

2009 年 7 月 1 日生效的《彩票管理条例》规定，彩票发行机构彩票销售机构、彩票代销者，以及其他因职务或者业务便利知悉彩票中奖者个人信息的人员，应当对彩票中奖者个人信息予以保密。此举也许是从保护中奖者的个人隐私和安全角度考虑。

不过也有观点指出，采取彩票实名制，可以避免彩票丢失、被盗、冒领等情况，更可以避免监守自盗、挪用彩金等问题，让彩票事业更加公正、透明。

纵观各国在彩票上的规定也不尽相同。在德国，彩票卡已经有多年发展历史，卡上存储了持卡人的姓名、年龄等基本信息和购买记录，多数彩票需要凭卡实名购买；在美国大部分州都要求中奖者公开个人身份，不过近年来陆续有一些州推出法律，允许彩票中奖者匿名领奖；而在日本中奖以后，中奖人的信息是被严格保密的，除非彩民自愿把中奖的喜讯和他人分享。

【访谈】

何婕：好，我们继续来连线马亮教授，在您看来为什么福彩领域会成为反腐败严查的重点区域呢？

马亮：主持人好，其实福利彩票的发行管理涉及的资金金额非常大，动辄就是上亿元甚至几十亿元、几百亿元，所以会成为一些人盯着的"蛋糕"。而且彩票的发行管理过程相对来讲不够公开、透明，相关的监管制度也不够健全，也给一些人可乘之机。你像之前就发生过多起福彩中心有组织的系统性的腐败，类似的腐败窝案都是触目惊心的，包括一些福彩中心的领导干部是前仆后继，给大家非常大的震撼。所以在福彩资金的发放管理和使用方面，包括整个福彩的管理流程方面，大家都会看到这里容易滋生一些腐败，也是为什么大家希望加大这方面的反腐力度。

何婕：您看刚才我们也说来自公众的声音就是应该实名，包括实名购买、实名兑奖等，那么在您看来实名能不能解决刚才我们说的包括质疑、包括可能存在的问题？

马亮：可以看到其实全球各国在彩票要不要实名制方面，没有达成一个趋势性的统一的意见。你像美国的话，多数的州是要求实名制，像北欧一些国家也会要求实名制，但是还有很多国家没有要求实名制。从我们国家的情况来讲，特别是我们现在这样一种管理不善、透明度不高的情况下，我认为应该去推行实名认证这样一种制度，它的利是大于弊的。而且现在我们可以看到我们在几乎手机卡、银行卡各个方面，我们都是实名认证，不存在我们说在彩票方面不实名认证的一个理由，包括我们现在的大数据区块链的技术非常发达，完全可以保护好彩民和中奖彩民的个人信息。所以我觉得这方面的顾虑其实大可不必。非常重要的就是去推行这样一种实名认证的制度，真正地让彩票的管理透明公开，赢得老百姓的公信力。而且在这块的话完全可以去进行相关的制度创新，包括在一些地区和彩种上进行试点、逐步推广，真正让这样一个制度落实落好，让大家在买彩票的时候放心，让中彩票的人也能够得到保护，我觉得这样一个理想的状态是能够实现的。

何婕：您刚才说到公信力，我也想听听您的观点，福彩的公信力受损它会带来怎样的后果？

马亮：可以讲公信力是福彩事业的生命线，如果这样一个生命线不存在的话，我们很难去推动这样一个事业的发展。因为彩民去买彩票，他是抱着一个运气的成分，他相信只要这个运气到了他就能够中奖，但是如果他看到这个福彩的运行管理过程之中存在各种漏洞，甚至是有人设计去进行这样一种操控的话，那他可能就不会去相信，也会让彩票的这样一个事业受损。

何婕：非常感谢马教授接受我们的采访，提供您的观点，谢谢。

2023 年度上海广播电视奖
参评作品推荐表

作品标题	上海这一"官方指定"到底什么来头？记者调查！听听最新回应	参评项目	专门类-舆论监督
作品网址	https://mp.weixin.qq.com/s/mSkLen0s_pJVsAwD6BrBDg https://mp.weixin.qq.com/s/6NH52_tGsownaNfv-yQXmw		
主创人员	吴浩亮、刘水、金莹莹、廖丹灵、庄姜申		
编 辑	魏颖、王卫东		
主管单位	上海广播电视台	发布日期	4月5日7点33分
发布平台	《新闻坊》微信公众号	作品时长	
作品简介	在全市范围内，浦东新区的新房认购，一直采取同其他行政区不同的政策：所有新楼盘必须在一个名叫"慧云新房预约认购客户平台"的小程序上进行线上预约。而每当浦东热门楼盘线上预约认购时，12345 市民服务热线都会收到大量购房人投诉不公，如限号、早早约满、系统繁忙等。大家甚至指出，慧云小程序背后有人为操控嫌疑。针对该疑点，记者进行了一个多月的暗中调查、取证。 　　记者首先采访多位购房人，掌握慧云小程序"人为"干预预约的旁证，如整点放号前已无号、系统一直开小差等以揭示出问题。为了报道更严密，记者随后又以购房人身份，向多个热门楼盘销售了		

作品简介	解"慧云"，从销售员角度证实三个问题——仅浦东指定统一小程序进行新房预约认购；浦东建交委（浦东无房管局，由建交委管理）要求开发商这么做；小程序后台并不掌握在开发商手上。通过此论证也揭示出，一旦小程序出问题，责任方很可能不在开发商，而在相关主管单位。 根据各种"不公平"证据，记者顺藤摸瓜，对慧云小程序的来源、合理性甚至必要性开展调查。调查至此却遇到了阻力：记者在明，小程序运营方在暗；没有开发商愿站出来指正；浦东建交委并不配合采访。不过，记者没有放弃，通过一系列迂回取证，展现出了很强的"创新"调查能力。如浦东建交委不配合采访，记者就以购房人身份拨打 12345 市民服务热线，利用热线督办回复机制，得到了浦东建交委市场处回电，得到慧云小程序是他们官方平台的回复。 随后，记者又从开发商处拿到慧云小程序运营公司同开发商签订的合同，进一步证实使用小程序须收费，后台掌握在小程序运营公司手中。而浦东建交委公开承认其是官方平台，也意味着小程序后台就与其相关。至此，慧云小程序可能的人为操控责任方已坐实。 不过，记者并未就此止步，利用"企查查"等软件进一步证实，慧云小程序运营公司法人是老赖，且政府没有相关招标流程。而为了进一步加强报道的逻辑和严密性，记者又采访其他行政区房管局市场科，反证出全市唯有浦东采取慧云小程序及其存在并无必要。 首次报道后，浦东建交委迫于压力接受了记者采访，但却又公开否认与慧云平台有任何关系。在记者一再追问下，最终承诺后续将取消"预约"流程，恢复线下认购允许开发商自主选择线上认购平台。 不过，记者随即又发现，之后浦东热门楼盘认购中，虽已取消预约流程，却依旧必须在慧云平台上操作。显然，之前承诺并无兑现。据此，记者通过暗访、对比等多种手段，将浦东有关部门这种前后矛盾的说法和做法，在报道中全面展现。尽管慧云平台迅速删除后台数据，但由于记者全过程跟踪平台动态，全部证据得以保留，最终让报道依据充分，无可辩驳。
推荐理由	该作品《新闻坊》微信公众号发布后，点击率近 9 万。电视版面、《看看新闻》等平台转载后，达到数十万点击量。 该报道刊出后，前后两集分别获得了今年 3 月和 4 月上海主要媒体月度自荐好稿。从内容上看，这篇报道也是近年来少有的针对现行规则合理性的"起底"型报道，也是在本市购房新政后，正规媒体中第一个触及上述问题的报道。记者通过一个多月的努力钻研，在缺乏实质证据的不利条件下，通过深入挖掘实证，严密逻辑论证，以两条报道的篇幅，揭开了浦东新区新房认购中的隐秘问题，让有

	关部门无可辩驳。报道获得了各家媒体的广泛转发和引用,同时获得了上海市房屋管理局、上海市市场监管局、浦东新区政府等多部门的关注,得到市、区主要领导的批示。 　　最终在记者第二次报道过后半个小时,"慧云新房预约认购客户平台"正式被关停,彻底改变了浦东新区新房预约认购的不合理规则,也让浦东相关政策最终其他行政区一致,对优化浦东新房认购机制,净化上海房地产市场,提升政府管理能力,保障企业营商环境等众多方面,起到了巨大的推动作用,维护了党中央"房住不炒"的方针政策,也为广大购房者营造了公平公正的新房认购环境。 　　该报道从一个简单的房产投诉开始,记者在缺乏证据,有关部门不配合的情况下,通过自己的摸索、研究、创新,抽丝剥茧地梳理出其中问题和规律,从购房者、开发商、建交委、各区房管部门等各个渠道获取证据,并寻找其中的交集和逻辑点,全方位证明了慧云小程序暗箱操作问题,最终触及小程序幕后控制者。
推荐理由	难能可贵的是,记者在调查取证遇到重重阻力的时候,能创新出奇,突破固有调查模式,合理地利用现行机制规则,创新性地将浦东建交委针对 12345 信访回复与当面采访的矛盾说辞相比对,将其面对购房人和媒体截然相反的回复口径展现出来,反证出有关部门存在的问题。这种大范围迂回式调查,外加左右逻辑互证的编排方式,最终让报道扎实且无懈可击。充分挖掘出慧云小程序人为干预预约;再到遴选、主体不规范情况;最终证明小程序本身的存在并不合理。给市级有关部门针对慧云小程序背后利益链的调查,提供了有力的证据。 　　最重要的是,报道最终彻底改变了浦东新房认购规则,相关责任人被予以追责,将全市新房认购规则拉到了统一层面,更是用行动维护了习近平总书记在中央经济工作会议讲话时提出的"房住不炒"方针,坚实地维护了购房的公平性。

2023 年度上海广播电视奖
参评作品推荐表

作品标题	世界中国学大会·上海论坛：独家专访马凯硕——与中国相处之道 *VOICES: The BEST way to live with China is to strengthen multilateralism—Kishore Mahbubani*	参评项目	专门类-国际传播
作品网址	https://www.shanghaieye.cn/detail？postId=119127		
主创人员	章一叶、刘桂强、吴振华、高佳雯		
编辑	金一鸣、黄安芸、张悦、赵翌		
主管单位	上海广播电视台 融媒体中心	发布日期	2023 年 11 月 24 日 11:07
发布平台	新闻综合频道 ENEX 欧洲电视联盟	作品时长	4 分 03 秒
作品简介	2023 年 11 月 23—24 日，世界中国学大会·上海论坛在上海国际会议中心举办。作品紧扣"全球视野下的中华文明与中国道路"这一主题，从国际视角出发，对话核心嘉宾，形成高端访谈系列。其中，2023 中国学贡献奖得主、新加坡国立大学亚洲研究院杰出研究员、新加坡驻联合国前大使马凯硕在个人影响力和海外社交端的关注度上尤其有热度。独家专访本着"中英文、大小屏、新闻与外宣"三个维度融合生产的宗旨，从对外传播实效出发，整理出编辑思路并反哺中文端。 　　在"世界中国学大会·上海论坛"召开期间，作品在东方卫视、看看新闻客户端，以及海外社交媒体 X（Twitter）、YouTube 和 TikTok 多渠道播出，形式有新闻访谈完整版文字报道、电视报道版		

作品简介	本及中长视频和超短视频等多种版本。"对美国而言，更好的做法是学习与中国相处，而不是试图遏制中国的发展""中国在内的亚洲社会强势回归是历史的必然""中国亦有能力实现其复兴""遗憾的是，美国一些人试图在科技领域遏制中国，这并不会改变中国基本的发展轨迹"等点睛观点，获得网友积极评价，踊跃评论，取得不俗的内外宣传播效果。 这些观点也与中国学论坛期间 ShanghaiEye 对话的另外三位嘉宾：加拿大不列颠哥伦比亚大学历史学教授、2023 世界中国学贡献奖得主卜正民；牛津大学中国发展与社会研究教授、圣安东尼学院院士、英国汉学协会主席雷切尔·墨菲和剑桥大学荣休教授、浙江大学讲座教授、敦煌学、写本专家高亦睿借由各自研究领域所发阐述相呼应；点面结合地向世界讲述"从家庭观念即可看出中国人的勤劳美德，而这塑造了中国的成就""从历史视角来看，中国的复兴是自然结果""针对现今世界面临的挑战，全球没有一种文明能独立给出答案，在此过程中，必须要将各种文明结合起来"等世界中国学的关键论述。
推荐理由	独家专访于 11 月 24 日论坛颁出 2023 世界中国学贡献奖得主后的第一时间，通过"ShanghaiEye 魔都眼"国际传播矩阵所辖中英文油管频道、X 账号、ICS 外语频道和看看新闻客户端播发，并于当晚登录东方卫视《东方新闻》。至 11 月 25 日，这一单条视频的海内外覆盖数总计已达 137.9 万，其中，对外覆盖破百万，达 105.9 万。海外受众通过 ShanghaiEye 中英文油管频道观看这一内容的时长逾 7114 小时。"爆款"效应带动的是海外网友如潮般的积极留言互动：称赞"马凯硕关于中美关系的点评非常到位"、认为"更多的美国政商界人士应该亲自到中国看看，不能仅凭西方媒体的双标报道来认识中国"。更难得的是，有为数不少的海外用户通过油管后台发来颇有见地的长留言如："智者数里之外就能看到大车徐徐而来。闭塞者不愿睁眼详观，只有滚滚车轮碾过时才能切身感受。马凯硕博士则见到了大车建造的过程，其智至此。祝贺你，博士！""世界应当拥抱中国，因为中国最有可能带来世界和平。中国曾遭受帝国主义侵略，但如今没有帝国主义的野心。我这个英国人从 2008 年起就在中国定居，我很自豪能够以中国为家。" 在这一热点人物和热门议题的带动下，"ShanghaiEye 魔都眼"于论坛期间通过各端播发的"世界中国学论坛"相关视频、图文 30 余条次，至 11 月 25 日，同样收获海内外覆盖数 202 万的佳绩。包括马凯硕独家专访在内的中国学论坛嘉宾访谈系列四集，还通过"ShanghaiEye Plus"海外媒体朋友圈，由 AP 美联社 ShanghaiEye 频道、ENEX 欧洲电视联盟和 CCTV＋环球视频通讯社等平台等渠道发布给外媒；同步推送"ShanghaiEye LIVE24"24 小时油管直播流；

推荐理由	并获《南华早报》《人民日报》海外版等转引和转发，获得国际传播实效。 　　未来十年中美关系何去何从？美国应如何面对中国崛起？科技战、贸易战美国用之有效吗？对于中美关系这一当今世界最重要的双边关系，西方智库学者不乏解读，其中有不少戴着"有色眼镜"，不乏甚至鼓吹"新冷战"论调，鼓动美国政府对华发动科技战、贸易战。独家访谈借"嘴"说话，有效地呼应本届大会主题，将中华文明和中国式现代化道路置于国际视野之下引发全球思考与讨论。 　　专访还获得重量级媒体和机构号的转发，无论是海外社交媒体端的传播数据，还是 South China Morning Post《南华早报》和《人民日报》海外版和海外社交账号 Xi's Moments 的转发，都体现了该条内容实实在在的国际传播效果。

2023 年度上海广播电视（地区）奖
参评作品推荐表

作品标题	你的生活小幸福，都与TA的"大胆试"有关！	参评项目	专门类 国际传播
作品网址	Facebook 链接： https://www.facebook.com/PudongShanghaiChina/posts/pfbid0iDZwxRq5z9Qq9tNYXCq8uovhG7Xu1tZ9DZDZ9ZPQEn7QRvdXomtTeXzxEEAEche11 微博：https://weibo.com/2557375422/NlH1vFsmK 微信： https://mp.weixin.qq.com/s/KTQGsu05Bug3YenyTVqarw （微信链接可展示中文效果，扫一扫）		
主创人员	张文权、张梦蕗、沈丹、王雨濛、倪娜、鲁琳、储咏瑜、朱少昱		
编　　辑	朱少昱、张洛锋		
主管单位	浦东新区融媒体中心	发布日期	2023 年 9 月 30 日起
发布平台	Pudong China Facebook； 浦东发布微信、微博等	作品时长	
作品简介	作品是为上海自贸区挂牌成立十周年精心打造的 SVG 创意交互产品，立足浦东这一中国自贸区诞生地，聚焦 10 年来浦东在制度创新、开放举措方面向全国复制推广的引领性成就，设置 10 组生活场景，以"点击一探究竟"的微信 SVG 交互为框架，打造上海自贸区版"GQ 实验室"。形式突破传统，首屏以反转、悬念式的聊天对话呈现，出其不意地吸引用户进入第二屏——生活方式分享页。全篇		

作品简介	90％可视化，"刷 IG/小红书"的 SVG 形式，可玩可看，向世界生动诠释自贸区为中国消费者带来的"更快速度""更低价格""在家门口买全球，逛全球"的正向变革。 　　主创团队先后拜访区审改办、发改委、商务委、市场监管局、文体旅游局等多家单位，从上百个自贸区案例中精心选取了 10 个故事，将其深度转化为 10 个"生活方式分享页"，如"不出国门看遍全球"的上海大展、Made in Pudong 的梦中情车、价格很"香"的进口好物、"拎包入住"的人才公寓、"一证在手"就开门营业的湖畔咖啡店、"百花齐放"的精神食粮、"瘦身 7 年"的负面清单、个性化定制护肤品、创下"史上最快"纪录的"山姆速度"等。内容不仅涵盖生活中的衣食住行，更紧贴人民群众日益增长的精神文化需求，以小见大，折射出"自贸区"理念与创新实践背后的正向变革和精神力量。作品于纪念自贸区挂牌成立十周年之际，以中、英两个版本于微信、微博、Facebook 等全媒体平台推出，并被多个重点主流网站转载，累计点击量超过 50 万。

附录：

2023 年度上海广播电视奖获奖作品名录
（广播新闻）

一 等 奖

作 品	刊播媒体	节目类型	主 创 人 员	编 辑
越来越短的负面清单和越来越大的开放之门	上海广播电视台东方广播中心	新闻专题	胡旻珏	孟诚洁、范嘉春
新能源车功能离线，消费者权益谁来保护？	上海广播电视台东方广播中心	新闻评论	吴雅娴、刘蕈之	范嘉春、王唯超、范立人
2023 年 5 月 29 日《990 早新闻》	上海广播电视台东方广播中心	新闻编排	集体（余天寅、周仲洋、李博芸、孟诚洁、吴艳、马锐）	陈霞、余天寅

二 等 奖

作 品	刊播媒体	节目类型	主 创 人 员	编 辑
探究"核爆点"：邮轮经济的重启与新生	上海广播电视台东方广播中心	系列报道	孟诚洁、顾隽絜、李雪梅、胡旻珏、王世雄、楼嘉寅、孙萍	杨叶超
一通意外的电话，一笔意外退回的税款	上海广播电视台东方广播中心	消息	俞承璋	杨叶超

续表

作 品	刊播媒体	节目类型	主创人员	编 辑
蕃瓜弄的"第二个春天"	上海广播电视台东方广播中心	消息	曹梦雅	向晓薇、范嘉春
城市更新中的一株紫藤树	上海广播电视台东方广播中心	消息	顾隽絜、王世雄	杨叶超、周仲洋
"双11"脱单的背后	嘉定区融媒体中心	系列报道	薛松、孙凌、陈皓珺、陈斐	邵晓明、王丽慧
小菌菇催开乡村"幸福花"	宝山区融媒体中心	新闻专题	马萧、龚春平、潘洁	马萧
智能电视太"智能"？老年人看电视遇难题	上海广播电视台东方广播中心	消息	肖波、盛陈衔、刘婷	范嘉春、余天寅
"唢呐博士"刘雯雯：用"乡土"乐器惊艳国际	上海广播电视台东方广播中心	新闻访谈	郑星纪	葛浩、林思含

三 等 奖

作 品	刊播媒体	节目类型	主创人员	编 辑
区长"空中办公会"在线解决急难愁——2023夏令热线区长访谈	上海广播电视台东方广播中心	新闻访谈	集体（王海波、吴雅娴、杨黎萱、杨叶超、向晓薇、顾隽洁、孟诚洁、范嘉春、陈霞）	集体（杨叶超、向晓薇、顾隽洁、孟诚洁、范嘉春、陈霞）
智慧城市蹲点调研——数字化办事大通关	上海广播电视台东方广播中心	系列报道	集体（李仕婧、臧倩、车润宇、汤丽薇、吴浩亮、常亮、朱颖、迟迅、姚轶文、蔡雪瑾、高嵩）	孟诚洁、魏颖

续表

作　品	刊播媒体	节目类型	主创人员	编　辑
"轨道上的双向奔赴"—苏州轨道交通 11 号线通车运营融媒直播	上海广播电视台东方广播中心	新闻直播	集体(沈洁、沈馨、王宇迪、林思含、魏豆豆、杨博雅、张莹莹、吴慧楠、周依宁、楼嘉寅、乐净玮、李德政)	孟诚洁、范嘉春、殷月萍
首展成风向标 会展业强势回暖	青浦区融媒体中心	消息	顾舜丽、丁全青	顾舜丽、丁全青
答好"课间十分钟"的思考题	上海广播电视台东方广播中心	消息	刘康霞、崔逸星	向晓薇
为灵活就业提供平台 "零工"主题专场招聘会亮相街头	闵行区融媒体中心	消息	吴佳伟	薛唯侃
小店大梦想	上海广播电视台东方广播中心	系列报道	顾赪琳、高嘉晨、姚轶凡、车润宇、赵颖文、汤丽薇、汪宁、程琳	杨叶超、李斌
援建之声：沪喀携手援助新疆患癌姑娘	上海广播电视台东方广播中心	新闻专题	丁芳、曹晨光、钱捷、高嘉晨、李璐	丁芳、钱捷
5 800 人 4.4 亿元 松江破获本市首例"套路加盟"合同诈骗案	松江区融媒体中心	系列报道	万涛、朱少石、王颖斐	万涛、胡婉媛、陈燕
"网红城市"如何走向"长红"	上海广播电视台东方广播中心	新闻评论	邵燕婷、沈馨	江小青

续表

作 品	刊播媒体	节目类型	主 创 人 员	编 辑
中国长三角	上海广播电视台东方广播中心	新闻专栏	集体（殷月萍、沈洁、沈馨、李欣、周玉琼、吴慧楠、李虹剑、王宇迪、林思含、张莹莹、贾赟）	殷月萍、沈洁、沈馨

（电视新闻）

一 等 奖

作 品	刊播媒体	节目类型	主 创 人 员	编 辑
何以中国	东方卫视、百视TV	纪录片	宋炳明、王磊卿、干超、黄凯、秦岭、张颢、魏国歌	集体（汤砺峰、翁伟民、周捷、李新伟、周繁文、闻朝静、王凯、冯铁彬、陈晓晓、颜玮楠、张珂玮、黄霞、郭天飞、王春）
试验的价值	上海广播电视台融媒体中心	纪录片	陈慧莹、马婕、戴晶磊、夏祺、陆骏、顾克军、师玉诚	集体（虞之青、徐晓、刘晓清、王岑峰、刘奕达）
头脑风暴——再出海：重新定义全球市场	上海广播电视台第一财经频道	新闻专题	蔡如一、陈涵露、金旭旭、王汇语、许思珧	蔡如一、陈涵露、金旭旭

续表

作　品	刊播媒体	节目类型	主 创 人 员	编　辑
一块墨的新生	上海广播电视台融媒体中心	新闻专题	章海燕、张鹰	瞿轶羿、虞之青、朱玲敏

二　等　奖

作　品	刊播媒体	节目类型	主 创 人 员	编　辑
财经夜行线——致敬改革开放45周年特别节目：探寻中国经济高质量发展路径	上海广播电视台第一财经频道	新闻编排	李洋、孙雪冬、陈卫亮	集体（马悦、曹昱浩、石璇、赵宸央、王一淙、裘欢欣）
万桥飞架——山水间的人类奇迹	东方卫视、纪实人文频道、贵州卫视等	纪录片	陈亦楠、敖雪、王静雯、宣福荣、朱雯佳、金丹、俞洁	王立俊、朱宏
"从波提切利到梵高"的流量密码	上海广播电视台融媒体中心	新闻专题	王琳琳、刘宽漾、李维潇、吕心泉、朱晓荣、王卫	邢维、李姬芸
上海公租房现状调查	上海广播电视台融媒体中心	系列报道	集体（唐春源、楚华、王琦、张凯、徐玮、刘奕达、潘窈窈、刘逸然、邢颖、陆瑶、孙启萌、王毅、孔权、蒋文越、王岑峰、王卫）	集体（陈瑞霖、邢维、李鹏、虞之青、瞿轶羿）
"00后"展商的进博之旅　小展位也有大机遇	上海教育电视台	消息	孙遥、崔晓东	张贤贞
10万吨级（ccus）项目正式运行每年节碳10万吨相当于种树556万棵	崇明区融媒体中心	消息	张永昌、蒋晓燕、黄天奇、汤圣一、吴仲亨	施希、姜阳光、黄佳敏

续表

作　品	刊播媒体	节目类型	主创人员	编　辑
东方卫视特派记者"直击土耳其大地震"	上海广播电视台融媒体中心	连续报道	陈彬	集体（顾群、邹琪、施远立、陈砚青、浦润民、孙晓旻、杜吉、陈娴、张佳颖、洪凯雯、白雪儿、项春）
李春江和上海男篮的赛季最后一课	上海广播电视台五星体育频道	消息	夏菁、刘高寿	董奕、冼铮琦、李元蒸

三　等　奖

作　品	刊播媒体	节目类型	主创人员	编　辑
新时代·共享未来——第六届进博会全媒体直播特别报道	上海广播电视台融媒体中心	直播	集体（周炜、蔡理、顾怡玫、赵慧侠、李鹏、李丹、虞之青、夏鑫、崔信淑、鲁珺、张庆、管乐、赵歆、周缇、施蒙纳、李荣康、金梅、杨臻、宋懿、彭晓燕、徐蔚珏、董亚欢、何婕、雷小雪、于飞、金佳睿、阮丽、陈昱卉、翟静、游玮、贺晓冬、张蕴昆、唐熙、秦雯、张铮、毕俊杰、王睿奇、于晓、陈含璐、魏克鹏、冷炜、荣盛楠、许馨元、龚海韵、孙启萌、	集体（周炜、赵慧侠、李丹、夏鑫、崔信淑、鲁珺）

续表

作　品	刊播媒体	节目类型	主创人员	编　辑
			杨柳依、周文韵、梁蔚浩、刘逸然、金普庆、沈倩、邱旭黎、陈弋、应冠文、周滢、胡苏青、乔楚、张琦、吴振华、乔建华、丁家伟、夏寅飞、孔权、汪鑫、张俊、李连达、张蔚、徐进、姜苏南、赖岚、吴博、何庆峰、张玮琪、李卿、王贤、韩赵怡、张勇、奚卓佳、潘凯、李宇、龚凯麟、王执晨、须杰明、王菲菲、马燕萍、卞晴、李佳、吕秀、刘蕾、周博杨、郭浩、沈婷、乐文舟、刘洋	
老城厢　上海的家	上海广播电视台纪实人文频道东方卫视中央广播电视总台CGTN频道	纪录片	柳遐、徐巧、杨晟肖涵、王骁、董洁心	王立俊、朱晓茜
在上海，我想有个家	上海广播电视台融媒体中心	新闻专题	楚华、张凯、朱玲敏	陈瑞霖、邢维
超级进化	上海广播电视台第一财经频道	纪录片	朱韶民、李莹、姜一鹤、徐峥巍、孔凡天、杨晓、杨立培	朱韶民、李莹、顾伊劼

作 品	刊播媒体	节目类型	主创人员	编 辑
一探·经济温度	上海广播电视台第一财经频道	系列报道	邹婷、袁玉立、黄晶晶、张煜昊、朱斌、李雨宸、严然	孙冀、丁玎
黄浦区老字号转型之道	上海广播电视台融媒体中心 黄浦区融媒体中心	系列报道	刘惠明	范沁毅
上海制药人的万里归途	上海广播电视台融媒体中心	消息	陈慧莹、顾克军、邢颖	瞿轶羿、虞之青
金山企业助力氆氇编织工艺走向国际市场 援藏帮扶带动百姓增收	金山区融媒体中心	消息	傅嘉骏、艾承琼、陈建军、马凯洲	朱奕、周文娴、汤岚岚
就要排她的队！医院"明星挂号员"人气高	上海广播电视台融媒体中心	消息	陈蓓儿、刘水、朱一祎、朱燕芬	魏颖、王郁岑
市民议事厅·坊间大调研：深夜跨江，订单缘"何"而来？	上海广播电视台融媒体中心 杨浦区融媒体中心	新闻评论	陈涛	王国林、王亿、李军
一个手机号能泄露一连串隐私？	上海广播电视台融媒体中心	消息	王懋、吴骥、孙佳逊、唐晓蒙	戴箐
小区灭火器，谨防"救星"变"灾星"！	上海广播电视台融媒体中心	系列报道	马跃龙、王燕、陈斌、高原	魏颖、常亮
来点财经范儿	上海广播电视台东方卫视 第一财经频道	新闻专栏	集体（朱韶民、陆熠欣、应有为、王磊、时晔、路平、张媛、黄伟、林云、陈劲松、汪钧、张志清、金瑜、赵彦德、	集体（陈晓晓、董茹茵、张文静、郑赐清、张乐、曹崇业、李翔、徐驹远、徐笑松、金奇、

续表

作　品	刊播媒体	节目类型	主　创　人　员	编　辑
			翁伟民、周捷、顾伊劼、李莹、刘珍、王征、翁渝杰、李岩、金熙、钟雯、常瑜、秦妮、戴瑾、辛梓、唐佳音、康华宁、肖放、朱克、武斌、于璐、史志英、马令豪、谢林孜、俞磊、葛妍、易静、曾雅杰、许立栋、王凌燕、杨恺宁、庄子喆、胡樱丽、施宇楠）	李子涵、陈一览、唐波伦、黎培娜、宋佳吟、袁近、邓奕、曹志伟、陆轶凡、叶青、王伟、瞿蔚、朱励敏、徐一斐、石留骏、江晨咏、孔凡天、姜一鹤、徐峥巍、沈赐韵、杨立培、钱晓鑫、路俊、杨晓、崔晓晟、李晶、詹仲毅、胡芮、徐之玺、杨夕斌、王鑫、张佳祺、王琪、戴佳运、秦莹、钱嘉伟、王以宁、宋宁宏、戴喆骏、项凯、高以哲、吴正宏、朱炯峰、竺晔雯、田垠、周子馨、张都都、袁明浩、金雯、陈百舟、邹宇昂、毛威、薛祎敏、陈咪、王雨晴、朱曦菊、蔡志祥、吴秋凤、张智博、杨帆、付嘉琪）
案件聚焦	上海广播电视台融媒体中心	新闻专栏	集体（苏义宝、沈雪颖、刘晨、郭骥、	沈雪颖、苏义宝

作 品	刊播媒体	节目类型	主创人员	编 辑
			顾海东、钱浩明、谭悦、陈敏佳、董冰茜、赵祎韫、施亚娟、吴黎明、王雪、张莉、李姬芸、冯佳琳、郭南一、吴依娜、潘文婷、俞欣怡、赵沁蓝、陶淳、方婷、金嬿）	

（媒体融合传播）

一 等 奖

作 品	刊播媒体	节目类型	主创人员	编 辑
记者实探上海自贸区：看创新中如何闯出一条新路	上海广播电视台第一财经端网	新闻专题报道	丁玎、朱斌、路俊、江晨咏、孔凡天、徐峥巍	邹婷
快看上海	上海广播电视台融媒体中心/"快看上海"视频号"快看上海"抖音号看看新闻客户端	栏目	集体（沈姝艳、陆熠、屠佳运、施政、庄毅、寿子扬、瞿元良、陆周杰）	集体（吴茜、蔡理、严玮骊、张佰量）
家门口的最佳片场	上海广播电视台东方广播中心/话匣子新闻客户端	新闻专题报道	向晓薇、王世雄、严萍、李彦豪、卞晓晓、杨叶超	杨叶超

续表

作 品	刊播媒体	节目类型	主 创 人 员	编 辑
每天凌晨四点这个"零工早市"就会热闹开场	上海广播电视台融媒体中心/看看新闻网	消息	李晓建	卢梅、陈瑞霖、邢维

二 等 奖

作 品	刊播媒体	节目类型	主 创 人 员	编 辑
了不起的宝藏·探宝上博（第二季）	上海广播电视台看看新闻网、东方卫视	融合报道	王琳琳、邢维	邢维、王琳琳
2023 年终讲：心中有光，坚韧生长	上海广播电视台东方卫视/第一财经 APP/百视通	融合报道	集体（朱韶民、顾伊劼、李莹、翁渝杰、陆熠欣、常瑜、戴瑾、王征、张媛、金瑜、赵彦德、林云、陈劲松）	集体（路俊、姜一鹤、徐峥巍、杨立培、蒋孙寅、路平、曾雅杰、施宇楠、许立栋、杨恺宁、胡樱丽、庄子喆、许照人、秦莹、王以宁、王凡、钱嘉伟、詹仲毅、吉萧彤、徐之玺、刘悦、杨梦洁、胡芮、杨夕斌、杨露、张慧芳、王琪、戴佳运）
《2023 日出东方 科技追光》12 小时融媒直播	上海广播电视台融媒体中心/看看新闻 Knews	融合报道	集体（王宁、刘俊、鱼瑞娟、李泳、胡晓白、顾尔颉、祝镇波、赵清、王婷、韩锐、康万郡、	集体（王宁、刘俊、鱼瑞娟、李泳、胡晓白、顾尔颉、祝镇波、

作　品	刊播媒体	节目类型	主创人员	编　辑
			华雯君、何卿、雷小雪、刘晔、舒怡、荣盛楠、郭凯旋、刘骁吉、赵慧侠、李云、施蒙纳、彭晓燕、张艳、董思聪、史韬、缪心、邓学嵘、任彬源、彭晔、王峥、耿博阳、游明灵、孟雷、马越、毛睿、叶文、张以卓、陈梦迪、李杰、袁依婷、王幼帆、戎觉文、周治、薛晨、姜伟、李佳、沈婷、陈文哲、梁玮、吕秀、徐子骞、林琼、董庆卿、张玮琪）	赵清、王婷、韩锐、康万郡、华雯君、赵慧侠、李云、施蒙纳、彭晓燕）
"跟着校友记者云探校"系列	上海教育电视台微信视频号	移动直播	集体（姚赟勤、金山、杨扬、杨炯、孙遥、孙利、姜文焯、顾晓春、金卓悦、邹骏超、陈子翔）	姚赟勤、金山、杨扬
绿色生态梦，百姓来书写！奉贤市民和"古爷爷"的"陪伴日记"	奉贤区融媒体中心/"上海奉贤"微信公众号	融合报道	孙燕、王东、石浩南、龚志斌	王鹏
"罕见"的困境："黏宝宝"的断药危机	上海广播电视台融媒体中心/看看新闻网	新闻专题报道	周智敏、徐玮、陶余鑫、卢梅	陈瑞霖、邢维
城市晚高峰："老字号"千万别"啃老"！	黄浦区融媒体中心/看看新闻网等	消息	李德翔	

续表

作　品	刊播媒体	节目类型	主 创 人 员	编　辑
跨界连麦｜仅仅2天,美国硅谷银行宣告破产! 它的倒下会是冰山一角吗?	上海广播电视台第一财经 APP	移动直播	陈卫亮、时晔、尹凡、潘俐敏、王雯、明智、颜静洁、高远	陈思彤、沈清晖、丁源
星舰首飞炸了,现场为何一片欢腾	上海广播电视台东方广播中心/话匣子融媒体矩阵	新闻专题报道	傅昇崇、沈颖婕	孟诚洁

三 等 奖

作　品	刊播媒体	节目类型	主 创 人 员	编　辑
2023下半年经济展望	上海广播电视台第一财经频道APP、网站	融合报道	吴煜、张言、尹淑荣、芮晓煜、官悦、张丹丹	集体(吴煜、张言、尹淑荣、芮晓煜、官悦、张丹丹)
文物里的长江——十三省区市文明探源全媒行动	上海广播电视台融媒体中心/看看新闻客户端	融合报道	集体(张艳、雷小雪、金涛、冷炜、张艳艳、史韬、邓学嵘、缪心、梁晖、马越、胡苏青、唐晓蒙、王珏、刘宽漾等);编辑:邢维、李松、张宁、陈文哲、王岑峰、陈梦迪、王幼帆、卢逸、张纯歆、方喆敏等	
陆家嘴水环	浦东新区融媒体中心/浦东发布视频号	消息	乐怡、徐晨、杜昊杰、韩娜菲莎	郭德进、何平、沈佳

续表

作 品	刊播媒体	节目类型	主创人员	编 辑
向光而行	嘉定区融媒体中心/微信视频号"嘉视频JCMC"	新闻专题报道	陈皓珺、陈斐、孙经纬、卢靓慧	邵晓明、薛松
再见,一伞巷!你好,新生活!	静安区融媒体中心/"上海静安"微信公众号	新闻专题报道	蒋文婕、魏宇涵	魏宇涵
商业就是这样	上海广播电视台《第一财经》杂志/第一财经App	栏目	肖文杰、邢梦妮	肖文杰
毕业季·求职记	上海广播电视台融媒体中心/看看新闻网	新闻专题报道	集体(陈瑞霖、郝思舜、刘黎明、王琦、张凯、刘宽漾、李维潇、吕心泉、王岑峰、刘奕达、刘宁(播音名:刘凝)	陈瑞霖、李姬芸
黄金位置 日租百元上海青年旅舍里的他们在干嘛	上海广播电视台融媒体中心/看看新闻网	新闻专题报道	郝思舜、李维潇、吕心泉、刘宽漾、张凯、王卫	楚华、陈瑞霖、邢维
豆蔻之年遭人拐卖35年后她们的人生该如何抉择?	上海广播电视台融媒体中心/看看新闻网	新闻专题报道	楚华、朱厚真、李响、陶余鑫	陈瑞霖、邢维、李姬芸
寒潮来袭,虹口救助在行动	虹口区融媒体中心/"上海虹口"微信视频号	短视频现场新闻	曲姗姗、刘洋	曲姗姗
暖!零下5℃,他跳河救人!闵行送餐小哥杨金全:"这只是一件小事"	闵行融媒体中心/"今日闵行"微信公众号、视频号	融合报道	陈美玲、许鹏	陈美玲、许鹏

续表

作　品	刊播媒体	节目类型	主 创 人 员	编　辑
宝藏爷叔的修理日记	上海市长宁区融媒体中心"上海长宁"视频号	消息	吴友康、李毓丹	
上海中心垂直马拉松	上海广播电视台五星体育电视端、新媒体平台；东方卫视视频号	应用创新	陈圣音、于骏、左胜男、王征、杨时仪、陈玮	集体（许勤、施如顺、龚稼轩、许玥、鲁诗文、周俊磊、沈元源、黄雷、陈灏辉、周丽韵、顾昱、陈玮、裘文祥、张远、王文颖）

（专门类）

一　等　奖

作　品	刊播媒体	节目类型	主 创 人 员	编　辑
思想耀征程	上海广播电视台东方卫视	重大主题报道-电视系列报道（新闻专题）	集体（宋炯明、袁雷、吴茜、周炜、王宁、赵慧侠、凌健、李丹、陈颐杰、杨龙跃、鲁珺、赵菲菲、夏鑫、赵歆、何婕、雷小雪、金梅、施蒙纳、宋懿、杨臻、管乐、周缇、	周炜、王宁、赵慧侠

作 品	刊播媒体	节目类型	主创人员	编 辑
			阮丽、陈昱卉、董亚欢、潘桑榆、方媛、毕俊杰、郝苗苗、荣盛楠、王爽、王睿奇、贺晓东、黄涛、高海宁、徐晓、邢维、顾尔颉、赵清、周智敏、楚华、陈瑞、朱亦敏、李会杰、施军、杨光、刘桂强、韩锐、胡晓白、鱼瑞娟、王婷、李泳、康万郡、唐晓蒙、吴迪、张琦、高原、乔楚、夏琪、吴振华、陈伟亮、孙博、张洋、王宏凯、姜伟、吴博、乐文舟、袁一、袁俊、梁玮、刘蕾、张铮、张蕴昆、陈含璐、史瑞刚、张艳、杨颖杰、叶文、冷炜、陈慧莹、毛睿、史韬、王铮、符雅、权小星、沈亦涵、潘凯、颜志鹏、李宇、夏莹、周忻乐、林桂、贺晓芳、高汝霞、高汝玉)	
独家：美国疫苗厂商 Moderna 将宣布对华首次投资，规模或达 10 亿美元	第一财经App、一财全球	国际传播	钱童心	陈姗姗、陈娟、朱立明、Futura Costaglione

续表

作 品	刊播媒体	节目类型	主创人员	编 辑
"困"在虹桥	上海广播电视台融媒体中心	舆论监督-电视新闻专题	李晓建、朱晓荣、楚华、陶余鑫	陈瑞霖、邢维

二 等 奖

作 品	刊播媒体	节目类型	主创人员	编 辑
高质量发展，上海怎么干？——对话区委书记	阿基米德App上海新闻广播专区/上海广播电视台东方广播中心	重大主题报道-新媒体/新闻访谈	集体（秦畅、崔翔、高嵩、朱应、沈颖婕、张喆、李虹剑、王佐宇、葛婧晶、马锐、王世雄、李德政、李彦豪、盛陈衔、赵宏辉、严萍、周依宁、楼家寅、顾隽契）	孟诚洁
看得见的力量2——兴农方法论	上海广播电视台第一财经频道	重大主题报道-电视/系列报道（新闻专题）	宣继涛、王建爱、王双阳、赵新艳、吴煜	集体（宣继涛、王建爱、王双阳、赵新艳、吴煜、金瑜、赵彦德）
告别城中村	上海广播电视台融媒体中心	重大主题报道-电视/系列报道	陈慧莹、戴晶磊、屠佳运、师玉诚、夏祺、顾克军、刘桂强、陶余鑫	瞿轶羿、虞之青、王岑峰
"莫德纳速度"背后的上海营商环境	《快看上海》视频号/上海广播电视台融媒体中心	典型报道-电视系列报道（消息）	集体（陆周杰、施政、屠佳运、黄黛玉、吕圣璞、王兆阳、许丽花、潘窈窈、王毅）	集体（蔡理、方珂、严玮骊、王申、张佰量、沈姝艳、宁杰）
一根保险丝的长三角之旅	上海广播电视台东方财经·浦东频道	典型报道-电视新闻专题	张平、杨晶、缪文犀、万应、杨帆、虞钧栋	房海萍、倪臻淏、李莉

续表

作 品	刊播媒体	节目类型	主创人员	编 辑
上海书展门票全部线上购买，难住了谁？	上海广播电视台融媒体中心	舆论监督-电视/消息	杨柳依、龚海韵、汪鑫、金狄、孙佳逊	王卫
永远的行走：与中国相遇	国家地理频道；欧洲卫视；俄罗斯 SPB TV；东方卫视等	国际传播-纪录片	朱晓茜、王向韬、王芳、Vicki Lin、马天珺、江宁、马嘉诚	王立俊、朱晓茜
Chinese Puzzle——我在美国学中文	上海广播电视台融媒体中心/东方卫视（含海外版）看看新闻客户端ENEX 欧洲电视联盟等	国际传播-纪录片	王涛峰、王勇、李源清、楼崇星、应鋐	葛奇函、杨颖杰

三 等 奖

作 品	刊播媒体	节目类型	主创人员	编 辑
引领·更开放的中国	上海广播电视台东方广播中心	重大主题报道-广播/系列报道（新闻专题）	胡旻珏、赵宏辉	杨叶超、向晓薇、李斌
《潮涌长三角奋进示范区》系列短视频	青浦融媒体中心	重大主题报道/新媒体/新闻专题	魏阜龙、顾舜丽、李双玖、徐哲、沈千慧、池舒悦、周于成、丁全青、朱昇、王威溥华	朱人杰、吕斌、沈逸清、李璨
《G60 一路星光》松江篇	上海松江"视频号"等全平台/松江融媒体中心	重大主题报道	林华、周样波、陈亚利、张晋洲、母萌、沈一帆	母萌、沈一帆、树征宇

作　品	刊播媒体	节目类型	主创人员	编　辑
"人民城市　温暖瞬间"2023 上半年度篇	《新闻坊》全媒体平台等/上海广播电视台融媒体中心	典型报道-电视系列报道（新闻专题）	集体（陈蓓儿、朱静文、马跃龙、李丽洁、徐进、陈斌、朱勇、孙佳逊、金狄）	魏颖
"三所联动"处置"僵尸车"，这份攻略可收藏	上海广播电视台东方广播中心	典型报道-广播消息	顾隽偰	杨叶超
全国最美教师张人利：书写"轻负担高质量"教育新篇　让师生享受教与学的乐趣	上海教育电视台	典型报道/电视/新闻专题	方云、潘韬志	吴竑
这些年，在平凡中坚守	宝山电视台	典型报道	张淑慧、赵维杰	张淑慧
焦点对话：2.2 亿彩票大奖为何引发公众吐槽？	上海广播电视台融媒体中心	舆论监督-电视评论	杨龙跃、杨臻	集体（史瑞钢　毕俊杰　马盈盈　舒克诣煊　黄艳琳）
上海这一"官方指定"到底什么来头？记者调查！听听最新回应	《新闻坊》微信公众号/上海广播电视台融媒体中心	舆论监督-新媒体/消息	吴浩亮、刘水、金莹莹、廖丹灵、庄姜申	魏颖、王卫东
"人肉开盒"深度调查系列报道	上海广播电视台第一财经端网	舆论监督-新媒体/深度报道	集体（乐琰、刘佳、樊雪寒、冯小芯、刘晓洁、栾立、马一凡、揭书宜、吕倩、肖逸思、陆涵之、陈杨园、陈姗姗、葛慧）	姚剑、胡军华

续表

作 品	刊播媒体	节目类型	主创人员	编 辑
世界中国学大会·上海论坛：独家专访马凯硕——与中国相处之道"VOICES：The BEST way to live with China is to strengthen multilateralism-Kishore Mahbubani"	上海广播电视台融媒体中心、东方卫视（含海外版）ENEX 欧洲电视联盟	国际传播-访谈	章一叶、刘桂强、吴振华、高佳雯	金一鸣、黄安芸、张悦、赵翌
你的生活小幸福，都与 TA 的"大胆试"有关！	Pudong China Facebook、浦东发布微信、微博等/浦东融媒体中心	国际传播	张文权、张梦蕗、沈丹、王雨濛、倪娜、鲁琳、储咏瑜、朱少昱	朱少昱、张洛锋

（业务研究论文）

一 等 奖

作 品	刊发媒体	作者单位	作 者
主流广电媒体垂类业务产业化发展路径探析	《上海广播电视研究》2023年7月	上海广播电视台	李兆丰、姚菲菲
短视频新闻内容生产流程再造与创新策略研究	《探究真谛——上海广播电视论文选》（第11辑）	上海广播电视台	赵慧侠

续表

作 品	刊 发 媒 体	作者单位	作 者
从哈贝马斯交往行为理论看国际传播访谈中沟通有效性的建立	《上海广播电视研究》2023年7月刊	上海广播电视台	袁鸣、包磊

二 等 奖

作 品	刊 发 媒 体	作者单位	作 者
论融媒时代新闻编排的策划意识受众意识和情绪表达——从〈990 早新闻〉近年所获中国新闻奖版面谈起	《探究真谛——上海广播电视论文选》（第 11 辑）	上海广播电视台	钱捷
如何在国际传播语境中讲好中华文化的故事——以系列微纪录片〈凝固的诗·探秘中国民居之美〉为例	《探究真谛——上海广播电视论文选》（第 11 辑）	上海广播电视台	陈瑞霖
广播人如何迎接 GPT 浪潮	《中国广播电视学刊》2023年 9 月刊	上海广播电视台	傅昇崟
国际合拍纪录片创新的"破"与"立"——以〈行进中的中国〉第一季、第二季为例	《新闻记者论文选》2023年第 30 辑	上海广播电视台	敖雪
视频分龄教育在家庭情境中的运用及对少儿频道的启示	《上海广播电视研究》2023年 10 月刊	上海广播电视台	陈成

三 等 奖

作 品	刊 发 媒 体	作者单位	作 者
上海广播电视台科普传播中的创新象限和创新模式	《探究真谛——上海广播电视论文选》（第 11 辑）	上海广播电视台	王宁

续表

作　　品	刊 发 媒 体	作者单位	作　者
浅谈"未来电视"战略下影视剧创作创新趋势	《上海广播电视研究》2023年4月刊	上海广播电视台	崔轶
后真相时代非理性传播现象及应对策略探析-以第一财经视频新闻采访实践为例	《上海广播电视研究》2023年4月刊	上海广播电视台	邹婷
建设具有超域影响力的区域新型主流媒体的创新探索	《探究真谛——上海广播电视论文选》(第11辑)	松江区融媒体中心	周样波
区县融媒体中心提升新媒体传播力的路径探讨	《探究真谛——上海广播电视论文选》(第11辑)	金山区融媒体中心	李巾
主流媒体出镜记者 vlog 在时政新闻报道中的实践探索	《探究真谛——上海广播电视论文选》(第11辑)	闵行区融媒体中心	郭莹、朱雅玲
基层政务公众号如何做好"稳就业"类民生信息推送——以"上海奉贤"微信公众号为例	《探究真谛——上海广播电视论文选》(第11辑)	奉贤区融媒体中心	何芹、方皑冰

（广播文艺）

一　等　奖

作　　品	刊播媒体	节目类型	主创人员
一支小唢呐，走向大世界——记非遗传承人，中国首位唢呐博士刘雯雯	上海广播电视台东方广播中心	广播文艺-音乐节目	李长缨、徐梓嘉、顾振立

续表

作　　品	刊播媒体	节目类型	主 创 人 员
2023 辰山草地广播音乐节——维也纳之声	上海广播电视台东方广播中心	广播文艺-综艺节目	集体（顾振立、潜韵婷、赵晨曦、李长缨、周婕、王心远、潘演、虞莉娅、周小铃）

二　等　奖

作　　品	刊播媒体	节目类型	主 创 人 员
千里江山图	上海广播电视台融媒体中心	广播连续剧	撰稿：王幸　导演：王幸　制片人：印海蓉　主创：王幸、印海蓉、邢航、施琰、黄浩、叶子龙、舒怡、李吟涛、陶淳、刘逸轩、朱亚南、徐惟杰、刘晔、臧熹
九州百戏·月圆中秋——中华戏曲经典演唱会	上海广播电视台东方广播中心	广播文艺-综艺节目	集体（张恩慧、王薇之、徐佳睿、朱燕鸣、郑重、司徒纯纯、李媛媛、曹辰凌、左幸宁）
AI 的音乐之路——是冲击？考验？还是怀旧？	上海广播电视台东方广播中心	广播文艺-音乐节目	舒秋瑶、包小柏

三　等　奖

作　　品	刊播媒体	节目类型	主 创 人 员
第 30 届《东方风云榜》音乐盛典及《东方风云榜》三十周年庆典	上海广播电视台东方广播中心	广播文艺-综艺节目	集体（吴燕欢、陈凌峰、石琦、赖嘉威、卞佳韵、姜逸文、夏丽达、张睿、吴良伟、司雯嘉、汪恺、刘晓洁、陈丽丽、陈子劲、吴延冰）

作 品	刊播媒体	节目类型	主 创 人 员
戏剧有力量——专访舞台剧《请问最近的无障碍厕所在哪里?》	上海广播电视台东方广播中心	广播文艺-综艺节目	李欣、马锐
我们的 22 岁——上音学子与奉贤第一位革命烈士沈志昂的跨时空对话	奉贤区融媒体中心	广播文艺-音乐节目	孙维、何语馨、李一帆
Bingo 的平行宇宙	上海广播电视台东方广播中心	广播剧连续剧	孙瑞斌

电 视 文 艺

一 等 奖

作 品	刊播媒体	节目类型	主 创 人 员
2023 电视剧品质盛典	上海广播电视台东方卫视	文艺晚会	王蕻、陈虹、陆昱华、黄丕斐、周捷、汤沐恩、钱知瑜、顾艳、李楠、张磊、饶洁颖、徐英杰、竺欣昂、付赫斯、刘菁、戴贻冰、孔屏、许悦、李雯、陆宇、朱亮、孙一、张建冲、王佳元、潘帝、童舟
一路前行	上海广播电视台东方卫视	电视纪录片	总导演:秦博 制片人:李阳、陈婷、陈柯洋 执行总导演:赖瑷 导演组:陈冰云、赖瑷、于颖、卡先加、潘君、蒋逸哲、林航、叶炳均、杨依频、蒋艳、楚华、尤桢炜、唐欣荣)

续表

作　　品	刊播媒体	节目类型	主　创　人　员
未来中国·第二季	上海广播电视台东方卫视	电视综艺节目	陈辰、朱晓隽

二　等　奖

作　　品	刊播媒体	节目类型	主　创　人　员
梦圆东方——2024东方卫视跨年盛典	上海广播电视台东方卫视	文艺晚会	陈虹、尤莉、汤沐恩、周捷、蔡征、张冰、陈晓晓、朱濛濛、戴聿文、陆乐、刘辉等
武夷山我们的国家公园	上海广播电视台东方卫视东南卫视	电视纪录片	王硕、张蕾、陈秀君、陈阳、江远流、王晨
盛世良宵——2023幸福都市新潮戏曲晚会	上海广播电视台东方卫视 都市频道、七彩戏剧频道	文艺晚会	撰　　稿：杜竹敏 导　　演：王冬　胡崇曦 制片人：王冬
只有一个谢晋	上海广播电视台东方卫视纪实人文频道	电视纪录片	朱晓茜、柳遐、宋杨、李涛

三　等　奖

作　　品	刊播媒体	节目类型	主　创　人　员
第28届上海电视节"白玉兰绽放"颁奖典礼	上海广播电视台东方卫视	文艺晚会	侯捷、夏冰、鲍疏桐、蒋存辉、郝静、刘嘉惟、顾有斐、蒋天予、王蕾、袁航宇、石天岚、王唯、吴瑛琼、桂紫燕、焦敏弘、李白谷、周理

续表

作　　品	刊播媒体	节目类型	主 创 人 员
爱乐之都·青春季	上海广播电视台东方卫视	电视音乐节目	黄晶、罗洪峰、自翔、黄佳怡、张振家、陈晓晓、董茹茵、吴婉菁、刘芊芊、廖静、施沈洁、宋宇
朤月东方·中秋奇遇夜	上海广播电视台东方卫视	文艺晚会	章瀚、汪甜盈、刘嘉惟、万年华、商雪岚、严彬、李韵燕、薛蕴倩、文晶、陈宇、陈琛、张闻清、焦敏弘
第34届上海旅游节开幕式	上海广播电视台东方卫视	文艺晚会	章瀚、夏冰、严彬、商雪岚、万年华、王唯、吴瑛琼、桂紫燕、葛倩、陈铭嘉、孙立、罗丽、张沉、于宁、王姿倩
岁月声影——我和上影演员剧团的70年	上海广播电视台东方卫视 都市频道 七彩戏剧频道	电视综艺节目	林海、黄茵、万弘、袁铖理
明日主播——第六届上海大学生主持新人赛	上海教育电视台	电视综艺节目	撰　稿：张菲 导　演：潘巍耀　须明圆 主持人：孙语鸿　马聪 制片人：金山
《沿江河看闵行》第一季、第二季	闵行区融媒体中心	电视纪录片	撰　稿：李威　杨丽群 导　演：李威　杨丽群 主持人：周乐 制片人：周俊

（播音主持）

一　等　奖

作　　品	刊播媒体	节目类型	主创人员
12 月 5 日《990 早新闻》（要闻）	上海广播电视台东方广播中心	广播播音	张早、施美琳
《思想耀征程》第六集——大变局下与世界共命运	上海广播电视台融媒体中心	电视主持	何婕

二　等　奖

作　　品	刊播媒体	节目类型	主创人员
2023 年 12 月 4 日《新闻报道》	上海广播电视台融媒体中心	电视播音	徐惟杰
科学围观"外星人"	上海广播电视台东方广播中心	广播主持	傅昇崧
岁月声影——我和上影演员剧团的七十年	上海广播电视台东方卫视中心	电视主持	林海
2023 年 5 月 9 日《Shanghai Live（直播上海）》ATP 协会总裁独家专访	上海广播电视台融媒体中心	电视主持（外语）	何健

三 等 奖

作　　品	刊播媒体	节目类型	主创人员
2023 全国两会专题报道：十四届全国人大一次会议选举产生新一届国家领导人	上海广播电视台东方广播中心	广播播音	陈凯、路平
戏剧有力量——访舞台剧"请问最近的无障碍厕所在哪里"	上海广播电视台东方广播中心	广播主持	李欣
《乐活 e 族》(2023 年 12 月 29 日)	松江区融媒体中心	广播主持	胥清玉
未来中国·第二季	上海广播电视台东方卫视中心	电视主持	陈辰
市民议事厅：何以安"星"	上海广播电视台融媒体中心	电视主持	舒怡
2023 高考咨询大直播	上海教育电视台	电视主持	姜文焯（播音名：文焯）
为城市歌唱——第九届上海合唱节展演	闵行区融媒体中心	电视主持	汪嘉麒

第 32 届上海新闻奖获奖作品名录
（广播电视）

参评项目	作　品	作者 （主创人员）	编　辑	推荐（刊播）单位	奖等
新闻专题	党代会专题片《初心如磐谱新篇》	徐晓、戴晶磊、夏祺、张琦、叶钧、赵菲菲	叶钧、赵菲菲	上海广播电视台	特别奖
重大主题	"人民之城"融媒联播	集体	集体	上海广播电视台、上海16家区级融媒体中心	一等奖
系列报道	大国"粮"策系列报道	邵海鹏	姚君青、谢涓、计亚	第一财经日报	一等奖
系列报道	深夜对话：在桥洞下打地铺的小哥们	盛陈街、楼嘉寅、顾祯琳、周依宁	孟诚洁、范嘉春	上海广播电视台	一等奖
消息	独家|国家医保局发函地方：不得用医保支付大规模人群核酸检测费用	郭晋晖	刘展超	第一财经	一等奖
评论	夜线约见：入户消杀，还请保护我的家	张洁、王兆阳、杜梦渊、高曼珊、王晨	集体	上海广播电视台	一等奖

续表

参评项目	作　品	作者（主创人员）	编　辑	推荐（刊播）单位	奖等
新闻访谈	最强 AI 诞生？"ChatGPT 热"背后的冷思考	傅昇崧、叶欣辰、龙敏、乐祺、郑子凌	袁林辉、李军、张明霞	上海广播电视台	一等奖
应用创新	上海战疫服务平台	集体	集体	新民晚报社、澎湃新闻、上海广播电视台	一等奖
融合报道	县城观察视频	集体	周忆垚、胡文婷、白杨	上海广播电视台	一等奖
电视专栏	新闻透视	吴骥、潘窈窈、戴晶磊、应冠文、朱齐越、赵一凡、杨柳依	集体	上海广播电视台	新闻名专栏奖（相当于一等奖）
舆论监督	一个红码如何引出 400 亿元惊天大案	马纪曹、林春挺、吴绵强、安卓	刘泽南、林洁琛	第一财经	二等奖
国际传播	永远的行走：与中国相遇	朱晓茜、王向韬、王芳、江宁	王立俊	上海广播电视台	二等奖
舆论监督	共享单车"扣车"乱象调查	朱厚真、徐玮、刘奕达	朱世一、陈瑞霖	上海广播电视台	二等奖
新闻专题	罕见病"天价药"的破局之路	卢梅、李响、刘奕达	朱厚真、陈瑞霖、朱世一	上海广播电视台	二等奖
新闻纪录片	《大先生》第一集教文育人	孙向彤、姚赟勤、王东雷、李鸣、刘君、陈隽、徐晓瑾	王东雷、李鸣、范冬虹	上海教育电视台	二等奖

续表

参评项目	作　品	作者（主创人员）	编　辑	推荐(刊播)单位	奖等
系列报道	作别顺昌路：上海最后一片二级旧里改造进行时	胡旻珏、赵颖文、汤丽薇	集体	上海广播电视台	二等奖
系列报道	00后，出道	集体	集体	第一财经	二等奖
消息	新冠病毒防控回归乙类管理条件渐趋成熟	马晓华、林志吟	胥会云、姚剑、杨宇东	第一财经	二等奖
新闻访谈	两个小区被一扇铁门阻隔，众人的事情众人商量不通,怎么办?	集体	李军	上海广播电视台	二等奖
系列报道	疫情下的居委会	李怡、陈慧莹、应冠文、师玉诚、包钢、顾克军、张俊、车秉键	瞿轶羿、张莉	上海广播电视台	二等奖
通讯	越洋广场解除封控后：100分钟,938辆出租车送2091人安全回家	邢蓓琳、魏宇涵	宋杰、钱隆、路景斓	上海市静安区融媒体中心	二等奖
新闻纪录片	战疫·2022——直面奥密克戎	集体	黄铮、李振宇、朱世一	上海广播电视台	二等奖
融合报道	震撼！我们在二里头遗址"复原"了宫殿盛况	周智敏、李响、邢维	邢维	上海广播电视台	二等奖
专副刊	有人靠送外卖脱贫　也有人边送外卖边写诗	彭晓玲	沈晴	第一财经日报	二等奖

续表

参评项目	作 品	作者（主创人员）	编 辑	推荐（刊播）单位	奖等
新闻编排	2022 年 7 月 8 日《东方新闻》	集体	集体	上海广播电视台	二等奖
新闻业务研究	财经报道的全局视野和专业性	姚剑	吕星	第一财经	二等奖
舆论监督	百亿"江湖"北上广深核酸检测机构大调查	集体	杨宇东、胡军华	第一财经	三等奖
舆论监督	疫情期间家用氧气瓶断供调查	魏克鹏、李仕婧、高原、丁家伟	曹怡、龚晓洁、戴箐	上海广播电视台	三等奖
舆论监督	保供企业为何频陷"质量门"？	潘窈窈、魏克鹏、许馨元	翟轶羿、朱玲敏	上海广播电视台	三等奖
舆论监督	2022 年度"听民意集民智"夏令热线	朱世玉、胡婉媛、胡健尧、胡明子、詹晓珍	胡畔、张伟、陈燕	上海市松江区融媒体中心	三等奖
消息	奉贤推出"三辆车"模式努力疏通市民就医配药难点堵点	吴口天、乔欢、杨鸿志、王忆扬、刁晓庆	杨宝红	上海市奉贤区融媒体中心	三等奖
消息	70 岁老人的方舱声音	集体	蔡嵘、张培娟、张曦月	上海广播电视台	三等奖
新闻专题	"离线"的老人	王抒灵、李响、王卫	陈瑞霖、朱世一	上海广播电视台	三等奖
消息	上海成片二级以下旧里改造收官 "水塔人家"要搬迁	刘惠明、欧建建	范沁毅	上海市黄浦区融媒体中心/上海广播电视台	三等奖

续表

参评项目	作　品	作者（主创人员）	编　辑	推荐（刊播）单位	奖等
新闻直播	长江对话黄河	集体	范嘉春	上海广播电视台	三等奖
系列报道	我是立法参与者	施政、王天峰、许馨元、师玉诚	李吟涛、李书馨	上海广播电视台	三等奖
新闻直播	长江口二号古船整体打捞出水直播特别报道	集体	集体	上海广播电视台	三等奖
新闻专题	产业链外迁调查：服装厂向东南亚转移原材料和设备为何仍依赖中国供应链？	邹婷、朱斌、沈赐韵、崔晓晟	朱斌	上海广播电视台	三等奖
新闻直播	直击俄乌危机|俄乌局势进一步升级，全球金融市场再次剧烈震荡	集体	张朝阳、颜静洁	第一财经	三等奖
评论	藏在深处的人工客服，躲不开急需帮助的愤怒客户	周仲洋、臧明华	孟诚洁、余天寅	上海广播电视台	三等奖
新闻访谈	融冰初心——中美"上海公报"发表 50 周年	王勇、张悦、邹琪、张经义、王涛峰、李源清	集体	上海广播电视台	三等奖
通讯	全市首位！杨浦这位养老护理员落户上海	汤顺佳	奚宇轩、王旭辉	上海市杨浦区融媒体中心	三等奖

参评项目	作　品	作者（主创人员）	编　辑	推荐（刊播）单位	奖等
新闻专题	稻田里试验未来	邵丹婷、何宜昌、瞿峰	何平、沈佳	上海市浦东新区融媒体中心	三等奖
新闻专题	在上海，何以读懂"最早的中国"？	王琳琳、朱晓荣、吕心泉、徐玮、李响、张凯、陶余鑫	邢维	上海广播电视台	三等奖
评论	积极做好风险资产价值重估的准备	刘晓忠	杨宇东、胥会云、姚君清	第一财经日报	三等奖
新闻专题	从"灵魂砍价"到带量采购！药价降了，为什么有些进口药却配不到了？	胡旻珏、赵颖文、钱捷	范嘉春、江小青	上海广播电视台	三等奖
消息	记者调查："氯硝西泮"何时能配到？	陈慧莹、顾克军	龚晓洁	上海广播电视台	三等奖
新闻纪录片	十年逐梦路：万物生长	徐冠群、王韧、秦敏、史嘉年、许盈盈、顾菁	王立俊、朱宏	上海广播电视台	三等奖
应用创新	咔咔通联融合项目	陈奕、杜烨、顾利娟、周挺	丁沈凯	上海市崇明区融媒体中心	三等奖
应用创新	"蛤蜊"电台	肖波、高嵩、杨叶超、赵路露	肖波	上海广播电视台	三等奖
新闻摄影	图片故事：管控区"团长"的一天　累但能帮到大家觉得很值	张健	包竹山	第一财经日报	三等奖

续表

参评项目	作　品	作者 （主创人员）	编　辑	推荐（刊 播）单位	奖等
新闻编排	2022 年 9 月 22 日《财经夜行线》——"紧缩风暴下全球市场如何穿越衰退阴霾?"特别节目	集体	集体	上海广播电视台	三等奖
新闻业务研究	"音频＋"，广播音频再利用路径新探——疫情期间"可视化音频"爆点案例带来的启示	汪宁	吴琳、方妍	上海广播电视台	三等奖

2021—2022 年度中国广播电视大奖获奖作品名录

（上海广播电视）

作 品	类 别	创作单位	主创人员	编 辑
十条公约、两场投票、四千户居民参与……封闭 11 个月的这扇门终于能开了！	广播消息	上海广播电视台东方广播中心	集体	李军
新闻夜线	电视栏目	上海广播电视台融媒体中心	集体	集体
"人民之城"融媒联播	电视现场直播	上海广播电视台融媒体中心上海 16 区融媒体中心	集体	集体
最强 AI 诞生？"ChatGPT 热"背后的冷思考	广播专题	上海广播电视台东方广播中心	傅昇崒、叶欣辰、龙敏、乐祺、郑子凌	袁林辉、李军、张明霞
百年大党——老外讲故事·上海解放特辑	对外电视	上海广播电视台融媒体中心	集体	集体
两岸青年看临港，留下来，就拥有未来	对港澳台广播	上海广播电视台	集体	集体

第 33 届中国新闻奖获奖作品名录

（上海广播电视）

体裁	作 品	主场人员	编 辑	刊播单位	奖等
新闻访谈	最强 AI 诞生？"ChatGPT 热"背后的冷思考	傅昇崈、叶欣辰、龙敏、乐祺、郑子凌	袁林辉、袁林辉、李军、张明霞	东方广播中心	二等奖
新闻专题	罕见病"天价药"，的破局之路	卢梅、李响、刘奕达	朱厚真、陈瑞霖、朱世一	看看新闻Knews网站	二等奖
新闻直播	最早的中国.文明探源看东方	集体	集体	看看新闻客户端	二等奖
消息	上海成片二级旧里改造收官，"水塔人家"要搬迁	刘惠明、欧建建	范沁毅	黄浦区融媒体中心	三等奖
系列报道	作别顺昌路：上海最后一片二级旧里改造进行时	胡旻珏、赵颖文、汤丽薇	集体	东方广播中心	三等奖
舆论监督报	一个红码如何引出 400 亿元惊天大案	马纪曹、林春挺、吴绵强、安卓	刘泽南、林洁琛	第一财经App	三等奖

图书在版编目（CIP）数据

2023 年度上海广播电视奖（新闻）获奖作品选 ／ 上海市广播电视协会编. -- 上海 ：文汇出版社，2024. 9.

ISBN 978 - 7 - 5496 - 4350 - 9

Ⅰ. Ⅰ253

中国国家版本馆 CIP 数据核字第 2024YC4342 号

2023 年度上海广播电视奖（新闻）获奖作品选

上海市广播电视协会 编

责任编辑 ／ 熊　勇

封面装帧 ／ 张　晋

出版发行 ／ 文匯出版社

　　　　　　上海市威海路 755 号

　　　　　　（邮政编码 200041）

经　　销 ／ 全国新华书店

排　　版 ／ 南京展望文化发展有限公司

印刷装订 ／ 启东市人民印刷有限公司

版　　次 ／ 2024 年 9 月第 1 版

印　　次 ／ 2024 年 9 月第 1 次印刷

开　　本 ／ 720×1000　1/16

字　　数 ／ 700 千字

印　　张 ／ 46.25

ISBN 978 - 7 - 5496 - 4350 - 9

定　　价 ／ 78.00 元